Magus Magellans Gezeitenwelt 5

Das Traumbeben

ROMAN VON KARL-HEINZ WITZKO

Zu diesem Buch

Wie der Vorbote der Apokalypse entflammt ein neuer Stern am Himmel über Ikarilla, dem Reich der Palmen, der stampfenden Rosse und wehrhaften Ritter. Allein Mojeb, der sich als Kerkerwächter verdingt hat, glaubt nicht an nahendes Unheil. Er gibt sich lieber seinem Rausch hin. Doch als ein Meteoritensplitter die Welt trifft und Chaos und Zerstörung bringt, wird Mojebs Dasein komplett durcheinandergewirbelt. Auf der Flucht vor den unbekannten Schrecken der neuen Welt gerät er in ein magisches Abenteuer, in dem Träume zum Leben erwachen … »Magus Magellans Gezeitenwelt« ist der größte deutsche Fantasy-Zyklus. In dem fünften Roman, »Das Traumbeben«, führt Karl-Heinz Witzko in ganz neue, unbekannte Regionen der faszinierenden Welt.

Magus Magellan ist das Pseudonym, das sich die vier preisgekrönten Fantasy-Autoren Bernhard Hennen, Hadmar von Wieser, Thomas Finn und Karl-Heinz Witzko für ihren Gezeitenwelt-Zyklus gegeben haben. Weiteres zum Zyklus: www.gezeitenwelt.de
Karl-Heinz Witzko, geboren 1953, schreibt Romane voller Wortwitz und schillernder Phantasie. Seine skurrilen Einfälle holt er sich während ausgedehnter Spaziergänge im Teufelsmoor bei Bremen.

Magus Magellans Gezeitenwelt 5

Das Traumbeben

ROMAN VON KARL-HEINZ WITZKO

Mit 10 Zeichnungen

Piper München Zürich

Vom Gezeitenwelt-Zyklus liegen bei Piper vor:
1 Der Wahrträumer (Bernhard Hennen; auch Serie Piper 6541)
2 Himmlisches Feuer (Hadmar von Wieser; auch Serie Piper 6542)
3 Das Weltennetz (Thomas Finn; auch Serie Piper 6543)
4 Die Purpurinseln (Thomas Finn; auch Serie Piper 6544)
5 Das Traumbeben (Karl-Heinz Witzko, auch Serie Piper 6545)
Das Geheimnis der Gezeitenwelt (Magus Magellan; Serie Piper 6566)

FSC

Dieses Taschenbuch wurde auf FSC-zertifiziertem Papier gedruckt. FSC (Forest Stewardship Council) ist eine nichtstaatliche, gemeinnützige Organisation, die sich für eine ökologische und sozialverantwortliche Nutzung der Wälder unserer Erde einsetzt (vgl. Logo auf der Umschlagrückseite).

Ungekürzte Taschenbuchausgabe
Juni 2006

Umschlagkonzept: Büro Hamburg
Umschlaggestaltung: Nele Schütz Design, München
Umschlagabbildung: Corbis
Innenillustrationen: Caryad
Karten: Franz Vohwinkel
Autorenfoto: Florian Lacina
Satz: Satz für Satz. Barbara Reischmann, Leutkirch
Papier: Munken Print von Arctic Paper Munkedals AB, Schweden
Druck und Bindung: Clausen & Bosse, Leck
Printed in Germany
ISBN-13: 978-3-492-26545-4
ISBN-10: 3-492-26545-6

www.piper.de

»Build me a woman,
Make her ten feet tall.
Don't make her worthless,
Don't make her small.«

THE DOORS

Ich will mich nun dem Süden widmen, wenn auch nicht dem tiefen, wiewohl einer von denen, über die ich zu berichten habe, von dort stammt. Vom palmenbestandenen Ikarilla sei erzählt, dem südlichsten Reich der Ehernen Liga. Es ist ein gesegnetes Land, dessen Bewohner jährlich mehrere Ernten einbringen und sich des Reichtums zweier Meere erfreuen: des Ozeans des Morgens und des Golfs von Ikarillia. Letzterer ist nicht nach dem Königreich benannt, wie so mancher vorschnell annehmen mag, sondern nach einer seit langem zerstörten, einst mächtigen Stadt. Während ich dies niederschreibe, erscheint es mir geradezu schicksalhaft in seiner Bedeutung, worin sich der Name der vergessenen Stadt Ikarillia und des heutigen Landes Ikarilla unterscheiden: einem einzelnen I.

Beherrscht wird das Land vom eisenblitzenden Adel, der seine Pferde höher schätzt als seine Untertanen. Das kommt gewiß nicht von ungefähr, denn die Fürsten Ikarillas sind Eroberer aus dem benachbarten Huarama, dem Land der ungezähmten Reiter.

Ich erwähnte bereits, daß es schwierig sei, über eine Zeit zu berichten, die uns entgleitet. Das gilt um so mehr, wenn der wichtigste Zeuge jener Tage seine Erinnerungen wie im Rausch niedergeschrieben zu haben scheint, aber nicht trunken von Wein, sondern von Worten, Bildern und Gedanken. Dabei wissen wir nicht einmal, wer dieser

Zeuge war, der uns voller Leidenschaft von Herrschaft und Tyrannei berichtet, von Aufsässigkeit und Freiheitsstreben, von Liebe und Freundschaft, aber auch von Neid, Verrat und Mord. Und der im Gegensatz dazu beinahe gefühllos die schreckliche Katastrophe das Jahres 460 beschreibt.

War er ein Mann oder eine Frau? Wir kennen seinen Namen nicht, nur die beiden Vivo-Runen, mit denen er all seine Schriften unterzeichnete – zu Anfang mit ◎, später mit ◇.

Die erste Rune bedeutet »I« und steht ohne Zweifel für eine Wendung aus der LINGUA DEI: IGNORABIMUS – wir werden es nie wissen. Die zweite Rune ist das Zeichen für Nichts und Leere. Gewiß hat dieses Wandlung Wichtiges zu bedeuten. Doch was? Spiegelt sie Frage und Antwort wider, eine Entwicklung, oder ist sie lediglich eine Korrektur? Wir werden es wohl nie erfahren.

Daher will ich meine Erzählung knapp vor dem Tag beginnen, als der Weiße Wanderer die Welt verheerte. Ich gehorche damit den Worten von ◇: »Es ist eine Geschichte voller Anfänge. Fließt, Kinder, fließt! Vergeht in Farben!«

SCHWESTER DOLORES,
CHRONIK EINER VERLORENEN ZEIT,
BD. IV, NIEDERGELEGT ZU CANTAMO
IM 542. JAHR DER ABWESENHEIT GOTTES

Der Heilige und die letzten Tage von Pinapataui

Schloß Pinapataui, am 16. Tag des Hitzemondes,
im 458. Jahr der Abwesenheit Gottes

Der Ritter winkte die Pagin zu sich und reichte ihr seine leere Trinkschale aus dünnem Silber, die in ihrer Form einer halbierten Kokosnuß glich. Die junge Frau nahm das Gefäß entgegen und füllte es mit drei Teilen Wein und einem Teil Kokosmilch auf. Als sie dem Ritter anbot, Kokosnußraspel auf das Getränk zu streuen, lehnte er freundlich ab: »Danke, Telila.«

»Tusila, Herr. Mein Name ist ...«, antwortete die Pagin ohne nachzudenken und verstummte erschrocken.

»Aber natürlich, Tusila ...«, räumte der Ritter wohlwollend ein. »So war dein Name: Tusila. Sei bedankt.« Er nahm die Trinkschale entgegen, trat zum Fenster, setzte sich auf den Sims und schaute angestrengt nach draußen. Außerhalb seines Blickfeldes hörte er die Pagin mit ihrem Tablett klappern und sich schließlich mit leichtem Schritt entfernen. Vermutlich war sie ganz rot im Gesicht. Gewiß würde sie sich bei der ersten Gelegenheit einer anderen Pagin anvertrauen: »Einer der Gäste unseres Herrn sprach mich an. Er kannte sogar meinen Namen!« Womöglich machte sie sich vorher sogar über ihn kundig. In dem Fall könnte sie bedeutungsschwer berichten: »Ajam Seffenaiu sprach mit mir!«

So viel Aufregung um nichts! Aber vielleicht war es auch verständlich. Die Bediensteten der Königsburg Pinapataui – der Unbezwingbaren – waren es nicht gewohnt, namentlich angesprochen oder über das unbedingt Nötige hinaus wahrgenommen zu werden. Sie hatten stumm und unsichtbar zu sein, und entsprechend wurden sie auch behandelt. Dienstbare Geister im Wortsinn ... Man beanspruchte ihre Dienste und behandelte sie wie Luft.

Die Kleine käme niemals auf den Gedanken, der Gast des Königs könne sie in einer freundlichen Anwandlung mit dem erstbesten Namen bedacht haben, der ihm in den Sinn gekommen war. Für sie mußte diese Täuschung der Beweis sein, daß unter den zahlreichen mehr oder weniger bedeutenden Gästen des Königs zumindest einer weilte, der von ihr wußte und ihr damit eine gewisse Wichtigkeit einräumte. Zweifellos würde sich die Pagin bis an ihr Lebensende an diese Aufmerksamkeit erinnern.

Leicht gesagt, dachte Seffenaiu. Denn so lange würde das nicht mehr dauern. Einige Tage vielleicht.

Er nahm einen großen Schluck Wein. Zum ersten Mal seit etwa einer Woche spürte er keine drückende Last, sondern fühlte sich ruhig und zufrieden. Er schrieb die Empfindung der Freundlichkeit zu, mit der er die Pagin bedacht hatte.

»Ich bin ein guter Mensch«, murmelte er. »Ein Heiliger womöglich. Der Schutzpatron des übersehenen Gesindes.«

Er schmunzelte. Wenn man bedachte, wie viele Heilige das Volk mit oder ohne Duldung der Kirche verehrte, so bestand durchaus die Möglichkeit, daß es unter ihnen etliche gab, die auch nicht mehr getan hatten als er. Das war eine ganz einfache Frage des gesunden Menschenverstands: Unter vier Heiligen konnte einer ein überragender Lehrer sein, ein zweiter ein großer Wohltäter, ein dritter ein standhafter Märtyrer und ein vierter vielleicht ein schwach gewordener Zweifler oder Verräter. Auch bei acht machte es keine Schwierigkeit, denn zwei Wohltäter auf einmal hatte die Welt bisher immer verkraften können. Nicht mehr so leicht hatten es achthundert oder gar achttausend Heilige. Selbst die finstersten Glaubensfeinde konnten nicht über solch bösartigen Erfindungsreichtum verfügen, um sich für zweitausend Heilige höchst einfallsreiche, völlig unterschiedliche und gänzlich unvergleichliche Märtyrertode auszudenken. Schon sehr bald gliche ein Märtyrer dem anderen. Und wie ein Volk den Tag überleben sollte, an dem zweitausend überragende Lehrer über es hereinbrächen, um es unerbittlich in allem nur Erdenklichen zu unterweisen, blieb eine offene Frage. Dennoch war es dem Volk Ikarillas gelungen, für jeden seiner weitaus mehr als achttausend Heiligen eine verehrungswürdige Nische zu finden.

Ein kurzer Blick lehrte Seffenaiu, daß er und eine Wache die einzigen waren, die sich in dem schlauchartigen, spärlich möblierten Durchgangszimmer aufhielten. Die Pagin war längst entschwunden, kein anderer Gast war zu sehen. Der Wächter stand neben einer der beiden Türen. In der Linken hielt er eine Lanze, die Rechte stützte sich auf den Griff der eisernen Reiterkeule, die in seinem Gürtel steckte. Der Mann starrte stur geradeaus. Seffenaiu sprach ihn an. Dieses Mal machte er sich nicht die Mühe, sich einen Namen auszudenken: »Wächter, beantworte mir eine Frage.«

»Sehr wohl«, antwortete der Angesprochene, ohne jedoch einen Blick zur Seite zu wagen.

»Nehmen wir an, du würdest zu einem üppigen Mahl eingeladen, bei dem schon vorher zu befürchten sei, daß es dir womöglich nicht bekömmlich sein werde. Welchen Heiligen riefest du vorsorglich an?«

Der Mann blieb stumm.

»Hast du die Frage verstanden?« hakte Seffenaiu nach.

»Sehr wohl«, bestätigte die Wache.

»Warum antwortest du dann nicht?«

»Mit Verlaub, Herr: Ich wurde bisher nie zu üppigen Mählern eingeladen.«

»Dieses Mal wirst du es. Jedenfalls in Gedanken.«

»Sehr wohl.«

»Bei diesem Mahl bestünde also die Gefahr, daß du dich heillos überfräßest. Was tätest du? Antworte!«

»Mit Verlaub Herr: Ich wäre dankbar.«

Seffenaiu sah den Mann etwas aufmerksamer an. Trieb er ein Spiel mit ihm? Hatte der Verfall der hergebrachten Ordnung, der das ganze Land ergriffen hatte und immer schneller voranschritt, jetzt schon das Heim des Königs erreicht, oder war der Wächter nur von schlichtem Gemüt?

»Beginnen wir von vorn«, sagte er ruhig. »Ich werde gelegentlich zu Gastmählern bedeutender Herrschaften eingeladen. Sitte, Anstand und allgemeine Höflichkeit verlangen es, daß man so viel in sich hineinstopft, daß einen noch Tage danach der Leib zwickt. Es sei denn, der Respekt vor dem Gastgeber und konkurrierende Höflichkeit erforderten es, beinahe ebenso gründlich dem Wein zuzusprechen. In dem Fall hat man zwar binnen kurzem keine Sorgen mehr mit Leibdrücken, dafür fühlt sich der Kopf an, als hätte einem der Bucklige einen Helm aufgesetzt und stundenlang mit der Reiterkeule darauf herumgetrommelt. Was rätst du mir? Bestimmt gibt es doch irgendeinen Heiligen, an den man sich wenden kann?«

»Sehr wohl«, bestätigte der Wächter rasch. »Die heilige Tepora. Sie hilft bei Ungemach von Magen und Gedärm. Bei zu viel Saufen ist allerdings der heilige Pilui passender.«

»Gleich zwei?«

»Sehr wohl, Herr« hörte Seffenaiu den Mann sagen. Sein Ton klang verdächtig nach einem geringschätzigen »Aber natürlich! Was denkst du denn?«.

»Tepora und Pilui«, wiederholte Seffenaiu gedankenverloren, was der Wächter offenbar als Einladung zum Weiterreden mißverstand.

»Der heilige Pilui war ein bedeutender Märtyrer«, erklärte er. »Einmal wurden die Heiden aus dem Land Salamar seiner habhaft und sperrten ihn über viele Monde ohne Wasser und Speise in einem Weinkeller ein ...«

Seffenaiu gab einen erstickten Laut von sich und gebot seinem Gegenüber mit einer raschen Handbewegung Schweigen. Entschlossen blickte er wieder zum Fenster hinaus. Die Blöße, in Beisein des Wächters in lautes Gelächter auszubrechen, wollte er sich nicht geben.

So, so, der heilige Pilui. Den Namen mußte man sich merken. Augenscheinlich war der Heilige nichts anderes gewesen als der größte Trunkenbold, den die Welt je gesehen hatte!

Seffenaiu preßte die Lippen zusammen. Was er draußen vor der Burg entdeckte, war keineswegs geeignet, ihm zu gelassener Ernsthaftigkeit zu verhelfen.

Auf der beidseitig mit rotblühenden Tulpenbäumen bepflanzten Straße näherte sich ein auffälliger Zug der Burg. Er wurde von einem halben Dutzend Trommlern angeführt. Sie waren junge, ausgesucht gutgewachsene Burschen von kräftiger Statur, deren Bekleidung nur aus Schuhwerk und halblangen Röcken

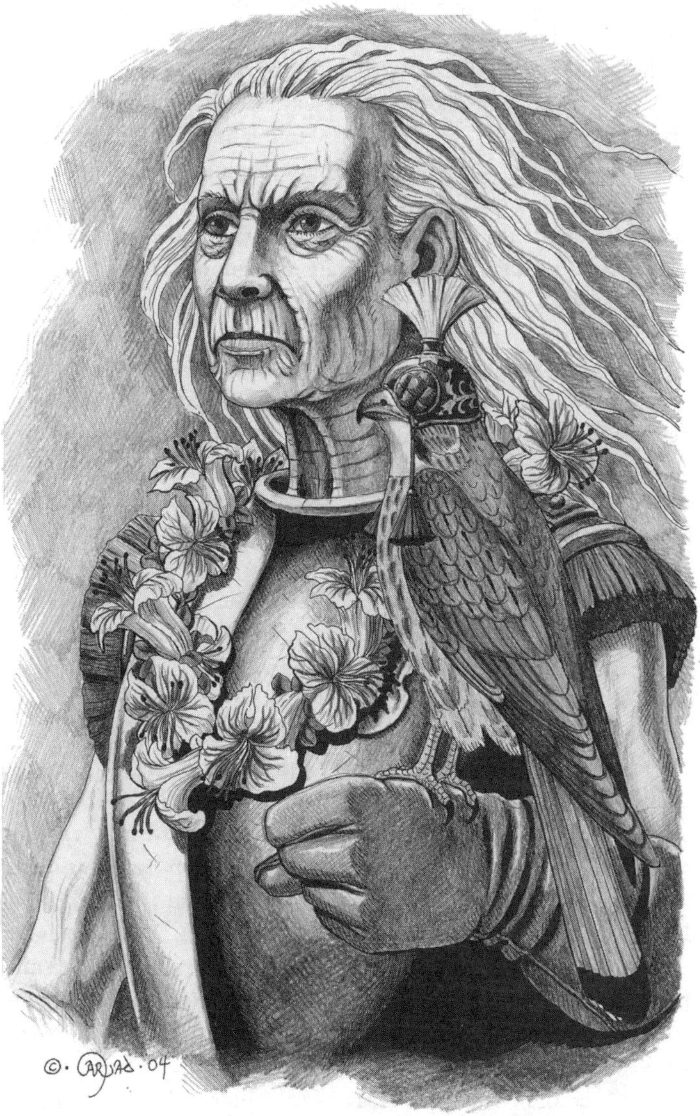

bestand. Im Haar trugen sie weiße Blütenkränze. Ihre zylinderförmigen Trommeln hingen an breiten Ledergürteln, die sich über die nackten Oberkörper spannten. Sie trommelten keinen Marsch, sondern einen Tanz.

Ihnen folgte eine Anzahl Jungfern mit schwingenden Hüften. Auch sie trugen Blütenkränze im Haar, waren aber nicht ganz so leicht bekleidet wie die Burschen: Hellblaue Schleier verbargen ihre Brüste. Über die Schultern trugen die jungen Frauen Tuchbeutel, aus denen sie Blüten streuten und gelegentlich Münzen – wahrscheinlich kupferne Racs – unter die Gaffenden warfen. Von denen gab es zuhauf. Sie waren aus den umliegenden Dörfern oder gar der Stadt Sadi herbeigeströmt und umlagerten die Burg seit Tagen in der Hoffnung auf Almosen. Die meisten waren Kinder. Über den Rest hatte Seffenaiu recht genaue Vorstellungen. Die Zuschauer beim Aufmarsch der Stolzen und Mächtigen des Königreichs waren naheliegenderweise diejenigen, die nichts Besseres zu tun hatten: landlose Habenichtse, Tagelöhner, die niemand beschäftigen wollte, und vermutlich ein erklecklicher Teil des Abschaums von Sadi.

Obwohl, wenn er es recht bedachte, so ließ sich das gar nicht mehr so sicher sagen wie früher. Viele, die sich noch vor vier Wochen Tag um Tag abgearbeitet hatten, hatten diese Anstrengung inzwischen aufgegeben. In ihren Augen lohnte sich die Mühe nicht mehr.

Inmitten der blumenstreuenden Jungfern und gefolgt von Dienern und Eskorte, ritt Ajamei Maffileokavekka, eine Kusine des Königs und Herzogin von Murui. Sie war leicht zu erkennen an ihrem dünnen, silbernen Haar, das sie wie stets offen trug. Es wehte in der leichten Brise von einem Kopf, den das Alter klein und fleischlos gemacht hatte. Trotz ihrer Jahre trug die zerbrechliche alte Dame Brustpanzer und Beinschienen. Auf den Rest ihrer Rüstung hatte sie ebenso verzichtet wie auf ihren Helm mit dem Pferdeschweif. Auch sie war blumengeschmückt: Ketten rotgeäderter Fingerblüten hingen um ihren dürren Hals und streiften das polierte Metall der Rüstung.

Die Herzogin war eine eifrige Verfechterin der alten Sitten;

gern predigte sie von der Zeit, als ihre Vorfahren den schwächlichen Adel Ikarillas abgesetzt und vertrieben hatten. Wenn sie sprach – leise, von Pausen unterbrochen –, konnte man leicht vergessen, daß die Zeit, von der sie den Eindruck erweckte, sie sei die ihre gewesen, drei Jahrhunderte zurück lag. Niemand erinnerte sich daran. Schon deshalb nicht, weil alles, was man darüber wußte, überschwenglich verklärt worden war. Und zwar nicht von Ajamei Maffileokavekkas Vorfahren – die hatten vermutlich nicht einmal schreiben können –, sondern von denen, die man unterworfen hatte. Eine natürliche und sicherlich nicht schlechte Wahl. Die bisherigen Hofschreiber, Chronisten und Barden hatten schließlich über Erfahrung verfügt. Sie hatten die alten Herrscher gerühmt, und nun priesen sie die neuen. Für sie als Handwerker machte das keinen Unterschied. Kein Wunder, daß die ehrwürdigen Vorfahren so wenig Ähnlichkeit mit den unzivilisierten Reitervölkern Huaramas hatten, die ihre Verwandten gewesen waren.

Der Zug kam plötzlich zum Halten. Während die Trommler weiterhin auf ihre Instrumente schlugen, reichte ein Diener der Herzogin einen gepolsterten Stulpenhandschuh. Als sie ihn angezogen hatte, setzte ihr ein zweiter einen Falken auf den nunmehr geschützten Unterarm. Maffileokavekka entfernte die Haube, die der Vogel auf dem Kopf trug. Ein erstes »Aah!« erklang von den Zuschauern, als unerwartet ein Dutzend weißer Tauben freigelassen wurden. Die Herzogin schickte ihnen den Falken hinterher. Er fuhr zwischen die verängstigten Tauben, verfolgte sie, flog Scheinangriffe – aber er schlug keine einzige! Die Zuschauer begriffen schnell, daß eben das beabsichtigt war, und gaben ihrem Erstaunen lautstark Ausdruck.

Auch Seffenaiu war fasziniert, wiewohl er das Schauspiel schon einmal mit angesehen hatte. Es war die Umsetzung des Wahlspruchs von Ajamei Maffileokavekkas Familie: Der Falke fliegt mit den Tauben – oder so ähnlich. Nein, das war nur ein Teil des Familienmottos, besann er sich. Irgend etwas über eine gepanzerte Hand und Blumenketten gehörte noch dazu. Selbstverständlich war der Wahlspruch im Original in kunstvoller und bewußt knapper *lingua dei* verfasst. Wie immer er lauten mochte, vermutlich übersetzte man ihn sowieso am sinnvollsten mit: Wir sind Angeber!

Während noch immer »Aahs« und »Oohs« erklangen, fragte sich Seffenaiu nicht zum erstenmal, wie die Herzogin ihren Raubvogel davon abhielt, die Tauben zu schlagen. Irgendein Dreh mußte doch dabei sein! Seinerzeit hatte er schnell herausgefunden, daß niemand, den er fragte, die Antwort kannte. Im Stillen vermutete er, daß das Futter des Falken mit einem Rauschmittel versetzt worden war; womöglich bildete er sich ein, eine Taube nach der anderen zu erlegen. Aber vielleicht hatte man ihm auch einfach nur die Krallen ausgerissen. Ein Greifvogel, der nicht greifen konnte, war sicher kein guter Jäger mehr.

Seffenaiu nahm sich vor, den Falkner der Herzogin zu bestechen, damit er ihm das Geheimnis verriete. Er würde dem Mann so viel bieten, daß er nicht widerstehen könnte.

Einen kleinen Vorteil hatte die Gegenwart, dachte Seffenaiu flüchtig. Verschwenderische Ausgaben konnte man sich folgenlos leisten, ohne an ein Morgen denken zu müssen.

»Ich bin nur ein Heiliger«, murmelte Seffenaiu, als sich der Zug wieder in Bewegung setzte. »Doch mein König heilt die Kranken, macht die Lahmen gehen und die Blinden sehen. Demnächst wird er die Toten erwecken.«

Wäre die Herzogin keine so mächtige Frau gewesen, so wäre er versucht gewesen, ihr entgegenzueilen, um sie zu ihrer wundersamen Genesung zu beglückwünschen. Doch das wagte er nicht. Nicht einmal jetzt. Wie etliche andere Mitglieder des ikarillischen Hochadels hatte sich Ajamei Maffileokavekka ursprünglich entschuldigen lassen, als ihr greiser Herrscher und Vetter, König Ajam Sallimvallu III., sie zur Feier seines Thronjubiläums auf die königliche Schloßburg eingeladen hatte. Vermutlich aus Eitelkeit hatte sie nicht ihr Alter als Hindernis für die weite Reise angeführt – was man ihr womöglich abgenommen hätte –, sondern eine fiebrige Erkrankung vorgeschoben. Durch einen seltsamen Zufall führte der überwiegende Teil aller anderen verhinderten Gäste, die sich mit Bedauern entschuldigen ließen, nahezu denselben Grund an. Anfangs war dieses eigentümliche Zusammenspiel unter den Eingeweihten auf Pinapataui ein heimlicher Scherz gewesen: Eine schreckliche Seuche wüte im Hochadel Ikarillas! Sie warf jeden aufs Lager, der für Lustlosigkeit, Trägheit und Eigenbrötelei bekannt war oder Gründe hatte, dem Herrscher oder einem anderen Mächtigen des Reiches nicht unter die Augen zu treten!

Zum Glück war die Krankheit nicht tödlich. Selbst in den schlimmsten Fällen trat die Genesung nach genau acht Tagen ein, und zwar zeitgleich mit dem Ende des königlichen Festes – dem geplanten Ende.

Der Scherz war inzwischen schal geworden, denn mittlerweile zog sich der Aufenthalt auf Pinapataui die dritte Woche hin.

Der König war in der Tat eine Angelegenheit für sich. Obgleich Sallimvallu seit einem guten Jahrzehnt aussah, als müßte er stündlich das Zeitliche segnen, schien er fest entschlossen zu sein, all seine Vorgänger in Hinblick auf Herrschaftsdauer und Langlebigkeit zu übertrumpfen. Er hatte bereits die Kinder von drei Ehefrauen überlebt, und die Aussichten standen nicht schlecht, daß auch deren Kinder ihrem Großvater ins Grab vorausgehen würden. Doch über derlei unterhielt man sich selbst in Adelskreisen seit Jahren nur noch im Flüsterton.

Das königliche Fest war zuerst wie erwartet verlaufen. Jeder hatte gute Freunde und ferne Verwandte getroffen oder war grimmen Feinden oder nicht genug entfernten Verwandten aus dem Weg gegangen. Der Höhepunkt der Jubiläumsfeier war mit der Entdeckung des neuen Sternes zusammengefallen. Die billigsten Schmeichler hatten sogleich verkündet, er strahle zu Ehren des Königs!

Als sich jedoch die Gelehrten und Astrologen der Himmelserscheinung annahmen, stellte sich bald heraus, daß sie diese Meinung nicht teilten. Ihrer Ansicht nach war der neue Stern nicht erschienen, um über Ajam Sallimvallus ruhmvoller Regentschaft zu strahlen, sondern um sie zu überschatten. Diese Anschauung äußerten sie deutlich, wenngleich sie sehr auf die Worte achteten. Aussagen wie »Große Umwälzungen stehen bevor!« konnten leicht als Hochverrat ausgelegt werden. Von Anfang an waren die Deuter der Zukunft daher äußerst bedacht gewesen, sich nicht selbst zu schaden. Geheimnisvoll und nichtssagend verkündeten sie, die Zukunft werde zwar düster sein, liege aber selbstverständlich noch im Dunkeln, so daß man wenig Sicheres verlautbaren könne.

Damit wäre eigentlich alles gesagt gewesen, aber man ließ sie, die doch schon eingestanden hatten, nichts zu wissen, keineswegs in Frieden. Man zwang sie regelrecht, sich immer neue Ausreden auszudenken, und legte ihnen Worte in den Mund, die sie bestätigen sollten, was sie denn auch brav taten: »Das ist denkbar. Das ist möglich. Das sollte unbedingt berücksichtigt werden.«

So retteten sich die Weisen und Hellseher von einem Tag zum anderen. Sie gaben Floskeln von sich, die all jene glaubten, welche sie unbedingt glauben wollten. Das waren viele.

Die wenigen, die das nicht taten, stellten naheliegende Mutmaßungen an. Was mochte drohen? Überschwemmungen, Mißernten, Hunger, Pestilenz? Vielleicht Krieg mit einem der Reitervölker aus Huarama?

Jeder suchte nach Antworten, die keiner geben konnte.

Unterdessen waren zu den bisher ferngebliebenen Mitgliedern des Hochadels Boten entsandt worden. Wie heilkräftig sich auf einmal das königliche Wort erwies! Seffenaiu vermutete, daß die neuerliche Einladung mit der Drohung verbunden gewesen war, über jeden, der sich noch immer verweigerte, die Acht zu verhängen. Vielleicht hatte König Ajam Sallimvallu III. ja auch gedroht, die noch ungeborenen Nachkommen eines jeden Ungehorsamen der nächsten beiden Generationen eigenhändig in die Sklaverei zu verkaufen.

Alle kamen – ein paar von ihnen waren tatsächlich todkrank. Die Nachrichten, welche die neu Hinzugekommenen aus den verschiedenen Teilen des Reiches mitbrachten, klangen besorgniserregend. Das Volk war unruhig geworden.

Bei gelegentlichen Abstechern nach Sadi im Auftrag der Gräfin Fattulloanna hatte Seffenaiu anfänglich zwei Stimmungen in der Bevölkerung beobachtet. Die Mehrheit hatte dem himmlischen Zeichen mit Gleichgültigkeit gegenübergestanden oder allenfalls mit einer Spur gespannter Erwartung. Eine Minderheit war umgehend in schicksalsergebene Betäubung verfallen: leichtgläubige, verängstigte Gemüter, die sich vor allem fürchteten. Ihrer Wesensart entsprechend, war das Schlimmste, was sie sich vorstellen konnten, bereits unumstößliche Gewißheit, bei der es weder ein Drumherum noch einen Ausweg gab. Sein Eintreten war gewissermaßen nur noch eine reine Formalität. Die Angst dieser Minderheit galt dem Ende der Welt.

All das änderte sich sehr schnell. In nur zwei Wochen verkehrte sich das Verhältnis ins Gegenteil, und zwar nicht nur in Sadi, sondern im ganzen Land. Die Propheten waren daran schuld. In der Vergangenheit hatte es immer wieder Männer und Frauen gegeben, die auf den Plätzen der ikarillischen Städte Unglück, Not, das Ende der Schöpfung oder Aionars bevorstehendes Strafgericht verkündet hatten. Doch niemals waren es so viele gewesen wie jetzt. Und obwohl die Vorgänger dieser Schicksalsverkünder bisher meist falsch gelegen hatten – die Welt war schließlich kein einziges Mal untergegangen –, so wurde nun ihre schiere Zahl zum überzeugendsten Argument. Die Minderheit wurde atemberaubend schnell zur Mehrheit.

Inzwischen glaubte Seffenaiu nicht mehr, daß die Mehrheit des Volkes irrte. Ihm kam es wesentlich befremdlicher vor, daß die Edelsten des Reiches nicht einmal in Erwägung zogen, daß viel Schlimmeres bevorstehen könne und am Ende gar das, was die Spatzen in Sadi, Oaoa, Eloamé, Rafi, Peneteporata und anderen Städten Ikarillas längst von den Dächern pfiffen. Für diejenigen, die am meisten zu verlieren hatten, schien das bereitwillige Anerkennen der Vergänglichkeit unerträglich zu sein. Denn damit ging nicht nur die Erkenntnis einher, daß die Früchte lebenslangen Strebens nach Macht und Besitz urplötzlich faulig geworden waren. Auch der Glaube, daß Abstammung und Ahnentafeln noch länger irgendeine Bedeutung zukomme, daß die Blutlinie ein ewiges Band sei oder vielleicht eine Fackel, die von den Großeltern über die Eltern, Kinder und Enkel vom Gestern über das Heute bis zum fernsten Morgen weitergereicht wurde, erwies sich mit einemmal als irrig. Im Angesicht einer Gegenwart, auf die keine Zukunft folgte, spielte es keine Rolle mehr, ob man sich stolz als dritter oder vierzehnter seines Namens bezeichnete. Jeder hieß auf einmal ›der Letzte‹. Alle Fackeln würden gleichzeitig erlöschen.

Seffenaiu nahm einen großen Schluck aus der Trinkschale. Genug der unnützen düsteren Gedanken! Er hatte sich längst darauf besonnen, daß seine Zeit von Anfang an beschränkt gewesen war. Niemand hatte ihm je die Unsterblichkeit versprochen. Jetzt ging es nur noch darum, gefaßt und mit einem leichten Lächeln abzutreten!

Er hob die Schale, um den letzten Trinkspruch auszubringen. Den, der noch nie gehört worden war. Unzählige Menschen hatten sich im Lauf der Jahrhunderte von der Welt verabschiedet, doch noch nie hatte jemand der Welt selbst Abschiedsworte gewidmet.

»Leb wohl, Welt, die du lange vor uns da warst ...«, murmelte Seffenaiu. Er brach sein Vorhaben ab. Ein leeres Durchgangszimmer, das er allein mit irgendeinem Wächter teilte, war wohl kaum die richtige Umgebung für eine solch erhabene Geste.

Der Ritter ließ die halbvolle Trinkschale auf dem Sims stehen und wechselte in den belebteren Teil der Burg. Scheinbar ziellos ließ er sich treiben und tauschte dabei Grüße oder nichtssagende Worte mit anderen Gästen aus. Einmal fing er den heimlichen Blick einer Frau im weißen Sarong auf. Als er ein weiteres Mal an ihr vorbei kam, war von Heimlichkeit nicht mehr die Rede. Sie verfolgte ihn offen mit ihren Blicken. Seffenaiu nickte ihr höflich zu, worauf die Dame so anmutig den Kopf senkte, daß der Ritter nicht anders konnte, als ihr sein breitestes Lachen zu schenken. Die Unbekannte strahlte zurück. Mit einer bedauernden Geste gab ihr Seffenaiu zu verstehen, daß er leider im Augenblick anderweitig beschäftigt sei. Er ging rasch weiter zum Treppenhaus und begab sich hinab zum nächsten Stockwerk.

Eine halbe Stunde später war er immer noch nicht fündig geworden. Seffenaiu fragte sich bereits, ob er am Ende noch die

Quartiere der Bediensteten aufsuchen müßte, als er schließlich in einem Saal, in dem sich vorwiegend das weniger bedeutende Gefolge der geladenen Gäste aufhielt, jenen Mann fand, den er suchte: den Falkner der Herzogin Maffileokavekka. Er stand dicht an einer Wand, bemüht, niemandem im Weg zu sein, und fühlte sich sichtlich unwohl.

Seffenaiu gesellte sich zu ihm: »Auf ein Wort, Meister.«

Der schlecht rasierte Mann sah ihn unsicher an und wußte offensichtlich nicht genau, ob er den Ritter kennen sollte.

Seffenaiu stellte sich vor: »Seffenaiu, Ajam Seffenaiu. Ich suchte dich einer Auskunft wegen.«

Die Miene des Falkners wandelte sich und spiegelte plötzliches Verstehen wider, als wüßte er bereits, was Seffenaiu von ihm wollte.

»Verrate mir, was die Herzogin mit ihrem Falken angestellt hat. Wieso läßt er die Tauben entkommen?«

»Verzeiht, Herr, doch mir steht nicht an, über die Angelegenheiten Ajamei Maffileokavekkas zu reden.«

Der Falkner sprach so, als hätte er diese Antwort schon öfter gegeben. Seffenaiu scherte sich nicht darum.

»Es wird unter uns bleiben«, versprach er. »Selbstverständlich werde ich dich für die Auskunft auch entlohnen.«

»Verzeiht, Herr, doch dieses Angebot wurde mir schon des öfteren gemacht. Aber ich muß leider wiederholen: Mir steht nicht an, über die Angelegenheiten Ajamei Maffileokavekkas zu reden.« Er sah aus, als wollte er sich zurückziehen.

Seffenaiu zuckte die Schultern. Warum sollte er geizen? Ohnehin war fraglich, ob er etwas, das er heute versprach, morgen noch einlösen mußte.

»Für ein paar Schem kann man ja auch nicht viel erwarten. Doch ich bin bereit, dir fünfhundert Dina zu bezahlen.«

Der Falkner war so überrascht, daß er beinahe das Atmen vergaß. Hastig blickte er nach links und rechts und antwortete dann tonlos: »Nicht hier.«

Seffenaiu mußte sich ein Lachen verkneifen. Hier war wahrscheinlich ein besserer Platz als irgendwo anders. Aber die Aussicht, dieses harmlose Geheimnis der Herzogin unter höchst verschwörerischen Umständen zu erfahren, übte einen besonderen Reiz auf ihn aus.

»Wo dann?« zischte er, ohne die Lippen zu bewegen.

Sein Gegenüber antwortete so leise, daß es kaum zu verstehen war: »Tür links, Gang, Treppenhaus, kleiner Turm, ganz oben.«

»Mhm«, brummte Seffenaiu.

»Ihr folgt mir mit etwas Abstand. Ich warte oben«, lautete die nächste Anweisung.

»Ich werde bis zweihundertsiebzehn zählen«, versprach der Ritter.

Der Falkner warf ihm einen sonderbaren Blick zu und verschwand.

Seffenaiu ließ etwas Zeit verstreichen, bis er ihm folgte. Im Treppenhaus aber kam ihm ein Bediensteter entgegen, der ihn sogleich ansprach: »Herr, seid Ihr der Ritter Seffenaiu?«

»Ja«, bestätigte er zögernd. »Worum geht es?« So schnell konnte diese kleine Verschwörung doch nicht aufgeflogen sein?

»Gräfin Fattulloanna wünscht Euch zu sprechen«, erklärte der Diener und machte damit Seffenaius Befürchtungen hinfällig. »Sie läßt ausrichten, daß es dringend sei.«

»Sicherlich«, entgegnete der Ritter. Mit leichter Enttäuschung blickte er treppauf. Später! Die Gräfin ließ man nicht warten.

Fattulloanna empfing ihn allein in dem ihr zugewiesenen Gemach mit den Worten: »Ihr müßt ein weiteres Mal für mich nach Sadi reiten, Ritter!« Sie nahm eine flache Schatulle von einem Beistelltischchen und überreichte sie ihm. »Ihr werdet das nach Sadi bringen. Paßt gut darauf auf!«

Wie immer verriet ihr Blick nichts, doch Seffenaiu konnte sich vorstellen, was er in Händen hielt: das, was die Gräfin als ihre Zukunft betrachtete.

»Dorthin, wo ich schon einmal war?« erkundigte er sich.

Die Gräfin nickte. »Ihr werdet dieses Mal kein Antwortschreiben erhalten. Alles ist geklärt. Er weiß, was er zu tun hat. Es mag vielleicht länger dauern. Ich verlange nicht, daß Ihr sofort zurückreitet. Ich erwarte Euch erst im Laufe des morgigen Tages wieder, Ajam.«

»Wie Ihr wünscht, Ajamei«, erwiderte Seffenaiu. Er steckte die Schatulle unter seine Bluse, verbeugte sich und eilte zu seiner Unterkunft. Für den Falkner hatte er nun keine Zeit mehr. Mit dem Besitz der Gräfin in Händen konnte sich Seffenaiu keine Ablenkung erlauben. Später fände sich mit etwas Glück eine neue Gelegenheit, das Geheimnis der Herzogin zu erfahren.

Während der Ritter leichte Rüstung anlegte und sich reisebereit machte, dachte er: So, so, die Gräfin verpfändet also ihren Familienschmuck! Er hatte gewußt, daß sie in Geldnot war. Diesem Zustand hatte ihre vereinbarte Vermählung Abhilfe schaffen sollen, doch leider war nicht alles wie geplant verlaufen. Die Hochzeit war abgesagt worden, und die Folgekosten waren höher gewesen als erwartet, denn der unzuverlässige Verlobte war nicht bereit gewesen, tatenlos zuzusehen, wie die Streiter seiner Verflossenen der Enttäuschung ihrer Herrin Ausdruck verliehen und sein Land verwüstet hatten. Wie sich gezeigt hatte, hatten seine Kämpfer mehr Erfahrung in solchen Dingen oder waren vielleicht nur ruchloser. Der Trennungsstreit war viel zu spät beigelegt worden!

Auf dem Weg zu den Stallungen begegnete Seffenaiu erneut der Frau im weißen Sarong. Sie wollte eben in ein mit Blattgold verziertes Stück Gebäck beißen, das sie vom Tablett eines Dieners genommen hatte. Als sie den Ritter entdeckte, legte sie es zurück.

»Ritter Seffenaiu?« sprach sie mit rauchiger Stimme. »Ihr sollt ein bemerkenswerter Draufgänger sein, sagt man.«

»Ihr seid im Vorteil«, entgegnete Seffenaiu. »Jeder, den ich fragte, kannte Euch nur als geheimnisvolle Schönheit.«

Sein Gegenüber lächelte. »Beatarisa. Ich freue mich, Eure Bekanntschaft zu machen, und hoffe, daß Ihr mich als wahrer Ritter erretten werdet. Ich langweile mich unsäglich.«

Seffenaiu schenkte ihr einen bekümmerten Blick. »Fürwahr, ich wäre nicht abgeneigt, Euch beizustehen, doch die Gräfin Fattulloanna hat mich schon mit Beschlag belegt.«

Beatarisa sah ihn plötzlich nicht mehr ganz so einladend an.

»Vielleicht vermutet Ihr falsch«, beeilte sich Seffenaiu richtigzustellen. »Gerne würde ich Euch aus Eurer Langweile erretten, doch die Gräfin befahl mir, nach Sadi zu reiten.«

»Seid Ihr ihr Dienstbote, Ritter?« spöttelte Beatarisa.

Seffenaiu überlegte kurz und antwortete im selben spöttelnden Ton: »Nein, aber ein sehr ausdauernder Reiter ... wie Ihr womöglich noch feststellen werdet.«

»Womöglich«, wiederholte Beatarisa. »Meldet Euch, wenn Ihr zurück seid. Vielleicht werde ich Euch verzeihen.«

Sie wandte ihm den Rücken zu und ging.

Beatarisa war nicht hübscher als andere der anwesenden Frauen und auch nicht die einzige, der ein weißer Sarong gut stand, doch ihr Anblick, wie sie sich mit sinnlichen Bewegungen entfernte, versetzte Seffenaiu einen Stich.

Alles zu seiner Zeit, dachte er und ging zu den Stallungen.

Sorgsam verstaute er die Schatulle in den Satteltaschen seines Pferdes. Mehrmals überprüfte er, daß nichts herausfallen konnte. Der Inhalt war unersetzlich! Als er den Stallburschen sah, fiel ihm ein Versäumnis ein: Es war üblich, den Jungen für gute Arbeit einen Rac zu schenken. Das war nicht viel, doch sie lebten davon. Schon beim letzten Mal hatte Seffenaiu keine der kleinen Münzen in seiner Börse gehabt. Daran hatte sich seither nichts geändert. Ehrlich zerknirscht versprach er dem Stallburschen, ihn nicht zu vergessen. Er sollte diesen und jeden anderen ausstehenden Rac ganz sicher bekommen. Dem Jungen statt der Kupfermünze einen ganzen Schem zu überlassen erschien dem Ritter übertrieben.

Überdies dachte er längst an andere Dinge. Eine halbe Tagesreise gen Osten, zum Meer hin, lag vor ihm. Eilig ritt er die Straße mit den Tulpenbäumen hinunter.

Der Vertreter der himmlischen Mächte

Irgendwo in Ikarilla, Bodenhöhe, am 17. Tag des Hitzemondes, im 458. Jahr der Abwesenheit Gottes

Fiiij-der-Flinke-Hacker-fiiij wußte um das Ansehen, das er bei seinem gefiederten Gefolge genoß. Seinen beachtlichen Ruf verdankte er den Reglosen Rindern von Riij, den Ertrunkenen auf dem Dach von Diij und – nicht zu vergessen – den vielen Baumelnden an den Bäumen von Ffchee. Diesen bedeutenden Entdeckungen war zuzuschreiben, daß Fiiij-der-Flinke-Hacker-fiiij nur noch selten alleine flog. Sobald er die Flügel spreizte und leicht schüttelte, um sich nach ein paar Hüpfschritten vom Boden zu erheben, folgte umgehend jeder andere scharfsichtige Geier in Sichtweite seinem Beispiel. Sie stiegen in Scharen zum Himmel auf!

So hatten sie es auch gehalten, als Fiiij-der-Flinke-Hacker-fiiij nach Norden aufgebrochen war. Bis Sonnenuntergang war er geflogen und nicht wieder umgekehrt.

In der Nacht war er nicht geflogen. Doch am nächsten Tag war er erneut geflogen und nicht umgekehrt.

Danach war abermals ein Tag angebrochen, an dem er nach Norden geflogen und nicht umgekehrt war.

Der ganze Schwarm hatte ihn begleitet und war nicht wieder umgekehrt. Nachts war niemand geflogen. Aber alle Geier waren ihm unermüdlich nach Norden gefolgt.

Genau so, wie Fiiij-der-Flinke-Hacker-fiiij seinem Gespür gefolgt war. Es hatte ihn in das Land geführt, das weit ins Meer hinausreichte. Fiiij-der-Flinke-Hacker-fiiij und sein Gefolge hatten sich auf einer fast kahlen Anhöhe niedergelassen. Die meisten Geier standen bewegungslos. Einige schritten steif durch die Versammlung, ein paar Männchen hüpften auf ihr Weibchen. Wenn es nach ihnen hackte, so merkten sie, daß sie sich vertan hatten. Alle warteten darauf, daß etwas geschah. Alle warteten unruhig darauf, Fiiij-den-Flinken-Hacker-fiiij zu seiner neuesten Entdeckung zu begleiten.

Selbst Fiiij-der-Flinke-Hacker-fiiij wartete, aber nicht unruhig. Denn er wußte, daß er sich auf sein Gespür verlassen konnte. Gegenwärtig war das Gespür zwar abwesend, aber derlei war schon früher vorgekommen. Das Gespür würde sich ganz gewiß wieder einstellen. Denn er, Fiiij-der-Flinke-Hacker-fiiij, war noch nie erfolglos gewesen. Er war nach Norden geflogen und nicht umgekehrt. Nachts war er nicht geflogen. Doch Tag um Tag war er nach Norden geflogen und nicht umgekehrt. Er war seinem Gespür gefolgt. Sein Gespür hatte ihn noch nie enttäuscht. Seit sehr langer Zeit hatte es Fiiij-den-Flinken-Hacker-fiiij von Wonne zu Wonne geführt. Er hatte nicht hungern müssen. Er war satt geworden. Viele hatten sich laben können. Niemand hatte hungern müssen. Daß das Gespür augenblicklich nirgends zu sehen war, war kein Grund zur Beunruhigung. Iiech-das-Zuverlässige-Gespür-iiech würde zurückkommen, wie es immer zurückgekehrt war. Erneut würde es Fiiij-den-Flinken-Hacker-fiiij und sein Gefolge dorthin führen, wo es überreich Nahrung gab. Daß er dieses Mal tagelang hatte fliegen müssen, ohne umzukehren – nur nachts nicht! –, verhieß Großes.

Fiiij-der-Flinke-Hacker-fiiij öffnete den Schnabel. Sofort merkte er, wie sehr alle darauf warteten, daß er ihnen ein Ziel wiese, denn mit einemmal lag so viel Spannung in der Luft wie sonst nur, kurz bevor sich der gesamte Schwarm erhob, um zu fliegen: vielleicht für eine kleine Strecke oder auch bis zum Ende des Tages, aber ganz bestimmt nicht nachts.

Doch jetzt gab es kein Ziel. Daher gab es keinen Anlaß, die Geier zu beachten, die ihn zu locken versuchten, in dem sie vor ihm hüpften, das Gefieder schüttelten, die Flügel ausbreiteten und aufgeregt riefen.

Fiiij-der-Flinke-Hacker-fiiij wartete geduldig mit geöffnetem Schnabel.

Urplötzlich schloß und öffnete er ihn mehrmals abwechselnd hintereinander: »Klapp-klapp-klapp!«

Welche Aufregung deswegen um ihn herum ausbrach! Keiner im Schwarm blieb stumm! Alle zischten, grunzten, kreischten, so laut sie konnten. Vergessen war, daß sie darauf gewartet hatten, daß er die Richtung wiese, in der große Dinge zu entdecken waren. Vergessen war alles andere. Denn keiner von ihnen vermochte zu klappern wie ein Storch. Fiiij-der-Flinke-Hacker-fiiij war der einzige, den das Geräusch nicht erregte.

Am Himmel entdeckte er einen weißen Strich. Zweifellos stammte er von einem herabfallenden Stein. Daran war nichts ungewöhnlich, ebensowenig wie an der Abwesenheit des Gespürs. Das würde sich schon irgendwann wieder einstellen! Und so etwas wie jetzt kam gelegentlich vor. Manche Steine lagen auf dem Boden, andere fielen vom Himmel, aber die meisten lagen einfach nur da und bewegten sich nicht. Es sei denn, man hackte nach ihnen. Dann sprangen sie weg, kullerten Abhänge hinab oder stürzten in Schluchten. Doch meistens blieben sie ruhig liegen. Wenn sie das nicht taten, sich also bewegten, dann eher gemächlich. Nicht wie die Steine, die vom Himmel fielen. Die flogen so schnell, daß ihnen ein Geier kaum mit dem Auge folgen konnte. Erst wenn sie am Boden lagen, verhielten sie sich ruhig. Wie jeder andere Stein.

Aber manche von ihnen flogen auch nachts!

Fiiij-der-Flinke-Hacker-fiiij schüttelte sich unangenehm berührt. Er erinnerte sich schwach, einmal von seinem Gespür an einen Ort geführt worden zu sein, wo zuhauf Steine geflogen waren. Sie waren nicht vom Himmel gefallen, jedenfalls nicht zunächst. Sie waren vom Boden aufgestiegen und danach erst vom Himmel gefallen. Dann waren sie ruhig liegengeblieben, oft inmitten vieler Entdeckungen. Die flogen auch nie nachts!

Urplötzlich wußte Fiiij-der-Flinke-Hacker-fiiij, warum das Gespür weg war. Hier war das Ziel! Völlig überraschend erhob er sich flügelschlagend in die Luft. Sein Gefolge schloß sich ihm eilends an.

Der Weise und das Ende der Welt

Ein Dorf in Ikarilla, in der Nacht zum 17. Tag des Hitzemondes, im 458. Jahr der Abwesenheit Gottes

Die Stirnen beider Männer trafen sich genau über der Tischmitte.

»Autsch!« sagte Mojeb und legte seine Hand in saufbrüderlicher Zutraulichkeit auf den Nacken des ihm gegenübersitzenden Mannes.

Der stierte ihn aus rotunterlaufenen Augen an und fragte: »Was?«

»Was was?« meinte Mojeb.

»Was sie gesagt hat«, lallte sein Gegenüber.

Mojeb sah den anderen Mann verständnislos an. »Ich weiß nicht. Hab ich gerade was erzählt?«

»Ja.«

»Was denn?«

Der Angesprochene lehnte sich zurück, soweit das eben ging, da Mojeb seinen Griff zwar lockerte, aber nicht daran dachte, die Hand von dem Nacken zu nehmen. Er hielt sich ein Tuch vor den Mund, rülpste und stellte fest: »Du bist nicht von hier.«

»Nein«, sagte Mojeb. »Ich bin Jarmate.«

»Du bist ganz bestimmt nicht von hier«, beharrte der andere.

»Da hast du recht«, bestätigte Mojeb. Doch auch diese Antwort war nicht ausreichend.

»Keinen Augenblick glaub ich, daß du von hier bist.«

»Es ist ziemlich weit weg«, erläuterte der Mann aus Jarmatien.

»Da kannst du noch so oft behaupten, du bist von hier.«

»Tu ich doch nicht. Ich bin nicht von hier. Ich komme ja nicht mal von da. Jedenfalls nicht neuerdings, dings, dingsbums. War seit Jahren nicht daheim.«

»Glaubichnich.«

Mojeb erhob ungeduldig die Linke, um seinem Zuhörer mit den Fingerknöcheln auf den Schädel zu schlagen, auf daß er etwas mehr Entgegenkommen zeige. Doch in diesem Augenblick fiel der bedrohte Kopf des anderen Mannes zur Seite. Sein Mund öffnete sich und entließ einen herzhaften Schnarchlaut.

»Bist du noch wach?« erkundigte sich Mojeb und tätschelte fürsorglich den Nacken seines Saufkumpans, aus dessen Mundwinkel ein Speichelfaden rann. Die Antwort war ein neuerliches Schnarchen.

»Langweilig«, sagte Mojeb angewidert und zog kräftig an dem fremden Nacken, worauf sein Gegenüber nach vorn kippte. Sein Kopf knallte auf die Tischplatte und kam gleich neben einer Schale mit zweifelhafter Pampe zu liegen, die schon hier gestanden hatte, als Mojeb vor Stunden, vielleicht auch vor Tagen eingetroffen war.

Der Jarmate sah sich flüchtig nach neuer Gesellschaft um. Er erhob sich und kletterte auf den Tisch, wo er auf allen vieren verharrte und gründlich darüber nachdachte, wie er es anstellen sollte, zusammen mit seinem Trinkbecher aufzustehen, ohne den Inhalt zu verschütten oder dabei vom Tisch zu fallen. Nach reiflicher Überlegung ging er dieses Kunststück an und bewältigte es glanzvoll. Strahlend blickte er sich in dem Gasthaus um. Er sah Zecher wie sich selbst in unterschiedlichen Phasen der Trunkenheit, sah Pärchen, die sich zärtlich oder freizügig liebkosten oder die sich gar in irrtümlich für dunkel gehaltenen Winkeln ohne Hemmungen einander hingaben. Er entdeckte eine Runde, in der jemand das schmalzigste Lied der Welt angestimmt hatte und bei den Kehrreimen von völlig überforderten Sangesbrüdern und -schwestern begleitet wurde. Er sah Gäste, die reglos vor sich hin starrten, ohne je mit anderen zu reden, sei es, weil sie erschöpft waren, oder sei es, weil sie sich von Anfang an in dem Zwiespalt befunden hatten, zwar Gesellschaft zu suchen, aber niemandem Gesellschaft leisten zu wollen. Er sah keinen, der von Herzen unbeschwert gewesen wäre.

Mojeb hob seinen Becher und schrie: »Trinkt!«

Er sah sich erwartungsvoll um, doch niemand schenkte ihm Beachtung. Abermals rief er ausgelassen: »Trinkt!« Obgleich er seine Aufforderung mit kleinen Tanzschritten begleitete, blieb das Ergebnis dasselbe. Zu allem Überdruß merkte er, daß ihm der Wein aus dem Becher den Arm hinunterrann. Plötzlich erinnerte er sich, daß er ursprünglich etwas anderes von sich hatte geben wollen. Er brüllte: »Trinkt! Morgen ist alles vorbei!« und lachte.

Niemand sonst lachte. Ein paar Schluchzer waren zu hören und ein zorniges »Halt's Maul!«

Diese Leute verstanden einfach keinen Spaß, dachte er enttäuscht. Sie merkten nicht, wenn sie aufgezogen wurden. Wie oft hatte er ihnen schon gesagt, daß die Welt nicht untergehen werde, doch sie hörten immer weg. Sie taten so, als wüßten sie es besser. Von wegen! Bezichtigte man sie dann ob ihrer Verstocktheit völlig zu Recht, nur Dung im Kopf zu haben, so wurden sie für gewöhnlich streitsüchtig.

»Und du glaubst also, dich auszukennen«, herrschte ihn ein Tavernenbesucher an, der an den Tisch getreten war und offensichtlich Streit suchte. Mojeb konnte sich nicht daran erinnern, ihn angesprochen zu haben. Vielleicht hatte er laut gedacht. Da er nicht auf Streit aus war, antwortete er bereitwillig von der Höhe des Tisches herab: »Ich glaub es nicht nur, ich weiß es!«

»Und woher?« höhnte der andere. Er wirkte fehl am Platz. Zu reich, zu schnöselig. Zu besseren Zeiten hätte er sich bestimmt nicht in diese Kaschemme verirrt. Doch wo man einkehrte und sich aufhielt, schien in diesem Land, das sich in Gänze im Totentanz wiegte, keine Bedeutung mehr zu haben.

»Weil es so ist! Weil hierfür die falsche Jahreszeit ist!« gab Mojeb die ausstehende Antwort. Sein Gegenüber zeigte darauf einen Gesichtsausdruck, den er bereits kannte. Nicht zum ersten Mal erlebte er, daß ihn jemand wegen seiner Behauptung für irre hielt. Aber dieses Mal spiegelte sich in dem anderen Gesicht mehr wider, nämlich daß sein Besitzer – irre hin oder her – sich nicht mit seiner Einschätzung zufrieden geben wollte. Zum Glück trat Tasila hinzu und zerrte den Schnösel weg, bevor er handgreiflich wurde.

»Hör nicht auf ihn! Der Arme weiß doch nicht, was er sagt«, sprach sie beruhigend auf ihn ein und warf Mojeb einen flehenden Blick zu. Der hob die Hand in einer verzeihenden Geste und stapfte zum Ende des langen Tisches und wieder zurück.

Alles war doch so einfach, murmelte er. Aber vielleicht war es schwer auszudrücken. Wie er in seiner Jugend gelernt hatte, bestimmten drei Kräfte die Welt: das Ja, das Nein und das Unbestimmte. So wie es kalte Winter und heiße Sommer gab und Zeiten, zu denen man nicht recht wußte, woran man war. Etwa, wenn der Winter ging, aber der Frühling noch nicht da war. Oder wenn ein Winter kam, in dem kein Schnee fiel, sondern das Wetter nur schlecht wurde und schlecht blieb, bis es irgendwann wieder besser wurde. Was war das? Etwas Unscharfes, Verschwommenes. Nicht Winter, aber auch nicht ›nichts‹. In den Bergen seiner Jugend, ganz tief im Süden, hatte das jeder verstanden. Doch hier, wo man im Grunde gar keine Jahreszeiten kannte, fiel es den Einheimischen schwerer. Dennoch: Warum konnten die Leute hier nicht begreifen, daß ein wahrhaft welterschütterndes Ereignis wie das Ende allen Seins ausschließlich im heißesten Sommer oder im kältesten Winter stattfände, nämlich bei ganz klaren Verhältnissen? Anderes war nicht zu erwarten: Die Welt mochte vielleicht mit einem Knall enden oder einem Flüstern, aber ganz gewiß nicht beiläufig und nebenbei! Das wäre doch zu läppisch!

»Komisch, daß du dann nicht gelassen zu Hause sitzt und das Maul hältst, sondern genau dasselbe treibst wie wir dummen anderen!« hörte Mojeb den Schnösel sagen. Tasila war mit ihrer Ablenkung anscheinend nicht allzu erfolgreich gewesen.

Mojeb klopfte sich entrüstet auf die Brust: »Habe ich denn behauptet, dieser verfluchte neue Stern sei ein Heilszeichen? Wie käme ich dazu? Seitdem ich bei euch bin, redet man mir unablässig ein, daß er großes Unheil verheiße. Ich bestreite nicht, daß es so sein kann. Doch zwischen einem Weltuntergang und einem beschaulichen und zufriedenstellenden Leben gibt es eine Fülle unerquicklicher Verhältnisse, die du bestimmt nicht erleben willst. Schlimmes mag geschehen, Grauenhaftes gar. Glaube mir, ich sage das nicht nur so. Ich habe einiges gesehen. Aber es wird nicht das Ende sein!«

Der Schnösel winkte ab. »Narrengeschwätz!«

Mojeb schüttelte den Kopf. »Im Gegenteil. Ich bin der einzige Schlaue hier!« Er sprang vom Tisch, wobei er sich auf etwas stützte, das sich ihm hilfreich entgegenstreckte. Zu spät bemerkte er, daß es der Kopf seines vormaligen Trinkgefährten war, der sich gerade erhob. Dieses Mal drückte Mojeb ihn nicht neben die Schale mit dem zwielichtigen Inhalt, sondern mitten hinein. Der Kumpan störte sich nicht weiter daran und schlief wieder ein.

»Und worin sollte sich deine Schläue äußern?« fragte ihn der Möchtegernstreithahn überheblich.

Doch Mojeb beachtete ihn nicht weiter. In sich hinein lächelnd, stolperte er ins Freie, wo es zu seiner Überraschung Nacht war. Er gönnte den Myriaden leuchtender Sterne einen kurzen Blick, während er zur Maultiertränke wankte. Dort sammelte er sich, hielt die Luft an und tauchte dann rasch den Kopf ins Wasser. Es war nicht eisig kalt, wie er stillschweigend erwartet hatte, sondern eine lauwarme Brühe. Trotzdem wiederholte er sein Tun so lange, bis er sich wieder frischer fühlte. Eine Zechtour, die man verschlief, war zumindest Verschwendung, wenn nicht gar Sünde!

Er ließ sich an dem Trog nieder, um eine Weile die Nachtluft zu genießen. Plötzlich mußte er kichern. Selbstverständlich war er schlau!

Sein letzter Aufenthaltsort war ein Landstrich gewesen, den der Krieg so ausgezehrt hatte, daß niemand mehr wußte, warum er dort länger verweilen sollte. Ein triftiger Grund hatte ihn nach Ikarilla geführt, als der allgemeine Wahn sich schon breit gemacht hatte. Mojeb hatte in seinen fast dreißig Lebensjahren einiges an Leid und Not gesehen und eine wichtige Lehre daraus gezogen: Wenn es keine Hoffnung mehr gab, keine Aussicht auf Rettung, keinen Gedanken an ein Morgen, wenn alles Streben nur noch der Gegenwart galt, dann war die Zeit gekommen, wo der Kluge trank, sang und tanzte. Denn billiger würde das Leben nicht mehr werden. Nie bekam man so viel für sein Geld wie zu Zeiten des Weltuntergangs, wenn niemand mehr einen Sinn darin sah, zu sparen, zu raffen oder zu geizen. Das hatte er in den letzten Tagen ausreichend bestätigt gefunden.

Sicherlich, wenn der letzte Augenblick ausbliebe und statt seiner ein weiterer käme und dann noch einer, gar ein neuer Morgen, dann würden die Preise in schwindelerregende Höhen schnellen. Doch jetzt zu knausern konnte diese Entwicklung nicht verhindern, sondern würde allenfalls dazu führen, daß er für Monde, vielleicht Jahre der verpaßten Gelegenheit hinterhertrauerte.

Zu Beginn seines Aufenthalts in Ikarilla hatte der raschen Umsetzung dieser einfachen Philosophie allerdings im Wege gestanden, daß seine Barschaft von der weiten Reise arg zusammengeschrumpft war. Also hatte Mojeb kurzentschlossen in einer kleinen Gefängnisfeste seine Dienste angeboten. Dem etwas seltsamen Kommandanten der Burg hatte er vorgeschwärmt, daß er erfahren mit der Waffe sei, dazu treu und pflichtbewußt und zudem – was wohl alles sage – ein Jarmate! Dann war er zum Wermutströpfchen gekommen: Seinen Dienst könne er allerdings erst in ein paar Tagen antreten. Jedoch benötige er jetzt gleich einen Vorschuß auf den Sold, am besten für die nächsten beiden Monde.

Mojeb war noch immer unverständlich, warum der Kerkerkommandant so überraschend schnell eingewilligt hatte. Fast schien es, als wollte er seinen neuen Gehilfen schleunigst wieder loswerden. Doch seiner Erfahrung nach hatten es Kerkerkommandanten niemals eilig. Sie hatten stets alle Zeit der Welt. Es sei denn, sie waren nicht das, was sie zu sein vorgaben. Etwa Häftlinge, die sich als Kerkerkommandanten ausgaben. Oder sie waren selbst Halunken, die vielleicht planten, mit der Soldkasse ...

Mojeb schreckte auf, rieb sich Augen und wunderte sich. Er hatte sich doch nur kurz gegen den Trog lehnen wollen, um sich ein wenig auszuruhen! Anscheinend war er dabei eingenickt. Wieviel Zeit mochte wohl verstrichen sein?

Steif erhob er sich und kehrte in die Taverne zurück. Viel hatte sich dort zwischenzeitlich nicht verändert: Die Sangesrunde mißhandelte ein neues, noch süßlicheres Lied, und der Bursche, der

Streit mit ihm gesucht hatte, kauerte in einer Ecke und heulte Rotz und Wasser.

Wie es längst üblich war, füllte Mojeb seinen Becher selbst. Als bald darauf Tasila bei ihm vorbeikam, schlang er den Arm um ihre Hüfte und zog sie auf seinen Schoß. Er küßte sie auf die Wange und flüsterte: »Danke für deine Hilfe, Tasila. Mach dir keine Sorgen.«

»Ich heiße nicht Tasila, sondern Tulila«, antwortete sie.

Er lachte: »Du hast mir selbst gesagt, du hießest Tasila.«

»Wohl kaum«, beharrte sie. »Wir haben bisher nicht einmal miteinander geredet. Tasila steht dort drüben.«

Sie zeigte auf eine ihm wildfremde Frau.

»Die habe ich noch nie in meinem Leben gesehen!« beschwerte sich Mojeb.

»Nun, ich bin Tulila«, erklärte Tulila. »Das ist Tasila. Mit mir hast du dich nicht unterhalten. Und wenn es Tasila auch nicht war ...«

»Dann gibt es noch eine weitere«, folgerte Mojeb scharfsinnig.

»Vikaheilauloali?« schlug Tulila vor. »Aber die habe ich seit drei Wochen nicht mehr gesehen.«

»Nein, die bestimmt nicht. Bis eben wußte ich nicht einmal, daß man so gottlos heißen kann!«

Er stand so schnell auf, daß Tulila beinahe von seinem Schoß gerutscht wäre. Entschlossen schlüpfte er in seinen Mantel, nahm sein Schwert und was ihm sonst noch gehörte und wankte aus der Taverne. Es war an der Zeit, dieses Haus der Wirrungen zu verlassen und einen Ort zu finden, wo die Schankmaiden nicht ständig die Namen wechselten.

Als sich Mojeb viel, viel später in einem fremden Bett wiederfand, gestand er sich ein, daß seine Bemühungen, in der Zukunft nichts zu bedauern zu haben, zu manchen Zeiten Einsprengsel von Reue aufwiesen. Seine Schlafstatt schien sich wie ein Floß auf hoher See zu bewegen. Er fürchtete sich davor, sich übergeben zu müssen und anschließend am Erbrochenen zu ersticken. Doch gleichzeitig fühlte er sich nicht in der Lage, irgend etwas gegen das drohende Verhängnis zu unternehmen.

Die Botschaft Gottes

Sadi, am 17. Tag des Hitzemondes, im 458. Jahr der Abwesenheit Gottes

Seffenaiu hatte es mit seiner Rückkehr nach Pinapataui nicht eilig. Zum einen wurde er erst im Lauf des Tages zurückerwartet. Zum anderen hatte er, ganz wie ihm die Gräfin vor seinem Aufbruch mitgeteilt hatte, von dem Kaufherrn keine Botschaft mündlicher oder schriftlicher Art erhalten, weshalb er ihr bloß würde berichten können, daß alles wie erwartet verlaufen sei. So stand also einem Bummel durch Sadi nichts im Wege.

Das Leben in der wohlhabenden Stadt, die wegen ihrer dunklen Häuser und ihres streng geometrischen Aufbaus auf Fremde oftmals abweisend und bedrückend wirkte, unterschied sich kaum von dem in sorgloseren Zeiten. Solange sich Seffenaiu nur in den Bogengängen bewegte, welche die meisten der quadratischen Wohnblöcke zur Straße hin zierten und wo kleine Läden, Werkstätten und Tavernen ihr Zuhause hatten, erschien alles wie immer. Dieser Eindruck war indes nicht mehr aufrechtzuerhalten, wenn er an einem der endlos vielen Heiligenschreine vorbeikam, was spätestens der Fall war, wenn er eine Kreuzung überquerte. Denn dort fanden sich meist gleich vier, nämlich einer an jeder Hausecke.

Obgleich Seffenaiu in einem nicht sonderlich glaubensstrengen Elternhaus im ländlichen Norden Ikarillas aufgewachsen war, hatte es ihm die Sprache verschlagen, als er zum ersten Mal erlebt hatte, wie die Stadtbewohner ihren religiösen Pflichten nachzugehen pflegten. Sie hatten sie vollständig in ihr Leben eingegliedert und erledigten sie sozusagen nebenher auf ihren alltäglichen Gängen. Sie verbeugten sich im Vorbeieilen vor dem Schrein der heiligen Elili, knieten kurz vor dem des heiligen Akolu nieder, ohne jedoch das Gespräch zu unterbrechen, das sie gerade führten, betraten etwa die Werkstatt des Schneiders Hafokui und danach den Laden, in dem sie schon immer ihr Kokosöl gekauft hatten, und ließen dazwischen weder den heiligen Tomu noch die heilige Ema gänzlich unbeachtet.

Mit der großen Aionarsbasilika sah es dagegen ganz anders aus. Sie fand so wenig Beachtung, daß die Priesterschaft des Abwesenden Gottes das Gebäude schon seit Generationen nur noch an den höchsten Feiertagen öffnete.

Heutzutage, als Erwachsener, wußte Seffenaiu, daß sich Sadi nicht wesentlich vom restlichen Ikarilla unterschied. Allein der Umstand, daß die Bauern in ihren Dörfern nicht ebenfalls Hunderte von Schreinen erhalten konnten, hinderte sie daran, derselben leichtflüchtigen Frömmigkeit wie die Städter anzuhängen.

Doch das, was der Ritter an diesem Tag während seines Gangs durch die Straßen sah, entsprach keineswegs dem gewohnten Bild. Sämtliche Schreine waren geschmückt, und vor vielen standen oder knieten hilfe- und trostsuchende Gläubige, die augenscheinlich nicht beabsichtigten, so bald wieder weiterzugehen.

Wie zum Ausgleich entdeckte er dafür erheblich weniger Männer oder Frauen, die glutäugig und heiser ihre Mitmenschen zu Besinnung und Abkehr von allerlei Bosheiten aufforderten. Er hatte den Sinn solcher Ermahnung ohnehin nie verstanden, wenn die Prediger doch im selben Atemzug verkündeten, daß jede Reue vergeblich und das Ende der Welt längst beschlossen sei – und daß man nun die wenigen Augenblicke abzählen könne, bis die Gerechten von den Verdammten getrennt würden, die Schuldlosen von den ebenfalls Verdammten und die zu Erlösenden von den gleich drei- und vierfach Verdammten und den bis lange nach dem Ende aller Tage Verfluchten!

Dennoch blieb Seffenaiu bei einer Menschenansammlung stehen, die sich um eine dieser Schicksalsverkünderinnen gebildet hatte. Obwohl die schlicht gekleidete Frau nichts anderes von sich gab als das, was auch Seffenaiu im Grunde seines Herzens dachte und erwartete, fing er nach einiger Zeit an, sie zu hänseln. Er gefiel sich darin, seinen Geist blitzen zu lassen, um mit gelenkiger Zunge scharfsinnige und zunehmend bissiger werdende Zwischenrufe von sich zu geben.

Wie aufgeblasen sie war, wie selbstgerecht! Wie wenig dieses

Trampel seinen geschliffenen Sätzen entgegenzusetzen hatte! Allein ihre Dummheit, nicht einzusehen, wie völlig überlegen er ihr war, hinderte sie daran, sich geschlagen zu geben!

Einige Zuhörer wandten sich zu ihm um, andere zischten. Seffenaiu richtete sich überheblich lächelnd kerzengerade auf, damit sie ihn besser sehen konnten: ihn, den Ritter. Ihn, einen zwar unbedeutenden, aber dennoch einen *Herrn* dieses Landes! Er ließ sie spüren, was er von ihnen hielt: Sie waren nichts! Gar nichts. Sie mochten sich zwar über ihn ärgern, aber letztlich blieb ihnen nur eines übrig, nämlich ihn zu erdulden.

Plötzlich erkannte Seffenaiu, daß seine Einschätzung nicht mehr ganz so zutreffend war wie ehedem. Er fragte sich, ob seine Bissigkeiten und Pöbeleien immer noch so ohnmächtig ertragen werden würden, wenn jetzt eine andere Tageszeit wäre, vielleicht auch ein etwas abgeschiedenerer Ort? Er hatte Zweifel daran, sogar erhebliche. Das war neu! Das war besorgniserregend.

Selbstverständlich nur allgemein gesprochen!

In einem Anfall von Blutrünstigkeit stellte sich der Ritter vor, wie sich die Verhöhnten gegen ihn wandten und sich auf ihn stürzten. Sollen sie kommen, dachte er und malte sich aus, wie er mit der Reiterkeule ihre Schädel zerschmetterte und ihnen mit dem Schwert die Köpfe abschnitt, die Leiber aufschlitzte, ihr Blut verspritzte.

Sollten sie nur kommen! Sie würden doch nichts damit erreichen!

Seffenaiu hörte sich mit den Zähnen knirschen, fühlte die Muskeln seines Gesichts, die verkrampft waren von dem, was ihn ihm vorging, und sah die Furcht derer, die ihn erschrocken ansahen. Er wandte sich ab und ging. Sein boshaftes Vergnügen hatte plötzlich einen schalen Beigeschmack bekommen.

Etwa einen Häuserblock entfernt fühlte der Ritter seine Ohren heiß werden.

War das die fröhliche Gelassenheit, mit der er seinem Ende entgegensehen wollte? War sie das? Falls ja, so sollte sie künftig als unsagbar peinlich bezeichnet werden.

Was war bloß in ihn gefahren?

Eine Ablenkung mußte her, um seine Beschämung möglichst schnell zu vertreiben. Seffenaiu sprach den nächsten Menschen an, der ihm entgegenkam, nämlich eine zahnlose Greisin: »Sag, Frau, gibt es in der Stadt irgendwo auch einen Schrein des heiligen – wie hieß er gleich? – Pilui?«

»Der Säufer?« fragte die Frau unverblümt. »Mein verstorbener Mann ...«

Seffenaiu lächelte gemäßigt höflich. Er wollte eine kurze Auskunft erhalten und keine Lebenserinnerung erzählt bekommen.

»... mochte ihn nie«, fuhr die Alte fort. »Aber ich habe ihn immer in Ehren gehalten.« Sie kratzte mit den gekrümmten Fingern der einen Hand an seinem Gewand.

Der Ritter griff nach seiner Börse, worauf die Frau zwar aufhörte, an ihm zu kratzen, dafür sich aber mit ihrem ganzen Gewicht zutraulich gegen ihn lehnte. Zu spät fiel ihm ein, daß er schon am Vortag den Stallburschen hatte vertrösten müssen. Er besaß noch immer keine kleinen Münzen. Seffenaiu schickte sich in sein Los und gab der Alten einen silbernen Schem. Sie geriet darüber ganz außer sich vor Freude und versprach, ihn augenblicklich zu dem Heiligen zu führen. Schon bewegte sie sich mit winzigen, sorgfältig überlegten Schrittchen vorwärts.

»Ist es denn weiter als bis zum nächsten Haus?« erkundigte sich Seffenaiu vorsorglich.

»O ja!« antwortete seine Führerin. »Es ist am Markt!«

»In dem Fall zöge ich es vor, wenn du mir beschriebest, wo der Schrein steht. Ich werde ihn dann schon finden.«

»Aber ich kann Euch doch begleiten, junger Herr.«

»Sicherlich. Aber lieber nicht. Zeig mir einfach den Weg, Mütterchen.«

Ihre Beschreibung war gut genug, so daß Seffenaiu wirklich nicht allzu lange suchen mußte. Der Schrein des heiligen Pilui befand sich in der Nische einer Hauswand, gleich neben der Werkstatt eines Hutmachers. Die flache Vertiefung war etwa vier Ellen hoch und drei breit und enthielt ein durch die Berührung vieler Hände glänzend poliertes, bronzenes Halbrelief, das den Heiligen darstellte. Er war überhaupt nicht so dargestellt, wie Seffenaiu erwartet hatte, nämlich wie ein fröhlicher Mops. Statt dessen war er spindeldürr. Auch sah man ihm an, wie sehr er litt. Was war – genau bedacht – auch anderes zu erwarten gewesen? Mondelanges Trinken unter Heiden hinterließ bei jedem Spuren.

Wie so viele vor ihm legte auch Seffenaiu seine Hand auf das Relief, was nach gängigem Glauben vorbeugend wirken sollte gegen künftige Beschwerden.

Sadis Markt bildete den Kreuzungspunkt zweier Straßen, nämlich einer, die an der Küste entlanglief, und einer zweiten, die vom Hafen ins Landesinnere führte. Auf dieser war Seffenaiu auf dem überwiegenden Teil des Weges von Pinapataui nach Sadi geritten. Der Platz, der gegenwärtig von Tausenden geschäftiger Menschen gefüllt war, wurde umrahmt von Häusern, die für den Baustil Sadis so typisch waren und denen man sofort den Wohlstand ihrer Bewohner ansah. Auch wenn sie alle quadratisch waren und einen Innenhof besaßen, unterschieden sie sich in der Ausdehnung der unbebauten Fläche um sie herum und der Anzahl ihrer Stockwerke. Das waren wichtige Kennzeichen. Gebäude mit nur einem Stockwerk wurden von den Reichen der Stadt bewohnt, solche mit zwei Stockwerken von den nicht mehr ganz so Reichen, die darauf angewiesen waren, ihre Wohnstatt mit einer weiteren Familie zu teilen. Gebäude mit fünf, gar sechs Stockwerken waren Mietshäuser. Seffenaiu hatte zwar nie einen Fuß in einen der lauten, hellhörigen, nach ranzigem Öl und den Kochkünsten gegenwärtiger und verflossener Bewohner stinkenden Kästen gesetzt – bewahre! –, wußte aber, daß in ihnen weit mehr als nur fünfmal soviel Menschen wohnten wie in den flachen Häuschen der Reichen.

Zwei Gebäude unterschieden sich. Sie standen sich an entgegensetzten Enden des Platzes gegenüber, nämlich der mächtige weiße Rundbau der Basilika des Abwesenden Gottes und der prächtige Vogtspalast. Er war ein längliches Gebäude, das dem Marktplatz die schmale Seite zeigte. Der Palast, durch die Verwendung dunkel- und hellgrauer Steine mit Mustern überzogen, bestand im wesentlichen aus einem Hauptschiff, an das sich beidseitig je drei parallele Seitenschiffe anlehnten, deren Höhe zum Hauptschiff anstieg. Seffenaiu hatte das Gebäude vor ein paar Jahren kurz von innen gesehen. Er war überrascht gewesen, sich urplötzlich in einem Wald von Säulen wiederzufinden, den das Licht aus ausgeklügelt angebrachten Fensteröffnungen in eine Traumwelt mit tanzenden Geistern verwandelte.

Der Ritter ließ sich in der Menschenmenge treiben. Sadis Markt bot alles, was Felder, Meer und Weiden hergaben. Dieses für sich schon reichhaltige Angebot wurde erweitert durch eine Fülle getöpferter, geschnitzter, geschmiedeter, gehämmerter, gegossener, geflochtener, gewobener und gefärbter Erzeugnisse vieler kleiner und großer Werkstätten. Hinzu kamen noch Waren, die in vertraut oder fremd aussehenden Schiffen über das Meer gebracht worden waren. Von seiner Unterkunft aus, die sich in der Nähe des Hafens befand, hatte Seffenaiu zwanzig dickbauchige Schiffe gezählt, die gegenwärtig in Sadi vor Anker lagen. Knapp die Hälfte von ihnen waren einheimische Segler, fast noch einmal so viele entstammten den Ländern der Ehernen Liga und anderen Anrainerstaaten des Ikarillischen Golfes. Der Rest kam von sehr viel weiter her, eines sogar aus Eulykien, das wer-weiß-wo liegen mochte. Seffenaiu kannte den Namen des Landes nur deswegen, weil er die Kapitänin des Schiffes – eine Frau mit wahrhaft abenteuerlichem Kopfputz – beim Betreten eines Hauses beobachtet hatte, das in der Nähe seiner Herberge stand. Ein Schild wies es als *Eulykisches Kontor* aus. Zu Gunsten des Hauses nahm Seffenaiu an, daß sich »eulykisch« auf ein Land beziehe und nicht etwa eine beschönigende Umschreibung für eine Stätte des Lasters sei.

Am Stand eines Schneiders blieb Seffenaiu stehen und verfolgte, wie die beiden fast erwachsenen Töchter mit schlafwandlerischer Sicherheit Stoffe zerteilten. Ihr kleiner Bruder schnitt Grimassen, worauf der Ritter spielerisch mit dem Finger drohte, womit er das Kind zum Lachen brachte. Unterdessen versuchte der Schneider einer Kundin, die einen Sarong in Auftrag geben wollte, das komplizierte Muster auszureden, das ihr vorschwebte.

»Ihr müßt verstehen, daß wir das Tuch für jede Farbschicht neu einfärben müssen«, hörte ihn Seffenaiu erklären. »Dabei müssen wir allen Stoff, der keine Farbe abbekommen soll, mit Wachs schützen. Das heißt also jedesmal: färben, trocknen, altes Wachs entfernen, neues auftragen. Diesen Vorgang wiederholen wir fünf-, sechsmal, was aber voraussetzt, daß das Muster, das Ihr haben wollt, sich einfach zerteilen läßt. Doch damit – bei der heiligen Semal! – meine ich etwas ganz anderes als Ihr. Geht davon aus, daß jeder Färbevorgang mindestens einen Tag verschlingt. Das dauert also gut und gern ...« Völlig ohne Vorwarnung drang ein lauter Schluchzer aus seiner Brust. Obwohl dem Schneider Tränen über die glattrasierten Wangen liefen, sprach er mit bebender Stimme weiter. Seine Kundin sah betreten zur Seite, während Tropfen um Tropfen auf das Tuch zwischen ihnen fielen. Die Töchter beugten sich tiefer über ihre Arbeit und gingen ihr noch eifriger nach. Einzig der Sohn versuchte nicht vorzutäuschen, daß alles seine Richtigkeit habe und wie immer sei. Er trat zu seinem Vater, umarmte ihn und sah verständnislos zu dessen nassem Gesicht auf. Da er nur halb so groß wie der Erwachsene war, sah er zwangsweise dort hinauf, wo sich die Quelle des väterlichen Schmerzes befand. Doch das verstand er nicht, und sowohl Seffenaiu als auch jeder, der Zeuge des Vorfalls war, hütete sich, zum Himmel zu blicken, wo der böse Stern im Verborgenen lauerte. Nach einigen Augenblicken stieß der Schneider seinen Sohn mit erstickter Stimme von sich. Umgehend begann das Kind die Kränkung in eine Welt hinauszuplärren, die mit ihrer Trauer nicht mehr zurechtkam. Seffenaiu bemühte sich, den durchdringenden Schreien schleunigst zu entkommen.

Wenn es ihm nicht gelang, zwischen langsamer gehenden Besuchern des Marktes hindurchzuschlüpfen, so schob er sie kurzerhand zur Seite. Wagten sie, sich zu beschweren, brachte er sie mit überheblich hochgezogener Augenbraue zum Schweigen. Zwischendurch erstand er bei einem Schnellbrater eine verlockend riechende Mahlzeit. Ein Meerschweinchen – halbiert, paniert und mit Erdnußmus bestrichen. Es roch köstlicher, als es schmeckte. Daher überließ es Seffenaiu einem Bettler, der offenbar kurz zuvor von einer Fischhändlerin von seinem ursprünglichen Platz vertrieben worden war. Nun saß er zeternd und immer wieder auf sein verlorenes Paradies deutend, auf einem sehr viel schlechteren Platz, wo ihn außer dem Ritter niemand wahrnahm und er mit angezogenen Beinen darauf achten mußte, nicht ständig getreten zu werden.

Die Fischhändlerin war eine praktisch denkende Frau. Unaufhörlich redend bot sie ihre Ware an. Sie bewahrte sie gut sortiert in Körben auf: Fische in allen Farben des Regenbogens – große, kleine, längliche, tellerrunde, manche glatt, manche mit Auswüchsen, andere teilweise durchsichtig. Sie hob sie an den Schwänzen hoch, pries ihre Vorzüge und warf sie zurück in die Körbe, wo sie mit halboffenen Mündern und glasigen Augen in eine Welt glotzten, die ihnen nicht mehr allzu viel zu bieten hatte. Gingen die Kunden nicht gleich auf das Angebot der Fischhändlerin ein, so gab sie zu dem großen Fisch, der schon auf dem Palmblatt lag und darauf wartete, eingewickelt und weggetragen zu werden, rasch noch einen kleineren. Schon wechselten kupferne Racs und silberne Schems ihre Besitzer.

Ein Klatschen riß Seffenaiu aus seinen Betrachtungen des einfachen Volkes und ließ ihn zu der gegenüberliegenden Seite der Gasse blicken, welche die Reihen der Marktstände trennte. Dort tätigte unter einem Sonnendach ein Buchhändler seine Geschäfte. Er hatte drei Lehrlinge dabei, ein Mädchen und zwei Jungen. Das Mädchen führte das Buchbinden vor, während die Jungen in schönen Buchstaben ein Dokument in der *lingua dei* kopierten. Die beiden sahen sich so ähnlich, als wären sie mindestens Geschwister, vielleicht sogar unechte Zwillinge. Gegenwärtig unterschied die beiden nachhaltig, daß sich auf der Wange des einen ein Handabdruck abzeichnete.

Der Buchhändler erkannte in Seffenaiu sogleich seine natürliche Kundschaft und wies den Ritter auf einige angeblich in das Leder ungeborener Kälber gebundene Schmuckstücke hin, von denen er stolz behauptete, sie stammten aus Danakinga, jenseits des Meeres, und seien erst gestern mit dem Schiff geliefert worden. Seffenaiu hörte aus Höflichkeit den Ausführungen des Händlers zu und berührte die Einbände der angepriesenen Bücher. Sie fühlten sich überaus weich und zart an. Plötzlich erinnerte er sich an Beatarisa. Den ganzen Tag hatte er noch nicht an die Schöne im weißen Sarong gedacht, die ihn auf der Königsburg angesprochen hatte. Er hoffte, daß sie sich noch immer »entsetzlich« langweilte und nicht inzwischen einen anderen Erlöser gefunden hatte. Ohne eine Pause im Redefluß seines Gegenübers abzuwarten, unterbrach er den Buchhändler: »Führst du auch etwas Frivoleres?«

Der Mann stutzte nur kurz. Er ging zu einer in Samt eingeschlagenen Truhe, öffnete sie und ...

»Seht doch!« ertönte durchdringend die Stimme der Fischhändlerin. Sie deutete zum Himmel.

Zuerst dachte der Ritter, die Frau wolle auf den großen Geierschwarm hinweisen, der ungewohnt schnell über die Stadt flog und mit etwas Abstand einem einzelnen Leittier folgte. Dann erkannte er, was sie wirklich meinte: Der sattblaue Himmel wurde durch eine durchgehende weiße Linie in zwei Hälften geteilt!

Während sich Seffenaiu noch einen Reim auf den Anblick zu machen versuchte, sah er, daß sich immer mehr Arme hoben, um zum Himmel zu zeigen. Diese Bewegung breitete sich in solcher Gleichförmigkeit über den Platz aus, daß sich Seffenaiu an eine Pfütze erinnert fühlte, in die jemand gespuckt hatte: eine kleine Welle, die immer noch randwärts wanderte, als sich – abermals vom Zentrum ausgehend – schon wieder die ersten Arme senkten. Am Ende blieb nur noch eines: Ein jeder dieser Tausenden von Menschen, die sich auf dem Markt aufhielten, starrte zum Himmel. Selbst der Bettler hatte sich staunend erhoben.

Unversehens blickte Seffenaiu in ein Augenpaar, in dem nacktes Entsetzen lag. Er benötigte nur einen Herzschlag, um das Mädchen zu erkennen. Sie war eine der Töchter des Schneiders. Er hatte sie dabei beobachtet, wie sie flink und sicher Stoffe zerteilt hatte. Im Nu begriff er, was sie am Himmel sah.

Er blickte hinauf zu der Linie aus unschuldigem Weiß, die den Himmel zerrissen hatte, und bewegte tonlos murmelnd die Lippen: »Der Teilung des Himmels folgt die Teilung der Welt! Sie trennt die, die verschont bleiben sollen, von jenen, für die es keine Zuflucht mehr geben wird.«

Das, was er seit Tagen mit Bangen erwartet hatte, hatte begonnen.

Urplötzlich erklang ein hundertfaches, verzücktes »Oh!«, als überraschend eine zweite weiße Linie auszumachen war. Sie überspannte nicht urplötzlich den gesamten Himmel – wie es ihre Vorgängerin vielleicht auch nicht getan hatte –, sondern wuchs langsam und gleichmäßig. Beinahe würdevoll wurde sie über das Firmament gezogen. Sie hatte noch längst nicht den Horizont erreicht, als eine dritte und vierte Spur entdeckt wurden. Auch dabei sollte es nicht bleiben. Rasch hatte die Zahl der unterschiedlich langen Striche das erste Dutzend überschritten. Dann trat ein neues, wundersames Ereignis ein: Eine der Linien teilte sich.

Auch Seffenaiu empfand den Anblick der ständig mehr werdenden, parallelen und sich schneidenden hellen Linien auf dem blauen Grund beeindruckend schön. Kein Wunder, daß niemand sich sorgte, sich fürchtete oder gar Verdacht schöpfte. Wer hätte auch ahnen können, daß der Weltuntergang als Erlebnis für Schöngeister begönne?

Seffenaiu überlief es heiß, als ihm einfiel, daß er noch seinen Trinkspruch an das Ende der Welt hatte ausbringen wollen. Ein Becher! Er brauchte umgehend ein Trinkgefäß! Am besten eins, das mit Wein gefüllt war. Doch etwas anderes täte es auch ... Ein Becher, die ganze Welt für einen Becher!

Er sah sich um, ohne etwas Brauchbares zu entdecken.

»Laßt mich vorbei«, fuhr er seinen Nachbarn an. Der nahm ihn jedoch erst nach mehreren Aufforderungen zur Kenntnis und war obendrein nicht allzu gewillt, dem Begehren nachzukommen. Als er es dann doch zu tun gedachte, mußte er feststellen, daß alle um ihn herum viel zu dicht standen und er niemanden vorbeilassen konnte. Achselzuckend blickte er wieder zum Himmel hinauf.

Seffenaiu wurde bewußt, wie eingekeilt er war. Anscheinend war er dazu verdammt, an diesem Fleckchen stehenzubleiben.

Nicht einmal in seinem letzten Atemzug fände er Gelegenheit dazu, das zu tun, was er gestern auf einen vermeintlich geeignetere Zeit verschoben hatte. Die Sätze, die er für den Trinkspruch ersonnen hatte, schossen ihm durch den Kopf: »Lebe wohl, Welt, die du lange vor uns da warst, für uns da warst, aber schon bald nicht mehr da sein wirst! Lebe wohl, Welt, mit deinen Bergen und Tälern, deinen Wäldern, Steppen und Mooren! Lebe wohl, mit deinen Flüssen und Seen, Meeren und Inseln. Lebe wohl, mit deinen Zillionen von Tieren und Pflanzen und auch uns, die wir dir hinterherfolgen werden. Lebe wohl, Welt! Ich leere diesen Becher für dich. Und nun geh hin!«

»Schneller!« befahl eine Stimme. Sie gehörte dem Buchhändler, Buchbinder, Kopisten oder als was immer sich der Mann selber bezeichnen mochte. Er trieb seine Lehrlinge zur Eile an. Seffenaiu stellte sich auf die Zehenspitzen und verrenkte den Hals, um besser sehen zu können. Ihr Herr und Meister ließ die Jungen und das Mädchen den Himmel mit seinen zahllosen Linien abzeichnen! Wie ein Besessener stach der Mann mit dem Finger auf die Pergamente seiner Schüler ein und rief: »Keine Schnörkel! Da kreuzen sie sich. Da fehlt eine. Da! Da! Da!« Bald entriß er den Halbwüchsigen ihre Zeichnungen und schob ihnen leere Blätter hin.

Konnte es eine sinnlosere Tätigkeit geben? fragte sich Seffenaiu. Das Muster am Himmel änderte sich doch laufend! Wo sah der Verrückte den Nutzen? Plante er vielleicht, die Zeichnungen zum Gedenken an diesen Tag zu verkaufen?

Doch an welchem anderen Tag?

Mit einemmal rollte ein ohrenbetäubender Donner über die Stadt. In der Ferne, landeinwärts, wuchs eine düstergraue Staubwolke ungestüm zum Himmel. Tausende von Schreckensschreien erklangen gleichzeitig, und all die Menschen auf dem Platz setzten sich in Bewegung: Greise und Kinder, Flinke und Lahme, Kräftige und Schwache, Rücksichtslose und Zurückhaltende. Sie schoben und drängelten in jede Himmelsrichtung. Niemand hatte die Wahl stehenzubleiben. Bewegung war alles.

Seffenaiu sah einen Flüchtigen über die Körbe der Fischhändlerin stolpern und stürzen. Er stand nicht wieder auf. Im Gegenteil, ein zweiter erlitt das gleiche Schicksal, danach ein dritter. Das Sonnendach vom Stand des Buchhändlers schwankte und brach über ihm, den drei Lehrlingen und den noch feuchten Abbildern des Himmels zusammen. Dieses Schicksal erlitten binnen kurzem alle anderen Marktstände. Sie verschwanden wie die Büsche auf Flußinseln zur Regenzeit.

Im reißendsten Fluß zu schwimmen konnte kaum schwerer sein. Wenn Seffenaiu zu stürzen drohte, krallte er sich am Nächstbesten fest oder stützte sich auf ihn. Dafür wurde er geschlagen. Also handelte er im umgekehrten Fall ebenso.

Nur wenige Schritte entfernt entdeckte er das Schneidermädchen. Wie eine Ertrinkende streckte sie den Arm um Hilfe flehend aus der Menschenflut. Er hielt ihr seinen entgegen, reckte ihn, zähnefletschend, bis seine und ihre Finger sich endlich, endlich ineinander verhakten.

Für einen kurzen Augenblick nur.

Dann wurden er und das Mädchen wieder auseinandergerissen. Die Strömungen des menschlichen Mahlstroms sorgten dafür, daß er sie nicht wiederfand. Zum Zurückblicken blieb keine Zeit. Die Flüchtenden vor ihm, eine ganze Reihe, verschwanden urplötzlich aus seinem Blickfeld. Sie waren gestürzt und hatten andere mit sich gerissen.

Seffenaiu wußte, daß der Druck der Menschenmasse ihm nicht erlaubte, stehenzubleiben oder gar einem der Gestrauchelten auf die Füße zu helfen. Genauso wußte er, daß ihm keinerlei Zeit blieb, um sie herumzugehen. Also entschied er innerhalb eines Lidschlags über ihr Schicksal. Er trampelte über sie hinweg, wie Hunderte andere, die ihm auf den Fersen folgten.

Was für eine Art zu sterben!

Seffenaiu spürte noch oft den Widerstand harter und nachgiebiger Hindernisse unter seinen Füßen, den Boden, der sich unter seinen Tritten bewegte, der sich hob und senkte. Als versuchten die Gestrauchelten verzweifelt, sich wieder aufzurichten, oder als trachteten ihre rächenden Geister, jenen das Gleichgewicht zu rauben, denen sie ihr Los verdankten, damit auch sie hinabgezwungen würden in unwürdige Pein. Doch wer stürzte, der war binnen kurzem tot, und seine vermeintlichen Hilfeschreie verwandelten sich in Einbildung. Hunderte, die vor Seffenaiu über die zerquetschten Körper gerannt waren, hatten dafür gesorgt.

Endlich gelang es ihm, den Platz hinter sich zu lassen. In der schulterbreiten Gasse zwischen zwei Mietshäusern gönnte er sich eine kurze Verschnaufpause.

Dutzende, vielleicht Hunderte waren auf dem Platz zu Tode gekommen. Ähnliche Tragödien hatten sich womöglich überall in der Stadt zugetragen. Sadi war kein Ort, an dem er sich länger aufhalten wollte!

Er eilte zu seiner Herberge am Hafen. Allerorten standen Menschen auf der Straße. Ihnen war nichts Schlimmes widerfahren, doch die Nachricht von dem Unglück, das sich auf dem Platz zugetragen hatte, war längst zu ihnen vorgedrungen. Neugier und Schrecken paarten sich, und sie waren begierig darauf, mehr zu erfahren. Doch auch sie sahen zum Himmel hinauf. Ein rascher Blick lehrte Seffenaiu, daß weitere Striche den Himmel vollschrieben. Die Schrecken waren längst noch nicht ausgestanden, und daher hatte er es um so eiliger, sein Pferd zu satteln. Das Tier war es gewohnt, seinen Herrn in Kampfgetümmel zu tragen, und so blieb es ruhig. Daß gerade die Welt unterging, schien es nicht zu ahnen.

Seffenaiu ritt zum nächsten Tor, wobei er in scharfem Ton jeden zur Seite trieb, der ihm im Weg stand. Er machte einen Bogen um Sadi herum, um auf die Straße zu gelangen, die ins Landesinnere führte. Nach einigen Meilen erspähte er einen älteren Mann, der auf dem Boden kniete. Beim Näherkommen erkannte Seffenaiu, daß dieser mit einem Stein Striche in die trockene Erde kratzte. Die Absicht hinter diesem sinnlos anmutenden Tun enthüllte sich ihm, als der Mann kurz zum Himmel aufsah und dann eine weitere Linie in die Erde ritzte. Er tat das gleiche, was der Buchhändler seine Lehrlinge hatte tun lassen!

Seffenaiu zügelte das Pferd und sprach den Mann an. Dieser sah erschrocken zu dem Reiter auf und antwortete mit belegter Stimme: »Ich schreibe sie ab.«

»Wen – ›sie‹?«

»Die Botschaft, Herr. Erkennt Ihr es nicht? Es ist eine Botschaft für uns, die an den Himmel geschrieben wurde.«

»Seltsam, ich kann sie nicht lesen«, verspottete ihn Seffenaiu.

»Mit Verlaub, Herr, es ist keine Schrift, wie wir sie kennen. Doch ich sorge dafür, daß sie später ein anderer wird lesen können, der schlauer ist als ich, was beileibe nicht schwer sein wird.«

»Eine Botschaft? Von wem sollte sie stammen?«

Der Alte blickte zu Boden, als er antwortete: »Sagt Ihr mir, wer den Himmel zu seiner Schreibtafel machen kann. Ich bin nur ein einfacher Mann. Beantwortet Eure Frage selbst.«

Grußlos ritt Seffenaiu weiter. Das beklemmende Gefühl, daß die Schrecken von Sadi noch nicht alles waren, was der Tag an Üblem bereithielt, wurde schier übermächtig.

Als Seffenaiu Stunden später die Straße verließ und den Weg zur Königsburg Pinapataui einschlug, konnte er sich nicht länger der Erkenntnis verschließen, daß er geradewegs auf das Herz der dunklen Wolke zuhielt. Unheilvoll hing sie über dem Weg. Sie wirkte nun nicht mehr ganz so dicht wie zu Anfang und dehnte sich weiter und weiter aus. Ein leichter Wind trieb sie gen Westen, zum Meer hin nach Sadi.

Seffenaiu ritt an entwurzelten Tulpenbäumen vorbei, die beidseitig der Straße zum Liegen gekommen waren. Die Urgewalt, die sie aus dem Erdreich gerissen hatte, hatte den Boden zu Schwellen aufgeworfen, die Pferd und Reiter einen Weg voller Windungen aufzwangen. Die Baumkronen zeigten allesamt in dieselbe Richtung, nämlich die, aus welcher der Ritter kam. Die Wurzeln wiesen zur Burg. Doch ihr vertrauter Umriß am Ende des Weges fehlte.

Als das Pferd wegen der staubgesättigten Luft unruhig wurde, ließ Seffenaiu es zurück, um den Rest des Weges zu Fuß zu gehen. Ein Tuch, das er sich um das Gesicht gewickelt hatte, ermöglichte ihm das Atmen. Je weiter er in die Wolke vorstieß, desto grauer wurde der Tag, so als wären schwere Gewitterwolken aufgezogen, welche die Sonne verhüllten, und als stünde ein Sturm bevor.

Dann schälten sich gezackte Mauerreste aus dem Grau.

Pinapataui, die Unbezwingbare, war so gründlich zerstört worden, daß an Überlebende nicht zu denken war. Teile der Burg waren in sich zusammengefallen, andere schienen von innen heraus zerborsten zu sein.

In einem Zustand dumpfer Betäubung schritt Seffenaiu am Rand des Trümmerfeldes entlang. Er wußte nicht, was er suchte, erkannte es aber, als er es sah: eine trichterförmige Vertiefung, rund hundert Schritt von der zerstörten Burg entfernt. Sie ähnelte den Kratern, welche die Geschosse mächtiger Katapulte hinterließen, war aber so groß, daß ein mehrstöckiges Haus hineingepaßt hätte. Gut dreißig Schritt war der Trichter weit bei einer Tiefe von zehn. Sein dunkelrot glühender Boden strahlte Hitze ab.

Eine Zeitlang starrte Seffenaiu wie durch die Augen eines Fremden in den Krater hinab. Er dachte nicht, empfand nicht, fühlte sich gänzlich unbeteiligt. Nach und nach verstand er, was er sah. Der Krater war nicht rund; seine Form gab Aufschluß über den Verlauf des Unglücks. Seffenaiu blickte zu der von Staubschleiern verhüllten Ruine. Das Geschoß mußte von Nordosten gekommen sein und hatte die Burg mit ihren mächtigen Mauern noch nicht einmal getroffen, sondern nur gestreift. Pinapataui mit seinen Hunderten von Leben war ihm lediglich im Weg gewesen.

In der Gewissheit, daß alle, die sich in der Burg aufgehalten hatten, zerrissen und in Staub verwandelt worden waren, lief Seffenaiu zu seinem Pferd zurück. Nun würde er das Geheimnis des Falkners nie erfahren. Dafür mußte er sich auch keine Gedanken mehr über das Entgelt von Stallburschen machen oder sich den Kopf über Frauen in weißen Sarongs oder über Gräfinnen zerbrechen.

»Ich bin kein Heiliger«, murmelte Seffenaiu. »Aber vielleicht bin ich jetzt der einzige Adlige weit und breit?«

Später fiel ihm auf, daß am Himmel keine neuen Linien mehr geboren wurden. Die alten hatten sich verbreitert, krümmten sich und wurden Wolkenschleiern immer ähnlicher. Alles war vorbei.

Der Ritter lachte und hüpfte. Die Welt war geteilt worden. Adel und Gemeine hatten sich gleichermaßen auf der anderen Seite der Trennlinie wiedergefunden. Warum ihm die seine zugewiesen worden war, verstand er nicht. Es kümmerte ihn auch nicht. Er war mit dem Ergebnis äußerst zufrieden.

Der Vertreter der Himmlischen Mächte und das Meer

Golf von Ikarillia, 600 Schritt über dem Wasser, am 17. Tag des Hitzemondes, im 458. Jahr der Abwesenheit Gottes

Fiiij-der-Flinke-Hacker-fiiij lauschte den vielen gleichzeitig gesungenen Liedern des Windes. Mühelos hörte er die beiden für ihn wichtigsten heraus: das schrill zirpende Rauschen und das dumpfe, verzögerte Kollern. Mit dem Rauschen lockten die warmen Strömungen, die ihn weiter nach oben tragen würden, mit dem Kollern hingegen die kühleren, die ihn wieder tiefer brächten.

Er flog über das Meer. Das tat er nicht oft. Meist flog er über das Land. Doch heute flog er über das Meer. Die anderen Geier flogen nie über das Meer. Auf dem Meer gab es nichts zu entdecken. Auf dem Land dagegen immer. Doch Fiiij-der-Flinke-Hacker-fiiij wußte um seinen Ruf. Wenn es etwas zu entdecken gab, so würde er es entdecken. Die anderen Geier glaubten fest daran, daß er alles entdeckte. Auf dem Land. Sogar im Wasser! Jedenfalls tags. Nachts nie. Deshalb folgten ihm immer noch welche, obwohl ihre Schreie verkündeten, daß es ihnen unangenehm war.

Heute fielen viele Steine vom Himmel.

Auf dem Meer schwamm ein großes Holz. Es war ein besonderes Holz. Eines von der Sorte, auf dem kahle Bäume wuchsen und Menschen gern in der Sonne standen oder umherliefen. Üblicherweise gab es auf solchen Hölzern nichts zu entdecken. Dennoch war Fiiij-der-Flinke-Hacker-fiiij einmal auf einem solchen Holz fündig geworden. Er hatte sich von einem scharrenden Wind hintragen lassen und war gelandet. Zielstrebig hatte er sich der Entdeckung genähert, doch sie war noch nicht soweit gewesen. Weil ihn die vermeintliche Entdeckung mit Gegenständen beworfen hatte, hatte er sein Verlangen für sich behalten müssen. Dennoch änderte das nichts daran, daß er einmal auf einem Holz im Wasser fündig geworden war.

Fiiij-der-Flinke-Hacker-fiiij sah aus einem Loch des Holzes ein Menschenweibchen herauskommen. Es hatte schwarz-weißes Haar und ein rotes Gesicht. Damit ähnelte es dem Weibchen, auf das er sich bei nächster Gelegenheit setzen wollte. Das war ein anziehendes Geierweibchen! Kein anderer Geier würde sie ihm streitig machen. Denn er war ein Geier, mit dem andere Geier flogen. Er war ein Geier, der jede Entdeckung erspähte. Und außerdem war er ein flinker Hacker.

Plötzlich sah Fiiij-der-Flinke-Hacker-fiiij, daß auf dem Unterarm des Menschenweibchens ein winziger Wal lag. Allerdings bewegte er sich so wenig, daß er durchaus eine Entdeckung sein konnte! Fiiij-der-Flinke-Hacker-fiiij folgte einem Brummwind tiefer hinab. Nun erkannte er, daß der winzige blaugrüne Wal auf dem Arm des Menschenweibchens nur ein Schatten war, der wie ein Wal aussah. Er würde nie der Entdeckung harren, es sei denn, zusammen mit dem Arm.

Wieder fiel ein Stein von Himmel. Er verschwand im Wasser, nur einen kurzen Schlenkerflug von dem Holz entfernt. Dort, wo er lautlos eingetaucht war, spritzte das Wasser. Es spritzte nicht, wie Wasser spritzte, wenn Wassertropfen darauf fielen. Es spritzte nicht wie Wasser, wenn Wale riefen. Es spritzte ganz ungeahnt. In einer Säule stieg es höher auf als ein Hügel, höher auf als ein Berg, so hoch, daß das Holz ganz in seinem Schatten verschwand!

Mit einemmal wurden alle Geier ganz aufgeregt, denn die Wassersäule kreischte. Sie brüllte schriller als der Wind über nacktem Fels in der Wüste Ziij!

Und wie Nebel, aber dichter als eine Wolke vor dem Abregnen, dehnte sie sich rasch aus. Sie war heißer als die Sonne!

Das Gefolge flog schnell davon. Fiiij-der-Flinke-Hacker-fiiij flog schnell davon. Niemand zögerte. Niemand wurde von der kreischend heißen Luft umschlossen! Niemand wollte das.

Doch das Holz verschwand in der Wolke. Ebenso die Menschenfrau. Und auch der winzige Wal. Alle verschluckte die dicke Nebelwolke, die heißer als die Sonne auf seinem Gefieder war.

Wie das Wasser hochgespritzt war, so fiel es wieder hinab. Doch die Wolke blieb. Sie schwebte über dem Wasser und blieb. Sie eilte nicht dorthin, wohin Fiiij-der-Flinke-Hacker-fiiij und das kleine Gefolge flogen. Denn alle Geier kehrten um. Sie hatten genug Meer gesehen.

Dennoch folgte ihnen etwas, nämlich eine Welle. Sie war entstanden, als der Stein vom Himmel ins Wasser gefallen war. Nun eilte sie in alle Richtungen, wie das immer war. Sie kehrte nicht um. Geier kehrten um. Die Welle versuchte die Geier einzuholen. Sie eilte auch dahin, wo die Weidegründe der Menschen lagen. Sie wohnten unter Dächern. Oft unter Dächern, nicht immer, doch meist. Heute waren sie erregt. Sie liefen umher, schüttelten die Arme, spreizten sie leicht und schrieen. Für gewöhnlich war das ein gutes Zeichen. Fast immer ging es einer Fülle von Entdeckungen voraus. Niemand mußte hungern.

Vor dem Land mit den Weidegründen war Wasser. Auf dem Wasser schwammen große Hölzer. Auch auf ihnen gingen Menschen umher oder standen in der Sonne.

Die Welle kam. Sie schlug aufs Land. Sie schob Dächer weg, hob alle schwimmenden Hölzer an und warf sie dorthin, wo vorher die Dächer gewesen waren. Jetzt waren sie nicht mehr da. Sie waren weg. Das Meer kehrte um, auch wenn es kein Geier war.

Ein Tag verging, und die Nacht kam.

Ein Tag verging nochmals, und die Nacht kam.

Ein Tag kam. Alle Geier kehrten zurück zu dem Hügel, wo immer sie auch in den Tagen gewesen waren. Sie waren überall gewesen. Sie kamen aus allen Richtungen des Himmels. Sie waren vollgefressen, aufgebläht und träge. Sie waren alle satt. Keiner hungerte.

Sie waren nicht zufrieden.

Sie hüpften, schüttelten das Gefieder, zischten, hackten einander, als wollten sie ihn, Fiiij-den-Flinken-Hacker-fiiij, wissen lassen: »Überall gibt es Entdeckungen in Fülle. Nicht nur hier wird geschlemmt! Viele Tage entfernt wird geschlemmt. Wohl auch da, woher wir kamen. Überall sind die Bäuche voll. Dennoch flogen wir viele Tage lang und kehrten nicht um. Aber nachts nicht.«

Fiiij-der-Flinke-Hacker-fiiij tat so, als ginge es ihn nichts an. Er säuberte mit dem Schnabel sehr gründlich sein Gefieder. Auf diese Weise ließ er das Gefolge unmißverständlich wissen: Ich habe euch ins gelobte Land geführt. Ihr seid mir gern gefolgt. Doch ich habe nie behauptet, daß an unserer alten Heimat etwas auszusetzen gewesen sei.

Mojebs Traum

Ein Dorf in Ikarilla, am 18. Tag des Hitzemondes, im 458. Jahr der Abwesenheit Gottes

An diesem Tag erwachte Mojeb gleich zweimal. Beim ersten Mal schien es noch sehr früh zu sein, da das Licht, das zum Fenster hereinfiel, grau und kraftlos war. Im Halbschlaf tastete er den Teil des Bettes ab, der sich hinter seinem Rücken befand und den er wegen seiner seitlichen Lage nicht sehen konnte. Doch die Hand fühlte keinen anderen Körper. Das mochte bedeuten, daß seine Begleiterin schon aufgebrochen war oder daß er gestern vielleicht gar keine Begleiterin gehabt hatte. Mojeb konnte sich nicht daran erinnern, geschweige denn, daß er gewußt hätte, wo er sich befand. Eine dritte Möglichkeit fiel ihm ein: Vielleicht hatte sich die vermutete Gefährtin so weit zum anderen Bettrand zurückgezogen, daß sie sich außerhalb der Reichweite seiner Hand befand? Er hielt den Atem an und lauschte. Er hörte keine fremden Atemzüge, war sich aber nicht ganz sicher. Vorsichtshalber flüsterte er: »Hallo?«

Er kam sich dabei albern vor. Bei allen Freuden und Vertraulichkeiten, die er mit der Frau vermutlich geteilt hatte, erschien ihm das Wort zu unpersönlich. Er wiederholte seinen Versuch. Lauter und drängender sagte er: »Du?«

Doch noch immer kam keine Antwort. Mojeb wollte Gewißheit. Er hob den Kopf und wandte ihn … So jedenfalls lautete der Plan. Die Wirklichkeit sah anders aus. Kaum spannten sich Mojebs Nackenmuskeln, als sich sein Kopf jede Störung, insbesondere jede Bewegung, strengstens verbat. Diese Grundhaltung machte er durch einen scharfen Schmerz deutlich. Mojeb wurde sofort davon abgebracht, die Beantwortung seiner Frage auf diese Weise weiter zu verfolgen. Im Grunde, überlegte er sich, war die Antwort nicht so dringlich. Früher oder später erführe er die Wahrheit sowieso.

Etwas schob sich in sein Blickfeld: ein kleiner, rotbrauner Käfer mit plattem, pfeilförmig zugespitztem Hinterteil. Kaum drei Zoll von Mojebs Augen entfernt verharrte er reglos auf dem Kissen.

Mojeb preßte die Lippen zusammen. Wichtiger als die Frage, mit wem man ins Bett stieg, war oft die, in welches Bett man stieg. Mojeb kannte diese Sorte von Käfern. Für einen Augenblick erwog er, trotz seiner Kopfschmerzen aufzustehen. Dann dachte er, daß er wohl kaum das Glück gehabt hatte, die Ankunft des ersten Vertreters dieser Käfersorte zu beobachten. Bestimmt hatten er und seine zahlreichen Verwandten schon die ganze Nacht lang ein üppiges Festmahl abgehalten, so daß keine Anstrengung das Ergebnis ihres Wirkens noch ändern konnte. Mojeb schloß die Augen und sog die Luft ein, die säuerlich nach Erbrochenem roch. Dieser Tag legte es hartnäckig darauf an, ungewürdigt zu vergehen, dachte er und versank in seinem Lieblingstraum …

… Die Stadt ist in purpurnes Flackerlicht und graue Schatten getaucht. Der Wind drückt den Rauch in die Straßen. Mojeb ist verärgert. Ein verrückter Spießländer – wer auch sonst! – muß das Feuer gelegt haben. Verfluchter Spießländer, hätte er nicht warten können? Hätte er es nicht sein lassen können?

Mojeb rennt in eine Richtung, in die niemand will, aber aus der ihm jeder entgegenkommt. Er erkennt einen Kameraden, der Ketten aus Würsten um den Hals trägt und dessen Arme ein Bündel aus teuren Stoffen und edler Kleidung umschließen. Diesem folgt auf den Fersen ein Grüppchen, das schwer an gestohlenen Weinschläuchen, Schinkenkeulen und kopf- und armlosen Marmorstatuen zu tragen hat. Sie werden überholt von zwei weiteren Soldaten, die allen Ernstes einen Lehnstuhl aus der Stadt schleppen. Er ist mit Fischen beladen, die zappelnd ersticken. Einheimische versuchen aus ihren brennenden Häusern so viel wie möglich zu retten.

Ein Mann und eine Frau stürmen aus einem Haus. Sie sind derart mit Beuteln und Taschen beladen, daß sie es kaum bis zum Stadttor schaffen werden. Ein Beutel der Frau platzt auf. Sein Inhalt ergießt sich auf die Straße. Der Mann bleibt stehen und fordert seine Gefährtin auf, sich nicht um den Verlust zu scheren. Als sie ihm nicht folgen will, rennt er allein weiter. Die Frau bückt sich, um aufzusammeln, was auf die Straße gefallen ist. Einer der Plünderer gesellt sich zu ihr, um das gleiche zu tun. Als die Frau bemerkt, wie er sich die Taschen füllt, schlägt sie ihm auf den Kopf. Der Söldner lacht. Die Frau schlägt abermals auf ihn ein. Der Söldner lacht nicht mehr. Mojeb weiß, daß dieser Streit böse enden wird. Er will die beiden vor dem absehbaren und so unnötigen Ende warnen, doch der Mann und die Frau sind plötzlich weg. Statt dessen eilt Mojeb durch eine enge Gasse, die von winzigen, heruntergekommenen Häusern gesäumt wird. Ihre Wände wölben sich nach außen, ihre Türen sind geschlossen, die Fenster sind gähnende, schwarze Löcher. Mojeb rennt schleunigst weiter. Linker Hand öffnet sich eine weitere Gasse. Sie gleicht der ersten. Sie führt zu einer dritten, die sich in nichts von den ersten beiden unterscheidet. Mojeb spürt aufkeimende Verzweiflung. Er will weg! Er will nicht hier sein, wo die Habenichtse wohnen und es noch nie etwas zu holen gab. Er will dorthin, wo die prächtigen Prunkhäuser stehen. Aber er hat Angst, daß er zu spät kommen wird. Sie werden schon völlig ausgeplündert sein, wenn er ankommt, womöglich nur noch ausgebrannte, schwelende Ruinen.

Mojeb wird leer ausgehen.

Er fühlt sich von der Welt und dem Schicksal betrogen. Am Ende wird er für ein paar karge Münzen wochenlang Leben und Gesundheit aufs Spiel gesetzt haben!

Mojeb betritt eines der baufälligen Häuschen. Zu seiner Überraschung ist es innen geräumiger als erwartet und sieht keineswegs ärmlich aus. Obendrein ist es nicht verlassen. Er erblickt einen alten Mann. Sein Gesicht ist rot, winzige blaue Äderchen sind auf der Nase zu erkennen. Der Mann ist dürr. Seine Wangen sind Mulden zwischen den hervortretenden Wangenknochen. Unter einem Käppchen mit Quaste lugt eine weiße Strähne hervor, die eines der wäßrigen Augen des Alten verbirgt.

An die Wände des Zimmers sind große, geschnitzte Bilderrahmen gelehnt, die mit Blattgold beklebt sind. Mojeb ist erleichtert. Er hebt einen der Bilderrahmen an. Als er feststellt, wie schwer er ist, denkt er sich, daß ihm der andere Mann beim Tragen wird helfen müssen. Doch der Alte bekommt den kostbaren Rahmen kaum vom Boden hoch. So wird es nicht gehen.

Plötzlich zieht der Greis aus einer Tasche seines erdfarbenen, sackartigen Gewandes ein silbernes Medaillon mit einem kurzen Kettenrest, der nur noch aus wenigen Gliedern besteht.

»Rette mich!« sagt er und reicht Mojeb das Medaillon. Der nimmt es und öffnet in Vorfreude den Verschluß. Er erblickt das kleine Gemälde. Der Eindruck ist zu flüchtig, als daß er sich das Bild einprägen könnte. Außerdem hat ihm sein Gegenüber die Silberkapsel schon wieder abgenommen.

»Rette mich!« wiederholt der Alte.

»Wer ist das?« fragt Mojeb aufgeregt. Kurzentschlossen nimmt er den Greis auf den Rücken. Vor den geborstenen Mauern erhält er seinen Lohn. Sein Begleiter gibt ihm das Schmuckstück zurück und nennt den Namen der Frau, deren Bildnis es enthält. Die eroberte Stadt ist in goldenes Licht und saftiggrüne Schatten getaucht …

Mojeb erwachte beschwingt. Sein Frohsinn verflog jedoch rasch, als er den Namen, den der Alte genannt hatte, wiederholen wollte. Er fiel ihm nicht ein. Dennoch war er nicht sofort bereit, sich einzugestehen, daß er nur geträumt hatte. Der Traum war so wirklich gewesen, daß er noch jetzt den Qualm der brennenden Häuser zu riechen glaubte.

Mojeb stutzte: Während des Traumes hatte er überhaupt nichts gerochen. Erst jetzt tat er es!

Gleichzeitig mit dieser Entdeckung machte er eine weitere. Er hörte Geräusche. Sie kamen nicht von der ihm abgewandten Betthälfte, sondern stammten von einem Menschen, der in dem Zimmer irgendeiner Tätigkeit nachging. Mojeb dachte an seine spärlichen Besitztümer und vermeinte auf einmal ganz genau zu wissen, was die unbekannte Person im Schilde führte. Er öffnete die Augen, erspähte einen Mann, den er nicht kannte, und schloß sie wieder. Ein Fremder, nicht die mutmaßliche Begleiterin!

Mojeb wagte nicht, den Eindringling anzusprechen, solange ihm noch der Schlaf in den Gliedern steckte. Er wollte wach sein und sich auf seinen Körper verlassen können!

Weiterhin den Schlummernden mimend, spannte und entspannte er heimlich die Muskeln. Er ballte die Hände zu Fäusten und verkrampfte die Zehen. Vorsichtig öffnete er erneut die Augen und sah, daß ihn der uneingeladene Besucher teilnahmslos beobachtete. Nun kam er wortlos und mit raschen Schritten auf das Bett zu.

Mojeb wartete nicht, bis der Fremde bei ihm war, sondern rollte sich flink zur entfernteren Seite seines Lagers. Die Bestätigung, daß er allein darin gelegen hatte, erlangte er, als er über die Kante fiel. Da das Bett nicht an einer Wand, sondern frei stand, rollte er vorsichtshalber noch einen Schritt weiter, bevor er sich erhob. Eine kluge Entscheidung, denn der Fremde hatte mit einem langen Messer genau dorthin gehackt, wo Mojeb eben noch gelegen hatte. Nun bemühte er sich, die Klinge, die sich in den Bettrahmen versenkt hatte, wieder freizubekommen. Mojeb sah sich blitzschnell um. Er befand sich in einem schlichten, aber recht großen Raum. Die Wände waren aus Lehm und Holz, der Boden aus gestampfter Erde. Eine Tür, die mit einem durchscheinenden Stoffvorhang verhängt war, führte in ein Nachbarzimmer. Licht spendeten winzige Fensteröffnungen.

Mojeb machte einen Teil seiner Besitztümer aus. Besonders die Kleidung war so großzügig über den Raum verstreut, daß er den Fremden wohl nicht allein für die Unordnung verantwortlich machen konnte. Vielleicht war ein Teil davon schon am gestrigen Abend verursacht worden – oder wann immer er sich zur Ruhe gelegt haben mochte. Der einzige Gegenstand, der entfernt als Waffe in Frage kam, war eine geflochtene Schale mit zwei angefaulten Mazeias, die auf einem kleinen Tisch stand. Mojeb griff mit der Linken danach. Die Schale war aus so weichem Rohr, daß das Gewicht der Früchte ausreichte, um sie zu verbiegen. Wenigstens bestand der Rand der Schale aus etwas festerem Material.

Der Eindringling hatte inzwischen seine Klinge befreit und ging nun um das Bett herum. Mojeb suchte eine friedliche Lösung, um den Streit zu beenden.

»Ich bin nur zufällig hier und werde auch gleich wieder gehen«, versprach er.

Ein Blick in die Augen des Fremden sagte ihm, daß jener sich nicht von Worten überzeugen ließe. Daher bewarf er ihn mit den Mazeias. Sein Gegenüber wehrte die Früchte ungeschickt mit der Waffe ab. Schlecht gezielt, wie sie waren, hätte er sie überhaupt nicht beachten müssen.

Mit einemmal wußte Mojeb, was er zu tun hatte. Er verzerrte das Gesicht und sprang wie ein Besessener brüllend auf seinen Gegner zu. Dabei schwang er die Obstschale wie zum vernichtenden Schlag. Sein überraschter Widersacher handelte wie erhofft: Anstatt einen Abwehrschlag zu führen oder selbst anzugreifen, streckte er schützend die Klinge vor. Sie durchbohrte das dünne Geflecht der Schale. Mit einem Ruck sorgte Mojeb dafür, daß der durchstochene Korb nicht an der Spitze der Klinge hängen blieb, sondern am Stahl entlang glitt bis zum Griff. Unversehens verdrehte er die Schale, zog kräftig an ihr und riß das Haumesser aus der Hand seines Gegners. Gleichzeitig rammte er ihm den Schädel gegen die Stirn.

Der Schmerz trieb Mojeb die Tränen in die Augen. Winselnd taumelte er rückwärts und verfluchte seine Dummheit. Es verschaffte ihm keine Befriedigung, daß sich auch sein Gegner den Kopf hielt.

Messer und Obstschale lagen nun zwischen beiden Männern.

Der Fremde bückte sich zuerst. Mojeb trat ihn kräftig gegen den Schädel, so daß er hintenüber fiel. Als er lag, verpaßte er ihm noch einen Tritt in den Leib. Dann wich er rasch zurück, wobei er den Korb im Vorbeigehen außer Reichweite seines Gegners stieß. Erst in sicherer Entfernung hob er das Messer auf.

Der Fremde kam wieder auf die Beine. Obgleich er keine Waffe mehr besaß, schien er nicht gewillt, freiwillig das Feld zu räumen. Mojeb wußte nicht, was er von ihm halten sollte. Sein Gegenüber war ein etwa fünfzigjähriger Mann, dem man ansah, daß er schwere Arbeit gewohnt war. Der schlichten Kleidung nach, die aus einem wadenlangen Leinenrock und einer vielfach geflickten Wickelbluse bestand, mochte er ein Tagelöhner, Kleinbauer oder erfolgloser Handwerker sein. Annahmen, die völlig falsch sein konnten, wie sich Mojeb eingestand. Er hielt sich viel zu kurze Zeit in diesem Land auf, um sich ein sicheres Urteil erlauben zu können.

»Jetzt geh«, befahl Mojeb.

Nichts geschah.

»Verschwinde!« wiederholte er – mit demselben Ergebnis. Er kam sich vor, als redete er gegen eine Wand, und fragte sich, ob man ihm so deutlich ansah, daß er sich heute morgen nicht in der besten Verfassung befand, und ob sein Auftreten womöglich zu der Annahme verführte, er könne jeden Augenblicken entkräftet zu Boden sinken. Er war ratlos. Worauf wartete der Bursche? Darauf, daß er den Worten Taten folgen ließe? Mojeb verabscheute Tage, an denen noch vor dem Frühstück jemand umgebracht wurde. Ein Grund, weswegen er sich diese Unsitte nie zu eigen gemacht hatte.

Schlagartig nahm das Pochen in seinem Kopf überhand. Er kämpfte gegen das heftige Verlangen an, sein Leiden in Laute zu kleiden, da er keine Schwäche zeigen wollte. Es gelang ihm nicht. Immerhin vermochte er die Stimme zu senken, während der Schmerzlaut über seine Lippen kam, so daß statt einem weinerlichen »Au!« ein bedrohliches Grunzen erklang. Das Geräusch hatte eine unerwartete Wirkung. Der Fremde wirkte plötzlich ganz verstört.

Mojeb mußte unwillkürlich grinsen. Er grunzte abermals, darauf bauend, daß ihn sein Lächeln nicht dämlich aussehen ließ, sondern bösartig und gemein. Wie sich zeigte, fiel ihm das an diesem Tag leicht.

Er beschloß, die unerfreuliche Begegnung nun möglichst schnell zu einem Ende zu bringen, da ihn der stärker gewordene Brandgeruch beunruhigte. Düster murmelte er: »Dann eben nicht« und führte mit dem Haumesser drei peitschende Schläge ins Leere. Dabei ging er entschlossen auf seinen Besucher zu, worauf dieser sich endlich in den anderen Raum zurückzog. Mojeb folgte ihm. Wie er schon geahnt hatte, betrat er damit das einzige andere Zimmer des Hauses, wo sich Koch- und Feuerstätte befanden und die weniger verderblichen Vorräte aufbewahrt wurden. Die offenen Körbe und leergeräumten Schränke deuteten an, daß die letzten Bewohner ihr Heim in Eile verlassen hatten. Vielleicht nicht fluchtartig, aber sicher, ohne lange zu zögern. Irgend jemand war nach ihnen hier gewesen und hatte das Verbliebene durchsucht, offenbar darauf bedacht, keinen unnötigen Schaden anzurichten. Ein wenig zerbrochenes Tongeschirr und nicht ganz sorgsam in die Schränke zurückgeschobene Schubladen legten die Vermutung nahe. Danach – und noch gar nicht so lange her – hatte ein weiterer Besucher in das Haus gefunden. Der schien sich darauf beschränkt zu haben, über alles zu stolpern, das ihm im Weg stand, was zweifellos auf Ungeschicklichkeit wegen Volltrunkenheit zurückzuführen war. Mojeb schloß das aus einem umgestürzten Ölkrug, dessen Inhalt im Boden versickert war, und einem Schwert, das aus dem Krug ragte und das er als sein eigenes erkannte.

Mit einer sachten Bewegung des Haumessers forderte Mojeb den Fremden zum Weitergehen auf und folgte ihm ins Freie. Das Haus gehörte zu einem Dorf, das aus vier Gehöften bestand. Eine Scheune brannte. Wenn niemand das Feuer löschte, würde es in absehbarer Zeit auf das nächste Gebäude übergreifen. Doch wer sollte das tun? Keine Menschenseele war zu sehen.

Auf dem unbebauten Platz zwischen den Gehöften entdeckte Mojeb eine wahllose Ansammlung von Dingen, die jemand eilig aus den Häusern geschafft hatte, ohne sich darum zu kümmern, ob etwas dabei beschädigt wurde oder nicht. Er sah aufgerissene Säcke, aus denen Bohnen quollen und sich mit Mehl, Schmalz und eingelegten Früchten aus zerbrochenen Töpfen vermischten, Krüge mit Öl und Schnaps, deren Inhalt unter ihnen liegende Stoffe tränkte, dazwischen ein paar Hühner, denen jemand die Köpfe abgehackt hatte und deren Blut sich mit den anderen Flüssigkeiten vermischte. Schon jetzt war die Hälfte all dessen, was dort lag, verdorben. Und selbst wenn es nicht so gewesen wäre, so bestünde noch immer die Frage, wie die Beute weggebracht werden sollte. Auf den einachsigen Wagen, den Mojeb beim ersten Gehöft stehen sah, paßte sie jedenfalls nicht.

Plötzlich rannte sein Begleiter weg. Einen Augenblick später verstand Mojeb endlich, warum der Mann diese erwünschte Handlung bisher vermieden hatte. Er war nicht allein! Auf seine Rufe kamen drei weitere Männer aus den Häusern gestürmt. Auch sie trugen Haumesser. Mojeb ärgerte sich. So abwegig war die Vorstellung schließlich nicht, daß ungebetene Besucher mitunter zu mehreren kamen.

»Von mir aus könnt ihr stehlen, was ihr wollt«, sprach er sie an. »Es kümmert mich nicht. Ich will keinen Anteil, und da ich euch nicht kenne, kann ich euch auch nicht verraten. Wir haben keinen Streit. Hört ihr? Wir haben keinen Streit!«

Die Erklärung schien die drei nicht sonderlich zu kümmern. Mojeb seufzte. »Ich sage es noch einmal: Ich will nichts von euch, aber ich besitze auch nichts. Es lohnt sich nicht, mit mir Streit anzufangen. Allerdings bin ich ein Jarmate. Wir sind ein arg unleidiger und nachtragender Menschenschlag. Hört ihr?«

Sie hörten nicht, blieben nicht stehen, kamen immer noch drohend näher. Mojeb überlegte, ob die Wirkungslosigkeit seiner Worte darauf zurückzuführen sei, daß jeder der drei einen halben bis ganzen Kopf größer war als er – wie anscheinend jeder erwachsene Mann in diesem Land –, oder darauf, daß sie einen nackten Menschen mit Buschmesser nicht als Gefahr betrachteten. Er sah von einem zum anderen. In den Augen der Herankommenden las er dasselbe wie zuvor bei ihrem Gefährten.

Mojeb kannte diesen Blick. Er spiegelte eine Gier wieder, die alles Sein und jedes Streben zu einzelnen Wörtern verdichtete. Wörter wie »wollen«, »nehmen« oder »töten«. Wörter, gegen die niemand anreden konnte.

»Na gut«, brummte er entschlossen. Langsam und selbstsicher, als hätte er nichts zu befürchten, ging er ins Haus zurück. Drinnen sprang er geschwind zu seinem Schwert, packte es und trat dann ebenso bedächtig und gleichgültig wie zuvor wieder vor die Tür. Dort zog er angewidert die Klinge aus der öltriefenden Scheide und rammte sie vor sich in den Boden. Er stemmte die Fäuste in die Hüften und sprach: »Wie ich schon sagte, bin ich ein Jarmate!«

Die drei zögerten. Mojeb ahnte, was in ihren Köpfen vorging. Zwischen ihnen und ihm gab es jetzt einen wesentlichen Unterschied. Ihre Haumesser waren dazu da, Zweige und Rohr abzuhacken oder Kokosnüsse zu spalten. Man konnte sich mit ihnen einen Weg bahnen, Felder abernten und Vieh schlachten. Man konnte auch einen Menschen damit töten, aber mit der Betonung auf *auch*. Bei einem Schwert war das anders bestellt. Es hatte genau einen Verwendungszweck. Nach Mojebs Erfahrung neigten viele Menschen zu der Annahme, daß jeder Träger eines Schwertes genau diesen einen Zweck die Hälfte seiner Zeit im Sinn haben müsse.

Die drei gehörten leider nicht dazu – oder sie scherten sich nicht darum.

Mojeb sah die Zweifel aus ihren Augen verfliegen und den Wahn zurückkehren. Er riß das Schwert aus dem Boden. Sein Arm flog vor. Zwei raumgreifende Schritte brachten ihn zum entferntesten seiner Gegner. Der sah die Klinge am ausgestreckten Arm auf sich zu rasen und verstand nicht, wie die sichere Entfernung von sieben Schritt, in der sich eben noch gewähnt hatte, so rasch zu einem Nichts zusammenschrumpfen konnte. Er schrie auf, riß die Arme hoch, stolperte, fiel und blieb liegen. Die Arme hielt er jetzt vor dem Gesicht. Die Schwertspitze senkte sich.

»Weg mit den Armen!« zischte Mojeb.

Der Gestürzte gehorchte nicht. Mojeb musterte die Kumpane seines Opfers. Die Entdeckung, daß ein geübter Fechter mehr war als nur ein starker Arm mit einem Schwert und es ihnen jederzeit genauso ergehen konnte wie ihrem Gefährten, hatte ihnen das Blut aus dem Gesicht getrieben.

Mit einemmal verfiel Mojeb in einen hämischen Singsang: »Weg mit dem Kopf! Weg mit dem Kopf! Weg mit dem Kopf!«

Er brach ab und starrte die anderen Männer an.

»Ja oder nein?« fragte er ruhig und hob das Schwert zum Schlag.

Sie antworteten nicht, sondern ließen ihren winselnden Gefährten im Stich. Eilig flüchteten sie.

Mojeb trat einen Schritt zur Seite. »Geh jetzt!« befahl er dem verbliebenen Plünderer. Der Mann erhob sich, tat einige Schritte, ohne ihn aus den Augen zu lassen, und hastete seinen Spießgesellen hinterher. Mojeb kehrte zum Haus zurück und setzte sich schweratmend neben der Tür auf den Boden. Einen länger währenden Kampf hätte er heute nicht durchstehen wollen. Sein Kopf brachte ihn noch um!

Nach einer kurzen Verschnaufpause raffte er sich auf, ging ins Haus, kleidete sich an und packte seine Habseligkeiten zusammen. Soweit er es beurteilen konnte, schien alles noch da zu sein, außer seinem Federmantel, den er nirgends erblicken konnte. Der aus Tausenden von bunten Vogelfedern hergestellte Umhang war ein Schmuckstück gewesen! Es war ein sinnliches Vergnügen gewesen, mit der Hand über ihn zu streichen. Doch vor allem hatte er während der letzten Regenzeit hervorragende Dienste geleistet. Mojeb wußte nicht, ob es in ganz Ikarilla auch nur einen Menschen gab, der einen solchen Mantel anfertigen konnte. Zudem war er nicht billig gewesen.

Der letzte Gedanke bewog ihn nachzusehen, wie viele Münzen ihm noch verblieben waren. Er fand nur eine einzige aus Kupfer, von der er nicht sagen konnte, woher sie stammte. Er erinnerte sich nicht einmal, sie je zuvor gesehen zu haben. Mojeb schnippte die Münze weg. Wenn er schon nicht sagen konnte, woher das Geldstück stammte, wie sollte er dann jemanden davon überzeugen, ihm etwas dafür zu geben? Allerdings besaß er nun überhaupt kein Geld mehr.

Reumütig ließ Mojeb sich auf alle viere nieder. Nach einiger Zeit erfolglosen Suchens erhob er sich wieder. Manche Entscheidungen im Leben waren eben unwiderruflich, tröstete er sich.

Damit war über das weitere Vorgehen entschieden. Mojeb konnte zwar nicht abschätzen, ob die vereinbarte Zeit, nach der er seinen Dienst in der kleinen Festung hatte antreten wollen, schon verstrichen war, doch ohne Geld ließ sich schlecht feiern. Warum also eine Pflicht hinausschieben, die wenigstens geregelte Mahlzeiten versprach?

Vor dem Haus entfernte er von einem Besen, den er schon vorher dort hatte stehen sehen, das Reisig. An den Stiel band er einen Teil der Vorräte, welche die Plünderer zurückgelassen hatten: geschlachtete Hühner, einen Topf mit Mehl, einen mit Mus, einen Krug mit Öl, einen Beutel mit Bohnen. Er beeilte sich, da der Funkenflug von der Scheune inzwischen das Dach eines weiteren Hauses in Brand gesteckt hatte. Nicht mehr lange, und dieses Stückchen Welt, das von seinen Bewohnern aufgegeben worden war, wäre verschwunden.

Mojeb hatte keine Vorstellung, in welche Richtung er gehen mußte. Um unnötigen Ärger zu vermeiden, verließ er das Dorf in der entgegengesetzten Richtung zu der, die die Plünderer gewählt hatten. Irgendwo an der Küste stand die Feste. Weit konnte es nicht bis dorthin sein, allenfalls ein paar Stunden zu Fuß.

Im Gehen sah er nachdenklich zum Himmel. Der war heute hinter einer dicken Wolkendecke verborgen. Doch selbst wenn er frei gewesen wäre, so hätte man den Unheilsstern nicht sehen können – nicht tagsüber. Mojeb fragte sich, ob es tatsächlich erst Morgen sei oder ob der Tag viel weiter fortgeschritten sei, als er bisher angenommen hatte. Die starke Bewölkung beeinträchtigte sein Zeitgefühl. Sie war ungewöhnlich für diese Jahreszeit und paßte viel besser zur Regenzeit. Sein Mantel fiel ihm wieder ein. Was hatte er mit ihm angestellt? Er hatte das ganze Haus vergeblich nach ihm abgesucht. Aber vielleicht war das Haus, in dem er geschlafen hatte, nicht das erste gewesen, das er betreten hatte? Vielleicht lag der Umhang unversehrt in einem der Gebäude, die noch kein Feuer gefangen hatten, es aber bald täten? Vielleicht lag er auch am Eingang des Dorfes, achtlos über ein Gebüsch geworfen, oder hing längst über den Schultern eines flüchtigen Saufkumpans oder einer vergessenen Schönen? Der Mantel konnte tatsächlich überall sein. Alles war möglich, doch er wollte nicht weiter Hirngespinsten nachhängen.

Mojebs Weg führte durch die paar Äcker, die zum Dorf gehörten: vorbei an einem Getreidefeld, wo an kurzen Halmen beinahe reife Ähren wuchsen, und an einem Hain mit abgeernteten Mazeiabäumen. Zwischen langen Reihen niedriger Erdnußsträucher entdeckte er unversehens seinen Mantel. Er verließ den Weg, ging über das Feld, ohne darauf zu achten, wie viele der verblühten Pflanzen er zertrat. Ein Schwarm von Gewitterfliegen umtanzte ihn.

Der Umhang diente einer Frau als Unterlage. Die Fingerspitzen ihrer linken Hand hatte sie zwischen den Federn versteckt. Mojeb ging vorsichtig neben ihr in die Hocke und strich ihr die langen Haare aus dem Gesicht. Mit Anfang Zwanzig war sie einige Jahre jünger als er und schön wie alle Menschen Ikarillas: großgewachsen mit schlanken, ebenmäßigen Gliedern, hellbrauner Haut, schwarzbraunen, glänzenden Haaren und vollen Lippen. Mojeb hätte beschwören können, sie nie zuvor gesehen zu haben, doch er wußte es besser. Er war sich sicher, daß er einen Teil der Nacht mit ihr verbracht hatte. Vorsichtig erhob er sich wieder und zog sanft den Mantel unter ihren Beinen weg. Er hielt ihn vor sich, betrachtete ihn genauestens und stellte überrascht fest, daß er keinen Schaden davongetragen hatte. Ein kleines Wunder! Einer plötzlichen Eingebung folgend, bückte er sich und berührte sanft die Wange der jungen Frau. Sie war noch warm. Ihn traf keine Schuld. Mojeb war nicht erleichtert. Er hatte im Grunde nichts anderes erwartet.

Als er sich erhob, verlor er das Gleichgewicht, so daß er sich abstützen mußte. Die Erde neben der Frau war feucht und klebrig von dem Blut, das ihr aus einer tiefen Schnittwunde am Hals geflossen war.

»Bist du nun zufrieden?« fragte Mojeb die Tote barsch, als er sich wieder aufgerichtet hatte. »War es das wert? Ein Mantel für ein Leben?«

Gleich darauf bedauerte er die Frage. Der Mörder hatte nichts an sich genommen. Sicherlich hätte er die junge Frau auch getötet, wenn er sie ohne den gestohlenen Umhang angetroffen hätte. Andererseits spielte die Zeit dennoch eine Rolle. Ohne den Mantel hätte die Frau keinen Grund gehabt, sich heimlich davonzuschleichen, und wäre in jenem verhängnisvoll falschen Augenblick nicht hier gewesen.

Mojeb schaute grübelnd zum Dorf zurück, von dem schwarze Rauchwolken aufstiegen. Er schüttelte den Kopf. Er wollte keine Anschuldigungen machen. Vielleicht waren die vier, mit denen er aneinandergeraten war, hierfür verantwortlich. Einen Hinweis darauf gab es nicht. Alles war möglich.

Schwermütig setzte er seinen Weg fort. Er konnte sich nicht darüber freuen, daß sein Umhang unbefleckt geblieben war, wiewohl er sich auch nicht das Gegenteil gewünscht hätte. Doch wer die Welt verließ, der sollte wenigstens Spuren hinterlassen.

Ein Kerkerwächter tritt seinen Dienst an

In der Umgebung der Gefängnisfestung Ivaova,
am 18. und 19. Tag des Hitzemondes, im 458. Jahr
der Abwesenheit Gottes

Schneller als erwartet dunkelte es. Mojeb sah seinen Verdacht bestätigt, daß es bei seinem Erwachen mindestens Mittag gewesen war und nicht Morgen, wie ihm das ungewöhnlich gedämpfte Licht vorgegaukelt hatte. Daher gelangte er an diesem Tag nicht mehr an sein Ziel.

Der hereinbrechende Abend beschenkte ihn mit einem Sonnenuntergang, wie er ihn noch nie gesehen hatte. Ein Feuer hatte den Himmel entzündet. Er schwelte in unzähligen Schattierungen von Rot und Orange und glomm unter der grauen Asche von Wolkenschleiern. Das Licht des scheidenden Tages enthüllte ein himmlisches Gebirge, das von gewundenen Schluchten und tiefen Abgründen durchzogen wurde. Es verwandelte Wolkenbänke in gewaltige, glühende Bergketten. Doch je länger Mojeb die brennende Pracht betrachtete, desto unheimlicher wurde sie ihm. Eine eigenartige Spannung lag in der Luft. Ihm war plötzlich, als diente die berauschende Schönheit nur dem Zweck, von etwas abgrundtief Bösem oder ungemein Gefährlichem abzulenken. Wie die zartgefärbte Blüte einer fleischfressenden Pflanze, die alles tat, um darüber hinwegzutäuschen, daß sie eine todbringende klebrige Falle verbarg.

Die Nacht, der sich der verendende Tag schließlich ergab, war dunkel wie lange nicht mehr. Unwillkürlich suchte Mojeb den Himmel ab. Er erblickte weder den unheilbringenden Stern noch irgendeinen anderen. Allein der Mond leuchtete. Doch er fand kaum Platz in der winzigen Lücke, die ihm die Wolken gelassen hatten. Immerhin war sie groß genug, daß sein gelbes Licht verraten konnte, in was sich das beeindruckende Himmelsgebirge mittlerweile verwandelte hatte: in grobe Stricke und Ketten, die sich blauschwarz gegen den noch dunkleren Hintergrund abhoben. Wie um den verräterischen Mond daran zu hindern, mehr auszuplaudern, schloß sich langsam das Fenster, das ihm gelassen worden war. Als sich eine schmale, spitze Wolke in die Lücke schob, fröstelte es Mojeb, denn der Mond erinnerte ihn nun an ein Auge, das voller Bosheit und Haß auf die Welt hinabsah.

Am nächsten Tag war Mojeb bereits vor Sonnenaufgang wieder auf den Beinen. Schuld daran war ein heftiges Unwetter, das ihn veranlaßte, schleunigst unter einer Palme Unterstand zu suchen. Diesen vermeintlich schützenden Ort gab er auf, als sich knapp neben ihm mit dumpfem Platschen die Frucht des Baumes – eine grünhäutige Kokosnuß – ins Erdreich bohrte. Um dem Schicksal keinen zweiten, besser gezielten Anschlag auf sein Leben zu erlauben, zog sich Mojeb den Federmantel über den

Kopf und flüchtete zu einem mannshohen, nadelbewachsenen Gestrüpp.

Als das Gewitter abzog, war bereits Tag. Der Himmel war immer noch nicht klar, er sah sogar so aus, als könnte es jederzeit aufs neue zu regnen beginnen. Wie immer hatte der Federmantel gute Dienste geleistet – jedenfalls an den Stellen, wo er seinen Träger bedeckte, was nicht überall war. Unausgeschlafen, halb durchnäßt, die Hose unangenehm feucht an den Beinen klebend, fragte sich Mojeb, was aus den Morgen geworden war, als seine Tage noch zuversichtlich und heiter begonnen hatten.

Einer plötzlichen Neugier nachgebend, schritt er steifbeinig über abgerissene Wedel und Dutzende winziger Bäche zu der Palme, unter der er zuerst Schutz gesucht hatte. Dort steckte nicht nur eine schwere Nuß im Morast. Über zwanzig waren es inzwischen. Der Ort war eine Todesfalle gewesen!

Mit zusammengekniffenen Augen blickte Mojeb hoch zur gefiederten Krone. Als er dort keine weitere Nuß ausmachen konnte, öffnete er die Hose und pinkelte genüßlich gegen den Stamm der Palme. Auch wenn er nicht glaubte, sie könne von einem mißgünstigen Wesen bewohnt sein, so bereitete ihm die Tat eine kleine Befriedigung.

Nach diesem unbedeutenden Akt der Rache wandte er sich der Stelle zu, wo er ursprünglich genächtigt hatte und wo seine Habe nun gut durchweicht in einer Pfütze lag. Er hatte sich noch nicht weit von der Palme entfernt, als er hinter sich etwas aufklatschen hörte. Das Geräusch schien von einer weiteren Kokosnuß zu stammen, die ihm verborgen geblieben sein mußte. Mojeb drehte sich halb um und ließ den Blick von der Wurzel der Palme bis zu ihrer Krone wandern.

»Nun«, brummte er nachdenklich. »Nun.«

Mojeb erreichte die Küste nach gut vier Stunden Marsch. Er war einem Pfad gefolgt, von dem er sich eingeredet hatte, er müsse stracks zu der kleinen Festung führen. Ein Irrtum, wie sich herausstellte. Dabei war er sich die ganze Zeit über sicher gewesen, auf dem richtigen Weg zu sein!

Er spähte die Küste entlang, ohne die Burg oder sonst ein von Menschenhand errichtetes Bauwerk zu erblicken. Mojeb war ratlos, wohin er seine Schritte lenken solle. Angenommen, er ginge nach links und fände nach sechs Meilen heraus, daß die Feste noch immer nicht zu sehen war? Sechs Meilen hin, sechs Meilen wieder zurück – das ergab zwölf unnötig zurückgelegte Meilen. Vorausgesetzt, er beschlösse nach den ersten sechs Meilen nicht noch weitere sechs Meilen zu wandern, bis er sich ganz davon überzeugt hätte, daß die Küste womöglich auf beliebiger Länge völlig gleichartig aussah und keinerlei auffällige Landschaftsmerkmale aufwies.

Das galt natürlich auch für die andere Richtung: zwölf Meilen, so oder so. Mojeb überlegte, daß es hilfreich wäre, jemanden zu fragen. Wie er sich entsann, war er unterwegs an einem Gehöft vorbeigekommen. In der Annahme, auf dem richtigen Weg zu sein, hatte er es nicht für nötig befunden, sich Gewißheit zu verschaffen. Ein Gang zu dem Gehöft war bestimmt ein guter Gedanke. Er konnte nachholen, was er versäumt hatte, und Auskunft erlangen!

Immer vorausgesetzt, daß der Bauernhof nicht verlassen war. Dann wäre der Marsch vergebens.

Während er unschlüssig in die Richtung schaute, aus der er gekommen war, verhakte er unbewußt einen Daumen im Gürtel und begann mit der Ausbuchtung zu spielen, die er dort fühlte. Als er bemerkte, was er tat, öffnete er die versteckte Tasche auf der Innenseite seines Gürtels und entnahm ihr ein silbernes Medaillon. Ein kleiner Delphin war in den Deckel eingraviert. Vorsichtig öffnete Mojeb mit dem Daumen den Verschluß und strich noch vorsichtiger mit dem Zeigefinger der anderen Hand sanft über die etwas unebene Oberfläche des kleinen Gemäldes, das sich in dem Medaillon befand. Er dachte daran, wie er dazu gekommen war. Der Traum der vorletzten Nacht fiel ihm wieder ein. Träume, Schäume! Die Wirklichkeit hatte ganz anders ausgesehen. Der alte Mann hatte ihm nämlich gar nichts mehr erzählen können! Er war noch in der brennenden Stadt durch die Hand eines Spießländers umgekommen, der geglaubt hatte, der Alte solle Mojeb zu einem versteckten Schatz führen. Der Kerl hatte es als lustigen Streich angesehen, den vermeintlichen Führer mit einem raschen Schwerthieb ins Jenseits zu befördern. Schadenfroh lachend war er davongerannt, schlau genug, nicht darauf zu warten, daß ihm sein *Ulk* mit einem ähnlichen vergolten werde.

Mojeb klappte den Deckel zu und steckte das Medaillon wieder in die Gürteltasche.

Links, rechts oder wieder zurück? fragte er sich. Welchen Weg sollte er wählen?

Plötzlich stutzte er: Warum war er hier? Genauer gesagt, wieso hatte ihn der Weg hergeführt, wenn es hier gar nichts gab?

Wie Mojeb von seinem letzten Besuch der Gefängnisfeste noch wußte, fiel in der ganzen Gegend die Küste sehr steil zum Meer ab. Zwischen fünf und fünfzig Schritt ging es abwärts, oft lotrecht, manchmal hingen die Felsen sogar leicht über. An einigen Stellen der Küste war am Fuß der Steilwand ein schmaler Uferstreifen aus Geröll und Kies auszumachen gewesen. Eine Festung, die am Rand dieses langen Kliffs errichtet wurde, hatte von der Seeseite nichts zu befürchten. Wenn die Strömung nicht zu stark war, konnten sogar an dem Geröllstreifen Boote anlegen und unbehindert von etwaigen Belagerern Nachrichten herein- oder hinausgebracht werden.

Mojeb war von der schwer einnehmbaren Lage beeindruckt gewesen. Er erinnerte sich jedoch genau, daß die Frage, die ihn während seines kurzen Aufenthaltes am meisten beschäftigt hatte, nicht die gewesen war, wie man die Gefangenen am sichersten verwahrt hielte, sondern die, wie man sie trotz widriger Umstände am leichtesten befreien könnte. Obwohl er sich gescholten hatte, daß Überlegungen dieser Art nicht angemessen für einen künftigen Kerkerwächter seien, waren seine Gedanken immer wieder in diese Richtung abgedriftet.

Nun fragte er sich, warum der Weg bis zum Rand des Kliffs führte und genau dort endete. Dahinter gab es doch nichts. Oder etwa doch?

Behutsam folgte Mojeb dem Weg bis zu seinem jähen Ende.

Als er über die Bruchkante zum Wasser hinabblickte, verschlug es ihm die Sprache. Auf einer Strecke von fast einer halben Meile und einer Breite von mindestens fünfzig Schritt waren die anscheinend stark unterspülten Uferfelsen abgesackt und ins Meer gestürzt! Das Unglück konnte allenfalls ein paar Tage her sein, denn unten, umspült von Wellen, entdeckte er die Trümmer der vermißten Burg. Das Gebäude hatte den Felssturz erstaunlich gut überstanden. Nur ein geringer Teil der Mauern hatte sich in einzelne Quader aufgelöst. Der überwiegende Teil wirkte wie zerbrochenes Spielzeug. Besonders hatte es Mojeb der kleine Turm angetan. Er war in ein Dutzend Segmente zerborsten, die fein säuberlich nebeneinander lagen, als warteten sie darauf, daß jemand Stück um Stück wieder aufeinandersetzte.

Mojeb ging die Bruchkante des Felsrutsches entlang, sehr genau darauf achtend, wohin er den Fuß setzte, da er nicht wußte, wie sicher der Untergrund war, und nicht vorhatte, durch einen unachtsamen Tritt eine weitere Rutschung auszulösen und sich dabei die Knochen zu brechen.

Immer wieder schüttelte er den Kopf über das, was er sah: Felsbrocken in jeder Form, einige größer als Häuser, andere so klein wie Schädel. Manche wiesen noch Reste von Bewuchs auf, doch nicht an der Oberseite, wie es sein sollte. Ihre neue Lage vermittelte den Eindruck, als wüchsen Büsche, Sträucher und Gras waagrecht ins Leere oder gar in den Untergrund hinein. Zwischen dem Geröll entdeckte Mojeb allenthalben Tang, Quallen, tote Fische und Vögel, die sich an ihnen labten. Die Kadaver lagen viel höher, als der Wasserspiegel bei Flut reichen konnte. Die Welle, die ihre lebende Fracht hier abgeladen hatte, war keine alltägliche gewesen.

Ein Sturm, dachte Mojeb. Ein gewaltiger Sturm. Eine wahre Sturmflut!

Er erforschte sein Gedächtnis. Außer dem Unwetter der letzten Nacht fiel ihm kein anderes in den vergangenen Tagen ein. Nicht, daß das etwas zu sagen gehabt hätte. Seine Erinnerungen waren lückenhaft, wie er feststellte. Doch selbst der Gewittersturm war nicht übermäßig schwer gewesen.

Dieses Rätsel würde er heute nicht mehr lösen, dachte er achselzuckend.

Auf dem Rückweg bemerkte er plötzlich, daß zu beiden Seiten des Wegs tote Fische lagen. Er war schon die ganze Zeit zwischen ihnen einhergegangen, ohne daß es ihm aufgefallen war. Verlegen kratzte er sich am Kopf. Solche Unachtsamkeit war sonst nicht seine Art.

Wieder bei seinem Ausgangsort angelangt, blickte er ratlos auf die Trümmer der Burg hinab. Ein befremdliches Gefühl bemächtigte sich seiner. Er kam sich sonderbar überflüssig vor. So etwas hatte er noch nicht erlebt: Er war bezahlt worden, hatte seinen Lohn bereits verpraßt, und jetzt, da er etwas dafür tun sollte und auch wollte, gab es nichts mehr zu tun. Gegen diesen Zustand hätte Mojeb nichts einzuwenden gehabt, sofern ihn jemand mit den Worten erwartet hätte: Geh, ich brauche dich nicht mehr! Alles ist beglichen.

Doch so verhielt es sich nicht. Niemand wartete hier. Nicht einmal den Ort gab es mehr, an dem er seiner Pflicht hätte nachkommen können. Was war ein Kerkerwächter ohne Kerker? Schlimmer noch: Was war ein Wächter, der überhaupt nichts zu bewachen hatte? Ein Nichts!

Irgend etwas stimmte mit der Welt nicht mehr. Sie war *unverrichtet*, dachte Mojeb und schaute zum Himmel auf. Irgendwo hinter der dicken Wolkendecke verbarg sich der neue Stern.

Eine Möwe kam angeflogen und setzte weit unten am Ufer, aber noch nicht an der Wasserlinie, zum Landen an. Dort tummelten sich schon andere Vögel, die über die Ankunft des Artgenossen nicht begeistert waren. Durch Hacken und Flügelschlagen wurden umgehend die Machtverhältnisse geklärt. Zwei grauweiße Vögel flatterten auf, ließen sich nach gerade drei Schritt wieder auf den Steinen nieder und watschelten zielstrebig zu dem Ort zurück, von dem sie soeben vertrieben worden waren.

»Dummes Gefieder«, brummte Mojeb. Das ganze Ufer lag voller toter Fische und hatte sich sozusagen in ein Vogelparadies verwandelt. Dennoch hatten diese Gierhälse nichts Besseres zu tun, als um ihr Futter zu zanken. Was gab es gerade dort, was sie woanders nicht gefunden hätten?

Mit einemmal fiel Mojeb eine Antwort ein. Wer immer zum Zeitpunkt des Unglücks in der Feste gewesen war, der war nun tot. Das beantwortete die Frage.

Er reckte den Hals, doch da er die Stelle, von der noch immer einzelne Vögel kurzfristig verscheucht wurden, nicht einsehen konnte, trat er einige Schritt zur Seite, bis der Blickwinkel günstiger wurde. Zweifellos, das Interesse der geflügelten Räuber galt einem länglichen Körper, der aber kein menschlicher zu sein schien.

Mojeb bückte sich, hob einen Stein auf und schleuderte ihn zwischen die Vögel. Äußerst widerstrebend ließen sie von ihrer Beute ab. Sie flatterten unter Protestschreien auf, doch die ersten kehrten bereits wieder zu dem Körper zurück, während die letzten noch heuchelten, vertrieben worden zu sein. Der Körper war ein kleiner Wal. Ein Kalb vielleicht oder ein Delphin.

Mojeb stutzte, bückte sich rasch und warf einen zweiten Stein. Zwar galt er dieses Mal nicht den Vögeln, doch das konnten die kleinen Räuber nicht wissen. Nach ihrem Verständnis mußte etwas in die Welt eingedrungen sein, das ihnen mittels vom Himmel fallender Steine das Essen verleiden wollte!

Mojeb stieß überrascht die Luft aus. Erstaunlich, der Wal lebte noch! Schnelles Handeln war geboten!

Mit kundigem Auge suchte er nach einem Weg, um zu dem Tier zu gelangen. Der Abstieg zwischen den Felstrümmern war zwar nicht leicht zu bewältigen, aber für einen einigermaßen gewandten Menschen auch nicht zu schwierig. Schnell legte Mojeb alles ab, was ihn behindern konnte. Einzig das Haumesser, das er den Plünderern abgenommen hatte, nahm er mit. Wußte ich doch, daß es noch nützlich sein würde, dachte er.

Während er freudig erregt hinabkletterte, schweiften seine Gedanken in die Zeit, als er für einige Monde zum Gefolge eines südländischen Prassers gehört hatte. Der Mann war ein Genießer ersten Ranges gewesen und hatte nichts dagegen gehabt, wenn sich seine Gefolgsleute von den »Brosamen« seines Tisches bedient hatten. Mojeb schnalzte bei der Erinnerung genüßlich mit der Zunge. Gut ein halbes Jahr lang hatte er sich fast ausschließlich von Schildkrötensuppe, Froschschenkeln, gestopfter Gänseleber, gefüllten Singvögeln und eben auch Walfleisch ernährt. Selbst die Hunde in diesem Haushalt hatten es gut gehabt. Sie waren täglich mit Thunfischschwänzen gefüttert worden.

Diese wunderbare Zeit hatte geendet, als ein Händler mit zwei Äffchen vorgesprochen hatte, die angeblich die letzten ihrer Art gewesen seien. Der hohe Herr hatte sie sogleich zum Dünsten gegeben. Leider war er während des folgenden Abendessens verschieden. Danach hatte es viel böses Blut gegeben. Denn jeder, der bei dem Mahl zugegen gewesen war, hatte bezeugen können, daß der gnädige Herr nicht mehr dazu gekommen war, die Äffchen zu verzehren. Dennoch waren sie hernach spurlos verschwunden gewesen. Mojeb hatte lange bedauert, nicht die Dreistigkeit dessen besessen zu haben, der die Äffchen entwendet hatte. Später war er einsichtig geworden. Was, wenn die weich gesottenen Bürschchen wirklich ein solcher Gaumenschmaus gewesen waren, wie es der Herr erhofft hatte? Wenn sie mühelos jede Lieblingsspeise in den Schatten gestellt hätten? Was dann? Bekanntlich waren sie die letzten beiden Exemplare ihrer Art gewesen.

An seinem Ziel angekommen, vertrieb Mojeb die Vögel mit raschen Bewegungen. Ihre gut drei Schritt lange Beute lag in einem flachen Becken, das von Felstrümmern gebildet worden war. Es war nicht tief genug, daß der kleine Wal darin hätte ertrinken können. Vermutlich hatte der Regen wesentlich dazu beigetragen, ihn am Leben zu halten. Unübersehbar war das nicht gerade das beste, was dem Tier hatte zustoßen können. Es starb langsam und unter Qualen. Seine graue Haut wies Dutzende von Wunden auf, die ihm Vogelschnäbel zugefügt hatten.

»Es ist bald vorbei«, sagte Mojeb beruhigend. Er zögerte jedoch, das Versprechen einzulösen. Bisher hatte er sich keine Gedanken gemacht, wie er das Tier töten solle. Doch jetzt, da er eine Entscheidung zu treffen hatte, zogen vor seinem inneren Augen Bilder vorbei, die zu einem schrecklichen Gemetzel aufforderten. Einem Wal konnte man schließlich nicht den Kopf abhacken wie einem Huhn.

Urplötzlich erinnerte er sich eines ehemaligen Kampfgefährten, an den er seit Jahren aus gutem Grund nicht mehr gedacht hatte. Der Mann hatte einige sonderbare Angewohnheiten gehabt. Eine war gewesen, völlig unerwartet von Dingen zu erzählen, die er irgendwo aufgeschnappt hatte und die nicht im entferntesten etwas mit dem laufenden Gespräch oder dem gegebenen Anlaß zu tun hatten.

Genauso hatte er es damals vor den Mauern von Drusasz gehalten. »Wie tötet man einen Wal?« hatte er aus heiterem Himmel gefragt.

»Flossen abhacken«, hatte jemand vorgeschlagen.

»Warum?«

»Weiß nicht.«

»Nein, nein«, war der Antwortende belehrt worden. »Einen Wal tötet man, indem man ihm seitlich hinter dem Blasloch in den Rücken sticht. Dort laufen nämlich mehrere große Adern zusammen. Wenn man gut trifft, so ist die Wunde tödlich. Verfehlt man sein Ziel, dann glaubt der Wal, man wolle mit ihm spielen. Also Blasloch! Immer hinter dem Blasbloch. Leicht zu verfehlen, deshalb ist das Meer mit zahllosen Walen bevölkert, denen die Lanzenreste aus den Rücken ragen wie Igeln ihre Stacheln.«

»Gilt das bei allen Walen, großen wie kleinen?« hatte Mojeb damals wissen wollen. Die Antwort hatte er nicht mehr erhalten, da seine Frage von einem Hornsignal übertönt worden war. Es hatte ihn und etwa viertausend andere Belagerer der Stadt veranlaßt, mit Sturmleitern gegen Mauern anzurennen, von denen sie mit Steinen und Unrat beworfen und mit kochenden Flüssigkeiten überschüttet worden waren. An diesem anstrengenden Tag hatte er eine weitere Eigenart seines Mitstreiters kennengelernt, nämlich eine beunruhigende Begeisterung für abgeschnittene Hände.

Das hätte ihm früher einfallen sollen, dachte Mojeb und blickte auf das mangels Spitze ungeeignete Haumesser. Er legte es auf den Boden. Später würde es noch nützlich sein, aber nicht jetzt. Behend kletterte er den geborstenen Fels hinauf, um das Schwert zu holen. Beim erneuten Abstieg sprangen Steine polternd vor ihm her. Mojeb mahnte sich zur Vorsicht. Welch ein Spott des Schicksals, wenn er sich die Knochen bräche und seine letzten Stunden neben dem sterbenden Wal verbringen müßte!

Er verharrte mitten in der Bewegung. Ihm war, als hätte er ein Geräusch vernommen, das nicht zu den üblichen gehörte. Doch so sehr er lauschte, so wenig konnte er etwas Fremdes ausmachen. Es mußte Einbildung gewesen sein! Mit Bedacht setzte er den Abstieg fort.

Die Vögel hatten sich wieder bei dem Wal eingefunden. Mojeb vertrieb sie wie zuvor. Er griff sein Schwert mit beiden Händen, zielte – und senkte die Waffe. Die Stelle, in die er den Stahl treiben wollte, sollte angeblich gut durchblutet sein. Wo viel floß, da spritzte allerdings auch viel! Wenn er nicht aufpaßte, so würde er von oben bis unten besudelt werden und für den Rest des Tages der Liebling jeder Schmeißfliege weit und breit sein!

Er prüfte die umliegenden Steine darauf, wie fest sie miteinander verkeilt waren und ob er auf ihnen schnell genug entkäme. Dann biß er die Zähne zusammen und trieb das Schwert mit aller Kraft in den Leib seines Opfers. Zwei schnelle Schritte brachten ihn außer Reichweite der Blutfontäne, die umgehend aus dem Blasloch des Tieres schoß.

Der Wal war nicht gleich tot. Im Gegenteil! Obwohl er die ganze Zeit über matt und hilflos erschienen war, klammerte er sich in seinen letzten Augenblicken mit aller Gewalt an das Leben. Er peitschte mit der Schwanzflosse und stieß Laute aus, die sich auf unheimliche Weise menschlich anhörten. Augenblick um Augenblick ging vorüber, ohne daß die Schreie ein Ende nehmen wollten. Schließlich verließ Mojeb seinen geschützten Platz. Er riß das Schwert aus Tier und stieß es ihm wieder und wieder in den Leib, bis es verstummte.

Völlig außer Atem geraten, blickte Mojeb auf seine blutverschmierten Hände und Unterarme und seine befleckte Kleidung. Düster fragte er sich, wozu er irgend etwas geplant hatte, wenn dann alles so verlief, als entstammte es einer Geschichte, die schon einmal erzählt worden war.

Er kletterte das letzte Stück bis zum Wasser hinab, hockte sich auf ein Mauerstück, das zur Burg gehört hatte, und säuberte sich und seine Kleider. Während er den Stoff scheuerte, überlegte er, ob er nicht lieber unbekleidet bleiben solle. Der Wal wollte schließlich noch zerlegt werden, und bei dem Glück, das er heute hatte, war es ihm zweifellos vorbestimmt, diesen Ort noch einmal aufsuchen zu müssen!

Also klemmte er sein Gewand unter den Arm und kletterte wieder zu seiner Beute hinauf. Seine Befürchtung bestätigte sich umgehend. Er glitt aus und schlitterte wieder zum Wasser hinab. Sein aufgeschrammtes Schienbein schmerzte, als er sich erhob und wütend brüllte: »Furzig!«

Geraume Zeit kamen nur noch Schimpfwörter und Flüche aus seinem Mund, die unheiligsten, die diese Küste seit Menschengedenken gehört hatte! Als die Felsbrocken es gründlich leid waren, beleidigt zu werden, antworteten sie.

»Hilfe!«

Mojeb verstummte und lauschte. Hatte er etwa gerade eine Stimme gehört? Wachsam sah er sich um. Außer Felsen, zersplitterten Baumstämmen, entwurzelten Büschen und Mauerresten entdeckte er nichts.

Schon erklang der Ruf erneut, dieses Mal sogar mehrstimmig: »Hilfe! Hilfe!«

Wachsam um sich blickend, schlüpfte Mojeb in seine tropfnasse Kleidung. Ihn trieb weniger Schamgefühl als der Gedanke, daß nicht jeder, der um Hilfe rief, auch welche benötigte. Ganz bestimmt wollte er keine Gewohnheit daraus machen, den Strolchen Ikarillas nackt gegenüberzutreten.

Während er sich anzog, hallten die Hilferufe unablässig drängend weiter.

»Ist ja schon gut«, brüllte Mojeb ungeduldig. »Ich komme doch gleich!«

Für einen kurzen Augenblick herrschte Ruhe, dann wurde das Geschrei wieder aufgenommen.

»Wo seid ihr denn?« rief er, als er bereit war. Die immergleichen Hilferufe waren die einzige Antwort, die er erhielt. Mojeb verdrehte die Augen. Was für Narren! Sie schrien so laut, daß sie ihn nicht hören konnten.

Er formte die Hände vor dem Mund zum Trichter und brüllte: »Ruhe, ihr Toren! Wo seid ihr?«

Wegen des unverständlichen Stimmengewirrs, das ihm antwortete, fügte er kurz darauf hinzu: »Nur einer! Nicht alle auf einmal! Nur einer von euch!«

»Wir sind hier!« meldete sich nun eine einzelne, wohlklingende Männerstimme.

»Wo hier?« erwiderte Mojeb.

»Ziemlich dicht beim Wasser. Aber wir können nicht genau sehen, wo wir sind. Durch den Lichtschlitz erblickt man nur den Himmel, nichts anderes ... Ich vergaß zu erwähnen, daß wir verschüttet sind.«

»Woher wißt ihr dann, daß ihr beim Wasser seid?« gab Mojeb spitzfindig zurück.

Die Antwort klang wie eine Folge von Fragen: »Es kommt rein ... Vor allem bei Flut ... Wenn du dich sputen könntest?«

»Ich komme«, versprach Mojeb. »Ich werde mich nach deiner Stimme orientieren.«

»Wir können auch alle zusammen rufen«, wurde ihm vorgeschlagen.

»Nein, nur du allein!«

»Warum? Du hörst uns doch besser, wenn wir alle ...«

»Weil ich es so will!« sagte Mojeb entschieden.

Eine Zeitlang ließ er sich von einförmigen Hilferufen leiten. Plötzlich kam ihm etwas in den Sinn, das ihn verharren ließ.

»Du!« rief er.

»Ja?«

»Ihr wart doch in der Burg, als das Unglück geschah?«

»Ja!«

»Weswegen?«

Die Antwort kam nicht gleich. Sie ließ so ungewöhnlich lange auf sich warten, daß Mojeb keine Zweifel hatte, was bei den Verschütteten vor sich ging: Sie berieten sich. Schließlich antwortete eine Frauenstimme: »Wir sind Gesinde.«

»Gesinde«, murmelte Mojeb halblaut beim Klettern. »Gesindel-Gesinde wohl eher. Oder noch besser Gimpel-Gesindel. Wofür halten die mich?«

Weitere Hilferufe führten ihn zu einem in sich verdrehten Bereich der Burgruine. Die Stimmen kamen aus einem Gebäudeteil, dessen Außenwand nach dem Felsrutsch zur Decke geworden war. Mojeb entdeckte eine Tür. Schutt lag darauf, der es denen, die sich auf ihrer anderen Seite befanden, selbst dann noch unmöglich gemacht hätte herauszukommen, wenn sie nicht verriegelt gewesen wäre. Aber das war sie zweifellos, auch wenn das Schloß nicht zu sehen war. Die schmale Lichtöffnung, die zusätzlich durch eine eingemauerte Eisenstange unterteilt wurde, damit sich auch ganz bestimmt niemand hindurchzwängen konnte, sagte alles.

»Bist du hier?« tönte es aus dem Fensterschlitz.

»Ja«, bestätigte Mojeb.

Sofort meldeten sich sämtliche Zelleninsassen zu Wort: Laß uns raus! Gib uns zu essen! Hast du Wasser? Mach schnell!

Eine Stimme hob sich von den anderen ab. Sie war nicht nur außergewöhnlich tief, sondern unterschied sich auch dadurch, daß sie gänzlich unbeeindruckt vom übrigen aufgeregten Geschrei langsam und sorgfältig betonend die Wünsche ihres Besitzers vortrug: »Siehst du die Tür? Sie ist vermutlich verschüttet. Du kannst sie nicht öffnen. Du mußt erst den Schutt wegräumen.« Allzu viel Zutrauen in die Geistesgaben des mutmaßlichen Retters schien der Sprecher nicht zu haben.

Mojeb wartete, bis das Geschrei abebbte. Dann rief er seinerseits laut: »Ihr seid überhaupt kein Gesinde. Ihr seid nämlich Häftlinge!«

Umgehend schwoll der Lärm wieder an. Mojeb wartete vergeblich darauf, daß jemand auf seinen Vorwurf einging. Statt dessen erklangen die bekannten Forderungen: Hol uns raus! Gib uns zu trinken und zu essen, flink, flink!

Dazwischen brummelte jemand: »Tritt nicht auf die Tür,

wenn du die Steine wegräumst. Vielleicht ist sie beschädigt und gibt nach. Dann fällst du zu uns herunter.«

In dem Glauben, nicht gehört worden zu sein, wiederholte Mojeb seine Anklage. Als sich immer noch niemand geneigt zeigte, etwas dazu zu sagen, setzte er sich auf einen Mauerrest und wischte sich den Schweiß von der Stirn. Trotz des bewölkten Himmels hatte er den Eindruck, als wäre es im Vergleich zu den Vortagen wärmer geworden. Halblaut und eher zu sich selbst sprach er: »Ich kann euch nicht herauslassen. Ich bin schließlich Kerkerwächter.«

Wie durch ein Wunder wurde es urplötzlich still.

»Du lügst!« behauptete die Frauenstimme.

»Ich lüge nicht«, versicherte Mojeb verwundert. »Wieso sollte ich auch?«

»Wir kennen deine Stimme nicht. Also lügst du.«

»Daß sie euch unbekannt ist, ist nicht erstaunlich, da ich heute zum ersten Mal in dieser ...« Er blickte über das Trümmerfeld und räusperte sich: »Ich wurde erst vor ein paar Tagen angeworben.«

»Du lügst schon wieder. Hier gibt es seit Tagen niemanden mehr außer uns.«

Mojebs Verwunderung nahm zu: »Niemanden? Keine Wachen? Auch nicht den Burgherrn Kainanu?«

»Niemanden«, bekräftigte die Frau. »Keine Wachen, kein Burgherr. Abgesehen davon, daß wir gar keine Wachen benötigen. Wir sind nur Gesinde. «

»Wie lange soll das angeblich schon so sein?« fragte Mojeb unbeeindruckt. »Wie viele Tage?«

Die Frau überlegte kurz. »Sechs Tage.«

Nun kam er ins Grübeln. Wenn er mit den Tagen nicht völlig durcheinander gekommen war – was nicht auszuschließen war –, so war die Burg am selben Tag, als er hier vorgesprochen hatte, verlassen worden. Zu merkwürdig!

»Wer gab euch solange zu trinken und zu essen?« fragte er argwöhnisch.

»Niemand. Hast du etwas zu essen für uns?«

»Und etwas zu trinken?« verlangte eine andere Stimme.

Mojeb ließ sich nicht ablenken. »Ihr wollt mir weismachen, seit einer Woche nichts mehr getrunken zu haben?«

»Unfug«, widersprach die Frau. »Dann wären wir verdurstet. In der Wand ist eine kleine Öffnung, zu der das Regenwasser hereinkommt. Es fließt durch eine Rinne in ein Becken.«

»Das Becken ist älter als die Burg«, behauptete der Baß. »Es ist noch nie geputzt worden. Du darfst nicht im Wasser rühren. Sonst kannst du stundenlang nicht trinken. Aber jetzt geht das sowieso nicht mehr.«

»Wieso?« gab Mojeb geistesabwesend zurück. Ein leichter Schauder hatte ihn bei der Vorstellung ergriffen, aus einem seit Jahrhunderten mit zweifelhaften Ablagerungen gefüllten Wasserbecken trinken zu sollen.

Der Baß schien offenbar gewillt, jede erdenkliche Frage gewissenhaft zu beantworten. »Das Gebäude liegt jetzt auf der Seite. Das Becken liegt auch auf der Seite. Der Regen kommt noch immer durch das Fenster. Aber jetzt von oben. Deshalb mußt du aufpassen, wenn du den Schutt vor der Tür wegräumst. Er fällt jetzt nach unten.«

»Meine Aufgabe ist es nicht, euch zu befreien«, erklärte Mojeb betont langsam. »Meine Aufgabe ist es, euch daran zu hindern, den Kerker zu verlassen. Ich bin Kerkerwächter. Ich bewache den Kerker. Daher die Bezeichnung. Ich lasse folglich niemanden heraus.«

»Schön und gut«, ertönte nun die wohlklingende Stimme, die Mojeb den Weg gewiesen hatte. »Aber da draußen liegt doch sicher alles in Trümmern, oder? Du bist allein. Wer soll dich bezahlen?«

Mojeb klatschte lachend in die Hände und verkündete triumphierend: »Ich wurde bereits bezahlt!« Er verstummte und schüttelte den Kopf. Hatte er sich denn ganz den Verstand weggesoffen? Die Begeisterung darüber, schon alles bekommen und nun nichts mehr zu erwarten zu haben, war völlig unangebracht.

»Für wie lange?« fragte die Männerstimme weiter.

»Wie lange was?«

»Für wie lange wurdest du bezahlt, um uns zu bewachen?«

»Zwei Monde«, gab Mojeb zurück. »Nicht daß dich das etwas anginge.«

»Zwei Monde? Kommt denn jemand, um dir beizustehen?«

»Wieso?«

»Weil du uns Essen und Wasser bringen mußt. Jeden Tag. Zwei Monde lang.«

»Du gehst am besten fischen«, mischte sich der Baß ein. »Dazu brauchst du eine Angel. Weißt du, woher du eine Angel bekommst? Du mußt eine anfertigen. Dazu suchst du ...«

»Sei still«, schnitt ihm Mojeb barsch das Wort ab. »Ich muß nachdenken.«

»Und in zwei Monden wirst du uns dann doch freilassen«, sprach der erste Mann ungestört weiter.

»Wieso?« gab Mojeb ungehalten zurück. »Bis dahin wird jemand vorbeigekommen sein. Oder ich gehe einfach fort.«

»Du wirst uns doch nicht verhungern lassen wollen?« fragte die Frauenstimme empört.

»Besser, als euch freizulassen. Wer weiß, was ihr verbrochen habt. Vielleicht seid ihr allesamt Mordgesindel. Wenn ich euch befreie, dann bringt ihr womöglich zuerst mich um und anschließend jeden, der euch über den Weg läuft.«

»Das ist unvernünftig. Wenn das stimmte, dann wären wir längst hingerichtet worden«, widersprach der Mann. »Und das wurden wir nicht, eben weil wir nichts Schlimmes taten.«

»Für *nichts Schlimmes* wird man nicht in ein Verlies gesperrt. Für *nichts Schlimmes* bekommt man den Stock zu spüren oder zahlt eine Strafe. Vielleicht arbeitet man sie auch ab. Aber man wird nicht eingesperrt«, höhnte Mojeb.

»Wir sollten auch nicht lange eingesperrt werden« erklärte die Frauenstimme. »Nur so lange, daß es uns und anderen eine Lehre sei. Wir sollten längst wieder frei sein.«

»Vermutlich seit einer Woche«, brummte ihr Bewacher gallig. »Sag, Frau, höre ich mich für dich wie ein leichtgläubiger Einfaltspinsel an?«

»Nein, nur so, als wärst du nicht von hier. Woher kommst du?«

Mojeb überging die Frage. »Also gut, ich habe es mir überlegt. Wenn ihr mich von eurer angeblichen Harmlosigkeit überzeugen könnt, werde ich euch rausholen. Wohlgemerkt, ich werde euch nicht freilassen, sondern euch statt dessen irgendwohin bringen, wo man sich um euch kümmern wird. Sag also die Wahrheit, Frau: Weswegen wurdest du in den Kerker geworfen?«

Er mußte lange warten, bis ihm die auffällig leise gewordene Stimme antwortete: »Hmpf-Pmpf.«

»Was sagst du?« rief Mojeb, der nicht glaubte, daß das, was er aus dem Nuscheln herausgehört hatte, der Wahrheit entspräche. »Wieso plötzlich so leise? Die ganze Zeit über konnte es nicht laut genug sein, und jetzt, da es gilt, sich zu bekennen, wird geflüstert!«

»Hochverrat«, wiederholte die Frau zaghaft.

Mojeb wußte, was man unter dem Wort verstand, nämlich wenn sich Adlige zusammenschlossen, um ihren Herrscher zu stürzen, aber keinen Erfolg bei ihrer Unternehmung hatten. Waren sie hingegen erfolgreich, so sprach man nicht von Hochverrat, sondern von längst überfälligem Vorgehen und gelegentlich vom Beginn einer neuen Dynastie. Er hatte mit beiden Bekanntschaft gemacht, mit Hochverrätern und mit neuen Herrschern.

Nun beugte er sich weit vor, um einen Blick durch die vergittere Lichtöffnung werfen zu können. In der Zelle war es jedoch zu dunkel, als daß er jemanden hätte erkennen können.

»Und ihr anderen?«

»Wir alle.«

»Dann habe ich es wohl mit lauter hohen Herrschaften zu tun«, spöttelte er. »Du mit der tiefen Stimme, wovon lebst du, wenn du nicht gerade stiehlst?«

»Ich stehle nicht«, antwortete der Baß gekränkt. »Ich bin ein ehrlicher Tagelöhner. Ich kenne mich aus. Wenn du eine Anstellung suchst, dann halte dich einfach an mich. Wir könnten ...«

»Kein Bedarf derzeit«, sagte Mojeb rasch. »Also Hochverräter seid ihr. Wie sagtest du noch mal? Ihr solltet gerade solange eingesperrt werden, daß es euch und anderen eine Lehre sei, keinen Hochverrat mehr zu begehen? Vernünftig, sehr vernünftig. Nicht auszudenken, wenn das um sich griffe und alle anderen Habenichtse und Tagelöhner Ikarillas beschlössen, Hochverräter zu werden! Am Ende würden sie noch an den Feind weitergeben, wie man dicke Kürbisse pflückt ... Ihr erinnert euch noch an unsere Abmachung? An den Teil, der mit *die Wahrheit sagen* zu tun hatte?«

»Du hast gefragt, und ich habe ehrlich geantwortet«, verteidigte sich die Frau. »Aber weil dir die Antwort nicht paßt, behauptest du, daß ich lüge. Woher willst du das wissen?«

»Ich kann es nicht wissen«, seufzte Mojeb. »Trotzdem glaube ich es nicht. Wenigstens seid ihr einfallsreich beim Lügen. Ich werde euch rausholen. Versprochen! Wie viele seid ihr?«

»Fünf! Sechs!« war gleichzeitig zu hören.

»Wie viele jetzt: fünf oder sechs?«

»Wir waren sechs«, erklärte die Frau. »Doch nun sind wir nur noch fünf. Einer ist vor zwei Tagen gestorben.«

Mojeb runzelte die Stirn, sagte aber nichts. Satt dessen warf er einen genaueren Blick auf die Tür. Sie würde ihm noch einiges an Kopfzerbrechen bereiten. Nicht wegen des Schutts, der auf ihr lag, sondern wegen des größeren Mauerrestes, unter dem ein Teil der Türöffnung begraben war und der sich durch Muskelkraft allein nicht wegbewegen ließe. Zumindest ein Seilzug wäre hierfür nötig, wenn möglich noch einige Helfer. Zum Glück ging die Tür nach innen auf. Mojeb hoffte, daß die Steine nicht so ungünstig verkeilt waren, daß er nicht an das Schloß herankäme. In dem Fall wäre eine Axt nötig, um die Tür einzuschlagen. Doch woher sollte er die nehmen?

Er räumte die Steine weg. »Wie konnte das überhaupt geschehen?« fragte er nach einer Weile.

Die Männerstimme erklärte es ihm. »Viel wissen wir nicht dazu zu sagen. Es krachte plötzlich furchtbar, und alles setzte sich in Bewegung. Das war's schon.«

»Nachts? Tags?«

»Vormittags, vorgestern Vormittag.«

»Da war doch sicher gerade ein Unwetter im Gange? Ein schwerer Sturm. Saht ihr besonders große Wellen?«

»Nein, du täuscht dich. Eben war noch blauer Himmel, dann brach es über uns herein mit *Wumm* und *Hallo!* Ohrenbetäubend, wortwörtlich! Doch halt, ich habe gar nicht erwähnt, daß urplötzlich eine ganze Menge Wasser in unsere Zelle schwappte. Sie war halbvoll. Wir hätten ertrinken können! Aber kein Sturm, keine Wellen. Dafür Lärm! Das meiste Wasser lief zum Glück rasch wieder ab. Ich weiß jedoch nicht, wann es hereinkam, ob bevor oder nachdem alles ins Rutschen geriet. Das ging so schnell, fast gleichzeitig ... Davor meinst du? Ich glaube eher, es war danach.« Offenbar unterhielt er sich mit einem der anderen Häftlinge.

»Wart ihr die einzigen Gefangenen?« brachte sich Mojeb wieder in Erinnerung

»Wissen wir nicht«, wurde ihm geantwortet. »Wir haben gerufen, als niemand mehr zu uns kam. Einmal glaubten wir, eine Antwort zu hören. Doch dann war da nichts mehr. Mag sein, daß alle anderen weggebracht wurden, während man uns vergaß. Oder sie konnten sich vielleicht befreien. Die Mauern sind sehr dick. Du hast uns auch nicht gleich gehört. Warum fragst du?«

Mojeb gab dem Mann keine Antwort. Daß die Häftlinge überlebt hatten, war Wunder genug. Wenn es anfänglich noch andere Gefangene gegeben haben sollte, so war es nicht erstaunlich, wenn sie seither keine Rufe mehr beantwortet hatten.

Mittlerweile hatte er seine Arbeit beendet. Zwei Drittel der Tür lagen frei, während das letzte Drittel von der Mauer blokkiert wurde. Das Geröll, das zwischen ihr und dem Türblatt lag, ließ sich nicht entfernen. Allerdings war es nicht so fest eingeklemmt, daß es sich nicht hätte bewegen lassen. Das war beruhigend, da es darauf hoffen ließ, daß die Mauer ihre Lage nicht verändern würde, wenn das Geröll oder die Türe nicht mehr vorhanden wären. Mojeb suchte sich unter den soeben weggeräumten Steinen einen aus, der gut sechzig Pfund wiegen mochte. Er nahm ihn mit beiden Händen auf und kletterte auf das Mauerstück.

»Steht gerade jemand unter der Tür?« fragte er.

»Wieso?« schallte es aus dem Lichtschlitz.

Statt einer Antwort warf Mojeb mit boshaftem Grinsen den Stein auf das Türschloß. Wie erwartet gab es nicht beim ersten Mal nach. Doch aus der Zelle drang umgehend angstvolles Kreischen. »Beim heiligen Tomu, was treibst du?«

Mojeb sprang von der Mauer und hob den Steinbrocken auf. Erst als er wieder oben mit ihm auf der Mauer stand, beantwortete er die Frage: »Was werde ich wohl tun? Ich öffne eine Tür, zu der ich keinen Schlüssel habe.« Beim letzten Wort warf er den Stein abermals.

Erneut waren Schreckensrufe zu hören. »Du wirst uns noch alle umbringen.«

»Nur wenn sich einer gegen meinen ausdrücklichen Rat unter der Tür aufhält. Leider ist sie sehr stabil. Es wird etwas dauern, sie aufzubekommen.«

Mit dieser Einschätzung hatte er recht. Geraume Zeit verstrich, bis die Zellentür nachgab und sich ein Regen aus Erde und Schutt nach unten ergoß.

Nachdem die Eingeschlossenen lange genug das Dröhnen des aufprallenden Steins ertragen hatten, hatten sie es eilig, ins Freie zu gelangen. Mojeb erlaubte es ihnen nicht sofort, sondern bestand darauf, daß zuerst der Leichnam herausgeschafft werde.

»Der hat's gewiß am wenigsten eilig«, beschwerte sich die Frau.

»Entweder so oder gar nicht«, beharrte Mojeb ernst.

Unter Schimpfen wurde der Tote aus der Türöffnung geschoben. Mojeb griff den Leichnam unter die Arme und zog ihn heraus. Der Verstorbene war ein Greis. Die Totenstarre hatte bereits begonnen sich zu lösen, so daß Kopf- und Schulterregion wieder beweglich waren. Bevor Mojeb zuließ, daß dem Toten ein Lebender folgte, untersuchte er den Körper. Vorsicht war besser als spätere Reue, und bislang hatte er nur das Wort einiger Häftlinge, daß ihr Mitgefangener eines natürlichen Todes gestorben sei.

Mojeb begnügte sich mit einer oberflächlichen Suche nach Stichwunden, ohne welche zu entdecken. Damit hatte er auch nicht ernsthaft gerechnet. In Kerkern starb man anders. Man wurde erdrosselt oder erschlagen. Doch der kräftige Hals des Alten wies keine verräterischen Verfärbungen auf, und auch der

Schädel offenbarte den tastenden Fingern keine nachgiebigen Stellen. Zumindest sprach nichts offensichtlich gegen die Behauptung der Gefangenen. Zwar konnte sich Mojeb nicht sicher sein, daß er nicht höchst gefährliche Häftlinge befreite, doch wann hatte man je völlige Gewißheit, daß etwas genau so war, wie es zu sein schien?

Vorsichtshalber kletterte er den Hang ein Stück hinauf, bis er zwei Mannlängen über der aufgebrochenen Zellentür stand. Dann erst forderte er die Gefangenen auf, ins Freie zu klettern: »Heraus, wer ein Hochverräter und Tagelöhner ist!«

Der erste Gefangene, der sich aus der Öffnung stemmte, war etwa in Mojebs Alter, vielleicht ein paar Jahre jünger. Durch wenige Worte gab er sich als Besitzer der wohltönenden Stimme zu erkennen. Mojeb war äußerst überrascht. Auch wenn er keine feste Vorstellung von dem Mann gehabt hatte, dessen Stimme er zu der Kerkerzelle gefolgt war, so hatte er eine eher stattliche Erscheinung erwartet – jemanden, der von jedem *Theatro* mit Kußhand genommen worden wäre, aber keineswegs einen Hänfling, der nicht mal anderthalb Schritt groß war. Deshalb rief er, ohne nachzudenken, fröhlich aus: »Du bist wohl eher ein Halbtagslöhner!«

Der kleine Mann konnte Mojebs Erheiterung wenig abgewinnen und bedachte ihn mit finsteren Blicken, die nach einiger Zeit auch dem Verursacher seiner Verärgerung auffielen. Mojeb hörte zu lachen auf und erklärte: »Das war nicht böse gemeint, Bürschchen. Ich freue mich nur darüber, endlich jemanden getroffen zu haben, der nicht größer ist als ich. Auf die Dauer kommt man sich ja wie ein Wichtel vor.«

Die Worte versöhnten den Gefangnen keineswegs. Er schien weder die Erklärung zu schätzen noch, daß er als Bürschchen und Wichtel bezeichnet wurde. Da Mojeb selbst erkannte, daß seine Wortwahl unglücklich gewesen war, setzte er zu einer Entschuldigung an: »Ich habe schon kleinere als dich gesehen. Menschen sind schließlich sehr verschieden: Es gibt stattliche und winz … nicht ganz so stattliche, beleibte und kurze, hübsche und gänzlich unscheinbare …«

Mojeb kam sich vor, als handelte er unter dem Einfluß eines bösen Fluchs. Kurzerhand brach er seine Rede ab und verkündete barsch: »Ich bin Kerkerwächter, und du bist ein Gefangener. Ihr anderen kommt endlich aus eurem Loch gekrochen! Ich habe schließlich nicht den ganzen Tag Zeit.«

Nacheinander kletterten die restlichen Häftlinge aus ihrem Gewahrsam. Die Frau, die als nächstes erschien, war die einzige, welcher der kleine Mann hilfreich die Hand entgegenstreckte. Die anderen mußten ohne Unterstützung auskommen. Schließlich standen wie angekündigt fünf Gefangene im Freien. Die Männer sahen seltsam gleich aus: Jeder war mit ärmelloser Jacke und Rock bekleidet. Die Frau hatte ihren Sarong so gewickelt, daß er wie die Röcke der Männer nur bis zu den Knien reichte. Der Grund war leicht ersichtlich: Zu Füßen der Gefangenen bildeten sich Pfützen. In der Zelle hatte wohl das Wasser gestanden. Das erklärte, warum die fünf so zerschlagen und übernächtigt aussahen. In einer tiefen Pfütze zu schlafen war kein Spaß. Sie waren ein erbärmlich anzusehender, vor Dreck starrender Haufen. Nicht einmal mehr die Farbe ihrer Kleidung war leicht zu bestimmen. Blinzelnd wegen der nicht mehr gewohnten Helligkeit, betrachteten sie die Verwüstung um sich herum. Bestürzung legte sich auf ihre Gesichter.

Mojeb konnte sich gut vorstellen, was in ihnen vorging. Die fünf hatten gewußt, daß ihr Gefängnis eingestürzt war. Sie hatten die Angst kennengelernt, nicht mehr lebend davonzukommen. Doch das ganze Ausmaß der Zerstörung hatten sie sich nicht vorzustellen vermocht. Es war ihnen verborgen geblieben, daß zusammen mit ihnen ein beträchtliches Stück der Küste ins Meer gerutscht war. Erst der Anblick der mehrere hundert Schritt langen Trümmerhalde machte ihnen bewußt, welch verheerendes Unglück sie überlebt hatten!

Als ihre Entgeisterung dabei war, von aufkeimendem Entsetzen verdrängt zu werden, bewahrte der Gefangene mit der tiefen Stimme seine Schicksalsgefährten vor dem Sturz in seelenlose Verzweiflung. »Das muß ordentlich geplatscht haben!«

Die schlichte Feststellung löste hysterisches Gelächter aus.

Gleichzeitig brachte sie Mojeb auf etwas, woran er noch gar nicht gedacht hatte. Wenn ihm auch vieles von dem, was sich hier zugetragen hatte, ein Rätsel war, so war dies das erste, das einen Sinn ergab: Ja, es mußte ordentlich geplatscht haben, als das viele Gestein ins Meer gerutscht war. Eine mächtige Welle mußte dabei entstanden sein. Vermutlich hatte sie woanders entsetzliche Rache für die Zerstörung dieser Küste genommen.

Einer der Gefangenen hatte sich gebückt, um aus einer Pfütze zu trinken. Er spuckte das Wasser aber umgehend wieder aus: »Brackig!«

Die anderen sahen abwartend herüber. Mojeb deutete mit dem Daumen nach oben und schickte sich an, allen voran die Halde hochzuklettern.

»Was ist mit …«, fragte die Frau und deutete auf den Toten.

»Laß ihn liegen oder wirf ihn wieder zurück«, erwiderte Mojeb.

Er erntete verständnislose Blicke. Die fünf schienen angenommen zu haben, daß er aus schierer Ehrfurcht vor den Toten den Leichnam ihres Mithäftlings zuerst aus der Zelle hatte haben wollen. Sie würden gleich noch verblüffter dreinschauen.

»Aber zieht ihm zuvor die Jacke aus«, befahl Mojeb. »Die brauchen wir noch.« Er kletterte weiter, während einer der Gefangenen die Anweisung ausführte. Erst als auch der letzte oben stand und die Frau abermals nach Eßbarem fragte, erinnerte sich Mojeb des kleine Wals. Er schlug sich verärgert gegen die Stirn: »Als ihr mich gerufen habt, da habt ihr mich beim Schlachten gestört. Unten beim Wasser liegt ein Wal zusammen mit dem Haumesser. Jemand sollte hinabsteigen und einige schöne Filets aus ihm herausschneiden. Ein Freiwilliger!«

Die Frau erklärte sich bereit, die Aufgabe zu übernehmen. Als der kleine Mann sie begleiten wollte, verbot es ihm Mojeb: »Einer, immer nur einer von euch. Mehrere von euch zusammen würden mich unruhig machen. Wir wollen nicht, daß ich unruhig werde! Wir wissen genau, was geschieht, wenn ich unruhig werde … Unfug! Wir wissen es natürlich nicht. Wir wollen es auch nicht wissen. Doch wir merken uns: Sollte einer von euch davonlaufen, so werden die anderen einen triftigen Grund haben, unruhig zu werden. Und nicht einmal ich will wissen, was dann geschieht!«

Trotz dieser einschüchternden Worte schickte Mojeb kurz darauf einen der Gefangenen los, um Brennholz zu besorgen. Der Mann war angewiesen worden, sich nicht außer Blickweite zu entfernen. Erst als er zurückkehrte, durfte der nächste gehen. Er sollte Kokosnüsse und Obst besorgen. Unterdessen mußte ein dritter Gefangener aus Mehl und Wasser Brotteig kneten, während der vierte die Jacke des Toten in Streifen reißen sollte, um anschließend Schnüre aus ihnen zu flechten, die als Fesseln dienen konnten. Zwischendurch kehrte die Frau mit dem Fleisch zurück. Das Haumesser warf sie Mojeb aus einiger Entfernung vor die Füße. Augenscheinlich fürchtete sie sich davor, ihm mit etwas, das als Waffe taugte, allzu nahe zu treten. Mojeb sah, daß seine Gefangene die Gelegenheit wahrgenommen hatte, sich zu waschen. Er fragte sich flüchtig, ob aus Reinlichkeit oder weil das Zerlegen des Wals eine so blutige Angelegenheit geworden war, wie er befürchtet hatte. Er war froh, daß er diese Tätigkeit an jemanden hatte abtreten können. An einem Tag wie heute hätte er sich zweifellos von oben bis unten besudelt.

Das Mahl begann als wortloses Schmatzen und Schlingen. Mojeb ließ fallen, daß er nicht beabsichtige, jemandem das Essen streitig zu machen und daß jederzeit noch mehr Fleisch geholt werden könne. Sie dürften sich alle Zeit der Welt lassen. Doch seine Worte blieben unbeachtet. Deswegen sprach er mahnend, daß er zwar selbst nie habe hungern müssen, doch sich habe sagen lassen, daß eine solch rasante Völlerei unbekömmlich sei. Diese Worte zeigten immer noch nicht bei allen Wirkung, wurden aber als Freundlichkeit vermerkt. Sie bewogen die Frau, mit vollem Mund eine Unterhaltung zu beginnen, bei der sie sich und ihre Gefährten vorstellte.

Ihr Name war Keloe. Mojeb schätzte sie auf etwa zehn Jahre älter als sich selbst, also auf knapp vierzig. Rein dem Aussehen nach hätte sie gut die ältere Schwester der Frau sein können, mit der er mutmaßlich die vorletzte Nacht verbracht hatte und die jetzt tot auf einem Erdnußfeld lag. Sie war in etwa genauso groß gewachsen, wenn auch eine Spur üppiger in Hüfte und Brust. Ihr schmales Gesicht, in das seit dem Waschen keine verfilzten Zotteln mehr hingen, wurde wie bei der anderen Frau von langen, dunklen Haaren umrahmt. Sie hatte die gleiche sanftbraune Haut, die gleichen vollen Lippen, doch alles an ihr war reifer, klarer gezeichnet und entschiedener. Sie wäre nicht nur die ältere Schwester gewesen, sondern auch die hübschere, räumte Mojeb bewundernd ein. Dann aber dachte er, daß er der jüngeren Frau womöglich unrecht tat. Vielleicht hatte sie ebenso fröhliche, leuchtende Augen gehabt wie Keloe, doch das einzige, woran er sich erinnerte, war der starre Blick des Todes. Unter solchen Umständen war es nicht schwer, schlechter abzuschneiden.

Der Name des kleinen Mannes klang wie das Gurren eines Vogels: Tiugugu. Mojeb wußte nicht zu sagen, ob er und Keloe etwas miteinander hatten. Wenn nicht, so lag es bestimmt nicht an ihm. Er schien ein etwas schwieriger Bursche zu sein. Jemand, dem schnell der Kamm schwoll. Ein kleines Hähnchen, allzeit bereit, zornig sein Revier zu verteidigen: Tiugugu, Tiugugu!

Keloe gegenüber verhielt er sich anders als gegenüber dem Rest. Er war zuvorkommend, stets hilfsbereit und konnte die Augen nicht von ihr lassen. Ein ungewöhnlicher Blickfang waren seine Hände. Die Finger sahen zu lang und zu dünn aus und so zerbrechlich wie Spinnenbeine.

Wie er Omaru einschätzen sollte, wußte Mojeb beim besten Willen nicht zu sagen. Der Mann mit der tiefen Stimme war entweder ein völliger Idiot oder ein abgeklärter Weiser, für den alles Weltliche längst nur noch unbedeutendes Beiwerk war. Die gewaltige Zerstörung hatte ihm lediglich ein schlichtes »Es muß ordentlich geplatscht haben« abgerungen. Womöglich konnten tatsächlich alle Berge der Welt gleichzeitig über ihm zusammenstürzen, ohne mehr zu bewirken, als daß er sich gelassen aus den Trümmern erhöbe und feststellte: »Hier staubt es ordentlich«, um sich sodann den wirklich wichtigen Dingen des Seins zuzuwenden.

Doch wenn Omaru ein Weiser war, dann gewiß ein solcher, der von allen anderen in der Welt am bereitwilligsten seine Erkenntnisse teilte. Nicht nur, daß er alles beantwortete, was nach einer Frage klang. Selbst als Mojeb ihn angewiesen hatte, die Jacke des Toten zu zerreißen, um Fesseln aus den Stoffstreifen herzustellen, hatte ihm Omaru noch erklärt, wie es am besten zu machen sei. Als ahnte er nicht, daß eine der Fesseln für ihn selbst bestimmt war!

Obwohl Omaru wahrscheinlich erst fünfzig Jahre alt war, schienen die Gezeiten seit Jahrhunderten sein überaus breites Gesicht bearbeitet zu haben. Ebbe und Flut, Flut und Ebbe hatten tiefe Furchen in das ansonsten völlig glatte Gesicht gegraben.

Mataiu und Natanui waren die Namen der letzten beiden. Sie hatten sich von Anfang an stärker zurückgehalten als die anderen drei. Sie gehorchten zwar aufs Wort, bemühten sich aber, möglichst nicht aufzufallen.

Mojeb nahm die Namen seiner Gefangenen zur Kenntnis und erklärte dann kurz: »Schön und gut. Aber ich werde euch meistens nur *Du da!* nennen. Ihr seid Gefangene, ich bin euer Wächter. Mehr Herzlichkeit scheint mir übertrieben.«

Von dieser Unfreundlichkeit ließ sich Keloe nicht abschrecken. »Du bist nicht von hier«, sagte sie.

»Er ist von woanders«, bestätigte Omaru.

Mojeb lächelte schwach. Man mußte wahrhaftig nicht allzu genau hinsehen, um ihn als Fremden zu erkennen. Selbst wenn man außer Acht ließ, daß seine Haut trotz Sonnenbräune heller als die der Einheimischen war, gab es immer noch hinreichend Unterschiede.

Ikarillaner waren groß und schlank. Er war eher gedrungen.

Sie hatten lange, schmale Nasen, seine war breit und flach.

Sie hatten gewelltes Haar und nicht wie er eine Krause.

Alles an ihnen wirkte zarter. Selbst ihre Augenbrauen waren schmale Linien. Seine dagegen waren so buschig, daß man sie für Augenwülste halten konnte.

Ikarillaner waren durchweg schöne Menschen, während er so rauh und ruppig aussah wie die heimatlichen Berge, die einstmals das Jarmatenvolk erdacht hatten. Bestimmt hatten die steinernen Riesen seinerzeit klug entschieden, und wenn nicht, so war es auch gut. Wer wollte sich schon mit tausend Bergen streiten? Plötzlich kam es Mojeb in den Sinn, sich einen struppigen Vollbart wachsen zu lassen.

»Nein«, sagte er. »Ich bin nicht von hier. Ich bin Jarmate.«

Herausfordernd sah er sich um, doch keiner in der Runde schien etwas mit dem Wort anfangen zu können. Er zuckte mit den Schultern. »Meine Heimat liegt weit entfernt ... Sie ist sogar ein anderes Land.«

»Aber du sprichst unsere Sprache gut«, lobte ihn Keloe.

»Sprachen fliegen mir zu, und außerdem ...«

Mojeb kam nicht mehr dazu zu erklären, was außerdem sei, denn urplötzlich griff sich Keloe an den Hals, sprang erschrocken auf und entfernte sich schnellen Schritts von der Kochstelle.

»Wohin?« fragte Mojeb streng.

Die Frau sah ihn flehend an: »Meine Kette! Ich muß sie liegen gelassen haben, als ich mich wusch.«

Ihr Bewacher erinnerte sich zwar nicht an eine Kette, doch da keiner der Gefangenen mehr besaß als seine Kleidung, eine Eßschale und einen Löffel, gab er ihr mit einem knappen Nicken die Erlaubnis, nach dem Schmuck zu suchen. Umgehend kletterte Keloe die Felsen hinab. Wie immer sah ihr der kleine Mann hinterher.

»Es ist eine wertlose hölzerne Kette, doch sie bedeutet ihr viel«, erklärte er Mojeb und blickte ihn dabei ernster an, als es zu der schlichten Feststellung paßte.

»Wie müssen noch etwas von dem Walfleisch mitnehmen«, brummte Omaru einige Augenblicke später, verschränkte die Arme vor der Brust und schaute zu Boden.

Mojeb warf Mataiu und Natanui einen kurzen Blick zu. »Und? Habt ihr auch noch einen Satz?« Beide sahen ihn erschrocken an, als hätte er sie bei etwas Verbotenem ertappt.

Mit einemmal schallten vom Wasser her markerschütternde Schreie. Sie stammten von Keloe, die in Todesnot schrie. Im Nu war Mojeb auf den Beinen. Die Schwertscheide fest umschlossen, sprang er die Geröllhalde hinab. Auf halber Höhe wurde ihm bewußt, daß er die anderem Gefangenen allein gelassen hatte und zudem im Besitz des Haumessers.

»Furzig!« brummte er, ohne langsamer zu werden. Mit etwas Glück war das Gesindel ebenso überrascht worden wie er und wartete brav auf seine Rückkehr.

Keloe stand mit den Füßen im Wasser. Mojeb riß das Schwert aus der Scheide und sah sich wachsam um. Doch er entdeckte nirgendwo eine Bedrohung, weder durch ein Tier noch durch einen Menschen.

»Was ist?« schnauzte er die Frau erzürnt an. Sie war bleich vor Angst und trieb bestimmt keine Scherze mit ihm. Aufgeregt zeigte sie auf etwas, das das Meer angespült hatte. Unverständliche Laute untermalten ihre Gesten.

Endlich entdeckte Mojeb, was sie erschreckt hatte: ein Arm!

Ein menschlicher Unterarm samt Hand, der sich im Takt der Wellen leicht bewegte. Abgesehen davon, daß er ein abgetrenntes Körperteil war, war er gut erhalten. Weder die ausgefransten Spuren eines Haibisses waren an ihm zu entdecken noch die glatteren vom Hieb einer scharfen Waffe. Er schien auch nicht mit Gewalt abgerissen worden zu sein, denn unversehrt und weißgrau ragten Elle und Speiche aus einem Ende. Das tote Fleisch sah seltsam aus, aber irgend etwas daran kam Mojeb vertraut vor. Er hielt sich die Nase zu und ging in die Hocke, um den Arm genauer in Augenschein zu nehmen. Er entdeckte eine Tätowierung in Form eines Wales und verstand plötzlich, warum der Arm so seltsam vertraut aussah. Rasch erhob er sich.

Er blickte zum bedeckten Himmel, der nach Regen aussah und den Unheilsstern verbarg, und über das graue Meer, das den Arm angespült hatte. Wieviel Eigenartiges war noch geschehen, während er geschlafen hatte? fragte er sich. Tierisches Fleisch hatte er oft in einem solchem Zustand gesehen, menschliches noch nie.

Der Arm war gar gekocht worden!

Das Geheimnis der Gefangenen

In der Umgebung der Gefängnisfestung Ivaova, einige Stunden später

Für den Marsch hatte Mojeb den Gefangenen mit den behelfsmäßigen Stricken, die Omaru aus der Jacke des Toten gefertigt hatte, die Hände auf den Rücken gebunden. Allein Mataiu durfte ungefesselt gehen. Ihn hatte Mojeb dazu ausersehen, sein Gepäck, die Überreste des Essens und einige zusätzliche, für künftigen Verzehr schon vorgebratene Streifen des Walfleisches zu tragen. Seine Beförderung zum Lastenträger verdankte der schweigsame Mann nicht dem Umstand, daß er stärker gewesen wäre als die anderen Gefangenen, sondern weil ihn Mojeb für den Langsamsten in der Gruppe hielt. Sollte er zu fliehen versuchen, so wäre es bei ihm am einfachsten, ihn wieder einzufangen.

Mojebs Ziel war der Bauernhof, an dem er vorbeigekommen war. Dort wollte er sich kundig machen, wo der Herr und Besitzer dieser Gegend seinen Wohnsitz hatte oder ob es vielleicht eine nahe gelegene Burg gab, wo er die Gefangenen abliefern konnte. Er hatte ihnen selbst schon diese Frage gestellt, jedoch keine brauchbare Antwort erhalten.

Sie wüßten das nicht, hatten sie geantwortet. Sie seien Wanderarbeiter. Die Gegend sei ihnen nicht sonderlich vertraut, und wer irgendwo herrsche, habe sie noch nie gekümmert. Sie seien einfache Leute.

»Und verurteilte Hochverräter«, hatte Mojeb ergänzt. Die Erklärung der Gefangenen war zwar glaubhaft, doch wenn sie darauf bauten, daß er sie gehen ließe, wenn er nicht mehr weiter wüßte, so hätten sie ihm genau dieselbe Antwort gegeben.

Wie sich schnell herausstellte, benötigte Natanui aus unerfindlichen Gründen die Hände zum Gehen. Innerhalb kürzester Zeit war er zweimal gestolpert und der Länge nach hingefallen. »Ich mache das nicht mit Absicht«, beteuerte er mit Tränen in den Augen. »Ich kann nichts dafür. Bitte, ich brauche meine Hände.«

Mojeb schüttelte den Kopf über so viel Ungeschicklichkeit.

»Lern gehen«, empfahl er ihm. »Alt genug bist du doch.«

Doch kurz darauf drohte sein Gefangener abermals zu stürzen. Mojeb fing ihn rechtzeitig auf und führte ihn von nun an am Arm. Er war überrascht, wie dünn dieser war. Eine Woche hungern konnte niemanden so abmagern lassen. Der Mann hatte schon vorher nicht genug zu essen gehabt. Erstaunlich, in diesem fruchtbaren Land!

»Einfacher wäre es, ihm die Fesseln abzunehmen«, schlug Keloe vor.

»Noch einfacher wäre es, euch laufen zu lassen, nicht wahr?« gab Mojeb schnippisch zurück.

Darauf antwortete sie nichts. Schweigsam ging es weiter. Der Weg war wirklich nicht der beste. Die Erde war noch nicht wieder ganz getrocknet. In Mulden und alten Spuren von Karrenrädern stand das Wasser. Ein kurzer, aber um so heftigerer Regenguß sorgte dafür, daß die ockergelbe Erde auch weiterhin feucht und glitschig blieb.

Mojeb sah ein, daß der dahinstolpernde Natanui nicht sein einziges Sorgenkind war. Alle Gefangenen waren erschöpft und brauchten etwas Ruhe.

»Ich werde euch bis zu einem Gehöft bringen«, erklärte er. »Da bleiben wir bis morgen. Sicher wird man mir dort auch sagen, wohin ich euch bringen kann.« Er stieß einen kurzen Lacher aus: »Mit etwas Glück sitzt ihr dann bald wieder im Trockenen.«

Als er merkte, daß niemand in sein Lachen einstimmte, gab er ein unwilliges Brummen von sich. Diese Leute verstanden einfach keinen Spaß. Nie merkten sie, wenn er sie aufzog.

Bald darauf war das Gehöft, wie angekündigt, zu sehen. Es war als geschlossenes Rechteck angelegt. Wohnbereich und Scheune oder vielleicht auch Stallungen nahmen je eine Seite ein. Die anderen beiden Seiten schienen – soweit das bereits zu erkennen war – nur aus einer Außenwand und Stützbalken zu bestehen, die ein Dach aus Palmblättern trugen. Unter ihm konnte man – geschützt vor zu viel Sonne und Regen – im Freien arbeiten, aber sich auch sonst aufhalten.

»Hier wirst du nichts erfahren«, erklärte Omaru plötzlich laut. »Das Haus ist unbewohnt. Deshalb solltest du gar nicht erst jemanden zu fragen versuchen.«

Da Mojeb noch nie versucht gewesen war, abwesende Menschen zu befragen, gab er zunächst nichts auf den im gewohnten Brummton erteilten Ratschlag. Näher beim Gehöft erkannte er aber, worauf ihn Omaru hatte hinweisen wollen, nämlich den Kadaver eines der grauen, überaus langhornigen Rinder, die man in dieser Gegend hielt.

Das tote Tier hatte Geier unterschiedlicher Arten angelockt, die es entsprechend ihren Freßgewohnheiten verzehrten. Die größeren Vögel rissen mit scharfen Schnäbeln die zähe Haut des Rindes auf, während sich die kleineren einstweilen den Augen und Körperöffnungen zuwandten. Als sie die Menschen bemerkten, wurden ihre Bewegungen verhaltener. Sie trauten den Neuankömmlingen nicht und waren auf der Hut. Sie fraßen und schauten, hackten flink und hatten sogleich wieder den Blick auf die Menschen gerichtet. Ein Vogel hatte sogar ganz mit dem Fressen aufgehört und schaute mit leicht schräggelegtem Kopf herüber. Sein gelbes Gesicht, die Stirn und auch die Vorderseite des Halses waren unbefiedert, wodurch er aussah, als trüge er eine Kapuze. An seinem Hinterhaupt bildete ein Kranz abstehender Federn ein Krönchen, was dem Tier einen abenteuerlustigen Ausdruck verlieh. Ein bißchen erinnerte der Vogel Mojeb an die Schmutzgeier der Jarmatischen Berge. Allerdings war dieser Aasvertilger größer, und sein Schnabel war kräftiger. Hinzu kam das Gefieder: nicht schwarz-weiß, sondern durchgehend aschgrau. Nur am Kopf war es etwas heller.

Mojeb mußte schmunzeln. Wie leicht es die Körperhaltung des Geiers doch machte, sich einzureden, daß er die Zweibeiner aus seinen tiefschwarzen Augen voller Neugier beobachte!

Als hätte das Tier den Menschen verstanden, hob es urplötzlich den rechten Fuß und streckte ihm diesen mit gespreizten Zehen entgegen.

»Er winkt mir«, rief Mojeb begeistert aus und stellte sich und seine Gefangenen dem Geier vor. »Ich heiße Mojeb. Die da gehören mir. Die kannst du noch nicht haben. Vielleicht später.«

Dieses Mal erwartete er gar nicht, daß jemand außer ihm lachte. Langsam gewöhnte er sich daran, der einzige Mensch weit und breit zu sein, der einen Scherz zu würdigen wußte.

Geschmeidig verbeugte er sich wie vor einer hohen Persönlichkeit und sprach: »Nun, Kleiner, was hat dich hierhergeführt?«

Er war ganz überrascht, als das Tier wie in Nachahmung einer Antwort laut mit dem Schnabel klapperte, worauf umgehend unter den anderen Vögeln ein beachtlicher Lärm ausbrach.

Mojeb richtete sich wieder auf und sprach mit erhobener Stimme: »Der Kleine gefällt mir. Wenn seine Art nur nicht so widerlich wäre! Sie fressen alles, wirklich alles.«

Mit einer Kopfbewegung forderte er die Gefangenen zum Weitergehen auf und führte sie durch einen Torbogen in den Innenhof des Gehöfts. Auch hier hatten die Geier schon gewirkt. Obwohl sie sorgfältig vermieden hatten, irgend etwas Freßbares übrigzulassen, konnte sich Mojeb schnell zusammenreimen, welches Trauerspiel hier stattgefunden hatte: Ein Marder oder ein Frettchen war in das Hühnerhaus eingedrungen und hatte das Geflügel umgebracht. Schiere Mordlust hatte den kleinen Räuber getrieben, nicht Hunger. Blutflecken, Federn und zersplitterte Knochen kundeten davon.

Der Hof war verlassen. Keiner seiner Bewohner hatte den Geiern das Aufräumen streitig gemacht.

»Der Hof ist verlassen«, brummte Omaru.

»Ich weiß«, entgegnete Mojeb. »Ich weiß. Wir werden bis morgen bleiben, doch zuerst ... Du da, deine Hände.«

Mataiu streckte ihm zuerst die eine Hand entgegen, dann die andere. Dann begriff er, was Mojeb von ihm wollte. Er setzte das Gepäck ab und ließ sich fesseln wie die anderen Gefangenen.

»Ich binde euch später los«, versprach Mojeb. »Doch zuerst will ich mich umsehen. Ihr rührt euch solange nicht von der Stelle!«

»Der Hof ist verlassen«, wiederholte Omaru.

»Ich weiß«, bestätigte Mojeb und zog sein Schwert. »Aber manchmal weiß man es eben doch nicht.«

Entschlossen ging er zur Scheune, trat die Tür auf und schlüpfte in das Zwielicht, das ihn dahinter erwartete. Während er zügig, aber aufmerksam diesen Flügel des Bauernhofs durchschritt, nahm er wohlwollend zur Kenntnis, daß er nicht nur als Scheune diente, sondern auch als Vorratsraum. Als solcher war er üppig ausgestattet. Hier ließ es sich eine Zeitlang gut leben! Vorausgesetzt, man hatte keine Verbrecher dabei, denen ihr Kerker abhanden gekommen war.

Da keine Tür in den Wohnflügel führte, trat Mojeb wieder ins Freie. Alle Gefangenen waren noch da, und niemand war hinzugekommen. Vor allem niemand, der ihm mit einem Haumesser den Unterschlupf und die Vorräte streitig machen wollte. Wie beruhigend. So sollte es auch bleiben!

Bevor er sich weiter umsah, durchquerte Mojeb rasch den Hof, zog das Tor zu, verschloß es mit einem Balken, rüttelte daran und spuckte unwillig aus. Den Marder würde es vielleicht aufhalten, einen halbwegs kräftigen Menschen jedoch nie und nimmer. Mit etwas Glück würde ein mit Gewalt Eindringender wenigstens Lärm verursachen.

»Was will man von einem anständigen Tor auch mehr erwarten«, sprach Mojeb unzufrieden zu sich selbst und lief erneut über den Hof zum Wohngebäude. Drinnen sah es so ordentlich aus, als wären die rechtmäßigen Besitzer nie fortgegangen.

Wie er beim Betreten der Schlafkammer feststellte, waren sie das auch nicht. Der Mann und seine Frau, beide in den Siebzigern, hatten sich vor höchstens vier Tagen in ihrer besten Kleidung ins Bett gelegt, um nicht mehr aufzustehen. Friedlich lagen sie nebeneinander, ihre Hand in der seinen. Hatte die Furcht vor der Ungewißheit die beiden getötet, oder hatten sie absichtlich diesen Weg gewählt, um der Angst vor dem Ende der Welt zu entkommen? Mojeb wußte es nicht zu sagen. Er verließ die Alten, schob eine Truhe vor ihre Kammer und ging wieder nach draußen.

»Niemand da«, verkündete er den Gefangenen.

»Der Hof ist verlassen«, bestätigte Omaru.

»Ich weiß«, stimmte Mojeb geduldig zu.

»Du wirst niemanden fragen können«, fuhr der Ältere fort.

Mojeb legte den Finger vor die Lippen und machte: »Pst!«

Dann nahm er seinen Schützlingen die Fesseln ab und entfernte das Seil, das ihre Hälse miteinander verband. Ohne auf eine ausdrückliche Erlaubnis zu warten, begaben sich die Gefangenen unter das Dach des Laubengangs und streckten sich auf der blanken Erde aus, um zu dösen oder einzuschlafen. Mojeb setzte sich in den anderen Gang mit dem Rücken zur Wand, wobei er das Schwert zwischen den angewinkelten Beinen hielt. Als ihm langweilig wurde, ging er in die Scheune, wo er an einem zugedeckten Bottich vorbeigekommen war, aus dem es nach Bier roch. Er füllte seine Trinkschale, setzte sich zu den schlafenden Gefangenen, räkelte sich, trank und verzog das Gesicht. Das Bier schmeckte, als wäre es aus Rüben gebraut worden! Gewohnt, nichts verkommen zu lassen, leerte Mojeb die Schale trotzdem.

Da ihm immer noch langweilig war, fischte er das Medaillon aus seinem Gürtel. Wie schon so oft sog er den Anblick des Frauenbildnisses in sich auf: das schöne Antlitz, das ihn stets neu verzauberte, die ungemein fein gemalten Haare, die zierliche rechte Hand mit den leicht gekrümmten Fingern, die über der linken Brust ruhte.

Ein eisiger Schrecken durchfuhr Mojeb! Er sprang auf, rannte zur Mitte des Hofes und betrachtete die Miniatur im helleren Licht eingehend von oben und von der Seite. Sein Herz schlug ihm bis zum Hals. Kein Zweifel: Auf dem Stück Unterarm, das der Bildausschnitt des Halbporträts zeigte, war ein winziger Fleck. Vielleicht nur Schmutz, doch vielleicht war auch Farbe abgeblättert! Mojeb traute sich nicht, an dem Fleck zu reiben. Womöglich blätterte dadurch noch mehr Farbe ab. Und mehr und mehr!

Er war todunglücklich. Sein größter Schatz! Er hatte ihn schlecht behandelt. Vielleicht war er in den vergangenen Tagen volltrunken darübergefallen oder daraufgetreten. Doch halt, das konnte nicht sein! Das Gehäuse wäre dann verbeult gewesen. Also blieb nur eines: Die Gürteltasche war kein sicherer Aufbewahrungsort. Das mußte er ändern! Künftig würde er das Medaillon, eingeschlagen in weiche Tücher, in einem Kästchen aufbewahren! Einem stabilen, mit Eisenbändern drum herum. Da wäre es sicher aufgehoben!

Allerdings wäre es damit das erste, was ihm ein Dieb abnähme. Wertvolle Dinge bewahrte man stets in Kästchen auf. Dem Dieb wäre das Gemälde vermutlich gleichgültig. Er würde es achtlos aus dem Medaillon herauszupfen, es wegwerfen, vielleicht zerfetzen, um nur das Silber zu behalten.

Kein guter Einfall.

Da wäre es schon besser, sich ein größeres Medaillon zu beschaffen, in dem er das kleinere aufbewahren konnte. Das wollte er dann immerfort um den Hals tragen. Und wenn dann einer käme, um ihn am Kragen zu packen oder zu würgen und dabei die Kette abrisse …

Kein guter Einfall.

Da wäre es schon besser, etwas zu besorgen, das Platz für ein Geheimfach böte. Etwas, das man dauernd mit sich führen könnte, ohne daß sich irgend jemand etwas dabei dächte. Etwa ein Musikinstrument. Eine kleine Trommel oder ein dickbauchiges Saiteninstrument. Doch, nein, stabiler mußte es schon sein. Denn falls sich jemand versehendlich darauf setzte, sollte das Geheimnis nicht gleich verraten werden! Ein Schild vielleicht. Ein Schild, wie ihn diese Irren bei Gullar benutzt hatten: zwei Schritt hoch und vier Zoll dick. Nach der Schlacht hatten die unhandlichen Dinger überall herumgelegen, da ihre Besitzer sie während der Flucht weggeworfen hatten. Sowieso das beste, was sie hatten tun können. Doch jetzt käme ein solcher Schild gelegen. Mühelos fände sich darin Platz für ein Geheimfach samt Medaillon. Und ein Mann des Schwertes, der mit einem Schild herumliefe …

Ein sehr guter Einfall!

Jedenfalls, wenn man davon absah, daß er sich damit völlig zum Narren machen würde.

Da wäre es schon besser …

»Fehlt dir etwas?« erklang Tiugugus gefällige Stimme.

Geschwind steckte Mojeb das Medaillon weg, bevor er sich zu dem kleinen Mann umdrehte und schroff »Nein!« antwortete.

Sein letzter Gedanke, der fraglos beste von allen, war ihm wegen der Störung entflohen!

»Ich frage mich, wie du es fürderhin halten willst«, sprach Tiugugu grinsend weiter. »Du kannst nicht ständig wach bleiben.«

»Ich weiß«, stimmte Mojeb zu. »Du wirst mich deshalb vertreten müssen. Ich mache dich zu meinem Zweiten.«

Um keine falschen Hoffnungen aufkommen zu lassen, fügte er nach einer kurzen Pause hinzu: »Das war ein Scherz. Ganz gewiß werde ich dich genauso fesseln wie deine Kumpane. Ich habe sogar richtige Stricke für euch gefunden. Schön, nicht? Und über Nacht werdet ihr im Wohnhaus eingesperrt. Dort gibt es genügend Kammern. Uns reichen zwei: eine für euch, eine für mich.«

Er schlenderte zu den noch Schlafenden, um sie zu wecken. Der Tag ging zu Ende. Es war an der Zeit, sich um das Abendessen zu kümmern.

Als alle Gefangenen damit beschäftigt waren, Gemüse zu putzen und in Scheiben oder Würfel zu schneiden, um es in einen Topf zu werfen, der aus dem Haus ins Freie geschafft worden war, fragte Mojeb Keloe: »Nun heraus mit der Sprache. Was habt ihr wirklich verbrochen?«

»Das hat sie dir doch schon verraten«, antwortete Tiugugu statt ihrer.

»Aber ich höre es so gern«, gab Mojeb zurück. »Am allerliebsten von ihr selbst.«

»Du glaubst mir doch nicht«, warf die Frau ein.

»Das muß nicht so bleiben«, meinte Mojeb gegen seine Überzeugung. Es langweilte ihn, den Gefangenen beim Zubereiten des Abendessens zuzuschauen. Lieber wollte er sich noch mehr von ihren Schwindeleien anhören. »Vielleicht, wenn du mir ein paar Einzelheiten nennen würdest?«

»Auf keinen Fall«, entgegnete Keloe so entschieden, als könnte sie sich nichts Schlimmeres vorstellen.

»Stell dich nicht so an«, meinte Mojeb. »Wir sind doch unter uns. Ich habe schon eine ganze Menge gehört und gesehen, und deine Helfershelfer werden ja wohl über eure Untaten bescheid wissen.«

»Wir sind nicht ihre Helfershelfer«, empörte sich Natanui. »Mataiu und ich waren nur zufällig in derselben Schenke. Wir haben nichts getan!«

»Welch eine Überraschung«, rief Mojeb mitfühlend und äffte dabei seine Stimme nach. »Doch im Herbst ist das Leben oft ziemlich ungerecht. Deshalb will ich dir glauben.«

»Es ist nicht Herbst«, widersprach Omaru.

Mojeb zwinkerte ihm zu und blickte Keloe erwartungsvoll an. »Alle wissen es doch längst. Was kann es schaden, darüber zu reden?«

»Darum geht es gar nicht«, fuhr sie ihn an. »Ich will nur nicht abermals bestraft werden. Einmal Hochverrat reicht mir.«

Mojeb stutzte: »Wenn du mir erzählst, was du ... was ihr verbrochen habt, dann begehst du Hochverrat?« Er fühlte sich seltsam, als alle um ihn herum todernst nickten.

»Ihr habt etwas gesagt, was ihr nicht sagen durftet?«

Abermals wurde genickt.

»Es wird nicht gleich ein Aufruf zum Königsmord gewesen sein«, grübelte Mojeb. »Sonst wäre man anders mit euch verfahren. Habt ihr vielleicht behauptet, der König hure sich durch sämtliche Betten Ikarillas?«

Keloe blickte ihn vorwurfsvoll an, Tiugugu hustete, und auf dem von den Gezeiten ausgewaschenen Gesicht Omarus erschien ein Lächeln. Mojeb verlor deswegen für einen Augenblick den Faden. Er hätte nie erwartet, daß der Mann mit der tiefen Stimme zu solchen Gefühlsregungen fähig sein könne. Eigentlich paßte das Lächeln überhaupt nicht zu diesem Gesicht.

Mojeb riet weiter: »Oder vielleicht, daß er ein Drecksack, Hundsfott und Klötenbrezler sei?«

Das schien auch nicht die richtige Antwort zu sein.

»Der König hat viel gesehen«, gab ihm Tiugugu einen Hinweis.

»Er reist gern?« riet Mojeb.

Der kleine Mann schüttelte verneinend den Kopf.

»Er besitzt ein Fernrohr?«

Dieses Mal zuckte Tiugugu die Schultern und hob hilflos die Arme.

»Im Lauf der Zeit«, flüsterte Keloe. »Im Lauf der Zeit.«

»Im Lauf der Zeit hat der König viel gesehen?« murmelte Mojeb nachdenklich. »Wer nicht? Ich auch … Er ist alt!«

Abermals nickten fünf Köpfe.

»So alt, daß er vielleicht gar nicht mehr sterben wird«, murmelte Omaru.

Nun verstand Mojeb alles. »Ihr sprachet darüber, ob er wohl bald sterben und endlich ein Nachfolger den Thron besteigen werde?«

Er wußte sofort, daß er richtig geraten hatte. Kopfschüttelnd faßte er zusammen, was er erfahren hatte: »Es ist also verboten, darüber zu tratschen, ob der König vielleicht morgen oder nächste Woche sterben könnte.« Schallend lachte er: »Einen solchen Unsinn habe ich lange nicht mehr gehört!«

»Läßt du uns jetzt gehen?« erkundigte sich Keloe eifrig.

»Gewiß nicht«, belehrte sie Mojeb. »Ich habe die Gesetze nicht erlassen, und als Rechtsgelehrter tauge ich schon gar nicht. Ich bewache Gefangene. Dafür wurde ich entlohnt. Ich würde auch Bäume strengstens bewachen, wenn euer König verböte, daß sie ihr Laub abwürfen. Jedenfalls, solange er dafür bezahlte. Gesetz ist Gesetz. Ich maße mir kein Urteil an, ob es unsinnig ist oder nicht. Das ist sowieso überall anders. Was hier verboten ist, ist woanders Pflicht. Wollte man alles abschaffen, was irgend jemand irgendwo unsinnig erscheint, dann gäbe es überhaupt keine Gesetze mehr. Ich könnte gut damit leben. Ihr vielleicht weniger. Ich fände schnell eine neue Arbeit. Diese mache ich bloß, weil ich … dringende Angelegenheiten … zu erledigen hatte.«

»Unsinn«, widersprach Tiugugu. »Jemanden umzubringen wird bestimmt überall verboten sein.«

In gespieltem Entsetzen schlug sich Mojeb die Hand auf die Brust: »Huh! Das wollen wir doch nicht hoffen! Denn sonst müßte ich mir wirklich Sorgen um meinen Lebensunterhalt machen.« Er kicherte und winkte dann seufzend ab. Diese Trauerklöße! Da war Hopfen und Malz verloren.

»Es ist ganz einfach«, sprach er weiter. »Wenn wir gegessen

haben, werde ich euch für die Nacht einschließen, und morgen ziehen wir weiter. Irgendwo muß es einen Kerker geben, wo man euch aufnehmen kann.«

Der Unheilige und die Unholde des Zauberwaldes

Sadi, am 19. Tag des Hitzemondes,
im 458. Jahr der Abwesenheit Gottes

»Ich kann kein Heiliger sein«, flüsterte Seffenaiu tonlos. »Alle Heiligen sind tot. Ich bin es offensichtlich nicht. Ganz im Gegenteil bin ich stets abwesend, wenn der Tod mich sucht. Was mag er von mir denken? Er muß mich für einen äußerst unsteten Gesellen halten. Heute hier, morgen dort und niemals da, wo ich sein sollte. Dabei bin ich das gar nicht! Die Lösung ist einfach: Ich bin ein Unheiliger! Ich bin Seffenaiu, der unheilige Schutzpatron des übersehenen Gesindes!«

Der Ritter führte sein Roß am Zügel die Straße hinunter, in der die Herberge hätte stehen sollen, die er vor zwei Tagen verlassen hatte. Sie war nicht mehr da. Ebenso fehlten ihre Nachbarhäuser zur Linken und Rechten sowie das zweifelhafte Eulykische Kontor. Die Grundstücke, auf denen diese Gebäude gestanden hatten, gehörten jetzt zu einem Trümmerfeld, das den Platz von zwei Häuserreihen einnahm, und zwar denjenigen, die dem Wasser am nächsten gestanden hatten. Auch die Häuser gleich dahinter waren nicht ganz ungeschoren davongekommen, da die Welle, die über den Hafen Sadis gefegt war, die mitgerissenen Trümmer gegen ihre Mauern geschleudert hatte, vor denen sie sich jetzt als Wälle auftürmten. Daß sich das Unglück so und nicht anders abgespielt hatte, lehrte ein Blick auf die Schiffe, die im Hafen geankert hatten. Sie lagen neuerdings an Land mit abgerissenen Masten und eingedrückten Rümpfen, auf der Seite oder kieloben, manche auch übereinander geschichtet.

In den Überresten von Häusern und Schiffen kletterten und krabbelten Menschen herum und sammelten ein, was noch zu gebrauchen war. Seffenaius ehemalige Herberge bildete keine Ausnahme. Auch in ihrer Ruine waren Anwohner mit Bergungsarbeiten zugange. Sie hielten ertappt blickend inne, als sie den Ritter bemerkten, und machten weiter, als er ihnen mit einer beschwichtigenden Handbewegung die Erlaubnis dazu erteilte.

Bei seiner ehemaligen Unterkunft gab es nichts zu sehen, was Seffenaiu nicht vom Rand des Trümmerfelds aus hätte erkennen können. Noch einmal vergegenwärtigte er sich seinen letzten Aufenthalt. Wie er atemlos an den in den Himmel Gaffenden vorbeigerannt und ins Haus gestürmt war. Wie er seine Besitztümer zusammengerafft und das Pferd gesattelt hatte, um eiligst nach Pinapataui zu reiten.

Hatte er überhaupt die Zeche bezahlt? fragte er sich kurz. Er konnte sich nicht daran erinnern, vermutete aber, daß er es unterlassen hatte. Daran war jetzt nichts mehr zu ändern.

Seffenaiu ließ seine Gedanken noch ein wenig weiter zurückschweifen zu den Augenblicken, als er – gerade den Schrecken des Marktes entkommen – durch die Straßen gehastet war. Er hatte darauf geachtet, nicht abermals in ein Gedränge zu geraten, doch für die Verletzten und mit dem Leben Davongekommenen, die vor Trauer Weinenden und vor Schmerz Sprachlosen keinen Blick übrig gehabt. Es sei denn, sie hätten ihm im Weg gestanden.

Kühl führte er sich vor Augen: Hätte er nach der Flucht vom Markt gezögert, etwa einen Verwundeten gestützt, ein Kind getröstet, erleichtert eine Weinschale geleert oder auch seine Zeche beglichen, so wäre er hier gewesen, als das Meer über das Land geschwappt war, also jetzt höchstwahrscheinlich tot. Aber das war er nicht! Er hatte es überstanden, als auf dem Markt zum Zertrampeln, im Hafen zum Ertrinken und auf der Königsburg zum Zermalmen, Verbrennen und Zerstäuben geladen worden war. Er hatte nicht einfach nur überlebt, sondern dieses Kunststück gleich dreimal an einem einzigen Tag vollbracht! Was sagte das über ihn aus? Daß er jemand war, dem das Glück treu blieb, oder jemand, der vermutlich alles verbraucht hatte, was ihm in diesem Leben zustand?

Eine Frage für Philosophen, dachte Seffenaiu. Eines scheint aber festzustehen: Wir Unheiligen sind ein mitleidloser Haufen. Wir hasten an jenen vorbei, die längs unseres Weges jammern und klagen – und tun verdammt gut daran!

Auf einem der dick mit Seepocken bewachsenen Schiffsrümpfe stand ein Mädchen, das mit gerecktem Hals Ausschau hielt. Plötzlich steckte es zwei Finger zwischen die Lippen und pfiff scharf. Geschwind kletterte es ungeachtet des scharfkantigen Bewuchses der Planken und seiner bloßen Beine vom Schiffsbauch herunter. Die Erwachsenen und Halbwüchsigen, die die eingestürzten Häuser durchsucht hatten, ergriffen, was sie gefunden hatten, und rannten fort. Als Ursache dieses plötzlichen Gewimmels machte der Ritter eine Gruppe Gardisten aus, die auf jeden einknüppelten, der ihnen nicht rechtzeitig entkam. Zwar schlugen sie bevorzugt auf diejenigen ein, die aus den Ruinen sprangen, doch wenn ihre mit scharfkantigen Schnitzereien versehenen Stöcke jemand anderen trafen, so schien es sie auch nicht zu stören. Selbst Seffenaiu näherte sich einer!

Um es gar nicht erst zu Mißverständnissen kommen zu lassen, trat der Ritter hinter dem Pferd vor, damit der Ordnungshüter seine Beinkleider sehen konnte.

Der Mann blieb stehen, verbeugte sich und sprach: »Braucht Ihr Hilfe, Ajam? Mit Verlaub, diese Gegend ist kein guter Aufenthaltsort für Euch!«

»Ganz Ikarilla ist mein Aufenthaltsort«, erwiderte Seffenaiu hochnäsig. »Nein, ich brauche deine Hilfe nicht. Warum vertreibt ihr diese Leute?«

»Vögtlicher Befehl, Ajam«, erklärte der Gardist. »Das sind nicht ihre Häuser. Sie stehlen und plündern.«

»Aber was! Sie durchwühlen den Schutt! Wem schaden sie, wenn sie einen zerborstenen Balken, eine zersplitterte Tür oder meinethalben auch einen Sack Reis davontragen, der ohnehin in ein paar Tagen verdorben sein wird? Womöglich ist der bisherige Besitzer sogar tot.«

»Vögtlicher Befehl«, wiederholte der Gardist steif. »Wenn Ihr mich nicht mehr benötigt ...«

Seffenaiu entließ ihn und versuchte sich den Vogt von Sadi vor Augen zu rufen. Er hatte ihn auf Pinapataui gesehen: Schon älter, weißhaarig ... nein, das stimmte nicht ... mittleren Alters, kräftig, tonnenförmig ... nein, das war ebenfalls jemand anders gewesen!

An die Frau des Vogtes erinnerte er sich schon eher: mittelgroß, von knabenhafter Figur. Sie betrachtete das Leben durch den Vorhang ihrer Haare, die ihr ständig ins Gesicht hingen und mit deren Spitzen ihre Finger immerfort spielten. Sie wirkte sehr jung, sogar mädchenhaft, und verkündete aller Welt mit ihrem Kichern und jeder Bewegung ihres schlanken Körpers: Ich bin klein, hilflos und schützenswert! Seffenaiu machte ihr daraus keinen Vorwurf. Ein Korallenfischchen, das mit den Haien schwimmen wollte, hatte eben nicht allzu viele Möglichkeiten, seinen Wunsch zu verwirklichen.

Er wartete, bis die Gardisten verschwunden waren, und schlenderte dann zu dem Schiff, in dessen Wrack er das Mädchen hatte hineinkrabbeln sehen, das die anderen vor den Ordnungshütern gewarnt hatte. Er klopfte mit der Faust gegen die Bordwand und sagte laut: »Du kannst wieder herauskommen. Sie sind weg!«

Doch die Kleine blieb in ihrem Versteck. Seffenaiu nahm an, daß der gleiche Grund dafür verantwortlich war, der den Gardisten bewogen hatte, untertänig zu werden. Bestimmt beobachtete sie ihn. Vielleicht war sie sogar nicht viel weiter als eine Armeslänge entfernt.

Nochmals klopfte er: »Ich weiß, das du da drin bist. Ich tu dir nichts!«

Zögernd kroch das Kind auf allen vieren aus dem Schiffsrumpf und blickte ängstlich von Seffenaiu zu seinem Pferd.

»Na also, das ging doch«, sagte der Ritter.

Unversehens machte das Mädchen einen Knicks: »Makerita, zu Diensten!«

Seffenaiu lachte schallend. Wo mochte die Kleine das aufgeschnappt haben?

Er deutete ungefähr zu der Stelle, wo seine alte Herberge gestanden hatte, und erklärte: »Ich habe dort immer gewohnt, aber das Haus gibt es nicht mehr. Ich suche eine neue Herberge, doch ich kenne mich kaum in der Stadt aus. Kannst du mich zu einer führen? Möglichst zu einer, in der niemand gestorben ist?«

»Zu Diensten«, antwortete Makerita, ohne sich von der Stelle zu rühren.

Seffenaiu wartete eine Zeitlang, dann flüsterte er verschwörerisch: »Mach schon, bevor der Ajam noch mehr von dir will.«

Das Mädchen gehorchte und ging zügig voran. Es drehte sich auf dem ganzen Weg nicht ein einziges Mal um, sprach kein Wort und bewegte sich so steif, als hätte es einen Stock verschluckt. Makerita führte Seffenaiu zu einem dreistöckigen Haus – der Herberge. Dort rannte sie urplötzlich weg, bevor der Ritter noch etwas sagen konnte. Er störte sich nicht sonderlich daran, da er nicht gewußt hätte, was er mit ihr hätte bereden sollen.

Das Gebäude, in dem sich die Herberge befand, hatte schon bessere Zeiten gesehen, war aber nicht heruntergekommen. Der Innenhof bestand größtenteils aus einem Garten. Zwei sich kreuzende Wege teilten ihn in Viertel. Früher, als das Haus noch nicht als Unterkunft für Durchreisende hatte herhalten müssen, hatten seine Bewohner den Garten zum Vergnügen und zur Muße aufgesucht. An diese Tage erinnerte eine Steinbank, die mit dunklem Belag und Vogelkot überzogen war. Sie stand auf dem letzten als Rasen belassenen Fleck des Gartens. Auf dem Rest bauten die Wirtsleute heutzutage Gemüse an.

Als die Herbergswirtin den Blick ihres Gastes bemerkte, beteuerte sie verlegen, daß sie die Bank noch heute mit Wasser und Seife bürsten wolle.

»Nicht nötig«, antwortete Seffenaiu. »Ich bin nicht bei euch abgestiegen, um auf eurer Bank zu sitzen.« Er deutete zur Straße, wo er sein Pferd angebunden hatte. »Aber gibt es in der Nähe Stallungen?«

»Mein Mann wird sich darum kümmern«, erklärte die Frau. Ihre Augen leuchteten plötzlich auf: »Er ist ein Pferdebursche gewesen.«

Seffenaiu lachte freundlich. »Dann ist es gut aufgehoben. So etwas vergißt man nicht.«

Für gewöhnlich traute er den Gemeinen nicht, wenn es um Pferde ging. Seit dem Vorgänger König Ajam Sallimvallus III. war es ihnen zwar erlaubt, selbst welche zu halten, doch die Lokkerung des alten Gesetzes hatte nicht viel verändert. Noch immer begnügte sich das einfache Volk mit Eseln oder Mauleseln, die einige Adlige züchteten. Sonderlich angesehen war diese Einkommensquelle bei den meisten ihrer Standesgenossen nicht. Der Ruch schnöder Geldgier haftete ihr an.

Nun kam der Mann der Wirtin angeeilt. Hätte er keine Glatze gehabt, so hätte er nach Seffenaius Erachten noch immer als Pferdejunge durchgehen können. Unverlangt begann er von seiner einstigen Tätigkeit zu erzählen. Seffenaiu ließ sich nicht darauf ein, sondern drückte der Wirtin mit der Bemerkung »Eine Woche« ein paar Münzen in die Hand und schritt zu dem Zimmer, das er ausgewählt hatte. Gerade hatte er sein Gepäck auf das Bett geworfen, als es an der Tür klopfte. Er öffnete. Draußen stand die Wirtin. In der offenen Hand hielt sie die Münzen, die er ihr gegeben hatte.

»Ist das nicht genug?« fragte er etwas zu streng.

Die Frau lief rot an: »Es ist viel zuviel, Ajam!«

Seffenaiu setzte ein gönnerhaftes Lächeln auf. »Behalte nur den Rest.«

Die Frau bedankte sich überschwenglich und wandte sich zum Gehen. Einer plötzlichen Neugier nachgebend, rief er ihr hinterher: »Wieviel wäre denn richtig gewesen?«

Die Wirtin wandte sich um und antwortete augenscheinlich höchst ungern: »Das reicht für sechs Wochen.«

Erneut setzte Seffenaiu die Gönnermiene auf. »Ich bleibe allenfalls eine. Behalte den Rest!«

Er schloß die Tür, warf sich aufs Bett und wunderte sich. In der alten Herberge hätten die Münzen nur für eine knappe Woche gereicht, vielleicht für fünf Tage. Die Unterkunft war allerdings um einiges besser gewesen. Dennoch: sechs Wochen! War ein solcher Unterschied gerechtfertigt?

Seffenaiu schüttelte den Kopf. Ohne die Flutwelle hätte er nie erfahren, wie billig das Leben des einfachen Volkes war!

Mit einemmal lag es ihm nicht mehr so schwer auf der Seele, daß er dem Stallburschen in Pinapataui seinen Lohn nicht mehr hatte geben können. Vermutlich hatte der Junge ein sehr viel besseres Einkommen gehabt, als ihm bisher bewußt gewesen war.

Seffenaiu machte sich frisch, legte neue Kleidung an und begab sich auf den Weg zum Vogtspalast. Die ganze Stadt trauerte unübersehbar und unüberhörbar. Der Klang dumpfer Trommeln und das Wehklagen von Kalebassenflöten, Kassupfeifen und Ukulas waren allgegenwärtig. Zahllose Einwohner trugen als Ausdruck ihres Kummers Ketten aus weißen Phyloxienblüten um den Hals. Seffenaiu sah kaum ein Haus, über dessen Eingang nicht zum Zeichen, daß einer der Bewohner gestorben war, Gebinde aus künstlichen Blumen aufgehängt worden waren. Sie bestanden aus gefärbtem Stroh, Stoffetzen und Früchteschalen. Seffenaiu hatte erst spät gelernt, was der Brauch zu bedeuten hatte, auch wenn er nicht wußte, woher er stammte: Künstliche Blumen konnten nicht sterben. Das Leben ging trotz allen Schmerzes weiter.

Solche Gebinde fand er auch auf dem heute kaum genutzten Markt vor. Sie waren am Rand des Platzes auf den Boden gelegt oder gegen die Häuser gelehnt worden. Um sie herum standen und kauerten Angehörige der zu Tode Getrampelten, die sich laut kreischend und heulend ihrem Schmerz überließen, und zufällige Passanten, die sich schweigsam dazustellten, um Mitleid und Erschütterung zu bekunden.

An jeder der vier zum Marktplatz führenden Straßen bemerkte Seffenaiu Posten aus zwei oder drei Gardisten. Auch vor dem Palasttor standen welche. Er verstand den Grund dieses Aufgebots nicht. Derlei war nicht üblich in Sadi, und dem Schutz vor Plünderungen konnten die Bewaffneten kaum dienen. Keines der anrainenden Häuser schien verlassen zu sein. Ohne sich weiter darüber den Kopf zu zerbrechen, ging Seffenaiu quer über den Platz zu dem hell- und dunkelgrau gemusterten Bau mit den sieben Schiffen.

»Ajam?« sprach ihn einer der Wächter an.

»Zum Vogt«, antwortete er ihm.

»Aus welchem Grund, Ajam?«

»Ich will ihm meine Hilfe anbieten in dieser schweren Zeit.«

»Ihr kommt zu spät! Unser Herr ist tot.«

Seffenaiu musterte die sechs Wachen. Sie waren nicht mit einfachen Schlagstöcken bewaffnet, sondern mit *Waihakas*, Holzkeulen, die vom Griff bis zur Spitze mit Schnitzereien versehen waren, die sie um eine Vielzahl von Rillen, scharfen Kanten und bedrohlichen Dornen bereicherten. Waihakas waren keine Kriegswaffen, doch sehr viel gefährlicher als die üblichen Knüppel.

»Wer herrscht jetzt in der Stadt?«

»Die Vögtin, Ajam.«

Seffenaiu sah den Gardisten so lange durchdringend an, bis ihm sichtlich unwohl wurde.

»Zu wem will ich?« beendete er sein schweigsames Starren.

»Zur Vögtin, Ajam?«

Endlich hatte er begriffen.

»Wer seid Ihr ... Wen soll ich melden, Herr?«

»Ritter Ajam Seffenaiu, Gefolgsmann der verstorbenen Gräfin Ajamei Fattulloanna, und ich werde dich selbstverständlich begleiten, statt wie ein almosenheischender Besenbinder vor dem Tor zu warten.«

Welch ein Theater, dachte Seffenaiu, als sich die Wache geschlagen gab und ihn durch das Tor ließ. Welche merkwürdigen Anweisungen hatten die Gardisten erhalten?

Der Vogtspalast war von einem Gartenstreifen umrahmt, in dem sich gelbblühende Mimosenbäumchen, rotwuchernde Hibiskussträucher und Oleander abwechselten. Wenige Schritte brachten Seffenaiu ins Innere des Palastes. Obwohl er wußte, was ihn erwartete, erlag er umgehend dem Zauber des Säulenwaldes, der gleich hinter der Vorhalle des Eingangsbereichs begann. Das blausilberne Licht in der Halle schien die unzähligen Säulen eher zu verhüllen, als zu beleuchten, und gaukelte dem Auge dessen, der sie durchquerte, vor, daß sich ständig alles verändere und die Verwandlung von engen Pfeilerspalieren zu lokkeren Alleen, die in dunstiges Zwielicht führten, genau in diesem Augenblick wirklich geschehe und nicht nur eine Folge des wechselnden Blickwinkels sei. Die Wände der Halle versteckten sich hinter Schatten, aus denen gedämpft das Echo von Schritten durch die auffallend kühle Luft hallte. Seffenaiu blieb überrascht stehen, als ihm bewußt wurde, daß nicht alle Geräusche, die an sein Ohr drangen, von ihm und seinem Führer stammen konnten. Er lauschte und lächelte, als er zwei Mägde auf sich zukommen sah. Wie leicht war es zu vergessen, daß dieser verwunschene Wald trotz allem nur Teil einer Halle in einem großen Gebäude war.

Solche Schönheit hatte Pinapataui nicht aufzuweisen gehabt! Die Erbauer der Königsburg hatten andere Wege beschritten, um Besucher zu beeindrucken – und sie einzuschüchtern, ohne daß sie es merkten.

Gänzlich unbeeindruckt schien der Gardist zu sein, der Seffenaiu voranging. Er schlurfte nicht nur zum Erbarmen, sondern entließ auch kurz vor dem Ende der Halle einen Darmwind als Serie kleiner Explosionen. Der Zauber war ohnehin gebrochen, als die Wache die Tür zum Audienzsaal öffnete und Stimmengewirr herausquoll, für das es wegen der Türpolsterungen keine Vorwarnung gegeben hatte.

Seffenaiu überflog die Versammlung, ohne die Vögtin zu entdecken. Er fühlte sich alleingelassen, als er feststellte, daß sein Führer nach getaner Pflicht klammheimlich verschwunden war und auch niemand dafür vorgesehen zu sein schien, Neuankommende laut anzukündigen. Schicksalsergeben zuckte er die Achseln, schritt zwischen den Versammelten hindurch, lauschte ihren Gesprächen und machte sich mit dem einen oder anderen bekannt. Befriedigt stellte er fest, daß er hier trotz des abweisenden Empfangs richtig war. Die Vögtin hatte außer ihren Beratern wichtige Bürger der Stadt geladen. Überlebende von Pinapataui – wie er selbst – hatten sich dazugesellt sowie Abgesandte des Landadels der Umgebung. Sie alle wollten beratschlagen, wie die Ordnung in der Gegend wiederherzustellen sei. Offenbar hatte ihn das Schicksal genau zur richtigen Zeit hierhergeführt!

Drei kurze Trommelschläge sorgten für Ruhe und kündigten gleichzeitig die Vögtin an. Sie betrat den Audienzsaal durch eine andere Tür als Seffenaiu und wurde von zwei Leibwächtern, einer Handvoll Beratern und einem Priester begleitet, auf dessen Arm sie sich stützte. Wie für seinen Stand üblich, trug der Gottesmann eine schlichte weiße Soutane. Die Schreibtafel und der Griffel, die am Gürtel baumelten, verrieten seine Zugehörigkeit zum *ordo curatoris dei*, einem der weltlicheren Zweige der Kirche des Abwesenden Gottes, der sich vorwiegend mit Verwaltungsaufgaben beschäftigte. Die schulterlangen, stark gelockten Haare deuten darauf hin, daß der Pater kein Ikarillaner war. Er wirkte anziehend und abstoßend zugleich, was wohl darauf zurückzuführen war, daß der Teil seines Gesichtes, wo sein linkes Auge hätte sein sollen, von einer großflächigen, verwucherten Narbe eingenommen wurde.

Der Kirchenmann geleitete die Vögtin zu einem bereitstehenden Sessel. Nachdem sie sich leise für die Hilfe bedankt hatte, trat er einen Schritt zurück und blieb schräg hinter ihr stehen. Seffenaiu runzelte die Stirn. Wie viele Adlige sah er alles, was mit der Kirche Aionars zu tun hatte, als harmlosen Zeitvertreib für das gemeine Volk, für Todkranke, Bettlägerige und Schwermütige an. Daher störte es ihn ein wenig, daß der Pater zugegen war, wo über die Geschicke der Region entschieden werden sollte. Doch dann entschuldigte er das Hierbleiben des Geistlichen mit dem Befinden der Gastgeberin.

Auch wenn die Vögtin keinen Kranz aus Trauerblumen um den Hals getragen hätte, wäre offenkundig gewesen, daß sie jemanden verloren hatte. Zusammengekauert saß sie in dem Sessel und begrüßte ihre Besucher mit trauriger Stimme, während ihre Finger ganz von allein mit den weißen Blüten zu spielen schienen. Man merkte ihr an, daß sie sich trotz aller Seelenqual zusammenriß. Seffenaiu empfand Mitleid. Ein flüchtiger Blick nach beiden Seiten lehrte ihn, daß er damit nicht allein war. Vermutlich gab es keinen einzigen Mann im Audienzsaal, der nicht das Verlangen verspürte, die eigenen Sorgen beiseite zu wischen und der jungen Frau zu versprechen: »Alles wird gut!«

Als erste waren die Abgesandten des Landadels aus der Umgebung an der Reihe, die Grüße ihrer Herren zu überbringen. Als der erste gesprochen hatte, beugte sich der Pater zu der Vögtin und flüsterte ihr etwas zu, worauf sie den Gesandten unterbrach: »Verzeiht, doch der Name Eures Herrn ist mir nicht geläufig. Hieß er nicht ...«

Sie nannte einen Namen, den Seffenaiu nicht mitbekam, da er sich erneut über den Priester ärgerte.

»Ihr irrt nicht«, erklärte der Gesandte. »Mein Herr und meine Herrin weilten auf dem Königsschloß, wo sie ihr Schicksal ereilte. Ich spreche nun für beider unmündiger Sohn, doch das ändert nichts an meinen Worten.«

Was die nachfolgenden Gesandten zu sagen hatten, klang ähnlich. Seffenaiu wunderte sich, daß ihm das, was er gerade erfuhr, nicht schon beim Anblick der von Staubwolken verhangenen Trümmer der Königsburg deutlich geworden war. Damals hatte er gedacht, der Adel des Landes sei ausgelöscht worden. Doch das stimmte nicht. Die nächste Generation war nachgerückt. Ikarilla wurde nun mehrheitlich von Kindern beherrscht.

Er schaute zu den Gesandten: Wie lange würden sie wohl die treuen Diener ihrer Kinderherrscher bleiben?

Ein beunruhigender Gedanke schoß ihm durch den Kopf. Nicht für jeden, der in der Burg des Königs gestorben war, würde sich so einfach ein Nachfolger finden lassen. Die nächsten Jahre versprachen spannend zu werden!

Seffenaiu folgte dem Beispiel anderer Überlebender des königlichen Festes und trat vor die Vögtin, um ihr seine Hilfe anzubieten. Wie seine Vorgänger fragte sie auch ihn, ob er ihr Gefolgsmann werden wolle.

Seffenaiu zögerte: »Da die Gräfin Fattulloanna auf Pinapataui weilte, besteht wenig Hoffnung, daß sie das Unglück überlebt hat. Erlaubt mir trotzdem, noch einige Tage zu warten, bis ich ihren Tod als erwiesen ansehen kann, Ajamei.«

»Zaudert nicht zu lange«, entgegnete die Vögtin leicht ungehalten. »Die Zukunft wird nicht auf Euch warten, Ajam.«

Seffenaiu verbeugte sich höflich und kehrte wieder in die

Reihe der Gäste zurück, bemüht, sich seine Verstimmung über den Tadel nicht anmerken zu lassen. Im Grunde paßte ein solches Verhalten zu ihr, dachte er bei sich.

Schließlich ergriff die Vögtin wieder das Wort. Sie faßte die traurigen Ereignisse der vergangen Tage zusammen, sprach darüber, was sie als deren Ursache ansah und was nun zu unternehmen sei. Sie war keine begabte Rednerin, und Seffenaiu hörte ihr anfänglich nur mit halbem Ohr zu.

Unwillkürlich mußte er an Beatarisa denken, die ihn in den letzten Stunden von Pinapataui gebeten hatte, sie vor der unsäglichen Langeweile zu retten. Nun wünschte er sich, daß jemand das gleiche mit ihm täte.

Wie seltsam, dachte er. Er hatte nur ein paar zweideutige Sätze mit ihr gewechselt. Wäre die Königsburg nicht vernichtet worden, so hätte er vermutlich mehr als nur Worte mit ihr ausgetauscht, aber sie dafür inzwischen vielleicht schon fast wieder vergessen. Doch die schöne Unbekannte war tot. Weil sie gestorben war, lebte sie in ihm weiter.

Einen Augenblick vermeinte er, wieder ihren Duft zu riechen, als sie vor ihm gestanden, ihn mit grauen Augen angelächelt und ihrem unverhüllten Verlangen angesteckt hatte: »Ich hoffe, daß Ihr als wahrer Ritter mich erretten werdet!«

Sie war fast so groß wie er selbst gewesen, vielleicht einen halben Kopf kleiner ...

Seffenaiu verscheuchte den Tagtraum. Er war nie so dicht bei Beatarisa gestanden, daß er ihren Duft hätte einatmen können! Vielmehr begann er Eindrücke von ihr und anderen Frauen miteinander zu vermischen. Die Frau im weißen Sarong war eine Fremde geblieben, für die er erst ein leichtes Verlangen verspürt hatte, als sie fortgegangen war. Dennoch kam sie ihm immer wieder in den Sinn.

Die Vögtin hatte ihre Rede noch nicht beendet. Als Seffenaiu einige Worte aufschnappte, die nicht zu diesem Anlaß zu passen schienen, hörte er aufmerksamer zu. Plötzlich begriff er, wovon mittlerweile die Rede war. Er mochte es nicht glauben! Ohne sich etwas anmerken zu lassen, sah er sich mit halb gesenkten

Lidern bei den Zuhörern um. Die meisten schenkten der Vögtin ihre volle Aufmerksamkeit. Aber unter den geladenen Bürgern der Stadt verbreitete sich eine gedrückte Stimmung. Etliche von ihnen schauten mit angespannten Mienen oder zusammengepreßten Lippen zu Boden. Doch sie hatten nichts zu sagen. Ihre Meinung war von Anfang an nicht gefragt gewesen.

Seffenaiu blickte zu dem Geistlichen und dachte: Wenn er schon hier sein mußte, warum erhob er dann nicht längst seine Stimme zu heftigem Widerspruch? Warum schwieg er zu dieser Ungeheuerlichkeit, die soeben in gewählten Worten vorgetragen wurde? Seffenaiu verstand: Er hatte schon vorher gewußt, was sie verkünden würde.

Der Ritter verspürte ein aufquellendes Lachen, das ihn nun seinerseits zwang, das Gesicht zu verbergen. Wie unglaublich, er war schon wieder entkommen! Und das nur, weil er einer Gräfin über den Tod hinaus Achtung erwiesen hatte. Treue hatte seine Ehre gerettet!

Er bekämpfte den Zwang, laut zu jubeln und aller Welt von seinem Glück zu berichten. Sacht grinsend blickte er von dem Priester zur Vögtin und wieder zurück. Wer von den beiden hatte sich diesen Wahnwitz einfallen lassen?

Der Vertreter der Himmlischen Mächte und die Frauen

Ein Dorf in der Domäne Latuhelanaga, nordwestlich von Sadi, 200 Schritt über dem Boden, am 23. Tag des Hitzemondes, im 458. Jahr der Abwesenheit Gottes

Einzig das Vertrauen in die stete Verläßlichkeit seines Gespürs konnte Fiiij-den-Flinken-Hacker-fiiij zum Weiterfliegen bewegen. Ansonsten gab es dafür keinen Grund, da die Zahl der täglichen Entdeckungen noch immer zunahm. Selbst das Meer steuerte seinen Teil dazu bei. Doch das, was an seinen Strand gespült wurde, schmeckte seltsam und war oft ungenießbar. Daher sah niemand einen Grund darin, zum Wasser zu fliegen, selbst Fiiij-der-Flinke-Hacker-fiiij nicht. Zudem mußte kein Geier auch nur kurz hungern. Jeder war ständig satt. Niemand gierte nach Nahrung, keinem gelüstete danach. Jeder watschelte schwerfällig und dickbäuchig.

Kaum jemand flatterte auf wie ehedem, wenn ein Geier zum Entdeckungsflug aufbrach. Niemand brauchte mehr ein scharfes Auge. Jeder fand, ohne zu suchen. Selbst Fiiij-der-Flinke-Hacker-fiiij flog jetzt häufig allein. Er ahnte, daß sein Ansehen geringer wurde. In einer Zeit vieler Entdeckungen galten große Entdecker nichts mehr. Das sah er bestätigt, als er sich auf das fremde Weibchen setzen wollte. Auch wenn es nicht das mit dem roten Gesicht und den schwarz-weißen Federn war, das ihn angezogen hatte, schien es geeignet zu sein. Das andere Weibchen war ja weggeflogen und nicht zurückgekehrt. Es war fortgeblieben für einen Tag. Fiiij-der-Flinke-Hacker-fiiij hatte es auch am nächsten Tag nicht wiedergesehen. Auf und davon war es.

Noch ein anderer Geier hatte das neue Weibchen umworben. Fiiij-der-Flinke-Hacker-fiiij war ganz aufrecht und mit gerecktem Hals auf ihn zu stolziert. Doch der andere hatte ihn weggedrängelt und ihm die Federn ausgezupft. Selbst als Fiiij-der-Flinke-Hacker-fiiij dem Widersacher die gespreizte Kralle gezeigt hatte, hatte jener nicht von ihm abgelassen! Also hatte er ihn ebenfalls geschubst und ihm jede einzelne aufgerichtete Feder ausgerissen. Dann hatte er ihm abermals die Zehen mahnend vor Augen gehalten. Dieses Mal hatte der andere eingesehen, daß er kein anderer sein sollte!

Sodann war Fiiij-der-Flinke-Hacker-fiiij für das Weibchen geflogen: schraubend, kreisend, in Bögen und im raschen Sturz. Er hatte sie begleitet, dicht fliegend im gleichen Flügelschlag, doch sie hatte ihn nicht gewollt.

Daher war es ihm trotz widerstrebender Gefühle leicht gefallen, seinem Gespür zu folgen, als es sich zurückmeldete und den Weg nach Süden wies. Es war weg gewesen, nun war es wieder da. Es kam immer wieder! Doch noch nie war ihm Iiech-das-Zuverlässige-Gespür-iiech so nahe erschienen.

Fiiij-der-Flinke-Hacker-fiiij war ihm gefolgt. Einen Tag und noch einen. Auch danach noch.

Nun kreiste er über den Dächern, zu denen es ihn geführt hatte. Die Menschen unter ihm kreischten noch immer. Sie hatten gleich damit begonnen, als sie aufeinandergetroffen waren, und nach wie vor sahen sie aus, als wollten sie nach einander hacken. Doch sie hielten sich zurück. Sie hackten nicht, sondern kreischten nur.

Nun sah Fiiij-der-Flinke-Hacker-fiiij, wie unter den Dächern, bei denen sie standen, Entdeckungen hervorgezerrt wurden. Eine und noch eine und wieder eine – unaufhörlich. Sie wurden in ein Loch geworfen, hinunter, hinab in die Tiefe, als sollte etwas an ihnen zerbrechen. Aber Knochen waren nicht zu sehen, nur Fleisch.

Fiiij-der-Flinke-Hacker-fiiij beschloß, sich einen Anteil zu holen. Er landete ganz dicht bei dem Loch mit den Entdeckungen, wagte jedoch nicht, sich in die Grube zu begeben. Das war eine richtige Entscheidung! Sobald er sich der Grube nur näherte, wurde er mit Dingen beworfen. Nicht von denen, die drinnen lagen und vielleicht noch nicht so weit waren, sondern von denen, die außerhalb standen. Sie ließen nicht zu, daß sich ein Geier verköstigte. Sie wollten alles für sich alleine fressen.

Vielleicht sogar den Geier, wenn er ihnen zu nahe käme!

Fiiij-der-Flinke-Hacker-fiiij entschied, den Menschen die gemeinsame Entdeckung einstweilen zu überlassen. Bestimmt bliebe etwas für ihn übrig. Iiech-das-Zuverlässige-Gespür-iiech irrte sich schließlich nie.

Frondienste werden geleistet, Pakte geschlossen

Dasselbe Dorf, am Boden, zur selben Zeit

Da Mojeb Erfahrung mit dieser Sorte Mensch hatte, ließ er dem Anführer der sechs Soldaten ausreichend Zeit, seinem Ärger Luft zu machen. Schon als Jugendlicher hatte er gelernt, jemanden, der brüllen wollte, brüllen zu lassen und sich derweil mit anderen Dingen zu beschäftigen. Etwa mit dem Betrachten des aufgeweichten Bodens, des wie jeden Tag verhangenen Himmels oder der Häuser des kleinen Dorfes. Auf den ersten Blick hatte es verlassen ausgesehen – eine willkommene Abwechslung zum letzten Weiler, von dem er und seine Gefangenen durch Steinwürfe vertrieben worden waren.

Allerdings durfte man sich von den Brüllhälsen nicht bei solchen Zerstreuungen ertappen lassen. Auch wenn sie ihre Verärgerung auf niemanden Bestimmtes abzuladen trachteten, so suchten sie doch ein Publikum. Fanden sie es nicht, wurden sie zuweilen bösartig.

»Was gehen mich deine Gefangenen an«, fauchte der Mann, dessen Bauch über den Bund seines Rockes hing. »Sieh selbst zu, was du mit ihnen machst. Ich kann mich nicht um alles kümmern! Ich habe schon genügend Ärger am Hals. Wahrlich!«

Mit der Hand machte er eine schwungvolle, aber nichtssagende Bewegung in Richtung der länglichen Versammlungshütte des Dorfes und der angrenzenden Gebäude. »Du weißt doch gar nichts«, sagte er düster.

In diesem Augenblick trat ein weiterer Soldat hinter der Versammlungshütte hervor. »Sie sind jetzt soweit«, meldete er. Mit *sie* meinte er acht kräftige, mit Spaten bewaffnete Bauernburschen, die ihm auf dem Fuße folgten.

»Worauf wartet ihr dann noch?« entgegnete der Brüllhals, der sich selbst als ihr *Schwertwebel* bezeichnete. »Los jetzt!«

Das war das Zeichen für die sechs Soldaten, die bisher mit gesenkten Häuptern und hängenden Schultern beieinander gestanden hatte, sich aufzurichten. Zugleich lehnten die Bauernburschen ihre Schaufeln gegen die Wand einer Hütte und banden sich Tücher vor Nase und Mund.

»Einen Augenblick noch«, befahl der Dicke und schaute auf Mojeb und seine Begleiter. »Im Namen meiner Herrin verpflichte ich euch zum Dienst ... geschworen ... althergebracht ... wie immer«, rasselte er herunter. »Ihr besorgt euch am besten etwas, um eure Näschen zu schützen. Los jetzt!«

»Ich bin kein Untertan deiner Herrin«, entgegnete Mojeb kopfschüttelnd. »Ich bin Jarmate.«

»Was auch immer«, entgegnete der Schwertwebel unwirsch. »Mir reicht, wenn du tust, was ich dir sage.«

Mojeb schüttelte abermals den Kopf.

»Mein Schwert hat ein stumpfes Ende und ein spitzes«, erklärte er ruhig. »Das stumpfe zeigt auf den, der mich bezahlt, das spitze auf den, der es nicht tut.«

Sein Gegenüber verzog das Gesicht, musterte ihn und deutete auf die Gefangenen: »Sind das auch Jarmaten?«

Mojeb verneinte.

»Gut, dann werden sie für dich mit arbeiten. Nimm ihnen die Fesseln ab.«

Dagegen ließ sich nichts vorbringen. Deshalb tat Mojeb notgedrungen wie geheißen und nahm das Seil ab, das die Hälse seiner Begleiter miteinander verband. Auch wenn er den Gefangenen dafür die Handfesseln erlassen hatte, waren sie anfänglich nicht zufrieden damit gewesen, schon gar nicht die beiden, die vor und hinter Natanui hatten gehen müssen. Der unbeholfene Mann hatte zwar in den vergangenen Tagen bewiesen, daß er trittsicherer sein konnte, sobald es um seinen Hals ging, doch nicht einmal sein Freund Mataiu vertraute ihm.

Keloe und Tiugugu verschwanden mit einem der Soldaten hinter dem Versammlungshaus, Omaru, Mataiu und Natanui hingegen darin. Als sie wieder heraustraten, waren auch ihre Gesichter hinter Tüchern verborgen. Zusammen mit den Bauern und der Hälfte der Soldaten trugen sie Leichen heraus: Männer, Frauen und Kinder. Ihre Körper hingen schlaff zwischen den Armen der Lebenden. Sie stanken bereits. Nicht nur die gequälten

Gesichter ihrer Träger bewiesen das zweifelsfrei, sondern auch ihre wegen der Last nur halbherzigen Versuche, sich der Fliegen zu erwehren. Woran die Bewohner des Dorfes gestorben waren, war von Mojebs Standort aus nicht ersichtlich. Wunden schienen sie keine zu haben. Die bekannten Flecken von getrocknetem Blut fehlten. Doch keinesfalls war ihr Tod ein natürlicher gewesen. Dazu waren sie zu viele.

Die Körper wurden hinter das Haus geschafft. Ihre Träger kamen umgehend zurück und schlüpften erneut in die geräumige Hütte. Kurz darauf wurde der nächste Tote herausgebracht.

»Wer soll dafür aufkommen?« schimpfte der Anführer der Soldaten. »An die achtzig sind es. Dabei waren wir erst gestern in einem Dorf, wo es ebenso aussah. Neunzig, sechsundneunzig, nein, siebenundneunzig haben wir gefunden! Wer bezahlt jetzt ihre Steuern? Die Überlebenden werden künftig mehr arbeiten müssen, damit sie den Verlust ausgleichen können. Und das nicht nur dieses Jahr, sondern auch das nächste und übernächste, denn die Kinder sind ja ebenfalls tot. Das haben sie jetzt davon!«

Mojeb durchschaute mühelos, was die herzlos klingenden Worte verbargen. »Was ist hier vorgefallen?« fragte er.

»Was hier vorgefallen ist?« erregte sich sein Gegenüber. »Der Stern, der verdammte Stern ist schuld! Ein Verrückter, ein Dreckskerl, hat ihnen eingeredet, *das* sei die Lösung!«

Sein Finger hackte wild in Richtung des Gemeinschaftshauses, aus dem eben Omaru mit einem Mädchenkörper auf den Armen herauskam. »Er hat ihnen weisgemacht, daß er sie geradewegs zu den Heiligen geleiten werde! Diese Narren glaubten ihm. Sie führten brav ihre Kinder hinein. Er hat's hier getan und in Ilaoe. Gift. Ich denke jedenfalls, daß es derselbe war. Zwei Kinder sind rechtzeitig entkommen. Fünf und acht Jahre alt. Haben sich drei Tage lang versteckt, bevor sie sich trauten, Hilfe zu holen. Zu spät. Wie auch anders? Immerhin konnten sie uns erzählen, daß er sich Kokles nannte. Wahrscheinlich hat er den Narren alles Bare abgenommen. Zu den Heiligen! Von wegen ... Dreckskerl, verfluchter!«

Er wischte sich zornig eine Träne von der Wange. »Wer soll

den Schaden gutmachen? Wo soll das hinführen? Weißt du, wie alt meine neue Herrin ist? Zwölf! Sie ist zwölf und viel zu verspielt für ihr Alter. So sagt man das höflich. In Wirklichkeit ist sie nicht recht beisammen. Mein Herr, mein armer Herr, hat immer gehofft, er könne eines Tages einen halbwegs gescheiten Gatten für sie finden. Daraus wird nun nichts. Vielleicht morgen, vielleicht auch erst nächstes Jahr wird jemand kommen und ihr den ganzen Besitz abnehmen. Darauf gewettet! Vielleicht hält er sich aber auch an das Gesetz und vermählt sich zum Schein mit ihr, um sie anschließend in einem Kerker verrotten zu lassen. So oder so, wen wird's in jedem Fall treffen? Wen wohl?«

»Was ist mit ihrem Vater geschehen?«

»Der Stern hat ihn getötet. Er starb, als die Steine vom Himmel fielen.«

»Welche Steine?« fragte Mojeb ratlos.

»*Die* Steine«, antwortete der Schwertwebel. »Die, die vom Himmel fielen. Wo warst du während der letzten Tage?«

»Ich habe vergeblich einen Platz für meine Gefangenen gesucht«, gab Mojeb schärfer zurück, als er eigentlich beabsichtigt hatte. »Ich weiß nichts von Steinen.«

»Mann!« rief der Dicke aus. »Alles bricht zusammen, und der bekommt das gar nicht mit! Brennende Steine sind vom Himmel gestürzt. Einer davon hat das Schloß des Königs getroffen, und jeder, der sich gerade dort aufhielt, ist darin verbrannt. Der halbe Adel! Mein Herr nicht. Er war auf einem Ausflug in der Stadt Sadi, die nahebei liegt. Doch auch er hatte kein Glück. Er wurde mit ein paar Hundert anderen in den Straßen zu Tode getrampelt. Wir erfuhren alles am nächsten Tag. Das und noch vieles andere. Schiffe, die wie Fackeln loderten, trieben in den Hafen von Sadi ein. Sie waren menschenleer, da sie schon auf dem Meer lichterloh zu brennen begonnen hatten, weshalb alle von Bord gesprungen und ertrunken waren. Allerorten wird geplündert. Und das da« – er deutete zum bewölkten Himmel –, »das kommt auch nicht von ungefähr. Keine Sonne, kein Mond mehr zu sehen. Seit die Steine fielen. Wohin man auch geht, hört man von Tod und Zerfall!« Er nickte heftig und fuhr in unverändertem Tonfall fort: »Die Welt wurde in achtundvierzig Jahren erschaffen. Da kann sie doch nicht von einem Augenblick auf den anderen enden. Das wäre töricht! Selbstverständlich wird sich auch ihr Untergang über Jahre hinziehen. So ist das. Das letzte Jahrhundert ist angebrochen. Auf jeden Fall. Vierunddreißig Jahre der Pein, dreiunddreißig Jahre der Läuterung und abermals dreiunddreißig der Vorbereitung. So kommt es, so ist es! So sagt man doch, oder? Nur 14 233 Geläuterte werden überleben. Nur 14 233 Erwählte, denen es bestimmt sein soll, zu den Heiligen aufzusteigen! So ist das vorhergesagt. Doch du wirst nicht unter ihnen sein. Ich werde ebenfalls nicht unter ihnen sein. Keiner von uns dummen Schweinen. Wir verrecken. Wir verschwinden. Wir sind dran. Ja!«

Mojeb hatte sich schon früher gefragt, ob sich ein genaues Zeitmaß bestimmen ließe, wann ein vormals gesunder Geist unter dem Druck des Erlebten zerbrach und Vernunft dem Wahn wich. Sein mit sich selbst redendes Gegenüber gab ihm das Gefühl, noch nie so hautnah miterlebt zu haben, wie sich jemand diesem kritischen Augenblick näherte. Allein der Umstand, daß er ohne seine Gefangenen nicht weiterziehen konnte, bewog ihn zum Bleiben.

»Wo liegt Sadi? Ist es wohl noch weit bis dorthin?« fragte er nebenbei.

Der Soldat schüttelte den Kopf und zeigte in die Richtung, auf die Mojeb und die Seinen zugehalten hatten.

Mojeb nickte, als hätte er nur eine Bestätigung gesucht. Daß es nicht mehr weit bis zur Stadt sein konnte, hatte er sich schon zusammengereimt. Er nickte abermals, als der Schwertwebel ohne Bezug knurrte: »Du weißt doch gar nichts.«

Mojeb ließ ihn stehen und schlenderte zu einem Baum mit weit ausladender, beinahe schon tellerförmiger Krone, um sich darunter niederzulassen. Angesichts der weichen Früchte, die aufgeplatzt im Gras lagen und einen Geruch wie verdorbene Zwiebeln verströmten, entschied er sich anders. Der ausgefranste Fleck am Himmel, der von der Sonne übriggeblieben war, machte es nicht erforderlich, Schatten zu suchen. Also ließ er sich statt dessen auf dem Stumpf eines Baumes nieder, den die Dorfbewohner schon vor längerem gefällt hatten.

Der erzwungene Aufenthalt würde sich noch länger hinziehen, sagte er sich. Besonders, wenn die Toten verscharrt werden sollten anstatt verbrannt, wie er es angeordnet hätte. Vielleicht war es wirklich das Beste, die ein, zwei Tage durchzumarschieren, die es noch bis zur Stadt sein mochten. Dort gäbe es bestimmt einen Platz, wo er die Gefangenen lassen konnte. Und sollte er im dortigen Kerker seinen Wachdienst ableisten, so wäre dagegen nichts einzuwenden. Zudem bot eine Stadt mannigfach Gelegenheit, sich umzuhören und allerlei in Erfahrung zu bringen. Allerdings konnte man in einer Stadt nicht umsonst leben. Während es die Landbevölkerung duldete, daß man sich von ihren Äckern bediente, solange es sich in vernünftigem Rahmen bewegte, kein unnötiger Schaden angerichtet wurde und man vor allem anschließend weiterzog, kannten Städte nur eine einzige Art von freiwilliger Gabe, nämlich die Almosen, die man Bettlern zuwarf. Stimmte auch nur die Hälfte von dem, was der Anführer der Soldaten erzählt hatte, so würde es künftig nicht nur weniger Almosen geben, sondern immer mehr Habenichtse, die hinter den sicheren Mauern der Städte Schutz suchten. Zumindest für den Anfang brauchte er also ein paar Münzen!

Mojeb erhob sich von dem Baumstumpf und schlenderte durch das Dorf, als wollte er sich die Beine vertreten. Seiner Eingebung und jahrelangen Erfahrung vertrauend, betrat er eines der Häuser. Auf den ersten Blick erkannte er, daß es schon durchsucht worden war, aber nicht sonderlich gründlich. Es war wohl keine Zeitverschwendung, dem Haus noch ein wenig mehr Aufmerksamkeit zu widmen, als ihm schon gegönnt worden war.

Er begann an den üblichen Orten zu suchen, wo das einfache Volk aller Länder für gewöhnlich seine bescheidenen Schätze aufbewahrte: auf der vom Betrachter abgewandten Seite von Stützbalken und Verstrebungen, auf dem Boden von Krügen mit Mehl, Salz oder Bohnen, in nur selten benutzten und daher nicht in bequemer Griffweite aufbewahrten Töpfen.

Mojeb schrak zusammen, als es plötzlich unter seinen Füßen

knackte. Doch das Geräusch kam von einem zertretenen kleinen Vogel, der aus Teilen einer Kokosnußschale, Zweigen und ein paar Federn gebastelt worden war. Etliche solcher Tiere lagen auf dem Boden verstreut. Die meisten waren aus ähnlichen Materialien hergestellt worden wie der Vogel, ein paar wenige waren aus Lehm geformt und mit nicht mehr als zwei Farben angemalt worden. Keine großen Kunstwerke! Nicht einmal bei allen war erkenntlich, was sie darstellen sollten.

Sorgfältig füllte er wieder den Krug, den er eben ausgeleert hatte, ohne etwas anderes als Bohnen darin zu finden. Im Fall, daß einer der Soldaten nachsähe, was er hier trieb, wollte er nicht zu viele Spuren hinterlassen. Sodann ging er zu einer geflochtenen Korbtruhe, wobei er darauf achtete, nicht noch anderes Spielzeug zu zertreten. Die Truhe enthielt überwiegend Kleidung, die für einen Erwachsenen zu klein war. Mojeb nahm dennoch ein paar Stücke davon mit. Sie mochten Tiugugu passen. Anschließend schlenderte er ins nächste Haus. Auch hier war schon jemand vor ihm dagewesen. Mojeb ließ sich davon nicht abschrecken.

Zufrieden lächelte er, als er endlich Erfolg hatte. Er ließ die Münzen, ein paar Silberschem, dazu sogar ein Dina, in seiner Kleidung verschwinden. Ein großer Schatz war das nicht, doch wenn er davon absah, in den Tavernen Sadis fremde Zechkumpane freizuhalten, so mochte das Ersparte der vormaligen Bewohner für die ersten Tage reichen.

Nun brauchte er noch Kleidung für den Rest seiner Gefangenen. Auch hiervon fand Mojeb ausreichend. Kurz spielte er mit dem Gedanken, für Keloe einen weißen Sarong mitzunehmen, den die einstige Besitzerin sicherlich nur zu besonderen Gelegenheiten getragen hatte. Er würde ihr sicher gut stehen! Dann entschied er sich dagegen. Es war wohl nicht angebracht, seinen Gefangenen mehr Freundlichkeit als unbedingt notwendig entgegenzubringen.

Kleidung für sich selbst fand er erwartungsgemäß nicht. Wie auch! Er hatte sich bei seiner Ankunft in Ikarilla geschworen, sich keinesfalls der Sitte dieses Landes zu beugen und einen

Rock zu tragen. Ein bißchen mußte man doch auf seine Würde achten.

Mit den erbeuteten Kleidern auf den Armen ging Mojeb in die Küche. Ein schwerer Eisentopf, gesäubert, eingefettet und auf seine Verwendung wartend, schien ihm für ein kleines Ablenkungsmanöver geeignet. In den Topf stopfte er die Kleidung. Da ihn der Gedanke an die zu erwartenden Zechkumpane in Sadi durstig gemacht hatte, griff er nach einer Tonflasche, die aussah, als könnte sie Schnaps enthalten, und die auch so roch. Mit den Zähnen zog er den Stöpsel aus der Flasche und nahm einen großzügigen Schluck. Scharf und gut, stellte er fest.

Er klemmte sich die offene Flasche unter den Arm, nahm den Topf mit der Kleidung und verließ das Haus. Schon nach wenigen Schritten wurde er von einem Soldaten, der nicht zum Heraustragen der Leichen abgeordnet worden war, aufgefordert: »Laß das! Stell das wieder hin!«

»Als ob das noch jemand brauchte«, gab Mojeb zurück und ging ungestört weiter.

»Stell es sofort ab! Es gehört meiner Herrin!«

»Als ob die heute mit dem Topf kochen wollte!«

»Stell das unverzüglich hin!« brüllte der Soldat nun.

Mojeb ließ den Topf, wo er gerade stand, fallen. Er trank einen weiteren Schlug aus der Flasche, warf sie zornig weg, riß die Kleidung aus dem Topf und antwortete dem Soldaten gereizt: »Aber die behalte ich. Ist nur recht und billig. Durch eure Schuld stinken meine Gefangenen eine Meile gegen den Wind nach Leichen und Tod. Deine Herrin wird ja wohl kaum in Bauernkleidern herumlaufen wollen.«

Der Soldat sagte nichts mehr darauf. Entweder war er es leid, sich zu streiten, oder er sah das Bestehen auf Ersatzkleidung tatsächlich als berechtigt an.

Mojeb setzte sich wieder auf den Baumstumpf und bemühte sich, noch eine Weile schlechtgelaunt auszusehen. Wie dumm mußte man eigentlich sein, um einen schweren Eisentopf zu stehlen, dessen Gewicht schon nach einer Viertelstunde lästig geworden wäre? Wie dumm mußte man aber erst sein, um zu glauben, jemand sei dumm genug, einen lästigen Topf zu stehlen anstatt etwas Wertvolleres, nämlich Geld?

Wieder einmal sah er sich bestätigt. Er war längst zu dem Schluß gekommen, daß erfolgreiche Betrüger nicht klug sein mußten, ja, Klugheit vielleicht sogar schädlich für sie war. Kluge Betrüger dachten sich schwierige Betrügereien aus. Sie achteten auf Schwachstellen in ihrem Plan und machten bei deren Ausgleich alles so kompliziert, daß sie sich selbst hemmten und ihre Opfer verwirrten. Dumme Betrüger hingegen gingen davon aus, daß ihre Opfer grundsätzlich mit dem Klammerbeutel gepudert waren. Sie zeigten ihnen mit der rechten Hand etwas, das sofort und leicht zu verstehen war, und leerten ihnen mit der linken ganz dreist die Taschen. Wer rechtzeitig mit schlichten Behauptungen zufriedengestellt wurde, den verlangte nicht nach verschlungenen Gedankengängen. Die meisten zogen ersteres sogar unter allen Umständen dem letzterem vor!

Nachweislich führten die schlichten Kniffe zum Erfolg: diejenigen, von denen niemand – und zwar aus schierer Selbstüberschätzung – glauben wollte, daß irgend jemand darauf hereinfallen könnte. Wenn ein Betrüger erst einmal damit anfing, seine Opfer geistig zu überfordern, so waren seine Tage in Freiheit gezählt. So war das!

Mojeb nahm erleichtert zur Kenntnis, daß die Beseitigung der Leichen sich anscheinend ihrem Ende zuneigte. Keine weitere wurde aus dem Haus herausgetragen, dafür sammelten sich vor dem Gebäude immer mehr von denen, die zu der betrüblichen Arbeit verpflichtet worden waren. Mojeb wartete gerade so lange, bis er auch den letzten seiner Schützlinge entdeckte. Dann erhob er sich von dem Baumstumpf, ging zu ihnen hinüber und drängte sie zum unverzüglichen Aufbruch. Zwar sahen alle fünf aus, als hätten sie eine Erholungspause dringend nötig, doch er war nicht gewillt, darauf Rücksicht zu nehmen. Zum einen wußte er, daß die körperliche Anstrengung nicht der Grund ihrer Erschöpfung war, zum anderen wollte er dem Anführer der Soldaten keine Gelegenheit geben, sich einen neuen Verwendungszweck für seine Gefangenen auszudenken. Tatsächlich hatte er beim Aufbruch den Eindruck, daß die anderen zwangsverpflichteten Helfer gern mitgekommen wären, selbst um den Preis, für einige Zeit ebenfalls eine Schlinge um den Hals tragen zu müssen.

Zunächst führte Mojeb Keloe und die vier Männer zu dem Wasserlauf, aus dem die Dorfbewohner ihr Wasser geschöpft hatten. Er war beidseitig mit schlanken Bäumchen und brusthohen Büschen bewachsen, die jedoch an der Wasserstelle gerodet waren. Hier hieß er seine Begleiter, sich gründlich zu waschen und ihre alte Kleidung wegzuwerfen. Dieser Aufforderung kamen sie nur zu gern nach. Ohne eine Spur von Verlegenheit zogen sie sich aus und scheuerten sich ausgiebig den Geruch des Todes von der Haut. Keiner sprach ein Wort dabei.

Während Mojeb wartete und mitunter unruhig zum Dorf zurücksah, zwang er sich dazu, Keloe nicht allzu offensichtlich beim Waschen zuzuschauen, sondern die Blicke, mit der er ihren reifen Körper studierte, zufällig erscheinen zu lassen. Bald ertappte er sich jedoch dabei, wie er sie immer unverhohlener anstarrte, während sich seine Gedanken mit der Frage beschäftigten, ob sie je Kinder geboren hatte. Mal vermeinte er, Spuren einer vergangenen Schwangerschaft an ihrem Leib zu erkennen, mal wieder nicht. Sich endgültig festzulegen fiel ihm schwer.

Als Mojeb einen bitterbösen Blick Tiugugus auffing, beendete er diese Betrachtungen schlagartig. »Na und«, sagte er patzig zu dem kleinen Mann. Dann entfernte er sich aber doch einige Schritte, verschränkte die Arme, setzte ein unbeteiligtes Gesicht auf, wie es ihm angemessen für einen strengen Wächter erschien, und ermahnte die Gefangenen, nicht zu trödeln und baldmöglichst ihre neue Kleidung anzulegen, damit sie endlich aufbrechen könnten. Er habe schließlich nicht den lieben langen Tag Zeit!

Wie Mojeb merkte, war Tiugugu ganz und gar nicht glücklich mit den Kleidungsstücken, die sein Bewacher für ihn ausgesucht hatte. Er war ein kleinwüchsiger Mann und kein Kind, daher fühlte er sich in seiner Würde verletzt. Zudem vermutete er augenscheinlich als Grund für diese Auswahl Gehässigkeit.

Erst als Omaru auf den Gedanken verfiel, aus einem überzähligen Sarong einen Überwurf für ihn zu fertigen, in dem er geschickt Streifen davon abriß, gab sich Tiugugu zufrieden. Doch versöhnt war er deswegen noch lange nicht. Man mußte ihn nur ansehen, um das zu erkennen.

Vor dem Weiterziehen machte Mojeb seinen Gefangenen einen Vorschlag, den er sich während seines Wartens im Dorf ausgedacht hatte: »Was haltet ihr davon, wenn ich euch nicht wieder fessele? Ihr müßtet dafür allerdings versprechen, nein, lieber schwören, nicht zu fliehen. Bildet euch nicht ein, ich sei plötzlich rührselig geworden. Der Aufenthalt im Dorf hat uns viel Zeit gekostet. Das hätte sich vermeiden lassen, wenn man euch nicht gleich als Gelichter erkannt hätte. Deshalb gilt die Vereinbarung auch nur tagsüber. Nachts traue ich euch nicht.«

»Als hätte er uns nicht selbst als Häftlinge ausgewiesen!« murmelte Tiugugu.

Mojeb bedachte ihn mit einem strengen Blick und sah den Rest erwartungsvoll an. Natanui und Mataiu waren sofort einverstanden und bereit, umgehend bei der heiligen Lagi zu schwören. Omaru und Keloe zögerten noch, während sich Tiugugu rundweg trotzig gab. Erst als Mojeb darauf hinwies, daß sich alle gleich entscheiden müßten, ließ sich Tiugugu von Keloe überreden.

»Also abgemacht«, erklärte Mojeb. »Nun schwört!«

»Bei der heiligen Lagi«, sagten Mataiu und Natanui.

»Beim heiligen Enelu«, sprachen die anderen drei.

»Augenblick!« unterbrach sie Mojeb. »Bei einer so wichtigen Angelegenheit wollen wir doch lieber bei einem gemeinsamen und auch bedeutenden Heiligen schwören, etwa beim heiligen Malachias!« Er blickte in die leeren Gesichter der Häftlinge und fühlte den Boden unter sich wanken. »Ihr kennt doch den heiligen Malachias?«

Einer nach dem anderen schüttelte den Kopf. Mojeb war fassungslos. Jeder kannte den heiligen Malachias! Erlaubten sich die fünf Strohköpfe etwa einen dummen Scherz mit ihm?

Durchdringend blickte er sie an. Sie sahen nicht so aus. Nun war er ratlos. Was war vorzuziehen: Wenn er sie bei einem Heiligen schwören ließe, den sie nicht kannten und weswegen ihnen die Versprechungen, die sie in seinem Namen gaben, vielleicht nichts bedeuteten? Oder wenn er sich auf Heilige einließe, die womöglich gar keine waren? Woher sollte er denn wissen, daß Enelu nicht der Name eines Schoßhundes war?

»Malachias«, entschied Mojeb energisch. »Beim heiligen Malachias wird geschworen! Und wenn ihr den Schwur verletzt, so sollen eure Glieder verdorren, eure Leiber wie Wachs in der Sonne schmelzen und hernach in der Erde versickern, auf daß sie auf Jahre hinaus unfruchtbar werde. Schwört das, und wir sind uns einig!«

»So sei es«, willigte Omaru ein.

Von einem Heiligen, der kein Schoßhund war

Auf dem Weg nach Sadi, am 24. Tag des Hitzemondes, im 458. Jahr der Abwesenheit Gottes

Die Stimmung der Gefangenen war weiterhin gedrückt, woran auch der Verzicht auf die Fesseln nichts änderte. Zum Teil machte Mojeb die vergangene Nacht dafür verantwortlich, wenn auch nicht wegen des Regens, der sie zweimal aus dem Schlaf gerissen hatte. Er war schließlich abzusehen gewesen. Und daß die Nachtruhe gestört wurde, hätte leicht verhindert werden können. Dazu hätten sie am Vorabend nur noch eine halbe Stunde gehen müssen, um das Fischerdorf zu erreichen, in dessen Sichtweite sie schließlich übernachtet hatten. Dort hätte vielleicht eine trockene Scheune gewartet. Doch das hatten die Gefangenen nicht gewollt. Sie hatten ihn fast schon angefleht, nicht dorthin gehen zu müssen. Das Dorf, dessen Häuser sich als dunkle Umrisse gegen den Abendhimmel abgezeichnet hatten, war ihnen unheimlich gewesen. Nicht zuletzt wegen des Kläffens eines einzelnen Hundes, das eine geschlagene Stunde lang herübergeschallt war: »Wau, wau! Wau, wau! Wau, wau!«

Vielleicht hatte der Lärm ja keinen der Einwohner gestört? Vielleicht hatte er eine unbekannte Berechtigung gehabt? Wer wußte das schon? Doch die Gefangenen hatten das ununterbrochene Bellen als Bestätigung ihrer krausen Befürchtungen angesehen – und weit mehr noch sein plötzliches Ersterben. Verstehe einer die Welt! Statt erleichtert zu sein über die Stille, hatte Natanui geflüstert, er habe kurz vor dem Verstummen des Hundes einen großen Vogel ins Dorf fliegen sehen. Als sähe man die nicht dauernd! Besonders Geier gab es hierzulande wirklich zuhauf.

Mojeb knirschte bei der Erinnerung mit den Zähnen. Nach dem beunruhigenden Gebrabbel dieses Einfaltspinsels war wieder einmal ihm die Aufgabe zugefallen, die Stimmung mit einer launigen Bemerkung aufzulockern: »Wir gehen jetzt ins Dorf und fangen deinen Riesenvogel. Und wenn er zwischenzeitlich nicht nur den Hund aufgefressen hat, sondern auch die Fischer, um so besser! Dann gibt's nämlich heute abend Bratvogel mit Fischgeschmack!« Er hätte es wissen müssen. Wieder einmal war ein schöner Scherz vergeudet worden.

Nein, schuld war – abgesehen von dem ausgestorbenen Dorf am Vortag – der Mond. Ohnehin nur noch ein verschwommener Fleck, der wenig an das erinnerte, was Barden aller Zeiten aus ihm gemacht hatten, hatte sein Schein Nacht für Nacht größere Schwierigkeiten, die Wolkenkuppel zu durchdringen. Unleugbar wurde es immer finsterer. Wenn das so weiterginge, dann sähe man nachts bald gar nichts mehr. Graue Tage und rabenschwarze Nächte – das mußte aufs Gemüt schlagen!

»Kennt sich einer von euch in Sadi aus?« fragte Mojeb seine Begleiter. Da keiner von ihnen antwortete, wertete er ihr Schweigen als Nein. »Das ist unser Ziel«, erklärte er. »Dort werde ich euch abliefern. Danach will ich sehen, was die Stadt zu bieten hat. Sie soll sehr groß sein. Mit Hafen. Weiß das jemand?«

Er redete, um zu reden. Lieber wäre es ihm gewesen, wenn sich seine Begleiter miteinander unterhalten hätten, damit er ihnen hätte zuhören können. Alles war besser als die Eintönigkeit dieses schweigsamen Marsches.

Schließlich bemerkte er, daß Mataiu stehengeblieben war und auf etwas zeigte, das sich in dem mit kurzem grüngelben Rasen bewachsenen Gelände verbarg, durch das sie seit Stunden querfeldein wanderten, um die Windungen der Küstenstraße abzuschneiden. Er sprach zunächst auf seinen Freund Natanui ein, dann auch auf Omaru, der sich zu ihnen gesellt hatte. Neugierig trat Mojeb zu den dreien. Gleich darauf spürte er Keloes Atem in seinem Nacken.

»Da!« sagte Mataiu gewichtig und ließ den Arm sinken.

»Und da und da drüben auch«, setzte sein Kumpan die spärliche Erklärung fort.

Mojeb blickte ahnungslos dorthin, wohin Mataiu ursprünglich gezeigt hatte. »Da ist eine Feuerstelle. Na und?« sagte er.

»Aber da auch«, erklärte nun Omaru. »Und da drüben und dort ebenfalls.«

Mojeb zuckte die Schultern: »Dann sind's eben vier. Geht's darum herauszufinden, wie weit ich zählen kann? Ich weiß wohl, daß ihr fünf seid. Macht euch keine falschen Hoffnungen.« Er blickte in die Gesichter seiner Gefangenen, sah ihre aufkeimende Besorgnis und seufzte. Bevor sie sich abermals nicht vorhandene Bedrohungen zurechtsponnen, wollte er den kleinen Umweg zu den verdächtigen Feuerstellen in Kauf nehmen.

Zügig schritt er ihnen voran zur nächsten der vier Feuerstellen, die – wie ihm auffiel – grob auf einer Linie lagen und etwa den gleichen Abstand voneinander hatten: einhundertfünfzig bis zweihundert Schritt. Die Feuerstelle sah anders aus, als er erwartet hatte. Das Gras war in einem annähernd kreisrunden Bereich von gut fünf Schritt Durchmessern völlig verbrannt. Das Zentrum bildete eine Vertiefung mit aufgeworfenen Rändern, in der das Regenwasser stand.

»Zufrieden?« fragte Mojeb seine Begleiter. »Nichts Ungewöhnliches. Da, wo jetzt die Pfütze ist, entzündete jemand ein Feuer und häufte zum Schutz gegen den Wind die Erde etwas auf. Später löschte es der Unbekannte wieder, indem er Erde auf die Flammen warf. Dann ging er fort. Das Feuer schwelte jedoch noch, brach erneut aus und fraß sich durchs Gras, bis es von allein ausging. Das Ganze geschah bei Windstille. Deshalb ist alles so gleichmäßig rund. Dann kam der Regen. Er hat die Erde weggespült, mit der das Feuer zugedeckt war. Ganz einfach.«

»Bei einem Lagerfeuer bleiben immer Asche und Reste verbrannten Holzes übrig«, erklärte Omaru bedächtig.

»Der Regen«, versicherte ihm Mojeb. »Er war sehr heftig, wie du dich erinnerst.«

»Wie eigenartig, daß der Regen nur die Erde weggeschwemmt hat, mit der das Feuer abgedeckt war, aber nicht die, die zu seinem Schutz darum herum aufgeschüttet wurde«, warf Tiugugu nörgelig ein.

Mojeb wandte sich ihm zu: »Auch hierfür gibt es eine einfache Erklärung. Zweifellos wird sie dir einfallen, wenn du lange genug darüber nachdenkst.«

Entschlossen ging er zur nächsten Brandstelle. Sie war etwas größer als die erste, sah aber ansonsten gleich aus. Ihm war sofort bewußt, daß eine mühsam zusammengeklaubte Erklärung nicht mehr ausreichte, um die Gemüter zu beruhigen. Hier war tatsächlich etwas ungewöhnlich. Zwar nicht beunruhigend, aber ungewöhnlich. Seine Neugier war geweckt. Er sah sich nach weiteren Feuerstellen um. Ein Stück weiter in der Richtung, in die er ohnehin wollte, schien das Gras auf breiter Bahn gebrannt zu haben.

»Mir nach!« befahl er.

Der Streifen verkohlter Erde war bis zu einer viertel Meile breit und ein Vielfaches länger. Der Boden war regelrecht aufgewühlt. Allenthalben machte Mojeb zwischen gewöhnlichen Pfützen solche mit aufgeworfenen Rändern aus. Teilweise überschnitten sie sich. Der Anblick war ihm vertraut.

»Hier sieht es aus wie in der Ebene von Sâsz-Gullar«, belehrte er die Gefangenen. Sie drängten sich am Rand des verbrannten Gebietes zusammen, offensichtlich darauf bedacht, keinen Fuß hineinzusetzen. »Wenn wenigstens noch unheimliche Zeichen zu sehen wären, dann könnte ich diese Hasenfüßigkeit verstehen«, murrte er. Dann ging er einige Schritte voraus, bückte sich, nahm eine Handvoll der toten Erde auf und zerkümmelte sie zwischen den Fingern. »Bei Sâsz-Gullar ist allerdings alles Fels, keine Erde. Fester Stein!«

Er wußte, daß die Gefangenen keine Ahnung hatten, wovon er sprach. Daher holte er weiter aus.

»Der heilige Malachias, der große Heilige, der, bei dem anständige Menschen gern schwören, belagerte einmal auf Weisung des Abwesenden Gottes die Festung von Sâsz-Gullar. Sie war die größte ihrer Zeit, bevölkert von den verstocktesten Heiden der Welt, und galt als völlig uneinnehmbar. Der heilige Malachias ließ riesige Katapulte bauen – was sage ich, Katapultmaschinen! Tag und Nacht, ohne Unterbrechung, ließ er die Festung mit den gewaltigen Geschützen beschießen. Wurde eines dabei beschädigt, so wurde es während des Beschusses wieder instand gesetzt. Allein für die Reparaturen dieser kolossalen Schleudergeschütze wurden zwei Wälder gefällt, und selbst ein ganzer Steinbruch reichte nur knapp aus, um die gigantischen Waffen mit ihren ungeheuer schweren Geschossen zu versorgen! Siebzehn Tage lang ging das so. Heute sieht man nichts mehr von der Burg. Eine felsige Ebene mit zahlreichen Mulden und etwas Geröll ist alles, was übrig geblieben ist.«

»Wann soll das gewesen sein?« fragte Tiugugu mißtrauisch.

»Vermutlich zu Lebzeiten des erwähnten Heiligen«, gab Mojeb schnippisch zurück. »Und da der überall berühmte Heilige Malachias bekanntlich ein Liebling des Fortgegangenen Gottes war, wird es wohl vor fünfhundert Jahren gewesen sein. Nicht schwer, wenn man ein wenig mitdenkt, nicht? Wichtiger ist aber, was wir aus meinen Worten lernen können. Na?«

»Hier stand keine Festung«, erklärte Omaru. »Das ist Ackerboden. Der ist viel zu weich …«

»Ich meinte etwas anderes«, unterbrach ihn Mojeb. »Wir lernen, daß ich während des Erzählens dieser Geschichte die ganze Zeit hier stehen konnte, ohne vom Boden verschlungen zu werden oder sonstigen Schaden zu nehmen. Können wir jetzt endlich weitergehen?«

»Ich habe das nicht gelernt«, beschwerte sich Tiugugu, kam aber dennoch mit.

Mojeb dachte noch eine Zeitlang über das nach, was er erzählt hatte. Hier hatte keine Burg gestanden. Damit hatte Omaru zweifellos Recht gehabt. Dennoch gab es Schäden wie von Belagerungsmaschinen.

Plötzlich verstand er, was sich zugetragen hatte. Was war er nur für ein Tor! Der Anführer der Soldaten hatte ihm doch erzählt, daß Steine vom Himmel gefallen waren! Und schon als Kind hatte er gelernt, daß solche Sternensteine glühend heiß waren. Zweifellos waren hier ein paar eingeschlagen.

Erleichtert, das Geheimnis gelöst zu haben, hob er einen Zeigefinger und verkündete den Gefangenen: »Euer König ist übrigens verreckt. Dem ist ein Stein aus heiterem Himmel auf den Kopf gefallen!«

»Im Ernst?« antwortete Keloe. »Können wir dann gehen?«

Mojeb war einige Herzschläge lang sprachlos. Eine etwas an Trauer gemahnende Reaktion auf die Nachricht vom Tod ihres geliebten Herrschers hatte er doch erwartet.

»Selbstverständlich nicht«, sagte er streng. »Ihr versucht es immer wieder. Läßt man etwa einen Einbrecher frei, wenn später das Haus abbrennt, das er ausraubte? Mitnichten! Schurken werden für ihre Schurkereien bestraft, ganz gleich, was sich danach ereignet.«

»Aber ich bin gar keiner«, murrte Natanui. »Ich war nur zufällig in der Nähe, als die dumme Kuh ihr Maul nicht halten konnte.«

»Na, na!« sagte Mojeb schnell. »Warten wir einfach ab. Vielleicht erläßt der neue König eine Amnestie!«

»Was soll das sein?« erkundigte sich Mataiu argwöhnisch.

»Ein Gnadenakt. Zur Feier ihrer Krönung zeigen neue Herrscher gern Milde und lassen die Gefangenen frei.«

»Alle? Ich meine alle Herrscher?«

»Wie hat es denn der vorletzte gehalten?«

»Ich weiß nicht. Wir hatten immer denselben.«

»Die meisten handeln so«, erklärte ihm Mojeb gutmütig. »Warten wir's ab.«

Laßt, die ihr eintretet, jeden Hoffnung erfahren

Beim Stadttor von Sadi, am 24. Tag des Hitzemondes, im 458. Jahr der Abwesenheit Gottes

Die Krähen waren unzufrieden. Obwohl ihre Tafel überreich gedeckt war, kamen sie nicht zum Fressen. Drei von ihnen waren aufgestiegen, um einen Geier zu vertreiben, der ihnen womöglich hätte streitig machen können, was sie gar nicht besaßen.

Mojeb konnte den Unmut der schwarzen Raufbolde gut nachempfinden. Sie mußten sich vorkommen wie Menschen an einer Tafel mit leckeren, aber viel zu heißen, noch brutzelnden und siedenden Speisen, die ungeduldig darauf warteten, daß all die Köstlichkeiten abkühlten und man sie verzehren konnte, ohne sich den Mund zu verbrennen. Die dann aber, kaum daß der ersehnte Moment endlich gekommen war, mit ansehen mußten, wie eifrige Diener herbeieilten, um alle Schüsseln wieder wegzutragen.

Das Festmahl, das den Krähen verwehrt blieb, hing an rund zwanzig Galgen, die entlang der Straße nach Sadi errichtet worden waren. Mojeb schätzte, daß die Henkersknechte rund drei Stunden benötigten, um sie mit den zum Tode Verurteilten zu bestücken. Sobald sie beim letzten angekommen waren, der dem Stadttor am nächsten stand, gingen sie wieder zum Anfang der grausigen Reihe zurück, gut eine Viertelmeile entfernt. Dort nahmen sie den längst nicht mehr zappelnden Gehenkten vom Seil und ersetzten ihn durch einen noch Lebenden. Dasselbe taten sie beim nächsten. Auch wenn nach Mojebs Erfahrung drei Stunden völlig ausreichten, um sicherzustellen, daß ein auf diese Weise hingerichteter Mensch unwiederbringlich tot war, fand er die Vorgehensweise ungewöhnlich. Ebenso überraschend fand er, daß sich nur wenige Gaffer eingefunden hatten, um Zeugen der Hinrichtungen zu sein. Verachtete Schurken und gehaßte Strolche starben für gewöhnlich nicht einsam. Erneut fragte er seine Gefangenen: »Ist diese Stadt denn ein solch berüchtigter Pfuhl des Verbrechens?«

Auch dieses Mal antworteten sie nicht, sondern starrten weiterhin gleichermaßen angezogen und abgestoßen auf die Erhängten, auf die Soldaten, die die Ordnung wahrten, und auf das erbärmliche Häufchen derer, denen ihr düsteres Los noch bevorstand. Mojeb überschlug ihre Zahl und gelangte zu der Vermutung, daß gerade noch so viele Verurteilte auf ihr Ende warteten, wie die Henkersknechte bis zum Abend bewältigen konnten.

»Vielleicht sind sie Aufrührer«, murmelte er und drängte zum Weitergehen.

Vor dem Stadttor hatte sich eine Schlange aus Fußgängern und Fuhrwerken gebildet. Nicht jeder war in Sadi willkommen. Mancher, der hier hatte Zuflucht suchen wollen, wurde barsch abgewiesen: In diesen schwierigen Zeiten war niemand erwünscht, der der Stadt mehr zur Last fiele als ihr nützte.

Allerdings schienen die Wachen ihrer Pflicht sehr nachlässig nachzukommen. Mojeb beobachtete, wie ein abgerissener Mann, der schon abgewiesen worden war, sich dreist hinter ihrem Rükken durch das Tor stahl.

Andererseits wurde es niemandem gestattet, der einmal vor dem Tor stand, die Schlange nach Gutdünken wieder zu verlassen. Ein mit Säcken beladener Eselskarren, der ausscherte, weil dessen Besitzer – aus welchen Gründen auch immer – beschlossen hatte, seine Ware doch nicht in der Stadt anzubieten, wurde umgehend aufgehalten und nach Überprüfung seiner Ladung gezwungen, sich wieder einzureihen. Der Bauer wurde beschimpft und belehrt, er könne von Glück sagen, daß seine Habe nicht kurzerhand beschlagnahmt worden sei. In diesen Zeiten hätten alle zusammenzuhalten, und jeder, der das nicht einsehe, habe die Folgen zu tragen. Ob das verständlich sei?

Nach einer Weile kam auch auf Mojeb und seine Begleiter eine Stadtwache zu. Mojeb sprach den Mann an, bevor er auch nur den Mund aufmachen konnte: »Sag, Kamerad, was bedeutet all das aufgeknüpfte Gelichter? Ist es so gefährlich bei euch? Muß ich in eurer schönen Stadt damit rechnen, umgehend belogen, betrogen, ausgeraubt oder umgebracht zu werden?«

»Es ist Zahltag«, erklärte die Wache kühl. »Nun zahlen wir es allen heim, die dieses Unglück über uns gebracht haben!«

»Dieses Unglück?« wiederholte Mojeb.

»Den Zorn Aionars und aller seiner Heiligen! Nun ist es genug, jetzt wird bezahlt, jetzt sind sie dran: die Betrüger und Langfinger, die Verwender falscher Gewichte, die Faulpelze und Tagediebe, die Säufer und Hurer! Das ganze Gesindel, das den Abwesenden Gott so lange beleidigt hat!«

Mojeb blickte zu den Galgen und sagte bedächtig: »Ihr bringt jeden um, der in der Stadt eingekerkert war?«

»Wir bestrafen sie. Aber nicht nur die! Jeden Lasterhaften! Es ist Zahltag. Nun dürfen sie begleichen, was sie uns eingebrockt haben.«

»Das habe ich verstanden«, warf Mojeb ein. »Saufen und Zechen ist dann wohl verboten bei euch?«

»Natürlich nicht, solange es nicht zur einzigen Beschäftigung wird. Aber ich habe nicht den ganzen Tag Zeit, um mit dir zu schwatzen. Wer bist du, was willst du?«

»Ich bin Jarmate!« sagte Mojeb stolz und wartete darauf, daß die Wache ein Zeichen des Erkennens zeige. Als es ausblieb, begann er erneut: »Ich bin Jarmate ... Es gibt Leute, die schon einmal von uns gehört haben. Ich komme von weither. Wir sind als furchtlose Krieger bekannt. Nun sprich du: Wer befiehlt in dieser Stadt?«

»Die Vögtin.«

»Dann hast du ja deine Antwort. Ich werde in ihre Dienste treten. Womöglich bin ich schon morgen dein Vorgesetzter, und du wirst dir wünschen, mich nie getroffen zu haben.«

Mojeb lachte herzhaft.

Sein Gegenüber lachte nicht. »Und die da? Wer sind die?«

Mojeb warf seinen Gefangenen einen mahnenden Blick zu und antwortete, seine Worte wohlüberlegt betonend: »*Solange sie den Mund halten, sind sie gesetzestreue Untertanen. Doch wehe, sie reden! Wehe, sie reden!* ... Dann hören sie sich an wie Verbrecher und Hochverräter am guten Benehmen. Kamerad, du ahnst nicht, welcher Unflat ständig aus ihrem Mund quillt. Dieses ewige

Fluchen! Selbst ich erröte. Dabei verstehe ich eure Sprache nicht einmal richtig.«

»Ich bin nicht dein Kamerad, und ich weiß noch immer nicht, wer die da sind«, entgegnete die Stadtwache schroff.

Mojeb berührte Keloes Arm: »Das ist meine Schwester.«

Der Gardist blickte von Keloe zu Mojeb und wieder zurück. Das Mißtrauen wegen der abwesenden Familienähnlichkeit war ihm ins Gesicht geschrieben.

»Die Schwester seines Bruders«, beeilte sich Keloe richtigzustellen. »Seine Bruderschwester.«

»Nein, meine Schwesterschwägerin«, verbesserte sie Mojeb.

»Ich bin die Frau seines Bruders«, entschied Keloe.

»Und wo ist der?« fragte die Wache unbeeindruckt.

»Tot«, antwortete Mojeb. »Er ist tot. Kürzlich gestorben.«

»Beim Volk meines Schwagers ist es üblich, daß sich der lebende Bruder um die Frau des toten Bruders kümmert«, erklärte Keloe.

»So ist es«, bestätigte Mojeb. »Allerdings reicht ein einziges Wort von ihm, und er und seine Schwägerin sind geschiedene Leute. Zumal, wenn sie für seinen Geschmack zuviel redet. Das mag ungerecht klingen, hat sich bei meinem Volk aber allerbestens bewährt.«

»Und die anderen?« fragte die Wache mit sichtlich wachsender Ungeduld.

Mojeb zeigte auf einen nach dem anderen: »Onkel Omaru, Vetter Mataiu und Vetter Natanui ... und das Kind.«

Tiugugu sah ihn mit offenem Mund an, viel zu überrascht, um beleidigt aussehen zu können.

Mojeb lachte laut: »Ein Scherz! Der Kleine ist auch ein Vetter. Du verstehst doch einen guten Scherz, was, Kamerad?«

Die Wache lachte immer noch nicht. »Ich bin nicht dein Kamerad. Wovon werden sie leben? Bettler können wir nicht gebrauchen!«

»Sie arbeiten für mich«, erklärte ihm Mojeb in beiläufigem Ton. »Sie werden für mich kochen, putzen und nähen. Was sonst? Soll ich das etwa selbst tun? Wir Jarmaten sind nicht nur die wildesten Krieger, sondern auch die am besten bezahlten.«

Entweder war der Gardist wirklich zufrieden mit der Auskunft, oder er war es nur leid, weitere Einblick in Mojebs Verwandtschaftsverhältnisse zu erlangen. Mit einem lässigen Wink gab er das Zeichen zum Weitergehen. Mojeb war noch keine drei Schritte gegangen, als ihm die Wache etwas hinterherrief: »Wenn du länger bei uns bleiben willst, dann besorge dir andere Kleidung!«

Achselzuckend ging Mojeb weiter und durch das Tor in die Stadt. Unauffällig sah er an sich hinab, ohne etwas Ungewöhnliches zu entdecken. »Was gibt es an mir auszusetzen?« fragte er. »Ist ihm mein Mantel zu bunt?«

»Gemeine tragen keine Rockhosen. Nur Adlige«, erklärte ihm Omaru. »Das einfache Volk trägt Röcke.«

»Ich trage ebenfalls keine Rockhose, sondern eine Hose.«

»Sie sieht aus wie eine.«

»Es ist keine. Sie heißt ja nicht mal so. Es ist eine Hose. Keine Rockhose. Ist es denn verboten, Hosen zu tragen?«

»Es ist nicht verboten, aber auch nicht üblich. Gemeine tragen …«

»Ich weiß, ich weiß. Aber ich bin ebenfalls nicht üblich«, sagte Mojeb rasch. »Und ganz gewiß werde ich keinen Rock tragen!«

Ein Blick nach rechts und links gab ihm das Gefühl, die wohl trostloseste Stadt betreten zu haben, die ihm je untergekommen war. In seinem ganzen Leben hatte er nur eine gesehen, die Sadi diesen Rang streitig machen konnte. Und die war damals noch nicht ganz ausgekühlt gewesen von einer Feuersbrunst, die drei Tage lang in ihr gewütet hatte.

Beidseitig der noch recht breiten Straße reihten sich hohe, finstere Gebäude. Sie wurden durch schmale Gäßchen getrennt, die höchstens Platz für einen Eselskarren boten, doch dem durfte niemand entgegenkommen. Manche waren sogar nur schulterbreit. Schwarze Klüfte zwischen dunkelgrauen Felsen.

»War das Gewitzel nötig?« fragte Tiugugu einen Häuserblock vom Tor entfernt.

»Ich hatte kein gutes Gefühl«, erwiderte Mojeb. »Und wenn es einmal so weit sein sollte, daß es mich erwischt, dann ziehe ich vor, mit Gelächter in den Ohren zu sterben. Außerdem fand ich den Scherz gelungen.«

»Ich nicht«, widersprach Tiugugu.

»Ich weiß«, seufzte Mojeb. »Ihr seid ein Volk, das jeden Frohsinn am liebsten verbieten würde.«

Tiugugu sah ihn ernst an und reichte ihm die Hand.

»Danke«, sagte er. »Danke, daß du uns nicht an die Wachen verraten hast. Ich hätte das nicht von dir erwartet. Ich habe dir unrecht getan.«

»Es gibt vieles, was du nicht von mir erwarten würdest«, brummte Mojeb. Er war etwas gekränkt, und je länger er darüber nachdachte, desto stärker spürte er den Drang, sich zu erklären.

»Ihr erzählt euch doch sicher ebenfalls gegenseitig Geschichten zur Unterhaltung, wenn ihr mit anderen Halunken zusammensitzt?« hob er zu sprechen an.

»Wir sind keine Halunken«, beschwerte sich Omaru, doch Mojeb beachtete ihn nicht.

»Dann wißt ihr doch auch, daß es darauf ankommt, wie man etwas erzählt. So wird eine Geschichte, die anfänglich noch nichts hergibt, sehr viel besser, wenn man sie ausschmückt, vielleicht etwas dazuerfindet und beim Erzählen ein wenig übertreibt. Das gilt um so mehr auch für gute Geschichten. Eigentlich ist es immer sinnvoll zu übertreiben. Man kann zu Beispiel erzählen: ›Wir belagerten die Burg so lange, bis uns die Vorräte ausgingen.‹ Das ist nicht sehr spannend.

Man kann's auch anders machen: ›Einmal belagerten wie eine Burg. Niemand hatte erwartet, daß sie uns so lange trutzen würde. Daher war nicht für ausreichend Nachschub gesorgt worden. Der Proviant ging zur Neige, und irgendwann gab es überhaupt nichts mehr zu essen. So blieb uns nichts anderes übrig, als unsere Stiefel zu verzehren, wenn wir nicht verhungern wollten. Doch es kam noch schlimmer: Irgendwann stahlen wir sie uns sogar gegenseitig! Ich sage euch: Wer morgens zuletzt aufwachte und die anderen beim Essen sah, der wußte, daß er künftig barfuß kämpfen mußte!

Natürlich reichten auch unsere Schuhe nicht beliebig lang. Doch über die harte Zeit, die nun anbrach, half uns unsere Kameradschaft hinweg. Wir hielten eisern zusammen. In solch einer Lage kann man viel voneinander lernen. Selbst über den Profos, den wir vorher nie hatten leiden können, konnten wir später sagen, daß er ein sehr guter Mensch gewesen war!

Man glaubt nicht, was ein bißchen Salz und Pfeffer doch ausmachen können!‹ – Jetzt hört euch eine andere Geschichte an: ›Ich war dabei, als fünfzig arme Tröpfe aufgehängt wurden. Ich war dabei, als fünfhundert arme Tröpfe aufgehängt wurden. Ich war dabei, als zwanzigtausend arme Tröpfe aufgehängt wurden ...‹ Merkt ihr es? Das wird nicht besser, wenn man übertreibt. Selbst wenn man es ausschmückt – ›Ihre Gesichter waren violett verfärbt, die Augen quollen aus den Höhlen, und die Zunge hing ihnen aus dem Mund. Etliche hatten sich benäßt und bekotet ...‹ –, ergibt es noch immer keine gute Geschichte. Es lohnt nicht, sie zu erzählen. Doch eine Geschichte, die sich nicht zu erzählen lohnt, ist es noch viel weniger wert, daß man sie erlebt.«

Mojeb war unsicher, ob er sich hatte verständlich machen können. Seine Zweifel verflogen, als ihm Omaru die Hand drückte, danach Mataiu und Natanui und schließlich Keloe.

»Viel Glück noch«, sagte sie.

Mit einemmal ging ihm auf, daß sich seine Gefangenen keineswegs gerührt bei ihm bedankt hatten, sondern sich von ihm verabschiedeten.

»Augenblick!« sagte er. »Wir haben noch immer eine Abmachung. Ich erspare euch nur so lange die Fesseln, wie ihr nicht zu fliehen versucht. Und ob ihr ausgerechnet hier an die Leine wollt ...«

Omaru sah ihn entrüstet an: »So bringst du uns also doch zum Kerker? Wenn du uns aber dorthin bringst, so wird man uns sicher aufhängen. Daran sterben wir vermutlich.«

»Deshalb werde ich das auch nicht tun. Doch ansonsten hat

sich überhaupt nichts geändert. Ihr seid nach wie vor Häftlinge, und ich bin euer Wächter.«

»Dann werden wir die Stadt also wieder verlassen?« meinte Tiugugu.

»Nein«, widersprach Mojeb. »Ich hoffe hier Auskunft über jemanden zu erhalten, den ich suche.«

»Was hast du dann statt dessen vor?«

»Ich werde mir etwas einfallen lassen müssen. Ich konnte doch vorher nicht ahnen, daß sie hier jeden umbringen.«

Mojeb schlug einen versöhnlicheren Ton an: »Bei mir seid ihr wenigstens sicher. In den Dörfern haben sie mit Steinen nach uns geworfen, und durch das Stadttor wärt ihr allein gar nicht gekommen. Sie hätten euch aufgehängt, ein Los, das euch ohne mich noch immer treffen kann. Seid unbesorgt, uns wird schon etwas einfallen!«

Ein neuer Anfang

Das Haus im Kohlpalmenviertel,
Sadi, am 24. Tag des Hitzemondes,
im 458. Jahr der Abwesenheit Gottes

Die Stirnen beider Männer trafen sich genau unterhalb der Tischmitte.

»Autsch!« sagte Mojeb und rieb sich den Kopf, während der feiste Mann, der ihm gegenüber auf dem Boden kniete, behäbig die Münzen aufsammelte, die aus seiner Hand gefallen waren. »Hab sie«, sagte er. »Das wäre was gewesen!«

Mojeb stand bereits wieder, als sich der Hauswart erst zu erheben begann. Er stützte sich mit der einen Hand auf den angewinkelten Oberschenkel, mit der anderen auf die Tischplatte und stemmte sich dann schweratmend hoch. Behutsam steckte er die Münzen weg, die ihm Mojeb widerwillig gegeben hatte, und erklärte dabei: »Ich erwarte, daß ihr mir den Mietzins immer pünktlich vorbeibringt. Wenn ihr's versäumt, so vermiete ich die Wohnung neu. Ich stunde nichts, nicht einmal für einen Tag. Bei mir müßt ihr euch deswegen nicht beschweren. Ich führe nur aus, was man mich heißt. Früher war ich nicht so streng, doch wenn ich heute einen wegschicke, der nicht bezahlen kann, so stehen in einer Stunde zwei neue vor meiner Tür, die eine Unterkunft suchen und mir ihr Geld gern geben. Jetzt kommt mit!«

Der Hauswart führte Mojeb und seine Begleiter auf den mit Sand ausgestreuten Innenhof, der so spät am Nachmittag reichlich bevölkert war. Um eine der beiden Palmen, die an entgegengesetzten Enden des Hofes wuchsen und deren Kronen fast das Dach der Mietskaserne erreichten, rannten kreischende Kinder sowie der erste von vier Hunden, die sich im Hof aufhielten. Der zweite trottete um ein gemauertes Becken in der Hofmitte, wo einige Frauen Wäsche wuschen. Ihr Schmutzwasser schütteten sie in eine Bodenrinne, die zur Straße führte. Aus dieser hatte sich der Hund vorgenommen zu trinken. Doch jedesmal, wenn er die lange Zunge in die Rinne hielt, mußte er umgehend niesen, worauf er sich mit wehleidigem Winseln zurückzog. Das hinderte ihn allerdings nicht, kurz darauf abermals zu der Rinne zurückzukehren und somit die unerfreuliche Erfahrung zu vertiefen. Die letzten beiden Hunde lagen auf der Westseite des Hofes, wo die Schatten am längsten waren, und beobachteten die Welt mit gelassener Gleichgültigkeit. Dort hatte sich auch die Mehrheit der Hausbewohner zusammengefunden, die sich gegenwärtig im Freien aufhielten. Sie standen und saßen in kleinen oder größeren Gruppen beisammen: Halbwüchsige, streng nach Geschlechtern getrennt, deren Hauptziel es zu sein schien, die jeweils andersgeschlechtliche Ansammlung versteckt oder offen zu beobachten, und Erwachsene, die Würfelspiele austrugen oder sich Klatschgeschichten erzählten. Einige dieser Erzähler unterstrichen ihre Worte durch Gesten, die auf kleine Schauspiele hinausliefen. Nach Mojebs Einschätzung konnten diese Darbietungen mit dem Erzählten nicht allzu viel zu tun haben, da ansonsten ungewöhnlich viele Gespräche von balzenden Kranichen hätten handeln müssen.

Der Hauswart hielt auf eine Treppe auf der anderen Hofseite zu. Gelegentlich winkte er freundlich oder nahm selbst einen Gruß entgegen. Unterwegs belehrte er die neuen Hausbewohner: »Wenn euch die Miete zu teuer ist, könnt ihr untervermieten. Das kümmert mich nicht. Allerdings sind die Untermieter ganz allein eure Angelegenheit. Sie gehen mich nichts an. Wenn sie nicht zahlen können, so kommt mir nicht mit der Ausrede, ihr könntet deswegen eure Miete nicht begleichen. Ich habe damit nichts zu schaffen. Solche Geschichten langweilen mich. Ich werde nicht darauf hören, sondern euch unbarmherzig rauswerfen. Unter uns: Ich an eurer Stelle würde nur an Schlafburschen vermieten. Die wird man leichter wieder los. Man läßt sie einfach nicht mehr in die Wohnung.«

»Was soll das sein, ein Schlafbursche?« fragte Mojeb. Aus den Augenwinkeln sah er, daß Omaru etwas dazu sagen wollte.

Doch der Hauswart war schneller. »Ein Schlafbursche ist ein Kerl, der bei euch schläft. Der will nur ein Lager, wo er sich ein paar Stunden hinlegen kann. Auf mehr hat er auch keinen Anspruch. Sein Nachtlager könnt ihr natürlich weitervermieten, wenn er nicht da ist. Wenn ihr es geschickt anstellt, so liegt den ganzen Tag jemand auf der Matratze, aber immer jemand anderes. Sagen wir, ihr nehmt einen Bäckergesellen. Der steht vor Tagesanbruch auf und geht. Dazu einen Nachtwächter, der zum Schlafen kommt, wenn die Nacht gerade vorbei ist. Dann braucht ihr noch jemanden für nachmittags. Wer schläft denn nachmittags? Ach, nehmt einfach noch einen Nachtwächter!«

»Aber der darf dann nicht so lange schlafen wie der andere«, warf Mojeb ein.

»Wieso?«

»Weil das Bett eine Zeitlang leer ist. Der Bäcker geht, wenn's noch dunkel ist. Der zweite kommt erst, wenn schon Tag ist. Für die ein oder zwei Stunden dazwischen findet nicht einmal Ihr jemanden.«

Der Hauswart blieb stehen und sah Mojeb einige Augenblicke

zweifelnd an. »Du bist wohl ein ganz Schlauer. Dann nehmt ihr eben einen alten Nachtwächter. Der braucht nicht mehr so viel Schlaf!«

»Gibt es denn so viele Nachtwächter in Sadi?« erkundigte sich Mojeb erstaunt.

»Ich weiß nicht einmal, ob es überhaupt einen einzigen gibt«, meinte der Hauswart nachdenklich. »Dort, wo ich aufwuchs, hatten wir einen. Aber der war uralt. Der muß schon seit Jahrzehnten tot sein.«

Mojeb fiel plötzlich auf, daß Natanui nicht mehr da war. Er wandte sich um und sah ihn bei der Waschstelle stehen, wo er sich angeregt mit einer Frau unterhielt. Mojeb hatte ihn noch nie so aufgeräumt gesehen. Sein Gefangener lachte sogar.

»He du!« brüllte er über den Hof. Nicht nur Natanui blickte zu ihm herüber, sondern jeder, der sich gerade in dem Geviert aufhielt. Selbst die beiden schläfrigen Hunde hoben wachsam die Köpfe.

»Dein Vetter ist wohl ein richtiger Draufgänger?« meinte der Hauswart augenzwinkernd.

»Nicht mehr lange.«

»Wieso, verehelicht er sich bald?«

»Keineswegs. Jedoch ist er nicht mehr lange ein Vetter, wenn er so weitermacht«, erklärte Mojeb ernst und laut genug, daß ihn Natanui, der hastig herbeigerannt kam, verstehen konnte.

»Eine letzte Frage habe ich noch«, wandte sich Mojeb wieder an den Hauswart. »Wo kann ich mein Pferd abstellen?«

Sein Gegenüber war wie vom Donner gerührt: »Verzeiht, ich ... Ajam ... ich ahnte nicht ...«

Mojeb ergötzte sich einige Augenblicke lang an seinem Gestammel. Als ihm der Blick, mit dem der dicke Mann auf seine Hose starrte, peinlich wurde, lachte er und gestand: »Es war ein Scherz! Ich habe weder ein Pferd, noch bin ich ein Adliger.«

Der Gefoppte stieß ein Meckern aus, das ein Lachen sein mochte, aber weder von Erheiterung noch Erleichterung zeugte. Es war auch nicht sehr langlebig. Am Fuß einer Steintreppe, die sich in einer Ecke des Hofes befand und hinauf zu einem offenen

Rundgang führte, von dem man die einzelnen Wohnungen des ersten Stockwerks erreichen konnte, blieb er stehen.

Eine vergleichbare Treppe hatte Mojeb schon in der gegenüberliegenden Hofecke bemerkt, gleich in der Nähe des Eingangs. Zu den beiden Stockwerken darüber, zu deren Wohnungen man ebenfalls über Rundgänge gelangte, führten Holztreppen. Wer noch höher hinaufwollte – zu den billigsten Wohnungen unter dem Dach –, der mußte eine offene Stiege erklimmen.

»Ist wohl nicht nötig, daß ich mitkomme«, sagte der Hauswart. »Ich warte hier unten, bis ihr oben seid.«

»Soll mir recht sein«, antwortete Mojeb und stieg die Treppe hinauf. Ihre Stufen waren ausgetreten, bei manchen waren sogar Schichten des Steins abgeplatzt. Bestimmt hatte die Treppe nicht nur bessere Jahre gesehen, sondern gar bessere Jahrhunderte.

Auch in den Rundgängen hielten sich Bewohner des Hauses auf. Sie standen oder saßen vor ihren offenen Wohnungstüren, schwatzten miteinander oder erledigten Hausarbeiten. Ungezählte Gespräche erstarben und begannen nach kurzer Pause erneut, als Mojeb und seine Begleiter immer höher die Treppen hinaufstiegen.

Im vorletzten Stockwerk wurden sie von einer grauhaarigen Matrone und ihrem Anhang – drei jüngeren, sichtlich schwangeren Frauen – empfangen.

»Seid ihr die neuen?« rief die Frau. »Zieht ihr in die Wohnung des armen Siaki?«

»Weiß ich nicht«, antwortete Mojeb wahrheitsgemäß.

»Es muß die von Siaki sein«, beteuerte die Grauhaarige. »Eine andere ist ja nicht frei.«

Nur unwesentlich die Stimme senkend, raunte sie einer ihrer schwangeren Vertrauten zu: »Hat er jetzt doch einen Dummen gefunden?«

»Ist irgend etwas mit der Wohnung nicht, wie es sein sollte?« erkundigte sich Mojeb. Er war weniger um den Zustand seines neuen Zuhauses besorgt als vielmehr überrascht von der Geradlinigkeit seines Gegenübers.

»Sie bringt Unglück«, erklärte die künftige Nachbarin. »Dem

armen Siaki ist die Frau davongelaufen. Die Kinder hat sie dagelassen, doch die drei Untermieter hat sie mitgenommen.«

»Was wollte sie denn mit denen?« mischte sich Keloe ein.

»Was wohl?« sagte die Alte und zwinkerte überdeutlich. »Was wohl?«

»Ach so!« meinte Keloe.

»Ach so!« wiederholte die Matrone gewichtig nickend. »Das habe ich mir auch gedacht! Das kann nicht gutgehen: der alte Zausel, das junge Weib und die drei strammen Burschen!«

Sie wandte sich an ihr Gefolge: »Hab ich das nicht gleich gesagt? Die armen Kinder! Um die kümmert sich jetzt Siakis Tante.«

»Und er? Was ist aus ihm geworden?«

»Hat dann gesoffen. Abends die Treppe hochgeklettert. Runtergefallen. Tot.«

Mojeb blickte unwillkürlich zu der Stiege. Sie verhehlte weder ihre nahe Verwandtschaft mit einer Leiter, noch unternahm sie den geringsten Versuch, Vertrauen zu erwecken.

»Etwas anderes hätte ich nicht erwartet«, brummte er. »Doch meine Verwandten werden mir ganz gewiß nicht davonlaufen. Nicht wahr, Verwandte? Und da ich im Gebirge aufwuchs und – wenn überhaupt – der einzige von uns sein werde, der womöglich zu viel trinkt, ist nichts zu befürchten.«

Er nutzte die Gelegenheit, sich und die anderen vorzustellen. Wie schon gegenüber dem Hauswart gab er Keloe als seine Schwägerin aus, Omaru als ihren Onkel und die restlichen drei als ihre Vettern. Plötzlich fiel ihm auf, daß die drei jüngeren Frauen Natanui unverhohlen schöne Augen machten; offenbar hatten die dazugehörigen werdenden Väter ebenfalls das Weite gesucht. Mojeb stellte sich vor, daß es sich bei ihnen um die drei untreuen Untermieter des verstorbenen Siaki gehandelt haben könnte. Wenn das nicht hervorragend zusammenpaßte! Eine seltsame Harmonie hätte darin gelegen!

Er mußte grinsen, zumal als er entdeckte, daß sich Natanui im Gegensatz zu vorher sehr unzugänglich zeigte und mit hölzerner Miene einen schmachtenden Blick nach dem anderen übersah.

Mojeb stupste ihn an und flüsterte: »Der Dicke hält dich für einen Draufgänger.«

Er lachte.

»Aber das war noch längst nicht alles«, brachte sich die Grauhaarige mit verschwörerischem Ton in Erinnerung. »Die Familie, die davor in der Wohnung lebte, hatte einen Schlafburschen. Einen höflichen, unscheinbaren Mann, der aussah, als könnte er kein Wässerchen trüben. Bis er eines Nachts sein Haumesser nahm und die ganze Familie umbrachte. Alle neun: die Eltern, die Kinder und die Mutter der Frau. Er hat sie mitleidlos zerhackt und zerstückelt und ihre Köpfe übereinandergestapelt. Das ist gar nicht gleich aufgefallen. Erst nach ein paar Tagen, aber da war der Kerl längst woanders. Die ganzen Wände waren rot vor Blut!« Ihre Stimme wurde leiser: »Manche behaupten, der Schlafbursche sei in Wirklichkeit der Ruchlose Hacker gewesen.« Sie verstummte schlagartig.

Mojeb folgte ihrem erschrockenen Blick zu seinem Schwert, das er sogleich hochhielt. »Ich halte nicht viel von Haumessern. Das dauert immer so lange!«

Er lachte dröhnend. In diesem Augenblick schallte aus dem Hof die Stimme des Hauswarts: »Wird's heute noch etwas?«

»Gleich!« rief Mojeb nach unten und kletterte den anderen voran die Stiege hinauf. Oben schritt er laut zählend die Türen ab: »Eins, zwei, drei ... Die ist es!«

Er öffnete die vierte Tür und sah sich einem dürren, halbnackten Mann gegenüber, der ihn erschrocken anblickte und mit einem entsetzten Aufschrei die Tür wieder schloß.

»Kann vorkommen«, entschuldigte sich Mojeb. Er zählte abermals die Türen durch und wandte sich dann ratsuchend an die anderen: »Sollte es nicht die vierte sein?«

»Kann sein, kann aber auch nicht sein«, gab Omaru orakelhaft von sich.

Mojeb brüllte zum Hauswart hinunter: »Wo soll es denn sein?«

»Vierte Tür«, schallte es ungeduldig aus dem Hof hoch.

»Da wohnt schon jemand.«

»Nein, da wohnt niemand!«

»Doch, doch, da wohnt jemand! Er hat mir die Tür vor der Nase zugeschlagen!«

Für einen Augenblick herrschte Schweigen.

»Wer kann das denn sein?« ertönte es erneut.

Mojeb beschrieb, wen er gesehen hatte. Der Hauswart lief rot an und tobte: »Der hat da überhaupt nichts zu suchen. Der soll seit Tagen aus dem Haus draußen sein! Wie oft soll ich den noch rausschmeißen? Bestellt ihm, daß, wenn er jetzt nicht augenblicklich verschwindet, ich selbst kommen und ihm derartig in den Hintern treten werde ...«

Der Rest seiner Drohung ging in einzelnen Lachern unter. Vom Stockwerk unter sich hörte Mojeb die Stimme der Matrone: »Wie will der Fettsack denn sein Bein so hoch kriegen?«

Doch nun öffnete sich die vierte Tür, und der Stein des Anstoßes trat ins Freie. Der Mann beäugte zuerst mißtrauisch Mojeb und seine Gefährten, dann wagte er einen raschen Blick in den Hof. Trotz aller Vorsicht, die er dabei walten ließ, löste er umgehend wütendes Geschrei aus. Der unerwünschte Hausbewohner zuckte von der Balustrade zurück und rannte eilig den Rundgang entlang zur entfernteren Treppe. Er war sichtlich darauf bedacht, ihr unteres Ende vor dem Hauswart zu erreichen.

Kopfschüttelnd betrat Mojeb die Wohnung. Sie bestand aus einem einzigen, großen Raum, dessen Decke in gleichmäßigen Abständen durch Balken gestützt wurde. Zwischen manchen Pfosten hingen Schilfmatten, die mangels Trennwänden den einzelnen Bewohnern ein wenig Zurückgezogenheit ermöglichen sollten. Diesen Zweck erfüllten sie jedoch nicht mehr, da sie samt und sonders zerrissen waren, wofür zweifellos der unglückliche Siaki verantwortlich sein mußte.

Fensteröffnungen gab es in der Wand zum Innenhof wie auch in der nach außen. Letztere schenkte einen Ausblick auf die dunkle Wand des Nachbarhauses, die kaum mehr als eine Armeslänge entfernt war.

Auf der Innenhofseite entdeckte Mojeb ein Kohlebecken, das als Kochstelle diente. Augenscheinlich war nicht beabsichtigt, daß darauf allzu aufwendig gegart, gebraten und gebrutzelt wurde. Ein Kamin fehlte nämlich. Statt dessen gab es einen Rauchabzug in der Wand, der erklärte, warum es im Innenhof durchdringend nach Essen gerochen hatte.

Die Wände waren erstaunlich hell und gar nicht dunkelgrau wie die Außenwand. Sie waren einmal verputzt gewesen, doch davon war nicht mehr viel zu sehen. Entputzt beschrieb den Sachverhalt inzwischen besser.

Aufmerksam die Wände und den Boden betrachtend, schritt Mojeb durch die Wohnung. Als er wieder beim Eingang ankam, hatten seine Begleiter längst auf Truhen und Hockern aus Peddigrohr Platz genommen, welche die Vormieter dankenswerterweise dagelassen hatten. Auch Mojeb ließ sich auf eine Truhe nieder. Sie ächzte unter seinem Gewicht.

»Die Alte spinnt!« verkündete er. »Nie und nimmer wurden hier neun Leute zerstückelt. Das sähe man nämlich. Von wegen rote Wände!«

»Da wird doch hoffentlich jemand geputzt haben!« sagte Keloe spitz und sah sich besorgt um.

Mojeb klopfte mit den Knöcheln gegen die Wand: »Das hätte nicht viel genützt. Nicht bei solchen Wänden. So gut kann man gar nicht putzen. Davon wären Flecken übriggeblieben.«

»Als ob er dabeigewesen wäre«, warf Tiugugu ärgerlich ein.

Mojeb schaute ihn erstaunt an. Der kleine Mann erwiderte seinen Blick entschlossen. Einige Augenblicke lang fochten beide Männer ein stummes Blickduell aus. Dann gab Mojeb nach und sah weg.

»Da bleiben Flecken über«, wiederholte er.

Omaru kam zu ihm herüber und kratzte mit dem Daumen an der Wand. Mojeb beachtete ihn nicht.

»Die Alte spinnt«, sprach er mit sich selbst. »Ich hätte es mir gleich denken können. Der Ruchlose Hacker! Was für ein dämlicher Name. Was wäre als nächstes gekommen? Der Winselnde Würger? Der Trällernde Totschläger?«

»Schau!« sagte Omaru und streckte ihm die offene Hand entgegen. Ein Steinchen lag darin.

»Was soll ich damit?« fragte Mojeb, nahm aber das Steinchen entgegen.

»Das war einmal eine Muschel. Wenn du noch mehr abkratzt, siehst du es besser.« Omaru klopfte gegen die Wand: »Korallenkalk. Sehr billig. Von draußen erkennt man das nicht. Grauer Stein, schmutziger Stein – das sieht gleich aus. Hält aber nicht viel aus. Da nimmst du eine Axt, und ruck, zuck bist du durch die Wand bei den Nachbarn. Bevor die begreifen, was vorgeht, bis du schon bei ihrer nächsten Wand, und zack, zack ...«

Mojeb legte ihm beruhigend die Hand auf den Arm: »Wir wollen jetzt nicht das ganze Haus zerstören.«

»Das ganze Haus kannst du nicht aus Korallenkalk bauen«, belehrte ihn Omaru. »Das stürzt dir sonst ein. Allenfalls die oberen ein oder zwei Stockwerke kannst du daraus machen. Aber die stürzen auch leicht ein.«

Mojeb hörte ihm noch eine Weile mit halbem Ohr zu, dann ergriff er das Wort. »Ich habe mir etwas überlegt. Wie es aussieht, werde ich euch doch nicht so bald loswerden, wie ich hoffte. Ihr werdet für eure Verpflegung und die Unterbringung ...« – er machte eine ausholende Geste – »... in eurem Kerker ... arbeiten müssen. Es ist üblich, Gefangene zu vermieten. Gegenwärtig kann ich euch allerdings nicht vermieten. Daher werdet ihr es selbst tun. Gleich morgen. Nehmt, was ihr bekommen könnt. Zur Not verlangt weniger als alle anderen.«

Keloe betrachtete den Boden, als sie ihm antwortete.

»Wir sollen uns eine Arbeit suchen, für die wir bezahlt werden?«

»Ja.«

»Tagsüber sind wir weg?«

»Ja.«

»Abends kommen wir wieder hierher?«

»Ja.«

»Warum?«

Mojeb verschränkte die Hände hinter dem Kopf: »Sehr einfach! Zum einen, weil ihr beim heiligen Malachias geschworen habt, nicht zu fliehen, zum anderen, weil ich euer Wärter bin und ihr die Gefangenen seid. Ich bestimme, was geschieht.«

Keloe sah die anderen Gefangenen an. »Anscheinend scherzt er wieder.«

»Ich scherze nicht«, widersprach Mojeb. »Ich weiß aber, wovon ich rede. Wenn es noch nicht längst begonnen hat, so wird hier und überall bald alles sehr, sehr teuer werden, und zwar für lange Zeit. Zuerst die Dinge, die von weiter her stammen, danach alles andere. Selbst Brot, Bohnen, Kakao oder Kartoffeln. Vieles wird man überhaupt nicht mehr kaufen können. Ich sage euch: Mancher wird bald nichts mehr zu lachen haben! Wir werden jeden Rac brauchen, den ihr verdienen könnt. Wenn ihr nicht verhungern wollt, so tut, was ich euch sage. Ich nehme mich davon selbst nicht aus, obgleich euch das nichts angeht, da ich euer Wärter bin.«

Keloe lächelte: »Angenommen, ich finde eine Anstellung als Magd, und der Herr oder die Herrin wollen, daß ich bei ihnen im Haus wohne?«

»Dann kommst du an deinem freien Tag«, schnauzte sie Mojeb an. Nach einigen Augenblicken fügte er hinzu: »*Das* war ein Scherz. Abends seid ihr hier. Ihr seid schließlich immer noch meine Gefangenen. Hier gibt es Wände und eine Tür. Seitdem wir uns kennen, kam nichts einem Kerker so nahe wie diese Wohnung. Das ist doch ein schöner Anfang!«

Kinderlachen verändert die Welt

Burg des Grafen von Temelua, am 25. Tag des Hitzemondes, im 458. Jahr der Abwesenheit Gottes

Die Burg des Grafen von Temelua war eines der düstersten Gebäude, das Seffenaiu je betreten hatte, und der überwältigende Duft der Trauerblumen trug erheblich dazu bei, den Eindruck von Trostlosigkeit noch zu verstärken. Wie jeder andere Bewohner der Burg, so trug auch der Mann, der neben ihm schritt, einen Kranz weißer Blüten um den Hals.

»Ihr werdet den Grafen mögen«, versprach der Majordomus. »Er hat ein sehr freundliches Wesen. Doch wundert Euch nicht, wenn er Euch nicht antwortet.«

»Ist er stumm?«

»Nein, aber er redet nicht gern. Er zieht es vor zu schweigen. Schon immer. Wir arbeiten daran.«

»Wird es dann nicht ein wenig schwierig, die üblichen Versprechen abzugeben?«

»Ich spreche für ihn«, beruhigte der Majordomus Seffenaiu. »Macht Euch keine Sorgen. Alles wird wie geplant verlaufen. Der Graf, genauer gesagt ich, wird Euch bitten vorzutreten. Ich werde an seiner Stelle fragen, ob Ihr gewillt seid, nach alter Sitte für zwei Jahreszeiten an seiner Seite zu reiten – Ihr werdet wohl wissen, daß damit heutzutage ein Jahr und ein Tag gemeint ist? Dem stimmt Ihr zu. Danach zähle ich auf, wieviel Heu, Getreide, Rüben Ihr täglich für Euer Pferd erhalten sollt und so weiter und so fort. Ihr versprecht im Gegenzug stets den Sattel, die Reiterkeule …«

Seffenaiu konnte ein Grinsen nicht länger unterdrücken. Der Majordomus brach seine Ausführungen ab.

»Wir geben hier sehr viel auf Tradition. Selbst Herzogin Maffileokavekka pries unseren Grafen … den Vater des Grafen … als standhaften Bewahrer der alten, bewährten Sitten. Mußtet Ihr solche Versprechungen nicht auch Ajamei Fattulloanna geben?«

»Nicht genau in der Art. Die Gräfin und ich wußten, daß ich weder selbst meinen Sattel ausbessern noch sie mir eigenhändig das Futter für das Pferd zuteilen würde.«

Der Majordomus schnalzte mißbilligend mit der Zunge. »Hat sie Maulesel gezüchtet?«

»Die Gräfin?« erwiderte Seffenaiu entrüstet. »Bewahre!«

Jedenfalls nicht, daß ich wüßte, dachte er heimlich. Fattulloanna mochte ihren Familienschmuck verpfändet haben, aber Maulesel … Maulesel?

»Wo war ich?« sprach der Majordomus weiter. »Richtig, die Versprechungen. Wenn alle gegeben wurden, beugt Ihr vor dem

Grafen das Knie. Ihr werdet Euch sehr tief verbeugen müssen. Er nimmt Euch dann auf. Anschließend stellt Ihr Euch links hinter ihn und wartet, bis alles vorbei ist. Danach treffen wir uns wieder. Es wird wohl heute etwas länger dauern.«

»Haben noch mehr Ritter um Aufnahme gebeten?«

»Heute ist der erste Empfang des Grafen. Wir werden etliche Bittsteller und Beileid Bekundende haben.«

Schweigend legten die beiden Männer das letzte Stück Weg zu einem weit geöffneten Portal zurück, das von zwei Wachen behütet wurde. Sie trugen nicht nur Ketten aus Phyloxien um den Hals, sondern auch die Spitzen ihrer langen Lanzen waren damit geschmückt. Der Majordomus verabschiedete sich, und Seffenaiu betrat die Audienzhalle: ein langer, ungewöhnlich schmuckloser weißgetünchter Saal, der durch eine niedrige Absperrung in zwei ungleich große Bereiche unterteilt war. Der kleinere war für die Besucher bestimmt, der größere für den Burgherrn. Bis zu dessen Thron, am entgegengesetzten Saalende, waren es gut fünfzehn Schritt.

Anders als bei der Vögtin Sadis unterhielten sich die gut siebzig Wartenden nur flüsternd oder mit unauffälligen Gebärden. Sie waren ausschließlich Gemeine: Großbauern, Abgesandte der Dörfer, vielleicht Handwerker. Seffenaiu suchte vergeblich die Rockhosen des Adels oder die Röhrenhüte der reichen Bürger.

Ein durchdringender, klagender Laut wehte durch die Halle. Er kam von einem jungen, uniformierten Burschen, der in das gewundene Gehäuse einer Purischnecke blies. Als der Herold sich sicher sein konnte, die Aufmerksamkeit aller zu genießen, verkündete er: »Auf die Knie, auf die Knie! Beugt Rücken und Haupt! In den Staub vor eurem Herrn!«

Seffenaiu war der einzige, der sich nicht umgehend auf den blitzblanken Boden sinken ließ. Er blieb stehen und neigte nur höflich den Kopf, wie es für ihn angemessen war. Von der anderen Saalseite hörte er die Schritte des Grafen, seiner Gardisten und wer immer ihn sonst noch begleiten mochte. Währenddessen ermahnte der ebenfalls kniende Herold die Anwesenden weiter: »Haltet den Blick gesenkt! Die Augen nach unten, während euer Herr zum Thron schreitet. Schaut nicht auf, während sich euer Gebieter darauf setzt!«

Endlich erklang die Stimme des Majordomus: »Graf Ajam Ollimvekku II.«

»Erhebt euch!« forderte der Herold die Versammelten auf.

Mit raschelnden Gewändern und knackenden Gliedern folgten die Besucher der Aufforderung.

Seffenaiu warf einen Blick zur gegenüberliegenden Wand. Nach dem eben Erlebten erstaunte es ihn nicht mehr, hinter dem Thron die althergebrachte Zahl von acht vollgerüsteten Kämpfern zu entdecken: vier schräg hinter dem Grafen, vier rechts. Sie waren ausreichend bewaffnet, um einen kleinen Aufstand niederschlagen zu können.

Diesen Ort als Hort alter Traditionen zu bezeichnen war gewiß noch untertrieben, dachte er.

Der Herold öffnete ein Türchen in der Mitte der Absperrung und nannte einen Namen. Eine schon etwas ältere und sehr aufgeregte Frau meldete sich. Freundlich lächelnd und mit einer einladenden Handbewegung ermutigte der Herold die Frau, die Absperrung zu durchschreiten und zum Thron zu gehen. Als sie nahe genug beim Grafen war – wie einstmals vorgeschrieben genau vier Schritt, wie Seffenaiu vermerkte –, wurde sie zum Stehenbleiben aufgefordert.

Ohne auf neue Anweisungen zu warten, ergriff die Frau das Wort. Sie überbrachte Grüße von ihrem Dorf und verwies auf ein Geschenk, das man ihr mitgegeben hatte. Den Korb besaß sie jedoch nicht mehr. Er war ihr gleich beim Betreten der Burg abgenommen worden und wurde nun unter den sehnsüchtigen Blicken der Frau von einem Pagen herumgezeigt.

»Graf Ajam Ollimvekku dankt dir«, antwortete der Majordomus anstelle seines Herrn. Als die Frau jedoch weitersprach, um ein Anliegen ihres Dorfes vorzutragen, schnitt er ihr das Wort ab. »Erst der Gruß, dann die Sorgen«, belehrte er die Frau mild. »Du wirst später noch Gelegenheit erhalten, deinem Herrn zu berichten.«

Die Frau ging eilig zur Absperrung zurück. Vor Aufregung

stolperte sie bei dem Türchen, so daß der Herold sie auffangen mußte. Mit hochrotem Kopf versteckte sie sich hinter den anderen Besuchern. Der Nächste wurde aufgerufen.

Mit heimlicher Belustigung fragte sich Seffenaiu, ob nur einer dieser braven und unterwürfigen Leute ahnte, was diese überkommene und in weiten Teilen des Landes längst abgeschaffte Zeremonie wirklich bedeutete? Daß nicht Ehrfurcht der ursprüngliche Grund dafür war, warum man die Untertanen nicht näher als vier Schritt an ihren Herrscher heranließ, sondern die Fertigkeit von Seffenaius Ahnen im Umgang mit der Reiterkeule? Ahnten sie, warum man ihnen vorsichtshalber ihre Geschenke abnahm? Weshalb sie mit gesenktem Haupt vor ihrem Gebieter kauern mußten? Bestimmt war es eine gute Gelegenheit gewesen, die Untertanen gründlich in Augenschein zu nehmen und die Verdächtigen auszusondern. Und wer sich krümmte, dem fiel es schwerer, unliebsame Mitbringsel unter dem Gewand zu verbergen. Wenn man den wahren Ursprung dieser verstaubten Bräuche kannte, so waren sie recht erfrischend.

Was mochte die Frau, die soeben vorgetreten war, jetzt denken, da sie ihren Grafen gesehen hatte?

Ihm, Seffenaiu, würde es vielleicht schwerfallen, den Grafen als Herrn zu sehen, aber bestimmt leicht, sich um sein Wohlbefinden zu sorgen. Selbst er, der unheilige Schutzpatron des übersehenen Gesindes, war nicht frei von solchen Empfindungen.

Graf Ajam Ollimvekku wirkte verloren auf dem großen Thron. Seine Beine waren zu kurz, um den Boden zu berühren, und die improvisierte Amtskleidung war zu weit. Unter den rechten Arm hatte er eine Stoffpuppe geklemmt, in deren Wollhaar mitunter die Finger seiner linken Hand verschwanden. Solange ihn Seffenaiu beobachtete, ließ er sie nicht los, sondern preßte sie so fest gegen seinen Körper, als fürchtete er, sie könne ihm weggenommen werden.

Der Graf antwortete seinen Untertanen nicht. Der Majordomus tat es statt seiner. Manchmal rutschte er unruhig auf dem Thron oder nahm den Kranz aus Trauerblüten ab, den man ihm aufgesetzt hatte. Mitunter gab er unverständliche Laute von sich.

Wenn er gar zu unaufmerksam wurde, so berührte der Majordomus sachte seine Schulter. Dann fiel dem Grafen wieder ein, daß er ruhig auf dem Thron sitzen und den Trauerkranz im Haar tragen sollte, statt mit ihm zu wedeln.

Seffenaiu schätzte den Grafen auf höchstens sechs Jahre und fragte sich immer mehr, ob er tatsächlich sprechen konnte.

Nach einer kleinen Ewigkeit war der erste Teil der Audienz zu Ende. Nun waren die an der Reihe, die mehr als nur einen Gruß überbringen wollten. Seffenaiu wurde als erster aufgerufen. Da er nicht zum gemeinen, einst jeder Schandtat verdächtigten Volk gehörte, blieb er nicht vier Schritt vor dem Thron stehen, sonder gerade weit genug von dem kleinen Grafen entfernt, daß jener nicht allzu sehr zu ihm aufsehen mußte. Wie sich zeigte, hatte der Graf nach anfänglicher Neugier auch gar nicht vor, sich unnötig mit ihm zu beschäftigen. Er widmete sich wieder seiner Puppe, während ein anderer statt seiner sprach.

Dennoch hielt Seffenaiu fest den Blick auf ihn gerichtet. Er kam sich seltsam unhöflich vor, als er dem Majordomus antwortete, der außerhalb seines Blickfeldes stand, und ihm alte, unsinnig klingende Versprechen gab, ohne ihn dabei anzublicken. Schließlich war alles gesagt. Seffenaiu trat noch näher zum Thron und kniete sich nieder. Er beherzigte den Rat des Majordomus, sich sehr tief zu verbeugen.

Umgehend spürte er eine kleine Hand, die sich auf seinen Kopf legte, zur Faust schloß, öffnete und wieder schloß. Gleichzeitig hörte er den Majordomus die Sätze aussprechen, die ihn zunächst für eine befristete Zeit und eines Tages vielleicht für immer zum Gefolgsmann Ajam Ollimvekkus II. machen sollten. Als der Majordomus schwieg, hätte der Graf längst die schützende Hand vom Kopf seines neuen Ritters nehmen sollen. Aber er tat es nicht. Seffenaiu fühlte die kleinen Finger weiterhin mit seinen Haaren spielen, so wie sie es vorher mit denen der Puppe getan hatten. Der Graf erweckte nicht den Eindruck, als wollte er sein neues Spielzeug so schnell wieder hergeben.

Was nun? dachte Seffenaiu. Mußte er jetzt etwa so lange vor dem Grafen ausharren, bis jener von seinen Haaren abließe? Eine

Stunde, zwei Stunden, mehr? Was geschähe, wenn sein Bein vom langen Knien einschliefe und er womöglich umkippte? Wäre das ein Zeichen von Untauglichkeit? Würde man ihn umgehend aus der Burg jagen? Oder war man an diesem Zufluchtsort alter Sitten auch auf solche Widrigkeiten eingestellt? Würden rechtzeitig Paginnen herbeieilen, um seine verkrampften Muskeln zu kneten und ihm heiße Wickel aufzulegen?

Das Ganze wurde immer bizarrer!

»Was plant Ihr, Ajam Ollimvekku?« flüsterte Seffenaiu. »Wenn Euch so daran liegt, überlasse ich Euch eine Strähne meines Haars.«

Kaum war sein Name gefallen, zog der Graf die Hand zurück. Seffenaiu erhob sich. Ollimvekku sah ihn mit weit aufgerissenen Augen an. Seffenaiu zwinkerte ihm zu und strebte – wie verabredet – der Vierergruppe links außen hinter dem Thron entgegen, um sich dort einzuordnen.

»Wa! Wa!« sagte der Graf und lachte. »Wa!«

Mit zusammengepreßten Kiefern ging Seffenaiu weiter, als er ein Zischen hörte. Er wandte sich um und sah, daß ihm der Majordomus unverständliche Zeichen gab. Ratlos blickte er ihn an.

Der Graf lachte noch immer. Mittlerweile stand er auf der Sitzfläche des Throns, um besser mitbekommen zu können, was dahinter vor sich ging. Die Puppe hielt er nach wie vor unter den Arm geklemmt.

Der Majordomus winkte nun auffälliger und zeigte zur anderen Seite des Throns. Nun ging Seffenaiu auf, daß er offenbar die falsche Richtung eingeschlagen hatte.

Kein guter Einstieg, schalt er sich. Wahrscheinlich würde er diese Geschichte noch lange Zeit vorgehalten bekommen.

»Entschuldigt, mein Fehler!« flüsterte er, als er beim Majordomus vorbeikam. »Ich habe mich vertan.«

»Kein Fehler, Ritter«, widersprach ihm der Sachwalter des Grafen. »Unüberhörbar steht Ihr hoch in der Gunst unseres Herrn. Die rechte Seite scheint mir daher angemessener für Euch zu sein.«

Nachdem der Graf zu etwas standesgemäßerem Benehmen

überredet worden war, konnte die Audienz wie geplant fortgesetzt werden. Seffenaiu fragte sich schon sehr bald, ob Ajam Ollimvekku II. nicht äußerst weise gehandelt hatte, als er daran gedacht hatte, sich ein Spielzeug mitzubringen, denn nun wurde vorwiegend über Dinge gesprochen, mit denen er nichts anzufangen wußte und sich auch nicht auseinandersetzen wollte.

Von den Schäden der vergangenen Tage wurde haarklein berichtet und um Steuerstundungen gebeten, ein Anliegen, das der Majordomus zum Mißvergnügen der Bittsteller nicht gleich, sondern erst nach genauer Überprüfung beschließen wollte. Auch von Plünderern und Wegelagerern war zu hören. Von rechtlosen Horden, die Gehöfte überfielen, kleine Dörfer bedrohten, sich nahmen, was immer sie wollten, und keine Schurkerei ausließen. Angeblich hingen sie sogar der Menschenfresserei an. Wieviel davon stimmte oder nur als Gerücht weitergegeben wurde, war nicht zu klären.

Anderen Besuchern ging es um Rechte, die sie unter dem vormaligen Grafen besessen hatten und vom jetzigen bestätigt haben wollten. Manchmal mußte den Bittstellern mühsam auseinandergesetzt werden, daß ihnen diese Rechte, die sie als angestammt betrachteten, nur zeitweilig überlassen worden waren oder daß sie sich diese gar bloß durch Gewohnheit und begünstigt durch mangelnde Aufsicht angeeignet hätten, also neu entschieden werden müsse. Darüber waren die Vortragenden nicht glücklich. Manche fragten, womit sie den neuen Herrn beleidigt hätten und warum er sie bestrafe. Damit begann alles erneut: Der Graf bestrafe sie überhaupt nicht und sei auch nicht erzürnt über sie. Worum es hier ginge, sei …

Die Mehrheit derer, die etwas vorzubringen hatten, waren keine geübten Redner. Zwar vermochten sie ihre Anliegen mit lauter Stimme vorzubringen, aber es gelang ihnen nicht, einfache Sachverhalte in verständliche Worte zu kleiden. Manche gingen davon aus, daß der Graf und alle seine Würdenträger längst wüßten, was sie zu sagen hatten. Andere sahen es offenbar als Höflichkeit und Pflicht eines Untertanen an, nie deutlich zu werden. Sie wanden sich und warfen mit vermeintlich vielsagenden Blicken um sich, wo ein klares Wort erlösend gewesen wäre.

Seffenaiu bemühte sich, möglichst wenig von den Vorgängen mitzubekommen und seinen Geist gegen die quälende Wirklichkeit abzuschirmen. Im stillen wünschte er sich, die Grafen von Temelua hätten etwas weniger Wert gelegt auf den Erhalt verstaubter Sitten und dafür einige zusätzliche Schreiber eingestellt. Denen hätten all diese Stammler, Schwafler und Leisetreter ihre vielfältigen Sorgen unterbreiten können. Sie hätten das ganze Geschwätz in klare, womöglich sogar wohlklingende Sätze verwandelt, die man sich anhören mochte. Allen wäre damit gedient gewesen. Denn das schlichte Volk bewies gerade unzweideutig, daß es zu schlicht war, um seine Wünsche selbst zu äußern.

Eine leiernde Stimme riß Seffenaiu aus seinen Gedanken. Sie gehörte einer fülligen Frau, die er an ihrer Tracht unschwer als Rechtsvögtin des Grafen erkannte. Er atmete erleichtert auf. Offenbar sollte nun noch über Gnadengesuche entschieden werden; danach würde wohl nichts mehr anstehen. Endlich!

Gräfin Fattulloanna hatte solche Anhörungen während ihrer Empfänge gar nicht erst zugelassen, sondern einen eigens dafür bestallten Vertreter damit betraut. Sie verstehe nichts von Rechtsdingen, hatte sie einmal behauptet. Zudem treffe man bei solchen Gelegenheiten viel zu viele schreckliche Leute.

Zufrieden nahm er zur Kenntnis, daß nur über zwei Gesetzesbrecher zu entscheiden war. Der erste Fall war unerwartet rasch abgehandelt, nachdem der Fürsprecher des Angeklagten und der Leumundszeuge miteinander zu streiten begonnnen hatten und aus dem Saal entfernt worden waren. Der zweite erwies sich als abenteuerliche Mischung aus Dummheit und Dreistigkeit, die sich schon vor einem Vierteljahr zugetragen hatte.

Ein Steuereinnehmer des Grafen war beim Gehöft des Verurteilten erschienen. Da jener seine Abgaben nicht hatte entrichten können, hatte er den Besucher kurzerhand überwältigt und gefangengesetzt. Danach war er mit dessen Amtsabzeichen zu einem Dorf aufgebrochen, wo man ihn nicht kannte. Dort hatte er sich selbst als Steuereinnehmer ausgegeben und die für den Grafen bestimmten Abgaben eingesammelt. Wieder zu Hause, hatte er den echten Steuereinnehmer freigelassen und ihm eingeredet, das Ganze sei ein grober Scherz gewesen. Als Wiedergutmachung hatte er ihm aus seiner Beute zusätzlich zu den fälligen Steuern noch ein großzügiges Geschenk gemacht. Als der ahnungslose Steuereinnehmer wenige Tage später in dem besagten Dorf vorstellig geworden war, war man gar nicht erfreut gewesen, nach so kurzer Zeit erneut behelligt zu werden. Ein Streit war ausgebrochen, währenddessen der gräfliche Beamte erschlagen worden war. Sein Mörder war längst gehängt worden, während das Urteil über den Urheber allen Übels zwar gefällt, aber noch nicht vollstreckt worden war.

Seffenaiu bedauerte, daß der Missetäter nicht selbst anwesend war. Er hätte ihn sich gern angesehen. Wahrscheinlich hatte der einfallsreiche Halunke der Grafschaft sogar Geld gespart, dachte er. Denn daß der verblichene Steuereinnehmer zum ersten Mal seine Dämlichkeit bewiesen haben sollte, war wohl auszuschließen. Allerdings reichte die Aneignung der Steuergelder völlig aus, um ihn zum Tode oder – mit viel Glück – nur zur Vertreibung zu verurteilen. Etwas anderes kam gar nicht in Frage.

Er war gespannt, was der Fürsprecher als Milderungsgrund anführen würde, und nickte, als die Rechtsvögtin die Strafe nannte, die dem Schurken drohte: zehn Jahre Verschiffung.

Davon hatte er gehört. In der Nähe von Hafenstädten wurde gern auf diese Möglichkeit als Variante der Vertreibung zurückgegriffen. Man verkaufte den Verurteilten für ein paar Münzen an einen ausländischen Kapitän. Der erhielt somit für fünf, zehn oder noch mehr Jahre einen Matrosen, den er zwar noch anlernen mußte, der ihn aber nie mehr als Speis und Trank kosten würde. Hier hingegen war man den Schurken los. Ein Geschäft, mit dem beide Seiten zufrieden waren. Seffenaiu hatte sich sagen lassen, daß allerdings kaum einer dieser Verurteilten je zurückkehrte.

Das Wort ging nun an den Fürsprecher. Er war mit zwei Begleitern gekommen. Keiner der drei machte auf Seffenaiu einen guten Eindruck. Der Fürsprecher war fahrig und offensichtlich auf der Hut, nichts falsch zu machen. Wohl weniger, weil ihm das Schicksal des Verurteilten so sehr am Herzen lag, sondern eher, weil er für sein Eintreten bezahlt wurde und vielleicht fürchtete, leer auszugehen. Zulässig war das. Allerdings hinterließen auch die Leumundszeugen einen merkwürdigen Eindruck. Sie sahen aus wie zwei Saufbolde, die in einer Schenke für ein paar Rac angeheuert worden waren. Welch ein Wunder: Sie wußten nur Gutes über den Verurteilten zu berichten. Sie zeichneten das Bild eines fleißigen Familienvaters, der tagaus, tagein von Sonnenaufgang bis Sonnenuntergang hart arbeitete, nie trank, stets gütig und hilfsbereit war und dreimal im Jahr zu Fuß nach Sadi wanderte, um in der Aionarsbasilika zu beten.

Letzteres – der Gang zur Basilika! – werde dem herzensguten Mann am meisten fehlen, falls man ihn verkaufte, erdreistete sich einer der beiden zu behaupten.

Seffenaiu hielt die Luft an und bohrte sich die Fingernägel ins Fleisch. Keiner von ihnen war auch nur einen Rac wert!

Er blickte starr zu Boden, als ihm plötzlich der Gedanke kam, daß die drei womöglich ebenfalls aus den ergaunerten Steuern bezahlt worden waren.

Zu viel, dachte er, gegen ein Lachen ankämpfend und inständig hoffend, daß der Fürsprecher dem bisherigen Unfug nicht noch größeren hinzufügen werde.

Und schon trug der Genannte auch seinen wichtigsten Grund für einen Gnadenakt vor: Der Unglücksstern sei schuld! Er habe einen Mann von bislang tadellosem Benehmen von Grund auf verwandelt.

Nicht ganz schlecht, dachte Seffenaiu. Jedenfalls, wenn man außer acht ließ, daß es vor einem Vierteljahr noch gar keinen Unheilsstern gegeben hatte.

Unterstützt von den beständig nickenden Zeugen, schilderte der Fürsprecher die eingetretenen Verwandlungen. Sein Schützling sei unter dem Licht des bösen Sterns launisch und unberechenbar geworden. Mal habe er plötzlich gelacht, dann unversehens geweint oder sich grundlos im Stall eingeschlossen.

Den Geräuschen in seiner Nähe entnahm Seffenaiu, daß er nicht der einzige war, der darum kämpfte, die Fassung zu bewahren. Er wagte nicht, sich umzusehen. Daß von den Zuschauern schamloses Glucksen zu hören war, war schlimm genug. Die Stimme des Fürsprechers, dem wohl bewußt war, daß seine Sache nicht gut stand, wurde höher, lauter, drängender. Eine zweite, verzweifelte Stimme mischte sich unversehens mit seiner. Sie gehörte einer Frau auf der anderen Seite der Absperrung, die jammerte: Kein Stern habe ihren Mann zu der Tat verführt, sondern die Not. Ihr Onkel, der immer auf dem Hof mitgeholfen habe, sei vor wenigen Monden verstorben. Kurz danach habe ein Fieber das halbe Vieh dahingerafft. So viele Fehler ihr Mann habe, dem Steuereinnehmer habe er keinen Schaden zufügen wollen. Und wenn man ihn jetzt verkaufe, so sei das ihr aller Ende. Denn der älteste Sohn sei vor ein paar Tagen in Sadi zu Tode getrampelt worden, und sein jüngerer Bruder liege mit gebrochen Knochen im Hause.

Da sprang ein Junge über die Absperrung. Er tauchte unter den Armen des Herolds weg, der ihn ergreifen wollte, und rannte auf den Thron zu!

Einer der Gardisten eilte ihm entgegen, um ihm den Weg zu verstellen. Als der Junge versuchte, auch ihm zu entkommen, schlug der Mann zu, und zwar so heftig, daß der mutmaßliche Sohn des Verurteilten mehrere Schritt weggeschleudert wurde. Wahrscheinlich hatte er nur für seinen Vater bitten wollen, doch wer wollte dafür schon die Hand ins Feuer legen?

Das Durcheinander war vollkommen: Der Junge schrie, die Frau schrie, der Herold, der sie daran hindern wollte, zu ihrem Sohn zu eilen, schrie ebenfalls. Auch die beiden Wachen am Eingang hatten die Stimmen erhoben, um die Anwesenden zur Ordnung zu rufen.

Schließlich fing auch noch der Graf an zu plärren.

Seffenaiu sah den Fürsprecher schlagartig erblassen und sich in dem Bestreben, zu retten, was noch zu retten war, vor dem Thron auf den Boden werfen.

»Begnadigt ihn«, schrie er. »Laßt Milde walten!«

»Nein«, brüllte der verängstigte Ollimvekku schrill. »Nein!«

»Verkauft ihn nicht, Herr!« flehte der Mann.

»Nein«, erwiderte der Graf.

Ein Gardist trat hinzu, riß den Fürsprecher hoch und hielt ihn fest. Ein Ausdruck größter Verwunderung trat plötzlich auf dessen Gesicht.

»Ihr verkauft ihn nicht?« rief er erstaunt.

»Nein«, kreischte der Graf.

In der Zwischenzeit hatte der Majordomus Anweisung gegeben, den Saal zu räumen. Um das vielfache Geschrei zu übertönen, schrie er ebenfalls: »Kein Gnadenerlaß! Das Urteil wird noch heute vollstreckt! Geht nun alle. Euer Graf entläßt euch.«

Erst jetzt, da der Empfang förmlich für beendet erklärt worden war, durfte die herbeigerufene Amme des Grafen zu ihrem Schützling, um ihn zu beruhigen. Sie erkannte sogleich, daß ihr keine leichte Aufgabe bevorstand, und führte den mittlerweile herzzerreißend schluchzenden Ollimvekku fort.

Unterdessen wurde auch der Fürsprecher aus dem Saal geleitet. Er trug seine Niederlage sichtlich schwer. Plötzlich blieb er stehen und stammelte: »Das Urteil kann heute nicht vollstreckt werden. Es ist viel zu weit bis nach Sadi, und vielleicht gibt es dort gar kein Schiff.«

»Er wird nicht verkauft werden«, sagte der Majordomus ernst. »Du hörtest die Entscheidung des Grafen.«

Seffenaiu begriff schlagartig, was geschehen war. Die Frage, ob der Missetäter verkauft werden solle, hatte der Graf brüllend verneint. Der Frage, ob er begnadigt werden solle, allerdings auch. Damit blieb nur eine Möglichkeit übrig.

»Er wird noch heute gehängt werden«, sprach der Majordomus sie aus.

Der Fürsprecher taumelte wie unter einem Schlag. Er hatte für seinen Schützling Milde erwirken sollen, nun hatte er alles noch viel schlimmer gemacht. Ein Gardist faßte ihn am Arm und steuerte mit ihm zum Ausgang.

Seffenaiu fühlte sich leer. An dem Urteil war nichts auszusetzen. Allein, wie die letzte Entscheidung zustande gekommen war, mißfiel ihm.

»Ihr seht aus wie jemand, der schwere Gedanken wälzt«, sprach ihn eine bekannte Stimme an.

Mit einer beiläufigen Geste antwortete Seffenaiu: »Wenn das Kind lacht, so wächst das Ansehen eines Ritters. Weint es, so verliert jemand das Leben.«

»Der Graf«, verbesserte ihn der Majordomus schroff. »Ihr redet von unserem Grafen, Ritter. An seiner Entscheidung gibt es nichts zu rütteln.«

»Man könnte anführen, unser kleiner Graf sei so sehr damit beschäftigt gewesen, sich zu fürchten, daß ihm gar bewußt war, überhaupt etwas zu entscheiden.«

Der Majordomus runzelte die Stirn. »Vielleicht fühlt Ihr Euch besser, Ajam, wenn ich Euch verrate, daß schon der Vater des Grafen erwog, den Lumpen hinrichten zu lassen? Er kam nur leider nicht mehr dazu, sich festzulegen. Ihr wißt, warum.«

»Also gab die Angst eines Kindes vor ein paar unseligen Schreihälsen den Ausschlag? Was wäre geschehen, wenn der Graf noch einmal gelacht hätte?«

»Er wäre freigelassen worden«, antwortete der Majordomus, ohne zu zögern. Er senkte die Stimme: »Ollimvekku ist vielleicht nicht der Graf, den Ihr Euch wünscht, und womöglich auch nicht der, den ich mir wünsche. Aber wir haben keinen anderen! Habt Ihr während der letzten Tage oder Nächte zum Himmel geblickt? Habt Ihr den Mond, die Sonne oder einen Stern gesehen? Ihr habt es nicht. Zehntausende haben es nicht. Hunderttausende, Millionen haben es nicht. Niemand in ganz Ikarilla. Etwas ist geschehen, das wir noch nicht begriffen haben. Niemand kann absehen, was folgen wird, oder weiß gar, warum diese Schrecken über uns kamen. Manche sehen darin Aionars Zorn. Vielleicht war er das. Ich kann das nicht beurteilen, ich kenne mich in solchen Dingen nicht aus. Allerdings weiß ich genau, daß jeden Tag und jede Nacht Menschen im ganzen Land den Himmel betrachten und bestätigt sehen, daß es keine Sonne mehr gibt, keinen Mond, keine Sterne. Nichts. Laßt diesen vielen Menschen wenigstens ihren Glauben, daß sie einen Herrn haben, der manchmal streng urteilt, manchmal milde, aber stets darauf bedacht ist, daß das Unrecht nicht überhand nimmt. Wie gestern, so heute, so auch morgen. Daher ist alles, was Ollimvekku II. öffentlich äußert, der unumstößliche Wille des Grafen von Temelua. Er muß es sein. Es darf nicht anders sein. Seid beruhigt, ich habe mir schon selbst überlegt, unserem jungen Herrn zu raten, einstweilen nur die allernötigsten Audienzen zu gewähren. Ich bin überzeugt, daß er meiner Empfehlung folgen wird. Eins solltet Ihr allerdings nicht vergessen, Ritter: Dieses Kind ist alles, was noch zwischen uns und der Verzweiflung steht!«

Der Vertreter der Himmlischen Mächte und sein Vermieter

Sadi, 30 Schritt über dem Boden, am 26. Tag des Hitzemondes, im 458. Jahr der Abwesenheit Gottes

Fiiij-der-Flinke-Hacker-fiiij kreiste über den Dächern, unter die sein Gespür geschlüpft war. Nirgends sah er Krähen. Sie waren abseits. Sie saßen auf den Hölzern bei den Entdeckungen und waren unleidig, weil sie sie nicht fressen durften. Krähen waren unleidig, wenn sie hungrig waren. Wenn Krähen nicht hungrig waren, waren sie ebenfalls unleidig. Geier gaben sich mit Krähen nicht ab. Sie kamen stets zu mehreren. Wenn kluge Geier Krähen sahen, so flogen sie weg. Wenn die Krähen den Geiern folgten, so flogen die Geier höher. Sie ließen sich vom warmen Zwitscherwind tragen. Sie flogen so hoch, daß die Krähen ihnen nicht hinterherkommen konnten. Wenn Geier weit über ihnen kreisten, mußten alle unleidigen Krähen unter sich bleiben. Aber auch unter dem Geier.

In einem der Dächer entdeckte Fiiij-der-Flinke-Hacker-fiiij eine Grube. Schwarzes Holz wuchs darin. Schwarzes Holz wuchs gerne da, wo Feuer gewesen war. Wo es gebrannt hatte, wuchs

nichts anderes mehr als schwarzes Holz. Es war ein sehr genügsames Holz. Doch jetzt war kein Feuer dort. Auch keine Krähe. Aber ein Geier war dort.

Fiiij-der-Flinke-Hacker-fiiij landete in der Grube. Der andere Geier war auch ein Männchen. Er hatte einfarbig braunes Gefieder, war also noch sehr jung. Der braune Geier baute ein Nest.

Junge Geier bauten keine Nester. Denn junge Geiermännchen hatten keine Weibchen. Und junge Geierweibchen hatten keine Männchen. Daher taten junge Geiermännchen dasselbe wie junge Geierweibchen: Sie bauten keinesfalls Nester!

Der junge braune Geier baute dennoch ein Nest.

Ein Nest zu bauen war gut. Von einem Nest konnte man wegfliegen und wieder zu ihm zurückkehren. Man konnte zurückkehren und wieder von ihm wegfliegen. Und zurückkehren. Und wegfliegen. Nester waren auch ohne Weibchen gut. Weibchen aber auch ohne Nester.

Fiiij-der-Flinke-Hacker-fiiij sah den jungen Geier einen Zweig aus dem Nest zupfen und an eine andere Stelle legen. Dann wartete er.

Fiiij-der-Flinke-Hacker-fiiij schritt zu der Stelle, nahm den Zweig in den Schnabel und trug ihn woanders hin. Der junge Geier breitete die Flügel aus und flog davon. Er flog abseits der Stadt und landete, wo Zweige lagen. Fiiij-der-Flinke-Hacker-fiiij folgte ihm. Er riß Gras aus, während der junge Geier Zweige aufpickte. Beide Geier flogen zurück. Es war gut, zu einem Nest zurückzufliegen, auch wenn es noch keines war.

Fiiij-der-Flinke-Hacker-fiiij nahm einen Zweig des jungen Geiers und legte ihn an die richtige Stelle. Der junge Geier nahm seine Grashalme und legte sie dorthin, wohin sie gehörten.

Der junge Geier war hungrig. Junge Geier durften hungrig sein. Alte Geier nicht. Es sei denn, sie mußten.

Fiiij-der-Flinke-Hacker-fiiij war der große Entdecker. Er stieg auf und kreiste über dem Nest, bis ihm Griiij-der-Junge-Nestbauer-griiij folgte. Er führte ihn zu einer jüngst entdeckten Katze.

Umgehend schritt Fiiij-der-Flinke-Hacker-fiiij steif, flott und mit erhobenem Kopf auf die Entdeckung zu, um zu zeigen, daß er der wichtigste Geier sei. Sogleich breitete Griiij-der-Junge-Nestbauer-griiij die Flügel aus und schrie, damit deutlich werde, daß er der hungrigste Geier sei. Er hob sogar die Kralle und spreizte die Zehen!

Fiiij-der-Flinke-Hacker-fiiij ließ zu, daß sich der junge Geier zum wichtigsten und hungrigsten erklärte, und gewährte ihm den Vortritt. Er sorgte sich nicht. Beide Geier würden satt werden. Sein Gespür hatte es so eingerichtet.

Die Acht Todsünden: Stolz

Sadi, am 1. Tag des Sturzregenmondes,
im 458. Jahr der Abwesenheit Gottes

»Städte sind etwas Besonderes«, erklärte Mojeb. »Man trifft viele Menschen. Man hört viel, sieht viel, erfährt viel. Ihr müßt nur für die Gelegenheiten, die sich euch bieten, ein wachsames Auge haben und sie beherzt beim Schopf ergreifen. Wenn ihr seht, was ihr wollt, so packt zu und laßt es nicht wieder los! An diesen Rat habe ich mich immer gehalten ...«

Wer hätte auch daran gezweifelt, dachte Tiugugu und verließ die Wohnung. Vor dem Haus sah er unschlüssig nach links und rechts die Straße hinunter. Vorgestern war er beim Markt gewesen, gestern beim Hafen, wo trotz der Zerstörungen niemand einen Gehilfen bei Aufräumarbeiten benötigte. Jedenfalls keinen, den er bezahlen sollte. Also würde er jetzt wieder dieselbe Richtung einschlagen wie vorgestern und darauf hoffen, in einem Viertel, in dem er noch nicht gewesen war, Arbeit zu finden. Ernsthafter wollte er heute danach suchen und angestrengter.

»Nichts zu tun, kleiner Mann?« wurde er angesprochen. Erst jetzt bemerkte Tiugugu einen der allgegenwärtigen Stadtbüttel auf der anderen Straßenseite. Wie derzeit üblich, war der Ordnungshüter mit einer bösartig aussehenden Keule bewaffnet.

»Ich wohne hier«, sagte Tiugugu rasch. »Ich muß arbeiten gehen.«

Mit einem flauen Gefühl lief er zügig weiter. Er blieb weder stehen, noch sah er zurück. Er hoffte, daß niemand den Vorfall beobachtet hatte, da er sich für seine Furcht schämte.

Das ist nicht vernünftig, dachte er. Nicht, wenn man berücksichtigte, daß die Herrscherin der Stadt bei ihrem sogenannten Kampf gegen Tagediebe, Sittenlose und Sünder täglich Dutzende aufhängen ließ. Keineswegs war es dann unvernünftig, sich vor ihren Leuten zu fürchten. Zumal, wenn man nicht sehr groß gewachsen war. Dennoch ...

Bei einem Schrein, der der heiligen Onaosali gewidmet war, blieb Tiugugu stehen. Er spuckte in die rechte Hand und legte diese dann auf den Bauch der Holzfigur, welche die Schutzheilige der Suchenden darstellte.

»Laß mich finden, was ich verloren habe, heilige Onaosali!« betete er. »Lenke meinen Fuß, lenke meine Hand, lenke mein Auge und Herz!«

Wahrscheinlich nützte es nichts, dachte er beim Weitergehen. Vermutlich hätte sich die Heilige nicht einmal zuständig gefühlt, wenn er seine Arbeit verloren hätte. Eigentlich kümmerte sich Onaosali nur um die, die einen Gegenstand vermißten, was auch schon eine ganze Menge war. Nun, schaden konnte es nicht, ihrer zu gedenken.

Plötzlich pfiff er überrascht durch die Zähne: Offenbar machte die Heilige heute eine Ausnahme!

Flugs überquerte Tiugugu die Straße und hielt auf eine Bäkkerei zu. Bei ihrem Eingang lehnten Säcke an der Hauswand. Der Bäcker stand davor, die Hände in die Seiten gestemmt, rotgesichtig und schwitzend. Nun bückte er sich und griff fluchend nach einem der offenbar nicht leichten Säcke.

»Brauchst du Hilfe?« sprach ihn Tiugugu an.

»Wer nicht?« antwortete der Bäcker, ohne sich umzusehen.

»Ich will aber bezahlt werden«, erklärte Tiugugu, um keine Mißverständnisse aufkommen zu lassen.

»Ich kann dir nicht viel geben. Was soll's sein?«

Tiugugu dachte an Mojebs Ermahnung, nicht zu wählerisch zu sein: »Ein *Schem* vielleicht?«

Der Bäcker ließ den Sack los und richtete sich auf. Er musterte Tiugugu kurz und sagte: »Das ist wohl kaum das Richtige für dich. Bei mir wird gearbeitet. Da muß einer zupacken können.«

»Das kann ich«, beteuerte Tiugugu, ging zu einem der Säcke und wuchtete sich ihn auf die Schultern. Er war schwerer, als er erwartet hatte. »Wohin?« krächzte er.

»Nicht schlecht«, wiederholte der Bäcker. »Nicht schlecht.«

»Nun sag schon, wohin?« drängte Tiugugu. Mit dem schweren Sack auf den Schultern herumzustehen war kein Vergnügen. Er sah den Bäcker zu sich treten, fühlte, wie dieser die Hand auf den Sack legte, und spürte plötzlich einen Stoß. Er taumelte einen Schritt vorwärts und stürzte.

»Wie ich sagte: Das ist nichts für dich«, feixte der Bäcker. »Du würdest mir mehr schaden, als du mir nützt.«

Tiugugu schluckte seinen Ärger hinunter und erhob sich.

»Ich bin auch mit weniger zufrieden. Sagen wir einen *Asch* am Tag – oder noch weniger. Fünf Rac. Wie wäre das? Fünf Rac!«

»Halber Lohn für eine halbe Portion. Nein, das lassen wir lieber. Auf jemanden wie dich müßte ich ständig aufpassen. Lieber schaue ich, ob ich für die fünf Rac nicht einen ganzen Mann bekommen kann.«

»Laß es mich noch einmal beweisen«, bat Tiugugu und faßte nach dem Sack, mit dem er gestürzt war.

»Untersteh dich«, herrschte ihn der Bäcker an. »Am Ende reißt du den Sack auf. Geh, ich kümmere mich selbst darum.«

»So laß ...«

»Verschwinde!«

Tiugugu gehorchte mit brennenden Ohren. Wie sehr er sich wünschte, jetzt eine der Keulen der Stadtwächter zu besitzen!

»Ein halber Mann? So, ein halber Mann«, würde er zu dem Bäcker sagen, wenn er winselnd vor ihm auf dem Boden kröche. »Sag es noch mal, ich will es hören! Wer ist jetzt der halbe Mann?«

»Niemand!«

Er würde ihm eine verpassen und sagen: »Noch einmal, wer ist der halbe Mann?«

»Ich«, würde der Bäcker ängstlich sagen. »Ich bin es.«

»Augen auf!« herrschte ihn eine Frau an, mit der er um ein Haar zusammengestoßen wäre. Tiugugu hüpfte ungelenk zur Seite. Ein Mädchen lachte. Er sah es böse an.

Alles wird bestraft, kaum daß man an das Pack denkt, dachte er, als er ein Stück voraus zwei Stadtwachen erblickte. Sie hatten einen Vorbeieilenden zu sich gerufen und befragten ihn nun.

Blitzschnell erwog Tiugugu, den schmalen Durchgang zwischen zwei Häuserblöcken zu nehmen, um so die Wachen zu umgehen. Das Zwielicht in dem schmalen Spalt, die Vorstellung, dort über Ratten und Unrat zu stolpern, ließ ihn schaudern.

Wie kann man sich nur so anstellen, schalt er sich. Er wurde nicht gesucht, und die Wachen konnten nicht ahnen, daß er wegen eines grotesken Verbrechens, das vielleicht gar keines mehr war, in den Kerker geworfen worden war. Wenn sie ihn fragten, so konnte er unbesorgt Auskunft geben, daß er im Kohlpalmenviertel beim Schwager seiner ... Was war Keloe nochmals? Er war der Vetter, also war sie seine Kusine ... Daß er beim Schwager seiner Kusine wohne. Der verrückte Ausländer würde das bestätigen, falls es nötig wurde. Ihm würden sie glauben. Kein Wunder, er hatte ein Schwert! Deshalb würden sie auf ihn hören. Daß er aus einem Land kam, das überhaupt niemand zu kennen schien, hätte nichts zu bedeuten. Er besaß eine Waffe. Das war das einzige, was zählte. Wie ungerecht!

Zwischen sich und den Stadtwachen entdeckte Tiugugu einen Schrein, der von fast einem Dutzend Andächtiger umgeben war. Er gesellte sich dazu. Welcher Heilige hier verehrt wurde, wußte er nicht. Es war ihm auch gleichgültig. Wie alle anderen senkte er den Kopf. So wollte er ausharren, bis die Stadtwachen vorübergegangen waren.

»Macht bitte Platz«, verlangte eine laute, brüchige Stimme. Tiugugu folgte dem Beispiel der anderen Betenden, die sich sogleich näher an den Schrein drängten. Erst danach wagte er es, einen Blick über die Schulter zu werfen. Ein von mehreren Menschen gezogener Wagen wollte vorbei. Da ihm ein Trauergeleit folgte, war sein Ziel kein Geheimnis.

»Ich möchte wissen, wer das schon wieder ist«, flüsterte eine Frau neben Tiugugu. »Der ist bestimmt auch auf dem Markt verletzt worden. Da glaubt man, nur weil man davongekommen ist, sei alles überstanden. Aber das hört überhaupt nicht mehr auf. So viele sind gestorben, daß es jetzt langsam reichen könnte. Wahrscheinlich hat er sich ein Fieber geholt. Und als wäre das nicht genug ... Die können sagen, was sie wollen. Ein paar haben es vielleicht verdient, aufgehängt zu werden, aber doch nicht alle! Wenn die so weitermacht, dann lebt hier bald niemand mehr.«

»Mhm«, brummte Tiugugu und überließ seiner Nachbarin die Entscheidung, ob er damit ja oder nein meinte. Er spähte erneut zu den beiden Ordnungshütern, konnte sie aber nicht mehr sehen. »Ich muß weiter«, flüsterte er der Frau zu.

Tiugugu ließ den Marktplatz, wo – wie er wußte – die Stadtgardisten besonders häufig anzutreffen waren, rechter Hand liegen und gelangte auf einem Umweg in die Gegend jenseits von Palast und Basilika, die er noch nicht kannte. Nachdem er auf seine Frage nach Arbeit drei weitere abschlägige Antworten erhalten hatte, setzte er sich auf den Sockel einer Heiligenstatue, die in der Nische einer Hauswand stand und von einem üppig wuchernden Hibiskus halb verdeckt wurde.

Dafür, daß der heilige Enelu für Gicht und gebrochene Nasen zuständig war, wurde sein Schrein erstaunlich wenig gepflegt, dachte Tiugugu und gab sich seinem Trübsinn hin.

Der heutige Tag würde enden wie die vergangenen. Warum niemand in dieser Stadt eine Verwendung für ihn zu haben schien, war ihm unbegreiflich. Sonst war es ihm nie schwer gefallen, eine Anstellung zu finden. Dabei gab er sich mittlerweile schon mit vier Rac zufrieden. Wie tief sollte er denn noch gehen?

Eine Frau in Keloes Alter, die schon an ihm vorübergeeilt war, drehte sich plötzlich um und kam zurück.

»Erheb dich«, sprach sie ihn herrisch an.

Er gehorchte widerspruchslos. »Ich wußte nicht, daß es ...«

»Beweg dich!« befahl die Frau.

Tiugugu fügte sich und ging.

»Bleib stehen und komm wieder zurück!« Die Frau hatte den einen Arm ausgestreckt und zeigte mit dem Finger vor sich auf den Boden, als befähle sie einem Hund.

»Was ist das für ein Spiel?« fragte Tiugugu ungehalten.

Die Frau klatschte die Hände zusammen und breitete die Arme einladend aus: »Nun komm schon her. Ich werde dich kaum auffressen.«

Tiugugu dachte nicht daran, ihr zu gehorchen, sah sich die Frau nun aber genauer an. Sie hatte Rußflecken an den Fingern einer Hand und ebenso an der Stirn, an der sie sich wohl unachtsam berührt hatte. Als die Frau sah, daß er keine Anstalten machte, ihrer Anweisung zu folgen, trat sie ungeduldig näher.

»Ich will dich zeichnen«, erklärte sie, packte unversehens seine Schultern, drehte und rüttelte sie, und noch bevor es Tiugugu überhaupt in den Sinn kam, sich zu beschweren, spürte er schon unter dem Kinn ihre Hand, die ihm den Kopf in den Nacken bog.

»Aha, aha, aha«, sagte die Frau dabei.

Tiugugu befreite sich. »Was soll das?«

»Zum zweiten Mal«, antwortete die Frau, als würde ihr alle Geduld der Welt abgefordert. »Ich möchte dich zeichnen.«

»Ich habe keine Zeit für solche Narreteien«, wehrte Tiugugu ab. »Ich muß mein Brot verdienen.«

»Meinetwegen sollst du drei Asch dafür bekommen. Von jetzt bis zum Abend. Das wird wohl genug sein.«

»Dafür dürftest du mich sogar nackt zeichnen«, rief Tiugugu übermütig vor Freude.

»Das erwarte ich ohnehin«, gab die Frau ohne ein Anzeichen von Belustigung zurück. Mit der einen Hand deutete sie in die Richtung, in die sie wollte, während sie mit der anderen Hand ungeduldig winkte. »Genug geschwatzt.«

Schon entfernte sie sich. Tiugugu hatte Mühe, bei ihrem Sturmschritt mitzuhalten.

»Warum ich?« fragte er.

»Sieh dich an, dann weißt du es«, antwortete die Frau grob.

Er unterdrückte seinen aufwallenden Ärger. Drei Asch waren mehr, als er anderweitig zu bekommen erwartete. Dafür konnte man eine ganze Menge Stolz hinunterschlucken.

»Ich weiß gar nicht, wie du heißt«, sagte er. »Wie soll ich dich anreden?«

»Überhaupt nicht. Du mußt nur dasitzen, schweigen und dich möglichst nicht bewegen. Das reicht aus. Mehr hast du nicht zu tun. Tiuguge.«

»Tiuguge?« wiederholte Tiugugu freundlich. »Ist das dein Name? So heiße ich auch!«

Die Frau bedachte ihn mit einem kurzen Seitenblick. »Du, ein Frauenname? Kaum anzunehmen.«

Er fühlte seine Ohren heiß werden. »Tiugugu heiße ich. Ähnlich eben«, erklärte er gedemütigt und ärgerte sich sogleich, überhaupt etwas erwidert zu haben.

»Wir sind da«, eröffnete ihm seine Begleiterin bald darauf.

Sie war vor dem Eingang eines zweistöckigen Hauses stehengeblieben. Das Tor war verschlossen und groß genug, um einen Wagen hindurchzulassen. Einer der beiden Flügel enthielt eine Besucherpforte. An diese klopfte die Malerin. Während sie auf eine Antwort wartete, versuchte Tiugugu die Schrift zu entschlüsseln, die den oberen Bereich des Torbogens schmückte. Die Steine, aus denen die Buchstaben herausgearbeitet waren, unterschieden sich vom übrigen Mauerwerk und weckten in ihm die Vorstellung, als hätten sie vor diesem Haus bereits den Torbogen eines anderen Gebäudes eingerahmt. Ein absonderlicher Gedanke, zumal die Steine nicht einmal außergewöhnlich schön oder besonders gut erhalten waren. Sicher irrte er. Wer hätte schon Grund, ein neues Haus mit einer alten Inschrift zu versehen?

»Be... Bew...«, las Tiugugu mühsam.

»›Bewahrer der Form‹«, erklärte seine Begleiterin ungeduldig und klopfte erneut gegen die Tür.

Unversehens wurde diese von einem Knaben geöffnet. Er

grüßte freundlich und gab den Weg frei. Die Frau folgte ihm nach innen. Tiugugu kam unsicher hinterher.

Die Toreinfahrt, von der beidseitig Türen ins Innere des Hauses abgingen, führte auf einen Innenhof, der spärlich mit Gras bewachsen war. Am Ende der Einfahrt hatte der Junge wieder auf einem Hocker Platz genommen und zerkleinerte mit einem Stößel den Inhalt eines Messinggefäßes. Ein Mann mit auffällig großen, abstehenden Ohren stand neben ihm und wischte sich die Hände an einem fleckigen Lappen ab.

»Gleichmäßig«, ermahnte er den Jungen. »Schön gleichmäßig und fein. Das ist das ganze Geheimnis.«

Als Tiugugus Führerin an ihm vorbeiging, um in den Innenhof zu gelangen, deutete der Mann auf ihre Stirn: »Fleck! Der gehört da nicht hin. Es sei denn, wir trügen heute wieder einmal unsere Lieblingsverkleidung als Soror Maculosa. Dann bitte ich um Verzeihung für mein Unverständnis.«

Die Frau wischte achtlos mit ihren rußigen Fingern über den Fleck. Danach war er noch größer. Der Knabe grinste.

»Wer über die freudlosen Scherze von Frater Auritus lacht, ist nicht besser als er«, tadelte sie ihn beiläufig.

Im Innengarten, auf dem in gleichmäßigen Abständen Stangen aufgepflanzt waren, sah Tiugugus Begleiterin prüfend zum bedeckten Himmel. Dann rief sie einen Namen. Kurz danach kam ein älterer Mann dahergehastet. Die Frau deutete auf Tiugugu und zeichnete mit der Hand einen waagrechten Kreis in die Luft: »Tücher!«

»Sehr wohl, *Soror* Tiuguge«, antwortete der Alte mit einer knappen Verbeugung.

»Mitkommen«, befahl die Frau Tiugugu und ging zur Einfahrt zurück, wo sie durch eine der Türen das Gebäude betrat.

»Ich werde dir jetzt unser Haus zeigen. Ich mache das ausschließlich, damit keine dummen Gerüchte über uns aufkommen. Hier geschieht nichts Ungewöhnliches und nichts, was verboten wäre. Wir malen und zeichnen – nichts weiter! Das ist eine schwere Arbeit, auch wenn du dir das nicht vorstellen kannst. Allzu lang will ich mich damit nicht aufhalten, da ich dem Wetter nicht traue. Wenn du eine Frage hast, so stelle sie. Wenn sie mir sinnvoll erscheint, so werde ich sie sogar beantworten. Nun rasch!«

Tiugugu bekam zunächst vier Zimmer gezeigt, in denen einer oder auch mehrere Männer und Frauen an Pulten standen und mit Kohlestiften zeichneten. Ihre Modelle waren gewöhnliche Menschen. Tiugugu sah nichts Besonderes an ihnen. Sie waren weder strahlend schön noch häßlich oder begaffenswert verwachsen. Aus welchem Grund sie dennoch gemalt wurden, war ihm ein Rätsel. Keine der Zeichnungen stellte die ganze Person dar, die Modell stand. Statt dessen blickte Tiugugu auf einzelne Arme, Beine, Köpfe. Manches Mal galt das Augenmerk nicht einmal dem vollständigen Körperteil, sondern nur Nasen, Ohren oder Knien. Einen nackten Menschen, wie Tiugugu nach der Bemerkung seiner Beinahe-Namensschwester erwartet hatte, entdeckte er nirgends.

Das einzig wirklich Auffällige war der verschwenderische Umgang mit Kerzen. Obwohl es Tag war, brannten sie mindestens im Dutzend. Schüler der Maler, vielleicht auch Gehilfen, sorgten mittels großer, zweifellos wertvoller Spiegel dafür, daß auch das letzte bißchen Licht nicht verschwendet wurde.

Ohne langes Nachdenken stellte Tiugugu seiner Begleiterin eine Frage und war überrascht, daß sie beantwortet wurde, und das sogar freundlich!

»Üblicherweise arbeiten wir nur während der Regenzeit drinnen oder wenn es zu heiß ist«, erklärte sie. »Es ist eigentlich ein Notbehelf. Doch so oft, wie es neuerdings regnet, bleibt uns gar keine andere Wahl. Zudem sind auch draußen die Lichtverhältnisse nur noch selten gut. Die Farben kommen gar nicht mehr klar heraus bei diesem ständig grauen Himmel.«

»Farben?« wiederholte Tiugugu. »Ihr malt doch nur mit schwarzer Kohle.«

»Das weiß ich selbst«, antwortete die Frau in ihrer üblichen, barschen Art. »Weiter jetzt.«

Tiugugu ließ sich nicht abschrecken: »Warum nur Körperteile? Warum zeichnen sie nicht alles?«

»Die ganze Welt besteht aus Teilen«, antwortete die Malerin, als würde ihr diese Frage andauernd gestellt. »Wer die Teile kennt, weiß schon eine ganze Menge. Er kennt sicher nicht den ganzen Menschen, weiß aber, aus welchen Teilen er besteht und wie verschieden sie aussehen können. Er weiß noch mehr, doch das führt jetzt zu weit. Komm.«

Tiugugu wußte mit der Antwort nichts anzufangen, wollte aber nicht nachhaken. Er hielt die Erklärung für eine Spinnerei, mit der sich länger zu beschäftigen nicht lohnte. Das Wichtigste war, daß er später bezahlt würde.

Im nächsten Zimmer waren zwei Frauen damit beschäftigt, die mit Kohle gefertigten Skizzen mit Tusche und Feder ins Reine zu übertragen. Offenbar durften sie noch weniger gestört werden als alle anderen, da Tiuguge in unmißverständlicher Geste einen Finger auf ihre Lippen legte.

Im letzten Raum traf Tiugugu den Mann wieder, der sich anfangs beim Tor aufgehalten hatte und Frater Auritus genannt worden war. Er hatte sich als Modell zur Verfügung gestellt und ließ einen Schüler seine Hand zeichnen.

»Nicht, was du sehen willst oder was dir gar richtiger oder hübscher erscheint«, ermahnte er ihn gerade. »Nur das, was du wirklich siehst. Schau her, mein Nagel ist eingerissen. Das will ich auf deiner Zeichnung sehen. Mich stört nicht, wenn du nicht weißt, wie du das darstellen sollst. Das lernst du noch. Ich will sehen, daß dir das aufgefallen ist. Hörst du, Novicius Upupa?«

Der Junge lachte über den mutmaßlichen Scherz, den Tiugugu nicht verstand. Da Frater Auritus freundlicher zu sein schien als – wie hatte er Tiuguge genannt? – Soror Maculosa, sprach er ihn an: »Ist es nicht viel wichtiger, was eine Hand tut oder was sie hält, als ob einer ihrer Finger einen eingerissen Nagel aufweist? Eine Hand sieht doch aus wie die andere.«

Empört riß Frater Auritus die Augen auf.

»Welcher Barbarenhorde seid Ihr denn angehörig, mein lieber *Brevissimus*? Hände sind fast so vielfältig wie Gesichter! Und von denen hat man sogar gleich zwei.«

Sein Schüler lachte laut auf. Frater Auritus sah ihn einen Augenblick lang schweigend an, bis er den Grund seiner Erheiterung verstand. »*Hände* hat man zwei, Novicius Upupa. Gesichter dagegen besitzt jeder nur eines! Ich bin allerdings eine Ausnahme. Ich habe tatsächlich zwei: ein böses und ein bitterböses, wie du vielleicht noch heute entdecken wirst.« Er sprang auf und eilte zu einem Regal, in dem sich dicke, verschnürte Mappen türmten. Nach kurzem Nachdenken zog er eine aus einem Stapel heraus, schleppte sie zu einem Pult und öffnete flink die Schleife des Bandes, das sie zusammenhielt.

»Eine wie die andere«, äffte er Tiugugu nach und nahm Zeichnung um Zeichnung heraus. Die Bilder zeigten Hände, nichts als Hände.

»Schau her, *Ignorantissimus«,* forderte er Tiugugu auf. »Schmale, breite, große, kleine, kräftige, schwächliche, alte, junge. Die hier ist eine besonders schöne. Ihr Besitzer hat sich dutzendmal die Finger gebrochen. Jedes Mal sind sie schiefer zusammengewachsen. Jetzt sehen sie aus wie kleine Schlangen. Herrlich! Bei der dagegen sieht man gleich, daß sie von Kindheit an schwer gearbeitet hat. Finger wie Zapfen. Anders die da. Die mußte nur selten fest zupacken. Bestimmt gehört sie einem Dieb oder Priester.«

Er wandte die Zeichnung um und las etwas, das auf der Rückseite stand.

»Gar nicht mal so falsch«, sagte er munter, legte die Zeichnung zurück in die Mappe und griff zur nächsten. Durch eine Unachtsamkeit zog er versehentlich mit ihr eine zweite heraus, die langsam zu Boden flatterte.

»Halt fest!« rief er aufgeregt und bückte sich, während die Hand seiner Kollegin mit dumpfem Schlag auf den anderen Zeichnungen zu ruhen kam und so verhinderte, daß weitere aus der Mappe glitten. Frater Auritus richtete sich wieder auf und legte die Zeichnung, die er ursprünglich herausgenommen hatte, umständlich neben die Mappe, bevor er die zweite mit der Rückseite nach oben zwischen die übrigen Blätter schob. Ganz so, als wollte er nicht, daß Tiugugu sähe, was sie darstellte. Erst dann legte er die erste dazu. Er schloß die Mappe und verknotete die Schleife wieder.

»Ich halte euch unnötig auf«, sagte er plötzlich abweisend.

Er blickte seine Kollegin an: »Wann machst du ihn?«

»Gleich«, antwortete sie. »Draußen dürfte schon alles vorbereitet sein.«

»Stört es dich, wenn ich mich dazusetze?«

»Im Gegenteil«, antwortete die Malerin. »Ich will ihn ganz machen. Ich kann Hilfe gebrauchen. Wer weiß, wie lange es trocken bleibt.«

»Mitkommen«, forderte sie Tiugugu auf und ging ihm voran in den Innenhof.

Dort waren mittlerweile zwischen vier Stangen Tücher gehängt worden, so daß ein abgeschlossener, von außen nicht einsehbarer Bereich entstanden war. Innerhalb des Gevierts entdeckte Tiugugu zwei Hocker. Auf einem der beiden lag ein Zeichenbrett.

Die Malerin wies Tiugugu mit einer Handbewegung zu dem einen Hocker, nahm selbst auf dem anderen Platz und ergriff ihr Zeichenbrett.

»Leg die linke Hand mit gespreizten Fingern auf dein Knie und verbleibe so«, sprach sie. Sie hatte gerade die ersten Striche zu Papier gebracht, als Frater Auritus mit einer Begleiterin, die Tiugugu noch nicht kennengelernt hatte, zwischen den Tüchern hereinschlüpfte. Beide waren mit Hockern und Zeichenbrettern bewaffnet. Sie setzten sich jedoch nicht neben ihre Kollegin, sondern zur Linken und Rechten von Tiugugu, so daß er sich urplötzlich auf drei Seiten von ernsten Gesichtern umgeben sah, die ihn eingehend betrachteten. Er empfand ein leichtes Unbehagen. Ein zwangloser Plausch erschien ihm ein gutes Mittel dagegen zu sein.

»Malt ihr jeden?« fragte er, obgleich er die Frage weder allzu sinnvoll fand noch sich für die Antwort erwärmte.

»Sitz still!« ermahnte ihn die zweite Frau sogleich.

Wieder waren nur das Schaben der Stifte und das Rascheln von Papier zu hören. Tiugugu ergab sich seinem Schicksal und versuchte kein weiteres Mal, eine Unterhaltung zu beginnen. Statt dessen beschränkte er sich darauf, gehorsam die Anweisungen zu befolgen, die ihm gegeben wurden: Mach das Ohr frei! Steh auf! Stell den Fuß auf den Hocker!

»Fertig?« hörte er plötzlich die zweite Malerin sagen. Als die anderen beiden wortlos nickten, gebot sie: »Oberkörper freimachen!«

Tiugugu zögerte einen Augenblick, dann gehorchte er verlegen lächelnd. Die Malerin verzog keine Miene. Sie wartete, bis er halbnackt vor ihr stand, und arbeitete dann flink und gewissenhaft weiter.

Da Tiugugu lernte, die Anweisungen, die ihm erteilt wurden, auszuführen und sofort wieder zu vergessen, fiel es ihm nicht schwer, in einen dämmrigen Zustand zwischen Wachheit und Schlaf zu sinken. Er blickte zum Himmel, fühlte die Wärme auf seinen Wangen und ließ sich von dem konturenlosen Grau weit oben einlullen. Keine zu Vergleichen anregenden Wolkenformen bemühten seinen Geist und störten den Frieden. Alles war zeitlos. Ein jäher Windstoß blähte die Tücher und hob sie an. Rasch beschwerten die drei Maler ihre Blätter mit dem Erstbesten, was sei ergreifen konnte, um sie am Davonfliegen zu hindern.

In dem Augenblick sah Tiugugu Mojeb in der Einfahrt stehen und sich mit dem Jungen unterhalten.

Was will der hier? dachte er erschrocken und wartete bang darauf, daß der Jarmate ihn bemerkte. Er wollte nicht von ihm gesehen werden, schon gar nicht, wie er jetzt war: halbnackt, umgeben von Fremden, die ihn zeichneten. Mojeb hätte kein Verständnis für diese Art von *Arbeit*. Er würde wie üblich seine Witzchen reißen.

Leider zu Recht, räumte Tiugugu beschämt ein. Was er hier trieb, war keine Arbeit. Sie war nicht eines gesunden und kräftigen jungen Mannes würdig. Jeder konnte sie verrichten. Man mußte dazu überhaupt nichts können!

Zu spät wurde Tiugugu bewußt, daß er inzwischen offenbar wiederholt aufgefordert worden war, auf seine Haltung zu achten. Er blickte zu der anderen Malerin, die ihm mittlerweile noch unleidiger vorkam als Soror Maculosa, und schwankte, ob er sich für seine Unaufmerksamkeit entschuldigen oder seiner inneren Stimme nachgeben solle, die ihm zum Aufbruch riet.

»Wir könnten alle eine kurze Unterbrechung vertragen«, stellte Frater Auritus fest und verließ den behelfsmäßigen Zeichensaal. Soror Maculosa, die ihm als letzte folgte, sagte zu Tiugugu: »Du mußt nicht hier drinnen bleiben. Es reicht, wenn du dich nicht so weit entfernst, daß wir dich nachher suchen müssen.«

»Ich bleibe gern«, antwortete Tiugugu sehr leise, damit Mojeb, falls er in der Nähe stünde, ihn nicht hören könnte.

Was hatte der übereifrige Kerkerwächter hier zu suchen? dachte er, als er allein war. Hatte der Jarmate ihn womöglich verfolgt, um zu überprüfen, ob er eifrig genug nach Arbeit suchte? Hatte er sich an seinen Demütigungen ergötzt? War er jetzt hier, um zu erfahren, wieviel diese seltsamen Leute jemandem bezahlten, den sie unbedingt malen wollten, damit er, Tiugugu, nichts für sich behielte?

Das ergab wenig Sinn. Doch daß allein der Zufall für Mojebs Anwesenheit verantwortlich sein sollte, war noch unglaubwürdiger. Was also wollte er hier?

Vorsichtig schlich Tiugugu zu dem Spalt zwischen den Tüchern, durch den er den Jarmaten erblickt hatte, und spähte hindurch. Außer den Malern sah er niemanden mehr. Tiugugu kehrte zu seinem Hocker zurück. Wenn die drei nicht mehr draußen gestanden hätten, so hätte er gewagt hinauszuschlüpfen, um nachzusehen, wo Mojeb abgeblieben war. Doch so traute er sich nicht mehr.

Tiugugu warf einen Blick auf die Bilder und war enttäuscht. Wiederum waren nur Körperteile zu sehen. Er wußte zwar, daß es seine waren, erkannte sich aber nicht darin.

Nach einer halben Stunde kehrten die drei wieder zurück.

»Zieh dich aus«, befahl Soror Maculosa übergangslos.

Tiugugu, der sich zwischenzeitlich wieder ganz angekleidet hatte, machte den Oberkörper frei.

»Ganz«, sagte die Malerin.

Tiugugu sah von ihr zu der anderen Frau und schließlich zu Frater Auritus.

»Das möchte ich nicht«, antwortete er.

»Dann sind wir jetzt fertig«, erklärte Soror Maculosa. »Ich werde dir gleich deinen einen Asch geben, dann kannst du gehen.«

»Du hast mir drei versprochen!« begehrte Tiugugu auf.

»Das habe ich, aber wie du dich sicher erinnerst, sagte ich dir, was ich dafür erwarte. Vielleicht hieltest du das für einen Scherz. Es war keiner. Deshalb mußt du dich jetzt zwischen einem oder drei Asch entscheiden. Halte uns möglichst nicht unnötig lange auf.«

Nachdem Tiugugu einen kurzen Kampf mit sich ausgefochten hatte, legte er mit zusammengebissenen Zähnen seinen Rock ab, ohne jemanden dabei anzublicken.

»Verkrampf dich nicht«, sagte Frater Auritus mild. »Die Sorores und ich haben schon mehr Nackte gesehen.«

Tiugugu konnte darin keinen Trost erblicken. Er schämte sich wie noch nie in seinem Leben und sehnte den Augenblick herbei, wo alles überstanden wäre. Mitunter überkam ihn die bange Vorstellung, jemand könne heimlich die Tücher entfernt haben, so daß er jetzt für alle sichtbar da stünde, womöglich umgeben von jedem, der gerade im Hause zu tun hatte – zwei Reihen tief! Fast vermeinte er, die fremden Blicke zu spüren und das Gewitzel über den kleinen nackten Mann zu hören, den boshaften Spott über seinen gedrungenen Rumpf und die zu kurzen Arme und Beine.

Tiugugu riß in Panik die Augen auf. Doch die Tücher hingen noch immer da, wo sie hingehörten, während die drei Maler die Köpfe über ihre Zeichenbretter gebeugt hielten und sie allenfalls kurz anhoben, um den Teil von ihm zu betrachten, mit dessen Kopie sie gerade beschäftigt waren. Mehr bekamen sie gar nicht von ihm mit.

Etwas Gutes hatte ihre Besessenheit, was einzelne Körperteile anbelangte, dachte Tiugugu. Wenigstens würde ihn niemand gleich erkennen.

Er war heilfroh, als es dämmerte und die drei ihr Tagwerk für beendet erklärten. Schweigend legte Tiugugu seine Kleidung an und nahm die drei unerwartet schwer verdienten Münzen entgegen. Nach einem hastig gemurmelten Abschiedsgruß eilte er zum Ausgang. Im Durchlaß zum Innenhof erinnerte er sich an Mojeb. Womöglich weilte er noch immer hier!

Gehetzt blickte Tiugugu auf die beiden Türen, die ins Haus führten, angstvoll erwartend, daß sich jeden Augenblick eine von ihnen öffnete und der Jarmate herausträte.

Klopfenden Herzens schritt er zum Ausgang. Draußen sah Tiugugu einen Eselswagen in die Straße einbiegen. Zwei Männer begleiteten ihn. Der eine schritt neben dem Esel her, der andere ein Stück dahinter neben dem Wagen. Dieser Mann war Omaru!

Tiugugu pochte das Blut in den Schläfen. Was, bei allen Heiligen, hatte diese Tranfunzel hier zu suchen? Welcher Streich wurde ihm gespielt? War hier ein heimliches Treffen verabredet worden, von dem jeder wußte außer ihm?

Er machte, daß er wegkam.

Nachdem Tiugugu einige Zeit ohne nachzudenken oder auf den Weg zu achten durch die Stadt geeilt war, erkannte er an den Gebäuden, daß er schon beinahe zu Hause sein mußte. Er war überrascht, da er einen längeren Heimweg erwartet hatte.

Eigenartig, dachte er. Offenbar war er an Marktplatz, Vogtspalast und Basilika vorbeigekommen, ohne es zu bemerken. Das hieß aber, daß er sich schleunigst etwas einfallen lassen mußte, was er den anderen erzählen konnte. Er dachte nicht daran, ihnen die beschämende Wahrheit zu berichten, wenn sie ihn fragen sollten, wie er den Tag verbracht habe.

Kurzerhand bastelte er aus den verschiedenen Gelegenheiten, bei denen er erfolglos nach Arbeit vorgesprochen hatte, eine einzige Geschichte. Sie hatte jedoch den Nachteil, daß er mit drei Asch viel zu gut für seine angebliche Hilfstätigkeit bezahlt worden war. Keiner würde verstehen, warum er nicht gleich morgen am selben Ort abermals vorstellig würde. Am Ende wollte sogar noch einer von ihnen mitkommen! Nein, an dieser Geschichte mußte er noch feilen.

Als Tiugugu in die Straße einbog, die ihn seinem Gefühl nach zu dem Mietshaus hätte bringen sollen, erkannte er seinen Irrtum. Er hatte sich vertan und war keineswegs in der Nähe seines Zuhauses.

Er verwünschte die dunklen Häuser und Straßen ob ihrer Ähnlichkeit und machte kehrt, um zu dem einzigen verläßlichen Bezugspunkt zu gelangen, wo er sich noch ausgekannt hatte: dem Haus der *Bewahrer der Form*. Von dort aus hoffte er den richtigen Weg zu finden.

Wenig später mußte er sich allerdings eingestehen, daß er auch dorthin nicht mehr zurückfand. Er fluchte laut.

»Neu in der Stadt?« sprach ihn ein Bursche an, der etwa in seinem Alter war.

»Wer will das wissen?« entgegnete Tiugugu unfreundlich.

»Ich will das wissen, wer sonst?« antwortete der andere lachend und schlug ihm mit der Hand auf den Rücken. »Verlaufen, wie? Das kenne ich! Es wird Monde dauern, bis du dich daran gewöhnt hast, daß eine Straße aussieht wie die andere. Erging mir anfangs genauso. Wo willst du hin, Freund?«

Tiugugu starrte sein Gegenüber an. »Kohlpalmenviertel«, sagte er schließlich.

»Oje, da bist du aber arg falsch!« rief der Bursche aus. »Am besten gehst du … Ach was, ich begleite dich einfach ein Stück, sonst verläufst du dich doch gleich wieder. Ich heiße übrigens Ropatu. Und, schon Arbeit gefunden?«

»Nein«, antwortete Tiugugu kleinlaut. Obwohl er Ropatu erst eben kennengelernt hatte, verspürte er plötzlich das Bedürfnis, dem Fremden sein Herz auszuschütten. Auch wenn er wohlweislich für sich behielt, was er während der letzten Stunden getan hatte, so ließ er keine Demütigung des heutigen Tages und der vorangegangen aus.

»Ich bin geschickt und mir für keine Arbeit zu schade«, schloß er seine Leidensgeschichte ab. »Doch man gibt mir keine Gelegenheit, es zu beweisen.«

»Und auf den Kopf gefallen bist du auch nicht, Tiugugu«, stimmte Ropatu mitfühlend zu. »Aber das reicht nicht. Die Sadier sind ein wenig seltsam. Hier mußt du die richtigen Leute kennen. Wenn dich jemand empfiehlt, dann läuft alles reibungslos, aber ohne Fürsprache wird es schwer, sehr schwer. Ich hatte damals Glück, gleich den Händler Lasalui zu treffen. Er hat ein gutes Herz und ist wohlbekannt. So mancher fühlt sich ihm verpflichtet und ist ihm deshalb gern gefällig. Ein Wort von ihm reichte aus, daß mich jemand aufnahm. Schau mich an, Tiugugu, sehe ich nicht gut aus?«

Tiugugu stimmte aus Höflichkeit zu. Sein neuer Bekannter wirkte zwar nicht übermäßig wohlhabend, machte aber auch keinen abgerissenen Eindruck.

Wenig später blieb Ropatu unvermittelt stehen und klatschte in die Hände. »Was rede ich denn!« rief er aus. »Tiugugu, ich werde dich einfach mit ihm bekannt machen! Wenn der ehrenwerte Lasalui ein Wort für dich einlegt, dann hast du es geschafft! Am besten gehen wir gleich zu ihm.«

»Jetzt?« erwiderte Tiugugu. Es war zwar noch nicht dunkel, da den Malern das Licht einigermaßen früh nicht mehr ausreichend erschienen war, aber viel fehlte nicht mehr.

»Na sicher«, wischte Ropatu mögliche Einwände beiseite. »Natürlich jetzt gleich! In Sadi geht alles sehr schnell. Hier mußt du zugreifen, wenn sich eine Gelegenheit bietet, sonst schnappt sie dir jemand vor der Nase weg. Du willst doch, oder? Du mußt bedenken, daß Lasalui zwar sehr hilfsbereit ist, aber daß auch er sich erst einmal umhören muß. Doch wenn du lieber nicht willst ...«

»Doch, doch«, widersprach Tiugugu. »Laß uns zu ihm gehen.«

Eine Straße weiter hielt Ropatu erneut inne, schlug sich an die Stirn und rief: »Was bin für ein Narr! Entschuldige, mein lieber Freund, doch soeben fällt mir ein, daß Lasalui gar nicht daheim ist. Er ist außerhalb Sadis unterwegs. Er wird zwar heute noch nach Hause kommen, aber erst später. Was hältst du davon, wenn wir uns in drei Stunden wieder treffen? Dann ist er auf jeden Fall zurück. Na?«

»Vielleicht sollten wir doch lieber bis morgen warten«, meinte Tiugugu, dem bei dem Gedanken nicht wohl war. »Der Herr Lasalui wird nicht erfreut sein, wenn wir ihn nächtens behelligen.«

»Offenbar warst du vorhin nicht aufmerksam«, tadelte ihn Ropatu leicht verprellt. »Was sagte ich dir über Sadi und darüber, daß du fix sein müßtest? Lasalui ist ein Nachtvogel. Den stört das nicht. Im Gegenteil, er wird daran sehen, wie ernst es dir ist, und sich seinerseits mehr Mühe geben, dich unterzubringen. Es liegt natürlich an dir.«

Tiugugu seufzte: »Na gut, du kennst ihn besser als ich.«

Bevor sie sich trennten, machten sie einen Treffpunkt aus.

Auf dem Heimweg hoffte Tiugugu, daß Mojeb nicht querschösse. Er erinnerte sich daran, wie der Jarmate darauf bestanden hatte, daß seine Gefangenen abends nach Hause zu kommen hätten. Allerdings handelte es sich ja um eine Ausnahme! Wenn er nun dem Krauskopf weismachte, daß er heute nur einen Asch verdient habe, der zweite aber ein Vorschuß sei, dann mochte er sich zugänglicher erweisen. So konnte es gelingen!

Trotzig pfeifend bog Tiugugu in den Eingang des Mietshauses ein. Er überquerte den Innenhof, stieg die Treppe hinauf und klopfte an der vierten Tür.

Die Acht Todsünden: Traurigkeit

Sadi, am 1. Tag des Sturzregenmondes,
im 458. Jahr der Abwesenheit Gottes

»Städte sind etwas Besonderes«, erklärte Mojeb. »Man trifft viele Menschen. Man hört viel, sieht viel, erfährt viel. Ihr müßt nur für die Gelegenheiten, die sich euch bieten, ein wachsames Auge haben und sie beherzt beim Schopf ergreifen. Wenn ihr seht, was ihr wollt, so packt zu ...«

Omaru hob die Hand, um anzudeuten, daß er etwas zu sagen hatte. Als Mojeb jedoch mit hochgezogenen Brauen zur Tür wies, ohne seinen Redefluß zu unterbrechen, behielt er das, was er hatte einwenden wollen, für sich und schlenderte zum Hafen. Dort setzte er sich auf ein Boot, das kieloben an Land lag und federnd unter seinem Gewicht nachgab, da eine halbe Bordwand fehlte.

Er sah aufs Wasser und beobachtete die sanften Wellenberge, die gleichförmig dem Ufer entgegeneilten.

»Flut bringt Überraschungen, Ebbe zeigt, was verborgen ist«, murmelte er nachdenklich.

Von den Schiffen, welche die Flutwelle aufs Land geworfen hatte, hallte Lärm. Omaru blickte zu ihnen hinüber. Auch heute sah er Gestalten auf den Rümpfen herumklettern: spielende Kinder, Erwachsene, die durch die Löcher in den Schiffswänden in die Wracks krochen und darauf hofften, etwas darin zu finden, was bislang übersehen worden war.

Wie Geier, deren Köpfe im aufgebrochenen Leib eines Kadavers verschwanden, dachte Omaru und rieb sich das Kinn. Er hatte das Gefühl, daß sich an den Wracks etwas entscheidend verändert hatte, seit er das letztemal hier gewesen war. Doch woher kam dieser Eindruck? Er dachte eine Weile vergeblich darüber nach und widmete dann seine Aufmerksamkeit einem Kanu der Hafenmeisterei. Angetrieben von acht Paddlern, hielt es geschwind auf die Hafeneinfahrt zu.

Das Boot, auf dem Omaru saß, erzitterte, als ein angenehm nach Zitrone und Kokosnuß duftender Mann neben ihm Platz nahm. Er war schon ziemlich alt, schien sich aber guter Gesundheit zu erfreuen. Sein halblanges weißgraues Haar hatte er zu einem Pferdeschwänzchen zusammengebunden.

»Das machen sie gar nicht gern«, sagte der Alte.

»Ich weiß nicht, was sie machen«, antwortete Omaru. »Also kann ich nicht sagen, ob sie es gern tun.«

»Sie bergen einen Leichnam, der in das Hafenbecken getrieben wurde. Du weißt schon, wegen neulich.«

»Machen sie das oft?«

»Nicht so oft wie zu Anfang, aber noch immer ein- oder zweimal am Tag. Tatsächlich bergen sie die Leichen gar nicht, sondern ziehen sie nur auf die andere Seite der Flußmündung, wo sich dann die Strömung um sie kümmern kann.«

»Warum machen sie das?«

»Hauptsächlich wegen der Haie, denke ich, damit sie nicht in den Hafen kommen. Außerdem ist's auch kein schöner Anblick.

Allerdings weiß man nicht, ob hier überhaupt noch einmal ein Schiff anlegen wird. Du weißt schon, wegen neulich. Sie sollen alle gesunken sein.«

»Warum man die Toten nicht an Land bringt, meinte ich«, sagte Omaru. »Da könnte man ein Loch graben und sie beerdigen.«

»Nach ein paar Tagen im Wasser sind sie kein gefälliger Anblick mehr, mußt du wissen«, erklärte der Alte. »Und dann kennt man sie ja auch nicht. Manche sagen, sie seien Seeleute gewesen, andere behaupten, sie kämen sogar von der anderen Seite des Meeres. Was will man sich mit denen soviel Mühe geben? Zudem gruselt sich mancher vor ihnen. Einige sollen nämlich gekocht worden sein. Hast du so einen Unsinn schon einmal gehört? Nun laß uns aber gehen. Der Tag wird nicht mehr früher!«

Er erhob sich und blickte Omaru erwartungsvoll an: »Was ist, Sisepu, schon müde?«

»Ich heiße nicht Sisepu, und ich kenne dich auch nicht«, erklärte Omaru.

Der alte Mann stemmte die Fäuste in die Hüften: »Mach keine Witze, wir haben doch noch gestern miteinander gesprochen.«

»Das haben wir nicht, und ich kenne auch keine Witze.«

»Du bist wirklich nicht Sisepu?« vergewisserte sich der Alte noch einmal. »Muß ich dich verwechselt haben. Aber wo ist dann Sisepu? Er hat wohl kalte Füße bekommen. Was mach ich denn dann? Sag, willst du dir etwas verdienen?«

»Flut bringt Überraschungen«, antwortete Omaru ernst und erhob sich. »Jetzt ist Flut.«

»Das ist die richtige Einstellung, Söhnchen«, antwortete sein Gegenüber und schlug ihm auf den Rücken. »Das Ochsengespann wartet schon auf uns. Ist von meinem Schwager geliehen. Sonst reicht mir mein Esel, aber zur Zeit wäre das zu viel für das arme Tier. Hast du Erfahrung mit Ochsen?«

Als Omaru nickte, deutete sein Begleiter zum Stadttor: »Wir müssen hinaus. Du fürchtest dich hoffentlich nicht vor Toten?«

»Ich fürchte mich davor, warum es so viele gibt.«

»Wir werden gut miteinander auskommen«, lobte der Alte Omaru. »Vor den Toten muß man sich nicht fürchten. Die können einem nichts mehr antun. Wenn ich wählen müßte zwischen einem Toten und einem Lebenden, so würde ich mich immer für den Toten entscheiden.«

Auf dem Weg zum Tor erklärte Timoteu – wie sich der Alte nannte –, was sie zu tun hatten: »Wir müssen sie nur aufladen. Die Soldaten nehmen sie selbst vom Galgen. Begraben werden sie auf der anderen Flußseite. Um sie zum Fluß zu bringen, müssen wir um die ganze Stadt herumfahren, denn hindurch dürfen wir mit dem beladenen Wagen nicht. Wenigstens müssen wir sie nicht selbst begraben. Wir geben sie nur am Ufer ab. Wir müssen sie nicht einmal hinüberbringen. Das machen andere.«

»Und das machst du sonst alles mit dem Esel?«

»Ich mache das sonst überhaupt nicht«, widersprach Timoteu. »Sonst häute ich Tiere, koche Leim aus ihren Knochen und kümmere mich um ihre Überreste. Was ich derzeit tue, wurde mir befohlen. Ursprünglich wegen neulich, du weißt schon. Jetzt wegen jetzt. Es gibt nicht genügend, die sich auskennen. In Sadi sterben sonst nicht so viele. Mich haben sie ausgesucht, weil ich manchmal Pferde bestatte. Du weißt, daß man sie nicht verscharren darf wie andere Viecher?«

Omaru wußte das zwar nicht, nickte aber trotzdem. Ein letztes Mal schaute er zu den Schiffswracks hinüber und erkannte plötzlich, was sich an ihnen verändert hatte: Vor einem der Schiffsrümpfe war ein Sonnenschutz errichtet worden. Wie seltsam!

Beim Stadttor wurden Timoteu und er von einem traurigen Zug aufgehalten: Gefangene auf ihrem letzten Gang. Sie wurden von Bewaffneten begleitet und waren auf dieselbe Weise aneinander gebunden wie Omaru noch vor ein paar Tagen an die anderen Überlebenden des ins Meer gespülten Kerkers, nämlich mit einem Seil, das von Hals zu Hals lief. Unwillkürlich ließ er die Hand von der Kehle zum Nacken wandern. Aufs neue vermeinte er, den rauhen Strick zu spüren.

Hinter dem Zug ritt mit unbeweglicher Miene auf einem Esel ein Priester im weißen Gewand. Omaru fing den Blick eines einzelnen Auges in einem zernarbten Gesicht auf, als der Gottesmann an ihm vorbeiritt. Rasch sah er zu Boden, da ihn mit einemmal der Gedanke plagte, der Priester könne ihm am Gesicht ablesen, daß er ebenfalls ein Gefangener sei, und ihn ergreifen lassen. Doch dann fiel ihm ein, was er kurz vorher zu Timoteu gesagt hatte: Heute war Flut.

»Flut bringt Überraschungen, Ebbe zeigt, was verborgen ist«, murmelte er und fühlte sich im Nu frei von Angst.

Entlang des Weges, den die Todgeweihten gingen, waren Menschen stehengeblieben. Die meisten schwiegen, nur wenige riefen: »Richtig so! Gebt ihnen den Strick!«

Mit Befriedigung entdeckte Omaru, daß dem alten Mann an seiner Seite der Anblick der Elenden unangenehm war. Er sah ihn still die Lippen bewegen und stellte sich vor, daß Timoteu einen Heiligen bäte, den Verurteilten Trost und Frieden zu spenden. Da ihm der Gedanke gefiel, raunte er Timoteu zu: »Du hast recht.«

»Womit?«

»Mit dem, was du sagtest«, erklärte Omaru und dachte: daß wir gut miteinander auskommen werden.

Als die Straße frei war, setzen sie ihren Weg zum Tor fort. Da Timoteu den Stadtwachen als Abdecker bekannt war, grüßten sie ihn flüchtig. Sein Begleiter war ihnen nicht so viel Aufmerksamkeit wert, was Omaru nur recht war.

Auf der anderen Seite des Stadttores wartete der versprochene Ochsenkarren. Er hatte hohe Seitenwände und konnte bei Bedarf mit einer Plane abgedeckt werden. Die beiden Tiere, die ihn ziehen sollten, käuten zufrieden wieder. Damit sie sich nicht gegenseitig verletzten, wenn sie im Paar gingen, hatte man ihnen vorsichtshalber die langen Hörner gekappt. Zur Begrüßung zupfte Timoteu den einen Ochsen an seiner Brustmähne, was dem Tier jedoch nicht gefiel.

Omaru und Timoteu begannen mit ihrer Arbeit. Während in ihrer Nähe die Toten von den Galgen genommen und die Lebenden winselnd oder um Gnade schreiend aufgeknüpft wurden, beluden sie den Wagen mit Unterstützung einiger Soldaten. Als er voll war, zogen sie die Plane über seine Ladung und brachen auf, um die erste Fuhre dieses Tages zu ihrem Ziel zu bringen.

»Du weißt schon, daß wir heute noch dreimal diesen Weg zurücklegen müssen?« fragte Timoteu unterwegs.

»Das weiß ich nicht, doch wir werden das wohl tun müssen.«

Bislang hatte Omaru den Fluß nur von weitem gesehen, da der Vaa, wie er hieß, südlich der Stadt ins Meer mündete. Nun stellte er fest, daß Timoteu ihn über die Schwere der Arbeit nicht ganz ins Bild gesetzt hatte. Denn um zum Wasser zu gelangen, mußte man einen gut zweihundert Schritt breiten Uferbereich durchqueren. Er war bestenfalls sandig, schlimmstenfalls schlammig und von dünnen Rinnsalen durchzogen, so daß es nicht leicht war, den Wagen durch dieses Gelände zu steuern, ohne ihn festzufahren.

Als Omaru und Timoteu die Aufgabe bewältigt hatten, legte am gegenüberliegenden Ufer ein Nachen mit drei Männern ab. Derjenige, der zweifellos ihr Oberhaupt war, ähnelte Timoteu in Alter und Erscheinung. Seine jüngeren Begleiter schienen nahe Verwandte von ihm zu sein, vielleicht seine Söhne.

»Wo ist der andere?« eröffnete das Oberhaupt der Totengräber grußlos das Gespräch.

»Hat sich das Bein gebrochen«, erklärte Timoteu. »Der, den ich statt dessen haben wollte, ist nicht erschienen. Da ist der da eingesprungen. Heißt Omaru. Schlauer Kopf. Hat gleich erkannt, daß Flut ist.«

Der Totengräber blickte zum Fluß, der zu Omarus Überraschung landeinwärts floß. »Stimmt!« sagte er und spuckte ins Wasser. »Die Frau will wissen, wie lange das noch so weitergehen soll«, fuhr er fort.

»Welche Frau?«

»Ja, meine. Sie sagt: Wenigstens anständig bezahlen könnten sie euch! Da begrabt ihr eine ganze Stadt und werdet nicht einmal reich dabei.«

»Richte ihr aus, daß ich irgendwann zum Essen vorbeikommen werde«, entgegnete Timoteu, ohne auf die Bemerkung einzugehen.

Der Totengräber spuckte abermals aus, ging zum Boot, nahm ein Kleiderbündel heraus und hielt es Timoteu hin: »Das ist dein Anteil.«

»Das kann ich jetzt überhaupt nicht gebrauchen«, wehrte Timoteu ab. »Gib's mir heute abend.«

Nun wurden zügig die Gehängten abgeladen. Anschließend machten sich Omaru und Timoteu wieder auf den Weg zu den Galgen. »Er ist kein fröhlicher Mensch«, sagte Omaru über den Totengräber.

»Das kommt von der Arbeit«, erklärte der Abdecker. »Ich bin ganz anders. Ich bin tierlieb.«

Nach der vierten und letzten Fuhre dieses Tages nahm Timoteu das Kleiderbündel an sich.

»Was willst du damit?« fragte ihn Omaru, der den ganzen Tag darüber nachgedacht hatte.

»Das verkaufen wir. Von irgend etwas muß der Mensch schließlich leben. Doch wenn dir etwas davon gefällt, dann sag Bescheid. Habgierig bin ich nämlich nicht.«

Omaru konnte sich mit dem Gedanken nicht anfreunden. Streng genommen trug er zwar auch Kleidung, die von einem Toten stammte, doch der hatte sie wenigstens nicht getragen, als er seinen letzten Atemzug getan hatte.

Timoteu schien ihm sein Unbehagen anzusehen. Er zog eine Bluse aus dem Bündel heraus. »Schau sie dir an«, sagte er. »Ein schönes Stück und gut gepflegt. Der, dem sie gehört hat, hat sie sicher gern getragen. Er hat sie angezogen, wenn er einen guten Eindruck machen oder nur hübsch anzusehen sein wollte. Er hat vielleicht viele schöne Stunden darin erlebt. Womöglich hat er lange dafür arbeiten müssen. Bestimmt gibt es Menschen, die am liebsten mit allem, was ihnen einmal gehörte, begraben werden wollten, als könnten sie noch etwas damit anfangen. Anderen hingegen würde es das Herz brechen, wenn sie mit ansehen müßten, wie etwas, das ihnen einmal lieb und teuer war, nun behandelt würde, als wär's nichts wert und plötzlich nur noch Abfall! Wie erleichtert wären sie, wüßten sie, daß ihre kleinen Schätze in gute Hände gelangten. Hör zu, Söhnchen, im Grunde zeugt es von großem Respekt, wenn wir ihre Kleidung verkaufen und damit beweisen, daß ihre früheren Besitzer sich nicht vergeblich abgemüht haben. Man muß sie allerdings vorher noch waschen lassen. Da wir gerade davon reden: Du kannst mir heute noch einen Gefallen tun. Dazu müssen wir allerdings noch kurz bei mir vorbei.«

Timoteus Haus stand ein Stück außerhalb der Stadt am Rande einer mit Pfosten abgesteckten Fläche, die an mehreren Stellen Spuren nicht lange zurückliegender Grabungen aufwies. Wie er Omaru erzählt hatte, lebte er seit dem Tod seiner Frau meist allein im Haus. Er hatte eine Tochter in einem nahe gelegenen Dorf, die er alle zwei Monde besuchte. Gegenwärtig teilte er das Häuschen mit drei Gehilfen. Der eine war ein wandernder Leimkocher, die anderen waren seine Enkel.

»Sie wollen sehen, ob sie für das Geschäft taugen«, erklärte Timoteu.

Omaru fand die Antwort darauf offensichtlich. Doch da er den Abdecker kaum einen Tag lang kannte, beschloß er, seine Meinung für sich zu behalten. Er wollte ihm ein andermal erzählen, daß die beiden Enkel so mürrisch auf ihn wirkten, daß sie als Gehilfen des Totengräbers bestimmt glücklicher werden würden. Zudem hatte er bei ihrer Ankunft beobachtet, wie einer der beiden mit Steinen nach einem Geierpärchen geworfen hatte. Tierlieb waren sie also auch nicht. Statt dessen beschränkte er sich auf die Frage, ob Timoteu noch mehr Enkel habe.

»Neun«, antwortete der Abdecker und zählt auch gleich auf, was sie taten. Sie schienen alle glücklich zu sein. Omaru nahm sich vor, seinem neuen Bekannten zu raten, bei nächster Gelegenheit dauerhaft einen Gehilfen einzustellen, mit dem er nicht verwandt war.

Timoteu vertraute die Ochsen seinen Enkeln an. Mit der Anweisung, sich gründlich zu säubern, reichte er Omaru ein stark nach Zitrone und Kokos duftendes Stück Seife und verschwand im Haus. Omaru befolgte den Rat. Als der Abdecker nach geraumer Zeit wieder zurückkehrte, roch er ebenfalls frisch gewaschen.

Mittlerweile hatte einer der Enkel den Esel angespannt. Auf seinem Karren entdeckte Omaru zwei Bündel Kleidung. Das eine war ihm vertraut, über das andere sagte Timoteu, daß es seine eigene Schmutzwäsche sei. Beide Bündel mußten noch heute zu einer Wäscherei in Sadi gebracht werden.

Als Omaru mit Timoteu und dem Eselswagen eine Viertelstunde später in den Straßen Sadis unterwegs war, vermeinte er plötzlich in einem Passanten Tiugugu erkannt zu haben. Schon wollte er seinen Namen rufen, als ihn Timoteu mit einer kurzen Bemerkung ablenkte. Er deutete auf ein zweistöckiges Gebäude und erklärte: »Da müssen wir diese Woche auch noch etwas abgeben. Eher jemanden. Aber das erkläre ich dir, wenn es soweit ist.«

Omaru hielt nach dem kleinen Mann Ausschau, konnte ihn jedoch nirgends entdecken. Womöglich hatte er sich nur getäuscht, dachte er.

Der Abdecker brachte den Eselskarren in einem wenig belebten Sträßchen zum Stehen und sprach: »Weiter kann ich nicht. Die Besitzer der Wäscherei wollen nicht, daß ich mit meinem Wagen vor ihrem Eingang halte. Sie meinen, das vertreibe ihnen ihre andere Kundschaft. Am liebsten sei's ihnen auch, wenn ich meine Sachen nicht selber bringe, für den Fall, daß mich jemand erkennt. Da siehst du mal, wie unvernünftig manche Menschen sind. Was glauben die denn, was ich zum Waschen gebe? Sonst macht das immer der andere für mich, aber du weißt ja: sein Bein. Heute mußt du das tun. Du nimmst die nächste Straße links und folgst ihr bis zu einem Haus, über dessen Eingang *Purgatoriu* steht. Dort gehst du in den Hof und sagst: Meister Moteu schickt mich. Du verstehst schon: Moteu wie Timoteu.« Der Abdecker zwinkerte verschwörerisch.

Omaru griff nach den Wäschebündeln: »Ich kann nicht lesen. Aber bestimmt kann mir jemand sagen, welches das Haus von Puragatorui ist. Nur für den Fall, daß ich frage.«

»*Iu,* nicht *ui,* und ohne *a*«, verbesserte ihn Timoteu. »Purgatoriu! Ich glaube, er war ein großer Heiliger. Ja, gewiß war er einer. Warum sollte man sonst seinen Namen aus dem Stein schlagen, dazu gleich über dem Eingang? Ich weiß jedoch nicht, warum er verehrt wird.«

»Und der Heilige hat in der Wäscherei gewohnt?«

»Ach wo, das Haus ist alt. Die Wäscherei gibt es dort erst seit dem Einundzwanzigerjahr. Davor wohnten in dem Haus ziemlich komische Leute.«

»Purgatoriu, Purgatoriu«, wiederholte Omaru. »Ein seltsamer Name.«

»Ja«, pflichtete Timoteu bei. »Ich glaube, er war ein Ausländer. Jetzt beeile dich.«

Omaru mußte niemanden fragen, da er in der Straße keine weitere Wäscherei entdeckte. Schon gar keine, deren Zugang mit Schriftzeichen verziert war. Als er den Innenhof des zweistöckigen Gebäudes betrat, der vorwiegend zum Trocknen der Wäsche diente, stand er plötzlich Keloe gegenüber. Er war überrascht, obwohl er wußte, daß sie schon am ersten Tag eine Anstellung gefunden hatte, und zwar als einzige von ihnen.

Das erstaune sie nicht, hatte sie behauptet, als sie vom Scheitern aller anderen gehört hatte. Anders habe sie es ihr Lebtag lang nicht gekannt, als daß die Frauen arbeiteten, während die Männer nutzlos zu Hause blieben.

»Ich bringe die Wäsche von Meister Moteu«, erklärte ihr Omaru. Damit wußte sie nichts anzufangen, wohl aber die Besitzerin der Wäscherei.

Als Omaru wieder zu Timoteu zurückkehrte, verabredeten sie, wo sie sich am nächsten Morgen treffen wollten.

»Beim Tor«, schlug Timoteu vor. »Aber am besten innerhalb der Stadt. Wenn wir uns nämlich draußen treffen, wird am Ende – wie's das Unglück will – der Galgen gerade gebraucht. Da wartet man nicht gern.«

Omaru verabschiedete sich von ihm und eilte zum Kohlpalmenviertel zurück. Traurig pfeifend bog er in den Eingang des Mietshauses ein. Er überquerte den Innenhof, stieg die Treppe hinauf und klopfte an der vierten Tür.

Die Acht Todsünden: Wollust

Sadi, am 1. Tag des Sturzregenmondes, im 458. Jahr der Abwesenheit Gottes

»Städte sind etwas Besonderes«, erklärte Mojeb. »Man trifft viele Menschen. Man hört viel, sieht viel, erfährt viel. Ihr müßt nur für die Gelegenheiten, die sich euch bieten, ein wachsames Auge haben und sie beherzt beim Schopf ergreifen ...«

Und ob ich das tun werde, dachte Mataiu und sprang geschwind die Treppe hinab. Vor dem Haus wandte er blitzschnell den Kopf nach beiden Seiten. Natanui war nirgends zu sehen.

Ärgerlich, dachte er. Konnte der Kerl nicht auf ihn warten?

Er eilte bis zur nächsten Kreuzung, wo er erneut vergeblich nach seinem Freund Ausschau hielt. Verdrossen trottete er zum Haus zurück und blieb jäh stehen, als er ein kleines Stück davon entfernt Tiugugu mit zwei Gardisten reden sah.

Das sah dem jähzornigen Kerl ähnlich, dachte er grimmig. Jeder halbwegs vernünftige Mensch wäre den Stadtwachen aus dem Weg gegangen, doch der Kleine fing wahrscheinlich noch Streit mit ihnen an! Auf keinen Fall wollte er etwas damit zu tun haben! Das letzte Mal hatte ihn der Zwerg in den Kerker gebracht. Wiederholen mußte man diese Erfahrung nicht. Wenn Tiugugu unbedingt in sein Verderben rennen wollte, bitte, dann sollte er es tun, allerdings allein. Er würde ihn ganz gewiß nicht daran hindern.

Fürs erste galt es jetzt aber, außer Sichtweite der Stadtwachen zu gelangen. Mataiu wandte sich um. Mit jedem Schritt, den er tat, wurde das Kribbeln in seinem Rücken stärker. Jeden Augenblick rechnete er damit, daß ihn Tiugugu bemerkte und seinen Namen rief. Was sollte er dann tun? Wenn er sich auf den Ruf hin umwandte, dann würde geschehen, was er hatte vermeiden wollen. Gäbe er hingegen vor, nichts gehört zu haben, so wäre womöglich das Mißtrauen der Stadtwachen erst recht geweckt, was noch schlimmer wäre.

Mit einem Mal fiel Mataiu ein Ausweg ein. Er ging die wenigen Schritte bis zum Ende des Hauses, vor dem er sich gerade aufhielt, und schlüpfte in den engen Durchlaß, der es von seinem Nachbarhaus trennte. Erst als der Straßenlärm merklich gedämpft klang, hielt er inne und wandte sich um. Hier, in dieser düsteren Zurückgezogenheit, wollte er ausharren, bis die Stadtwachen vorbeigegangen waren.

Mataiu erkannte sogleich eine Schwäche seines Plans. Der schmale Streifen, zu dem die Welt zusammengeschrumpft war, ließ ihn nur erkennen, wenn jemand an dem Spalt vorbeihuschte, jedoch nicht, wenn er sich näherte oder wieder entfernte. Er würde gut aufpassen müssen, damit er das Vorbeigehen der Stadtwachen nicht verpaßte.

Wie dunkel es hier ist, dachte er nach einer Weile. Nachts wollte er nicht diesen Gang nehmen müssen. Und gegenwärtig, da die Nächte mond- und sternenlos waren, ohnehin nicht.

Er blickte nach oben. Beängstigend weit über sich sah er einen schmalen, grauen Streifen Himmel und den Rand der Hausdächer. Sie waren nach außen hin abschüssig, wie er wußte.

Unversehens mußte Mataiu an Regen denken. Er hatte in der Stadt bereits Regen erlebt, was nicht schwer war, da täglich mindestens einmal ein schwerer Guß vom Himmel kam. Doch nun fragte er sich, was geschähe, wenn jemand in den schmalen Zwischenräumen zwischen den Wohnblöcken vom Regen überrascht würde. Das Wasser käme von beiden Seiten heruntergeschossen wie bei Wasserfällen. Konnte man in diesem Spalt vielleicht ertrinken?

Mataiu wurde unruhig ob des bedrohlichen Gedankens. Seine eine Schulter berührte die linke Hauswand, die andere die rechte. Verflucht, mußte es hier so eng sein?

Etwas raschelte. Was es war, konnte Mataiu in der Dunkelheit nicht erkennen. Es mochte sonst etwas sein! Eine Ratte etwa. Vielleicht eine Kundschafterin, die den Rest des Rudels herbeipfiff. Oder eine Raubspinne. Groß, haarig, mit Beinen fast so dick wie Fingern und mit Gebißzangen, so kräftig, daß ihr Zwicken selbst durch dicke Lederstiefel noch schmerzhaft zu spüren wäre. Vorausgesetzt, man trug auch Stiefel. Er trug keine.

Er trug Sandalen, die mit dünnen Riemen an den nackten Füßen festgehalten wurden.

Mataiu stampfte kräftig auf. Das Rascheln verstummte augenblicklich. Es wich einem Kullern.

Erneut sah er zum Himmel hoch. Der helle Streifen schien schmaler geworden zu sein, als hätten die Häuser in wenigen Augenblicken ein oder zwei zusätzliche Stockwerke bekommen. Oder als wären sie näher zusammengerückt. Auch die Luft schien plötzlich stickiger geworden zu sein! Er hatte das Gefühl, als könnte er gar nicht mehr genug Luft in die Lungen saugen.

Kullern hin, Rascheln her, dachte er. Hier mußte er sofort wieder raus!

Das Vernünftigste wäre, den Durchlaß bis zum Ende zu gehen, um auf der Seite, wo die beiden Stadtgardisten nicht lauerten, auf die breite Straße zu gelangen. Doch der Preis dafür wäre, noch tiefer in die finstere Gasse vordringen zu müssen. Unzumutbar!

Rasch verwarf Mataiu den Gedanken und entschied sich, denselben Weg, auf dem er gekommen war, wieder zurückzunehmen. Er zog ein kleines Gefühl der Sicherheit daraus, sich beim Gehen mit den Händen an den rauhen Hausmauern entlangzutasten. Die linke Hand berührte die Wand des einen Hauses, die rechte die des anderen.

Bis er plötzlich in etwas Weiches griff.

Es mochte Moos sein oder ein Schwamm, der auf der Mauer wuchs. Es mochte. Es mußte nicht. Es konnte etwas ganz anderes sein!

Außerhalb des Spaltes, im vollen Grau des Tages, blieb Mataiu atemlos stehen und wischte sich die dicken Schweißtropen ab, die ihm über Schläfen und Wangen liefen. Die beiden Gardisten waren weg, stellte er mit Erleichterung fest. Der Zwerg auch.

Er wartete noch einige Augenblicke, dann nahm er den Weg wieder auf, den er vor der Begegnung mit den Stadtwachen eingeschlagen hatte. Auch an der nächsten Kreuzung war nichts von Natanui zu sehen.

Wo war er bloß, verdammt noch mal!

Die Frau, schoß es Mataiu plötzlich durch den Kopf. Die Frau, mit der Natanui gleich bei ihrem Einzug angebandelt hatte. Er war ganz spitz auf sie gewesen.

»Und die erst auf mich«, hatte er gestern noch behauptet.

Bestimmt war Natanui bei ihr und ließ es sich gutgehen, während sich sein vergessener Freund in dunklen Winkeln mit Spinnen und Ratten herumschlagen mußte. Von den Stadtgardisten gar nicht zu reden. Das sah ihm ähnlich! Ständig tat Natanui, als könnte er kein Wässerchen trüben, dabei hatte er es faustdick hinter den Ohren.

Na warte, dir werde ich dein süßes Stündlein vergällen, dachte er. Er wußte schließlich, wo die Frau wohnte. Natanui hatte es ihm prahlend erzählt!

Grimmig entschlossen kehrte Mataiu zum Wohnhaus zurück. Am Eingang zum Innenhof verharrte er und ließ den Blick aufmerksam über die einzelnen Stockwerke wandern. Er war nicht erpicht darauf, Mojeb über den Weg zu laufen. Einer der anderen wäre zwar nicht viel besser, ließe sich jedoch wenigstens mit Ausflüchten abspeisen.

Mataiu stieg die Treppe zum ersten Stockwerk hinauf und folgte dem Bogengang, bis er in dem Bereich angekommen war, in dem Natanuis Liebchen wohnen sollte. Da er nicht genau wußte, welches die richtige Tür war, blieb er scheinbar in Gedanken versunken vor der ersten stehen und lauschte angestrengt. Er meinte, ein Kind reden zu hören. Davon hatte Natanui nichts erzählt. Also ging er zur nächsten. Nach einigen Augenblicken schnaubte er enttäuscht. Mußte im Hof ein solcher Lärm herrschen? Er konnte nicht mal herausfinden, ob sich hinter der Tür überhaupt jemand aufhielt!

Nachdem Mataiu sich vergewissert hatte, daß ihn niemand beobachtete, drückte er sich gegen die fragliche Tür. Nun meinte er, Laute vernehmen zu können. Was für welche? Ein Stöhnen? Ein lustvolles Stöhnen? Mataiu grinste boshaft. Na warte, Natanui, dachte er.

Die Tür wurde jäh aufgerissen. In ihrem Rahmen erblickte Mataiu einen untersetzten, aber kräftigen Mann, dessen einziges

Kleidungsstück ein Rock war. Blitzschnell packte ihn sein Gegenüber an der Kehle, drückte ihn gegen das Geländer und bog ihn unerbittlich zurück.

»Du glaubst wohl, ich bekäme nicht mit, was hier vorgeht? Dachtest du, ich sei weg?« brüllte der Halbnackte und holte mit der Faust aus. Unwillkürlich preßte Mataiu die Augen zusammen.

Der Schlag blieb aus. Mataiu hörte plötzlich weitere Stimmen: »Laß ihn los, Kuresu! Auf der Stelle! Helft mir, er bringt ihn um! Pack ihn! Hast du ihn?«

Mataiu öffnete wieder die Augen. Drei Hausbewohner rangen mit dem Mann, der ihn angegriffen hatte, und versuchten ihn, von seinem Opfer zu trennen. Das Gesicht des Wüterichs war dunkel angelaufen vor Zorn und Anstrengung, und seine Adern waren so dick angeschwollen, als müßte ihm jeden Augenblick der Schädel platzen.

»Ich bring dich um«, röchelte er kaum verständlich, da ihm einer seiner Bedränger den Unterarm um den Hals gelegt hatte und ihm die Luft abdrückte.

Mataiu fühlte den Griff der Hand um seinen Hals schwächer werden. Endlich rutschten die Finger ab. Scharfe Nägel kratzten ihm die Haut auf.

»Lauf, du Schwachkopf«, brüllte ihn jemand an. »Lauf, solange wir ihn noch halten können!«

Das ließ sich Mataiu kein weiteres Mal sagen. Die Hand an den wunden Hals gelegt, rannte er davon und blieb erst stehen, als er bei einem Brunnen mit der Figur der heiligen Fiafia, der Behüterin des Sprudelnden Wassers, angelangt war. Dort wusch er sich das Blut von seinem geschundenen Hals.

Verdammtes Glück gehabt, dachte er und wurde wütend auf Natanui. Dieser Irre hätte ihn umbringen können!

Mataiu schwelgte ihn Tagträumen und stellte sich vor, was er Natanui sagen wollte, wenn er ihn wiederträfe, und was er mit dem Mann anstellen wollte, der ihn gewürgt hatte, sollte sich je die Gelegenheit bieten, ihm die Mißhandlung heimzuzahlen. Da hörte er seinen Namen rufen. Natanui?!

Mataiu ließ es sich nicht nehmen, den Gefährten umgehend mit Vorwürfen und Beleidigungen zu überschütten.

»Bist du übergeschnappt?« unterbrach ihn Natanui. »Ich habe dir etwas zu sagen.«

»Ich habe dich gesucht. Ich war bei deinem Liebchen«, fuhr Mataiu ungerührt fort, da er sich nicht so leicht das Wort abschneiden lassen wollte.

»Die kannst du gerne haben. Ich verschwinde«, erklärte Natanui leise.

»Wie, du verschwindest?«

»Ich haue ab. Ich mache die Biege. Ich habe genug. Du glaubst doch nicht, daß uns der Irre je freilassen wird? Der wird sich immer wieder etwas Neues ausdenken. Wann hat man je gehört, daß ein Kerkermeister eine Wohnung anmietet, nur um die Gefangenen nicht laufen lassen zu müssen? Dabei ist er nicht mal einer. Er ist bloß ein Wächter. Dazu ein Fremder aus einem Land, das vielleicht nicht einmal die heilige Taba kennt! Der betrachtet uns doch längst als sein Eigentum, als seine Sklaven. Was glaubst du, wird er machen, wenn das Geld für die Wohnung nicht mehr reicht? Keloe ist gegenwärtig die einzige, die etwas nach Hause bringt! Der wird uns kaltlächelnd der Stadtgarde übergeben. Nicht mit mir, Mataiu! Nicht mit mir! Ich will nicht hängen, nur weil ich zufällig in der falschen Kneipe war.«

»Und die Frau?« warf Mataiu ein, weil ihm nichts Besseres einfiel und er sich seltsam betrogen fühlte. Doch kaum daß die Worte seinen Mund verlassen hatten, kam er sich wie ein Trottel vor. Schlimmer noch, Natanuis Gesichtsausdruck spiegelte dieselbe Einschätzung wider.

»Was geht mich das Weib an?« entgegnete er fassungslos. »Die kannst du tausendmal haben. Ich verschwinde! Und wenn du schlau bist, so tust du das auch.«

»Gut, ich komme mit!«

»Du kannst nicht mitkommen, Mataiu. Es ist viel günstiger, wenn wir uns getrennt davonmachen. Sonst hat er uns sofort wieder. Ich gehe, wohin ich's für richtig halte. Geh du dahin, wo's dir gefällt.«

Mataiu war äußerst verwirrt. »Was ist los? Sind wir keine Freunde mehr?«

»Na, Freunde«, antwortete Natanui gedehnt. »Wir haben uns letztes Jahr bei der Kürbisernte kennengelernt und sind seither zusammen gewandert. Aber das macht uns doch noch nicht zu dicken Freunden. Oder?«

»Ich habe immer zu dir gehalten!«

»Ja, das hast du«, räumte Natanui ein. »Doch, was glaubst du, was das hier ist? Ein Märchen, an dessen Ende es heißt: Und weil sie alle gestorben sind, leben sie heute nicht mehr? Wach auf, Mataiu! Viel Glück noch! Bis ein andermal.«

Er ließ seinen Mitgefangenen stehen und verschwand in der Menge. Mataiu brauchte einige Augenblicke, bis er wieder etwas Ordnung in seine Gedanken gebracht hatte. Üblicherweise ergab das Leben einen Sinn für ihn. Man beleidigte jemanden unabsichtlich oder weil man ihm etwas damit zeigen wollte, etwa Verachtung oder Abneigung. Nichts geschah willkürlich und sinnlos, nicht einmal, wenn jemand starb. Daß Natanui sich aus dem Staube machte, war eine Sache. Daß er ihm dazu die Freundschaft aufkündigen mußte, eine ganz andere. Steckte denn Natanui die Angst so tief in den Knochen, daß er sofort um sich schlagen mußte, wenn er sich einbildete, aufgehalten zu werden? Oder gab es etwas, das er nicht verraten wollte, dessentwegen er aber so schnell wie möglich aus der Stadt hinauswollte?

Mataiu schüttelte den Kopf. Wegen diesem Narren hätte er sich heute beinahe das Gesicht zurechtrücken lassen!

Er dachte darüber nach, was Natanui über Mojeb gesagt hatte. Vielleicht hatte er mit dem Jarmaten recht. Der Sklaventreiber handelte zwar manchmal freundlicher, als er sich gab, doch was würde er tun, wenn nicht mehr genügend Geld da wäre? Würde er seine Gefangenen ziehen lassen oder sie in einem Anfall seines verdrehten Pflichtbewußtseins der Obrigkeit Sadis übergeben? Seinen gelegentlichen Randbemerkungen nach zu schließen war er nicht gerade ein Zimperseelchen, sondern verdiente sein Brot damit, andere Leute totzuschlagen und auszuplündern. Anscheinend von Kindheit an. Was für ein Mensch mußte man dazu sein?

Doch eine andere Frage drängte gegenwärtig stärker nach einer Antwort: Was würde der Krauskopf tun, wenn er Natanuis Fehlen heute abend bemerkte? Mataiu meinte sich zu erinnern, daß Mojeb zu Anfang erklärt hatte, er wolle statt des Flüchtlings die anderen bestrafen.

»Platz da! Platzt da!« riß eine laute Stimme Mataiu aus seinen Gedanken.

Die fehlten noch, dachte er, als er die Soldaten erblickte, die einen Zug Gefesselter zum Stadttor führten. Er wartete nicht ab, bis ihn die Schar erreicht hatte, sondern betrat schleunigst einen Laden, wo er sich so lange aufhielt, bis er die Gefahr vorüber glaubte. Wieder im Freien, ließ er sich von der Menge treiben. Denn das hatte er in den letzten Tagen gelernt: Wenn man nicht wußte, wohin man wollte, so folgte man am besten der Mehrheit.

Den Kopf voller unbeantworteter Fragen und nicht gefällter Entscheidungen, bemerkte Mataiu plötzlich, daß er ganz in der Nähe des Stadttors angelangt war. Er reckte den Hals, da ihm in den Sinn gekommen war, Natanui könne vielleicht gerade die Stadt verlassen. Er sah ihn aber nicht. Statt seiner entdeckte er Omaru, der seelenruhig an den Wachen vorbei durch das Tor ging und die Stadt verließ.

Mit einemmal war alles hinfällig, was sich Mataiu überlegt hatte. Der Jarmate mochte vielleicht einen Geflüchteten hinnehmen, aber keinesfalls zwei. Der heutige Tag würde alles andere als beschaulich enden! Damit bliebe ihm überhaupt keine andere Wahl mehr, als ebenfalls zu fliehen.

Ausgerechnet Omaru, dachte Mataiu verwundert und ging ebenfalls zum Tor. Gerade dieser unerschütterliche Kloß, der wahrscheinlich noch beim Überstreifen der Schlinge seinem Henker ausführlich erklärt hätte, wie er am besten einen Galgen bauen könne – ausgerechnet der machte sich davon. Es war nicht zu fassen!

Eine Hand ergriff plötzlich Mataius Arm. »Vorsicht, Junge«, ermahnte ihn eine Frau. »Laß den Priester vorbei.«

Mataiu blickte in ein freundliches Gesicht mit ersten Falten. Zwar verstand er sich schon seit Jahren nicht mehr als Junge, doch wollte er deswegen kein Streitgespräch anzetteln. Da bemerkte er den Geistlichen, auf den ihn die Frau hatte aufmerksam machen wollen. Er ritt auf einem Esel. Waffenknechte folgten ihm wie einem Adligen. Sein hochnäsiges Gehabe paßte ebenfalls gut dazu.

Der Priester schaute ihn an.

Mataiu erschrak, als er in seinem zernarbten, einäugigen Antlitz die Andeutung eines Erkennens auszumachen meinte. Er fühlte sich von dem Blick des einen Auges durchbohrt und mußte mit sich kämpfen, den Kirchenmann nicht mit aufgerissenem Mund anzustarren.

Eine kleine rosa Zungenspitze züngelte zwischen den Lippen des Priesters hervor und benetzte sie. Dann wandte er den Kopf zu seinen Waffenknechten.

Mataiu wartete nicht länger. Lautstark verabschiedete er sich von der Frau, die ihn festgehalten hatte. Als wäre sie eine alte Bekannte, bat er sie, ihrem Gatten und den Kindern herzliche Grüße zu bestellen, und versprach, sowie es seine Zeit erlaube, zu Besuch zu kommen. Danach bahnte er sich einen Weg durch die am Straßenrand Wartenden, um möglichst weit weg vom Ort des Geschehens zu gelangen.

Dieser Vorfall war ein Zeichen gewesen! So mußte es sein. Mataiu war gewillt, diese Begegnung genau so zu sehen. Allerdings wußte er nicht, wie er dieses Zeichen deuten sollte. Ermahnte ihn das Schicksal – oder wer auch immer – dazu, nur heute nicht aus der Stadt zu fliehen, oder eher dazu, das Vorhaben ganz aufzugeben? So oder so, wie sollte er sich gegenüber dem Jarmaten verhalten? Er konnte sich bestürzt geben und die Geflüchteten für den schamlosen Bruch ihres Versprechens verurteilen. Er konnte sogar mit Hinweis auf die Kratzer an seinem Hals behaupten, er habe Natanui von seinem Vorhaben abzubringen versucht. Nicht schlecht! Verdient hätte es der treulose Verräter.

Stunden später war sich Mataiu immer noch uneins. Zu einer Entscheidung zu gelangen fiel ihm nicht leichter, als ihm eine weitere Möglichkeit bewußt wurde.

Wenn er nicht aus der Stadt flöhe, so hieße das nicht, daß er zwingend zu Mojeb zurückkehren müßte. Er konnte vielleicht woanders unterkommen. Aber wo?

Zu allem Übel traf er kurz darauf seinen Kerkerwächter. Er erkannte ihn gerade noch rechtzeitig, um ihm aus dem Weg zu gehen. Doch diese Begegnung bewog ihn dazu, nicht mehr ziellos durch die Stadt zu schlendern. Statt dessen schlug er den Weg zum Hafen ein, wo er sich zwischen den Wracks niederließ und auf Erleuchtung wartete.

Nach einiger Zeit bemerkte Mataiu, daß die Einheimischen, die in die trockenen Schiffsrümpfe kletterten, dabei waren, sich in den Schiffskadavern heimisch einzurichten. Welch seltsame Vorstellung, dachte er. Wenn die Obrigkeit nichts dagegen unternähme, so entstünde hier ein neues Viertel, dessen Bewohner in gestrandeten Schiffen lebten.

Ein Plan keimte in ihm auf. Mit einemmal vermeinte Mataiu Zeuge eines übergeordneten Wirkens zu werden. Das Schicksal hatte ihn gewiesen, die Stadt nicht zu verlassen, und ihn statt dessen hierher geführt!

Er drückte sich von der Bordwand ab, die ihm als Sitz gedient hatte, und besah sich die gestrandeten Schiffe unter dem Blickwinkel seiner neuen Erkenntnis. Ja, hier konnte man leben! Einige Schiffe lagen bereits so an Land, als wären sie von Anfang an als Behausungen gedacht gewesen. Nur ein paar Bohlen mußte man herausreißen, schon hatte man Türen. Wollte man mehr, so war etwas Arbeit erforderlich. Am besten wäre es, sich mit anderen, die hier einziehen wollten, zusammenzuschließen! Gemeinsam ging alles schneller.

Reizvoll, dachte Mataiu. Reizvoll!

Da es rasch dunkel wurde, hatten einige der neuen Bewohner des Wrackdorfes ein Feuer aus Treibholz entfacht, um das sie herumstanden und sich Geschichten erzählten. Mataiu gesellte sich zu ihnen und nahm gern die Nüsse entgegen, die ihm freigiebig angeboten wurden. Er begnügte sich mit einer Handvoll, da sie schimmelig schmeckten. Auch dem Palmwein, der ebenso großzügig von Hand zu Hand wanderte, konnte er nicht viel abgewinnen, da er einen Beigeschmack nach Teer hatte. Vermutlich stammte er aus einem der Schiffe.

Eine Frau erzählte soeben eine Geschichte.

»Vor dem Ruchlosen Hacker ist niemand sicher«, warnte sie im flackernden Licht des Feuers, das die Schatten tanzen ließ. »Ihr glaubt vielleicht, euch werde nichts geschehen, weil ihr Fremde nicht einmal dann bei euch aufnehmen könntet, wenn ihr es wolltet. Doch ich sage euch: *Er* kennt viele Wege, um sein Ziel zu erreichen. *Er* kommt gern bei Regen. Er steht draußen vor der Tür, während es gießt, und sieht arm und mitleiderregend aus. Doch wehe, ihr sagt: Tritt ein und trockne dich, guter Mann! Dann ist schon alles zu spät! Dann ist es um euch geschehen. Wehe aber auch, wenn er fragt, ob er eine Zeitlang unterstehen dürfe und ihr es ihm ablehnt! In dem Fall ist große Vorsicht geboten. Dieser Unhold ist arg nachtragend, wißt ihr? Natürlich könnt ihr ihn abweisen, doch ihr müßt dann darauf achten, daß nichts von euch über eure Schwelle ragt. Kein halber Fuß, kein Zeh, kein Zoll von euch. Denn ansonsten packt er euch und zieht euch ins Freie. Er ist unglaublich stark! Und draußen zerhackt er euch dann, ohne daß ihn noch jemand daran hindern könnte. Das ist aber noch nicht alles. Wenn ihr ihn abweist, so dürft ihr drei Tage lang kein Fenster unbeaufsichtigt geöffnet lassen. Denn – wie ich schon sagte – Abweisung macht ihn sehr zornig. Er klettert dann auch ohne Einladung ins Haus hinein.«

»Wie gut, daß es in unserem schmucken Heim keine Fenster gibt«, meinte jemand belustigt.

»Fenster, Schmenster«, antwortete die Frau unheilvoll. »Kennst du alle Buglöcher, die es in dem Schiff gibt? *Er* ist sehr gewandt. Wie eine Schlange. Das schlimmste ist, daß niemand weiß, wie er aussieht. Man glaubt immer, er sei ein Mann, nur weil er der Ruchlose Hacker heißt. Stimmt das denn? Es gibt Frauen, die sehr männlich aussehen, und Männer, die sehr weiblich wirken. Ich kann nur eines sagen: Sei auf der Hut, wenn du dir nächstes Mal ein Liebchen mitbringst. Schlaf lieber nicht in ihrer Gegenwart ein! Du weißt nicht, was sie treibt, während du schlummerst.«

»Und laß sie auch keinesfalls im Regen stehen!« bekräftigte ein anderer. »Schick sie lieber zu mir!«

»Das stimmt überhaupt nicht«, widersprach ein Zuhörer ernst, während alle anderen lachten. »Ich weiß, wie er aussieht.«

Das Lachen verhallte. Eine neue, gruselige Geschichte wurde erwartet.

»Und wie?« fragte die Frau mißtrauisch, die zuvor erzählt hatte.

»Ein Vetter von mir lebte als Kind in der Nähe von Eloamé«, erklärte der Mann. »Seine Familie hatte einen Hund. Ein ziemlich häßliches Vieh, doch mein Vetter und seine Schwestern mochten ihn. Eines Tages während des Großen Regens – mein Vetter war etwa fünf oder sechs Jahre alt – benahm sich der Hund merkwürdig. In einem fort lief er hinaus in den strömenden Regen, und wenn er zurückkam, so betrat er nicht die Hütte, sondern blieb in ihrem Eingang stehen und blickte hinter sich, als wartete er, daß ihm jemand folge. Der Vater meines Vetters, also mein Onkel, wurde neugierig und schaute zur Tür hinaus. Was glaubt ihr? Draußen stand ein unscheinbarer Fremder und sprach meinen Onkel an: ›Ihr habt einen freundlichen Hund. Man könnte glauben, er lade mich ins Haus ein!‹ Mein Onkel fand den Fremden zwar reichlich seltsam, doch da er nicht dastehen wollte als einer, dessen Hund freundlicher war als er selbst, bat er den Fremden herein. Seine Frau, meine Tante, fragte sogleich, ob der Gast etwas essen und trinken wolle. Was ihm denn am liebsten sei? ›Ich bin bescheiden‹, sagte der Fremde darauf. ›Ich nehme stets mit dem vorlieb, was sich sehe.‹

Wie ich schon sagte, war mein Vetter damals noch ein kleiner Junge, weshalb er zeitig zu Bett gebracht wurde. Mitten in der Nacht wacht er auf. Nebenan hört er jemanden sprechen. Aber nur einen einzigen, immer dieselbe Stimme. Ich muß hinzufügen, daß die Hütte zwei Räume hatte. In einem schlief die ganze Familie, im anderen aßen und kochten sie und taten, was man sonst noch tut. Mein Vetter steht also auf und geht nach nebenan. Dort sieht er den Gast am Tisch sitzen und reden. Er sieht ihn nur von hinten und denkt noch: Der ist aber langweilig, weil alle anderen eingeschlafen zu sein scheinen. Vater, Mutter, beide Schwestern – vor Müdigkeit sind ihre Köpfe auf den Tisch gesunken, während der Gast redet und redet und redet. Mein Vetter, noch ganz schlaftrunken, geht zum Tisch. Da sieht er ... Ja, was sieht er? Da liegen scheinbar schlafend die Köpfe von Vater, Mutter und beiden Schwestern auf dem Tisch. Aber eben nur die Köpfe. Ihre Körper sitzen kerzengerade auf den Stühlen! Der Gast bemerkt meinen Vetter und spricht: ›Dich habe ich übersehen, Kleiner. Doch du hast Glück, daß ich gerade gegessen habe. Nur deswegen lasse ich dich am Leben. Aber da du nun mein Gesicht kennst, will ich dafür sorgen, daß dir keiner glauben wird. Du sollst künftig so aussehen wie ich!‹ – Dafür hat er dann auch gesorgt.«

Der Erzähler hob die Hand. »Augenblick, ich bin noch nicht fertig! Drei Tage später fand man den Hund. Er war seit mindestens zwei Wochen tot. Jemand hatte ihm den Kopf abgehackt.«

»Und dein Vetter«, fragte seine Vorrednerin. »Was hat er mit deinem Vetter gemacht?«

»Wie soll ich sagen? Der Ruchlose Hacker hat ziemlich lange Fingernägel. Mit denen ist er meinem Vetter über das Gesicht gefahren und hat ihm das Auge herausgerissen. Mein Vetter hat jetzt nur noch eines, während das andere eine häßliche, große Narbe ist.«

Einer der Zuhörer begann sofort wütend zu schimpfen: »Blödes Geschwätz! Wegen so einer albernen Geschichte wird man dann aufgeknüpft! Warum brüllst du nicht gleich überall herum, der Blutpfaffe sei der Ruchlose Hacker?«

»Dein Geschwätz ist kaum besser«, fuhr ihn seine Nachbarin an.

»Wieso?«

»›Blutpfaffe‹«, zischte sie. »Das darfst du doch nicht laut sagen!«

»Es ist nur eine Geschichte«, verteidigte sich der Erzähler. »Eine wahre allerdings. Fragt meinen Vetter. Zudem gibt es wohl nicht nur einen einzigen Einäugigen in ganz Ikarilla!«

»Es gibt auch nicht nur einen, der gleich was auf die Fresse kriegt!« wurde er belehrt.

Die Stimmung war auf einmal sehr feindselig. Mataiu fühlte

sich unangenehm an den Tag erinnert, an dem er unter der Anklage des Hochverrats verhaftet worden war. Gleichzeitig verspürte er ein Hungergefühl, doch der Gedanke, noch mehr von den verschimmelten Nüssen essen zu müssen, löste einen Würgereiz bei ihm aus. Er wollte etwas Schmackhaftes zu sich nehmen und wußte auch, woher er es bekäme. Heute wollte er noch einmal ganz arglos in die Wohnung im Kohlpalmenviertel zurückkehren und sich bestürzt geben, wenn er von Natanuis und Omarus Flucht erführe. Doch ab morgen würde er sich ein neues Zuhause bereiten. Zwei oder drei Tage, dann hieße es endgültig: Leb wohl, Kerkermeister!

Blitze und verhaltenes Donnern kündigten ein Gewitter an. Als sich Mataiu aus dem Lichtkreis des Feuers entfernte, erkannte er erst, wie dunkel es war. Er war froh über jeden Blitz, der die Finsternis für einen Augenblick vertrieb, und bedauerte, weder eine Fackel noch eine Laterne zu besitzen. Der Einfachheit halber beschloß er, jeden nach dem Weg zu fragen, den er mit einer Lampe oder einer anderen Lichtquelle träfe. Das wäre besser, als sich zu verlaufen. Mit etwas Glück stieß er vielleicht auf jemanden, der denselben Weg nehmen mußte wie er.

Mataiu begegnete bald jemandem, den er gemäß seinem Vorhaben ansprechen konnte. Der Mann, der das Lämpchen trug, kam ihm auf eine verschwommene Weise bekannt vor.

»Sieh da«, antwortete der Angesprochene, nachdem Mataiu sein Anliegen vorgebracht hatte, und schlug ihm so kräftig ins Gesicht, daß er von den Beinen gerissen wurde. Mataiu fühlte seinen Kopf mit lautem Knacken aufschlagen. Plötzlich wußte er nicht mehr, wo oben und unten war, tatsächlich nicht einmal genau, was die Worte bedeuten mochten.

Derweil sprach der Besitzer der Lampe weiter: »Wer hilft dir jetzt? Na, wer hilft dir jetzt?«

Jedesmal, wenn er seine Frage wiederholte, fühlte Mataiu, daß sich sein Körper bewegte. Er wurde durchgerüttelt. Er wußte nicht warum, spürte auch keinen Schmerz, sondern bildete sich ein, daß der Mann mit der Lampe ihn aufrichten wolle, da er doch gestürzt zu sein schien.

»Wer hilft dir jetzt?«

Du hilfst mir jetzt, dachte Mataiu. Du! Du mußt Natanui sein! Bist du es? Mein Freund?

Eine zweite Stimme mischte sich besorgt ein: »Kuresu! Hör auf, ihn zu treten! Du bringst ihn noch um!«

»Die geile Sau hat nichts anderes verdient! Na, wer hilft dir jetzt?«

Mataiu bemerkte, daß sich der zweite Mann zu ihm hinunterbückte und ihn berührte. Er spürte seine Finger nicht, wußte aber, daß sie über seine Haut glitten.

»Er ist tot, Kuresu! Laß ihn endlich in Frieden.«

Ich bin nicht tot, dachte Mataiu. Was für ein Quatsch! Ich liege hier und lebe. Vielleicht war es ein guter Gedanke, die beiden darauf hinzuweisen.

Aber Mataiu wußte nicht genau, wie er das anstellen sollte. Es gab einen einfachen, kleinen Kunstgriff ... Hm, er hatte ihn einmal beherrscht.

»Laß uns abhauen!«

»Wir können ihn doch hier nicht liegen lassen. Er wohnt mit dem Pfauenmann zusammen.«

»Ich habe keine Angst vor dem Pfau!«

»Hör ein einziges Mal auf mich! Wenn der Kerl sich ein wenig umhört, dann hat er dich sofort am Wickel! Wir müssen die Leiche verschwinden lassen.«

Pfauenmann, ein lustiger Name. Vermutlich kam er von dem Federmantel. All die vielen kleinen Vögel mit ihren winzigen Federchen! Mo ... Mo ... Mo ..., wie immer er hieß, mußte sie zu Hunderten mit Pfeil und Bogen gejagt haben! Nein, das wäre viel zu teuer! Mit der Schleuder hatte er es getan. Ein kleines Vögelchen nach dem anderen. Mit der Schleuder ... pitsch, patsch ... der Stein!

Mataiu fühlte, daß er bewegt wurde. Wie? Wohin? Er lag auf einem Bett. Sein Bett wurde weggetragen.

Wieder blitzte es. Ganz in der Nähe! Vögel kreischten empört: Kri-kra!

Im Lichtschein sah Mataiu links den einen Mann, den er von

irgendwoher kannte, rechts von sich den anderen. Sein Gesicht sah verbittert und angespannt aus. Den kannte er nicht. Den mochte er nicht. Der sollte weggehen.

Leimruten! Mit Leimruten hatte der Pfauenmann die Vögel gefangen. So einfach!

Platsch!

Etwas Kühles berührte Mataius Wangen und seine Augen. Etwas Feuchtes. Ein wenig dunkler wurde es. Nicht viel mehr als noch gerade eben, aber sehr viel mehr als früher, als es noch einen Mond gegeben hatte.

Wo bin ich? rätselte Mataiu. Bestimmt bin ich gleich zu Hause. Schnell durch den Eingang, dann über den Hof. Es ist unheimlich. Ich könnte pfeifen. Jetzt die Treppe hinauf und dann die vierte Tür.

Doch woher kam die Feuchtigkeit?

Wie leicht! Er stand noch immer – oder vielleicht schon wieder – in dem Spalt zwischen den beiden Häusern. Doch nun regnete es. Von links und rechts stürzte das Wasser von den Dächern, staute sich im Durchgang und stieg immer höher an.

Keine Ratten, keine Spinnen, dachte Mataiu erleichtert. Es ist der Anfang. Es ist das Ende. Es ist erst der Anfang.

Die Acht Todsünden: Habgier

Sadi, am 1. Tag des Sturzregenmondes, im 458. Jahr der Abwesenheit Gottes

»Städte sind etwas Besonderes«, erklärte Mojeb. »Man trifft viele Menschen. Man hört viel, sieht viel, erfährt viel. Ihr müßt nur für die Gelegenheiten, die sich euch bieten, ein wachsames Auge haben und sie beherzt beim Schopf ergreifen. Wenn ihr seht, was ihr wollt, so packt zu und laßt es nicht wieder los! An diesen Rat habe ich mich immer gehalten. Ganz sicher werdet ihr heute Arbeit finden. In einer Stadt ist alles mit allem verbunden.«

Nachdem der letzte seiner Gefangenen die Wohnung verlassen hatte, ließ sich Mojeb aufs Bett fallen. Zuversichtliche Ansprachen am frühen Morgen schienen ihn immer besonders zu erschöpfen, sogar wenn er sie selbst hielt und nicht in andächtigem Schweigen ertragen mußte, während ein …

Mojeb schreckte hoch und rieb sich mit beiden Händen das Gesicht. Er war eingeschlafen! Wieviel Zeit mochte vergangen sein, seit ihn die anderen verlassen hatten? Eine Stunde, zwei, noch mehr?

Ein Geräusch ließ ihn zur Decke schauen: trappel-di-trapp!

Er rieb sich die Nase. Was mochte das sein? Über diesem Stockwerk gab es nichts mehr außer dem Dach. Vielleicht ein Vogel? Ein Vogel, der es eilig hatte?

Die Geräusche ertönten erneut, doch sehr viel langsamer hintereinander: Trappel. Di. Trapp.

Nein, das war wohl eher ein Vogel, der soeben die Langsamkeit für sich entdeckt hatte.

Angespannt wartete Mojeb.

Da, wieder! Doch nun hörte es sich nach einem dreibeinigen Vogel an. Oder nach zweien, die miteinander tanzten.

Jetzt reichte es Mojeb. Er verließ die Wohnung und schaute zur Dachkante hinauf. Obwohl sich jeder außer ihm und Tiugugu über die niedrige Deckenhöhe beschwert hatte, konnte er sie nicht berühren, geschweige denn sehen, was sich dort oben abspielte. Kurzentschlossen spuckte er in die Hände, sprang in die Höhe, zog sich hinauf und schwang sich aufs Dach.

»Nicht so erstaunlich«, murmelte er, als er über die nach außen abfallende Ebene schaute. »Zumal nicht in einer solchen Gegend.«

Auf dem ganzen Dach wuchsen Grasbüschel, Blumen, kleine Büsche, ja sogar junge Bäumchen. Die würden jedoch nicht alt werden, denn das Geschöpf, das den Kindermord an den unschuldigen Trieben verüben würde und ihn mit dem Getrappel seiner Hufe hierher gelockt hatte, war schon zur Stelle. Die

Bestie erwiderte seinen Blick aus schwarzen Augen, wandte sich ab und lief mit schwingendem Hinterteil meckernd davon: eine Ziege!

Sie war nicht die einzige auf dem Dach. Zwei weitere braunhaarige Tiere nahmen den Ruf ihrer Schwester auf.

Woher kamen sie? Wohin gingen sie? Wie viele von ihnen mochten auf den Dächern Sadis leben? wunderte sich Mojeb. Denn daß das Dach seines Hauses nicht als einziges als Weidegrund diente, lehrte ihn ein Blick zur anderen Straßenseite. Vom gegenüberliegenden Haus beobachtete ihn neugierig eine Herde von gleich acht der genügsamen Tiere.

Mojeb trat zum Rand des Daches. Unter sich in der Straße sah er die Menschen ihren vielfältigen Besorgungen nachgehen. Das Meckern der Ziegen machte lange zurückliegende Erinnerungen an seine Kindheit und frühe Jugend wieder lebendig: daran, wie er ihnen auf schmalen Pfaden zu den höchsten Zinnen hinaufgefolgt war, um von dort aus in schwindelerregende Abgründe hinabzublicken. Nur das Verlangen, wie in Kindertagen über den atemberaubenden Tiefen stolz sein Wasser abzuschlagen, verspürte er heute nicht mehr.

Wie weit mochte man auf den Dächern gelangen? fragte er sich und ging den drei Ziegen hinterher. In der einen Richtung vielleicht zum Marktplatz, in der anderen gar bis zum Hafen? Eng, wie die Häuser beieinander standen, konnte nur ihre unterschiedliche Höhe ein Hindernis darstellen. Doch hier, im Kohlpalmenviertel, waren fast alle Gebäude gleich hoch.

Im Gegensatz zu den Ziegen zögerte Mojeb beim Wechsel auf das Nachbarhaus. Während die Tiere flink auf das andere Dach sprangen, versuchte er, die schwarze Tiefe zwischen den Häusern mit Blicken zu durchdringen. Fünfzehn Schritt mochte es abwärts gehen. Doch da der Spalt kaum mehr als Schulterbreite besaß, stellte er kein Hemmnis dar. Mit einem schwungvollen Schritt setzte Mojeb über.

Seine Ziegen hatten sich mittlerweile mit drei anderen zusammengeschlossen. Da er die Tiere nicht unnötig in Aufregung versetzen wollte, kehrte er wieder auf das Dach seines Hauses zurück. Nun wollte er noch sehen, wohin er auf der anderen Seite gelangte.

Doch schon beim nächsten Haus endete seine luftige Wanderung. Ein Teil des Daches war eingesackt. Mojeb erinnerte sich an Omarus Ausführungen über billiges Baumaterial. War das der Grund für diese Schäden? War vielleicht das halbe Stockwerk gefährdet, so daß es ein unnötiges Wagnis wäre hinüberzuspringen, selbst dort, wo das Dach unbeschädigt wirkte?

Unter dem Gewicht eines Menschen mochte es einstürzen. Mit etwas Unglück schlösse sich vielleicht danach noch ein fünfzehn Schritt tiefer Fall an. Grundlos wollte er das wirklich nicht ausprobieren.

Leicht enttäuscht ging Mojeb am Dachrand entlang und hielt Ausschau nach Ausbesserungsarbeiten. Doch nichts deutete darauf hin. Es fiel ihm schwer, sich vorzustellen, daß der Besitzer des Mietshauses zu geizig sein könnte, den Schaden beheben zu lassen. Noch weniger wollte er glauben, daß dieser zu der Ansicht gelangt wäre, die Instandsetzung sei zu teuer, und sich lieber mit den Einnahmen der restlichen Stockwerke begnügte – so lange, bis das nächste einstürzte.

Vielleicht war das Unglück erst kürzlich geschehen, so daß noch gar nichts zur Behebung des Schadens hatte getan werden können? Vielleicht war das Unheil sogar geschehen, als die Sternensteine vom Himmel gefallen waren?

Diese Erklärung klang befriedigender.

Doch nun entdeckte Mojeb Spuren eines Feuers. Offensichtlich hatte es nicht im ganzen Stockwerk gebrannt, sondern nur in einem vergleichsweise kleinen Bereich von zwei oder drei Wohnungen. An dieser Stelle hatte sich das Dach in einen geöffneten Brustkorb mit spitzen schwarzen Rippen verwandelt, die auseinanderklafften. Unter einem Stück des Daches, das der Brand verschont hatte, nisteten allem Anschein nach Vögel. Graue und braune Federn wurden vom Wind über den Boden der ehemaligen Wohnung getrieben. Mojeb dachte an Tauben oder Papageien.

Ein schrilles »Fiiij«, das unter dem Dachstück hervorkam,

paßte zwar eher zu einem Geier, doch daß diese Vögel in einer Stadt wohnen sollten, hatte er noch nie gehört. Das wäre gar zu ungewöhnlich! Bestimmt war der Vogel ein Papagei. Papageien konnten Menschen nachahmen, warum also nicht auch andere Vögel?

Mojeb machte wieder kehrt. Er war zufrieden mit dem bisherigen Verlauf des Tages. Die Ziegen auf dem Dach waren eine bemerkenswerte Entdeckung. Dank ihrer würden er und seine Gefangenen nicht gleich verhungern müssen, falls ihre Barschaft zu Ende ginge, bevor jeder eine Arbeit gefunden hatte. Die Tiere hatten zwar bestimmt Besitzer, doch solange ihn keiner bei der Jagd erwischte, mußte er sich darüber nicht den Kopf zerbrechen.

Vorsichtig ließ sich Mojeb wieder auf den Bogengang des heimischen Stockwerks hinab. Wie jeden Tag lehnte er sich über das Geländer und zählte die Hunde im Hof. Sie waren noch immer zu viert, stellte er beruhigt fest. Da er sich längst Gedanken über ihre Zukunft gemacht hatte, fürchtete er, jemand anderes könne ähnliche Überlegungen anstellen und ihm zuvorkommen.

Plötzlich schmunzelte Mojeb. Er hatte einmal jemanden sagen hören, Hunde seien die besten Freunde des Menschen.

»Solange man Freunde hat«, murmelte er, »muß man sich keine Sorgen machen.« Diese vier Köter ahnten nicht, daß ihre allerbesten Freunde auf den Dächern lebten!

Es schien ihm nun an der Zeit, selbst das Haus zu verlassen. Auf der Straße begegnete er zwei Stadtwachen. Die eine verzog bei seinem Anblick das Gesicht und deutete auf seine Beinkleider.

Mojeb gab sich entsetzt. Er schlug sich mit einer Hand gegen die Stirn, schnippte mit den Fingern der anderen, so als wäre ihm eben etwas eingefallen, das er zu seinem Ärgernis vergessen hatte. Dann ging er wie immer weiter.

Ein Rock, dachte er, wie lächerlich! Darauf konnten die Wachen noch Jahre warten.

Als er beim Markt angekommen war, sah er sich aus Gewohnheit nach wohlhabenden Bürgern um, denen er seine Dienste anbieten könnte. Er hegte keine große Hoffnung, auf diese Art jemanden zu finden, der ihn in sein Brot nähme, wollte jedoch nichts versäumen.

Das Leidige an dieser Stadt war, daß es ihr noch viel zu gut ging, dachte Mojeb. Die Händler, bei denen er während der letzten Tage vorgesprochen hatte, verspürten kein Bedürfnis, zusätzlich jemanden zu ihrer Sicherheit oder der ihres Besitzes einzustellen. Wenn sie sich um ihr Vermögen sorgten, dann nicht um das, welches sich in Sadi befand. Vielmehr bedrückte sie der Gedanke an etwaige Verluste in anderen Städten, von denen noch keine Kunde gekommen war, oder an Waren, die sich am Tag des Unglücks auf dem Meer befunden hatten. Hier, in Sadi, hatten sie also keine Sorgen, und daß die Stadtherrin jeden wirklichen oder vermeintlichen Schurken aufhängen ließ, machte sein Leben auch nicht leichter! Vielleicht war es das beste, das die Vögtin gegenwärtig aus ihrer Sicht der Dinge tun konnte. Doch für ihn war dieses scheinbare Vermitteln von Sicherheit verhängnisvoll.

Plötzlicher Lärm riß Mojeb aus seinen Gedanken. Er kam von einem Marktstand. Zwischen dem Verkäufer und einer seiner Kundinnen war ein Streit ausgebrochen.

»Du bist ein Wucherer und Geldschneider«, schrie die Frau erregt. »Trink doch gleich unser Blut und verschlinge unser Fleisch, du Menschenfresser!«

Der Händler bemühte sich, ruhig zu bleiben. »Geh weiter«, wiederholte er unermüdlich. »Wenn dir meine Ware zu teuer ist, so ist das nicht meine Sorge. Alles wird teurer! Ich muß auch sehen, wo ich bleibe. Geh jetzt einfach weiter!«

Als seine Aufforderung nicht fruchtete, langte er nach der Frau, um sie wegzuschieben. Welch ein Fehler! Sofort schoß ihre Hand vor und zerkratzte ihm das Gesicht. Zeternd riß der Händler seine Angreiferin an den Haaren. Nach einer kurzen Balgerei krümmte er sich mit einem Schmerzlaut zusammen und fiel auf einen Käfig mit Meerschweinchen, der unter ihm zerbrach. Flugs raffte die Frau zusammen, was sie in die Finger bekommen konnte: Eier, Palmherzen, Kakaobohnen, getrocknete Eidechsen und verdorrte Affenhände, die gegen Beschwerden von Leib und Seele helfen sollten.

Doch nun bekamen beide Seiten Verstärkung! Als erstes wurde dadurch der Nachbarstand in Mitleidenschaft gezogen. Körbe, Krüge und Stapel von Brennholz wurden umgestoßen. Die zuvor teuer angepriesene Ware kullerte über den Boden, wo sie zertreten wurde. Auch das eine oder andere kurzfristig entkommene Meerschweinchen ereilte dieses schlimme Los.

Mit einemmal waren die Stadtwachen da. Ohne ein Wort zu verlieren oder sich gar um Schuld oder Unschuld zu kümmern, prügelten sie auf die Streitenden ein. Mojeb verschlug es den Atem, als er erkannte, daß sie dazu ihre Waihakas benutzten anstelle weniger gefährlicher Knüppel.

»Hört sofort auf!« brüllte er. »Ihr bringt sie um!«

Einer der Gardisten wandte sich zu ihm und sah ihn mit schlagbereiter Keule drohend an. Mojeb wurde unangenehm bewußt, daß er unbewaffnet war. Zum Zeichen, daß er harmlos sei, hob er die Arme. Doch urplötzlich spürte er Hände, die nach ihm griffen und ihn geschwind in den Schutz der Menge zogen, ja, es nicht dabei beließen, sondern ihn weiterreichten, damit er aus dem Blickfeld des Gardisten verschwinde. Erst als er fast zehn Schritt vom Ort der Prügelei entfernt war, griff keine neue Hand nach ihm. Offenbar hatten die Menschen hier nicht zum erstenmal eine solche Situation bewältigen müssen.

»Danke«, sagte Mojeb laut zu niemandem Bestimmten und verließ den Markt.

Nun wollte er sich aufraffen, endlich etwas zu erledigen, das er sich seit Tagen vorgenommen hatte, wovon ihn aber bisher eine unbestimmte Scheu abgehalten hatte.

Hinter dem Vogtspalast sprach er den Erstbesten an: »Ich suche einen Maler.«

»Was für einen Maler?«

»Einen Maler, der malt!«

Nachdem er die Frage noch vier weitere Male hatte stellen müssen, konnte ihm endlich jemand weiterhelfen. Wenig später stand Mojeb vor einem Haus, über dessen Eingangstor »Bewahrer der Form« zu lesen war. Er klopfte. Ein Knabe öffnete und sah ihn fragend an.

»Ich möchte zu dem Maler!«

»Zu welchem?«

»Zu dem, der malt«, antwortete Mojeb ein weiteres Mal. Zunehmend kam er sich vor wie ein Mitglied eines Geheimbundes, das Losungsworte von sich gab.

Der Junge lachte: »Sie malen alle, mehr oder weniger.«

»Es gibt mehrere?«

»Ja. Wirst du denn erwartet?«

Mojeb zögerte nur kurz. Anfänger liefen in solche Fallen. Er nicht. »Selbstverständlich werde ich erwartet«, behauptete er. »Ich habe nur den Namen vergessen. Irgend etwas mit A. Meister Pa ... Pa ...«

Der Knabe runzelte die Stirn: »Mit Pa fällt mir keiner ein.«

»Es kann auch La gewesen sein. Oder Ki. Du siehst, kleiner Freund: Ich Fremder. Sehr schwer, diese, eure Namen. Klingen alle gleich für mich! Kein Unterschied: Mataiu, Natanui ...«

»Ja, dann«, antwortete der Junge unsicher und schlug ihm ein paar Namen vor. Mojeb wartete geduldig, bis er zum vierten kam. Bei dem rief er erfreut: »Falanikui! Genau, der war's! Wo finde ich ihn?«

»Ich muß Frater Falanikui erst fragen, ob er Zeit ...«

»Er erwartet mich längst. Sicher sehr ungeduldig.«

Der Junge gab sich geschlagen und erklärte dem Besucher, wo der Maler zu finden sei.

Mojeb bedankte sich und betrat das Haus. Vor einer Tür im Obergeschoß, die ihm der Junge genannt hatte, verharrte er einen Augenblick, um sich gegen den möglicherweise kurz bevorstehenden Schicksalsschlag zu wappnen. Er berührte seinen Gürtel und überprüfte, ob das Medaillon an seinem üblichen Platz war. Dann trat er ein. Er traf den Maler beim Verfassen eines Schriftstückes an.

»Augenblick«, sagte der fast kahlköpfige Mann, ohne von seinem Blatt aus bräunlichem Palmfaserpapier aufzusehen.

Mojeb schaute sich unsicher um. Auf einem Tisch erblickte er einige unordentlich übereinanderliegende und sich teilweise verdeckende Skizzen, von denen er auf Anhieb nicht zu sagen wußte, was sie darstellen sollten. Linien und geschwärzte Flächen – wären die Bilder etwas weniger sorgfältig gezeichnet gewesen, so hätte er sie für sinnlose Kritzeleien gehalten. Neugierig trat er näher, beugte sich über die Skizzen – und erkannte plötzlich, was dort abgebildet war: Gelenke! Schultergelenke, Ellenbogen, Handgelenke, Knie.

Vermutlich das Werk eines Schülers, der sein Handwerk noch zu lernen hatte, schloß er.

Die Stimme Falanikuis riß ihn aus seinen Betrachtungen: »Ein ungewöhnlicher Kopf. Du wartest vermutlich darauf, gemalt zu werden?«

»Nein«, widersprach Mojeb. »Das Bild ist schon fertig. Doch es ist beschädigt.«

Eilig zog er das Medaillon aus seinem Gürtel, öffnete es und streckte es dem Maler mit plötzlichem Widerstreben entgegen. Mit einemmal war ihm nicht mehr ganz geheuer, einen Fremden an seinem innerlichsten Geheimnis teilhaben zu lassen.

»Farbe ist von dem Bild abgeblättert«, erklärte er. »Oder es schimmelt. Vielleicht hat es auch einen Salzfleck. Ich war länger auf See!«

»Nun, was soll ich damit?« wehrte Falanikui ab, ohne das Medaillon zu berühren.

»Das Bild muß ausgebessert werden, bevor der Schaden noch größer wird«, erläuterte Mojeb eindringlich.

»Ich verstehe. Nun, aber ich bin nicht so ein Maler. Hat man dir …«

»Bist du kein Maler, der malt?«

»Nun, doch. In einem gewissen Sinne, aber …«

»Es geht um den Preis, ja? Schau es dir wenigstens an, bevor du zu feilschen beginnst!«

»Nun, um den Preis geht es eigentlich nicht«, entgegnete Falanikui und benetzte sich mit der Zunge die Lippen.

»Ach, was soll's«, sagte er plötzlich. »Nun, gib her! Ich sehe es mir an. Aber eine Bedingung ist daran geknüpft: Ich will dich dafür malen.«

»Mich malen?«

»Nun, nur den Kopf.«

»Den Kopf?« Mojeb wußte nicht, wie er dieses Ansinnen einschätzen sollte. Soweit ihm bekannt war, wurden üblicherweise nur die Köpfe von Fürsten oder Gaunern gemalt. Mit Ausnahmen. Wegen einer war er schließlich hier. Aber in der Regel war das so. Die Bilder von Fürsten wurden aufgehängt und anschließend bestaunt und ob ihrer Ähnlichkeit gepriesen. Bei den Gaunern verlief alles irgendwie verdreht: Zuerst wurde die Ähnlichkeit gepriesen. Beim Aufhängen verzichtete man auf die Bilder.

Der Vorschlag gefiel ihm überhaupt nicht.

»Warum?« fragte er.

»Weil du anders aussiehst« erklärte der Maler begeistert. »Nase, Stirn, Augen. Du bist nicht von hier?«

»Nein. Ich komme aus einem Bergland. Es ist weit weg. Du kennst es nicht.«

»Dachte ich mir. Übermanne dich! Was hast du schließlich zu verlieren? Es wird nicht lange dauern. Anschließend kannst du sogar noch eine warme Suppe haben. Wiewohl du nicht aussiehst, als hättest du derlei Almosen nötig.«

Mojeb überdachte das Angebot.

»Einverstanden«, sagte er schweren Herzens. »Aber zuerst siehst du dir mein Bild an.«

Der Maler nahm das Medaillon entgegen: »Miniaturen sind sehr empfindlich. Man muß pfleglich mit ihnen umgehen. Außergewöhnliche Stirn.«

Mojeb beugte sich vor und blickte auf das vertraute Bildnis: »Ist etwas an ihr auszusetzen?«

»Keineswegs«, beschwichtigte ihn Falanikui. »Rundes Gesicht, hohe Stirn, sehr große Augen. Ein wenig kindlich. Nun, die Dame wird wohl ihr Leben lang für jünger gehalten werden als sie ist. Seid ihr verwandt? Nein, natürlich nicht. Eine überflüssige Frage.«

»Ich suche sie«, erklärte Mojeb.

»In der Stadt? Nun, soll sie hier wohnen?«

Mojeb schüttelte den Kopf: »Nein, im Land. Aber irgendwo

muß ich ja anfangen. Städte sind etwas Besonderes. Man trifft viele Menschen.«

»Ich weiß. Das hört man öfter.« Der Maler sah ihn stirnrunzelnd an: »So. Nun. Da hast du dir viel vorgenommen. Ikarilla ist recht groß. Wo ist das Bild beschädigt?«

»Der winzige Fleck auf dem Arm«, erklärte Mojeb und zeigte auf die Stelle, bemüht, nicht das halbe Bildnis mit seinem Finger zu verdecken.

»Das aussieht wie ein Muttermal?« fragte der Maler. »Schimmel ist das nicht. Auch kein Salz. Ich bezweifle auch, das da etwas abgeplatzt ist.«

»Der Fleck war früher nicht da.«

»Nun, das haben wir gleich«, erklärte Falanikui. Er stand auf, ging zu einem Schrank und kam mit einem halbkugeligen Lesestein aus Quarz zurück, den er vorsichtig auf das Medaillon legte. Er stieß einen überraschten Pfiff aus, als er die nun stark vergrößerte Miniatur betrachtete.

»Was ist?« fragte Mojeb besorgt.

»Augenblick«, antwortet der Maler. »Nun. Ja. Nun. Ei. Ei.«

»Was ist?« fragt Mojeb abermals. »Ist es schlimm? Kannst du es richten?«

Falanikui löste den Blick von dem Bild und schaute auf ihn. »Es ist nicht beschädigt.«

»Aber doch! Woher sollte der Fleck stammen? Oder ist es nur Schmutz? Kannst du es säubern, ohne es zu beschädigen?«

»Nun, es ist kein Schmutz«, widersprach der Maler und widmete seine Aufmerksamkeit wieder dem Bildnis. »Ungeheuerlich. Ich weiß gar nicht ...«

»Was ist damit? Sofort! Auf der Stelle!« Mojeb spielte mit dem Gedanken, den Maler am Kragen zu packen und kräftig durchzuschütteln.

Falanikui sah ihn an. »Kein Schmutz. Keine Beschädigung. Allerdings ...«

»Der Fleck war früher nicht da«, beharrte Mojeb. »Was sollte es sonst sein?«

»Das will ich dir sagen, wenn du mich ausreden läßt. Der sogenannte Fleck gehört zum Bildnis. Vielleicht hast du ihn vorher nicht wahrgenommen?«

»Wohl kaum«, knurrte Mojeb. »Ich kenne bestimmt jedes Farbtüpfelchen.«

»Dann sieh selbst!« Falanikui reichte ihm das Bildnis samt Lesestein. Mojeb nahm beides vorsichtig entgegen. Er schaute in angstvoller Erwartung durch den Quarz und zuckte erschrocken zurück. Doch dann näherte er sein Gesicht abermals dem Bild. Falanikui hatte recht. Es war kein Fleck. Auf dem Arm der schönen Frau war eine winzige Tätowierung zu erkennen. Wie hatte sie ihm bisher entgehen können?

Wie aus weiter Ferne vernahm er Falanikuis Stimme: »Nun, ich weiß nicht, wie ich das erklären soll. Das Bild – der größte Teil davon – ist handwerklich eher durchschnittlich. Der vermeintliche Fleck hingegen stammt von einem Meister der Miniaturenmalerei. Vielleicht sogar von *dem* Meister schlechthin. Nicht, daß ich mich damit auskennte, doch – bei Aionar! – ich habe keine Ahnung, wie der verfluchte Kerl dieses winzige Abbild eines Delphins auf den Arm der Frau gemalt haben könnte. Diese Miniatur in einer Miniatur! Er muß Adleraugen haben! Doch dann: Was nimmt er zum Malen? Spinnenfäden? Sind die nicht noch zu dick? Doch nun: Wie bekommt er die Farbe so dünnflüssig? Sie darf nicht einmal Tröpfchen bilden. Und schließlich: Warum, um alles in der Welt, tätigt dieser Tausendsassa seine Meisterleistung auf einem kaum bemerkbaren Pünktchen eines mäßig guten Bildes? Warum? Gegen diese Fragen verblaßt ganz, warum das Motiv – die Dame scheint ja aus besseren Verhältnissen zu stammen – die Tätowierung eines Wales auf dem Arm trägt. So etwas ist bei einfachen Seeleuten verbreitet, nicht bei Personen von Bedeutung. Was ist sie, vielleicht eine Reederin aus ärmlichen Verhältnissen, die im Verlauf ihres Lebens zu Wohlstand kam? Nein, das ist blanker Unsinn. Dazu ist sie viel zu jung.«

»Ich weiß nicht«, mischte sich Mojeb in Falanikuis Selbstgespräch ein. »Der Fleck, der kleine Wal, war vor zwei Wochen noch nicht auf dem Arm.«

»Natürlich war er dort«, widersprach der Maler. »Nun, du hast ihn nie bemerkt. Verkaufe mir das Bild. Ich gebe dir einen *Asch* dafür. Das Medaillon kannst du behalten.«

»Wieviel ist ein *Asch*?«

»Sechs *Rac*. Ich weiß, daß es Fremde oft verwundert, daß wir eine Münze haben, die etwas mehr als die Hälfte einer anderen ist. Aber diese ungleiche Teilung ist sehr praktisch. Zudem ist der *Asch* sehr alt.

»Ich bin nicht verwundert«, entgegnete Mojeb grimmig. »Ich bin beleidigt. Sechs *Rac* sind eine Frechheit. Du sprachst selbst von einem Meisterwerk.«

»Nun, ja, sicher. Aber wieviel Wert mag ein Meisterwerk haben, das man nicht erkennen kann?«

»Das Meisterwerk besteht darin, *daß* man es kaum erkennen kann«, erinnert ihn Mojeb.

»Nun. Ja. Sicher. Da ist etwas dran. Ich gebe dir einen *Dina* dafür.«

»Ein Goldstück?« Mojeb nickte. »Das klingt schon angemessener. Doch laß dir eines gesagt sein, Maler: *Ich* bin käuflich. Aber das, was mir wertvoll ist, ist es nicht.«

Er verstaute das Medaillon wieder in der Gürteltasche und schritt zur Tür.

»Wir hatten doch ausgemacht, daß ich dich male«, entsann sich Falanikui.

»Ist mir geläufig«, sagte Mojeb. »Doch da wußte ich noch nicht, daß das Bild gar nicht beschädigt ist. Wir haben nun neue Verhältnisse.« Ohne auf den Protest des Malers zu achten, schloß er die Tür hinter sich. Er brannte darauf, sich das Bild möglichst bald noch einmal genauer anzusehen. Aber nicht hier im Haus, sondern erst, wenn er wieder für sich wäre. Er wußte nicht, was er von dem eben Erlebten halten sollte. Seitdem er in den Besitz des Medaillons gelangt war, hatte er das Porträt gewiß Hunderte Male betrachtet, ohne daß ihm die winzige Stelle aufgefallen wäre. Tag für Tag, mondelang, im Wachen und im Träumen. Er hätte schwören können, daß die Tätowierung erst neuerdings auf dem Arm zu sehen war. Doch das konnte wohl nicht sein! Es sei denn, jemand hätte sich während der Tage, als er seine Habe verpraßte, an dem Medaillon zu schaffen gemacht! Tage, an die er sich nicht in allen Einzelheiten erinnerte. Doch war es glaubwürdig, daß er während dieser Zeit in die Fänge eines schalkhaften Meistermalers geraten war, der nichts Besseres zu tun hatte, als Betrunkenen Streiche zu spielen, indem er heimlich etwaige mitgeführte Miniaturen kunstfertig veränderte? Eher nicht anzunehmen. Also mußte tatsächlich schon immer alles so gewesen sein, wie es sich jetzt darstellte. Er hatte es nur nie bemerkt. Das war die Wahrheit. Die Wahrheit in ihrer ganzen Unglaubwürdigkeit.

Mojeb öffnete eine Tür, von der er annahm, daß sie ins Treppenhaus führe. Als er in einem halbdunklen Raum stand, dessen sperrige Einrichtungsgegenstände unter Tüchern verborgen waren, erkannte er seinen Irrtum. Er wollte schon wieder hinausgehen, als ihm einfiel, daß sich unter den Tüchern vermutlich Gemälde befanden.

Bisher hatte er noch keinen Schaffensbeweis der Künstler gesehen, die das Haus der *Bewahrer der Form* bewohnten. Falanikui mit seinen Gelenken zählte nicht.

Was waren diese Bewahrer überhaupt? Eine Malerschule, Werkstatt oder klösterliche Künstlergemeinschaft?

Wissensdurstig zog Mojeb das Tuch von einem der größeren Gemälde. Er trat einen Schritt zurück, verschränkte die Arme hinter dem Rücken und runzelte die Stirn. Das, was er sah, hatte er nicht erwartet. Das Gemälde zeigte einen Mann in Lebensgröße. Er stand aufrecht, mit leicht gespreizten Beinen und angewinkelten Armen. Sah man davon ab, daß er skalpiert und gehäutet worden war, so schien es ihm recht gutzugehen.

In allen Einzelheiten waren rohes Fleisch, offen liegende Adern, schreckliche, lidlose Augen dargestellt. Daß der ›Künstler‹ darauf verzichtet hatte, sein Bild mit geronnenem Blut zu verschönern, machte den Anblick nur wenig erträglicher.

Wahrscheinlich sollte der Gehäutete einen Märtyrer darstellen, nahm Mojeb an. Womöglich einen, der bei der Bekehrung der Kataueken umgekommen war. Ihm war einmal erzählt worden, daß im fernen Katauekenland das Häuten noch eine der milderen Strafen sei.

Angewidert verhüllte er das Bild und besah das nächste. Auch auf diesem war – den Umständen ganz und gar nicht angemessenen – ein unbeschwerter Märtyrer abgebildet. Haare und Haut hatte man ihm belassen, dafür hatten ihm die Peiniger Brust und Bauchdecke entfernt, so daß seine Innereien dem Tageslicht ausgesetzt waren. Herz, Lunge, Leber, Gedärm – soweit sich Mojeb ein Urteil erlauben konnte, waren sie äußerst lebensecht verewigt worden. Allerdings hatte der Maler auch hier auf verkrustetes Blut verzichtet. Überhaupt schien er von dem Schmerz und der Qual, die mit solch schrecklichen Verstümmelungen einhergingen, keine Vorstellung zu haben. Mojeb war nicht danach, sich noch weitere dieser Abscheulichkeiten anzusehen. Er sah zu, daß er aus dem Haus kam. Sonderlich erleichtert fühlte er sich nicht, als er wieder unter dem wolkenverhangenen Himmel stand.

Er war durstig geworden und erinnerte er sich einer Taverne am Rand des Lotsenviertels, die ihm sehr einladend erschienen war. Einen guten Schluck könnte er jetzt vertragen, dachte er und machte sich auf den Weg dorthin. Als er an einem Heiligenschrein vorbeikam, der von einem Hibiskus halb zugewuchert war, traf ihn ein Stein am Kopf.

Mojeb betastete die schmerzende Stelle und sah erbost dorthin, von wo der Stein geworfen worden sein mußte. Er entdeckte zwei Stadtwachen. Sie verbargen nicht, daß sie die Verantwortlich waren. Einer der beiden winkte ihn näher.

»Wie lange noch?« sagte der Gardist schon von weitem. »Soweit ich weiß, wurdest du schon mehrmals aufgefordert, dich wie bei uns üblich zu kleiden. Rockhosen sind für einen wie dich nicht angemessen. Wie lange noch?«

»Es ist eine Hose und keine Rockhose. Uns Fremden ist es nicht verboten, eine zu tragen«, knurrte Mojeb.

»Es ist aber auch nicht ausdrücklich erlaubt. Dir wurde mehrmals gesagt, was du zu tun habest. So wie jetzt will ich dich nicht noch einmal sehen! Verstanden, Freundchen?«

Mojeb senkte den Blick und antwortete möglichst ruhig: »Verstanden. Ich habe meine Lektion gelernt. So wirst du mich nicht wiedersehen.«

»Na also«, sagte die Wache zufrieden. »Weitergehen!«

Mojeb befolgte die Aufforderung. Im Gedanken wiederholte er, was er eben versprochen hatte. Bestimmt würde ihn die Wache nicht mehr so wie jetzt sehen! Beim nächsten Mal hätte er sein Schwert dabei. Dann würde man sehen, ob dieses Gelumpe, dessen Bewährung darin bestanden hatte, Habenichtse und Trunkenbolde zusammenzutreiben und aufzuhängen, immer noch so begeistert mit Steinen nach ihm würfe!

Einen eintönigen Marsch pfeifend, überquerte Mojeb den kleinen Platz vor der Schenke und klopfte abwesend gegen die Tür. Ein kurzer Augenblick verstrich, bis ihm bewußt wurde, daß er nicht darauf zu warten brauchte, bis ihn jemand hereinließe. Über seine Zerstreutheit schmunzelnd, griff er nach dem Türknauf.

Die Nacht ist niemandes Freund

Sadi, am selben Tag, abends

Ein Regenguß trieb Tiugugu unter einen der Bogengänge. Die Läden und Werkstätten, die hier ihr Zuhause hatten, waren längst geschlossen, so daß die mondlose und sternenleere Nacht nur durch spärliches Licht aus vereinzelten Fensterschlitzen in den höheren Stockwerken erhellt wurde. Tiugugu beneidete jeden, der eine Laterne besaß.

Die Dunkelheit war zwar noch nicht lange hereingebrochen, doch allzu viele Menschen befanden sich nicht mehr auf der Straße. Die wenigen, die noch unterwegs waren, hörte Tiugugu schon von weitem. Sie summten leise und aufmunternd vor sich hin oder eilten mit schnellen Trippelschritten durch die Finsternis. Meistens bemerkten sie ihn erst, wenn sie schon fast bei ihm waren. Oft erschraken sie, wenn sie in den Schatten den Wartenden entdeckten, bisweilen verwechselten sie ihn mit einem Kind: »Junge, was treibst du denn noch auf der Straße? Oh, verzeih meinen Irrtum, kleiner Mann!«

Und schon waren sie wieder weg.

Tiugugu befürchtete, sein neuer, etwas sprunghafter Bekannter könne ihre Verabredung vergessen haben, da die vereinbarte Zeit schon eine Weile verstrichen war.

Entgegen seinen Erwartungen war es leicht gewesen, die Wohnung noch einmal zu so später Stunde zu verlassen. Lediglich Keloe und Omaru waren zu Hause gewesen. Den beiden hatte er keine Lügengeschichten auftischen müssen. Sie wußten, wie schwierig es war, in dieser Stadt eine Anstellung zu finden. Tiugugu hoffte, daß er noch vor seinem Kerkerwächter wieder zurück wäre. Das würde ihm unnötige Erklärungen ersparen.

Als er seinen Bekannten endlich entdeckte, atmete er erleichtert auf. Ropatu führte eine Blendlaterne mit sich und überschüttete ihn sogleich mit einem Wortschwall: »Bin ich zu spät? Hast du lange gewartet? Schwamm drüber, jetzt bin ich ja hier. Ich sag's dir, Tiugugu, wenn ich's dir nicht versprochen hätte, so hätten mich heute keine zehn Esel mehr nach draußen locken können. Es sei denn, ich hätte sie behalten können, ha-ha! Doch auf mich kannst du dich verlassen! Wenn ich sage, daß ich komme, so komme ich auch. Jetzt aber rasch, mein Freund, bevor der nächste Guß kommt! Wenn wir triefend naß bei Lasalui eintreffen und ihm die Teppiche volltropfen, so macht das keinen guten Eindruck!«

Unter seichtem Geplauder ließ sich Tiugugu durch das nächtliche Sadi führen. Der Händler Lasalui wohnte in einem Viertel, das völlig anders aussah als alle anderen. Die Häuser waren schmal und hoch, beinahe Türme zu nennen, und berührten einander. An Innenhöfe war nicht zu denken. Vor einem der Häuser blieb Ropatu stehen. Tiugugu sah nirgends Licht.

»Oha!« sagte Ropatu. »Das sieht ja gar nicht gut aus. Ich fürchte, er ist noch gar nicht zurück.«

»Dann waren wir wohl vergeblich hier«, sagte Tiugugu enttäuscht. »Vielleicht morgen ...«

»So schnell geben wir doch nicht auf, mein Freund«, widersprach Ropatu und ging zur Haustür, um zu klopfen.

»Da ist keiner da«, stellte er fest.

»Hat der Händler denn keine Dienstboten?«

»Doch, aber er gibt ihnen frei, wenn er nicht in der Stadt ist. Dann braucht er sie schließlich nicht. So ist er. Aber gut, daß du mich daran erinnerst. Noch ist nicht alles verloren. Unter uns: Ich komme ganz gut mit der Köchin aus. Wir haben sozusagen etwas am Laufen.«

»Und wo wohnt sie?«

Ropatu hob die Laterne und zeigte auf eine Fensteröffnung, die im schwachen Lichtschein mehr erahnbar als sichtbar war. »Da oben üblicherweise. Aber heute ist sie nicht da. Sie wird bei ihrer Schwester sein.«

»Das hilft uns doch nichts«, stieß Tiugugu ungeduldig aus.

»Jetzt laß mich doch erst mal zu Ende sprechen«, bat ihn Ropatu. »Wenn du, mein lieber Freund Tiugugu, an der Palme beim Haus hochklettern würdest, dann könnest du durch die Fensteröffnung meines Liebchens schlüpfen und mir die Haustür öffnen. Dann könnten wir bei ihr im Trockenen warten, bis Lasalui daheim ist. Und falls sie wider Erwarten doch noch kommt, wird sie sich gewiß freuen, mich vorzufinden. Unter uns: Mein Liebchen ist sehr heißblütig, und ich neige nicht zur Eifersucht, wenn du verstehst, was ich meine.« Er stupste Tiugugu lachend in die Seite.

»Das möchte ich nicht tun«, erklärte Tiugugu. »Sie ist deine Freundin. Bestimmt wäre es ihr lieber, wenn kein Fremder, sondern du durch das Fenster klettertest.«

»Wie soll das gehen? Sieh mich an, Tiugugu, und dann schau nochmals zum Fenster! Wie soll ich hindurchpassen? Für ein kleines Kerlchen wie dich ist das doch ganz einfach.«

Tiugugu nickte. »Das stimmt. Laß mich zusammenfassen: Ich soll die Palme hoch, zu dem Fenster hinein und dir dann die Tür öffnen. So wie du es von Anfang an geplant hast?«

»Was soll ich denn geplant haben?« entrüstete sich Ropatu. »Ich konnte nicht ahnen, daß Lasalui noch nicht zurück sein würde. Zudem bin ich nur dir zuliebe hier. Vergiß das nicht.«

»Sträubt sich das Äffchen?« fragte eine Stimme aus dem Dunkeln. Zwei Männer traten in den Lichtkreis der Laterne. Anders als Ropatu waren sie wie Landarbeiter gekleidet. Da Tiugugu sie nicht hatte kommen hören, nahm er an, daß sie schon die ganze Zeit dagewesen waren.

»Wir hatten ausgemacht, daß ihr wartet«, begrüßte sie Ropatu unwirsch.

»Ich hatte einen schlechten Abend und bin nicht gewillt, mir noch stundenlang die Beine in den Bauch zu stehen. Los, Äffchen, hoch mit dir auf die Palme. Keine Widerrede mehr!«

»Ich werde euch nicht bei euren Gaunereien helfen«, weigerte sich Tiugugu bebend vor Empörung.

»Das werden wir noch sehen.«

Rasch trat der andere Mann näher und verpaßte ihm eine Ohrfeige, die seinen Kopf dröhnen ließ. Eine Woge aus brodelndem Zorn überrollte Tiugugu. Er handelte ohne nachzudenken. Nur am Aufschrei seines Angreifers erkannte er, daß er zurückgeschlagen haben mußte.

»Das gibt's doch nicht! Du kleine Sau! Dich will ich lehren.« Umgehend prügelten alle drei Männer auf Tiugugu ein. Der zweite Hieb schickte ihn zu Boden. Danach gingen die drei dazu über, ihm die Luft aus dem Leib zu treten. Vergeblich versuchte Tiugugu, mit den Armen seinen Körper zu schützen. Nachdem ihn der erste Tritt am Kopf getroffen hatte, gab er auch das auf und ertrug ergeben, was mit ihm geschah. Eine eigenartige Losgelöstheit ergriff ihn. Wie von fern hörte er das angestrengte Schnaufen seiner Peiniger und ein regelmäßiges, häßliches Klatschen.

»Hervorragend! Und was haben wir jetzt davon?« erklang wie durch Watte hindurch Ropatus Stimme.

»Die Sau hat mich geschlagen!«

»Ich hätte ihn vielleicht überreden können.«

»Einen Scheiß hättest du!«

»Jetzt ist er zu gar nichts mehr zu gebrauchen.«

»Still jetzt. Ich hatte einen schlechten Abend. Erst der Nackte, dann dieses ungezogene Äffchen. Genug ist genug!«

»Welcher Nackte?«

»Geht dich nichts an.«

»Das war nicht der Nackte«, sagte eine dritte Stimme. »Wie sollte der hierherkommen?«

»Sicher war er es. Die Fratze vergesse ich mein Lebtag nicht. Wegen dem hatte ich Alpträume.«

Tiugugu fühlte Finger, die ihn betasteten.

»Und?« fragte Ropatu.

»Nicht der Rede wert. Drei *Asch* hat das Kerlchen dabei. Aber besser als nichts.«

Das Geld, dachte Tiugugu erschrocken und verlor gleich darauf das Bewußtsein.

Als er wieder zu sich kam, war von Losgelöstheit nicht mehr die Rede. Benommen erwachte er in einem schmerzenden Körper mit einem salzigen Geschmack im Mund. Umgehend begann sein Magen zu zucken. Tiugugu wimmerte, als stoßweise Halbverdautes und säuerliche Flüssigkeit aus ihm herausschossen. Danach fühlte er sich sehr geschwächt.

Er überlegte sich, daß er aufstehen müsse, wußte aber nicht, woher er die Kraft dazu nehmen sollte. Zudem hatte er während des Erbrechens erfahren, daß sein Körper selbst die geringste Bewegung mit unsäglichen Schmerzen bestrafte. Doch welche Wahl hatte er sonst? Wenn er hier liegen bliebe, würde er langsam verenden. Plötzlich bekam er Angst. Er wollte nicht sterben. Mühsam drehte er sich von der Seite auf den Rücken, während sein Herz in furchtsamem Rhythmus pochte: Ster-ben, ster-ben, ster-ben.

Blitze und verhaltenes Donnern kündigten ein Gewitter an.

»Hilfe«, murmelte er. »Hilfe!« Irgend jemand mußte doch noch auf der Straße sein, selbst in dieser pechschwarzen Nacht! dachte er. Wo waren die Stadtwachen, die er tagsüber ständig gesehen hatte? Seit Verlassen des Hauses im Kohlpalmenviertel hatte er keine einzige erblickt.

Doch halt, wäre es überhaupt gut, wenn sie ihn fänden? Sie waren keine mildherzigen Helfer, sondern bösartige Bestrafer.

Womöglich brächten sie zu Ende, was die Schurken angefangen hatten. Jemand anderes mußte ihnen zuvorkommen! Heilige *Seepa von Nole*, steh mir bei!

»Hilfe«, flüsterte Tiugugu. »Hilfe!«

Ein erster Regentropfen traf ihn ins Gesicht. Ein zweiter, ein dritter.

Ein plötzliches Geräusch ließ Tiugugu aufhorchen. Der Regen konnte nicht die Ursache sein. Aber was war es dann? Eine Sinnestäuschung? Oder jemand, der die Straße entlangging – und am Ende an ihm vorbeiliefe, falls er nicht auf sich aufmerksam machte?

»Hilfe«, hauchte Tiugugu. »Hilfe!«

Ganz in der Nähe blitzte es. Einige Vögel kreischten empört: Kri-kra! Im kurzen Lichtschein erkannte Tiugugu, daß er recht gehabt hatte. Über sich sah er einen Mann, der ihm bekannt vorkam. Eine Mischung aus Entsetzen und etwas anderem, das Tiugugu nicht gleich einordnen konnte, lag auf seinem Gesicht.

»Hilf mir, Natanui«, wisperte Tiugugu. »Hilf mir.«

Sein Mitgefangener schrak zusammen und rannte davon.

Warum läuft er weg? dachte Tiugugu. Natanui wird Hilfe holen! Doch warum hatte er so ... so ... ertappt ausgesehen?

Ganz langsam begriff Tiugugu, daß Natanui nicht zurückkommen würde. Er hatte ihn einfach liegen lassen!

Der Regen wurde stärker. Tiugugu fühlte das Wasser auf sich klopfen, auf sich spritzen und an sich vorbeifließen. Das war der Anfang, dachte er. Die Rinnsale würden anschwellen und als reißende Bäche durch die Straßen der Stadt schießen. Wie durch ausgetrocknete Flußbette, wenn nach langer Dürre der Regen kam. Wie passend, denn heute war der erste Tag des Sturzregenmondes. Nichts konnte den Strömen widerstehen, alles würde weggeschwemmt werden. Jeder Dreck, jeder Schmutz. Aber ich bin keiner, dachte Tiugugu weinerlich.

Er sah sich in einem Bachbett liegen. Heiß brannte die Sonne auf ihn herab. Eine lange Linie von Ameisen wuselte geschäftig über seinen Körper. Jemand flüsterte. Etwas flüsterte beharrlich. Etwas rauschte, näherte sich, schwoll an, füllte die

Welt mit gischtigem Donnern. Der Fluß führte wieder Wasser, denn heute war nicht Ebbe, sondern Flut.

Das war das Ende. Das war das Ende.

Oder erst der Anfang?

Der Pfauenmann trifft die Geierfrau und ein Pärchen schräger Vögel

Sadi, Schenke Zum Schurkischen Palmenroller*, etwas früher*

Mojeb hielt sich an seinem fast leeren Becher fest und tat sich leid. Seine erste Begegnung mit den Schenken Sadis war anders verlaufen, als er sich noch vor ein paar Tagen im Dorf der Selbstmörder ausgemalt hatte. Damals hatte er sich als Teil einer unbeschwerten Zechbruderschaft gesehen, in welcher der Wein stets für alle zusammen bestellt wurde und jemand wie er keine peinlichen Augenblicke fürchten mußte, da sich stets einer fände, der sagte: »Laß deinen Beutel stecken, Mojeb. Jeder hat einmal eine Durststrecke. Die nächste Runde geht auf mich!«

In dieser Vorstellung gar kein Platz gewesen für jemanden, der sich nach dem ersten Becher Wein eine geschlagene Stunde lang überlegte, ob er sich einen zweiten leisten durfte, um diesen, nachdem er sich dazu durchgerungen hatte, mit schlechtem Gewissen und in winzigen Schlückchen zu trinken. Genauso wenig hatte zu dem Bild gehört, daß die Hauptperson dieser Phantasien allein an ihrem Wein nippen müßte, weil die Einheimischen lieber unter sich blieben. Allerdings hatte Mojeb damals auch keine Schenke vorgeschwebt, die vorwiegend von den bessergestellten Bürgern Sadis besucht wurde. Tatsächlich war er in seinen Tagträumen nie sonderlich wählerisch gewesen.

Mit dem Daumennagel entfernte Mojeb einen Kokosraspel, der ursprünglich auf den Wein gestreut worden war und sich beim Trinken zwischen seinen Zähnen verfangen hatte.

Bemerkenswert, was die Einheimischen alles aus den Palmen gewannen, dachte er und besah das kleine Stückchen Nuß. Diese Bäume waren ihr Schatz: Sie lieferten Wein und Öl, Fasern für Teppiche ebenso wie für Stricke oder Papier, dazu sehr hartes Holz. Auch Duftwässer ließen sich aus ihnen gewinnen. Keloe roch neuerdings angenehm nach Kokos, wenn sie aus der Wäscherei kam, in der sie arbeitete. Die Seife war dafür verantwortlich.

Mojeb schippte den Raspel weg und leerte seinen Becher. Genießerisch drehte er das leere Gefäß zwischen den Fingern, bevor er es auf den Tisch stellte.

Die Wirtin, die eben einen anderen Gast zur Tür geleitet und in die Nacht entlassen hatte, kam herbei. Mojeb hob ablehnend die Hand, um zu zeigen, daß er keinen weiteren Wein wünsche. Rechtzeitig besann er sich und sprach seinen Entschluß aus: »Genug für heute. Ich bin zufrieden!«

»Dann bin ich es auch«, stellte die Frau in der ihr eigenen Feierlichkeit fest. Mojeb lächelte breit, als seine Erwartung erfüllt wurde.

Die Besitzerin des *Schurkischen Palmenrollers* war der einzige Lichtschimmer des Abends gewesen. Mojeb hatte es genossen, sie bei der Arbeit heimlich zu beobachten. Soweit er sich erinnerte, hatte er noch nie jemanden gesehen, der so aufrecht ging, ohne dabei steif zu wirken. Beim Reden unterstrich sie ihre Worte mit ausgiebigen Gesten, doch im Gegensatz zu anderen Menschen behielt sie, wenn sie schwieg, die Haltung bei, in der sie ihren letzten Satz beendet hatte. So schritt sie durch ihre Schenke meist mit angehobenen Armen und ausgestreckten Händen und Fingern, wodurch sie an einen großen Vogel mit gespreizten Schwingen und gerecktem Hals erinnerte. Diese Ähnlichkeit verstärkte sich, wenn sie zeigen wollte, daß sie etwas verstanden habe. Dann neigte sie während des Sprechens den Kopf, während sie ihn gleichzeitig vorwärtsschob – eine Bewegung, die eher zu einem Wesen mit einem längeren und beweglicheren Hals paßte, als Menschen ihn gemeinhin hatten. Mojeb hatte ernsthaft erwogen, die Wirtin – verpackt in einen leichten Scherz – an seinen Gedanken teilhaben zu lassen, war aber dann davon abgekommen. Bislang hatte er noch keine Frau getroffen, die es schätzte, mit einem Geier verglichen zu werden.

Auch ihre Sprechweise hatte etwas Besonderes. Eine unverbrüchliche Festigkeit, die jeden Zweifel vertrieb, lag darin. Eine banale Ankündigung wie »Ich bringe den Wein gleich« wurde zu einem alles in den Schatten stellenden Versprechen. Die Berge mochten einstürzen, die Meere überkochen, der bestellte Wein würde dennoch unweigerlich den Gast erreichen!

Die Wirtin war sicher ein Grund, diese Schänke zu besuchen, dachte Mojeb mit leichtem Bedauern. Aber sie war der einzige. Gewiß würde er hier keinen Fuß mehr hineinsetzen.

Er schlüpfte in seinen Federmantel und spürte, daß er damit die Aufmerksamkeit des ganzen Schankraumes auf sich zog. Das schillernd bunte Gewand schlug jeden in seinen Bann.

Nach einem nachlässig gemurmelten Abschiedsgruß ging Mojeb nach draußen, wo er für einen Augenblick wie gelähmt stehenblieb. Welche Finsternis! Mit verbundenen Augen heimzugehen könnte nicht beschwerlicher sein. Falls er es sich zur Gewohnheit machen wollte, durch das nächtliche Sadi zu streifen, brauchte er unbedingt eine Lampe.

Mit einer Hand an der Hausmauer entlangstreichend, schlug er den Weg zum Kohlpalmenviertel ein. Er war noch nicht lange gegangen, als er in einer Seitenstraße Licht erblickte. Es stammt von zwei Laternen. Eine lag auf dem Boden und gehörte dem Gast, der vor ihm den *Schurkischen Palmenroller* verlassen hatte, die andere befand sich im Besitz zweier kräftiger Kerle, die den wesentlich teurer gekleideten Dritten gegen eine Hauswand gedrängt hatten. Mojeb lächelte grimmig. Bei der Häufigkeit, mit der er sich in den zurückliegenden Stunden vorgenommen hatte, das Haus nicht mehr unbewaffnet zu verlassen, würde er seinen Vorsatz gewiß nicht vergessen! Er dachte einen Augenblick nach und brüllte lauthals: »Da sind sie!«

Überrascht sahen die beiden Straßenräuber zu Mojeb herüber, als er immer noch schreiend auf sie zu stürmte. Plötzlich rief einer der beiden: »Heiliger Pipapatu, der Nackte!« So schnell er konnte, rannte er mit seinem Kumpan davon.

Wenige Schritte hinter der Stätte des Überfalls blieb Mojeb stehen und brüllte abermals aus voller Brust: »Ich glaube, sie sind rechtsrum geflüchtet!« Dann lauschte er angestrengt. Wenn die Straßenräuber etwas hartgesottener wären, ließen sie sich nicht so einfach übertölpeln!

Als er jedoch nichts hörte, wandte er sich dem Opfer des Überfalls zu: »Geht's dir gut?«

»Danke«, sagte der ältere Herr verstört und betastete sich.

»Hast du viel verloren?«

»Danke«, wiederholte sein Gegenüber.

Mojeb zuckte die Schultern, hob die Laterne auf und reichte sie dem Überfallenen.

»Danke«, sagte der abermals tonlos.

»Sei künftig etwas vorsichtiger«, ermahnte ihn Mojeb und schickte sich an, seinen Heimweg fortzusetzen. Sofort legte ihm der Mann die Hand auf den Arm: »Laß mich nicht allein! Du hast mich gerettet. Ich werde dich belohnen, wenn du mich zu meinem Haus bringst.«

Mojeb ließ sich nicht lange bitten.

Wie sich zeigte, wohnte sein Schützling, ein Gewürzhändler namens Tataiu, genau in der entgegengesetzten Richtung zu der, die Mojeb wählen mußte, um nach Hause zu gelangen. Doch der Umweg lohnte sich, da sich Tataiu großzügig zeigte, als er die vertraute Sicherheit seines Hauses erreicht hatte. Mojeb war zufrieden. Der Abend hatte sich doch noch gelohnt.

Gutgelaunt ging er zum *Schurkischen Palmenroller* zurück, um dort Tataius Laterne abzugeben. Der Händler hatte sie ihm mit der Begründung aufgedrängt, er könne seinen Retter nicht lichtlos gehen lassen. Mojeb solle die Lampe in der Schenke abgeben. Dort wolle er sie am nächsten Tag abholen.

Die Widersinnigkeit des Ganzen wurde Mojeb erst bewußt, als er schon beinahe beim *Schurkischen Palmenroller* angelangt war. Die Wirtschaft lag auf etwa halber Strecke zwischen Tataius Zuhause und seinem. Wenn er die Lampe jetzt abgab, so würde er genauso lichtlos im Dunkeln heimgehen müssen wie zu Anfang. Nichts hatte sich geändert, gar nichts.

Sei's drum, gesagt ist gesagt, dachte er. Der Gewürzhändler hatte bestimmt noch unter dem Schock des Erlebten gesprochen, denn Geiz war sicher nicht der Grund seiner unüberlegten Bitte. Von dem, was ihm seine Rettung wert gewesen war, konnte man Dutzende von Lampen kaufen!

In der Schenke hatte sich nichts verändert, seitdem Mojeb sie verlassen hatte. Jedoch wurde die Wirtin sofort hellhörig, als er die Lampe des Gewürzhändlers bei ihr abgeben wollte. Also erzählte er ihr, wie er in ihren Besitz gekommen war. Als er seine Erzählung beendet hatte, reichte sie ihm einen Becher mit Palmschnaps. »Der ist für dich!« Sie sagte nicht: »Und niemand auf der ganzen Welt wird dir diesen Schnaps wegtrinken oder verschütten!« Aber so hörten sich ihre Worte an.

Es erstaunte Mojeb nicht weiter, daß ihm der gesamte Schankraum zuerst mit halbem Ohr, dann mit voller Aufmerksamkeit zugehört hatte. Nun prasselten Fragen. Der Einfachheit halber erzählte Mojeb noch einmal ausführlich, wie er durch schnelles und beherztes Eingreifen dem Gewürzhändler die Unversehrtheit, ja vielleicht sogar das Leben erhalten hatte. Sein Lohn war ein weiterer Schnaps, den ihm keine Macht im Himmel und auf Erden streitig machen konnte.

Nach dieser zweiten Beschreibung des Vorgefallenen winkte einer der Gäste Mojeb zu sich – ein nachdenklich wirkender Mann mit Stirnglatze und beeindruckender Leibesfülle. Er war etwas jünger als der Gewürzhändler und stellte sich als Kaperielu vor. »Auf ein Wort! Meine Bitte mag Euch ungewöhnlich erscheinen«, begann er, die höfliche Anrede verwendend, der Mojeb bislang noch kaum begegnet war. »Doch könnte ich Eure Dienste ebenfalls für den Heimweg in Anspruch nehmen? So viel, wie Euch der arme Tataiu dafür gegeben haben mag, daß Ihr ihm das Leben gerettet habt, könnt Ihr für diesen Dienst selbstredend nicht erwarten. Doch so viel, wie angemessen ist, schon.«

»Selbstredend«, bestätigte Mojeb. »So ungewöhnlich ist die Bitte nicht. Ich war bereits als Leibwächter tätig, wenn auch nicht stundenweise. Mir wär's allerdings lieb, könnten wir sofort aufbrechen.«

Kaperielu war einverstanden. Der Wunsch kam ihm offenbar selbst sehr gelegen.

Anders als Tataiu, der einsilbig neben Mojeb hergegangen war, war er auf ein Gespräch aus.

»Euer Herr – der, den Ihr zuletzt beschützt habt – hat Euch sicher nicht gern aus seinen Diensten entlassen?«

»Ihm blieb keine andere Wahl«, erklärte Mojeb. »Er starb.« Um keine Mißverständnisse aufkommen zu lassen, fügte er rasch hinzu: »Eines natürlichen Todes! Tatsächlich verschied er erregt und in freudiger Erwartung.«

Kaperielu lachte verhalten: »Ein Tod, den sich viele wünschen. Ich weiß nicht, ob es Besseres gibt, als in den Armen seiner Geliebten zu sterben. Schlechteres allemal!«

Mojeb ließ sich den Gedanken durch den Kopf gehen. »Ganz so war es nicht. Er starb nicht in der Hitze des Liebesgerangels, sondern in freudiger Erwartung zweier gedünsteter Äffchen.«

Sein Begleiter schwieg einige Augenblicke. Dann schnitt er ein neues Thema an. »Ihr habt Euch keine guten Zeiten ausgesucht, um unsere Stadt zu besuchen. Das Leben ist hier sonst gelassener und friedlicher. Vielleicht mag es jetzt nicht so erscheinen, doch Milde und Barmherzigkeit sind uns nicht fremd.«

»Die Zeiten sind schlimm«, antwortete Mojeb ausweichend. »Vermutlich sieht es in anderen Gegenden des Landes nicht besser aus. Vielleicht gilt das sogar für die ganze Welt.«

»Manche sagen, Aionars Strafgericht sei über uns gekommen. Nun liege es an uns, die Liederlichen und Sündigen zu bestrafen«, warf Kaperielu nach einer Weile ein.

»Das klingt wenig überzeugend in meinen Ohren«, erwiderte Mojeb. »Hätte der Abwesende Gott ein Strafgericht abgehalten, so sollte man doch annehmen, daß er dabei bereits die Schuldigen und nicht etwa die Unschuldigen bestraft hätte, nicht wahr? Es sei denn ... es sei denn, er hätte etwas anderes im Sinne gehabt. Ich bin viel herumgekommen. In manchen Gegenden ist es üblich, daß die Kriegsherren nach einer verlorenen Schlacht jeden zehnten Soldaten hinrichten lassen. Es trifft alle gleich: die Tapferen wie die Feigen. Der Zehnte ist dran. Man glaubt dadurch erreichen zu können, daß die Soldaten beim nächstenmal eifriger kämpfen. Es ist nicht beabsichtigt, daß die überlebenden Neun sich anschließend gegenseitig umbringen. Einer stirbt. Das reicht. Mehr sollen es nicht sein, mehr dürfen es nicht sein … Unter uns und da die Nacht unser einziger Begleiter ist: Meistens brächte es mehr, jeden zehnten Kriegsherrn hinzurichten. Sie würden dann eifriger planen, was sie ihrem Heer zumuten.«

»Dann meint Ihr, daß alle, die Tag für Tag zu den Galgen gebracht werden, zu Unrecht sterben?«

Mojeb zuckte die Schultern. »Recht, Unrecht … Wie ich schon sagte, bin ich viel herumgekommen. Was in einem Land Recht ist, ist anderswo Unrecht. Recht ist immer nur dort Recht, wo es gilt. Ich bin fremd hier, meine Meinung gilt wenig. Sobald ich wieder abreise, kann es mir gleichgültig sein, was in Ikarilla Recht ist. Das ist Euer Recht.«

»Unser Recht?«

»Ja, Eures.«

Dieses Mal schwieg Kaperielu eine ganze Weile. Mojeb brach schließlich das Schweigen, um Antwort auf eine Frage zu erlangen, die ihn schon geraume Zeit beschäftigte: »Wer wird der neue König sein?«

»Das weiß ich nicht«, antwortete sein Begleiter.

»Hat der letzte keinen Erben hinterlassen?«

»Der Thron wird bei uns nicht vererbt. Der König wird vom Adel gewählt.«

»Und wann trifft sich der Adel?«

»Das kann ich Euch nicht sagen. Bisher hat man nichts darüber gehört, daß die Wahl bevorstünde. Nach einem Gerücht, das mir jüngst zugetragen wurde, soll es noch lange dauern. Monde, vielleicht sogar ein Jahr. Das muß irgend etwas mit der Art und Weise zu tun haben, wie er gewählt wird. Mehr kann ich Euch nicht dazu sagen. Seht Ihr …« Kaperielu senkte urplötzlich die Stimme fast bis zur Unhörbarkeit: »Ich habe nicht viel Erfahrung mit Krönungen.«

Mojeb lächelte in sich hinein: »Ihr wollt damit ausdrücken, daß Ihr in den letzten Jahren keine Thronbesteigung erlebt habt?«

»Ja«, bestätigte Kaperielu im Flüsterton.

»Dann wißt Ihr auch nicht, ob der neue Herrscher eine Amnestie erlassen wird?«

Sein Begleiter atmete scharf aus.

»Ich frage nicht meinetwegen«, stellte Mojeb schnell richtig. »Doch ein rechtzeitiger Gnadenerlaß könnte manchem das Leben retten.«

»Wie ich schon sagte, mögen Monde verstreichen, bis es soweit ist.«

»Ich weiß. Dennoch.«

Kaperielu blieb ruckartig stehen: »Wollt Ihr damit sagen, daß sie noch mondelang so weitermachen wird?«

»Ich weiß nicht, wer *sie* ist. Falls Ihr die Stadtherrin meint, so kann ich kein Urteil über sie abgeben, da ich sie nicht kenne. Doch wißt Ihr, was eine Wolfsziege ist?«

»Nein.«

»Nun, das Wesentliche an dem Tier ist, daß, wenn es einmal Menschen gefressen hat, nicht mehr damit aufhören wird. Sein erster Heißhunger wird sich zwar nach einiger Zeit legen, aber sein Verlangen wird nie ganz verschwinden.«

Auf dem restlichen Weg sagte Kaperielu nichts mehr. Bei seinem Zuhause, wo er bereits von seiner vielköpfigen Familie und einem alten Hausdiener erwartet wurde, bedankte er sich für die Begleitung. »Ich hoffe, Euch nicht zum letzten Mal im *Palmenroller* gesehen zu haben. Es war sehr beruhigend, Euch bei mir zu haben ... auf eine Weise jedenfalls.«

Da Mojeb dieses Mal die Lampe behalten durfte, gab es nichts, was seine Stimmung trübte. Kaperielu hatte ihm zwar nicht annähernd so viel gegeben wie der Gewürzhändler, doch gemessen an der aufgewendeten Zeit, war der Verdienst nicht schlecht. Auf jeden Fall war das ein Grund, ein weiteres Mal zu der Schenke zurückzukehren. Als er dort frohgemut pfeifend ankam, zog die Wirtin gerade die Tür hinter sich zu.

»Es ist geschlossen«, verkündete sie so unwiderruflich und unumstößlich, daß Mojeb eine leichte Wehmut überkam. »Kommt morgen! Dann ist wieder geöffnet!«

Ich bin das Beste, was euch widerfahren konnte

Das Haus im Kohlpalmenviertel, Sadi, etwas später

... Das Leder des Geschirrs knarrt und die Zugketten quietschen, als die Ochsen den Wagen den kleinen Hügel hinaufziehen. An dieser Stelle tun sie sich immer etwas schwer. Zum letzten Mal für heute, denkt Omaru. Dann habt ihr es hinter euch.

»Wir fahren gleich noch einmal«, widerspricht Timoteu, als hätte er seine Gedanken belauscht. »Bei schönem Wetter sind die Soldaten immer etwas länger zugange. Wenn die Arbeit gut läuft, so soll man nicht damit aufhören.«

Omaru blickt auf die rhythmisch schwingenden Hinterteile der grauen Zugochsen und wünscht sich, daß es regne.

»Bumm!« macht es hinter ihm.

Omaru blickt zu Timoteu. Der Schinder sieht stur geradeaus, als hätte er nichts gehört. Erneut ertönt das Geräusch. Noch immer verrät kein Wimpernschlag, kein noch so leichtes Zucken, daß der alte Mann etwas vernommen hätte. Omaru nimmt sich vor, Timoteu genau zu beobachten. Bestimmt wird der Lärm abermals ... Da ist es schon wieder: Bumm!

Omaru schüttelt den Kopf. Wie kann sein Begleiter nichts gehört haben? Er wendet sich zum Wagen um, wo das Geräusch herkommen muß. Ganz hinten auf der Ladefläche ragt aus der toten Fracht ein steifer Am heraus. Omaru blickt zum wolkenlosen Himmel, wohin der Arm der Leiche zeigt. Dort gibt es nichts. Als er den Blick wieder senkt, sieht er den Arm blitzschnell verschwinden. Erneut wummert es.

Omaru öffnete die Augen und starrte in die fast vollkommene Schwärze. Er benötigte einige Augenblicke, um zu erkennen, daß das immer noch anhaltende Geräusch aus seinem Traum nicht seiner Einbildung entsprang, sondern von der Wohnungstür kam, gegen die jemand heftig klopfte. Schlaftrunken raffte er sich auf und kämpfte sich durch die Schnurvorhänge, mittels derer der Schlafbereich von der restlichen Wohnung abgegrenzt wurde.

»Geh nicht hin«, zischte Keloe, als Omaru an ihrem Lager vorbeikam. »Wer weiß, wer dort draußen steht.«

Omaru stolperte weiter und rief durch die geschlossene Tür: »Wer klopft?«

»Wer wird es wohl sein? Der lustige Hacker vielleicht« vernahm er Mojebs ärgerliche Stimme. »Macht gefälligst auf! Ich bin es: Mojeb.«

Geschwind zog Omaru den Türriegel zurück. Regen sprühte herein, als der Jarmate durch die Türöffnung drängte. Er trug eine Last auf den Armen und stieß mit den Füßen rücksichtslos alles zur Seite, was ihm im Wege war.

»Platz da!« rief er, und: »Licht, macht Licht!«

Vor dem Schnurvorhang zögerte er unschlüssig, dann legte er seine Last vorsichtig davor ab.

»Der Kleine ist schwerer als man denkt«, brummte er.

Keloe hatte mittlerweile eine Lampe entzündet. Sie schrie erschrocken auf, als sie durch den Vorhang trat und sah, was Mojeb mitgebracht hatte.

»Lebt er noch?« fragte Omaru, in dessen Augen sich Tiugugus mißhandelter Körper nicht allzu sehr von den siebzig anderen unterschied, die er heute auf Timoteus Wagen geworfen hatte.

»Ja«, antwortete Mojeb. »Und ich will ihn – verdammt noch mal – nicht umsonst durch die halbe Stadt getragen haben.«

Er kniete sich neben den Bewußtlosen und säuberte ihn von Schlamm und Blut.

»Was bedeutet das?« rief Keloe.

»Das will ich auch wissen«, entgegnete Mojeb. »Ich habe ihn auf der Straße gefunden. Was hatte er dort zu suchen?«

»Er wollte jemanden wegen einer Arbeit treffen.«

»Getroffen hat er jemanden, das steht fest.«

»Du hättest ihn nicht wegtragen dürfen«, sagte Omaru. »Das war vielleicht nicht gut.«

»Er sieht aus, als wäre nichts für ihn gut!«

»Er war noch sehr jung.«

»Das ist er immer noch!« erwiderte Mojeb barsch.

Keloe machte sich an der Feuerstelle zu schaffen.

»Was tust du?« fragte Mojeb, ohne sie anzublicken.

»Ich mache Wasser heiß.«

»Warum?«

»Ich weiß nicht«, antwortete Keloe hilflos.

»Ein Tee, ein roter Stechpalmentee vielleicht«, schlug Omaru vor. »Aber er kann keinen trinken.«

Mojeb erhob sich. »Wir brauchen einen Arzt.«

Mit einem Mal trat er raschen Schritts in den Schlafbereich. »Wo sind die anderen beiden?« fragte er, als er zurückkam.

Omaru warf Keloe einen Blick zu. Sie tat so, als wäre die Frage an jemand anderen gerichtet gewesen.

»Wo sind die anderen?« erklang die Frage erneut und in schärferem Ton.

»Das wissen wir nicht«, antwortete Omaru. »Natanui hat seine Eßschale mitgenommen, Mataiu aber nicht.«

»Einer führt, einer folgt«, erwiderte Mojeb. »Warum seid ihr beiden noch da? Haben sie euch nicht Bescheid gesagt, daß sie sich verdrücken wollten?«

»Ich war heute mehrmals außerhalb der Stadt«, verteidigte sich Omaru beleidigt. »Ich bin hier, weil ich versprochen habe zu bleiben. Keloe hat es auch versprochen und Tiugugu ebenfalls.«

Sein Wächter spuckte mißmutig auf den Boden. »Ich bin das Beste, was euch widerfahren konnte. Ihr wißt es nur noch nicht.«

»Mama Apikaila wird wissen, wo ein Arzt wohnt«, rief Keloe etwas zu eifrig und eilte nach draußen. Omaru deutete auf den Boden und erklärte Mojeb: »Sie wohnt unter uns und befehligt die drei Schwangeren.«

Bald darauf kam Keloe mit der ältlichen Frau im Schlepptau zurück. »Ach du meine Güte«, rief sie erschrocken, wiewohl sie sicher vorgewarnt worden war.

»Kennst du einen Arzt?« unterbrach Mojeb ihr Klagen.

»Der kommt nachts nicht«, behauptete Mama Apikaila. »Außerdem will er gleich bezahlt werden. Der macht nichts auf Pump. Den können wir uns nicht leisten.«

»Er wird kommen«, versprach Mojeb. »Sag mir, wo ich ihn finde.«

»Soll ich gehen?« warf Omaru ein.

»Nein, ich hole ihn. Er wird kommen.«

Nachdem Mama Apikaila ihre Ansichten über den Arzt noch zweimal bekräftigt hatte, beschrieb sie endlich, wo sein Haus sei.

»Ist euer Freund reich?« fragte sie, nachdem Mojeb aufgebrochen war.

»Er ist nicht unser Freund«, antwortete Keloe abwesend, ohne die Augen von Tiugugu zu lassen. »Ich glaube auch nicht, daß er viel besitzt.«

»Aber er ist ein Jarmate«, stellte Omaru fest.

»Soso, ein Jarmate«, sagte Mama Apikaila. »Das sieht man gleich. Aber er ist nicht von hier, was?«

Eine weinerlich nörgelnde Stimme von der Treppe verriet die Ankunft des Arztes. »Ich gehe schon so schnell ich kann. Du mußt mich nicht treiben!«

Seine Erscheinung ließ keinen Zweifel daran, daß er aus dem Bett geholt worden war und nicht viel Zeit gehabt hatte, sich herzurichten. Begleitet wurde er von einem halbwüchsigen Gehilfen, der seine Tasche trug. Ohne lange Vorreden begann der Arzt Tiugugu zu untersuchen. Omaru hatte den Eindruck, daß er sich vor Mojeb fürchtete, da er stets zusammenzuckte, wenn jener sich überraschend bewegte. Nach wenigen Augenblicken sagte er: »Ich kann nicht mit so vielen Zuschauern arbeiten. Schick sie weg!«

Mojeb gab die Anweisung weiter.

Omaru legte sich wortlos auf seine Schlafmatte. Noch einige Zeit lauschte er den Vorgängen auf der anderen Seite des Vorhangs. »Ein kleiner Mann«, vernahm er die Stimme des Arztes.

»Klein, aber zäh!« erwiderte Mojeb.

»Nein, nur klein. Ich kann nichts für ihn tun. Meine Empfehlung lautet: Geht morgen zum Schrein der heiligen *Dolores von Pina* – er ist nur zwei Straßen entfernt – und bittet darum, daß er nicht mehr lange leiden muß. Es sei denn, du willst selbst dafür sorgen. Ich kann dir etwas ...«

Omaru schlief ein. *Er hört das Knarren des Leders und das Quietschen der Zugketten, als die Ochsen den Wagen den Hügel hinaufziehen. Diese Stelle des Weges ist für die schweren Tiere jedesmal sehr an-*

strengend. Omaru verspürt plötzlich den unerklärlichen Drang, sich hinter den Wagen zurückfallen zu lassen, um nachzuprüfen, ob alles ist, wie es sein sollte. Er erschrickt. Eine der Leichen ist vom Wagen gefallen. Er bückt sich und packt sie am Arm, um sie wieder zu den anderen zu werfen. Doch der Wagen ist mittlerweile weitergefahren. Timoteu scheint nichts bemerkt zu haben. Stur blickt er geradeaus.

Anhalten, denkt Omaru.

»Keine Zeit«, antwortet der alte Schinder, ohne sich umzuwenden, als hätte er seine Gedanken belauscht.

Mutlos wirft Omaru einen Blick zurück. Mit pochendem Herzen erkennt er, daß nicht zum ersten Mal einer der Toten vom Wagen gefallen ist. In gleichmäßigen Abständen liegen ihre Körper auf der Straße. Schon wieder rutscht eine Leiche von der Ladefläche.

Wir können sie doch nicht liegenlassen und vergessen, denkt Omaru beklommen.

Wie man einen König braut

Burg des Grafen von Temelua, am 4. Tag des Sturzregenmondes, im 458. Jahr der Abwesenheit Gottes

»Ihr kommt überaus günstig, Ritter«, rief der Majordomus aus.

Mit großen Schritten durchmaß Seffenaiu das Frühstücksgemach. Vor dem Grafen verbeugte er sich, um das allmorgendliche Ritual über sich ergehen zu lassen. Der Graf ließ ihn nicht lange warten. Umgehend spürte Seffenaiu die Finger seines obersten Herrn auf dem Kopf. In den vergangenen Tagen hatte Seffenaiu wiederholt mit dem Gedanken gespielt, sich das lange Haar zu stutzen. Da es jedoch erheblich dazu beigetragen hatte, ihn zu einem Günstling Ollimvekkus II. zu machen, hatte er davon Abstand genommen. Tatsächlich waren es nicht einmal die erkundungsfreudigen Finger des Kindergrafen, die diese Begegnungen so lästig machten, sondern die Angewohnheit des Majordomus, so lange zu schweigen, bis der Graf davon abließ, die Mähne seines Gefolgsmannes zu zerwühlen. Er ersparte damit zwar Seffenaiu, ihm mit gesenktem Haupt antworten zu müssen, doch mit seinen Kunstpausen belegte er jede Unwichtigkeit mit schier grenzenloser Spannung.

Wie jetzt wieder: ›Ihr kommt überaus günstig, Ritter!‹

Warum? War gerade eben das Erdnußmus ausgegangen, so daß neues besorgt werden mußte, oder befand sich ein feindlicher Nachbar mit Hunderten von Streitern auf dem Weg zur Burg, den es dringend abzuwehren galt? Was war an seinem Kommen so günstig? Die Antwort würde so lange ausbleiben, bis sich die Kinderhand zurückgezogen hatte.

Allerdings hatte Seffenaiu mittlerweile herausgefunden, wie er diesen Ablauf ein wenig beschleunigen konnte. Er räusperte sich. Sofort war die Hand weg! Seffenaiu blickte zu seinem Grafen auf, der ihn mit erschrockenen Augen ansah. Rasch verzog der Ritter den Mund zu einem breiten Lachen, während er ihm zuzwinkerte. Das gefiel dem Grafen. Alles war so, wie es sein sollte. »Wa, wa!« rief er fröhlich.

»Nehmt Platz«, sagte der Majordomus und deutete auf einen Sessel. »Ich unterhielt mich soeben mit Seiner Durchlaucht über die Königswahl. Dabei kamen Fragen auf, die Ihr uns vielleicht beantworten könnt.«

Seffenaiu folgte der Aufforderung, jedoch nicht ohne zuvor nach einer Schale zu greifen und sich von den überbackenen Kokoswürfeln zu bedienen. Auch an solche Formulierungen wie die eben gewöhnte er sich zusehends. Der Graf hatte gewiß keine Fragen gestellt. Zweifellos hatte er die sogenannte ›Unterhaltung‹ wie immer stumm ertragen. Also waren die Fragen vermutlich bei dem Majordomus selbst aufgekommen oder allenfalls noch beim gleichfalls anwesenden Halbbruder des Grafen. Der etwas scheue Junge hielt sich seit zwei Tagen in der Burg auf. Mit seinen fünfzehn Jahren war er wesentlich älter als Ollimvekku und schon beinahe erwachsen. Er sprach auch. Da er jedoch im falschen Bett geboren worden war, war er als Nachfolger seines Vaters nicht berücksichtig worden. Der Majordomus hatte ihn in die Burg holen lassen, weil er sich erhoffte, daß sich seine Gesellschaft vorteilhaft auf das Verhalten des Grafen auswirken werde. Vielleicht wollte er ihn auch frühzeitig an ein Leben im Schatten seines Halbbruders gewöhnen, sollte Ollimvekku weiterhin das Sprechen verweigern.

»Ich höre«, sagte Seffenaiu und tunkte einen Kokoswürfel in die Soße aus Sauerfeigen. »Ihr solltet jedoch nicht vergessen, daß ich unter der ruhmreichen Herrschaft König Ajam Sallimvallus geboren wurde, also mein Wissen aus zweiter Hand stammt.«

Der Majordomus räusperte sich: »Vielleicht solltet Ihr damit beginnen, wo und wann die Wahl stattfinden wird.«

Seffenaiu lachte: »Das weiß ich auch nicht. Wie Ihr bestimmt wißt, wird die Königswahl vom nächsten Verwandten des letzten Herrschers einberufen. Angesichts der gegenwärtigen Umstände – zumal wenn Ihr berücksichtigt, wer alles auf Pinapataui weilte – könnte es eine Zeitlang dauern, bis bekannt ist, wer das überhaupt ist. Derjenige, der die Wahl einberuft, bestimmt den Ort. Ist beides geklärt, so werden an diesen Ort alle regierenden Territorialherrscher und -herrscherinnen gerufen. Ist mehr als die Hälfte von ihnen kürfähig, so kann der König gewählt werden.«

»Der Graf könnte also keinen Vertreter schicken? Er müßte selbst dorthin reisen?«

»So ist es. Ich rate jedoch davon ab, daß er sich an der Wahl beteiligt.«

»Warum?« fragte der Majordomus verblüfft.

Wieder einmal wunderte sich Seffenaiu darüber, wie in einem Haus, das so viel Wert auf die Einhaltung alter Traditionen legte, so wenig über manche wichtigen Verfahrensweisen bekannt sein konnte. Vielleicht lag das an dem verzweifelten Bemühen des Majordomus, den Willen seines verstorbenen letzten Herrn zu erfüllen und Werte hochzuhalten, die ihm fremd waren. Vielleicht war es hier aber nie anders gewesen.

»Weil unser junger Graf die Wahl nicht überleben würde«, erklärte Seffenaiu. Gerade noch rechtzeitig erinnerte er sich daran, daß seine Auskunft offiziell nicht für den Majordomus bestimmt war, sondern für den Grafen.

»Vermutlich stürbet Ihr sogar, mein Graf, ohne je zu erfahren, wer der künftige König sein soll«, sagte er nun an Ollimvekku gewandt. »Ihr müßt wissen, daß der König Ikarillas, der einst als *Traumversprochener König* bezeichnet wurde, schon immer im Zustand der Erleuchtung gewählt wurde. Erleuchtung ist hierbei ein schöneres Wort für Rausch. Genau, der König wird im Rausch gewählt.«

»Sie sind alle besoffen?« fragte Ollimvekkus Halbbruder mit heller Stimme. Seffenaiu gönnte ihm einen längeren Blick. Da er nicht wußte, wie er den Bankertbruder des Grafen ansprechen sollte, gab er die Antwort seinem unbeteiligt mit der Puppe spielenden Herrn. Er nahm sich vor, den Majordomus in dieser Protokollfrage dringend um Auskunft zu bitten.

»Nein, so nicht. Sie sind nicht trunken von Wein oder Bier. Sie nehmen zu Beginn der Wahl ein Getränk zu sich, das sich *Traumtrank* nennt. Ich weiß nicht genau, woraus er besteht. Eine Zutat ist das Gift des *Wehekekraken,* eines putzigen Tierchens, eine weitere ist eine Pflanze namens *Rimurapa.* Ich weiß nicht einmal, was das ist.«

»Eine Alge«, ertönte abermals die Stimme des Halbbruders.

»Sehr gut«, lobte ihn Seffenaiu überrascht. »Eine Alge also. Sie ist auch giftig. Ich weiß nicht, was noch darin ist. Das Entscheidende ist aber: Während dieser Trank bei einem Erwachsenen zu Wachträumen und Visionen führt und allenfalls von Kopfschmerzen und Übelkeit begleitet wird, ist er für junge Menschen äußerst gefährlich.«

»Was heißt jung?« fragte der Majordomus.

»Unter dem Erwachsenenalter, jünger als sechzehn Jahre. Manche meinen, auch dieses Alter sei nicht unbedenklich. Einig scheint man sich aber zu sein, daß jeder Mond unter diesem Alter die Gefahr, ein Opfer des Trankes zu werden, erheblich vermehrt. Frauen scheinen den Trank übrigens merklich besser zu vertragen. Seltsam, wenn man bedenkt, daß üblicherweise ein Mann zum *Traumversprochenen König* gewählt wird. In den letzten dreihundert Jahren war das stets so.«

»Ich verstehe noch immer nicht, warum Seine Durchlaucht

zum Wahlort reisen muß«, warf der Majordomus ein. »Es gibt dort nichts für ihn zu tun.«

Seffenaiu sah ihn fest an. »Er wird ja nicht allein reisen müssen. Erschiene er aber nicht, so wäre das ein erheblicher Schaden für sein Ansehen. Wie leicht könnte der Eindruck entstehen, er sei nicht befähigt, seine Länderein zu regieren. Ihr wißt, welche Folgen das hätte. Zudem wird er benötigt, um die Zahl der Kürfähigen zu ermitteln. Wie ich anfangs erwähnte, bedarf es der Mehrheit der Anwesenden.«

»Was ist, wenn es nicht genug sind?« meldete sich der Halbbruder wieder zu Wort. »Was ist, wenn beim Zählen herauskommt, daß weniger als die Hälfte wählen dürfen?«

»Warum sollte das so sein, Junge?« fragte der Majordomus.

Aha, dachte Seffenaiu, so wurde er also angesprochen!

»Weil zu viele von ihnen noch zu jung sind.«

»Sehr gut«, rutschte es Seffenaiu heraus. Ollimvekkus Halbbruder war ein heller Kopf!

»Dann wird es spannend«, erklärte er. »Denn dann wird solange kein König in Ikarilla herrschen, bis der maßgebliche Adel alt genug ist, um die Wahl zu überleben.«

Tröstlich ist das Wort Aionars.
Singt, tanzt und bringt die Toten heraus!

Sadi, am 9. Tag des Sturzregenmondes,
im 458. Jahr der Abwesenheit Gottes

Keloe hatte es eilig, da der seit Tagen anhaltende Dauerregen sich eine kurze Atempause gönnte, so daß sie darauf hoffen konnte, ausnahmsweise trocken nach Hause zu gelangen. Zudem hatte Mojeb ihr und Omaru eingeschärft, sich nach der Arbeit unverzüglich auf den Heimweg zu begeben, da er andernfalls zu spät seinen Dienst antreten müsse. Seine Kundschaft warte nicht. Die

Folgen hätten sie alle zu tragen, wenn er mit leeren Händen heimkäme.

Keloe rümpfte die Nase. Der Kerl tat gerade so, als hinge ihrer aller Wohl von ihm ab. Dabei war sie anfangs die einzige gewesen, die überhaupt etwas nach Hause gebracht hatte. Der Lohn, den sie in der Wäscherei bekommen hatte, hatte alle ernährt. Und damals waren sie noch mehr gewesen! Der sollte sich bloß nicht so aufspielen.

Außerdem, worin bestand denn sein sogenannter Dienst? Doch darin, allabendlich in einer Schenke darauf zu warten, daß ein Zecher nach Hause gebracht werden wollte. Das konnte doch jeder! hatte Omaru zu Recht gesagt. Aber was der tat, war auch nicht viel besser, ja sogar unheimlich. Wenigstens bekam er von den Hinterbliebenen der Verstorbenen häufig nicht mehr benötigte Kleidungstücke geschenkt. Die besserte er abends aus, um sie irgendwann auf dem Markt zu verkaufen. Meistens half sie ihm dabei. Gestern hatte er eigens einen Rock für Mojeb mitgebracht. Bei jedem anderen als Omaru hätte sie Hintergedanken vermutet, denn so sehr wie über dieses harmlose Kleidungsstück hatte sich der Jarmate nicht einmal aufgeregt, als er das Verschwinden Natanuis und Mataius bemerkt hatte. Alle Ungeheuer aus dem Meer des Schlafes könnten ihn nicht dazu bringen, einen Rock anzuziehen, hatte er geschimpft!

Es sei doch nur dazu, damit er sich nicht immer mit den Stadtgardisten streiten müsse, hatte Omaru beschwichtigend gemeint.

Die treffe er ohnehin nicht mehr, hatte Mojeb erwidert. Er verlasse nur noch abends das Haus, wenn sich das rohe Pack nicht mehr auf die Straße traue. Und dem Abschaum, vor dem er seine Kunden schütze, sei gleichgültig, wie er sich kleide.

Keloe wunderte sich noch immer, wie gelassen ihr Bewacher die Flucht ihrer beiden Mitgefangenen hingenommen hatte.

»Wenn sie noch in der Stadt sind, werde ich sie über kurz oder lang treffen. Dann werden sie sehen, was es bedeutet, ein Versprechen beim heiligen Malachias zu brechen. Aber wahrscheinlich haben sich ihrer längst die Schlagetots der Vögtin und ihres Mönchs angenommen.«

Keloe mochte nicht, wenn er solche Ausdrücke benutzte. Wahrscheinlich schnappte er sie bei seinen abendlichen Ausflügen auf. Man wußte nie, wer zuhörte.

»Schöne Frau!« sprach ein junger Mann, der in einer Einfahrt stand, Keloe an. »Komm her! Ich will dir etwas zeigen, das du haben willst.«

»Behalte es für dich. Ich will es nicht sehen. So eine bin ich nicht«, antwortete sie.

»So einer bin ich auch nicht«, äffte sie der Mann nach. »Nun schau's dir doch wenigstens an. Das kostet nichts. Du hast nichts zu verlieren. Wenn du's aber nicht tust, so wirst du's bereuen.« Er hob dabei einen kleinen Beutel.

Keloe trat neugierig näher. Mit geübten Griff zog der Fremde ein Papierröllchen aus seinem Beutel, entfernte den Holzring, mit dem es zusammengehalten wurde, und reichte es ihr: »Geh vorsichtig damit um.«

Keloe entrollte das Papier. Ein Holzschnitt, wie sie sogleich erkannte. Er war etwa so groß wie zwei Handflächen und nicht eben aufregend anzusehen. Nur viele, leicht gekrümmte Linien waren darauf zu erkennen. Sie verliefen parallel oder schnitten sich manchmal.

»Was soll das sein?« fragte sie.

»Die Botschaft Gottes«, flüsterte der junge Mann andächtig. »Das sind die Zeichen, die Aionar an den Himmel malte, bevor er den Wolkenvorhang für immer zuzog.« Unwillkürlich hob er den Arm und zeichnete mit der Hand einen Bogen.

»Was bedeuten sie?« fragte Keloe ebenfalls mit gesenkter Stimme.

»Niemand weiß das. Die weisesten Männer sind darüber verzweifelt. Einige wurden sogar wahnsinnig. Wen wundert das? Es ist das Wort Gottes! Doch eines kann ich dir versprechen: Einen mächtigeren Talisman wirst du nirgends finden. Weder hier noch im ganzen Land. Selbst nicht in Cantamo. Er hilft bei allem, was das Leben schwermacht. Warst du je unglücklich verliebt? Das war einmal! Plagt dich eine Krankheit oder ein Gebrechen? Über Nacht ist es geheilt! Quälen dich Pech, böse Flüche, die Mißgunst von Neidern ... verdammt!« Urplötzlich rannte er weg. Der Grund war ein Stadtgardist, der ihm sofort hinterhereilte. Keloe ahnte, daß das überstürzte Ende des Gesprächs mit dem kleinen Stück Papier zu tun haben müsse. Schnell zerknüllte sie es und verbarg es in ihrer Faust.

Derweil hastete der junge Mann den Bogengang hinab, sprang über Körbe und schubste jeden zur Seite, der ihm nicht schnell genug Platz machte. Wie aus dem Nichts kam ihm ein zweiter Gardist entgegen. Bei dem Versuch, dieser neuen Bedrohung auszuweichen, stolperte er über eine Katze, die maunzend davon fegte, und stürzte. Sofort waren die Stadtknechte über ihm. Sie riefen: »Behalt deinen salamarischen Ketzerdreck!« und prügelten auf ihn ein.

Keloe stand da wie gelähmt. Sie sah, wie die Keulen in gleichmäßigem Takt hochgerissen wurden und heruntersausten. Unfähig, sich zu rühren, ertrug sie die gellenden Schreie, das Winseln um Gnade und das Klatschen der Schläge. Sie vermeinte Knochen brechen, Fleisch platzen und Blut spritzen zu hören.

»Hau ab, du dumme Gans«, zischte eine Stimme in ihrer Nähe.

Plötzlich wurde ihr bewußt, daß sie allein war. Alle, die eben noch mit ihr die Straße bevölkert hatten, waren unverzüglich im nächstbesten Laden oder Lokal verschwunden. Niemand wollte Augenzeuge sein. Ohne nachzudenken und mit bis zum Hals schlagenden Herzen, zog sich Keloe in die Einfahrt zurück und gelangte in den Innenhof eines Gebäudes, das ihrem eigenen Haus sehr ähnlich war. Sie ging zur Treppe zu den oberen Stockwerken und setzte sich auf die Stufen. So verharrte sie und betete still zur heiligen Sarona.

Nach einer Weile wagte sie sich wieder zum Ausgang vor. Das Blut gefror ihr in den Adern, als sie die Stadtgardisten vorbeigehen sah. Der eine schlug die Hände aneinander, als wollte er sie von Staub säubern, während der andere leise eine Bemerkung machte, die einen Heiterkeitssturm bei seinem Begleiter auslöste. Er lachte nicht nur einfach, sondern stemmte beide Hände in die Seiten und schüttelte sich lauthals vor Lachen. Dieses Lachen wirkte so gekünstelt, als stammte es von einem Schauspieler des

Theatros. Die Ähnlichkeit endete nicht, als der Mann zu lachen aufhörte. Nun sprach er mit lässigen, übertrieben ausholenden Gesten, die nur eines ausdrücken sollten: Schaut alle her! Wir unterhalten uns ganz ungezwungen über harmlose Dinge. Nichts Ungewöhnliches ist vorgefallen!

Die Posse endete mit einem Befehl der Stadtwache an niemand Bestimmten: »Schafft ihn weg!«

Keloe ließ noch etwas Zeit verstreichen, bis sie sich aus dem Hof heraustraute. Sie merkte, daß sie mit den Zähnen klapperte, und wunderte sich, als ihr klar wurde, daß es nicht vor Angst war. Am Ort der Gewalttat hatte sich eine Menschentraube gebildet. Keloe verspürte nicht das geringste Verlangen zu erfahren, was aus ihrem Zufallsbekannten geworden war. Sie wollte nur weg.

Kurz bevor sie zu Hause ankam, fiel ihr der Holzschnitt in ihrer Hand ein. Mit einemmal kam sie sich vor wie in einem der Märchen ihrer Kindheit, in denen es nichts umsonst gegeben hatte, sondern immer ein Preis zu zahlen gewesen war. Wo sich Glück und Unglück die Waage gehalten hatten, bis es am Ende hieß: Und weil sie alle gestorben sind, leben sie nicht mehr.

Der junge Mann und der Talisman. Ein Leben für ein anderes. Als hätte es so sein müssen! Das Grauen, dessen Zeugin sie geworden war, war nun nicht mehr ganz so erdrückend.

Ein Kinderlied trällernd, von dem Keloe nicht gedacht hätte, sich seiner noch zu erinnern, bog sie in den Eingang des Mietshauses ein. Sie überquerte den Innenhof, stieg die Treppe hinauf, ging bis zur vierten Tür, öffnete sie und betrat die Wohnung.

Mojeb hatte wieder seine ranzig riechende Suppe gekocht. Er kniete mit einem Schwamm neben dem noch immer bewußtlosen Tiugugu, befeuchtete seine Augen und träufelte ihm behutsam Wasser in den Mund. Keloe konnte nicht verstehen, wie ein Mann, der vom Schwert lebte und sicher schon Unzählige getötet hatte, gleichzeitig so fürsorglich sein konnte.

»Du gibst nicht auf?« fragte sie sanft.

»Noch nicht«, entgegnete Mojeb. »Während der Schlacht von Villareal bekam der heilige Malachias einen solch wuchtigen

Hieb auf den Schädel, daß ihm der Helm zersprang und er ohnmächtig wurde. Für einen Mond und einen Tag lag er auf seinem Lager, ohne sich rühren. Viele hielten ihn für tot. Er roch sogar schon! Aber dann wachte er doch wieder auf ... Allerdings glaube ich die Geschichte nicht ganz.«

»Daß er solange bewußtlos war?«

»Nein, daß er roch. Man sollte doch meinen, daß seine Begleiter Duftwässerchen besorgten, als er zu stinken und womöglich zu suppen begann. Doch wer weiß, vielleicht ließ er sie zur Strafe enthaupten, als er wieder klaren Verstandes war. Das würde manche Ungereimtheit erklären.«

»Du scheinst ein großer Bewunderer dieses Heiligen zu sein, so oft wie du ihn erwähnst.«

Mojeb zuckte mit den Schultern. »Das ist eine Angewohnheit. Soldaten machen alles im Namen des heiligen Malachias: schwören, fluchen, was du willst. Wenn man lange genug einer war, so kennt man Malachias besser als seine Verwandten.«

Keloe gab ein höfliches Lachen von sich.

»Das war kein Scherz«, erklärte Mojeb. »Es ist so. Bei mir auf jeden Fall.«

Keloe wunderte sich. Bislang hatte ihr Bewacher wenig über sich preisgegeben. Sie war neugierig, ob sich die Tür, die sich unerwartet einen winzigen Spalt geöffnet hatte, weiter aufstoßen ließe.

»Du warst wohl schon für lange Zeit nicht mehr bei deinen Verwandten?«

»Etliche Jahre. Mehr als mein halbes Leben sogar. Ich war fast noch ein Kind, als ich davonlief.«

»Warum das?«

»Die neue Frau meines Vaters konnte mich nicht ausstehen. Es ist eine Sache zwischen ihr und mir. Wäre ich geblieben, so lägen meine gebleichten Knochen sicher seit Jahren in einem Abgrund.«

»Also willst du nie wieder in deine Heimat zurück?«

»Vielleicht doch. Wer weiß. Zuerst muß ich hier noch etwas erledigen.«

»Du meinst damit wahrscheinlich nicht unsere Bewachung?«

»Nein, ich suche jemanden.« Urplötzlich wechselte er das Thema: »Er war heute wach.«

Siedendheiß durchfuhr es Keloe: »Tiugugu war wach?«

»Nicht ganz wach. Er stöhnte. Ich dachte schon, er wolle die Augen öffnen. Er tat's dann doch nicht. Vielleicht hat er morgen mehr Lust dazu.«

Keloe war ganz aufgeregt: »Er wird gesund werden! Er wird leben!«

»Das ist noch nicht entschieden«, dämpfte Mojeb ihre Begeisterung. »Ich betrachte das zwar als ein gutes Zeichen, aber er ist noch lange nicht über dem Berg.«

Nun fiel Keloe wieder der Holzschnitt ein. Sie setzte sich neben Mojeb, entfaltete das Papier und strich es auf dem Boden vorsichtig glatt.

»Ich weiß, was das ist«, sagte er nach einem flüchtigen Blick darauf. »Die Schrift Aionars! Jeder munkelt davon. Selbst die, die gar nicht lesen können, wissen, wie wundertätig die Zettelchen sind. Weißt du, daß der Besitz verboten wurde? Wieviel hat man dir dafür abgenommen?«

Keloe erzählte, wie sie an das Papier gelangt war. Mit Erleichterung nahm sie zur Kenntnis, daß sich die Miene ihres Bewachers aufhellte, als er erfuhr, daß sie nichts hatte bezahlen müssen. Offenbar war das seine einzige Sorge gewesen. Unsicher sprach sie ihn darauf an.

Er schmunzelte. »Wie oft soll ich das noch erklären? Ich erlasse weder Gesetze, noch bin ich ein Richter. Ich wurde nur bezahlt, euch zu bewachen. Das mache ich, soweit es die Umstände erlauben. Hat dir der Kerl erzählt, was du damit tun sollst?«

Ratlos hob Keloe die Schultern. »Gibt's da so viele Möglichkeiten?«

»O ja! Vielleicht muß man es verbrennen, und der Kranke muß den Rauch einatmen. Oder er muß es verspeisen, was schlecht wäre.«

»Das glaube ich nicht. Derjenige, der es mir verkaufen wollte, nannte das Papier einen Talisman mit vielfältigem Nutzen. Vielleicht muß es unter Tiugugus Schlafmatte.«

»Das klingt einleuchtend«, stimmte Mojeb zu. »Falte es vorher. Das ist oft erforderlich.«

Er nahm das Papier entgegen. Keloe half ihm dabei, das Kopfstück von Tiugugus Bettstatt sachte anzuheben, damit er den gefalteten Zettel darunter legen konnte.

Die Nähe des Todes verbindet Menschen, dachte Keloe.

Mojeb wandte ihr ruckartig das Gesicht zu. »Etwas mehr Abstand«, sagte er rauh. »Ich bin noch immer dein Wächter.«

Keloe erhob sich und ging lächelnd weg.

Von Ziegen, Böcken und besorgten Bürgern

Beim Schurkischen Palmenroller,
am 18. Tag des Sturzregenmondes,
im 458. Jahr der Abwesenheit Gottes

»Furzig, das war knapp!« brummte Mojeb und schüttelte sich. Um ein Haar wäre er den Stadtwachen in die Arme gelaufen. Da sah man es wieder: Nachlässigkeit wurde stets bestraft! Doch wer hätte ahnen können, daß sich diese Gestalten noch so spät auf die Straßen wagten, zudem bei dem Sauwetter? Sie wurden zusehends lästiger. Einige von ihnen hatten es offenbar auf ihn abgesehen.

Vor zwei Tagen hatten sie sogar an seine Tür geklopft. Im Haus waren sie zwar schon öfter gewesen, um irgendwelche armen Tröpfe einzuschüchtern, doch bis zum obersten Stockwerk waren sie noch nie vorgedrungen. Nicht mal daheim war man vor ihnen sicher! Keloe, dieses durchtriebene Weib, hatte das Gesindel ohne zu zögern angelogen: Ihr Schwager sei nicht im Hause. Er arbeite jetzt für den Herrn Mekaelu, aber nicht als bescheidener Arbeiter, wie sie vielleicht dächten, sondern als Bote in seiner Kanzlei!

Mojeb war schleierhaft, wie Keloe ausgerechnet auf Kanzleibote gekommen war. Offenbar war das in ihrer Welt etwas Bedeutendes. Der Verweis auf Mekaelu war jedoch schlau gewesen. Er war noch immer einer der reichsten Menschen der Stadt, auch wenn die Flutwelle einen großen Teil seiner Lagerhäuser weggespült hatte. An jemanden, der womöglich unter dem Schutz einer solch einflußreichen Person stand, wagten sich die Schlagetots nicht so ohne weiteres heran. Man würde sehen, wie lange die Täuschung Wirkung zeigte. Vielleicht war es dann an der Zeit, mit dem Gesindel über Schranken zu reden!

Längst juckte es Mojeb in den Fingern, ein Exempel zu statuieren. Eigentlich konnte es gar nicht so schwer sein, mit diesen Burschen fertig zu werden. Der Herr Kaperielu hatte fallen lassen, daß die meisten von ihnen erst seit kurzem bei der Stadtwache seien. »Unter dem Vorwand, den Abschaum von den Straßen zu vertreiben, hat sie weit schlimmeren auf die Stadt gehetzt«, hatte er gesagt. Tatsächlich schienen inzwischen sogar einige bisherige Stadtgardisten ihren Dienst quittiert zu haben. Kaperielu hatte gemeint, es belaste sie wohl, von jedem gefürchtet zu werden. Selbst von ihren Nachbarn und Familien.

Mojeb hatte die Erklärung hingenommen. Ihn selbst hatte es noch nie belastet, gefürchtet zu werden. Doch vermutlich machte es einen Unterschied, ob man eine fremde Stadt besetzte und ausplünderte oder die eigene. Man würde sehen.

Witzigerweise hatte Keloe nicht einmal so sehr gelogen: Er war tatsächlich nicht *im* Haus gewesen, sondern darauf, nämlich auf dem Dach. Von dort hatte er, auf dem Bauch liegend, Keloes Schilderung seines unaufhaltsamen gesellschaftlichen Aufstieges belustigt mitangehört. Die Erheiterung war jedoch verflogen, als ihm der Gedanken gekommen war, die Ziegen könnten Gefallen daran finden, an ihm zu lecken oder ihn zu beköteln.

Mojeb hatte Gründe gehabt, sich auf dem Dach aufzuhalten, bevor die Gardisten kamen. Auch dieses Mal war ein Geräusch dafür verantwortlich gewesen, nämlich ein unregelmäßiges Klopfen. Nach dem Trappeln der Ziegen hatte es nicht geklungen, und tatsächlich hatte man sorgfältig hinhören müssen, um überhaupt zu bemerken, daß die in großen Abständen ertönenden Klopfgeräusche zusammengehört hatten.

Wie erwartet waren auf dem Dach keine Ziegen herum gesprungen, als Mojeb oben angekommen war, jedenfalls nicht auf seiner Dachhälfte. Und die auf der anderen Seite hatten vor ihm Reißaus genommen – trotz der Brotreste, die er ihnen gelegentlich mitgebracht hatte. Anscheinend hatten sie Verdacht geschöpft, daß Gutherzigkeit nicht der Grund war, warum er sie an sich gewöhnen wollte.

Der Schleier, der über dem Mysterium des Klopfens gelegen hatte, war ein wenig angehoben worden, als vor Mojebs Füßen aus heiterem Himmel ein Knochen aufs Dach geknallt war. Einer der grauen Geier, die es hier häufig zu geben schien, hatte ihn fallen lassen. Das Geheimnis war ganz gelüftet worden, als Mojeb zersplitterte Schalen von Muscheln und kleinen Krebsen entdeckt hatte. So hoch über dem Boden konnte ihr Vorhandensein nur einen Grund haben: Der Vogel benutzte diese Stelle des Dachs offenbar gewohnheitsmäßig, um alles, wofür sein Schnabel zu schwach war, zu zerschmettern, in dem er es hinreichend oft fallen ließ!

Der Geier war sogar auf dem Dach gelandet. Selbstverständlich war er zu scheu gewesen, um sich zu nähern, wiewohl offensichtlich gewesen war, daß er den Knochen hatte zurückhaben wollen. Dann hatte er zu Mojebs Entzücken dasselbe getan wie seinerzeit sein Artgenosse bei dem verlassenen Bauernhof: Er hatte ihm die Kralle entgegengestreckt! Dieser drollig anzusehenden Geste hatte Mojeb nicht widerstehen können. Kurzerhand hatte er den Knochen mit dem Dolch gespalten und ihn dem Geier zugeworfen. »Das könnte der Beginn einer wunderbaren Freundschaft sein«, hatte er dazu gesagt. Dann hatte er auch schon die Stimme des Stadtgardisten vernommen …

Die Erinnerung an den unliebsamen Besuch ließ eine leichte Verärgerung in Mojeb aufsteigen. Er schüttelte sich noch einmal kräftig und betrat den *Schurkischen Palmenroller*.

»Du bist da«, begrüßte ihn die Wirtin. Mojeb wußte inzwischen, daß sie Mara hieß und eine etwas eigenartige Tochter namens Makerita hatte.

»Das bin ich«, stimmte er zu. Er schlüpfte aus dem tropfenden Mantel und grüßte dabei freundlich einige vertraute Gesichter. Dann setzte er sich auf seinen üblichen Platz gleich neben der Tür. Die Pfütze unter Mojebs Mantel hatte sich kaum gebildet, als Kaperielu zu ihm trat:

»Mögt Ihr mich nach Hause geleiten?« fragte er.

Mojeb wunderte sich. Auch wenn sein Schützling mit ihm zu reden pflegte wie mit einem Gleichen, kam er sonst nicht zu ihm, wenn er aufbrechen sollte, sondern winkte kurz. Außerdem ging er sonst später. Es war noch früh am Abend. Vielleicht war ihm heute nicht ganz wohl.

»Gern«, antwortete Mojeb und zog ergeben seinen feuchten Umhang an.

»Ich komme wieder«, sagte er zur Wirtin.

»Er kommt wieder zurück«, bestätigte die mächtige Vertreiberin aller Zweifel.

Auf dem Weg zu Kaperielus Haus wunderte sich Mojeb noch mehr. Daß sein Begleiter auf dem ganzen Heimweg kein Wort sprach, war sehr ungewöhnlich. Irgend etwas, worüber sich zu unterhalten lohnte, war ihm bislang immer eingefallen. Er war kein Schweiger. Etwas schien ihn zu bedrücken. Mojeb wollte seinen Begleiter schon darauf ansprechen, als Kaperielu ihn plötzlich wissen ließ: »Wir müssen heute einen kleinen Umweg machen.«

Der Satz blieb für lange Zeit sein letzter, denn eines war der Umweg nicht, nämlich klein. Er führte quer durch die Stadt und endete vor einer flachen Villa mit einem breiten Grünstreifen drum herum.

»Das Haus von Pukam Mekaelu«, erklärte Kaperielu.

»Lagerhäuser?« fragte Mojeb überrascht.

Endlich stahl sich ein kleines Schmunzeln auf Kaperielus Lippen: »Ja.«

Eine ziemlich fleischige Frau öffnete. »Euer Freund Refaelu ist schon da!« verkündete sie freudig, bevor sie durchs Haus brüllte: »Mekaelu! Pukam Kaperielu ist gekommen!«

»Sie stammt aus einfachen Verhältnissen«, flüsterte Kaperielu und zog Mojeb zur Seite. »Ich werde mich hier länger aufhalten, doch wäre es mir lieb, wenn Ihr solange auf mich warten könntet. Natürlich werde ich Euch für Euren Ausfall bezahlen.«

Mojeb gefiel der Vorschlag nicht sonderlich gut. Er hatte im *Schurkischen Palmenroller* hinterlassen, daß er zurückkommen werde, und wollte nicht den Eindruck erwecken, unzuverlässig zu sein. Andererseits hoffte er noch immer darauf, daß ihn jemand dauerhaft in seinen Dienst nehme. Das wäre besser, als Abend für Abend darauf zu warten, daß jemand einen Beschützer für seinen Heimweg benötigte. Kaperielu wäre keine schlechte Wahl. Mojeb hatte sich ein wenig umgehört und Staunenswertes erfahren. Zögernd willigte er ein.

In diesem Augenblick begehrten zwei neue Gäste Einlaß. Der eine war der Gewürzhändler Tataiu, dessen Gesicht sich sofort aufhellte, als er Kaperielu und Mojeb erblickte. Mit übergroßer Herzlichkeit begrüßte er beide, als wären sie enge Freunde, die er lange nicht mehr gesehen hatte. Sein Begleiter verhielt sich gegenteilig. Er blieb stumm. Doch ebensowenig wie Tataiu mit seiner Ausgelassenheit konnte er mit seiner Zurückhaltung die Mischung aus Aufregung und Furcht verbergen, die ihn beherrschte.

Für die Begleiter dieser und noch einiger weiterer Gäste des Hausherrn waren unter dem Laubengang des Innenhofes Saft und Speisen bereitgestellt worden. Mojeb erkannte sogleich, daß er der einzige war, der sein Brot mit der Waffe verdiente. Alle anderen waren kräftige Knechte und Diener. Viele schienen sich zu kennen. Einer hatte eine Kassupfeife dabei, ein zweiter eine Ukula. Beide fingen gleich zu musizieren an, während jemand rhythmisch dazu klatschte. Mojeb fragte einen der Diener, wer Tataius Begleiter gewesen sei.

»Was, den kennst du nicht? Das ist der Ölmühlenkönig! Pukam Ulielu!« antwortete der Angesprochene, ohne den Blick von den Musizierenden abzuwenden. »Sie liebt nur ihn!« brüllte er aus heiterem Himmel. »Sie liebt nur ihn!«

»Ist ja schon gut, Gilui«, antwortete der Flötenspieler. »Will jemand dazu singen?«

»Was bedeutet Pukam?« fragte Mojeb. Das ihm unbekannte Wort schien kein Name zu sein.

Nun sah ihn sein Nachbar zum erstenmal an. Er hob die Augenbrauen und erklärte unnötig langsam: »Ein Pukam ist jemand, der den Pukuhau trägt.« Seine Hände fuhren weit auseinander: »Das ist ein Hut mit einer solch langen Röhre. Wer ihn auf dem Kopf hat, der ist stinkreich!«

Dieser Erklärung hätte es nicht mehr bedurft. Mekaelu, Kaperielu, Refaelu, Ulielu – mittlerweile wußte Mojeb, wie man in Sadi »Geld« buchstabierte.

»Sie liebt nur ihn! Sie liebt nur ihn!« sangen zwei verschieden hohe Stimmen im Duett. Mojebs Nachbar strahlte und gab ein zufriedenes Seufzen von sich. Es war eines der Lieder, die Mojeb in den Tagen des vermeintlich bevorstehenden Weltunterganges hassen gelernt hatte. Allerdings war er damals meist betrunken gewesen, was den Kunstgenuß erheblich geschmälert hatte. »Zum Glück!« konnte er jetzt aus voller Brust sagen. Wehmütig sagen! Denn gegenwärtig war er nüchtern.

Die einheimischen Lieder klangen für ihn so süßlich wie Zuckerfladen, die großzügig mit eingedicktem Mazeiasirup übergossen worden waren. Fast immer handelten sie von unerreichbarer und unerfüllbarer Liebe. Der junge Mann begegnete einer jungen Frau, und daß aus beiden nichts werden würde, war schon in der ersten Strophe klar. Oft war die Ersehnte längst einem anderen versprochen: einem hohen Herrn, dem besten Freund, dem Lieblingsonkel, dem Vater, dem Bruder. Zur Not war sie die bei der Geburt getrennte Schwester, selbstverständlich todkrank, damit niemand auf falsche Gedanken käme. Immerhin, das mußte Mojeb diesen Liedern zugute halten, konnte ein Fremder, der die Landessprache noch lernte, dank ihnen recht leicht die verschiedenen Verwandtschaftsbezeichnungen einüben.

Begrifflichkeiten wie *Bewährung* oder *zu überwindende Hindernisse* waren den Schöpfern ikarillischer Volkslieder zwar nicht ganz fremd, aber auch nicht sonderlich geheuer. Mojeb hatte längst gelernt, sich keine falschen Hoffnungen zu machen, wenn die

Hauptperson einer Ballade ein Mißgeschick nach dem anderen glänzend überwand. Denn sobald das Licht des neuen Morgens drohte, würde sich erweisen: Es schien am Tage nach der Vermählung der Geliebten mit dem Falschen oder zwei Wochen nach ihrem Tod. Nichts wurde gewonnen und nichts erreicht. Alles war so trostlos, wie es von Anfang an versprochen worden war.

Sie liebt nur ihn! Bei der ersten verzweifelten, zuckersüßen Klebrigkeit blieb es nicht. Bald liefen den knorrigen Männern und strammen Burschen, welche die hohen Herrschaften zu ihrem Schutz mitgebracht hatten, Tränen der Rührung über die Wangen.

Auch Mojeb blieb von der um sich greifenden Schwermut nicht verschont. Er hatte sich auf einen verrückten Traum eingelassen. Damals, so weit von hier entfernt, hatte es wie die vernünftigste Sache der Welt geklungen, sich auf die Suche nach der Frau zu begeben, in deren Bildnis er sich verliebt hatte. Der Entschluß, sie zu suchen, war nicht über Nacht gefällt worden, sondern über Wochen gereift. Anhand ihrer Kleidung hatte er herausgefunden, in welchem Land sie leben mußte. Das war doch schon etwas! Aber dann war ihm ein Weltuntergang dazwischen gekommen. Seither lief nichts mehr nach Plan. Vielleicht war sie längst vermählt? Nun, das war kein Hindernis. Wenn sie aber zu Tode gekommen wäre, wie so viele andere? Das wäre eines. Einem plötzlichen Bedürfnis folgend, zog er das Amulett aus dem Gürtel und zeigte es seinem Nachbarn: »Kennst du diese Frau?«

Der Angesprochene warf eine längeren Blicke darauf und antwortete mit tränenerstickter Stimme: »Leider nein. Aber ist es nicht schön?«

Während Mojeb seinen Schatz wegsteckte, lauschte er aufmerksam den Worten des Liedes, das gerade gesungen wurde. Halblaut antwortete er: »Ich würde ihm sämtliche Knochen im Leib brechen.«

Er begab sich ins Hausinnere. Lieber wollte er stumm in einem dunklen Winkel auf Kaperielu warten, als sich noch mehr solcher Leidlieder anhören.

Jedoch war er auch ein bißchen neugierig darauf zu sehen, wie die Reichen dieses Landes lebten. Was er unbehindert besichtigen konnte, enttäuschte ihn. Vergleichbare Wohnsitze, die er in der Vergangenheit in freundlicher oder nicht ganz so freundlicher Absicht betreten hatte, waren beeindruckender gewesen: protzige Stadtpaläste mit mehreren Flügeln und zahllosen Zimmern! Dann fiel ihm ein, daß in einer Stadt, in der hohe, menschenvolle Gebäude für Armut standen und niedrige, mit verschwenderisch viel unbebautem Boden darum herum für Reichtum, andere Maßstäbe galten.

Gedämpfte Stimmen weckten seine Neugier. Mojeb folgte dem Gemurmel bis zu einer Tür, die einen Spaltweit offen stand, damit die Luft in dem Zimmer dahinter nicht zu stickig werde. Ein dünner Vorhang verhinderte die Sicht auf die Sprechenden.

Die Stimmen klangen erregt. Oftmals sprachen ihre Besitzer durcheinander. »Das Wichtigste ist, daß wir alle zusammenstehen und wie ein Mann sprechen. Für Empfindlichkeiten ist kein Platz«, sagte gerade jemand und löste damit zustimmendes Gemurmel aus.

»Müssen wir denn noch etwas unternehmen? Es hat doch aufgehört. Seit mehreren Tagen hat es keine neuen Opfer gegeben«, wandte ein anderer ein.

»Es hat nur deshalb aufgehört, weil der Große Regen begonnen hat. Muß ich Euch vorrechnen, Pukam, was geschähen wäre, wenn der Regen ausgeblieben wäre? Fünfundzwanzig Galgen zu je drei Schichten macht fünfundsiebzig am Tag, fünfhundert in der Woche, zweitausend im Mond!«

»Es waren weniger.«

»Keinesfalls, eher mehr! Es gab noch ...«

»Müssen wir uns jetzt darüber streiten, ob sie tausend oder zweitausend aufhängen ließ? Wer sagt Euch denn, daß es in zwei Monden nicht weitergeht und nicht vielleicht wir auf ihrer Liste stehen?«

»Sie war doch nur hinter denen her, die Aionar beleidigten. Ich weiß, daß es viele Falsche traf. Das war unrecht.«

»Wer sagt Euch, daß es überhaupt einen einzigen Richtigen

traf?« antwortete jemand, den Mojeb als Kaperielu erkannte. »Viele starben grundlos«, mischte sich eine neue Stimme ein. »Gute Leute! Doch damit hat das Jetzige überhaupt nichts zu tun. Erst vor ein paar Tagen haben ihre Schergen vor den Augen meiner Kinder jemanden ermordet. Am hellichten Tag und auf offener Straße! Meine Töchterchen mußten mit ansehen, wie sie den armen Mann erschlugen und seine Leiche danach einfach liegen ließen! Genug ist genug!«

»Es ist nicht sie, sondern der Pfaffe. Er redet ihr das ein.«

»Papperlapapp, wenn sie es nicht ist, so läßt sie ihn gewähren. *Mors et fugacem persequitur virum!* Wer am gleichen Tisch sitzt und die gleiche Fischsuppe ißt, der spuckt die gleichen Gräten aus, wie mein Großvater zu sagen pflegte.«

»Die Vögtin ist nichts!«

»Sie hat Blut geleckt.«

»Sie ist gar nichts.«

»Meint Ihr das philosophisch, Pukam? Vielleicht ist sie nichts. Vielleicht sind wir alle nichts. Doch mir ist sie genug! Wäre sie nichts, so wären wir nicht hier. Genug der müßigen Scherze!«

»Ich meine es so, wie ich es sage. Sie ist nichts! Der König ernannte den Vogt. Der Vogt heiratete. Das macht sie nicht zum Vogt, sondern nur zu seiner Frau.«

»Wollt Ihr sie deswegen vor dem König anklagen? Solange es keinen neuen gibt, ist das gleichgültig. Sie hat die Macht. Das zählt!«

»Ihr denkt nicht weit genug. Es wird wichtig, wenn wir sie stürzen wollen. Niemand wird ihr beistehen, eben weil sie nichts ist!«

»Ho! Ho!« empörten sich mehrere Stimmen. »So war das aber nicht abgemacht!"

»Was dachtet Ihr?« hielt jemand dagegen. »Daß wir sie bitten sollen abzutreten? Wollt Ihr ihr den Vorschlag unterbreiten? Sagt es rechtzeitig, damit ich Euren Leichenschmaus planen kann.«

»Ich dachte, daß wir Adlige aus der Umgebung um Hilfe ersuchen wollten ...«

»Die haben doch genug mit sich selbst zu tun.«

»Aber der neue König ...«

»Angenommen, in zwei Monden gäbe es keinen neuen? Wie viele Wochen wollt Ihr dann tatenlos zusehen? Alle vierzehn Tage tausend neue Gräber! Unsere Stadt ist nicht so groß, wie Ihr zu denken scheint.«

»Ich will nicht, daß meine Kinder noch mehr Morde mit ansehen müssen.«

»Seid keine Hasenfüße! Wenn wir zusammenhalten wie die Finger einer Faust ...«

»Dann kann sie immer noch die ganze Hand abschlagen ...«

»Nicht alle durcheinander«, mahnte nun jemand. »Ruhe, Herrschaften, nehmt Euch bitte zusammen!«

Mojeb war mit einemmal unbehaglich zumute. Da er nun den Zweck des nächtlichen Treffens kannte, wollte er unter keinen Umständen beim Lauschen ertappt werden. Schlichte Neugier war bei solchen Gelegenheiten noch nie eine zulässige Entschuldigung gewesen.

Vorsichtig ging er den Weg zurück, den er gekommen war. Bei der ersten Gangbiegung stieß er mit einer Frau zusammen. Obwohl sie wie eine Einheimische gekleidet war, ließ ihr rotblondes Haar vermuten, daß sie keine war. Als sie sprach, verflog der letzte Zweifel an ihrer Herkunft.

»Gannsd du nichd aufbassen«, fragte sie mit Sinnlichkeit versprühender Stimme. »Was dreibds du überhaupd hier?«

Mojeb mußte schmunzeln. Offenbar nahm es ihre Muttersprache nicht so genau bei der Unterscheidung gewisser Laute.

»Ich floh vor dem Gesang«, bekannte er.

»Das gann ich gud versdehen«, antwortete sie mitfühlend. »Du bisd der, der die alden Männer heimbringd.«

»Man muß sehen, wie man zurechtkommt«, antwortete Mojeb. »Ich heiße Mojeb.«

»Bog!«

»Bog?« wiederholte Mojeb verständnislos.

»So nennd man mich. Bog, wie Ziegenbog«, erklärte die Frau.

»Das ist kein Frauenname«, meinte Mojeb.

»Es isd überhaupd gein Name. Aber ich heiße so.«

»Dann noch viel Spaß, Bock«, verabschiedete sich Mojeb.

»Ich bin bei dem Gaufmann Iudasu. Vielleich willsd du mich mal besuchen?«

»Ich bin meist im *Schurkischen Palmenroller* zu finden«, gab Mojeb zurück. »Vielleicht willst du mal heimgebracht werden.«

Bock grinste breit. Aus dem Innenhof klang bedrohliches Klagen: »Doch sie verschwand während des Großen Regens!«

Der Ritter der Himmlischen Mächte wird verstoßen

Haus des Abdeckers, außerhalb Sadis, am 19. Tag des Sturzregenmondes, im 458. Jahr der Abwesenheit Gottes

Omaru eilte über den unter seinen Füßen schmatzenden Boden zum Haus des Abdeckers. Obwohl der Regen eben erst aufgehört hatte, hing bereits wieder der Geruch frisch gekochten Leims in der Luft. Der Leimkocher führte wie so oft seine verwirrenden Selbstgespräche, in denen er sich rechtfertigte und manchmal auch hart ins Gericht mit sich ging. Timoteus Enkel hingegen waren heute auf Abstand bedacht. Omaru wunderte sich nicht darüber, da er sie gestern zurechtgewiesen hatte. Sie hatten es so verdient, und er glaubte nicht, zu barsch gewesen zu sein.

Die Tür des Abdeckers stand wie immer offen. Omaru trat ein. Timoteu war noch beim Verzehr seines Morgenmahls. Er hatte sich eine Kokossuppe gekocht, in der Brotstücke schwammen. Stumm deutete er auf eine Sitzgelegenheit, ohne sein Mahl zu unterbrechen. Omaru ließ sich nieder und erwiderte geduldig den Blick Timoteus, der ihn nachdenklich kauend betrachtete.

»Ich hätte dir lieber gestern schon sagen sollen, daß ich dich nicht brauche«, hob der Abdecker plötzlich an. »Dann hättest du zu Hause bleiben können und nicht eigens herkommen müssen. Im Regen ist keiner gern unterwegs.«

»Das macht mir nichts aus«, antwortete Omaru. »Wann brauchst du mich denn wieder?«

Timoteu sah ihn mitleidig an: »Jetzt sei nicht so begriffsstutzig! Gar nicht mehr. Du weißt doch selbst, daß es nicht mehr so viel zu tun gibt, seitdem das aufgehört hat. Du weißt schon, was ... mit den Galgen und so. Das übliche Geschäft ist auch weniger geworden. Anscheinend wird nicht mehr so viel geschlachtet.«

»Das wird bestimmt wieder besser«, erklärte Omaru zuversichtlich.

Der Abdecker kratzte seine mit weißen Stoppeln bewachsene Wange: »Erst wenn die Schiffe wieder fahren. Aber das kann niemand sagen, wann das sein wird.«

»Ich meine doch das andere«, entgegnete Omaru. »Du weißt schon, was.«

Timoteu sah plötzlich beunruhigt aus. »Was willst du damit sagen?«

Omaru überlegte, was er antworten solle. Erst vorgestern noch hatte ihn Mojeb ermahnt, darauf zu achten, daß er seine Arbeit behalte. »Das Handwerk des Totengräbers wird in Sadi noch lange seinen Mann nähren«, hatte er gesagt. Omaru hatte gleich widersprochen: Er sei kein Totengräber, sondern der Gehilfe des Abdeckers. Diesen Einwand hatte der Jarmate nicht gelten lassen: So kleinlich müsse man nicht sein. Die ganze Sparte habe goldenen Boden. Allerdings hatte er wie im Vertrauen mit ihm gesprochen, so daß Omaru jetzt nicht wußte, ob er Timoteu davon erzählen durfte. Ihm war nicht entgangen, daß Mojeb in letzter Zeit oft ausweichend antwortete, als hätte er etwas zu verbergen. Nicht einmal seine bisherige Lieblingsbeschäftigung schien ihn mehr zu reizen, nämlich sich Greueltaten auszumalen, die er an den Stadtwachen begehen wollte. Irgend etwas war im Busch!

»Das weiß ich nicht«, sagte er schließlich. »Aber vielleicht hilft es, wenn du mir einige Zeit weniger bezahlst oder ich eine Woche nicht komme?«

»Das ist es doch nicht«, entgegnete Timoteu. »Omaru, du kannst nicht meine Enkel schlagen! Ich darf das. Du nicht.«

»Das habe ich auch gar nicht getan.«

»Ihr habt gestern miteinander gestritten, nicht wahr?«

»Ja, aber ich habe niemanden geschlagen.«

»Alle paar Wochen besuche ich meine Tochter. Ich will dort meine Ruhe haben. Ich will nicht, daß sie mir in den Ohren liegt, weil jemand, der bei mir arbeitet, ihre Söhne geschlagen hat. Ich darf das. Du nicht.«

»Sie quälen Tiere. Sie werfen mit Steinen nach ihnen. Gestern habe ich einem die Schleuder abgenommen, damit er keins mehr zum Spaß umbringen kann. Sie essen sie nicht einmal. Wer will schon Geier oder Krähen essen? Sie lassen sie liegen. Ihnen ist gleichgültig, ob sie tot sind oder nicht. Sie sind nicht anders als du weißt schon wer.«

»Das geht dich doch gar nichts an«, erwiderte Timoteu mit leidender Stimme. »Geier sind schmutzige Vögel, die Kinder und Lämmer stehlen, wenn man nicht aufpaßt. Ich will jetzt auch gar nicht beurteilen, wer von euch lügt und wer nicht. Die sagen, du habest sie geschlagen. Du sagst, du habest Gründe gehabt, auch wenn ich die nicht verstehe. So geht das einfach nicht. Omaru, ein tüchtiger Kerl wie du findet doch gleich wieder eine neue Arbeit. Da mach ich mir gar keine Sorgen. Nun geh einfach friedlich.«

Als sich Omaru erhoben hatte, deutete Timoteu auf einen Korb mit Kleidung. Mit vollem Mund sagte er: »Nimm den gleich mit! Du kommst doch sowieso bei der Wäscherei vorbei. Richte aus, daß ich ihn später selbst abholen oder einen meiner Enkel schicken werde.«

»Das will ich gern tun«, versprach Omaru und trat mit dem Wäschekorb ins Freie. Der Leimkocher sprach noch immer mit sich selbst. Timoteus Enkel feixten. Mojeb würde die Neuigkeit nicht gern hören.

Der Vertreter der Himmlischen Mächte ist hungrig, nicht hungrig.

Kohlpalmenviertel, 15 Schritt über dem Boden, am 21. Tag des Sturzregenmondes, im 458. Jahr der Abwesenheit Gottes

Der Zweig befand sich nicht da, wo er sein sollte. Fiiij-der-Flinke-Hacker-fiiij pickte nach ihm, schritt um das Nest herum und legte ihn an eine andere Stelle. Sie war die falsche. Dorthin gehörte der Zweig ebenfalls nicht. Noch immer sah das Nest, das er mit Griiij-dem-Jungen-Nestbauer-griiij gebaut hatte, nicht so aus, wie es auszusehen hatte.

Der andere Geier war heute nicht weggeflogen und nicht zurückgekommen.

Auch am Tag zuvor war er nicht weggeflogen und nicht zurückgekommen.

Den Tag davor aber war er weggeflogen. Abends war er nicht zurückgekehrt. Auch am Tag danach war er ausgeblieben. Heute kam er nicht wieder.

Fiiij-der-Flinke-Hacker-fiiij war hungrig. Nein, nicht hungrig! Sein Bauch war voll. Trotzdem war ihm, als wäre er hungrig. Nein, nicht hungrig! Mehr so, als hätte er aus großer Höhe am Strand eine verlockende Entdeckung gemacht, die bei näherer Betrachtung so sehr nach Meer schmeckte, daß kein Geier sie verzehren mochte. Oder als hätte sie eine Welle flink weggespült, während der Geier landete.

Irgendwie hungrig. Nein, nicht hungrig! Eher so, als wäre er unvermittelt von einem kreischenden Aufwärtswind in einen dumpfen Abwärtswind geraten und tief gestürzt.

Irgendwie hungrig. Nein, nicht hungrig! Eher so, wie die weißen Blüten, die um die Hälse der Menschen wuchsen. Ein bißchen wie die Blumen, die unter ihren Dächern verwelkten. Wie damals, als das Weibchen, auf das er sich hatte setzen wollen, auch nicht zurückgekehrt war.

Fiiij-der-Flinke-Hacker-fiiij zupfte abermals an dem Zweig. Etwas war nicht da, wo es sein sollte.

Von den Kinderkrankheiten gewaltsamer Umstürze und anderen Beschwerden

Kaperielus Haus, am 29. Tag des Sturzregenmondes, im 458. Jahr der Abwesenheit Gottes

Mojeb war freudig überrascht, als ihn Kaperielu zum Eintreten aufforderte. In den Wochen, in denen er ihn vom *Schurkischen Palmenroller* oder den Treffen mit seinen Mitverschwörern nach Hause geleitet hatte, hatte sich sein wohlhabender Schützling stets an der Tür von ihm verabschiedet. Mojeb glaubte zu wissen, was die Einladung zu bedeuten hatte. Bereitwillig ließ er sich zu einem Gemach führen, wo ihn Kaperielu bat, ihn für einen Augenblick zu entschuldigen. Er wolle nur kurz Bescheid geben, daß er wieder zu Hause sei, sagte er und verschwand. Schon wenig später vernahm Mojeb von fern seine Stimme. Wahrscheinlich sprach sein Gastgeber mit seiner Frau oder seinen Kindern oder gab einem Bediensteten Anweisungen.

Die Wände des Gemaches waren mit Würde ausstrahlendem dunklem Holz getäfelt. Da es Mojeb als unangebracht empfand, in Abwesenheit seines Gastgebers in einem der geflochtenen Sessel Platz zu nehmen, sah er sich ein Bild an, das eine der Wände beherrschte. Im künstlichen Licht der Öllampen kamen seine Farben jedoch nicht recht zur Geltung. Es stellte eine nackte Frau dar, die auf einer winzigen Felsinsel stand, die kaum Platz für ihre Füße bot. In der einen Hand hielt sie ein gerahmtes Bild, das eine verkleinerte Version des gesamten Gemäldes mit allem Drum und Dran war, in der anderen ein Schwert, mit dem sie gegen furchterregende Seeschlangen kämpfte, die ihre Köpfe aus dem umgebenden Meer hoben. Eine Schrift auf dem Bild erklärte: Die heilige Luia bekämpft die vier Ungeheuer Völlerei, Zorn, Faulheit des Geistes und Ruhmsucht.

Mojeb wußte, daß in Gegenden, in denen die Kirche über großen Einfluß verfügte, Maler oft auf den Ausweg verfielen, aus Bildern, die einfach nur Bilder sein sollten, Allegorien zu machen. So beugten sie frühzeitig möglichen Anklagen der Ketzerei vor. In diesem Fall fand Mojeb die Vorsicht übertrieben. Solche Ungeheuer gab es wirklich! Man traf sie im Meer des Schlafes, wo sie sich zu Knäueln aus Hunderten von einzelnen Schlangen vereinigten. Weitgereiste Männer, die es wissen mußten, hatten ihm davon erzählt. Sie hatten den schrecklichen Anblick entweder selbst ertragen oder kannten jemanden, der ihnen davon berichtet hatte und über jeden Zweifel erhaben war.

Mojeb beugte sich leicht vor, da er herausfinden wollte, ob die Heilige auf dem verkleinerten Bild ein noch kleineres in Händen hielte. Der Atem stockte ihm, als er erkannte, daß er nicht auf bemalte Leinwand blickte, wie er stillschweigend angenommen hatte, sondern auf eine Batik – die aufwendigste, die er je gesehen hatte! Er vermochte nicht abzuschätzen, wie viele einzelne Färbevorgänge nötig gewesen sein mußten, bis dieses Kunstwerk vollendet gewesen war. Noch weniger vermochte er sich seinen Wert vorzustellen.

Auf einer Kommode unterhalb des Bildes lagen zwei aufgeschlagene Bücher, wie Mojeb noch keine gesehen hatte. Die Buchseiten bestanden aus Seidentüchern, die in feine Holzrähmchen gespannt worden waren. Die Schrift darauf konnte er nicht lesen. Er bezweifelte, daß es Kaperielu anders erging. Sie war ähnlich verschlungen wie die Schlangenknäuel der berüchtigten See. Mojeb sah auf das Bild der unbekleideten Kämpferin darüber. Das Ungeheuer Prunksucht hatte der Künstler wohlweislich nicht gegen sie antreten lassen.

Als Kaperielu zurückkehrte, hatte er bequemere Kleidung angelegt. Ein Diener folgte ihm auf dem Fuß und brachte ein Tablett mit zwei Trinkschalen. Trotz der Kokosraspel, die auf den Getränken schwammen, erkannte Mojeb am Geruch, daß die Schalen nicht Wein, sondern einen gebrannten Trunk enthielten. Kaperielu wies auf einen der Sessel und setzte sich in einen anderen. Erst als der Diener das Gemach verlassen hatte, hob er zu sprechen an.

»Ihr machtet auf mich bisher den Eindruck eines Menschen, der im Herzen aufrichtig ist und dem man vertrauen kann. Vielleicht habt Ihr Euch bisweilen Gedanken über den Zweck der

Treffen gemacht, zu denen Ihr mich wiederholt begleitet? Es geht bei ihnen ... hm ... wie soll ich das sagen?«

»Ihr plant einen Umsturz«, half ihm Mojeb aus. Schlagartig wich alle Farbe aus Kaperielus Gesicht. Mojeb mochte nicht glauben, was er sah. Hatte sein Gastgeber sich wirklich eingebildet, daß niemand außer den Beteiligten ahnen konnte, was bei ihren geheimen Versammlungen vorging? Wenn die anderen Verschwörer ebenso blauäugig waren, so hatte die Vögtin nichts zu befürchten!

»Entschuldigt, wenn ich über die Maßen schnell vorpreschte«, beeilte sich Mojeb, den Hausherrn zu beruhigen. »Wie Ihr wißt, bin ich viel herumbekommen und habe einiges erlebt. Mehr als die meisten.«

Diese Versicherung schien Kaperielu ein wenig zu erleichtern. Sein Gast war nicht wie jeder andere. Er dachte anders und hatte für manches ein viel feineres Gespür. Daher kam er auf Dinge, auf die andere nicht kämen. Das war erleichternd.

»Ihr habt richtig geraten«, fuhr Kaperielu mit gesenkter Stimme fort. »Das geht schon eine Weile. Doch in letzter Zeit bewegt sich nichts mehr. Zu Anfang schien alles einfach. Wir waren uns einig in dem, was wir wollten, und suchten nur noch einen Weg, es zu erreichen. Doch mittlerweile ist es ein ständiges Hin und Her, ein Hü und Hott! Nebensächlichkeiten stehen im Mittelpunkt. Die einen wollen dies, die anderen das und versuchen, die Mehrheit auf ihre Seite zu zerren. Manche meinen, wir wollten zu viel. Es sei nicht unsere Aufgabe, die Vögtin zu entmachten. Sie sprechen, als begingen wir Verrat. Das einzige, was sich für uns gehöre, sei, unsere Herrin für die Zukunft um größere Milde zu bitten. Andere denken, nur der Adel habe das Recht, der Vögtin Einhalt zu gebieten. Er müsse entscheiden, ob ihre Herrschaft grausam sei oder nicht. Wir müßten uns dem Schiedsspruch fügen, gleichgültig wie er ausfalle. Andere, wie Lasalui, würden am liebsten morgen zuschlagen. Sie träumen davon, die Vögtin und jeden, der mit ihr ist, an den Galgen aufzuhängen, die sie selbst errichten ließ! Bei allen Heiligen! Sie gebärden sich, als wären sie kein bißchen besser als die, die sie zu stürzen suchen. Ich weiß nicht, was ich tun soll. Ich bin ihre Zwietracht leid. Manches Mal wünsche mir, diese schreckliche Zeit möge ohne mich vergehen. Ich träume davon, sie zu verschlafen. Ihr, Mojeb, macht auf mich den Eindruck, als wären Euch solche Dinge nicht neu. Als wüßtet Ihr besser als ich, wovon ich rede. Ich bat Euch in mein Haus, damit Ihr mir sagt, was ich tun soll. Damit Ihr mich lehrt, die richtigen Worte zu finden!«

Mojeb hielt den Blick auf seine Trinkschale gerichtet. Ein schwacher Wirbel ließ die Kokosraspel sich im Kreise drehen. Die Zuversicht, mit der er Kaperielus Heim betreten hatte, war mit einemmal verflogen. Deswegen war er hereingebeten worden! Nicht weil ihm Kaperielu anbieten wollte, fest in seinen Dienst zu treten. Drei Mahlzeiten täglich und ein ausreichender Lohn – das hatte sich Mojeb erhofft, als er Kaperielus Schwelle überschritten hatte. Denn das war es, was er dringlichst ersehnte, seitdem Omaru seine Arbeit verloren hatte. Nun hing alles nur noch an ihm und Keloe. Tiugugu war noch längst nicht wieder genesen, und das, was Omaru vom Markt mitbrachte, wenn man ihn zum Einkaufen schickte, wurde bei gleichem Geld ständig weniger. Manches bekam man schon gar nicht mehr.

Doch seinem wohlhabenden Gastgeber war es allein darum gegangen, einen jarmatischen Söldner um Rat zu fragen. Vielleicht weil er von ihm annahm, daß er gewohnheitsmäßig gegen seine wechselnden Herren rebellierte. Söldnerpack, das stets dem folgte, der am meisten zahlte. Sicher, er hatte eine gewisse Erfahrung in solchen Dingen. Doch nicht als jemand, der den Sturz des Königs plante, sondern als einer, der gehorchte und ausführte, was andere befahlen. Er hatte zu denen gehört, die mit erhobenem Schild und blankem Schwert den Palast stürmten, die die Leibwache des Fürsten entwaffneten oder niedermachten. Er war einer von vielen Tausenden gewesen, die in einer nicht enden wollenden Kolonne die letzte bebende Brücke überquert hatten und hinter ihrem Kriegsherrn durch das Stadttor der Hauptstadt marschiert waren, wo sie mit dem Echo ihrer Schritte in jeder Gasse den Beginn einer neuen Dynastie ausgerufen hatten. Mehr nicht. Sicherlich, er hatte beobachtet, wie andere vorgingen, wenn sie nach einer Krone griffen, und für welche Fehler blutig bezahlt werden mußte.

»Es tut mir leid, Ihr habt Euch zu viel von mir versprochen«, sagte Mojeb kühl. »Zwischen Zusehen und Handeln besteht ein großer Unterschied. Ihr wollt handeln, doch ich habe stets zu denen gehört, die etwas mit ansahen.«

»Auch damit wäre mir schon geholfen«, sagte Kaperielu.

»Ich muß erneut widersprechen. Es bedeutete etwas, wenn ich das, was ich mit ansah, vom Feldherrnhügel aus betrachtet hätte. Doch ich bin Soldat. Dort, wo wir marschieren, ist die Luft voller Staub. Die Stimme dessen, der befiehlt, ersetzt oftmals die eigenen Augen. Ich bedauere, Eure Zeit vergeudet zu haben. Ich kann Euch nur raten, Euch zu vergegenwärtigen, warum Ihr etwas zu tun gedachtet, und sorgfältig abzuwägen, ob Euch Euer Ziel noch immer wertvoll erscheint.« Mojeb erhob sich.

»Wegen der Wolfsziege«, flüsterte Kaperielu.

»Ein Raubtier auf Hufen«, erwiderte Mojeb, ohne zu wissen, wovon sein Gegenüber sprach. »Ein Fleischfresser.«

»Ihr sagtet, daß das Tier bei Menschenfleisch bleibe, wenn es einmal davon gekostet habe.«

Mojeb erinnerte er sich. Er war gerührt, daß sich Kaperielu das Beispiel gemerkt hatte, und schwankte, ob er ihm sagen sollte, daß er von ihm enttäuscht sei. Doch sein Stolz hinderte ihn daran. Allerdings brachte er es nun nicht mehr über sich, wortlos zu gehen. »Laßt mich Euch eine Legende erzählen«, begann er. »Vor der Schlacht bei den Feuerpforten ließ der heilige Malachias das gesamte Heer des Abwesenden Gottes antreten. Zuerst rief er diejenigen auf, die wußten, daß ihr Sieg unabwendbar sei. Die befahl er zu seiner Rechten. Als nächstes sollten sich die melden, die eine Niederlage befürchteten. Die schickte er nach Hause. So standen also nur noch diejenigen vor ihm, die nicht wußten, ob der nächste Tag Sieg oder Niederlage brächte. Diese ließ Malachias allesamt niedermachen. Seid Ihr dazu bereit? Fürchtet Ihr die Wolfsziege genug, Kaperielu?« Er schwieg für einen Augenblick, um seine Worte wirken zu lassen. »Ich will Euch nicht verhehlen, daß es noch eine andere Version der

Legende gibt. Nach dieser befahl Malachias den übriggeblieben Zweiflern jeden niederzumachen, der rechts von ihm stand. Denn nicht denen winke der Sieg, die sich auf der geraden Straße zu ihm wähnen, sondern den Zweiflern, die jeden erdenklichen Weg absuchen, um gegen alle offenen und verborgenen Widerstände ans Ziel zu gelangen. Ich weiß nicht, welche Variante stimmt. Vielleicht weiß das niemand.«

Kaperielu brachte seinen Besucher zur Tür. Daß er sich eine andere Antwort erhofft hatte, war nicht zu übersehen.

Nach einem unverfänglichen Abschiedgruß folgte Mojeb dem schwachen Licht seiner Laterne in die Nacht. Etwa zwei Straßenzüge von Kaperielus Zuhause entfernt stieß er auf einen der bedrohlichen Boten einer Zukunft, die gerade eben klammheimlich begonnen hatte: ein Feuer. Es brannte gut bewacht in einer eisernen Schale mitten auf einer Kreuzung. Vor drei Tagen hatte Mojeb das erste dieser Art gesehen, gestern bereits zwei weitere. Sie wurden bis weit in die Nacht am Leben erhalten. Binnen kurzem würden sie sich über die ganze Stadt ausbreiten und die Dunkelheit aus den Straßen vertreiben. Je heller sie loderten, desto weniger seiner Kunden würden einsehen, wozu sie noch einen Beschützer benötigten. Sie darauf hinzuweisen, daß die Nacht nur heller geworden sei, doch nicht sicherer, würde nichts bewirken. Es sei denn, alle zweibeinigen Raubtiere Sadis beschlössen, fortan die nachtleeren Gassen zu ihrem Jagdgebiet auszurufen. Doch mit so viel Glück warteten nicht einmal silabaradische Märchen auf, in denen am Ende jeder reich und glücklich wurde, selbst der letzte Halunke, bevor er starb wie überall sonst.

Vielleicht würde er selbst bald zu denen gehören, die die Feuer bewachten. Vielleicht stand ihm der Wandel von einem starken Beschützer, dem man sein Leben und sich selbst anvertraute, zu einem Gesichtslosen bevor, der wie ein unsteter Schatten am Rand eines Feuers stand. Doch nein! Selbst wenn die nächtlichen Flammen derzeit noch von Wachen der Stadt und bewaffneten Knechten reicher Bürger behütet wurden, so würde man sie bald den Jungen, den Halbwüchsigen überlassen, die froh wären, überhaupt etwas für ihre Arbeit zu bekommen. Ein Betätigungsfeld für einen jarmatischen Krieger wäre das nicht lange.

Mojeb kehrte in die nächste noch geöffnete Schenke ein. Seine Enttäuschung und die sorgenvollen Gedanken an das Morgen halfen ihr, ihn zum Eintreten zu überreden.

Mit dem *Schurkischen Palmenroller* war dieser Ausschank nicht zu vergleichen. Alles war schlichter und wirkte abgewetzt. Weder der Wirt noch die Mehrheit seiner Gäste machten hiervon eine Ausnahme. Mojeb hatte sich kaum gesetzt, als er sich auch schon als Gegenstand des Gesprächs einer benachbarten Dreieinigkeit wiederfand.

»Wie mag einer nur so einen blöden Tata-Mantel anziehen. Krä-krä!«

»Der sieht bloß so wild aus. Da ist nichts dahinter, sag ich euch.«

»Dem würde ich eine in die Fresse klatschen, wenn er mir dumm käme.«

Mojeb bedachte sie mit einem flüchtigen Blick, worauf sie verstummten. Die drei waren nichts. Sie gehörten zu der überall anzutreffenden Sorte Mensch, die stets übersehen wurde, und nur dadurch erhoffen konnte, Bedeutung zu erlangen, indem sie diese lautstark polternd einforderte.

Erst als er wieder wegsah, wurde das Gespräch am Nachbartisch fortgesetzt: »Der braucht gar nicht so blöd aus der Wäsche zu gucken!«

»He!« sagte eine Stimme schneidend.

Von den Nachwehen aufgelöster Verlöbnisse und anderen Beschwerden

Zum Hinterhältigen Esel*, zur gleichen Zeit, im 458. Jahr der Abwesenheit Gottes*

Die Kneipe mit dem Dutzendnamen *Zum Hinterhältigen Esel* gehörte nicht zu denen, die Seffenaiu üblicherweise aufsuchte oder bei denen er sonst auch nur einen Augenblick lang in Erwägung gezogen hätte, sie zu betreten. Wenn er jetzt dennoch im Freudentempel der kleinen Leute dieses Stadtviertels saß, so lag das daran, daß er erst spät in Sadi angekommen war. Es hatte bereits gedämmert, als er seine Herberge erreicht hatte, und nachdem er vergeblich beim Haus des Kaufherrn Iutasu vorgesprochen hatte, war es dunkel geworden. Danach hatte er nur noch wählen können, ob er lieber die Wände seiner schlichten Herberge anstarren oder der nächstbesten Schenke seine Aufwartung machen wolle. Denn keinesfalls stand ihm der Sinn danach, mit der Laterne, die ihm sein unverschämter Herbergswirt erst auf Nachfrage überlassen hatte, durch dieses schwarze Loch von einer Stadt zu irren. Ohnehin wäre es kein guter Einfall gewesen, von zu vielen Menschen gesehen zu werden. Nicht nach der Warnung, die ihm zugespielt worden war.

Sein Besuch bei Iutasu hatte dessen Haushalt in große Verwirrung gestürzt. »Er ist nicht da, Ajam«, hatten die dienstbaren Geister unter vielen Verbeugungen beteuert. »Wann er zurückkehrt, ist ungewiß«, hatte Iutasus Leibsekretär mit rotgeflecktem Gesicht alle anderen übertönt. »Ihr wart doch hoffentlich nicht angekündigt?«

»Nein«, hatte Seffenaiu den aufgescheuchten Hühnerstall beruhigt, verwundert über so viel Aufregung. Hatten sie noch nie mit Adligen zu tun gehabt? Oder gab es andere Gründe für diese Unruhe? Plötzlich war er argwöhnisch geworden. War der Kaufherr etwa doch zu Hause und ließ sich nur verleugnen? Das wäre eine Frechheit! Seinen aufwallenden Unmut hatte Seffenaiu achselzuckend beiseite geschoben. Wenn es sich so verhielte, so ließe sich nichts daran ändern. Daher hatte er höflich hinterlassen, daß er am morgigen Tag in aller Frühe wiederkehren werde. Noch beim Sprechen war ihm eingefallen, daß die kleine Hinterhältigkeit, die den Kaufmann noch vor dem Morgengrauen von seinem Lager treiben würde, leicht Wahrheit werden könnte. Seine Herberge erweckte nicht den Eindruck, als wäre es guter Brauch, sich länger als unbedingt nötig unter ihrem Dach aufzuhalten. Bestimmt ging es in ihr morgens zu wie in einem Taubenschlag!

Erst jetzt hatte es jemand für nötig befunden, ihn darüber aufzuklären, daß der Iutasu, den er zu sehen wünschte, gar nicht der war, den er kannte. Der alte Iutasu war tot. Er hatte den Fehler begangen, sich im Hafengebiet aufzuhalten, als die Flutwelle gekommen war. Vorsichtshalber hatte Seffenaiu gleich nachgefragt, wie alt der Sohn sei. Er wollte nicht Gefahr laufen, mit einem fünfjährigen Kaufherrn verhandeln zu müssen. Wie nicht weiter verwunderlich, hatte die Frage Iutasus Leibsekretär etwas befremdet.

Dabei war das Alter Iutasus des Jüngeren völlig gleichgültig, wie sich Seffenaiu eingestand, während er einen kleinen Schluck aus seiner Trinkschale nahm. Denn was er ihm sagen oder gar anbieten sollte, wußte er noch immer nicht. Auf Temelua hatte er sich beim Lesen der kurzen Nachricht von seiner Empörung hinreißen lassen. Er hatte sich noch die Zeit genommen, den Grafen um Urlaub zu bitten, dann war er zum Stall geeilt, wo sein Pferd bereits gesattelt auf ihn gewartet hatte. Wie ihm später aufgefallen war, hatte er sich damit genau so verhalten, wie es die Behüter längst veralteter Sitten gerne predigten: Ein Ritter denkt im Sattel!

Selbstverständlich meinten sie hiermit ungestüme Entschlossenheit und hochfliegende Pläne, deren Einzelheiten festgelegt wurden, während das große Vorhaben bereits kühn angegangen wurde. Sie stellten sich nicht das vor, was Seffenaiu in den Sinn gekommen war, als er den Ausspruch zum ersten Mal gehört hatte: Ein Ritter reitet so lange geradeaus, bis ihm einfällt, wohin er eigentlich will.

Das mußte der Geist von Temelua sein, der ihn langsam vereinnahmte, hatte Seffenaiu besorgt vermutet. Doch was bedeutete es, wenn er sich mittlerweile benahm wie der vorbildliche Ritter aus verstaubten Legenden? War er damit womöglich auch auf dem Weg, ein Held zu werden? Ein unheiliger Held, wohlgemerkt, oder ein heldenhafter Unheiliger? Darüber hatte er ausführlich während des Ritts nachgedacht, bis er etwas ganz anderes erkannt hatte. Nicht gerechte Empörung, auch nicht die Treue gegenüber einer Toten, von der nicht einmal mehr Knochen übrig waren, bewogen ihn zu diesem Ritt nach Sadi, sondern die Aussicht, der Biederkeit Temeluas zu entkommen!

Er war den Hof einer Gräfin gewohnt gewesen. Auch Temelua hatte einen Hof. Doch der sprühte nicht vor Witz und Sinnenfreuden, sondern war lediglich von Mauern umgeben. Selbst als die Lage schwierig geworden war, hatte man sich in Fattulloannas Heim der kühnen Streiche brüsten können, die man den Streitern ihres Verflossenen gespielt hatte, oder sich in gerechtem Zorn über deren Tücke aufgeregt.

Auf Temelua war jede Abwechslung unerfreulich. Ein Ritter trat dort nie gegen gleichwertige Gegner an. Er jagte Spitzbuben, ausgemachte Schurken und bisweilen leibhaftige Bestien, die diese wirre Zeit in Fülle hervorzubringen schien.

Also ging es bei seinem Ritt nach Sadi weniger um Unrecht, das verhindert werden mußte, sondern um ein erquickliches und gefährliches Spiel, an dem teilzunehmen er mittels eines fast leeren Bogens gelblichen Papiers eingeladen worden war. Nur wenige Zeilen hatten darauf gestanden:

»Es mag für den Ritter Seffenaiu von Bedeutung sein, daß Ipualé verbreitet, dessen letzter Herr habe sich zu Pinapataui mit der Gräfin Fattulloanna versöhnt und allem unseligen Hader abgeschworen. Danach hätten sich Gräfin und Graf glücklich vermählt, wie es einstens zu freundlichen Zeiten beschlossen worden war.«

Selbstredend war das eine dreiste Lüge! Allerdings eine, die sich schwer nachweisen ließe, da Braut, Bräutigam und jeder erdenkliche Zeuge dieser angeblichen Vereinigung tot waren. Jedenfalls jeder Zeuge, der tatsächlich dort gewesen war. Ihm selbst würde man wahrscheinlich vorhalten, daß er die Königsburg frühzeitig verlassen habe, also nichts von den herzergreifenden Szenen wissen könne, die sich in seiner Abwesenheit abgespielt hätten. Das stimmte zwar, dennoch war das Ganze zweifellos ein niederträchtiges Komplott. Ajamei Fattulloanna hatte während ihres Aufenthalts sorgfältig darauf geachtet, ihrem zeitweiligen Verlobten und späteren Erzfeind nicht zu begegnen. Eine Versöhnung der beiden war ausgeschlossen! Wer immer heutzutage auf Ipualé das Sagen hatte, konnte mit dieser Arglist nur eines bezwecken: Er oder sie wollte sich etwas aneignen, das einmal der toten Gräfin gehört hatte. Sicherlich einen Teil ihres Landes, aber vielleicht auch noch etwas anderes.

Hier kam nun ein wohlbekannter Unheiliger auf dem Weg zur Heldenhaftigkeit ins Spiel. Für den Verfasser der Nachricht konnte es nur einen Grund gegeben haben, sich an ihn, Seffenaiu, zu wenden: Er wußte über den Verbleib von Fattulloannas Familienschmuck Bescheid. Das Geheimnis, das nur die Gräfin, Seffenaiu und der Kaufherr Iutasu hätten kennen sollen, war keines mehr!

Allerdings war damit noch lange nicht geklärt, wieviel in Ipualé wirklich bekannt war. Womöglich hatte dem unbekannten Verfasser der Warnung lediglich daran gelegen, ihn frühzeitig darauf hinzuweisen, daß es nur mehr eine Frage der Zeit sei, bis das Geheimnis ganz gelüftet wäre. Doch wer war der geheimnisvolle Briefeschreiber? Er hatte auf Unterschrift und Siegel verzichtet, und sein Bote war längst wieder weg gewesen, als Seffenaiu das Schreiben in Händen gehalten hatte. Aber im Grunde kamen nur zwei Möglichkeiten in Betracht. Entweder war es jemand in Ipualé, den dieses falsche Spiel mit den Toten anwiderte, oder es war jemand aus Iutasus Kontor, womöglich der Kaufherr selbst. Die reichen Bürger der Stadt vermieden es, in die Händel des Adels hineingezogen zu werden. Doch einen Schritt vor zu gehen und zwei zurück, das paßte zu ihnen. Mit dem ersten Schritt brachten sie alle Beteiligten auf denselben Wissensstand. Danach überließen sie das Feld den Streitenden und warteten in sicherer Entfernung ab, wer übrig bliebe. So schützten sie sich vor Rachsucht und späteren Vorwürfen. Sie konnten darauf verweisen, stets unparteiisch gewesen zu sein. Eben deswegen verbot es sich auch, zu dem Kaufherrn zu gehen und die Rückgabe des Schmuckes zu fordern. Das bereitgestellte Geld war nicht benötigt worden. In einer einfacheren Welt hätte es gereicht, mit Iutasu über eine Provision für seinen Aufwand zu reden. Doch die Welt war nicht einfach. Wenn der junge Iutasu nur ein bißchen nach seinem Vater schlüge, so bestünde er darauf, daß alles korrekt abgewickelt werde. Die Meinung eines Ritters, der behauptete, den Willen seiner toten Gräfin auszuführen, zählte wenig, selbst wenn dieser bereits als Mittelsmann in Erscheinung getreten war. Aber vielleicht wußte der junge Iutasu nicht einmal davon.

Mit einem Mal erkannte Seffenaiu, wie sein morgiger Spielzug auszusehen hatte. Er mußte herausfinden, ob der junge Iutasu etwas mit der Nachricht zu tun hatte und wes Geistes Kind er war. Machte er von sich aus Zeichen des Entgegenkommens – nicht ganz ausgeschlossen, da er selbst einen Toten zu beklagen hatte –, so war die Welt doch einfacher als erwartet. Andernfalls mußte Seffenaiu in Erfahrung bringen, ob Ipualé bereits Ansprüche angemeldet hatte, um abschätzen zu können, wieviel Zeit ihm bliebe. Sein Interesse an dem Geschmeide durfte nicht zu auffällig erscheinen, wenn er Fattulloannas Willen erfüllen wollte. Die Gräfin hätte lieber ihren Schmuck im Golf versenkt gesehen als im Besitz ihres Feindes oder seiner Erben. Ihr zum Unheiligen gewordener Ritter würde also den Schmuck an sich bringen müssen, koste es, was es wolle. Wem er das Geschmeide eines Tages übergeben würde, war so gesehen zweitrangig.

Mit einem raschen Zug leerte Seffenaiu seinen Wein und hob die Hand, um die Aufmerksamkeit des Wirtes zu erlangen: »Noch eine Schale, Iakopu.«

Der Mann blickte mit wäßrigen Augen herüber. »Ich heiße nicht Iakopu«, antwortete er mit schwerer Zunge.

Wirt und Zecher in einer Person, dachte Seffenaiu. Ein solches Maß an Selbstgenügsamkeit war beinahe tugendhaft zu nennen. »Bring mir dennoch eine neue Schale«, rief er.

Beim Eingang der Schenke war unterdessen ein Streit ausgebrochen. Seffenaiu verfolgte ihn eine Zeitlang, dann mischte er sich ein. »He!« rief er.

Von den Wehen kommender Tage (und anderen Beschwerden)

Einen Herzschlag später, im 458. Jahr der Abwesenheit Gottes

»He!« sagte eine grobe Stimme. Mojeb schrak zusammen, als er die drei Stadtwachen entdeckte, die seinen Tisch ansteuerten. Wie sie die Schenke unbemerkt hatten betreten können, war ihm unverständlich. Doch daß ein launenhafter Zufall sie hereingeführt haben sollte, wagte er nicht zu hoffen. Die Bestätigung seiner Befürchtungen erhielt er unmittelbar darauf.

»Ja, du bist gemeint«, sprach ihn einer der drei an. »Bildest du dir tatsächlich ein, du könntest uns an der Nase herumführen, wie es dir paßt? Du wurdest oft genug aufgefordert, dich so zu kleiden, wie es bei uns Sitte und Anstand gebieten. Aber du hast nur darüber gelacht. Jetzt sieh selbst, was du davon hast. Steh auf und komm mit!«

Mojeb verwünschte sich ob seiner Unachtsamkeit. Hätte er die Stadtwachen ein wenig früher bemerkt, so würde er sie jetzt stehend und mit der Hand am Schwertgriff erwarten, was die Lage erheblich ausgeglichener gemacht hätte. Doch diese Möglichkeit war vertan. Jetzt würde jede unbedachte Bewegung dazu führen, daß die Burschen mit ihren Keulen über ihn herfielen, ohne daß er ihren Schlägen viel entgegenzusetzen hätte. Nach allem, was er gehört hatte, würden sie erst von ihm ablassen, wenn er mit eingeschlagenem Schädel am Boden läge. Sich zu fügen war allerdings auch nicht verlockend. Vielleicht würden sie ihn nur ausgiebig verprügeln. Mit etwas weniger Glück erginge es ihm wie Tiugugu.

Ein unausgegorener Gedanke huschte ihm durch den Kopf. Womöglich war dem kleinen Mann, der sich nicht an die Stunden seiner Qual erinnern konnte, genau das widerfahren, was ihm nun selbst bevorstand?

»Wird's bald, oder willst du es unbedingt hier haben?« flüsterte einer der drei drohend.

Mojeb versuchte, Zeit zu schinden, in der Hoffnung, daß ihm noch ein Ausweg einfiele.

»Man muß wissen, wann man verloren hat«, lenkte er zum Schein ein. »Bestimmt kennt ihr die Legende, wie der heilige Malachias den Buckligen zu einem Ort namens Gondallo bestellte?«

Ein Blick in die Gesichter der Stadtwachen lehrte ihn, daß sie die Geschichte weder kannten noch kennenlernen wollten. Fieberhaft suchte er nach einem Einfall, der ihm die kurze Zeitspanne einbrächte, die er benötigte, um sich zu erheben, Bewegungsfreiheit zu erlangen und das Schwert zu ziehen.

»He«, schallte unerwartet eine Stimme durch den totenstill gewordenen Schankraum. »He, Jarmate, setzt Euch auf eine Schale Wein zu mir!«

Ruckartig wandten sich die Stadtwachen dem Urheber der Unterbrechung zu, einem etwa vierzig Jahre zählenden Mann, der sich von seiner Bank erhoben hatte. Er trug sein Haar offen und so lang wie eine Frau. Seine unverhohlene Heiterkeit wirkte fehl am Platz.

»Wo sind eure Manieren?« sprach der Fremde die Stadtwachen mit spöttischem Unterton an. »Gilt Gastfreundschaft in eurem … hm, in unserem Volk nichts mehr? Ihr werdet doch nicht vergessen haben, Besuchern aus der Fremde die gebührende Achtung zu erweisen? Nein, das werdet ihr doch nicht?«

Erstaunt beobachtete Mojeb die Veränderung, die mit den Gardisten vor sich ging. Statt sich des Störenfrieds auf die ihnen eigene, dumpfe Art und Weise anzunehmen, starrten sie ihn sprachlos an.

»Nein, Ajam«, würgte einer von ihnen schließlich hervor.

»Nein – was?«

»Was Ihr sagtet, Ajam.«

»Sehr gut«, erklang es herablassend. »Dann macht den Weg frei für unseren Gast. Meinen Gast. Kommt, Jarmate, setzt Euch zu mir!«

Rasch griff Mojeb nach Schwert und Mantel. Er wußte zwar nicht, was hier vorging, hatte aber begriffen, daß das Rudel Schakale unerwartet auf einen Löwen gestoßen war. Einen überaus langmähnigen, um genau zu sein. Plötzlich stutzte er. Sein Retter trug keinen Rock! Er trug statt dessen ... Was sollte das sein? Vielleicht ursprünglich ein knielanger Rock, der vorn und unten hinten aufgeschlitzt und dann neu zusammengenäht worden war, so daß er etwas Ähnliches wie Hosenbeine bekam. Auf der Innenseite der Schenkel waren diese mit Leder verstärkt. Ein Reitrock?

Plötzlich begriff Mojeb. »Ach so«, murmelte er. Das waren also die berüchtigten Rockhosen! Wie dumm mußte man eigentlich sein, um dieses merkwürdige Kleidungsstück mit einer richtigen Hose zu verwechseln? Aus heiterem Himmel verspürte Mojeb einen leichten Groll gegen seinen Retter, wegen des vielen Ärgers, den ihm dessen Bekleidung eingebracht hatte. Einen winzigen Augenblick lang beherrschte ihn das Verlangen, die Einladung auszuschlagen. Dann erinnerte er sich an etwas, was der Fremde gesagt hatte. Wie erstaunlich! Das hatte er nicht erwartet!

»Aber gern, mein lieber Freund«, antwortete Mojeb gänzlich verblüfft aus voller Brust. »Gern!« Die Worte waren schon heraus, als ihm bewußt wurde, daß sein Gegenüber dem Adel des Landes angehören mußte. Jedoch schien sich der andere an der Vertraulichkeit seiner Erwiderung nicht zu stören. Entschlossen quetschte sich Mojeb an den Stadtwachen vorbei.

»Wir sehen uns wieder«, murmelte einer der Häscher.

»Leider«, antwortete Mojeb ebenso leise. »Leider, leider, leider.«

Darauf bauend, daß von den dreien einstweilen keine Gefahr mehr ausging, begab er sich zum Tisch des Adligen. Der hatte sich inzwischen wieder gesetzt und deutete einladend auf einen freien Sitz. Mojeb stellte sich vor, bevor er Platz nahm. Hierbei erfuhr er den Namen seines Helfers: Seffenaiu. »Ich bin Euch für Eure Unterstützung verpflichtet«, bedankte sich Mojeb förmlich.

Sein Gegenüber tat die Bemerkung mit einer lässigen Handbewegung ab, die fließend in eine Geste überging, mit der er den Wirt an den Wein erinnerte.

»Tatsächlich habe ich mir mehr Sorgen um Eure drei Freunde gemacht als um Euch.«

Mojeb wußte die Höflichkeit zu schätzen und grinste. »Ich bin jedoch kein Adliger, wie Ihr vielleicht meinen mögt«, beeilte er sich klarzustellen.

»Ich weiß«, antwortete Seffenaiu. »Ihr seid ein jarmatischer Krieger, wenn ich mich nicht irre.«

Da! Da war es schon wieder!

»Woher wißt Ihr ...?« stammelte Mojeb verwirrt. »Entschuldigt, aber Ihr scheint der einzige Bewohner dieses Landes zu sein, der meine Heimat kennt.«

»Ich bin belesen«, erwiderte Seffenaiu ohne falsche Bescheidenheit. »Ihr stammt aus einem schroffen Bergland im tiefsten Süden. Ein Volk furchtbarer Hirten und Krieger ... oder eher umgekehrt. Ich bin selbst ein Krieger. Allerdings sagen wir hierzulande Ritter dazu. Um Euch nicht in falschen Hoffnungen zu wiegen: Das ist schon fast alles, was ich über Eure Herkunft weiß. Sollte Euch danach sein, mich zu fragen, welche Art von Flöten Eure Hirten blasen, wenn sie hüten, was immer sie hüten mögen, so müßte ich passen.«

»Flöten aus Holz oder Rohr«, klärte ihn Mojeb auf. »Denen ist es zu verdanken, daß wir mitunter tatsächlich für ein Volk furchtbarer Hirten gehalten werden.«

Der Ritter lachte schallend. Mojeb war abermals verblüfft. Auch daß jemand seine Scherze zu würdigen wußte, hatte er lange nicht mehr erlebt. Er lachte ebenfalls.

Der Wirt brachte den Wein. Beide Männer prosteten sich zu.

Nach einigen Augenblicken des Schweigens nahm der Ritter das Gespräch wieder auf: »Entschuldigt meine Unverblümtheit, doch vermutlich wart Ihr auf dem Weg in nördlichere Länder, als das Unheil über uns kam?«

»Nein«, widersprach Mojeb. »Ich wollte hierher.«

»Um in jemandes Dienst zu treten?«

»Ich hatte eigene Gründe.«

»Wie lange seid Ihr schon in Ikarilla?«

Mojeb sagte es ihm. Der Ritter nickte mitfühlend: »Da war alles schon im Gange. Ihr hättet ein anderes Jahr auswählen sollen, eines, in dem dieses Land sich noch nicht in seinen eigenen Geist verwandelt hatte. Ihr müßt Eure Reise bitter bereut haben.«

»Keineswegs. Sie war weit und beschwerlich. Ich war froh, hier angekommen zu sein. Warum sollte mich wieder wegwünschen? Auf das närrische Gerede habe ich nichts gegeben. Das über den Weltuntergang. Ich wußte schließlich, daß keiner drohte.«

»Ihr wußtet es? Seid Ihr ein Wahrsager?«

Mojeb lachte. »Nein. Doch nach dem Glauben meines Volkes geschehen wichtige Dinge nicht an beliebigen Tagen.«

Sein Gegenüber lächelte leicht: »Ein wichtiger Tag hätte also auch Euch beunruhigt? Wenn das *Fest der Götzenschlacht* bevorgestanden hätte oder das *Sternenfest*? Wußtet Ihr, daß unser König fast zu dieser Zeit sein Thronjubiläum feierte?«

»Ihr mißversteht mich. Es geht nicht um Festtage, sondern darum, ob etwas entschieden ist oder beliebig. Ich wuchs in dem Glauben auf, daß sich alles, was ist, im Griff dreier Mächte befinde: *aae, kahore* und *pea,* wie es in unserer Sprache heißt. Das ist ein wenig schwierig zu übersetzen: Im Grunde heißt es nur ja, nein und vielleicht.«

»Ich glaube das zu verstehen«, meinte der Ritter. »Ja und nein, das sind die Gegensätze: Tag und Nacht, Land und Wasser, Feind und Freund. Was ist das dritte?«

»Das Schwebende, Unentschiedene. Nicht Tag, nicht Nacht, sondern Dämmerung. Weder Land noch Wasser, etwa ein Sumpf. Jemand, von dem Ihr nicht wißt, ob er Euer Freund oder Feind ist.«

»Das klingt alles sehr trügerisch.«

»Ist es auch. *Pea* ist ungewiß, nicht nur für Euch oder mich, sondern auch für sich selbst. So ist seine Art. Im Zustand des *pea* ist alles möglich.«

»Und wann soll eine solche Zeit sein?«

»Ständig. Immer, wenn etwas in der Schwebe ist. Sagen wir, Ihr sät Samen aus. Was geschieht?«

»Eine Pflanze wird daraus. Ein Busch, ein Baum, Gras …«

»Vielleicht. Sicher seid Ihr erst, wenn der Same zum Busch geworden ist.«

»Sollte er nicht?«

»Der Keimling könnte verdorren oder zertreten werden, herausgerissen werden oder aufgefressen.«

»Sicherlich«, pflichtete der Ritter bei und gab dem Wirt ein Zeichen, neuen Wein zu bringen. »Doch das sind Unfälle, Schicksalsschläge. Es ist nicht das, was üblicherweise geschieht. Sonst wird aus dem Samen ein Busch. Nichts anderes.«

Mojeb zuckte mit den Schultern. »Ihr habt noch nichts anderes gesehen. Vor ein paar Wochen hättet Ihr ebenso überzeugt behauptet, daß tags die Sonne und nachts Mond und Sterne scheinen. Was ist üblich? Daß sie es tun oder nicht?«

Der Ritter sah ihn verdutzt an. Ein Schatten legte sich auf sein Gesicht. Nachdenklich murmelte er: »Und daß die Erwachsenen von Kindern beherrscht werden.«

Mojeb sah ihn fragend an.

»Nichts Wichtiges«, sagte sein Gegenüber. »Wenn ich Euch richtig verstanden habe, so wäre jetzt ein Zustand ständigen *peas*, in dem alles möglich wäre. Beunruhigt Euch das nicht?«

»Nein. Und zwar aus dem einfachen Grund, weil es schon immer so war. *Aae, kahore* und *pea*: Es ist nichts Neues dazugekommen.« Mojeb erkannte plötzlich, daß er nicht die Wahrheit sprach. Ihm war, als verstünde er zum erstenmal wirklich, was er als Heranwachsender gelernt hatte. Wenn alles möglich war … Er verspürte den Drang nachzusehen, ob sich der Fleck noch immer auf dem Bild befand.

»Ihr furchtbaren Hirten habt viel Zeit zum Nachdenken«, riß ihn der Ritter aus seinen Gedanken.

»Ja«, bestätigte Mojeb ernst. »Das hält uns nämlich vom Flötenspiel ab.«

»Laßt uns über etwas Leichteres reden«, schlug der Ritter vor. »Was führt Euch in unser Land? Ihr sagtet, Ihr hättet eigene Gründe?«

Mojeb zögerte kurz. »Ich suche eine Frau.«

»Vermutlich nicht irgendeine?«

»Nein, eine bestimmte.«

»Wo wohnt sie?«

»Das weiß ich nicht.«

»Wie heißt sie?«

»Auch das kann ich Euch nicht sagen.«

»Das ist nicht leicht. Aber Ihr kennt sie doch?«

»Auch das nicht.«

Der Ritter wirkte verwirrt. »Was wollt Ihr von ihr?«

Plötzlich hellte sich seine Miene auf: »Ihr seid für sie entflammt! Gesteht es! Doch wie kann das angehen, wenn Ihr sie weder kennt, noch etwas über sie wißt? Ah! Ihr habt ein Bild von ihr! Zeigt es mir.«

Mojeb sträubte sich zunächst, dem Verlangen seines ihm fast unbekannten Trinkgefährten nachzukommen. Wie er rasch merkte, war jener aber nicht gewillt, von seinem Begehren abzulassen. Schließlich gab er dem Drängen nach. Er fühlte sich wie ein Junge, der bei seiner ersten Schwärmerei für ein Mädchen ertappt worden war.

»Das ist also Eure Traumfrau«, sagte der Ritter, als er das Medaillon in Händen hielt. »Zweifellos ist sie eine Ikarillanerin.« Ein versonnener Ausdruck legte sich auf sein Gesicht: »Woher wollt Ihr eigentlich wissen, daß ...«

Mit einer ungeduldigen Handbewegung wischte er nicht vorhandenen Staub vom Tisch: »Verzeiht! Eine dumme Angewohnheit von mir. Der Drang, Gewißheit haben zu wollen, wird mir manchmal zur Sucht. Ich muß Euch nicht sagen, daß Euer Bestreben ein wenig verrückt ist. Das wißt Ihr selbst und wollt es auch nicht hören. Doch solche Verrücktheit paßt in diese Zeit. Hätte ich nichts anderes zu tun, so würde ich Euch bei Eurer Suche helfen. Wie groß ist Eure Traumfrau?«

»Ich sagte Euch, daß ich ihr nie begegnet bin.«

»Bemüht Euch. Irgendeine Vorstellung von ihr werdet Ihr dennoch haben.«

»Ich weiß nicht«, antwortete Mojeb hilflos. »Sie ist kleiner als ich.«

»Das glaube ich nicht. Ihr seid nicht sonderlich groß. Wahrscheinlich seid Ihr Jarmaten alle kleiner als wir. Sie hingegen ist Ikarillanerin. Bestimmt ist sie einen Kopf größer als Ihr.«

Mojeb verzog das Gesicht. »Sie ist ziemlich groß, da habt Ihr recht. Sie ist fast so groß wie ich.«

Der Ritter schmunzelte: »Von mir aus. Also eine eher klein gewachsene Frau. Höchstens einen Zoll größer als Ihr.«

»Gleich groß!« rief Mojeb aus. Aus den Augenwinkeln heraus nahm er wahr, daß jeder in der Schenke zu ihm herübersah.

»Sie ist gleich groß«, zischte er.

»Vor mir aus«, lenkte der Ritter mit einem kurzen, trockenen Lachen ein. »Ihr seid gleich groß. Damit kann ich leben ... Wirt, mehr Wein! ... Sie hat graue Augen.«

»Nein, braune.«

»Braune?«

»Ja. Wie Haselnuß. Wie Haselnuß kurz nach dem Regen, wenn das Holz noch feucht ist.«

»Gut, dann hat sie braune Augen. Erzählt mir mehr über ihre Augen.«

Mojeb fand zunehmend Gefallen an dem Spiel. Es machte ihm nichts aus, mit diesem Zufallsbekannten über etwas zu reden, was bisher sein ureigenstes und wertvollstes Geheimnis gewesen war. Er sah sich dafür belohnt, weil ihm Geheimnisse eröffnet wurden, deren Vorhandensein ihm zuvor gar nicht bewußt gewesen war. Auf dem Bild hatte er die schöne Unbekannte immer nur aus einem einzigen Blickwinkel gesehen und war damit zufrieden gewesen. Doch nun schien sie sich plötzlich vor ihm zu drehen und von allen Seiten zu zeigen. Mojeb schien es, als wäre sie bisher eine Gefangene seiner Gedanken gewesen und trete nun in die Freiheit. Plötzlich merkte er auf. »Und von wem redet Ihr?« fragte er.

»Wie?« antwortete sein Gegenüber und deutete auf das Medaillon. »Von ihr doch, oder?«

»Nein, das tut Ihr nicht. Ihr habt selbst jemanden vor Augen. Eure Vorschläge kommen nicht von ungefähr.«

Der Ritter dachte einen Augenblick nach, dann lächelte er schwermütig. »Tatsächlich. Ihr habt recht. Es war mir gar nicht bewußt. Sie hieß Beatarisa. Ich kannte sie kaum, daher könnte sie in einem gewissen Sinn die Schwester Eurer Teuersten sein. Beatarisa und Poritinara, wie in dem Märchen. Ihr wißt nichts über Eure Poritinara, ich weiß nicht viel mehr über meine Beatarisa. Nun, ›meine‹! Das Wort ist völlig übertrieben. Ich kannte sie nur äußerst flüchtig, weswegen Ihr mich nicht bedauern müßt. Sie lebt nämlich nicht mehr. Ich bin ihr auf der Königsburg begegnet, nur Stunden bevor der Himmelsstein auf sie fiel und alles und jeden in Staub verwandelte. Sie starb dort wie Hunderte andere, von denen mir manche mehr bedeuteten. Seltsamerweise geht sie mir als einzige nicht aus dem Sinn.«

»Erzählt mir von ihr. Wie sah sie aus?«

Der Ritter hob hilflos die Hände. »Ihr bringt mich in arge Verlegenheit. Ich merke, daß sie langsam in meiner Erinnerung verblaßt. Ich weiß nicht, wie ich sie Euch beschreiben soll. Es fällt mir schwer, sie mir vorzustellen.«

»Bemüht Euch. Das ist nur recht und billig. Wie roch sie? Bestimmt hat sie ein Duftwasser benutzt?«

Der Ritter runzelte die Stirn und starrte angestrengt auf den Tisch. Dann schüttelte er niedergeschlagen den Kopf. »Es ist sinnlos. Ich sehe ihr Bild nicht mehr. Wirt, mehr Wein!«

Der Weise und der Unheilige setzen ihre Verhandlungen auf höchster Ebene fort

Haus im Kohlpalmenviertel, geraume Zeit später, im 458. Jahr der Abwesenheit Gottes

»Hoppala«, sagte eine laute und ziemlich verwaschene Stimme. »Da muß man ja aufpassen«, bemerkte eine zweite, die nur unwesentlich klarer klang.

»*Ihr* müßt aufpassen«, sagte die erste Stimme. »*Ich* nicht.«

»Doch, Ihr müßt ebenfalls aufpassen«, mahnte die zweite. »Hier geht's arg tief hinunter.«

»Ich muß nicht aufpassen. Mir macht das nichts aus. Ich bin ein Kind von ... Dingens ... Wie heißt das noch? Es ist hoch!«

»Palme?«

»Nein, ich bin doch kein Kind der Palmen! Dingens eben! Berge! Ich bin ein Kind der Berge.«

Schlaftrunken runzelte Keloe die Stirn und wünschte sich, daß die Stimmen schwiegen. Sie lauschte Omarus kaum wahrnehmbaren Atemzügen und Tiugugus leichtem Schnarchen. Vergeblich versuchten ihre Augen das Dunkel zu durchdringen. Über ihr rumpelte es ausgedehnt.

»Nicht so eilig!« hörte sie das Kind der Berge sagen. »Seht Ihr, so schnell geht das. *Ihr* müßt aufpassen!«

»Ich muß nicht aufpassen. Ich kann schwimmen.«

»Und was hilft Euch das auf dem Dach?«

»*Das* hilft es! Ich kann besser schwimmen als Ihr.«

Neuerliches Rumpeln erschütterte das Dach, begleitet von einem kurzen, überraschten Ausruf. »Gebt mir Eure Hand«, verlangte die Stimme, die nicht dem Kind der Berge gehörte.

»Kann mal vorkommen«, erwiderte dasselbige.

»Ihr müßt aufpassen«, mahnte einmal mehr die andere Stimme.

Keloe fügte sich in ihr Schicksal und kleidete sich im Dunkeln an. Unterdessen hatte eine weitere Stimme beschlossen, die Nacht mit Wohlklang zu erfüllen. »Haltet endlich das Maul!« gebot sie überschnappend.

Das Kind der Berge blieb eine Antwort nicht lange schuldig: »Halt selbst das Maul, oder ich schlag dir alle Zähne aus. Anschließend zertrete ich sie einzeln.« Lautes Stampfen auf dem Dach unterstrich die Ernsthaftigkeit dieser Drohung.

»Das war unhöflich«, stellte sein Begleiter fest. Keloe war sich nicht ganz sicher, wen er damit meinte, da er umgehend brüllte: »Zügle deine Zunge, aufgeplusterter Hundsfott!«

Schlaftrunken tastete sie nach dem Lämpchen, entzündete es und schlich zur Tür. Als sie an Tiugugus Lager vorbeiging, berührte eine Hand ihr Bein.

»Geh nicht«, flüsterte der kleine Mann.

»Ich muß«, antwortete Keloe. »Mojeb ist auf dem Dach und sturzbetrunken.«

»Er ist nicht allein«, wisperte Tiugugu.

»Der andere ist genauso betrunken. Oder hast du Angst, daß sie mir etwas antun könnten? Mir tut niemand etwas.«

»Geh nicht.« Er griff nach ihrer Hand.

»Sei nicht närrisch. Wenn er sich die Knochen bricht, so muß ich ganz allein für euch drei sorgen. Wie stellst du dir das vor?« Sie wand ihre Hand aus seiner.

»Das ist nicht dein einziger Grund!« zischte Tiugugu böse.

Keloe stieß ungehalten den Atem aus und ging weiter. Dieses enge Zusammenleben war auf die Dauer nicht gut, dachte sie.

Sie öffnete die Tür und schloß sie hinter sich wieder. Die beiden Trunkenbolde hatten sich mittlerweile woanders hinbegeben. Ihre Stimmen kamen noch immer von oben, klangen aber verhaltener durch die Nacht. Keloe raffte ihren Sarong und kletterte ebenfalls auf das Dach. Oben angelangt, erblickte sie in einiger Entfernung das Licht zweier Laternen. Das mußten sie sein!

Mojeb hatte sie bisher nur einmal hier herauflocken können. Sie war froh gewesen, daß es beinahe umgehend zu regnen angefangen hatte und sie wieder hatte hinuntersteigen dürfen. Diese Höhe war ihr nicht geheuer. Doch nun blieb ihr nichts anderes übrig, als über das viel zu schmale Dach zu gehen. Sie hielt die Augen fest nach unten gerichtet, so daß ihr nichts entgehen konnte, was der schwache Lichtschein enthüllte. Dann fiel ihr auf, daß sich die beiden Lichter getrennt hatten. Als sie nah genug heran war, um die Träger der Lampen erkennen zu können, bemerkte sie zu ihrem Schrecken, daß Mojeb mittlerweile auf das nächste Dach hinübergesprungen war. Es sah baufällig aus. Ihr leichtsinniger Mitbewohner konnte jeden Augenblick einbrechen!

»Komm wieder herüber«, bat Keloe weinerlich in sicherer Entfernung von dem tiefschwarzen Spalt, der die beiden Häuser trennte.

»Keloe?« fragte Mojeb überrascht und verkündete sodann fröhlich: »Das ist Keloe! Sie ist nicht nur schön, sondern auch gewitzt.«

Keloe empfand eine kurzlebige Freude, die gleich wieder verflog, als Mojeb mit großen Schritten über das andere Dach eilte, dessen Zustand immer mehr Anlaß zur Besorgnis gab, je weiter er ging, was ihn jedoch überhaupt nicht zu kümmern schien. Noch ein paarmal forderte sie ihn auf, den unsicheren Grund zu verlassen, ohne jedoch mehr als ein unbeschwertes »Gleich!« zu ernten. In ihrer Not wandte sich Keloe an Mojebs Begleiter, darauf hoffend, daß jener erreichen würde, was ihr versagt geblieben war. Sein Anblick hatte sie im ersten Augenblick verwirrt, da sie ihn seiner langen Haare wegen für eine Frau gehalten hatte. Sie hatte jedoch zwei Männerstimmen gehört.

Dieser andere Mann war ebenfalls nicht stehengeblieben, sondern strebte – nur getrennt durch die Lücke zwischen den Häusern – offenkundig demselben unbekannten Ziel entgegen wie Mojeb. Der hatte seines anscheinend erreicht, nämlich eine Stelle, wo das Dach eingestürzt war und angekohlte Balkenrippen von einem Feuer zeugten. Am Rand der Bruchstelle blieb er stehen, ruderte wild mit den Armen und behauptete: »Oh, oh, ist das gefährlich! Hier geht es elend tief hinab. Da hilft kein Schwimmen!«

»Ich kann besser schwimmen als Ihr«, behauptete sein Begleiter. Plötzlich rief er aus: »Ich erinnere mich wieder! Sie war so groß!« Er hielt eine Hand ans Kinn. »Schaut gefälligst her! So groß war sie! Viel größer als Ihr, mein winziger Freund.«

»Gleich groß«, widersprach Mojeb, ohne herüberzusehen, und ging in die Knie.

»Mir fällt auch wieder ein, wie sie roch. Ein sehr feiner Blütenduft, ein ganz zarter, nur ein Hauch. Nichts Aufdringliches, nichts Bedrückendes. Versteht Ihr? Eine Ahnung nur, ein ganz schwaches Aroma. Nicht so schwach, daß man's nicht mitbekäme. Man riecht das schon, aber ein bißchen eben nur. Ein Duft, der die Luft würzt, ohne sie gleich zu überschwemmen. Einer, der flüstert: Ich bin da! Hört Ihr? Ich bin da! Das versteht Ihr doch? So schwer ist das ja auch nicht zu verstehen.«

»Was wißt Ihr denn schon?« brummte Mojeb. »Allenfalls gleich groß! Sogar noch kleiner.«

Keloes Herzschlag setzte schier aus, als er trotz seiner Trunkenheit auf einen der übriggebliebenen Balken sprang, wo er um sein Gleichgewicht kämpfen mußte. Dieses Mal wirkte es nicht gespielt.

»Gelernt ist gelernt«, meinte sein Begleiter anerkennend.

»Das lernt Ihr nicht, Seffenaiu«, widersprach Mojeb. »Das ist bei uns angeboren. Wie bei den Dingens. Nun sagt schon: Fell, Hufe und Hörner ...«

»Kühe.«

»Ja.«

»Nur bei den Augen bin ich mir noch nicht ganz sicher. Grau oder graubraun. Womöglich auch tiefschwarz.«

»Mögt Ihr gelb?«

»Nicht bei den Augen.«

Mit einem neuerlichen Satz sprang Mojeb auf die nächste Holzrippe, drehte sich unerwartet elegant um die eigene Achse und leuchtete mit seiner Laterne hinunter in die einstige Wohnung, auf deren Deckenbalken er stand. Der Lichtschein fiel auf einen großen Vogel, der dort unten nistete. Das Tier – ein Geier – war sogleich wach und gab mit aufgeregtem Fiepen seinen Unmut bekannt. Umgehend hob Mojeb an zu flöten: »Zeig's mir! Zeig's mir!« Absonderlicher konnte der Anblick kaum sein: ein betrunkener Jarmate auf einem schwankenden Balken, der mit hoher Stimme den Geier zu irgend etwas zu überreden versuchte, während sein Begleiter sich in Beschreibungen einer unbekannten Frau verfing, deren Detailverliebtheit jedes vernünftige Ausmaß sprengte, sofern sie nicht widersprüchlich waren. Und dann auch noch der völlig verwirrte Vogel, der planlos um sein wenig kunstvolles Nest trippelte, die Augen in raschem Wechsel öffnete und schloß, als bildete er sich ein, daß dieser nächtliche Schrecken verschwände, wenn er ihn nicht mehr sähe. Doch vielleicht war er auch nur schlaftrunken. Keloe hatte sich noch nie überlegt, ob das überhaupt möglich war.

Mit einemmal verharrte der Geier. Er hob ein Bein und streckte es seinem Quälgeist entgegen. Mojeb kreischte begeistert wie ein Kind: »Er macht es! Er macht es!«

Umgehend breitete er die Arme aus, beugte sich vor, hob selbst ein Bein und streckte es nach hinten weg. In dieser Stellung lallte er: »Hab Dank, kleiner Freund, hab Dank!«

Keloe hielt bang den Atem an und wartete auf den kurz bevorstehenden Augenblick der Erlösung, an dem sämtliche Anspannung verflöge. Zweifellos würde Mojeb gleich in das Geiernest stürzen.

Mojebs Begleiter brach unerwartet in ein dröhnendes Lachen aus, dessen er sich nicht zu erwehren wußte. Gewaltig schüttelte es seinen Körper durch und bewirkte – wie Keloe urplötzlich erkannte –, daß er sich mit kleinen Schritten immer näher auf den Abgrund zwischen den Dächern zu bewegte!

Sie wollte ihn aufhalten, als sie unversehens das Bild eines Ertrinkenden vor Augen hatte, der sich verzweifelt an sie, seine Retterin, klammerte. Schon sah sie sich mit ihm in die Tiefe stürzen. Beherzt ergriff sie den hilflos Japsenden am Kragen und riß ihn zurück. Er fiel auf den Hosenboden. Keloe erstarrte. »Verzeiht, Ajam«, flüsterte sie entsetzt.

Doch den Angesprochenen schien das gar nicht zu stören. Er winkte beschwichtigend ab und lachte weiter. Tränen liefen ihm über das Gesicht. Sein endloses Gelächter bewog Mojeb, sich wieder aufzurichten. Mit hängenden, leicht angewinkelten Armen blickte er verdutzt herüber. Ihm war anzusehen, daß er annahm, irgend etwas verpaßt zu haben.

»Ihr seid gar zu köstlich«, stieß sein adliger Begleiter vor Freude schluchzend hervor. »Wißt Ihr überhaupt, was Ihr da treibt?«

»Ich habe ihm beigebracht, mich zu begrüßen.«

Sein Kumpan grölte erneut vor Belustigung. »Das denkt Ihr! Habt Ihr je eine Schar Geier beim Fressen beobachtet? Sie halten es wie wir: Zuerst kommt der König, dann der Herzog, dann der Graf und lange, lange später Ihr, ich und die liebreizende Keloe. Und wißt Ihr auch, wie sie klären, wer König, Herzog oder Graf ist?«

»Sie kreischen und schlagen mit den Flügeln«, antwortete Mojeb beleidigt.

»Das auch. Doch sie machen noch etwas anderes.« Sein Zechgefährte streckte den Arm aus und spreizte die Finger. »Erkennt Ihr das? Mojeb, Ihr habt Euch zum Vasallen eines Geiers gemacht! Zu seinem Knecht, seinem Mundschenk, nein, Schnabelschenk. Führt Euch gut, und er befördert Euch womöglich zu seinem Vorkoster!« Ein neuerlicher Lachanfall erfaßte ihn.

Mojeb stand reglos auf seinem Balken und blickte ungewohnt einfältig in die Welt. Die Arme hielt er noch immer leicht angewinkelt und abgespreizt. Keloe hätte es kaum gewundert, wenn er plötzlich mit ihnen geschlagen hätte wie mit Flügeln.

Der Vertreter der Himmlischen Mächte überdenkt verschiedene Angebote

Kohlpalmenviertel, 15 Schritt über dem Boden,
mehr oder weniger gleichzeitig, im 458. Jahr der Abwesenheit Gottes

Fiiij-der-Flinke-Hacker-fiiij ließ sich von einem Säuselwind tragen. In seinem Schnabel befand sich ein Fisch, von dem er nicht wußte, wann er ihn entdeckt hatte. Er würde ihn dennoch sattmachen, gleichgültig wie er in den Schnabel gekommen war. Alles was in seinem Schnabel war, machte satt, solange es eine Entdeckung war und kein Zweig oder ein Stein. Der Fisch war kein Zweig.

Ein anderer Geier kam herangeflogen. Es war ein Weibchen. Es war das Weibchen mit den schwarzweißen Federn und dem roten Gesicht, auf das er sich einmal hatte setzen wollen. Dann war es aber weggeflogen und nicht zurückgekehrt. Einen Tag war es fortgeflogen und nicht zurückgekehrt und noch einen Tag. Viele Tage war es weggeblieben. Weit entfernt war das gewesen. Wie Griiij-der-Junge-Nestbauer-griiij war es nicht zurückgekehrt. Das war nicht weit weg gewesen. Nun war das Weibchen wieder da.

Fiiij-der-Flinke-Hacker-fiiij prüfte nach, ob der Fisch in seinem Schnabel vielleicht doch ein Zweig war. Wenn er einen Zweig im Schnabel trüge, so würde das Weibchen gleich erkennen, daß er sich noch immer auf es setzen wollte. Zweige waren wichtig. Doch der Fisch war kein Zweig. Er war eine Entdeckung. Er würde ihn sattmachen. Das war auch gut.

Mit einem Mal war es Nacht! Fiiij-der-Flinke-Hacker-fiiij flog nie nachts. Er flog tags. Nicht nachts! Tags! Wenn er tags wegflog, so kam er auch tags zurück. Oder gar nicht. Aber nie nachts!

Fiiij-der-Flinke-Hacker-fiiij schloß die Augen.

Es war sofort wieder Tag.

Das Weibchen war sichtlich kleiner geworden, seit es weggeflogen und nicht zurückgekehrt war. Geier wurden nie kleiner, wenn ein Tag verging und noch einer und noch einer. Sie blieben gleich groß. Oder sie wuchsen. Aber sie wurden nie kleiner! Das Weibchen war trotzdem kleiner geworden.

Manchmal verhungerten Geier. Dann wurden sie ganz klein. Doch dann flogen sie auch nicht mehr.

Auch das Gefieder des Weibchens war jetzt anders gefärbt. Es war nicht mehr schwarz und weiß. Es war braun. Braun wie nasses Holz. Trotzdem war es dasselbe Weibchen. Doch Geier änderten häufig ihre Farbe, wenn sie älter wurden. Junge braune Geier wurden schwarz und weiß. Schwarzweiße Geier wurden aber nicht braun.

Wenn Geier wegflogen, so wurden sie satt.

Wenn Geier wegflogen, so blieben sie manchmal hungrig.

Wenn Geier wegflogen, so wurden sie niemals jung. Sie wurden auch nicht klein.

Fiiij-der-Flinke-Hacker-fiiij war sehr neugierig und näherte sich dem Weibchen. Es war gleich bereit, mit ihm im Paar zu fliegen. Obwohl es neuerdings gelbe Augen hatte.

Es war schon wieder Nacht!

Es war hell und trotzdem Nacht. Fiiij-der-Flinke-Hacker-fiiij wurde geblendet, obwohl es Nacht war. Nachts war es dunkel. Nicht hell! Dunkel! Nichts blendete nachts.

Das Gespür war ganz nah. Es saß auf einem Holz und kreischte. Ein Mensch war auch da. Er schnaubte. Ein Menschenweibchen war ebenfalls da. Es fiepte. Alle fiepten, kreischten und schnaubten, weil es Nacht war und sie geblendet wurden. Tags war es nicht dunkel. Nachts war es nicht hell. Fiiij-der-Flinke-Hacker-fiiij schloß die Augen.

Wie zuvor flog er unter dem blauen Himmel und rief: »Fiiij! Fiiij! Fiiij!« Dann klapperte er mit dem Schnabel. Alle Geier waren beeindruckt, wenn er mit dem Schnabel klapperte. Es machte sie ganz aufgeregt. Dieses Mal war Fiiij-der-Flinke-Hacker-fiiij danach auch ganz aufgeregt. Der Fisch war ihm beim Klappern aus dem Schnabel gerutscht! Er war auf das Weibchen gefallen, das unter ihm flog. Nun lag er auf seinem Flügel. Das Weibchen kümmerte es nicht, daß ein Fisch auf seinem Flügel lag. Er lag ganz fest darauf und rutschte nicht herunter. Das war gut. Dann konnte man ihn nachher fressen.

Nun sah ihn das Weibchen an, womit es zeigte, daß es gern mit Fiiij-dem-Flinken-Hacker-fiiij im Paar flog. Seine Augen waren schwarz, nicht gelb. So war das richtig. Denn Geier hatten keine gelben Augen, auch wenn sie jung und klein waren und ein Fisch auf ihrem Flügel lag. Sie hatten schwarze. Nie gelbe. Immer schwarze. Mit oder ohne Fisch!

Vielleicht war der Fisch ja doch ein Zweig! Dann war es wichtig, daß er auf dem Flügel verblieb.

Das Weibchen mochte kleiner geworden sein.

Das Weibchen mochte jünger geworden sein.

Doch seine Augen durften nicht gelb sein, und der Fisch hatte unbedingt auf dem Flügel zu bleiben!

Abermals Nacht! Dunkel. Nicht hell! Dunkel! Und geblendet! Nach wie vor!

Fiiij-der-Flinke-Hacker-fiiij flog nicht. Auch das Weibchen flog nicht. Mit oder ohne Fisch.

Das Gespür kreischte noch immer, obwohl nirgends eine Entdeckung zu sehen war. Wenn es nichts zu entdecken gab, so gab es nichts zu streiten. Schon gar nicht nachts! Iiech-das-Zuverlässige-Gespür-iiech kreischte grundlos.

Fiiij-der-Flinke-Hacker-fiiij zeigte seinem Gespür die Kralle. Es schwieg sofort. Selbst nachts wußte es, wer der wichtigere Geier war!

Fiiij-der-Flinke-Hacker-fiiij schloß zufrieden die Augen.

Von den Träumen kleiner Leute

Haus im Kohlpalmenviertel, unterdessen, im 458. Jahr der Abwesenheit Gottes

Tiugugu schlug unruhig die Augen auf. Von irgendwoher aus der Schwärze der Wohnung drang ein leises Rascheln an sein Ohr. »Keloe?« flüsterte er. Das Rascheln hörte auf. Nach einem Augenblick völliger Stille vernahm Tiugugu das Geräusch eines Körpers, der sich auf seinem Nachtlager wälzte. Tiugugu wiederholte seine Frage.

»Keloe ist nicht hier«, antwortete Omaru schläfrig. »Sie ist auf dem Dach. Sie ist dort mit Mojeb. Schlaf jetzt, Tiugugu!«

Das war der Rat, mit dem Tiugugu jetzt am allerwenigsten anfangen konnte. Er war hellwach. Die Unruhe, die ihn geweckt hatte, hatte inzwischen von seinem ganzen Körper Besitz ergriffen. Sie tobte in seiner Brust und versetzte seine Beine in Rastlosigkeit. Aufstehen, gehen, irgend etwas tun – das hieß sie ihn! Doch Tiugugu konnte nicht aufstehen, konnte nicht gehen, konnte nicht irgend etwas anderes tun, denn es war Nacht und dunkel. Es war nicht tags.

Er stellte sich vor, wie er auf Zehenspitzen zur Tür schlich und hinaus auf den Rundgang trat. Doch was wollte er dort anfangen, allein unter dem sternenleeren und unsichtbaren Himmel? Allein käme er sowieso nicht aufs Dach. Er könnte Omaru bitten, dachte er flüchtig. Nein, lieber nicht.

Hilflos spürte er, wie sich Angst und Schmerz in ihm zusammenballten. Ein Druck wanderte durch seine Brust und drängte zur Kehle. Rasch schob sich Tiugugu die Hand in den Mund und biß kräftig in den Daumenballen. Die Blöße, seine Gefühle zu verraten, wollte er sich nicht geben. So wartete er das Abklingen dieses nächtlichen Ansturms ab.

Er vernahm ein fernes Lachen. Ob es von einem Mann oder einer Frau stammte, konnte Tiugugu nicht unterscheiden. Mit gespitzten Ohren lauschte er in die Nacht, während er sich zwang, gleichmäßig ein- und auszuatmen. Wenn er nicht schlafen konnte, so blieb er eben wach. Er würde wachbleiben und warten. Schlaflos, reglos. Bis sich die Tür öffnete.

Dachte er.

»Was du denke?« fragt der schwarze Riese. Er ist mindestens drei Schritt groß und zwei Schritt breit. Allein schon die nach oben gebogenen Spitzen seines geölten Schnurbartes sind länger als Tiugugus ganze Hand.

»Was du denke?« wiederholt der Riese unerbittlich. »Du laufe einfach weg, kleine Mann. Dich nicht scheren, daß du nicht wisse, wo wir sind. Stupidita bombastica! Du habe keine Vorstellung, wie lange du müsse gehen, bis du zurückkomme in deine miseria Dorf. Du immer laufen weg! Ich müssen immer suchen und fangen kleine Mann! Porqueria! Ich so leid. Ich dir sagen ehrlich, Gugulino: Sie dich gar nicht wollen zu Hause. Sie dich verkauft. Moneta, moneta! Ich bezahlen viel für kleine Mann. Du nun hier zu Hause. Doch du nicht begreife. Jetzt machen du nackt Popo und legen dich über die Hocker. Du ja gut wissen, wie geht!« Der Riese nimmt den Streichriemen von der Wand, mit dem er sonst sein Rasiermesser abzieht. Tiugugu entkleidet sich und legt sich über den Hocker. Den bloßen Hintern der Bestrafung anbietend, starrt er mit zusammengebissenen Zähnen auf die Maserung des hölzernen Wagenbodens, die er so gut kennt. Doch heute winden sich die Linien in den Brettern wie Schlangenleiber. Tiugugu wundert sich, wie die Vipern

unbemerkt haben eindringen können. Gleich werden sie zubeißen, das weiß er genau.

»Du seltsames Kind«, spricht der Riese, während der Lederriemen knallend in Tiugugus Hintern beißt. »Du nicht mal weinen. Was sollen noch mit dir machen? Du nicht begreife, das ich meine nur gut? Du werden immer kleine Mann bleiben. Werden überall über dich lachen. Enano ridcule! Komische kleine Zwerg! Geben nur eine Platz, wo man nicht über dich lachen. Isse hier in Theatro!«

»In Theatro, Theatro, Theatro!" erschallt der Ruf des Riesen nun viel lauter. »Mache Applause, geschätztes Publikum!«

Tiugugu liegt plötzlich nicht mehr über dem Hocker. Statt dessen trägt er sein übliches Kostüm: den Mantel mit der langen, zerfransten Schleppe und die riesigen Schuhe, über die er auch unabsichtlich dauernd stolpert. Auf dem Kopf spürt er die Krone mit dem Vogelnest und den beiden ausgestopften Sittichen.

»Mache Applause, geschätztes Publikum«, ruft der Gaukelmeister. »Mache Applause für Giganto. Isse imposante König. Auch er wollen heiraten schöne Prinzessa! Eh, was sehe? Isse nicht Giganto. Isse seine dumme Diener Gnomoi! Hehe!« Das ist Tiugugus Zeichen zu stolpern. Eine überreife Frucht verfehlt ihn knapp. Die Zuschauer fangen heute früh damit an, nach ihm zu werfen. Rasch reißt Tiugugu die Krone vom Haupt und schützt sie mit den Armen. Wenn das Nest mit den Vögeln beschädigt wird, wird er nichts zu essen bekommen. Weitere Geschosse treffen die Bühne.

»Isse genug«, gebietet der Gaukelmeister. »Viktoria Nikita! Isse alles Theatro!« Überall um sich herum sieht Tiugugu Riesen. Ihre grauen gelbäugigen Gesichter sind verzerrt. Dunkelbraune Zahnstummel wachsen in den weitaufgerissenen Mäulern. Geifer sprüht aus den Mündern und läuft den Riesen über das Kinn. »Ho, ho«, lachen sie hämisch. »Ho, ho!«

Zwischen ihnen entdeckt Tiugugu Keloe. Sie kann ihn nicht sehen, denn ihr Kopf ist zurückgebeugt. Ein kraushaariger Mann küßt ihren Hals. Den Sarong hat er ihr so weit heruntergestreift, daß ihre Brüste enthüllt sind.

»Isse alles Theatro«, ruft der Maestro. »Müssen dir nichts ausmachen.«

Ein alter Ritter macht einen gänzlich überraschenden Zug

Unterwegs zum Hause Iutasus, am 5. Tag des Flutregenmondes, im 458. Jahr der Abwesenheit Gottes

»Macht es Euch wirklich nichts aus?« fragte ihn Seffenaiu schon wieder.

»Nein, überhaupt nichts«, schniefte Mojeb. Der kurze Spaziergang bis zu dem vereinbarten Treffpunkt hatte völlig ausgereicht, um ihn bis auf die Haut zu durchnässen. Mojeb vermißte seinen Mantel. Zusammen mit dem Schwert hatte er ihn vorsichtshalber zu Hause gelassen. Diese winzige Änderung in seinen Gewohnheiten hatte jedoch ausgereicht, Keloe auf die richtige Fährte zu bringen: »Zieh doch einen Rock an, wenn du nicht erkannt werden willst.«

Sie konnte nichts wissen! Beängstigend war es aber dennoch. Wieviel mochte sie sich noch aus seinem Verhalten während der letzten Wochen zusammengereimt haben?

Mojeb hatte zu ihren Worten geschwiegen. Von draußen hatte er Omaru noch fragen gehört: »Warum will er keinen Rock tragen?« Als wäre ihm das zum ersten Mal aufgefallen!

»Es bekümmert mich, daß ich Euch nur Geld anbieten kann«, fuhr Seffenaiu fort.

»Mir ist das ganz recht«, erwiderte Mojeb. »Ich kann Geld gut gebrauchen. Oder wollt Ihr mich lieber zu einem Grafen machen? Ich kann auch ein Schloß gut gebrauchen.«

»Das nun wieder nicht. Wir kennen uns zwar erst wenige Tage, doch manchmal kommt Ihr mir wie einer meiner ältesten Freunde vor. Das ist vielleicht nicht einmal übertrieben, denn viele, die ich kannte, starben an einem einzigen Tag. Demselben Tag, der mich zu einem alten Mann unter den Adligen dieses Landes machte. Daher kommt es mir nicht richtig vor, Euch wie einen Dienstboten zu bezahlen.«

»Schade«, antwortete Mojeb. »Ich wollte Euch gerade fragen, ob Ihr mir ein Schloß abkaufen wollt. Zerbrecht Euch nicht weiter den Kopf, Seffenaiu. Ich liebe Geld. Ihr macht mir eine große Freude, wenn Ihr mir welches gebt. Seht mich an! Ich bin gerührt! Die Tränen laufen mir über die Wangen.«

»Es ist der Regen.«

»Sagt Ihr! Kennt Ihr übrigens die Legende vom heiligen Malachias und seinem Kätzchen?«

»Ich bezweifle, daß es eine solche Geschichte gibt.«

»Sagt Ihr! Doch wenn es sie gäbe, dann wäre sie sehr rührselig.«

»Scherz beiseite, Mojeb. Ich wollte nur noch einmal bekräftigen, wie sehr ich Eure Mithilfe bei diesem Verbrechen zu schätzen weiß!«

»Es ist keines«, antwortete Mojeb sofort.

»Ist es nicht?« erwiderte Seffenaiu erstaunt.

»Gewiß nicht. Oder seid Ihr etwa mit diesem Grafen von I... I... – helft mir! – befreundet?«

»Ipualé. Nein. Das wißt Ihr doch.«

»Na also. Das ist nämlich das Wesentliche. Adlige können einander nur bestehlen, solange sie miteinander befreundet sind. Sind sie hingegen verfeindet, so sagt man: Der eine hat dem anderen etwas abgejagt! Er kam ihm zuvor! Oder: Er machte einen überraschenden Zug. Wahlweise auch: Er führte einen raffinierten oder tollkühnen Schlag gegen den anderen aus. Wer Macht besitzt, stiehlt nicht. Das schließt sich aus. Er handelt stets nach einem höheren Plan. So einfach ist das. Deshalb bin ich auch nicht Euer Kumpan, sondern Euer Reisiger. Vielleicht könnt Ihr jetzt besser damit leben, daß Ihr mich nur bezahlt.«

»Ich frage mich eben, Mojeb, ob Ihr Euch mit Eurer unverblümten Sicht der Dinge nicht häufig Ärger einhandelt?«

Mojeb zog es vor, nicht zu antworten.

Mittlerweile hatten er und Seffenaiu das Lotsenviertel erreicht, dessen hohe, schmale Häuser an dieser Stelle übergangslos an die Mietsblöcke des Nachbarviertels anschlossen.

»Wir sind fast da«, raunte der Ritter. »Es ist das Haus des Kaufmanns Iutasu.«

»Hm!« sagte Mojeb unangenehm überrascht. »Das hättet Ihr mir früher sagen sollen.«

»Ist er etwa einer Eurer Schützlinge?«

»Nein, aber ich kenne seine Beschützerin. Sie heißt Bock, wie Ziegenbock.«

»Sie? Das ist kein Frauenname.«

»Das habe ich ihr auch schon gesagt.«

»Das ändert vieles«, brummte Seffenaiu nach einer Weile. »Ich werde Euch keinen Vorwurf machen, wenn Ihr Euch aus dieser Unternehmung zurückziehen wollt.«

»Das habe ich nicht vor«, beruhigte ihn Mojeb rasch. »Ich hätte mich allerdings anders vorbereitet, wenn ich es gewußt hätte. Jetzt ist es zu spät. Ich muß eben etwas vorsichtiger sein. Gehen wir's an. Welches Haus ist es?«

»Gleich da vorne«, antwortete sein Begleiter und wies auf ein dunkles Gebäude. In dieser Straße waren nur wenige Fenster erhellt, und zwar ausnahmslos auf der Straßenseite, wo die begüterten Bürger wohnten. Die Wohnblöcke gegenüber waren völlig dunkel. Auch Lampenöl war teuer geworden.

»Das Treppenhaus ist ab dem dritten Stockwerk halb offen«, flüsterte Seffenaiu. »Wenn wir erst einmal dort sind, ist es ein Kinderspiel.«

»Und wie kommen wir dahin?«

»Wir klettern an der Palme hoch.«

»Wo ist sie?«

Seffenaiu wirkte ratlos. Er tat einige schnelle Schritte und blieb dann unvermittelt stehen, als das Licht seiner Laterne auf einen frisch geschlagenen Stumpf fiel. »Vor zwei Tagen war das noch nicht«, sagte er verärgert.

»Schicksal«, antwortete Mojeb.

Seffenaiu schüttelte den Kopf. »Nein. Vermutlich war sie krank. Allerdings weiß ich jetzt nicht mehr weiter.«

»Ich kenne nur eine Weise, eine verschlossene Tür zu öffnen, doch die ist sehr laut«, bemerkte Mojeb.

»Auf keinen Fall«, wehrte Seffenaiu sofort ab. »Iutasu darf nicht mehr Schaden erleiden, als unumgänglich ist.«

»Es ist ein Einbruch.«

»Ich weiß. Aber ich habe eine Ahnung ...« Welche es war, sagte er nicht.

»Wie hoch ist das Haus«, fragte Mojeb etwas später. »In dieser Finsternis ist das schwer auszumachen.«

»Vier oder fünf Stockwerke. Warum fragt Ihr?«

»Traut Ihr Euch zu, etwas über zwei Schritt weit zu springen?«

»Sicherlich, aber ...«

»Auch im fünften Stock und bei Nacht?«

»Was plant Ihr?« fragte Seffenaiu mißtrauisch.

Mojeb erklärte es ihm. »Die Mietshäuser ähneln dem, in dem ich wohne. Wir können auf eines der Dächer klettern und von oben unser Glück versuchen. Am besten steigen wir bei einem Haus aufs Dach, das ein Stück von hier entfernt ist – falls uns jemand beobachtet. Dann kommen wir wieder hierher zurück. Die Straße ist kaum mehr als zwei Schritt breit. Wenn der Höhenunterschied nicht zu groß ist, sollte es nicht schwierig sein, übers Dach in das Haus des Kaufmanns zu gelangen.«

Seffenaiu war sogleich einverstanden. Wenig später standen er und Mojeb fast wieder an der gleichen Stelle, nur etwa fünfzehn Schritt höher. Ein beherzter Sprung brachte beide auf das Dach des Nachbarhauses.

Nun übernahm der Ritter die Führung. Er wußte genau, wohin er wollte, so daß die beiden Eindringlinge nicht Gefahr liefen, plötzlich in der Schlafkammer des Kaufmanns zu stehen. Dennoch rechnete Mojeb damit, jeden Augenblick den Ruf zu hören: »Was machsd du hier so sbäd in der Nachd?«

Das Gemach, zu dem es Seffenaiu zog, beherbergte eine zwei Schritt lange Truhe, die nur unzureichend hinter einem Vorhang verborgen war. Sie war mit Eisen beschlagen und vermutlich am Boden festgeschraubt. Ihre Schlösser ließen vermuten, daß sich unter dem Deckel ein komplizierter Schließmechanismus befand. Seffenaiu trat zu der Truhe und hob ohne Mühe ihren Deckel an. »Das dachte ich mir«, sagte er lächelnd.

»Warum ist sie nicht verschlossen?« fragte Mojeb verwundert.

»Der junge Iutasu wollte wahrscheinlich nicht, daß ich seine kostbare Truhe beschädige.«

Mojeb verstand immer weniger. »Wußte er denn, daß Ihr bei ihm einbrechen würdet?«

»Augenscheinlich hat er damit gerechnet. Versteht seine Lage: Er besitzt etwas, um das sich zwei Parteien streiten. Er will sich auf keine Seite schlagen, aber auch keine behindern. Mich würde nicht wundern, wenn seit Tagen das ganze Haus leer stünde oder gar mein Herbergswirt ihn täglich über meinen Verbleib unterrichtete.«

»Das heißt, daß wir das Haus auf dem üblichen Weg verlassen können?«

»Das ist nicht zu empfehlen. Vielleicht schlafen unten Diener. Zudem sollten wir uns an die Spielregeln halten. Es ist ein heimlicher Einbruch.«

Er durchsuchte die Truhe und schnalzte tadelnd mit Zunge: »Ich sollte beleidigt sein. Außer dem Geschmeide der Gräfin enthält diese Kiste nichts, was von Wert wäre. Sehr auffällig. Der Herr scheint mir nicht zu trauen!«

Seffenaiu nahm eine flache Schatulle aus der Truhe. Nachdem er sich über ihren Inhalt vergewissert hatte, reichte er sie Mojeb: »Laßt sie nicht fallen, mein Freund. Ich vertraue Euch.«

Mojeb ergriff sie. »Was halte ich in Händen?« fragte er.

»Genug, um einem ikarillischen Grafen manche schlaflose Nacht zu bereiten«, lernte er.

Mojeb und der Ritter verließen Iutasus Haus auf die gleiche Weise, wie sie es betreten hatten. Als sie wieder auf dem Dach der Mietskaserne standen, fragte Seffenaiu aus heiterem Himmel: »Wie gut kennt Ihr eigentlich Eure Schützlinge?«

»Unterschiedlich«, antwortete Mojeb, der immer noch die Schatulle in Händen hielt – ein Vertrauensbeweis, den er zu schätzen wußte. »Sie laden mich nicht zu ihren Familienfeiern ein, wenn Ihr das meint. Diejenigen, die ich regelmäßig begleite und mit denen ich mich auf dem Nachhauseweg unterhalte, kenne ich zwangsläufig besser als andere, bei denen das nicht so ist.«

»Es geht das Gerücht um, daß einige von Sadis Bürgern mit vielem nicht mehr sehr glücklich sein sollen.«

»Das seid Ihr ebenfalls nicht«, antwortete Mojeb ausweichend. »Wer von uns ist das schon in dieser Zeit? Sadi ist groß. Es wäre verwunderlich, wenn es in einer solchen Stadt nicht ständig neue Gerüchte gäbe. Mir etwa ist zu Ohren gekommen, daß Sadi längst keinen rechtmäßigen Herrn mehr habe. Der König sei tot und auch sein Vogt, und warum seine Frau jetzt herrsche, das wisse keiner.«

Seffenaiu seufzte: »Altes ikarillisches Recht! Es ist eine Sammlung von Ausnahmeregeln und Privilegien, die an keinen zwei Orten gleich sind. Meine Vorfahren haben alles übernommen, wie es war, als sie die Macht über das Land an sich rissen. Sie hätten lieber alles für nichtig erklären und ganz von vorn anfangen sollen. Doch Gerücht hin oder her: Schlagt es ab, Mojeb, wenn Euch doch jemand zu einer Familienfeier einladen sollte. Sie enden mitunter tragisch.«

Ein Schaben verletzte die Stille der Nacht. Urplötzlich warfen drei Blendlaternen ihr Licht auf Seffenaiu und Mojeb.

»Gut gemacht, Aligeli« sprach einer ihrer Träger.

Augenblicklich hatte Seffenaiu die Hand am Griff seiner Waffe. »Man hat Euch schlecht unterwiesen«, antwortete er. »Ich bin ein Temelua, kein Aligeli.«

»Ein Aligeli im Haus des Temelua«, sagte ein zweiter. »Erspare uns die Spitzfindigkeiten und verderbe nicht den guten Eindruck, den wir bisher von dir gewannen. Immerhin hast du uns bereitwillig gezeigt, wer den Schmuck deiner rossigen Stutengräfin aufbewahrte, was keiner zuvor wußte. Wie ich sehe, hast du ihn zu unserer Bequemlichkeit sogar abgeholt. Mehr kann man für das Brieflein, das wir dir zukommen ließen, nicht verlangen.«

»Wieso streiten wir?« gab Seffenaiu zurück. »Ajamei Fattulloanna ist ebenso tot wie Euer gräflicher Wallach. Habt Ihr nicht begriffen, daß alles längst vorbei ist?«

»Es gibt Fohlen. Quicklebendige.«

»Wie kann ein Wallach Fohlen haben?« erwiderte Seffenaiu und lachte plötzlich laut. »Er wird doch keine Eselin besprungen haben, bevor er beschnitten wurde? Ich verstehe: Das Fohlen ist ein junger Maulesel!«

»Verschwindet«, flüsterte er so leise, daß ihn die drei nicht hören konnten. »Ich werde sie solange wie möglich aufhalten.«

»Das geht leider nicht«, gab Mojeb ebenso leise zurück. »Es ist mein Gewerbe, alte Männer nachts sicher nach Hause zu geleiten. Ihr habt Euch heute abend selbst als einen solchen bezeichnet. Was will ich machen? Alles andere wäre schlecht für meinen Ruf. Ich bin sehr gewissenhaft.«

»Ihr seid nicht einmal bewaffnet.«

»Das müßt Ihr ja nicht gleich verraten.«

»Halte dich heraus, Fremdling«, mahnte in diesem Augenblick einer der drei. »Das hier geht dich nichts an. Es ist eine Sache zwischen Ipualé und Aligeli.«

»Das habe ich schon verstanden«, antwortete Mojeb. »Allein, hm ... Seffenaiu, ich nehme an, daß Euer Ärger nicht enden wird, wenn einer von ihnen überlebt?«

»Das ist so.«

»Dann wünsche ich Euch alles Glück der Welt! Ich werde solange auf Euren Schatz achtgeben.« Mit großen Schritten entfernte er sich.

Erregte Rufe brandeten auf, dann hörte er eilige Schritte hinter sich. Mojeb wandte sich um, ohne stehenzubleiben, und ging rückwärts weiter. Erleichtert stellte er fest, daß ihm nur einer der drei folgte. Das war auch genug, denn der eine holte schnell auf!

Mojeb wollte wenigstens eine Hand frei haben. Er klemmte sich die Schatulle unter den Arm, in dessen Hand er auch die Laterne trug, und hielt das Licht ganz dicht vor sich, so daß es fast nur noch ihn selbst beleuchtete. Plötzlich blieb er stehen. Sein Verfolger tat das gleiche.

»Gibst du auf?« fragte er.

Mojeb wechselte in seine Muttersprache und antwortete so verächtlich wie möglich: »Hier stehe ich. Leider verstehst du ebensowenig, was ich sage, wie du ahnst, was ich vorhabe.« Immer noch in derselben Sprache brüllte er zornig: »Errate es!« Er griff blitzschnell zum Gürtel, als wollte er eine verborgene Waffe ziehen. Sein Gegenüber stach nach ihm. Mojeb wich behend zur Seite aus. In diesem Augenblick erkannte sein Angreifer, wie dicht er an der Dachkante gestanden hatte. Erschrocken suchte er seinen Schwung abzufangen. Mojeb versetzte ihm einen Tritt.

Mit einem Aufschrei verschwand sein Widersacher in dem schwarzen Schlund zwischen diesem Haus und dem benachbarten. Mojeb hörte ihn während des tiefen Falls abwechselnd gegen beider Wände prallen. »Bergvölker sind tückisch«, murmelte er und sah sich nach Seffenaiu um.

Von den drei Laternen, die er zu sehen erwartete, lag eine offensichtlich auf dem Dach. Wer die anderen beiden in Händen hielt, war bei dem schlechten Licht nicht zweifelsfrei auszumachen. Mojeb beschloß zu warten, bis er genau wußte, wer Freund oder Feind war.

Überraschend entglitt eine zweite Laterne der Hand ihres Trägers und kullerte über das Dach. Die verbliebene Laterne bewegte sich nach links und rechts und dann im Kreise. Eine erregte Stimme rief: »Zeig dich, du verdammter Feigling! Zeig dich!«

»Schlau«, murmelte Mojeb, als er begriff, daß Seffenaiu offensichtlich frühzeitig entschieden hatte, daß es völlig ausreichte, wenn nur die anderen beiden von ihren Laternen beleuchtet wurden. Er beschloß einzugreifen, bevor der Überlebende auf dieselbe Idee käme. Laut genug, um verstanden zu werden, rief er: »Ich bin mit dem dritten fertig.«

Abermals wurde die Laterne rasch herumgeschwungen. Ein Aufschrei ertönte, dann fiel sie wie die anderen auf das Dach. Kurz darauf erloschen zwei der Lampen, und Seffenaiu kam mit der dritten daher.

»Was habt Ihr mit Eurem gemacht?« fragte er neugierig.

»Er ist vom Dach gefallen.«

»So, vom Dach«, sagte Seffenaiu. »Mir ist übrigens während dieses Händels eingefallen, daß ich Euch mitnichten dafür bezahlt habe, mich nach Hause zu geleiten.«

»Das hatte ich auch nicht vor. Doch mein wirkliches Vorhaben erforderte eine gewisse Verschwiegenheit«, erwiderte Mojeb.

Jemand zeigt, wer die Hosen anhat und wer nicht

Hafen von Sadi, am 14. Tag des Flutregenmondes, im 458. Jahr der Abwesenheit Gottes

Mojebs wahres Vorhaben erforderte ein Höchstmaß an Verschwiegenheit. Seine Mitbewohner hatten das zwar eingesehen, dennoch hatten sie zuerst schallend gelacht, als er sie gefragt hatte, ob einem von ihnen ein Schneider bekannt sei, der schweigen könne und keine überflüssigen Fragen stelle. Einzig Tiugugu war ernst geblieben. Sein Krankenlager hatte ihn verbittert gemacht. Weder daß er neuerdings wieder ohne Hilfe kurze Ausflüge unternehmen konnte noch Mojebs Hinweis, er werde in wenigen Tagen ein freier Mann sein, konnten seine Mürrischkeit vertreiben.

Dabei war Mojebs Frage keineswegs scherzhaft gemeint gewesen. Mit seinen eigenen Bemühungen hatte er bisher keinen Erfolg verzeichnen können. Die erste Schneiderin, der er den Auftrag hatte erteilen wollten, hatte kurz davor gestanden, um Hilfe zu schreien, und war nur schwer zu beruhigen gewesen. Als hätte er ihr wer weiß welchen scheußlichen Vorschlag gemacht! Ganz anders ihr Handwerkskollege, bei dem er anschließend gewesen war. Der hatte sogleich mit festgefrorenem Lächeln die Maße für die Rockhose eines Adligen genommen und – dabei nur mit einem Mundwinkel sprechend – erklärt, um wieviel *glaubwürdiger* eine passende Jacke Mojeb machen würde. Daß er nicht gleich nach seinem Anteil bei der vermuteten Hochstapelei gefragt hatte, war ein Wunder gewesen.

Dabei wollte Mojeb doch nur eine einfache Hose, die aussah wie eine Hose und nicht wie ein Rock, da seine gegenwärtige zusehends abgetragen war. Keloe wußte zwar keinen Rat, sah es aber dennoch als unverzichtbar an, ihm vorzuschlagen, künftig einen Rock zu tragen. Omaru verblüffte ihn. Er kannte einen geeigneten Schneider.

Der junge Mann wohnte in einem der Schiffswracks im ehemaligen Hafenviertel. Er war noch nicht einmal fertiger Geselle gewesen, als er die Nachfolge seines Meisters angetreten hatte, der mit seiner ganzen Familie in der Flutwelle ertrunken war.

Da Mojeb seit Wochen nicht mehr im Hafen gewesen war, staunte er über das neue Stadtviertel, das ausschließlich aus Schiffsrümpfen und Bretterverschlägen bestand, die an sie angebaut worden waren. Auch hier, wie mittlerweile in weiten Teilen der Stadt, wurden bei Anbruch der Dunkelheit Feuer entzündet. Sie wurden mit Treibholz genährt und stanken nach Schwefel. Angeblich stammte das Holz von weit her aus dem äußeren Meer, vielleicht sogar aus dem Meer des Schlafes. Das hatte jedenfalls ein ehemaliger Seemann behauptet, der durch einen Hai beide Beine verloren hatte und zum Feuer getragen werden mußte.

Im Gegensatz zu den Feuern in der Stadt waren die, die im Hafen brannten, Treffpunkte, um die sich die Nachbarschaft versammelte und Klatsch- und Schauergeschichten austauschte. Auch Mojeb stellte sich zu einem der Feuer, da der Schneider vorübergehend nicht in seiner Werkstatt mit den bauchigen Wänden weilte. Das hatte ihm eine Zwölfjährige erzählt, die sich standhaft als Teilhaberin des *Meisters* bezeichnete. Er werde bald zurück sein, hatte sie versichert. Er sei nur kurz fort, um neues Tuch zu besorgen. Es lohne sich, auf den *Meister* zu warten.

Ihren Worten entnahm Mojeb, daß der Erwerb des Stoffes Teil eines komplizierten Ringhandels war. Einschlägige Erfahrung sagte ihm, daß dabei wohl nicht nur rechtmäßig erworbene Ware hin- und hergeschoben wurde. Ihn störte das nicht.

Am Feuer erfuhr Mojeb nicht nur von der vermuteten Herkunft des Brennholzes, sondern auch die neuesten Geschichten vom *Ruchlosen Hacker.* Er bezweifelte längst, daß es einen solchen Unhold je gegeben hatte. Wenn alle Berichte über ihn stimmten, dann hätte der blutrünstige Schlächter schon vor Jahren das halbe Land entvölkert haben müssen. Zudem folgten die Geschichten einem leicht zu durchschauenden Aufbau.

Das Böse kam in harmloser Gestalt als durchnäßter und bemitleidenswerter Wanderer, als schlichter Handwerksgeselle oder Tagelöhner. Kurzum als jemand, der nicht bedeutender war als seine späteren Opfer, oftmals sogar geringer im Ansehen als sie. Selten schlich er sich aus eigenem Antrieb in ein fremdes Heim. Meist mußte er in die vermeintliche Sicherheit hereingebeten werden, sei es mit Worten oder dadurch, daß eine bestimmte, dem Zuhörer bislang unbekannte Regel gebrochen werden mußte. Wenn das Ungeheuer einmal die Schwelle überschritten hatte, gab es keine Rettung mehr. Nun folgten die absonderlichen Beschreibungen vom Ableben aller Anwesenden. Wie lange das Böse wartete, bis es zuschlug, hing vom Geschick des Erzählers ab. Die Moral dieser Geschichten war offensichtlich: Das Böse kann sich nur ausbreiten, wenn es Hilfe von innen erfährt. Selbst wenn man dem Irrglauben anhing, daß nichts ohne Ursache und Vorgeschichte geschah, so war es eine schlichte und sehr falsche Sicht der Welt, wie Mojeb meinte. Er hatte Seffenaiu darauf angesprochen. Der hatte Seltsames geantwortet: Man hätte von Anfang an jeden aufknüpfen sollen, der diese Geschichten verbreitete.

Mojeb hatte leider vergessen, nach dem Grund zu fragen. Irgendwann wollte er es nachholen.

Wenn man jedoch nicht zu sehr über den Sinn dieser Geschichten nachdachte, so waren sie ganz unterhaltsam. Mojeb spielte sogar mit dem Gedanken, selbst eine beizusteuern, und zwar die, die Mama Apikaila beim Einzug in die Wohnung erzählt hatte. Leicht verändert und ausgeschmückt allerdings, da er im Gegensatz zu ihr wußte, wie ein Raum aussah, in dem ein halbes Dutzend Menschen abgeschlachtet worden war.

Er kam jedoch nicht dazu, da sich eine junge Frau wichtig machen wollte. Sie zeigte plötzlich einen Holzschnitt herum, wie ihn Keloe nach Hause gebracht hatte: Aionars Botschaft. Mojeb wußte nicht, wie er zu diesen angeblichen Glücksbringern stehen sollte. Immerhin war der kleine Mann tatsächlich genesen, auch wenn er launenhafter geworden war. Möglicherweise eine Begleiterscheinung von Aionars Wirken. Andererseits hätte er sich vielleicht auch ohne den Talisman erholt. Der Handel mit den Bildern schien jedenfalls zu blühen, auch wenn jeder, der mit einem erwischt wurde, eine Anklage wegen Ketzerei zu befürchten hatte oder – vielleicht schlimmer – die ungezügelte Willkür der Stadtwache.

Die junge Frau erntete jedoch nicht das, was sie erhofft hatte, da der beinlose Seemann sogleich über sie herfiel: »Du einfältiges Mensch! Wieviel mußtest du dafür bezahlen? Woher hattest du überhaupt das Geld? Du besitzt doch gar nichts! Bestimmt hast du es gestohlen!«

»Ich habe gar nichts dafür bezahlt«, verteidigte sie sich. »Er hat es mir so gegeben!« Sie biß sich auf die Unterlippe. Jeder wußte sogleich, daß sie doch für das Bild bezahlt hatte, wenn auch nicht mit Geld.

»Es ist die Nachricht Gottes, die er für uns an den Himmel schrieb«, sagte sie den Tränen nahe.

»Und was soll sie bedeuten?« höhnte der Seemann. »Sag's mir! Du kannst doch nicht einmal lesen! Kauft etwas, das dumme Huhn, was es nicht lesen kann!«

»Niemand kann die Nachricht lesen«, sprang ihr jemand zur Seite. »Doch daß die Schrift Wunder bewirkt, ist vielfach bewiesen.« Mehrere Umstehende nickten zustimmend.

»Ich weiß aber, was sie bedeutet«, behauptete der Seemann.

»Ach! Du kannst doch auch nicht lesen!«

»Ich weiß es dennoch«, brüllte er zornig. »Was seid ihr bloß für Holzköpfe! Was soll das denn groß bedeuten, wenn jemand etwas an den Himmel schreibt, und gleich darauf fallen Steine herunter? Wie blöde seid ihr eigentlich? Muß euch das ein Beinloser erklären? Ich scheiße auf euch! Das heißt es. Das ist die Nachricht Gottes! Ich scheiße auf euch! Ich scheiße auf euch! Ich scheiße auf jeden einzelnen von euch!«

Sein Gesicht wurde immer dunkler vor Wut. Damit befand er sich im Gegensatz zu seinen Zuhörern, die mit jedem Wort blasser wurden. Mojeb erschien es ratsam, die Lage mit einem Scherz zu entspannen, bevor noch jemand Schaden nähme.

»Wenn das stimmte, was du sagst, dann hätte Aionar aber einen verdammt harten Stuhl. Kein Wunder, daß er so schlecht gelaunt ist.«

Mittlerweile hatte Mojeb ein Gespür dafür entwickelt, wann

seine Scherze nicht zündeten. Dieses Gespür veranlaßte ihn nun, etwas augenfälliger zu machen, daß er ein Schwert mit sich führte, bevor jemand auf den witzlosen Gedanken verfiele, sich zum Ankläger, Richter und Bestrafer eines spontanen Femegerichts aufzuschwingen.

Mojeb bedauerte, daß Seffenaiu frühestens in einigen Wochen wieder in Sadi sein wollte. Der Ritter war der einzige mit einem Funken Humor in diesem ganzen verdammten Land!

Die Teilhaberin des Schneiders kam gerade günstig. »Der Meister ist jetzt zurück«, verlautbarte sie.

Der Schneider war höchstens vier Jahre älter als sie. Er war ein schweigsamer Junge, der flink und gewissenhaft seinem Handwerk nachging. Ihm fehlte der halbe Skalp. Verwachsenes, erst jüngst verheiltes Narbengewebe leuchtete dort, wo Haare hätten sein sollen. Mojeb vermochte kaum den Blick loszureißen. Er bezweifelte, daß ein Unfall an der Verletzung schuld war.

Die Hose werde in einer Woche fertig sein, versprach der Schneider. Seine Teilhaberin bestand auf einer Anzahlung. Ob in Geld oder Ware, war ihr einerlei.

Da Mojeb noch Zeit hatte, bis er Kaperielu zu Hause abholen sollte, und vermutete, bei der Runde am Feuer nicht mehr willkommen zu sein, machte er einen Abstecher zum *Schurkischen Palmenroller.* Eine kleine Schale Wein wollte er sich genehmigen, dann ginge es weiter. Makerita, die Tochter der Wirtin, war da. Sie kam herbei, als Mojeb seinen Mantel ablegte, machte einen Knicks und sagte: »Jemand wollte dich sprechen.« Dann ging sie wieder.

Mojeb rief sie zurück: »Makerita?«

»Zu Diensten?«

»Wer wollte mich sprechen?«

»Ein Mann«, erklärte Makerita und machte sich abermals davon.

Mojeb befahl sie erneut zurück: »Nannte er vielleicht einen Namen?«

»Nein.«

Dieses Mal war Mojeb schneller. Er hielt das Mädchen am Arm fest, bevor es entwischen konnte. »Wie sah er aus?«

Nun antwortete Makerita gar nichts mehr. Statt dessen starrte sie reglos auf die Hand an ihrem Arm. Mojeb ließ sie widerstrebend los.

»Groß. Er wartet draußen«, sagte das Mädchen jetzt und entfernte sich.

»Jemand wollte etwas von dir«, rief ihre Mutter Mara.

»Ich weiß«, bestätigte Mojeb den Erhalt dieser unumstößlichen Wahrheit. Er schlüpfte in seinen Mantel und dachte dabei: Wenn man jemand wie ihn einen Fremden nannte, welche Bezeichnung hatten dann Mara und Makerita verdient?

Vor der Tür sah sich Mojeb um. Er fragte sich, wen er kannte, der lieber draußen auf ihn wartete statt in der Schenke. Ihm fiel nur Kaperielu ein. Vielleicht hatte der Kaufmann einen Diener geschickt, der ihm sagen sollte, daß er nicht zu Hause, sondern anderswo abgeholt werden wollte? Vielleicht von dem Treffen, zu dem ihn Mojeb eigentlich hatte geleiten sollen? Das würde zumindest die Geheimniskrämerei erklären.

Als Mojeb niemanden entdeckte, der vor der Schenke wartete, überquerte er den kleinen Platz davor und spähte in die Gassen, die von ihm abgingen. Auch dort wartete niemand. Er wurde mißtrauisch. Wollte ihm etwa jemand auflauern? Aber wer? So viele Menschen gab es nicht, die ihm übel wollten. Die Stadtwachen hätten nicht vor der Schenke gewartet. Sie wären hereingekommen, als gehörte sie ihnen.

Die Auseinandersetzung auf dem Dach sprang ihm in den Sinn. Aber auch das war nicht überzeugend. Seffenaiu war der Ansicht gewesen, daß es nicht mehr als die drei gewesen waren. Und selbst wenn sein Mitwirken bekannt geworden wäre – was sollten andere ihrer Sorte ausgerechnet von ihm wollen? Man mußte nicht sonderlich schlau sein, um sich auszurechnen, daß er ganz gewiß nicht den Schmuck der einstigen Gräfin in Verwahrung hielt!

Jemand mit einer Laterne kam eiligen Schrittes auf ihn zu und rief: »Endlich! Da seid Ihr!«

Mojeb war überrascht, Seffenaiu so bald wieder zu treffen. »Was macht Ihr denn in Sadi?«

»Ihr müßt sofort aus der Stadt hinaus!«

»Wegen ...?« Mojeb deutete mit dem Kopf zu den Dächern.

»Uns bleibt nicht viel Zeit«, drängte der Ritter. »Eure Freunde haben einen schweren Fehler begangen.«

Mojeb verstand nicht. »Welche Freunde?«

»Eure Bürgerfreunde. Sie sind in Verhandlungen mit einem nicht ganz unbedeutenden Herrn aus der Umgebung getreten. Der wollte ihr Bestreben jedoch nicht ohne Gegenleistung unterstützen. Die Stadt hätten sie ihm wahrscheinlich überlassen, aber der Herr verlangte einen erheblichen Teil ihres eigenen Vermögens. Also wurde nichts aus dem Handel. Da sie anscheinend nicht als Bittsteller dastehen wollten, sondern als gleichberechtigte Teilhaber, behaupteten sie, jemanden angeworben zu haben, der ihre Knechte in Waffen unterweisen und befehligen sollte. Der besagte Herr fühlte sich dadurch brüskiert. Deshalb hat er einen Boten zur Vögtin geschickt, um sie wissen zu lassen, daß einige ihrer Untertanen ihre Absetzung betreiben.«

»Das war wirklich ein Fehler«, stimmte Mojeb zu. »Woher wißt Ihr das alles?«

»Der erwähnte Herr neigt zur Prahlerei. Er bildet sich etwas darauf ein, die Einfaltspinsel aus Sadi hereingelegt zu haben.«

»Ich begreife noch immer nicht, warum Ihr mich aus der Stadt haben wollt?«

»Wie viele ausländische Krieger mögen derzeit in Sadi sein?«

Mojeb war wie vom Donner gerührt: »Aber damit kann doch nicht ich gemeint sein. Ich habe noch nie jemanden befehligt. Ich wüßte gar nicht, wie ich das anstellen sollte. Ich sorge nur dafür, daß die, die sich mir anvertrauen, sicher durch die Stadt gehen können, ohne von einem Halunken überfallen zu werden. Vielleicht bekomme ich dabei bisweilen Dinge mit, die nicht für meine Ohren bestimmt sind, oder reime sie mir zusammen. Doch das ist etwas anderes ...«

»Aber das reicht doch schon! Ihr kennt ihre Wege. Man wird vermuten, daß Ihr mehr wißt. Es ist gleichgültig, ob Ihr der Richtige oder der Falsche seid. Seid kein Narr, Mojeb. Ihr gehört auf jeden Fall zu den Verdächtigen. Für Euch wird es keinen

Unterschied ausmachen, warum man Euch einsperrt und am Ende gar foltert oder hinrichtet. Kommt mit! Ihr seid sicher, sobald Ihr außerhalb der Stadtmauern seid. Ihr könnt mich nach Temelua begleiten, bis Gras über die Sache gewachsen ist. Ihr werdet den Grafen mögen. Jeder mag ihn. Und wenn Ihr in Eurem Mantel vor ihn tretet, wird er auch Euch gleich in sein Herz schließen.«

»Wieviel Zeit bleibt mir noch?«

»Keine. Ich bin zwar umgehend aufgebrochen, als ich von der Geschichte erfuhr, doch ich kann Euch nicht sagen, um wieviel früher ich Sadi erreicht habe als der Bote. Ob überhaupt! Vielleicht ist er schon hier. Jeder Augenblick zählt.«

»Ich habe noch etwas zu erledigen«, antwortete Mojeb. »Wo kann ich Euch treffen?«

Seffenaiu sah nicht erfreut aus. »Seid kein Narr. Sorgt Euch um Eure eigene Haut. Sie sind Verschwörer und wußten, worauf sie sich einließen.«

Mojeb versuchte gar nicht erst, Seffenaius Vermutung abzustreiten. »Sie treffen sich heute«, preßte er hervor. »Laßt mich wenigstens einen von ihnen warnen. Er ist ein anständiger Mensch, der nicht mehr ruhig schlafen konnte, seit viele Hundert zur Besänftigung eines abwesenden Gottes ihr Leben lassen mußten. Gebt mir eine halbe Stunde, dann werde ich mich Euch fügen.«

»Tut, was Ihr müßt, und seid spätestens in einer halben Stunde am nördlichen Tor.«

Mojeb verweilte nicht länger. Auf dem Weg zu Kaperielus Haus konnte er sich des Verdachts nicht erwehren, daß mehr Menschen unterwegs waren als sonst zu dieser Tageszeit und auch mehr Wachen bei den Feuern standen als an anderen Tagen. Wie üblich umging er sie. Als er ein halbes Dutzend Stadtgardisten eiligen Schritts einem unbekannten Ziel entgegenstreben sah, wußte er, daß dieser Abend anders verlaufen würde als andere Abende. Er wartete, bis das Grüppchen Bewaffneter vorbei war, dann setzte er den Weg rennend fort. Irgend jemand rief ihn an: »He, du da! Bleib stehen!«

Mojeb beachtete den Ruf nicht, sondern rannte schneller. Erst in der Gegend von Kaperielus Heim verlangsamte er seine Schritte. Er tat nun so, als führe sein Weg nur zufällig an dem Haus vorbei, als wollte er eigentlich irgendwo anders hin. Erst im letzten Augenblick hielt er auf den Eingang zu.

Kaperielu war überrascht. »Ich ahnte nicht, daß es schon an der Zeit ist zu gehen«, begrüßte er seinen Besucher.

Mojeb schnitt ihm das Wort ab: »Ich bin nicht hier, um Euch abzuholen, sondern um Euch zu warnen. Die Verschwörung ist aufgedeckt! Vielleicht seid Ihr sicher, wenn Ihr das Haus nicht verlaßt. Gewiß seid Ihr es nicht, wenn Ihr Euch heute mit den anderen trefft. Lebt wohl!«

»Wo wollt Ihr hin?« krächzte Kaperielu, der ganz blaß geworden war.

»Mal sehen«, antwortete Mojeb ausweichend. »Ein Gerücht besagt, ich sei angeworben worden, um eine bewaffnete Erhebung zu befehligen.«

»Was?« rief sein Gegenüber fassungslos. Mojeb war erleichtert. Wenigstens war Kaperielu nicht für die Schwierigkeiten verantwortlich, in denen er steckte.

»Lebt wohl«, sagte er ein weiteres Mal und eilte zum Kohlpalmenviertel.

Auch dort war man überrascht, als er durch die Tür stürmte und seine wichtigsten Besitztümer zusammensuchte.

»Ihr seid nun wieder frei«, eröffnete er Omaru, Keloe und Tiugugu während des Packens.

»Das ist noch einige Tage zu früh«, widersprach ihm Omaru.

»Ich weiß, aber ich habe euch eigenmächtig begnadigt wegen guter Führung und erwiesener Reue.«

»Sehen wir dich wieder?« fragte Keloe, als Mojeb zur Tür schritt.

Er zögerte. »Ich weiß es beim besten Willen nicht. Paßt gut aufeinander auf.«

»Viel Glück!« rief sie ihm hinterher.

Ein weiterer neuer Anfang (und ein ziemlich alter)

Burg des Grafen von Temelua, am 6. Tag des Schwemmondes, im 458. Jahr der Abwesenheit Gottes

Die Stirnen der beiden Böcke trafen sich ziemlich genau zwei Schritt über dem Boden.

»Autsch!« sagte Mojeb, obwohl er den dumpfen Laut ihres Zusammenpralls von der Burgzinne aus nicht hören konnte. »Das hat gewiß weh getan.«

Benommen gingen die streitbaren Tiere auseinander. Die Köpfe mit den armlangen, spiraligen Hörnern hielten sie stolz erhoben. Beide begannen Gras zu zupfen, als hätten sie genug von ihrer Auseinandersetzung. Mojeb wußte, daß sich das bald wieder ändern würde.

»Sie sind viel zu früh dran«, erklärte Seffenaiu. »Sie sollten mit ihren Kämpfen erst beginnen, wenn der Große Regen vorüber ist. Der Verlust des Himmels macht sie noch verrückter als uns Menschen.«

Wie auf ein geheimes Zeichen blickten sich die beiden Böcke an. Dann rannten sie erneut aufeinander zu. Kurz bevor sie zusammentrafen, sprangen beide in die Höhe.

»Autsch«, sagte Mojeb erneut. »Der linke wird gewinnen.«

»Setzt auf den rechten«, empfahl ihm Seffenaiu. »Sonst verliert Ihr womöglich.«

»Was schert es Euch, ob ich verliere? Ich wette doch gegen Euch.«

»Ihr sagtet mir noch Anfang der Woche, Ihr müßtet sparen. Eingestanden, ich verwahre Euer Geld gern, doch Ihr wißt auch, daß ich alles, was ich besitze, mit beiden Händen ausgebe. Eures wird selbstredend zuerst dran sein.«

»Ich wollte sparen?« grübelte Mojeb, der keine Ahnung hatte, wovon der Ritter sprach. »Nein, im Gegenteil! Ich wollte meinen Sold auf den Kopf hauen, aber ich weiß nicht wo.«

»Ihr sagtet mir, daß Ihr vielleicht einen neuen Mantel brauchtet.«

Mojeb warf dem Ritter einen scharfen Blick zu. Der gab sich unschuldig.

»Ihr seid ein schlechter Freund«, tadelte ihn Mojeb. »Ihr habt mich hinters Licht geführt.«

»Ich sagte Euch, daß Euch der Graf mögen werde. Stimmt es etwa nicht?«

»Das habt Ihr wohl gesagt. Aber Ihr habt mir verheimlicht, wie sehr er mich mögen würde. Mein Mantel soll gegen den Regen schützen. Er ist nicht dafür gemacht geworden, daß ein Kind jeden Tag eine halbe Stunde daran herumzupft.«

»Ihr übertreibt. Allenfalls eine Viertelstunde. Doch seid gewiß: Ich fühle mit Euch. Mehr als Ihr Euch vorstellen könnt.«

»Ihr lacht!«

»Ich weiß«, gab Seffenaiu zu. »Das macht mich wahrscheinlich nicht glaubwürdiger.«

Mojeb streckte ihm die offene Hand entgegen: »Wie ich sagte: der linke!«

»Stundet es mir bis später«, bat Seffenaiu und blickte dem unterlegenen Bock hinterher, der geschlagen das Feld räumte.

»Ich weiß immer noch nicht, ob er stumm ist oder nicht ganz bei sich«, fuhr Mojeb fort.

»Ihr sagt das hoffentlich nie im Beisein eines anderen«, ermahnte ihn Seffenaiu leise. »Der Graf legt keinen Wert auf belangloses Geplauder. Er äußert sich nur zu bedeutenden Dingen.«

»Habt Ihr ihn je zu etwas Bedeutendem Stellung nehmen hören?«

»In der Tat. Es kostete jemanden das Leben.«

Mojeb war sich nicht ganz sicher, ob die Behauptung scherzhaft gemeint war. Doch nichts in Seffenaius Gesicht deutete darauf hin.

»Er war ein Halunke«, erklärte Seffenaiu. »Dennoch war es eine sehr unerfreuliche Angelegenheit. Laßt uns über etwas anderes reden. Über die Berge. Ihr erwähntet einmal, daß Euer Volk glaube, von den Bergen erschaffen worden zu sein.«

»Mein Volk glaubt das nicht nur«, antwortete Mojeb spitz. »Es ist so. Wir wurden von den Bergen erschaffen. Deshalb sind wir knorriger als Ihr.«

»Verzeiht, ich wollte Euch nicht zu nahe treten. Ihr wißt ja, daß ich kein allzu gläubiger Mensch bin, und da Ihr mir sagtet, Euer Volk verehre die Berge nicht ... Ich wüßte nur zu gern, wie sich Euer Volk unsere Anwesenheit erklärt? Anscheinend haben Eure Berge uns nicht gemacht.«

»Ich habe noch nicht einmal den Anfang erzählt«, wies ihn Mojeb zurecht. »Traut uns Jarmaten ruhig etwas mehr zu als: ›Am Anfang waren die Berge, und jetzt laßt uns nachsehen, wie's den Ziegen geht.‹«

»Es war nicht so gemeint, wie es vielleicht klang«, entschuldigte sich Seffenaiu. »Ich wollte keineswegs Eure Gefühle verletzen.«

»Tut Ihr nicht. Ich bin Euch in mancher Hinsicht ähnlicher als Ihr ahnt. Doch wenn Ihr Euch schon entschuldigen wollt, so tut es, weil Ihr mich nicht wegen des Mantels gewarnt habt ... Zuerst müßt Ihr wissen, daß wir Jarmaten ein sehr bunter Menschenschlag sind und uns in unseren Gebräuchen, Überlieferungen, ja sogar dem Aussehen sehr unterscheiden. Also kann ich nur das wiedergeben, was man bei meinem Stamm erzählt: Am Anfang waren die Berge. Sie erschufen uns und alles, was in den Bergen lebt und darum herum ist, einschließlich der großen und kleinen Vögel. So war es lange gut. Dann kamen die gehörnten Götter. Von ihnen gab es unzählige. Sie kamen in riesigen Herden.«

»Wie Antilopen und Gazellen?«

»Sie waren Antilopen und Gazellen. Aber auch andere. Sie wanderten vieltausendköpfig durch die Welt, und überall, wo ihre Hufe den Boden berührten, wuchs sie ein Stück. Bald war die Welt so groß, daß das, was die Berge am Anfang geschaffen hatten, geringfügig dagegen erschien. Das erkannten auch die Berge. Daher beschlossen sie, die Welt denen zu überlassen, die so viel mehr erreicht hatten, und sich von nun an nur noch sich selbst zu genügen. So war es ebenfalls lange Zeit gut. Doch dann kam der Löwengott in die Welt ...«

»Aionar?«

»Kein anderer. Sein Jagdgebrüll erschütterte die Ebenen, die Wasser und selbst die Berge. Er jagte die Herdengötter in Paaren und verschlang sie alle. Seitdem gibt mein Volk nichts mehr auf die Götter.«

»Das verstehe ich jetzt nicht«, meinte Seffenaiu verwundert.

»Es ist sehr einfach«, antwortete Mojeb. »Mein Volk hat aus alldem zwei Erkenntnisse gezogen. Götter sind denselben Gesetzen unterworfen wie alles auf der Welt: Ihre Zeit ist begrenzt. Denn eines Tages kommt unweigerlich ein anderer, der sie übertrifft. Sie sind mächtig, aber sie sind nichts Besonderes. Das ist die eine Erkenntnis. Die andere lautet: Es gibt Dinge, die den Menschen nützen, die ihnen schaden oder die ihnen weder schaden noch nützen. Dasselbe gilt für Götter: Auch für sie gibt es Dinge, die ihnen nützen, die ihnen schaden oder die ihnen weder nützen noch schaden. Das eine hat nur manchmal mit dem anderen zu tun.«

»Das erstaunt mich wirklich. So oft, wie Ihr vom heiligen Malachias sprecht, hätte ich anderes erwartet.«

»Er war ein bedeutender Krieger. Zudem komme ich viel herum. Ich habe gelernt, mich in manchen Dingen anzupassen. Gewiß spreche ich nicht mit jedem so wie mit Euch.«

»Das glaube ich Euch aufs Wort. Bleibt mir noch eins: die Meere. Woher kommen die?«

Mojeb dachte einen Augenblick nach: »Es ist nicht sehr schwer, das zu erraten. Aber ... hm ... vielleicht fehlt Euch eine gewisse Erfahrung. Habt Ihr je inmitten einer Antilopenherde übernachtet? Ich meine nicht nur ein paar Tiere, sondern eine große Herde mit vielen Tausenden?«

»Behüte!« rief Seffenaiu aus.

»Nun, es gibt eine seltsame Geschichte. Will sagen, die Tiere legen bisweilen ein erstaunliches Gebaren an den Tag. Sehr beeindruckend, aber geheimnisvoll. Wenn Ihr nämlich diese Erfahrung in der Nacht vor dem *Tag der Rückkehr des Lichtes* macht, also die Nacht inmitten von zehntausend Antilopen verbringt, so erlebt Ihr beim Morgengrauen etwas, das Ihr Euer Lebtag nicht mehr vergessen werdet. Denn pünktlich beim ersten Sonnenstrahl – fragt mich nicht, wieso das so ist –, pünktlich beim ersten Lichtstrahl fängt die ganze Herde gleichzeitig an, ihr Wasser zu lassen. Ein Donnern ertönt wie ein gewaltiger Wasserfall, das könnt Ihr mir glauben! Umgehend bildet sich an der tiefsten Stelle des Bodens ein See und darum herum Morast. Das Unterfangen ist nicht ganz ungefährlich, wie Ihr Euch denken könnt. Selbst die Antilopen überleben das nicht alle. Einige ertrinken, andere sinken in den aufgeweichten Boden ein und ersticken jämmerlich. Ihr müßt also klug planen, wo Ihr nächtigen wollt, bevor Ihr Euch auf derlei einlaßt. Ich sage Euch: Wenn Ihr das einmal mitgemacht habt, so wißt Ihr, wie die Meere entstanden sind.«

»Das habt Ihr erlebt?« rief Seffenaiu gleichermaßen erstaunt und angewidert aus.

Mojeb wackelte mit dem Kopf: »Hm, es wurde mir so erzählt.« Plötzlich prustete er los: »Doch anders als Ihr habe ich es nicht geglaubt!«

Seffenaiu benötigte einen Augenblick, um zu begreifen. Dann rief er empört aus: »Ihr! Ihr!« Schließlich lachte auch er.

Ein Junge hatte den Wehrgang betreten und kam auf sie zu. Er war der Halbbruder des Grafen. Seffenaiu hatte Mojeb erzählt, daß er vor einigen Wochen auf die Burg geholt worden sei und neuerdings als Knappe unterrichtet werde. Verglichen mit anderen Knappen sei er etwas zu alt, hatte er gemeint.

»Der Majordomus erbittet Euren Rat«, richtete er aus.

Mojeb hatte mittlerweile die feinen Unterschiede kennengelernt. Wenn das gekrönte Kind zugegen war, so erbat der Graf Rat, andernfalls der Majordomus. Gesprochen wurde aber immer mit derselben Person.

Seffenaiu bedeutete ihm mitzukommen.

»Bevor ich es wieder für Wochen vergesse«, warf Mojeb ein. »Ich wollte Euch längst nach dem *Ruchlosen Hacker* befragen.«

»Was denn?« gab Seffenaiu zurück.

»Ihr machtet eine Bemerkung. Ihr wolltet vor einiger Zeit noch jeden aufhängen, der die Geschichten weitererzählte.«

»Ich erinnere mich dunkel. Es ist sicher immer noch ein hervorragender Gedanke. Ich werde mit dem Grafen darüber reden.«

»Das werdet Ihr nicht.«

»Nun werdet nicht gleich zimperlich, Mojeb, nur weil Ihr dann ebenfalls aufgeknüpft würdet.«

»Erzählt Ihr es mir oder nicht?«

Seffenaiu wandte sich an den Knappen: »Geh schon voraus. Wir kommen nach.«

»Warum schickt Ihr ihn weg?« fragte Mojeb, als der Junge sich entfernt hatte.

»Ich will ihn nicht erschrecken. Ihr wißt, daß er ein Bastard ist. Fünfzehn Jahre lang hat er gelernt, wo sein Platz ist. Plötzlich gilt das alles nichts mehr. Er muß ganz neu lernen, wo er hingehört. Auch ohne mein Geschwätz ist das nicht leicht für ihn. Denn wißt Ihr: Ich kenne den *Ruchlosen Hacker*. Ihr übrigens auch.«

»Ist das so?«

»Gewiß. Ihr wißt doch, daß diese Geschichten alle gleich aufgebaut sind. Gutherzige Leute bitten einen Wanderer in ihr Heim. Der spielt ihnen anschließend übel mit. Nun hört gut zu, was mir dazu eingefallen ist: Vor einigen Jahrhunderten luden die damaligen Herrscher Ikarillas ein Reitervolk in ihr Land, damit es die Grenzen schütze. Diese Aufgabe erfüllten die Reiter einige Zeit sehr gewissenhaft. Doch dann setzten sie die Herrscher ab und erklärten das Land als ihres. Erkennt Ihr die Ähnlichkeit? Wir sind die *Ruchlosen Hacker!* Seit vielen Generationen sind diese blutrünstigen Schauergeschichten auf uns gemünzt. Es ist eine bodenlose Dreistigkeit! Dafür sollte man sie alle aufhängen. Wenn Ihr einen Augenblick darüber nachdenkt, werdet Ihr das sicher einsehen, ungeachtet dessen, daß Euch dann dasselbe Schicksal blühen wird. Doch darüber steht Ihr gewiß. Ich baue darauf.«

»Allerdings gebraucht der *Ruchlose Hacker* stets ein Haumesser. Wie erklärt Ihr Euch das?«

»Gebt nichts darauf. Die Waffe ist ganz ohne Bedeutung. Zudem, was wäre von einer Geschichte zu halten, in der erzählt würde: Eines Tages klopfte ein harmloser, ausgemergelter Tagelöhner mit einer Reiterkeule an die Tür? Zu offensichtlich, Mojeb! Viel zu offensichtlich.«

Da der Bruder des Grafen langsam weitergegangen war,

schlossen Mojeb und Seffenaiu schon auf dem Hof zu ihm auf. Ihm war anzusehen, wie gern er gewußt hätte, was in seiner Abwesenheit besprochen worden war. Nach wenigen Herzschlägen konnte er nicht mehr an sich halten: »Am Tag der Gottesstrafe hat der *Ruchlose Hacker* in zwei Dörfern jeden umgebracht, der dort wohnte. Man fand die Leichen in den Versammlungshütten, aber ohne Köpfe. Niemand weiß, wo sie verblieben sind. Ich möchte nicht in der Haut desjenigen stecken, der eines Tages arglos im Boden gräbt und ...«

»Wo soll das gewesen sein?« redete Seffenaiu scharf und zweifelnd dazwischen.

»An der Küste. Eines der Dörfer hieß Ilaoe oder so ähnlich. Den Namen des anderen habe ich vergessen.«

»Das war nicht der *Ruchlose Hacker*«, widersprach Mojeb. »Sie haben sich selbst umgebracht. Ein Kerl namens Kokles hat sie dazu angestiftet. Sie hatten auch noch alle ihre Köpfe. Ich weiß das, weil ich dort war. Ich habe die Leichen gesehen.«

Der Knappe blickte ihn auf einmal fast ehrfürchtig an.

»Das ist kein einheimischer Name«, flocht Seffenaiu ein. »Meint Ihr vielleicht *cocles*? Das ist ein Wort aus der *lingua* ...«

Eine Frau in Reiterkleidung, die Mojeb nicht kannte, unterbrach ihn. Mit einem flüchtigen »Verzeiht!« huschte sie an ihnen vorbei zu den Stallungen, aus denen schon ihr Pferd herausgeführt wurde.

»Eine Botin?« sagte Seffenaiu nachdenklich. »Von wem mag sie kommen?«

»Ich weiß nicht«, antwortete der Knappe. »Doch ich glaube, daß Euch der Majordomus ihretwegen sehen wollte.«

So war es auch.

»Es ist gut, daß Ihr gleich mitgekommen seid«, begrüßte der Majordomus den neuesten Günstling des Grafen. Dann wandte er sich an Seffenaiu: »Ihr erinnert Euch des Gespräches, in welchem der Graf Auskunft über die Königswahl erbat? Ich habe Euch zu sagen, daß es nun soweit ist. Der Graf ist eingeladen, sich in nicht später als neunzehn Tagen auf Burg Manahaui unweit der Stadt Oaoa einzufinden. Er wünscht eine Bedeckung von acht Bewaffneten. Zwei davon seid Ihr, zusätzlich neun Diener und Mägde, drei Pferdeburschen, drei Wagenlenker, ein Hufschmied. Falls Euch noch etwas einfällt, so laßt es mich wissen. Ich werde es dem Grafen unterbreiten. Ich schlage vor, daß Ihr in acht Tagen aufbrecht. Das sollte ausreichen.«

»Lieber in fünf«, schlug Seffenaiu vor. »Bedenkt, daß der Boden aufgeweicht ist.« Leiser fügte er hinzu: »Macht Euch keine Sorgen. Wir werden ihn heil zurückbringen.«

Herbei zur Wahl des Traumversprochenen, Ihr Edlen, Ihr Liebenden

Burg Manahaui, am 25. Tag des Schwemmondes, im 458. Jahr der Abwesenheit Gottes

»Macht es Euch wirklich nichts aus, Ajam?« fragte der ältere Knecht erneut.

»Nein, überhaupt nichts«, antwortete Seffenaiu und trat einige Schritt zur Seite, so daß der Knecht und seine Gehilfen mit dem Wiederaufbau des eingestürzten Rundzeltes beginnen konnten. Zum Glück hatte seine eigene Unterkunft den unvorhergesehenen Sturmwind, der mitten in der Nacht über das ausgedehnte Lager hinweggebraust war, besser überstanden. Die Wagen hatten gute Dienste geleistet. In ihrem Windschatten war es sicher gewesen.

Seffenaiu blickte über das Gewirr aus geknickten Streben und zerrissenen Tüchern hinweg zur Burg. Manahaui – die Triumphierende – war einst als Ordensfeste des *ordo militis dei* errichtet worden, weshalb ihre Türme die Namen aller acht Hochheiligen trugen. Jedoch standen nur noch sieben davon. Der achte war bloß ein Stumpf. Er war irgendwann eingestürzt und nie wieder aufgebaut worden. Den Grund hierfür kannte Seffenaiu ebensowenig, wie er zu sagen wußte, ob der Vorfall vor oder nach dem Auszug der Kirchenritter stattgefunden hatte. Wahrscheinlich hatte sich beides noch zu Zeiten des alten Königreiches zugetragen.

Manahaui war gar nicht im Stande, so viele Gäste aufzunehmen, wie sich vor den fleckigen, alten Mauern eingefunden hatten. Der Graf von Temelua hätte zwar aufgrund seines Ranges von der Unterbringung in der Burg ausgehen können, doch für seine Begleiter wäre der Aufenthalt sehr beengt geworden. Immer vorausgesetzt, daß sie überhaupt alle Platz darin gefunden hätten. Also war niemand unglücklich gewesen, als Ollimvekku seine Abneigung gegen das wehrhafte Bauwerk unmißverständlich bekundet hatte. Abweichend vom ursprünglichen Plan war man daher dem Beispiel ungezählter anderer gefolgt, die ebenfalls zur Wahl angereist waren, und hatte das Lager Temeluas im Hufeisen der drei mitgeführten Wagen aufgeschlagen. Seffenaiu war sich nicht ganz sicher, was der Majordomus davon gehalten hätte. Schützende Mauern hätte er sicher vorgezogen, doch bestimmt wäre auch ihm wohler dabei gewesen, den jungen Grafen ständig von allen Getreuen umgeben und abgeschirmt zu sehen, so daß das Wissen um seine ›Einsilbigkeit‹ nicht ganz so leicht die Runde machen konnte. Zudem hätte er als Anhänger der alten Sitten sowieso nichts dagegen haben dürfen, im Schlamm der aufgewühlten Erde zwischen den Pferden zu lagern.

Eine Frage blieb jedoch unbeantwortet, dachte Seffenaiu leicht erheitert. Wie hätte der Majordomus wohl die Abscheu seines Grafen gegen Burg Manahaui gedeutet? Hätte er es als unabwendbar angesehen, dem Verwandten des toten Königs, der doch nur zur Wahl eines Nachfolgers eingeladen hatte, die Feindschaft zu erklären?

Seffenaiu bedauerte, daß nicht noch mehr Bedienstete den Grafen bei seiner Reise begleitet hatten. Die Knechte und Mägde aus Temelua waren gut damit ausgelastet, Wasser und Brennholz herbeizuschaffen. Ein Stück vom Adelslager entfernt, hatte sich zwar ein zweites gebildet, aus dem täglich Scharen arbeitswilliger Tagelöhner strömten; dennoch hatten es viele Adlige als nützlich betrachtet, Allianzen zu schmieden, so daß die Diener der einen nur für Brennholz zuständig waren, die der anderen nur für Wasser. Diese Bündnisse blieben nicht unbespöttelt. Der Adel des Landes habe sich nun dem Regiment seiner Köche zu beugen, hieß es. Denn neuerdings werde in weiten Landstrichen des Königreiches genau dasselbe zu Mittag gegessen. Welch ein Verfall der guten Sitten!

Aus dem zweiten Lager kamen auch die Gaukler, Spielleute und Sänger, die – wie Mojeb sich ausdrückte – allerorts »ihr Unwesen trieben«. Lehmverschmiert bis zu den Schenkeln, tanzten und musizierten sie zwischen den Zelten und führten ihre Kunststückchen auf. Sie brachten Frohsinn und Leichtmut mit sich und machten vergessen, daß das Lager in Wahrheit eine Zusammenkunft Tausender Hinterbliebener war.

»Aligeli!« rief eine Stimme. Seffenaiu blickte sich wachsam um. Er machte einen jungen Mann aus – halb so alt wie er selbst –, der strahlend auf ihn zueilte.

»Kerissiannu!« rief er erfreut aus, als er ihn erkannte. Beide Männer schlossen sich in die Arme.

»Ich bin jetzt allerdings ein Temelua und kein Aligeli mehr«, erklärte Seffenaiu. Plötzlich drückte er den jüngeren Mann von sich weg und sagte ernst: »Tut mir leid wegen Eurer Eltern, Kerissiannu.«

Der junge Mann löste sich aus der Umarmung. »Ich bin seit drei Tagen hier«, sagte er. »Die meiste Zeit habe ich Beileidsbekundungen entgegengenommen oder selbst ausgesprochen. Laßt uns nach vorne blicken!« Er ergriff Seffenaius Hand und streckte seine freie Linke einer jungen Frau entgegen, die etwas abseits stand und unschlüssig herübersah. »Laßt mich Euch Makkatalla vorstellen, mein Freund. Ich liebe sie! Wir werden uns vermählen, sobald sie ihren sechzehnten Geburtstag gefeiert hat!«

Die junge Frau trat näher und reichte Kerissiannu die Hand, so daß er nun die von Freund und Verlobter gleichzeitig hielt.

»Wann soll es so weit sein?« erkundigte sich Seffenaiu.

»Morgen!« riefen beide lachend aus.

»Ihr wollt morgen heiraten?«

»Ich würde es sogar auf der Stelle tun, doch das wird leider nicht gehen. Einen Mond, höchstens sechs Wochen wird es noch dauern. Doch länger werde ich auf keinen Fall warten. Nein, morgen ist ihr Geburtstag.« Die beiden Verliebten sahen sich glückstrahlend an, dann sagte Kerissiannu: »Ich muß Euch im Vertrauen sprechen.« Er warf seiner Verlobten einen verschwörerischen Blick zu und schob Seffenaiu beiseite.

»Ihr wißt ja, daß mein Vater verstarb. Seffenaiu. Ihr würdet mich glücklich machen, wolltet Ihr ihn bei unserer Vermählung vertreten. Seid derjenige, der den Platz einnimmt, welcher dem Vater des Bräutigams zusteht.«

Seffenaiu dachte einen Augenblick nach, bevor er antwortete: »Ich fühle mich geehrt.«

Kerissiannu jauchzte: »Ich wußte es! Ich werde Euch rechtzeitig benachrichtigen. Doch nun verzeiht, wenn ich Euch wieder verlasse. Ich kann keinen Augenblick ohne sie sein!«

Seffenaiu sah den beiden Liebenden hinterher, als sie sich lachend und winkend entfernten. Er hatte ebenfalls ein Lächeln aufgesetzt. Der Tag hatte gut angefangen. Doch mit einemmal drohte seine Laune einen Tiefpunkt zu erreichen. Seffenaiu ging zurück zum Lager von Temelua.

»Mojeb!« rief er. »Was immer Ihr gerade treiben mögt: Laßt Euch ersetzen. Ich habe Bedarf an Euch! Laßt uns ein Stück gemeinsam spazierengehen.«

Der Jarmate wußte sofort, daß etwas im argen lag. »Gibt es wieder Ärger mit jemandem aus Ipualé?«

»Keine Sorge. Von dort ist nichts zu befürchten. Sie hatten ihre Gelegenheit und sind nicht dumm. Sie können sich ausmalen, daß ich allein zu meiner eigenen Sicherheit dafür gesorgt habe, daß ich sie nicht mehr zu dem Schmuck führen kann. Es ist etwas anderes. Schaut mich an: Was seht Ihr?«

»Was sehe ich? Ich glaube, Euch«, antwortete Mojeb.

»Ihr habt recht. Es war eine dumme Frage. Ich wurde heute gebeten, bei einer Vermählung den Vater des Bräutigams zu ersetzen.«

»Ist das teuer?«

»Es geht nicht um Geld.«

»Was dann? Alt genug, um eigene Kinder zu haben, seid Ihr doch.«

»Aber der Bräutigam ist kein Kind. Vor einem Jahr haben wir noch zusammen gejagt. Nun soll ich seinen Vater vertreten.«

»Ich finde das nicht so ungewöhnlich, Seffenaiu. Wenn Ihr mir eröffnet hättet, daß Ihr den Bräutigam vor Jahresfrist noch gewickelt habt: Das hätte mich verblüfft! Ich wäre hin und weg gewesen.«

»Ich vermisse deutlich Euer Verständnis, Mojeb. Vor einigen Wochen zählte ich noch zweiundvierzig Jahre. Nun gelte ich in diesem Land voller Kinder als Greis. Man bittet mich, ihre toten Väter zu vertreten, und setzt mir die Enkel auf den Schoß. Ein einziger Tag hat mich zu einem alten Mann gemacht. Niemand hat mich davor gewarnt, niemand hat mich darauf vorbereitet. Ein Tag verging, und ich war nicht mehr der, den ich bislang kannte. Ich wandere umher und denke: Warum ich? Wo ist die Welt, die mir vertraut war? Wo ist sie abgeblieben? Wo bin *ich* abgeblieben? Ich bin mir selbst ein Fremder. Mir ist, als hätte man mir viele Jahre klammheimlich geraubt. Und ich weiß nicht, wie das geschehen konnte. Ich muß unachtsam gewesen sein. Was ich kannte, ist Staub: die Menschen, die Zeit, die Erinnerungen. Es ist alles Staub. Weggeweht wie der Staub von Pinapataui.«

»Vertreibt Eure Schwermut und genießt den Tag«, riet ihm Mojeb. »Wahrscheinlich sterbt Ihr ohnehin bald an Euren vielen Gebrechen.«

»Das ist nicht zu erwarten. Der Tod meidet mich. Er kommt nur dann, wenn ich anderswo beschäftigt bin.«

Mojeb runzelte die Stirn. »In dem Fall bin ich überfragt. Wünscht Ihr vielleicht meinen Arm als Stütze?«

Seffenaiu sah ihn ernst an. »Mojeb, wißt Ihr eigentlich, daß Eure Scherze bisweilen wirklich schlecht sind?«

»Das widerfährt jedem bisweilen«, räumte Mojeb ein. »Aber der gehörte nicht dazu.« Er lachte.

Vor einer Anordnung aus Wagen und Zelten, die ihrem eigenen Lagerplatz ähnelte, winkten ihnen zwei Ritter zu. Seffenaiu kannte sie, hatte jedoch ihre Namen vergessen.

»Ihr habt uns diese Nacht einen schönen Streich gespielt«, rief einer von ihnen.

»Seid ebenfalls gegrüßt«, antwortete Seffenaiu. »Welchen Streich?

»Einen Diebesstreich! Ihr habt Euch, ohne etwas zu sagen, davongestohlen.«

»Verzeiht. Ich hatte Bedeutendes vor. Da fügt man der Höflichkeit schon einmal Gewalt zu. Wißt Ihr Neues von der Wahl? Wie viele sind es jetzt?«

Der zweite Ritter hob die Schultern: »Noch nie waren so wenige bereit, einen König zu wählen. Sie zählen nun schon zum dritten Mal. Es wird eng, sehr eng. Vielleicht entscheiden nur ein, zwei oder drei, ob es gelingen kann.«

Seffenaiu bedankte sich und ging weiter.

Mojeb schüttelte den Kopf und schwenkte den Arm über das Lager: »So viele Tausend sind hier versammelt, und Ihr könnt vielleicht keinen König wählen!«

»Wählen dürften ohnehin nur drei- oder vierhundert. Die meisten hier sind Begleiter und Gefolge wie wir. Ich habe Euch doch erzählt, daß der Traumtrank nicht ungefährlich ist. Wer zu jung ist, überlebt den Rausch nicht.«

»Warum gebt Ihr ihnen nicht etwas Ungefährliches?«

»Wir haben es schon immer so gemacht.«

»Aber es sind andere Zeiten. Sicher mußte nie berücksichtigt werden, daß die Wahl an zu wenigen Erwachsenen scheitern könnte. Wenn es nur darum ginge, die Wählenden zu berauschen, so täten es auch Bier, Wein oder Schnaps. Nicht ganz so tödlich wie das, was Ihr ihnen einflößt. Jedenfalls meistens.«

»Ihr sprecht unvernünftig, Mojeb. Bislang hatten wir einen *Traumversprochenen König*, der im Zustand der Erleuchtung gewählt wurde. Wollten wir es machen, wie Ihr Euch das vorstellt, so hätten wir einen König, der aus einer Schnapslaune heraus gewählt wurde. Er müßte wenigstens zwei oder drei Länder mit Krieg überziehen und verwüsten, bevor ihn jemand in der Ehernen Liga ernst nähme. Und nicht einmal dann wäre es gewiß.« Seffenaiu lenkte Mojeb zu einer kleinen Baumgruppe. Einige der Bäume waren gefällt und entastet worden, so daß ihre Stämme als Sitzgelegenheiten dienen konnten. Da die Bewohner der umgebenden Zelte und Wagen so umsichtig gewesen waren, etwas Abstand zu den Bäumen zu wahren, war hier ein beliebter Treffpunkt entstanden, wo man zusammenkam und Neuigkeiten und Klatschgeschichten austauschte. Scherzbolde hatten den Ort umgehend *Flunkerplatz* getauft.

Ein Reiter preschte an Seffenaiu und Mojeb vorbei. Er drängte sein Pferd rücksichtslos zwischen die Menschen, die bei den Bäumen gesellig beieinanderstanden oder zusammensaßen und sich unterhielten. Wuterfüllt brüllte er: »Kollomallu, du Hundsfott, wo steckst du? Du hast meinen Neffen ermordet. Zeige dich!«

Ein Mann trat zu ihm, um ihn zu besänftigen. Nach wenigen Sätzen riß der Reiter unvermittelt die Hand hoch. Sie hielt eine Reiterkeule. Entsetzte Schreie erklangen, als die Hand herabsauste und der andere Mann mit eingeschlagenem Schädel zu Boden sank. Ein wüstes Durcheinander war die Folge. Jeder wollte sich in Sicherheit zu bringen. Diejenigen, die gerade noch arglos hier verweilt hatten, suchten ihr Heil zwischen den Zelten und Wagen oder bei den Bäumen, die nicht der Axt zum Opfer gefallen waren. Sie rannten, sprangen über die Stämme, stolperten und stürzten dabei. Manchen wurde von anderen Flüchtigen wieder auf die Beine geholfen, andere blieben sich selbst überlassen. Aus diesem Tumult erklang immer wieder die zornige Frage des Reiters: »Kollomallu, du hinterhältiger Mörder, wo steckst du?«

Plötzlich schien er eine Antwort auf seine Frage erhalten zu haben. Ungestüm nahm er die Verfolgung einer Schar auf, die auf die Baumgruppe zuhielt. Sowie der Reiter den letzten der Flüchtlinge eingeholt hatte, schlug er wiederum mit seiner Keule zu. Auch dieses Mal traf er.

Der kurze Aufschub, der mit einem zweiten Leben erkauft worden war, reichte den Gefährten des Erschlagenen jedoch aus, um unter die Bäume zu gelangen. Von hier aus bewarfen sie ihren Verfolger mit Erde, Steinen und Ästen.

»Weg hier«, rief Mojeb.

»Gewiß«, stimmte Seffenaiu zu und ließ sich zwischen die Zelte ziehen.

Obwohl der Reiter fürs erste auf Abstand gehalten werden konnte, gab er nicht auf. Fest entschlossen, Rache für den angeblichen Mord zu nehmen, umkreiste er die Bäume. Er wartete darauf, daß die, die sich dort verschanzt hatten, einen Fehler machten oder ihnen die Wurfgeschosse ausgingen.

»Wer ist dieser Kollomallu?« flüsterte Mojeb angespannt.

»Keine Ahnung«, antwortete Seffenaiu. »Den anderen kenne ich auch nicht. Doch ein gewöhnlicher Ritter ist er nicht. Sein Pferd ist sehr gut.«

Weit und breit schien niemand gewillt, sich in die mörderische Auseinandersetzung einzumischen. An Beobachtern des Geschehens mangelte es allerdings nicht. Überall sah man sie neugierig hinter ihrer Deckung hervorblicken.

Doch nun näherte sich mit gellenden Schreien eine Reiterin. Sie trug einen Brustpanzer. Ihr langes weißes Haar wehte ihr hinterher. Ihr ausgestreckter Arm mit der Reiterkeule bewies, daß sie nicht zum Verhandeln gekommen war, allenfalls zum Befehlen. Mit präzisem Sprung setzte ihr Pferd über die Baumstämme. Seffenaiu erschrak.

»Was machst du hier?« flüsterte er. »Du bist doch tot!«

»Wer ist das?« fragte Mojeb sogleich.

»Ajamei Maffileokavekka, die Herzogin von Murui. Sie war auf dem Schloß des Königs. Sie kann nicht mehr leben.«

»Anscheinend seid Ihr nicht der einzige, der davonkam.«

Der Reiter bei den Bäumen hatte die Herzogin inzwischen bemerkt und die Herausforderung angenommen. Ebenfalls laut schreiend, ging er zum Angriff über. Als beide Reiter aneinander vorbeischossen, stießen und hieben sie nacheinander, ohne daß einer von ihnen sichtbaren Schaden genommen hätte. Beide wendeten sogleich ihre Pferde. Auch die nächste Begegnung verlief folgenlos. Beim dritten Mal suchten sie die Entscheidung und verwickelten sich in einen Zweikampf auf Pferdesrücken.

»Diese Überheblichkeit!« zischte Seffenaiu. »Was glaubt das alte Weib, wer sie ist?« Jäh schoß ihm ein verzweifelter Gedanke durch den Kopf. »Wir dürfen nicht zulassen, daß er sie umbringt«, rief er aus. »Ich muß unbedingt mit ihr sprechen.«

»Danach steht Ihr aber tief in meiner Schuld«, knurrte Mojeb unwillig und zog sein Schwert.

»Nicht so«, hielt Seffenaiu ihn auf. »Denkt an unseren Grafen. Wenn wir als seine Leute den Kerl versehentlich umbringen, haben wir womöglich eine Blutfehde unbekannten Ausmaßes am Hals. Zudem seid Ihr trotz allem ein Fremder. Vergeßt das nicht. Möglicherweise kümmert sich niemand um Eure gegenwärtige Zugehörigkeit oder tut es erst dann, wenn es zu spät ist.«

»Gut, dann steche ich eben sein Pferd ab!«

Seffenaiu glaubte seinen Ohren nicht zu trauen. »Das wäre ja fast noch schlimmer!«

»Was denn dann?« entfuhr es Mojeb aufgebracht. »Er ist oben, wir sind unten. Er schlägt nach uns, was tun wir? Soll ich ihm Witze erzählen, bis er prustend vom Pferd fällt?«

»So ähnlich«, antwortete Seffenaiu. »Wir müssen sein Roß überreden, daß es ihn nicht mehr tragen mag.«

Mojeb zeigte mit einem kurzen Lachen, daß er verstand. »Ikarillische Adlige fallen wohl nicht vom Pferd?«

»So ist es. Sie sind allesamt gute Reiter. Doch manchmal beschließt eben das Pferd, seinen Reiter nicht mehr tragen zu wollen.«

»Also machen wir den Gaul wild?«

»Das wollte ich ausdrücken«, bestätigte Seffenaiu. »Merkt Euch: Das Pferd fürchtet, was es nicht sieht. Es liebt keine Überraschungen. Also zischt wie eine Schlange, klatscht plötzlich in die Hände, huscht wie ein Schatten an ihm vorbei. Doch erlaubt ihm nicht zu fliehen.«

Wie erwartet konnte die Herzogin ihrem um Jahrzehnte jüngeren Widersacher nicht lange die Stirn bieten. Als er mit seiner Keule die ihre wegdrückte, hob er sie aus dem Sattel. Die Herzogin stürzte zu Boden, schien aber noch zu leben. Den Beweis lieferte ihr Gegner. Er ritt weg, wendete sein Pferd und bereitete sich auf den letzten Angriff vor.

Gleich würde er es erneut antreiben. Wie ein Sturmwind würde er zu Maffileokavekka zurückreiten. Kurz bevor er sie erreicht hätte, würde er sich aus dem Sattel tief zu ihr hinunterbeugen. Das wäre das letzte, was sie sähe. Ein Tod, der dieser Hohenpriesterin alter Traditionen eigentlich gefallen sollte. Allerdings paßte er nicht in Seffenaius Pläne. Daher rannte er los, schrie und schlug mit den Armen, um die Aufmerksamkeit ihres Widersachers auf sich zu lenken. Seffenaiu wunderte sich, als er von Mojeb eingeholt wurde. Trotz seiner kürzeren Beine war der Jarmate enorm schnell. Während des Laufens zog er sich den Mantel aus.

»Wie halte ich das Pferd auf?« rief er.

»Laßt es einfach nicht entkommen!«

»Aber wie? Wie?«

Maffileokavekkas Glück war es, daß sie nicht der Anlaß für den Zorn ihres Gegners war, sondern ihm nur bei seinem Vorhaben in die Quere gekommen war. Daher fiel es ihm leicht, den tödlichen Schlag einstweilen sein zu lassen und sich der neuen Bedrohung zuzuwenden. Mit einer klassischen Finte griff er Mojeb an. Bei jemandem, der diese nicht kannte, verlief der Angriff im allgemeinen erfolgreich.

»Hinwerfen, Mojeb«, brüllte Seffenaiu so laut er konnte. »Auf den Boden mit Euch!«

Er war verblüfft, wie rasch der Jarmate die Aufforderung befolgte. Dieser Mann wußte wirklich zu gehorchen! Seffenaiu war so erstaunt, daß er sich selbst in Schwierigkeiten brachte. Der Reiter war plötzlich bei ihm!

Nun blieb Seffenaiu keine Zeit mehr, darauf zu achten, was um ihn herum vorging. Am Leben zu bleiben erforderte seine ganze Aufmerksamkeit. Dann war Mojeb wieder da. Er schwenkte seinen Federmantel und verwandelte ihn in eine Scheibe aus farbigen Ringen, von der ein seltsames Rauschen ausging. Einmal bekam Seffenaiu mit, daß er das Pferd in den

Bauch trat. Nicht sehr fein, doch unter den Umständen erträglich. Das Roß bedankte sich dafür, indem es ausschlug.

Zum Glück stießen nun weitere Beobachter des Kampfes hinzu, um ihnen zu helfen. Das Pferd legte zornig die Ohren an und schlug mit dem Kopf. Scheuend sprang es zur Seite, stieg mit wild schlagenden Hufen auf die Hinterhand und warf seinen Reiter ab. Sofort trat ihm jemand die Keule aus der Faust. Ein anderer stellte ihm den Fuß auf die Brust und herrschte ihn an: »Kühlt Euren Zorn ab, Ajam Haffokku!«

Die Schar, die sich unter die Bäume geflüchtet hatte, wagte sich nun ebenfalls wieder hervor. Der Vorderste, von dem Seffenaiu vermutete, daß es sich bei ihm um besagten Kollomallu handelte, bückte sich und nahm die Reiterkeule auf. Er strich mit dem Daumen über das Blut, das daran klebte, und sprach: »Ihr habt mich zwei gute Leute gekostet, Haffokku.«

Ohne Vorwarnung schmetterte er die Keule auf den Kopf seines am Boden liegenden Feindes. Dann wandte er sich an seine Begleiter und stellte beiläufig fest: »Zwei weg, einer bleibt.«

Seffenaiu wußte nicht, was die Umstehenden mehr schockierte: die Kaltblütigkeit der Tat oder das Eingeständnis, daß die Vorwürfe nicht unbegründet gewesen waren.

Er sah sich nach der Herzogin um. Hilfreiche Hände hatten ihr auf die Beine geholfen. Ihr dünnes Haar war nicht mehr ganz so weiß, sondern von Erde und Blut verfärbt. Abgesehen von Prellungen und Schürfwunden schien sie Kampf und Sturz gut überstanden zu haben.

»Ihr seid ein Held, junger Mann«, begrüßte sie Seffenaiu. »Ein ritterlicher Held, wie aus unseren alten Legenden. Wie heißt Ihr, und wem seid Ihr zugehörig?«

Seffenaiu sagte ihr beides.

»Temelua?« wiederholte die Herzogin. »Der Name ist mir wohlbekannt: ein Ort, wo das Althergebrachte noch als heilig gilt. Mich wundert es nicht! Nur aus einer Trutzburg erhabener Traditionen kann ein solch beherzter Ritter stammen. Wären doch nur alle so wie Ihr! Das Land zwischen den Meeren hätte keine Feinde mehr zu fürchten.«

Gleichmütig ertrug Seffenaiu seine Verwandlung in ein Vorbild klassischen Rittertums. Als die Herzogin schwieg, kam er auf das zu sprechen, weswegen er ihr zu Hilfe geeilt war: »Gestattet mir eine Frage, Ajamei. Ich war überrascht, Euch gesund und wohlbehalten zu sehen, da ich Euch unter den Opfern von Pinapataui wähnte.«

»Das denken viele, Ajam. Doch mein Geschick bestimmte, daß ich mich während der verhängnisvollen Stunden, die Ikarilla seines Herrschers und so vieler tapferer Herzen beraubte, auf einem Ausritt befand. Nur wenige begleiteten mich. Glaubt mir, hätte ich geahnt, was kommen sollte, so wäre es mein prächtigster Ausritt geworden. Ich hätte verlangt, daß man mich in Scharen begleiten solle. Doch zu Eurer Frage?«

»Sie ist einfach, doch schwer zu stellen. Wißt Ihr, ob es noch andere Überlebende gibt?«

»Ich kann nur über die sprechen, die mich begleiteten – ein karges Dutzend. Über wessen Wohl und Wehe begehrt Ihr Auskunft?«

»Über das einer jungen Frau. Leider weiß ich nicht sehr viel über sie. Ihr Name lautet Beatarisa. Als ich sie zuletzt sah – am Vortag des Verhängnisses –, trug sie einen weißen Sarong. Er machte sie zu einer äußert auffälligen Erscheinung, obwohl sie nur mittelgroß war ... ist. Sie hat sehr große, graubraune Augen. Wenn ich mich recht erinnere, hat sie ein Muttermal auf dem linken Arm, das einem winzigen Halbmond ähnelt. Doch vielleicht irre ich mich auch.«

Die Herzogin schüttelte den Kopf: »Ich bedaure. An sie kann ich mich nicht erinnern.« Plötzlich legte sie ihm die Hand auf die Schulter und sprach feierlich: »Reitet weiter, Ritter! Unser ganzes Land ist eine unvernarbte Wunde, doch noch ist keine Zeit, die Verlorenen zu beweinen und zu betrauern. Reitet weiter, Ritter! Wir alle haben schmerzliche Verluste erlitten. Ich verlor meinen Falkner. Einen Mann wie ihn werde ich nie wieder finden.«

Seffenaiu schloß, daß die Unterhaltung damit beendet sei. Er verabschiedete sich von der Herzogin und ging zu Mojeb, der in einigem Abstand geduldig wartete. Seffenaiu war ihm dankbar, daß er keine Fragen stellte. Gemeinsam kehrten sie zu ihrem Lagerplatz zurück. Dort bemerkte Seffenaiu, daß in seiner Abwesenheit die angekündigte Besucherin des Grafen eingetroffen war, die Herrin von Latuhelanaga. Obwohl sie doppelt so alt wie der Graf war, schienen beide gut miteinander auszukommen. Das Mädchen hatte seine eigenen Puppen mitgebracht und führte Selbstgespräche, denen der Graf fröhlich lauschte. Ihre beiden Beschützer wurden unterdessen mit Wein bewirtet. Einen von ihnen starrte Mojeb nachdenklich an. Als ihn Seffenaiu darauf ansprach, schüttelte er den Kopf. »Ich dachte, ich kennte einen der beiden, aber das kann nicht sein.«

Rund eine Stunde später ritten Herolde durch das Lager und verkündeten, daß ausreichend viele wahlbefähigte Adlige zugekommen seien, um einen neuen König zu küren. Der schon von weitem zu hörende Jubel stahl ihrer Botschaft die Spannung. Dennoch war Seffenaiu sprachlos, als er endlich Genaues erfuhr: Der nachmittägliche Mord und Totschlag bei der Baumgruppe hatte die Wahl eines neuen Königs nicht verhindert. Allerdings gab den Ausschlag nur noch eine einzige Stimme.

Viele werden aus dem Schlaf gerissen, andere nimmermehr

Burg Manahaui, in der Nacht zum 26. Tag des Schwemmondes, im 458. Jahr der Abwesenheit Gottes

»Schrei so viel du willst«, murmelte Mojeb. Mit dieser Sorte Mensch hatte er Erfahrung. Sie wollten brüllen, also ließ man sie brüllen und dachte solange an etwas anderes. Das hatte er schon als Junge gelernt. Einfach weghören und an etwas anderes denken. Sollte er doch schreien, solange er wollte: »Mord! Mord! Mord!«

Ausgebufft, dachte Mojeb. Soviel Schläue hätte er Mataiu und Natanui gar nicht zugetraut. Da sah man es mal wieder! Sich einfach in einer Hütte voller Toter zu verbergen, nicht schlecht! Auf so einen Einfall mußte man erst einmal kommen. Wer suchte schon die Lebenden unter den Toten? Lebende in einem Land voller Toter? Tote in einem Land ohne Leben?

»Mord! Mord! Mord!«

Für immer wären die beiden dort sicher gewesen, hätte Omaru nicht darauf bestanden, Tiugugus Leichnam ebenfalls in die Gemeinschaftshütte zu bringen. Welch ein Pech!

Doch so schlimm war ihr Schaden nicht. Er als ihr Kerkermeister würde gleich zu ihnen gehen, um ihnen zu sagen, daß sie frei seien. Damit kamen sie leicht davon. Es wäre angebracht, ihnen zur Strafe einen Witz zu erzählen! Mojeb mußte lachen. Das war lustig. Zur Strafe einen Witz zu reißen! Den mußte er weitererzählen!

Doch Tiugugu tat ihm leid. Anscheinend war er trotz aller Pflege gestorben. Warum hatte es ihm niemand gesagt? Das war doch wichtig! Oder hatte er es gar vergessen? Hatte er vielleicht nicht richtig zugehört und nur »Ja, ja« geantwortet? Das war ja schrecklich! Doch wie sollte jemand einen klaren Gedanken fassen, wenn der Schwertwebel nicht aufhörte mit seinem Gebrüll und auch noch Kriegshörner aus allen Richtungen erklangen?

Der Schwertwebel? Der Schwertwebel!

Plötzlich begriff Mojeb, daß er geträumt hatte. Doch Geschrei und Hörnerklang waren noch immer zu hören. Jemand streckte den Kopf zum Wagen herein und schrie: »Kommt alle heraus, etwas ist geschehen!«

Durch die Öffnung sah Mojeb flackerndes Licht. Er schoß hoch und schlug sich den Schädel an einer Strebe an.

»Werden wir angegriffen?« fragte er.

»Keine Sorge, jeder, der das könnte, ist bereits hier«, beruhigte ihn einer der anderen Krieger. Gleichzeitig stolperte jemand über seine Beine. Von draußen rief eine Stimme schrill: »Zieht euch wenigstens etwas an!«

Mojeb griff nach seiner Hose. Das sind keine Hörner, dachte er. Die Gehäuse von Purischnecken klangen so, wenn man in sie hineinblies. »Ratsch!« machte es, als er in die Hose schlüpfte, der dünn gewordene Stoff nachgab und das eine Hosenbein von oben bis unten aufriß. Auch das noch, dachte Mojeb. Der Tag? Die Nacht? Was auch immer fing schlecht an!

Er kroch aus dem Wagen. Es war immer noch Nacht. Doch überall leuchteten Lampen und Fackeln. Das ganze Lager schwirrte vor Stimmen.

Wie alle anderen aus dem Gefolge des Grafen zog es Mojeb zur offenen Seite des Hufeisens ihres Lagerplatzes. Dort war keine neue Erkenntnis zu erlangen. Auch bei anderen Lagerplätzen sah er nur aus dem Schlaf gerissene Gestalten, die sich ratlos hierhin und dorthin wandten. Niemand wußte etwas, aber noch immer schallten die klagenden Töne der Schneckengehäuse durch die Nacht.

»Beim Flunkerplatz!« rief eine Stimme. Sofort lösten sich einzelne aus den Gruppen bei den jeweiligen Lagerplätzen.

»Schaut nach, was dort ist«, forderte Seffenaiu Mojeb auf.

»Gern«, antwortete er.

»Nehmt das lieber mit«, ermahnte ihn einer seiner Kameraden aus der gräflichen Bedeckung und warf ihm sein Schwert zu. Mojeb bedankte sich.

Schon bald sah er sich umgeben von anderen mehr oder weniger notdürftig bekleideten Kundschaftern, die zu dem beliebten Ort bei den gefällten Bäumen strebten. Er war froh darüber, daß er nicht allein gehen mußte. So fiel wenigstens nicht gleich auf, daß er nichts außer einer Hose trug, die fast bis zum Bund aufgerissen war.

Ziemlich genau bei der Stelle, wo der Reiter am Nachmittag seinen letzten Atemzug getan hatte, hatte sich ein Ring aus Menschen gebildet, der ständig durch Neuankömmlinge vergrößert wurde. Zwei Burschen lagen in der Mitte des Kreises. Daß sie sich nie wieder aus eigener Kraft erheben würden, war sogleich ersichtlich. Mojeb brauchte sich nicht einmal zu bemühen, um zu erfahren, was ihnen zugestoßen war. Das düstere Wissen wurde bereitwillig geteilt.

»Erdrosselt«, flüsterte sein Nebenmann.

Mojeb gab das Wort an den nächsten Neuankömmling weiter:

»Erdrosselt!« So jung, dachte er. Die beiden Opfer mochten erst zwischen fünfzehn und siebzehn Jahren alt sein.

Eine weitere Schar näherte sich. Sie kam als grimmiger Zug mit Fackelträgern vorn und in den Flanken. »Platz da, macht Platz!« riefen die Neuen und drängten sich rüde durch den Ring, aus dem erschrockenes Seufzen erklang.

Ein weiterer Leichnam wurde gebracht! Ein dritter junger Mensch. Er war nicht erdrosselt worden. Sein verfärbtes und schrecklich verzerrtes Gesicht erzählte anderes. Unruhe brach aus, als diejenigen, die den Toten gebracht hatten, versteckte Anklagen und zornige Vermutungen vortrugen.

Ein Schrei durchschnitt die Nacht: »Die Gräfin von Kileole ist tot. Mord! Mord! Mord!«

Mit einemmal hatten alle Anwesenden nichts anderes mehr im Sinn, als möglichst schnell dorthin zurückzukehren, woher sie alle gekommen waren. Kein Wissen wurde mehr geteilt. Jede denkbare Gemeinsamkeit war unvermittelt für beendet erklärt worden: die der Nacht, die der Neugier, die des verständnislosen Erschauderns. Jeder stieß und schubste den anderen. Weg hier, zurück zu denen, die als die Eigenen angesehen wurden!

Als Mojeb den Lagerplatz Temeluas erreichte, setzte sein Herzschlag schier aus. Auch dort drängten sich Fremde! Er kämpfte sich durch sie hindurch, bis er zu Seffenaiu kam, der im Gras saß. In seinen Armen hielt er einen aufgelösten jungen Mann. Dieser hatte auf seinen Schoß den Kopf einer jungen Frau gebettet. Sie rührte sich nicht. Ein blutiger Fleck färbte ihr Gewand.

»Makkatalla!« rief der junge Mann verzweifelt. »Makkatalla! Makkatalla!«

»Er hat sie durch das halbe Lager hierher getragen«, flüsterte eine unsichtbare Stimme.

Mojeb wußte sofort bescheid. Seffenaiu mußte sich sobald nicht mehr davor fürchten, daß man ihn bäte, die Rolle des Bräutigamvaters zu übernehmen oder daß ihm fremde Enkel auf den Schoß gesetzt würden. Diese Nacht hatte ihn davor bewahrt.

Unter einem der Wagen entdeckte Mojeb die Gouvernante des Grafen. Sie hatte sich ganz klein gemacht. Ihre Lippen waren in Bewegung, als spräche sie in einem fort, doch kein Laut kam aus ihrem Mund. Der Graf stand abseits. Allein, unbeachtet, die Puppe wie stets im Arm, starrte er reglos vor sich hin. Mojeb nahm ihn auf und trug ihn in den Wagen, in dem er selbst schlief. Dort bettete er ihn auf den Federmantel, schlug ihn darin ein und legte sich mit blanker Klinge daneben. Im Augenblick vor dem Schlaf erinnerte er sich, daß der letzte Mensch außer ihm selbst, dem der Mantel als Ruhekissen gedient hatte, in einem Erdnußfeld verblutet war. Doch daran konnte er nun nichts mehr ändern.

Mojeb erwachte früh. Dennoch erblickte er, wohin er sah, Zeugnisse bevorstehenden Aufbruchs. Überall machte man sich reisefertig. Er sprach Seffenaiu an, der offenbar die Nacht durchwacht hatte: »Die Wahl des Königs scheint nicht mehr stattzufinden?«

»So ist es. Auch wir werden heute nach Temelua zurückkehren. Große Eile ist aber nicht geboten. Der Graf ist sicher. Ihm trachtet niemand nach dem Leben.«

Mojeb sah ihn zweifelnd an.

»Er ist zu jung«, erklärte Seffenaiu. »Elf starben in dieser Nacht – jedenfalls, soweit gegenwärtig bekannt ist. Keiner war älter als siebzehn, keiner jünger als fünfzehn. Das haben sie alle gemein: ihr Alter.«

»Wo ist der Sinn?«

»Der ist gar nicht so verborgen«, antwortete Seffenaiu mit künstlichem Lächeln. »Wer die ältesten Geschwister tötet, kann sicher sein, daß ihre Brüder und Schwestern jünger sind. Das ist eine einfache Wahrheit. Sind diese ältesten Geschwister gerade alt genug, einen König zu wählen, so wißt Ihr, daß die jüngeren es nicht sind. Eine Verschwörung, Mojeb. Wir wurden Zeuge einer durch und durch ruchlosen Verschwörung. Jemand hat offenbar beschlossen, es sei besser, wenn dieses Land keinen neuen König habe. Dafür hat er gesorgt. Er hat sozusagen die jungen Keime zertrampelt.«

»Warum?«

»Fragt mich nicht. Ein einziger mag dahinterstecken, vielleicht auch mehrere. Wer weiß, wie lange die Mörder schon am Werk sind? Seit Tagen? Seit Wochen? Oder waren sie es gar bereits zu Lebzeiten Sallimvallus? Wer denkt schon, daß ein Unfall hier und einer am anderen Ende des Königreiches in irgendeinem Zusammenhang stehen könnten? Es mag widersinnig klingen, doch ich wünschte, wir erführen nie, wer hinter den Anschlägen dieser Nacht steckt. Aber das wird nicht so sein, Mojeb. Wir werden noch oft von ihm oder von ihnen hören. Andernfalls wären diese elf Morde sinnlos gewesen. Versteht Ihr jetzt, warum wir uns um den Grafen erst in zehn Jahren sorgen müssen? Vorher kann er keinen König wählen.«

Mojeb stärkte sich und suchte sich einen ruhigen Ort zum Warten. Da der Aufbruch nicht zu eilen schien, war er nicht notwendig, die Nachtruhe des Grafen durch verfrühte Umtriebigkeit zu stören. Als Seffenaiu in seine Nähe kam, erinnerte er sich seines schon beinahe vergessenen Traumes und daran, was er ihn seit über zwei Wochen fragen wollte: »Was bedeutet *cocles*? Ihr sagtet, es sei ein Wort aus der *lingua dei*?«

»Daran erinnere ich mich gar nicht. Aber es bedeutet einäugig.«

»Einäugig?«

»Ja. Nur ein einziges Auge.« Zur Verdeutlichung bedeckte er mit der Hand die linke Hälfte seines Gesichtes.

Mojeb sprang auf und rannte wortlos weg. Überall, wo er vorbeikam, schreckte er die Frühaufsteher auf, die sichtlich angespannt den nächsten unheilvollen Ruf erwarteten: »Mord! Mord! Mord!«

Erst vor dem Lagerplatz der Herrin von Latuhelanaga blieb er stehen. Ihre Beschützer verstellten ihm mißtrauisch den Weg.

»Ich gehöre zum Grafen von Temelua«, gab sich Mojeb zu erkennen. »Doch ich will nur einen eurer Leute sprechen. Einen Schwertwebel. Er ist füllig und wahrscheinlich recht oft schlecht gelaunt.«

»Sind sie das nicht alle«, antwortete ein Soldat feixend.

»Meinst du mich?« Der Gesuchte trat in Mojebs Blickfeld. »Ich habe dich schon gestern erkannt, als ich mit meiner Herrin bei euch war«, erklärte er. »Du bist der Gefangenenwärter, der einen Kerker suchte.«

»Ich erinnere mich ebenfalls an dich. Auch an das Dorf, wo wir uns begegneten.«

»Wer könnte das je vergessen! So viele Nächte bin ich unwillentlich dorthin zurückgekehrt.«

»Habt ihr diesen Kokles gefangen?«

»Den falschen Priester? Nein, beim Buckligen! Ich hoffe, er verfault lebendigen Leibes.«

»Ein Priester?«

»Jedenfalls gab er sich als einen aus. Warum hätten ihm die armen Trottel sonst glauben sollen?«

»Und die Kinder? Du erwähntest, zwei Kinder seien entkommen. Haben sie ihn euch beschrieben? Ist ihnen etwas an ihm aufgefallen? Vielleicht an seinen Augen?«

»Das Mädchen und sein Brüderchen. Ja, erinnere mich gut an sie. Voller Angst. Viel mehr als Hilferufe waren nicht aus ihnen herauszubekommen. Die kleinen Blümchen sind einfach so verwelkt. Ist das nicht grausam? Drei Tage haben sie sich versteckt, und als sie endlich keine Angst mehr haben mußten, sind sie in nicht einmal vier Wochen verblaßt.«

»Ihr habt also nichts mehr herausfinden können?«

»Nein, nichts. Die Würmer sollen ihn fressen!«

Auf dem Rückweg hatte Mojeb ständig Seffenaius Stimme im Ohr: *Ich wünschte, wir erführen es nie. Doch ich fürchte, das wird nicht so sein.*

Er wünschte sich dasselbe.

Er wünschte sich, daß er sich irrte.

Er wünschte sich, daß er nie erführe, was ein Ungeheuer, das zwei Dörfer in den Tod getrieben hatte, einer ganzen Stadt zufügen mochte.

Von der Rückkehr des verlorenen Kerkermeisters

Haus im Kohlpalmenviertel, 17. Tag des Mosquitomondes, im 458. Jahr der Abwesenheit Gottes

Die Ziegen auf dem Dach waren unzufrieden, wie ihr Meckern verriet. Unwillkürlich schaute Mojeb nach oben. Doch die Tiere blieben seinem Blick entzogen. Er sah nur die Dachkante und darüber die tiefhängenden Wolken, die heute fast so grau waren wie in den Wochen des Großen Regens. Daß Keloe ihn nicht sogleich erkannte, wunderte ihn nicht. Er wußte selbst, daß das kurzgeschorene Haar sein Aussehen beträchtlich veränderte. Nicht unbedingt zum Besseren, wie er meinte. An seinen neuen, schmalen und viel zu haarlosen Kopf konnte er sich nicht gewöhnen. Auch sonst hatte er Wert darauf gelegt, dem Mojeb, der vor zwei Monden Sadi eilig verlassen hatte, möglichst wenig zu ähneln. Sicher war sicher. Dabei hatte er auf eine wesentliche Veränderung seiner Erscheinung nicht einmal Einfluß gehabt.

»Tritt ein«, rief Keloe ehrlich erfreut aus und gab die Tür frei. »Schaut mal, wer gekommen ist!«

Mojebs ehemalige Gefangene waren beim Essen.

»Nun wird alles gut«, erklärte Omaru, ohne eine Miene zu verziehen. »Er wird jeden verprügeln. Gleich morgen soll er damit beginnen. Warum trägt er jetzt einen Rock?«

Der Rock war die Veränderung, auf die Mojeb gern verzichtet hätte. Nach der Mordnacht bei Manahaui war ihm jedoch keine Wahl mehr geblieben, als sich den heimischen Sitten zu unterwerfen. Was den groben Häschern Sadis mißlungen war, hatte das beständige Nagen der Zeit erreicht. Auf Temelua hatte Mojeb das ungeliebte Kleidungsstück zwar ertragen, doch seitdem er wieder in Sadi war, kam er sich lächerlich darin vor. Daß er bekleidet war wie alle anderen, änderte nichts an diesem Gefühl.

Anders als Omaru wirkte Tiugugu im ersten Augenblick erschrocken. Doch dann besann er sich auf die Gepflogenheiten der Gastfreundschaft und füllte eine Holzschale mit dem Getreidebrei, den die drei aßen.

»Die Schale gehörte dem Schlafburschen«, sagte Omaru.

»Wir hatten eine Zeitlang einen Untermieter«, erklärte Keloe. »Aber dann wurde er uns unheimlich.«

»Wenn ihn Mama Apikaila nicht schlechtgemacht hätte, so könnte er noch immer hier wohnen«, widersprach ihr Tiugugu. »Aber wenn einem ständig jemand in den Ohren liegt, der Untermieter sehe aus wie einer, der einem nachts die Köpfe abschneidet ...«

»Der war doch selbst ganz froh, wieder wegzukommen«, meinte Omaru. »Wahrscheinlich hat sie ihm dasselbe von uns erzählt. Sie hat jetzt nur noch eine Freundin. Die anderen beiden hatten kurz hintereinander Fehlgeburten.«

»Was mich nicht wundert«, flocht Keloe ein. »Sie hatten kaum etwas zu essen. Du ahnst ja nicht, wie es hier mittlerweile zugeht. Wer denkt schon, daß man sich in einer Stadt am Meer den Fisch nicht mehr leisten kann! Es heißt, die Fischer müßten dafür zahlen, daß ihnen das Pack nicht die Boote zerschlägt. So etwas hört man dauernd.«

»Welches Pack?«

»Halunken, Stadtwachen, Geschäftemacher. Such dir jemanden aus. Angeblich haben sie sogar Palmen gefällt, nur damit alles noch teurer wird.«

»Die waren krank«, sagte Tiugugu. »Manchmal hat man da keine Wahl. Ein paar müssen weg, sonst sterben alle.«

»Ach!« seufzte Keloe hilflos. »Omaru hat übrigens schon wieder eine widerliche Arbeit. Er sammelt jetzt Scheiße.«

»Das stimmt nicht«, widersprach Omaru. »Ich sammle Kakaobohnen. Die kann man verkaufen.«

»Und wo sammelst du die? Los, erzähl es Mojeb!«

Omaru stellte seine Eßschale ab. »Kennst du Palmenroller? Das sind kleine Pelztiere.«

»Ach!« sagte Mojeb überrascht. Er hatte nie drüber nachgedacht, wie der *Schurkische Palmenroller* zu seinem Namen gekommen war.

»Sie essen gern Früchte, auch Kakaofrüchte. Aber die Steine mögen sie nicht. Deswegen kann man sie nachher aufsammeln.«

»Er sammelt ihre Scheiße auf!«

»Nur die Bohnen. Sie bringen mehr ein als gewöhnliche, die man gleich aus der Frucht holt, und sollen sehr gut schmecken.«

»Wie Palmenrollerscheiße eben schmeckt«, warf Tiugugu ein. Omaru blickte ihn einen Augenblick lang fest an. Dann sagte er: »Tiugugu sammelt jetzt Holz mit den Kindern. Manchmal verhauen sie ihn.«

Mojeb war nicht erstaunt darüber, daß dem kleinen Mann das Thema unangenehm war. Das Feuerholz Sadis stammte aus Wäldern, die rund zehn Meilen südlich der Stadt auf der anderen Flußseite lagen. Auf Grund alter Verträge war es den Einwohnern gestattet, dort kostenlos Fallholz zu sammeln. Es war eine Arbeit für Kinder und alte Leute. Sie brachen morgens in einer großen Schar auf, setzten in Booten über den Fluß und zogen am Totenanger vorbei, der gelegentlich für Mutproben herhalten mußte. Abends kehrten sie wieder zurück. Als Omaru noch der Gehilfe des Schinders gewesen war, hatte er es einmal erwähnt. Das Reisig verkauften die Kinder oder ihre Verwandten später auf dem Markt, doch viel war nicht damit zu verdienen.

»Das waren keine kleinen Kinder«, murmelte Tiugugu.

»Das war auch nicht ernst gemeint«, gab Omaru gutmütig zu. »Jemand hat ihm aber auf dem Markt gedroht, daß er ihn verprügeln werde, wenn er ihm nichts abgebe.«

»Davon hast du gar nichts erzählt«, warf Keloe dem kleinen Mann aufgebracht vor.

»Es war nicht so schlimm«, wiegelte Tiugugu ab. Auch darüber schien er nicht gern zu reden.

»Was ist sonst geschehen?« fragte Mojeb. »Als ich abreiste, gab es einige Aufregung.«

Keloe spielte mit, indem sie sich gab, als wäre ihr nie in den Sinn gekommen, Mojebs Verschwinden aus der Stadt könne mit den Vorfällen zusammenhängen, über die er nun Auskunft erhalten wollte. »Eine Reihe von Kaufleuten und Handwerkern hatte sich gegen die Vögtin verschworen. Sie wurden erwischt. Die meisten konnten sich freikaufen, aber ein paar wurden hingerichtet.«

Mojeb ließ sich die Namen der Getöteten nennen. Der Bedeutendste von ihnen war der einstige Herr über die Lagerhäuser im Hafen: Mekaelu. Den Rest kannte er kaum dem Namen nach. Anders sah es bei denen aus, die sich freikaufen durften. Hier war ihm nicht nur ein Name geläufig. Welch sonderbares Mißverhältnis: der Reichste und einige Mitläufer! Vielleicht hatten die Herrin der Stadt und ihr Berater damit nur ein Zeichen setzen wollen, ohne sich selbst zu schaden. Denn wenn wieder bessere Zeiten kämen, würden sie die geschäftlichen Verbindungen der Aufrührer benötigen. Sie konnten sich nicht leisten, alle umzubringen, also begnügten sie sich damit, sie zu schröpfen.

Wer jetzt die Geschäfte Mekaelus führe, erkundigte sich Mojeb.

Seine Frau, wußte Keloe zu berichten. Doch der gehöre längst nicht mehr alles.

Als Mojeb schließlich fragte, ob er wieder in die Wohnung einziehen könne, war Keloe sofort einverstanden. Sie sei gleich davon ausgegangen, als sie ihn an der Tür erkannt habe. Lächelnd bekundete sie, daß es ihr vor allem ums Geld gehe, doch daß ihr ein Mitbewohner, den sie kenne, auch allemal lieber sei als ein Fremder, der sich womöglich als der *Ruchlose Hacker* erwiese. Nur dürfe er ihnen fortan keine Befehle mehr erteilen oder Witze erzählen. Sie seien jetzt wieder frei, das habe er hoffentlich nicht vergessen?

Omaru fiel gleich ein weiterer Nutzen ein: »Wenn Tiugugu auf dem Markt Brennholz verkauft, dann kannst du mitgehen und jeden verprügeln, der ihm den Arm verdrehen will.«

Der Vorschlag sei sehr verlockend, stimmte Mojeb zu. Im stillen wunderte er sich über den Mann mit dem Gezeitengesicht. Er hatte ihn friedlicher in Erinnerung.

Lediglich Tiugugu war von dem Gedanken nicht allzu angetan. »Die Stadtwache sucht dich bestimmt immer noch«, sagte er und brachte damit auf den Tisch, worüber Keloe hinweggesehen hatte. Sie und Omaru erklärten sogleich, davon noch gar nichts gehört zu haben. Woher er das habe?

Er wisse es eben, beharrte Tiugugu auf seiner Behauptung.

Mojeb fand es angebracht, selbst etwas dazu sagen: »Sie haben mich nie gesucht. Ich bin nur deshalb aus der Stadt verschwunden, weil ich etliche der Leute kannte, die sich verschworen hatten. Ich war oft genug ihr Beschützer. Das ist alles. Ihr wißt, wie die Stadtgardisten sind. Womöglich hätten sie mich aus reiner Willkür zu Tode geprügelt, nur um etwas zu erfahren, das ich ihnen gar nicht verraten konnte. Das war reine Vorsicht.«

Dennoch ließ sich Tiugugu erst von Keloes Bemerkung überzeugen, daß sie nicht noch einmal einen Unbekannten aufnehmen werde. Sie sei es leid, mit offenen Augen zu schlafen und Alpträume zu haben.

»Außerdem trägt er jetzt einen Rock«, fügte Omaru hinzu.

Gegenwärtig, dachte Mojeb grimmig, gegenwärtig.

Wo ist das Licht?

Haus im Kohlpalmenviertel, in der Nacht vom 17. auf den 18. Tag des Mosquitomondes, im 458. Jahr der Abwesenheit Gottes

Ein leichter Luftzug strich über Mojebs Gesicht. Die Wohnungstür mußte offen stehen! Trotz seiner wochenlangen Abwesenheit hatte er nicht vergessen, wie stickig die Luft hier nachts wurde. Er lauschte, hörte aber kein anderes Geräusch außer einem hohen, klagenden Singsang, der von draußen hereinwehte: »Wo ist das Licht? Wo ist das Licht?«

Leise erhob er sich und schlich zur Tür. Er hatte sich nicht getäuscht. Sie war geöffnet worden. Er berührte sie, was sie leise knarren ließ. »Nicht zumachen«, hörte er Keloe flüstern. »Ich stehe hier draußen.«

»Wo ist das Licht?« klagte die Stimme. »Wo ist das Licht?«

Mojeb trat hinaus auf den Rundgang und stellte sich neben

Keloe, die sich mit den Unterarmen auf die Brüstung stützte und in den Hof hinabschaute. Dort wanderte eine Frau im weißen Sarong mit einer Laterne umher. Sie war es, die klagte: »Wo ist das Licht? Es ist fort und kommt nicht mehr zurück. Alles ist dunkel. Alles ist grau. Ich sehe nichts. Alle Farben sind blaß und kränklich.«

Mojeb erschauderte bei ihrem Anblick. Er mußte an die Tote denken, die Seffenaiu noch immer betrauerte – weißbekleidet, doch auf unheimliche Weise dem Grab entstiegen! Er wischte das Bild beiseite, das nur die Dämmerung zwischen Schlaf und plötzlichem Erwachen hervorgebracht haben konnte. Denn wenn man sich bei den Toten auf eines verlassen konnte, dann darauf, daß sie nicht zurückkehrten. Anders als die Lebenden waren sie berechenbar. Daher brachte man Menschen ja auch um. Die Welt wurde dadurch vorhersehbarer. Zudem trug die Frau im Hof nicht einmal einen reinweißen Sarong, sondern nur ein helles Gewand mit dunklem Batikmuster.

»Alles ist grau, nichts ist blau«, sang sie. »Alles ist grau.«

Mojeb hörte leise Stimmen. Demnach waren Keloe und er nicht die einzigen, die das Klagen nach draußen gelockt hatte. Ein Säugling brüllte.

»Ich vergesse stets, wie schlimm das für euch sein muß«, flüsterte Mojeb. »Wo ich herstamme, gibt es selbst im Sommer nicht annähernd so viel Licht und solche Farbenpracht, wie ihr es gewohnt wart. Bei uns legt sich die Welt einmal im Jahr zur Ruhe. Dann werden die Tage düster und kurz. Ich sage nicht, daß es uns so gefiele, doch es ängstigt uns nicht.«

»Still! Ruhe! Geh doch wieder schlafen«, verlangten jetzt vereinzelte Rufe. Ein zweites Kind schrie. Die Frau kümmerte sich nicht um die Ermahnungen. Vielleicht nahm sie sie nicht einmal wahr.

»Warum ist es so dunkel?« jammerte sie.

»Weil es verdammt noch mal Nacht ist, du blöde Sau!« erklang eine zornige Antwort.

»Du hast noch nicht alles erfahren«, murmelte Keloe plötzlich. »Fipi hat ein Kind zur Welt gebracht. Außer Mama Apikaila,

Omaru, mir und zwei weiteren Frauen weiß niemand etwas davon. Nicht einmal Tiugugu. So muß es bleiben.«

»Was ist geheim daran? Soweit ich weiß, hat keine von Mama Apikailas Anhängseln jemanden, der daran Anstoß nehmen könnte.«

»Es hat vier Arme.«

Mojeb warf ihr einen Blick zu. Keloes lange Haare verbargen ihr Mienenspiel. Er nickte sacht. Es war mitten in der Nacht, und im Hof lief eine Verrückte umher, die unheimliche Klagen ausstieß. So leicht ließ er sich nicht foppen. Gelassen antwortete er: »Der heilige Malachias kämpfte bei Azulano gegen ein Ungeheuer namens Kikorangi. Das hatte sogar sechs Arme.«

Keloe sah ihn ernst an: »Es war kein Scherz. Es hat zwei Köpfe und vier Arme.«

Mojeb schwieg längere Zeit. »Habt ihr die Priester verständigt?«

»Bei allen Heiligen, nein! Fipi befürchtet, daß sie ihr das Kind wegnehmen werden.«

»Das werden sie ganz sicher«, stimmte Mojeb zu. »Doch wenn sie es verschweigt und es herauskommt, so droht ihr eine Anklage wegen Ketzerei. Ich habe einmal gesehen, was das für Folgen haben kann. Das ist niemandem zu wünschen. Ein solches Geheimnis kann auch nicht beliebig lange gehütet werden. Das kommt raus.«

»Du darfst es nicht weitererzählen«, flehte ihn Keloe an. »Versprich es!«

»Was macht ihr hier draußen?« fragte plötzlich Tiugugu und trat nun ebenfalls aus der Wohnung.

»Wir schauen der weißen Frau zu«, antwortete Keloe erschrocken.

»Warum?«

»So eben. Doch du hast recht. Laßt uns lieber wieder schlafengehen.« Sie zwängte sich an Tiugugu vorbei, um ihren eigenen Rat zu befolgen.

Wieder auf seinem Lager liegend, lauschte Mojeb dem Klagen noch so lange, bis es urplötzlich erstarb.

Er meinte nur in einen kurzen Schlummer gefallen zu sein, als er wieder erwachte. Tiugugu schnarchte, Keloe weinte leise. Omaru schien bei ihr zu sein.

»Wovor fürchtest du dich?« hörte Mojeb ihn brummeln.

»Ich weiß nicht, wovor. Ich habe ständig Angst. Vor heute, vor morgen, ich weiß nicht warum. Sie ist immer da. Ich erwache und möchte weglaufen. Aber ich weiß nicht, wohin. Ich möchte nicht da sein, wo ich bin.«

»Ich habe auch oft Angst«, bekannte Omaru. »Aber jetzt wird alles gut. Wir sagen ihm einfach, er soll uns wieder als seine Gefangenen nehmen. Dann kann er uns von hier wegführen.«

Um noch einmal auf Hosen zurückzukommen

Haus im Kohlpalmenviertel, 18. Tag des Mosquitomondes, im 458. Jahr der Abwesenheit Gottes

Einige Frühaufsteher warteten stumm bei dem gemauerten Bekken, wo sonst die Wäsche gewaschen wurde. Den Grund dafür hatte Mojeb schon auf der Treppe erkannt. Trotzdem begab er sich nun ebenfalls dorthin, wo die tote Frau lag. Ganz deutlich war zu erkennen, wo sie in der Nacht auf ihrer Suche nach dem vermißten Licht entlanggegangen war. Das Blut, das aus ihren Adern geströmt war, hatte Spuren in den Sand gezeichnet. Es hatte auch den hellen Stoff ihres Sarongs mit dunklen Flecken versehen und damit das vermeintliche Batikmuster vorgetäuscht. »Sie hat sich die Adern geöffnet«, erklärte eine Frau leise. »Hast du sie heute nacht rufen gehört? Ich will nicht wissen, wie viele ihr beim Sterben zusahen, ohne es zu ahnen. Ist es nicht schrecklich?«

»Das ist es«, stimmte Mojeb zu. »Doch sie hatte einen schlechten Grund, um zu sterben.«

»Was wäre denn ein guter?«

»Den gibt es nicht. Es gibt nur schlechte.«

Mojeb wollte zum Hafen. Das Rumpf- und Plankenviertel war weitergewuchert in den verstrichenen Wochen. Dennoch fand er die Werkstatt des Schneiders sofort. Der junge Handwerker, seine Teilhaberin und drei weitere Jugendliche schliefen noch. Die Werkstatt war ihrer aller Zuhause.

»Was willst du?« fragte der Schneider gähnend. Er wischte sich den Schlaf aus den Augen und fuhr durch sein verstrubbeltes Haar. Als seine Finger die kahle Stelle berührten, verzog er das Gesicht. Offenbar war sie noch empfindlich.

»Ich möchte die Hose abholen, die ich in Auftrag gab«, antwortete Mojeb.

»Ich erinnere mich an dich, aber du sahst anders aus. Da du deine Hose nicht abgeholt hast, habe ich sie wieder aufgetrennt und den Stoff anderweitig verwendet. Ich muß von vorn beginnen.«

»Wie lange benötigst du dafür?«

»Ich werde mich gleich daransetzen. In drei Tagen kannst du sie abholen. Doch komm nicht so früh wie heute.«

Nun erwachte auch die Teilhaberin.

»Er hat schon bezahlt«, teilte ihr der Schneider mit. Mojeb bezweifelte, daß das Mädchen überhaupt verstand, wovon er sprach.

Er verließ den Hafen und begab sich in die Innenstadt. Unterwegs mußte er sich eingestehen, daß das Tragen eines Rockes Vorteile hatte. Die Stadtwachen beachteten ihn nicht. Dennoch war er nicht gewillt, künftig auf die Hose zu verzichten. Er würde nicht nachgeben, nicht denen!

Beim Markt angekommen, hielt Mojeb Ausschau nach Tiugugu. Der kleine Mann hatte zwar nicht erwähnt, daß er heute hier zu tun hätte, doch ausgeschlossen war es nicht. Mojeb entdeckte ihn aber nicht. Beim Palast ging irgend etwas vor, von dem noch nicht ersichtlich war, worauf es hinauslief. Das große Tor stand offen, und Knechte und Gardisten strömten ein und aus.

Mojeb achtete nicht weiter auf dieses Treiben und wandte

sich dem dritten Pfeiler städtischen Lebens nach Herrschaft und Handel zu, nämlich der Basilika des Abwesenden Gottes.

Seit seiner Entdeckung bei Manahaui fühlte sich Mojeb innerlich zerrissen. In manchen Stunden bestand für ihn kein Zweifel daran, daß der angebliche Priester, der zwei Dörfer auf dem Gewissen hatte und sich »Einäugiger« nannte, und der einäugige Priester, der urplötzlich zu Einfluß gekommen und mutmaßlich die treibende Kraft hinter den Hinrichtungen in Sadi gewesen war, ein und dieselbe Person sein mußten. An anderen Tagen erschienen ihm alle Belege für seinen Verdacht willkürlich zusammengefügt. Seffenaiu hatte behauptet, *Kokles* stünde für *cocles*. Mußte es deswegen stimmen? *Kokles* hatte sich fälschlich als Priester ausgegeben. War deswegen jeder einäugige Priester gleich ein falscher? *Kokles* hatte aus Habgier zwei Dörfer ausgemerzt. Mußte man niedere Gründe haben, um zum Ungeheuer zu werden? Gewiß nicht. Auch Bestien nahmen gern die Worte *edel*, *erhaben* und *heilig* in den Mund.

Doch vor allem nachts, beim Einschlafen und Erwachen, zählten die Stunden für ihn mehr als die Tage. Daher stand er jetzt hier.

Mojeb drückte gegen das Tor mit dem roten Gottesstern, doch es gab nicht nach. Da es offenbar verschlossen war, suchte er nach irgendeiner Möglichkeit, um sich bemerkbar zu machen, wie etwa einem Türklopfer oder einem Glöckchen. Vergebens. Also ging er um die Basilika herum, bis er einen Nebeneingang fand. Dieser hatte mit dem großen Tor gemein, daß auch hier nichts zu erblicken war, womit ein Besucher Einlaß begehren konnte. Kurzentschlossen trommelte Mojeb mit der flachen Hand gegen die Tür. Nach einigen Schlägen sprach ihn eine ältere Frau an, die mit kleinen Schritten an dem Gotteshaus vorbeischlurfte. »Die Basilika ist heute nicht geöffnet«, meinte sie. »Geh lieber zu einem Schrein.«

»Wann ist sie denn geöffnet?«

»An wichtigen Festtagen. Nur dann. So lange willst du vielleicht nicht warten?«

»Keinesfalls. Ich suche einen Priester. Irgendwo muß es doch einen geben?«

»Ja«, antwortete die Alte und schaute zum Palast. »Was geht denn da vor?«

Mojeb folgte ihrem Blick. Beim Palasteingang hatte sich ein Spalier von Bewaffneten aufgereiht. Schneckentrompeten forderten Aufmerksamkeit ein.

Mojeb besah sich das Ganze einige Augenblicke, dann wandte er sich wieder der Frau zu. Sie war inzwischen weitergegangen. Wie viele andere zog es sie zum Palast. Nun erblickte er auch Stadtwachen, die jeden Säumigen auf dem Markt ermahnten, sich ebenfalls zum Palasttor zu begeben. Händlern, die wegen ihrer Waren zögerten, versicherten sie, gut darüber zu wachen, daß nichts wegkäme. Sie wirkten so glaubwürdig wie Haie, die bekundeten, nur wegen des Tangs in eine fischreiche Bucht geschwommen zu sein. Mojeb wartete nicht ab, bis er ebenfalls eine Auforderung erhielte. Zudem war er neugierig. Deshalb folgte er allen anderen zum Palasttor.

Sadis Herrin ließ ihre Untertanen jedoch noch einige Zeit warten. Als sie sich schließlich zeigte, tat sie es auf eine Weise, an die die Erbauer des herrschaftlichen Gebäudes nicht gedacht hatten. Sie kam auf Pferdesrücken aus dem Palast geritten, gefolgt von vier weiteren Reitern. Der Hufschlag der Pferde klang hohl auf den Brettern, die als Rampe über die Stufen des Eingangs gelegt worden waren.

Nachdem abermals Schneckentrompeten erklungen waren, sprangen Herolde herbei, um den Willen der Herrin zu verkünden, denn daß sie selbst spräche, war ausgeschlossen. Im Schatten des Eingangs vermeinte Mojeb den Menschen zu erkennen, den viele in Sadi nur den Blutpfaffen nannten.

Mojeb hatte die Vögtin noch nie gesehen. Daher fragte er sicherheitshalber den Nächstbesten: »Wer ist die Frau auf dem Pferd?«

»Die Vögtin.«

»Woher weißt du das?« Mojeb erschien die Frage berechtigt zu sein. Denn alles, was er sah, war eine mittelgroße, schmale Frau in teuren Gewändern, deren Gesicht von Haaren verborgen war.

»Wer sollte es sonst sein?«

»Ein Ersatz. Eine Zofe vielleicht.«

»Aber warum?«

»Aus Sicherheitsgründen. Von hier aus wäre es ein leichtes, die Vögtin mit einem Bolzen aus dem Sattel zu holen.«

Sein Nachbar blickte ihn erschrocken an und sah zu, daß er wegkam. Hastig zwängte er sich durch die Umstehenden.

»Ich habe es nicht vor«, sprach Mojeb laut genug zu sich selbst. »Ich habe es wirklich nicht vor. Es fiel mir nur ein. Aus reiner Besorgnis.«

Einer der Herolde verlas nun die Verlautbarung der Vögtin. Während der langen Jahre im Dienste vieler Herren hatte Mojeb etliche Ansprachen ertragen müssen. Wie manch anderer seiner Zunft hatte er gelernt, sich solange in sich selbst zu vertiefen. Was kümmerten ihn die Reden eines gegenwärtig Mächtigen, der glaubte, seine Worte könnten ihn in der Zukunft unsterblich machen, oder der sich einbildete, mit Wortgeplätscher der unleugbaren Gegenwart einen edleren Anstrich verleihen zu können? Nichts.

Wichtig war nur, die inneren Gefilde rechtzeitig zu verlassen, um genau dann – wenn es erwartet wurde – zu jubeln und »Hoch! Hoch!« zu rufen, oder um die wenigen Sätze mitzubekommen, die unter dem Wust der anderen verborgen waren. Doch das war nur eine Frage der Übung.

Die Vögtin in Gestalt ihres Heroldes kam erst nach längerem Vorgeplänkel zur Sache. Die Stimme der Herrin Sadis wetterte gegen die, die unehrlich bei ihren Abgaben waren, die Güter heimlich horteten, ihre Besitztümer nicht offenlegten und insgesamt vorenthielten, was sie alles besaßen. Sie brandmarkte die Betrüger, die verstohlenen Geschäftemacher, die Uneinsichtigen, die Zwielichtigen, die Sünder und alle, alle, alle, die schlecht über die Obrigkeit sprachen. Ihnen wurde unerbittliche Strenge und Bestrafung in Aussicht gestellt. Schon bald würden die Schlimmsten zur Rechenschaft gezogen werden!

Nach dieser Drohung schlug der Herold einen versöhnlicheren Ton an. Sichtlich ergriffen verkündete er, daß die schlimmen Zeiten höhere Steuern und neue Pflichten notwendig machten.

Diese Opfer seien nötig, denn nur Opfer führten zum Licht. Also möge sie jeder ohne zu murren erbringen!

Das war keine frohe Botschaft, doch niemand, der am Ende der Rede unter der Aufsicht der Stadtwachen zu Beifallsbekundungen gezwungen war, hatte eine solche erwartet. Während sich die Versammlung rasch auflöste, kam Mojeb zu dem Entschluß, daß es nicht schaden könne, mit Kaperielu über seinen Verdacht zu sprechen. Er versuchte ihn zunächst in seinem Kontor zu erreichen, wo er an diesem Tag noch nicht gesehen worden war. Also machte sich Mojeb zu seinem Wohnhaus auf. Als es in Sichtweite kam, verlangsamte er seine Schritte und blieb stehen.

Auf dem Rasen vor dem Haus standen Kaperielus Familie und seine Dienerschaft. Drei Gardisten bewachten sie nachlässig. Sie sollten wohl vor allem gewährleisten, daß ihre Kameraden ungestört ihrer Tätigkeit nachgehen konnten, nämlich alles, was nicht niet- und nagelfest war, aus dem flachen Gebäude zu schleppen. Geteilt werden würde später. Daß der Hausherr nirgends zu sehen war, erstaunte Mojeb nicht. Fraglos gehörte sein früherer Schützling zu den Uneinsichtigen, mit denen die Vögtin abrechnen wollte.

Jemand läßt die Hosen herunter

Lasaluis Haus, Lotsenviertel, 18. Tag des Mosquitomondes, im 458. Jahr der Abwesenheit Gottes

Aus dem Fenster eines Nachbargebäudes kam schwermütiger Gesang: »Doch sie verschwand während des Großen Regens!«

Mojeb war völlig überrascht, als sich die Haustür des Kaufmanns Lasalui öffnete und er Bock gegenüberstand. Die rotblonde Frau erkannte ihn sogleich: »Was dreibsd du hier?«

»Dasselbe könnte ich dich fragen«, entgegnete er. »Warst du nicht bei Iutasu in Diensten?«

»Der Gauffmann Iudasu had mich rausgeworfen. Saugerle haben bei ihm eingebrochen und etwas gesdohlen. Mir had er die Schuld dafür gegeben. Das war nichd gerechd. Ich war nichd mal zu Hause. Wär ich's gewesen, so hädde ich die Saugerle windelweich gebrügeld!«

Mojeb vermied es, Bock ins Gesicht zu sehen: »Zweifellos hättest du das. Gerecht war es nicht.«

»Was isd mit deinen Haaren geschehen?« fuhr Bock fort. »Du sieshd aus wie ein Idiod. Aber ich gomme drodzdem mid, wenn du mich abholen willsd.«

»Ich möchte zum Kaufmann.«

»Ich weiß nichd, ob er da isd. Vielleichd ja, vielleichd nein. Villeichtd mußd du mich auch besdechen. Ich weiß schon wie.«

»Es ist ernst, Bock. Sehr ernst.«

»Misd«, meinte Bock. Wachsam spähte sie in beide Richtungen der Straße. »Gomm rasch rein. Er isd oben.«

Lasalui war ein Fünfziger mit harten Zügen und düsterer Ausstrahlung. Das Zimmer, in dem er sich aufhielt, war unordentlich. Der Kaufmann hielt offenbar wenig davon, Bücher oder Schriften, die er benötigt hatte, wieder zurück an ihren Ort zu stellen. Sie türmten sich auf Tisch und Stühlen. An den Wänden hingen Dinge, die einen Erinnerungswert für ihn haben mußten. Als Raumschmuck konnten sie nicht gedacht sein, denn dafür waren sie meist zu alltäglich. Hinter einer geschlossenen Tür hörte Mojeb die Stimme einer Frau und mehrerer Kinder. Sie sprachen abwechselnd und ließen an ein Frage-und-Antwortspiel denken.

Im Gegensatz zu Bock war für den Kaufmann sein Besucher ein unbeschriebenes Blatt. Mojeb erklärte ihm, wer er sei, und kam unverzüglich zum Grund seines Besuches: »Ich komme geradewegs vom Hause Kaperielus. Er wurde verhaftet. Wahrscheinlich ist er nicht der einzige. Ich fürchte, daß er nur noch wenige Tage zu leben hat, wenn nichts geschieht. Er ist ein guter Mann. Er hat verdient, daß man ihm hilft.«

Mit unbewegtem Gesicht nippte Lasalui an seinem Kakao. Er blinzelte und antwortete: »Ich bin ebenfalls ein guter Mann. Ich verstehe jedoch nicht, was Ihr von mir wollt. Ich achte Pukam Kaperielu, aber wir sind keine Freunde.«

»Ich komme zu Euch, weil Ihr mir als jemand geschildert wurdet, der lieber heute als morgen der Tyrannei in Sadi ein Ende bereiten würde. Ich weiß nicht, an wen ich mich sonst wenden sollte. Diese Stadt wartet auf die Ungeduldigen.«

Lasalui verzog keine Miene. Er trank und blinzelte wiederum. »Habt Ihr eine Vorstellung, junger Mann, über wie viele Schergen die Vögtin gebietet?«

»Tausend?«

»Mehr.«

»Furzig!« stieß Mojeb verächtlich aus und machte eine unanständige Geste. »Die meisten von denen haben keine Ahnung vom Kämpfen. Sie sind gewöhnliche Schläger. Wenn es darauf ankommt, sind Eure Knechte nicht schlechter als sie.«

»Mag sein«, räumte Lasalui ein. »Doch während der vergangenen Monde haben sie sich daran gewöhnt, anderen Schmerzen zuzufügen, sie blutig zu schlagen oder umzubringen. Die, welche Ihr gegen sie aufzubieten wünscht, haben das nicht. Sie sind gewöhnliche Menschen, die davor zurückschrecken, andere zu verletzen. Zudem schätzt Ihr mich falsch ein. Ich bin kein Pukam. Ich trage nicht den langen Hut. Ich bin zwar bei den einfachen Handwerkern gut angesehen, aber ich beschäftige nur wenige Knechte. Selbst wenn sich alle Pukamen zusammenschlössen, wären die Zahlen allenfalls ausgeglichen. Doch dürft Ihr dabei eines nicht vergessen: Wir sind keine Fürsten. Wir haben keine Soldaten. Wir haben Knechte, Gesellen und Tagelöhner, die wir bezahlen. Wir können ihnen nicht zu kämpfen befehlen, wenn sie es nicht selbst wollen.«

»Ihr müßtet gar nicht gegen alle antreten«, erklärte Mojeb unbeirrt. »Es würde reichen, den Palast zu erstürmen. Wie viele Verteidiger mögen dort sein? Fünfzig, hundert, mehr nicht. Ihr habt es nicht mit getreuen Kriegern zu tun, die anschließend zum Gegenangriff antreten würden. Ein Kopf und ein fauler Leib, das ist alles. Lasalui, was erhofft Ihr zu erreichen, wenn Ihr wartet? Ihr werdet nicht stärker werden. Im Gegenteil! Ihr werdet so lange geschlagen werden, bis Ihr alle gebrochen seid.«

»Als hätte ich das nicht oft genug selbst gesagt«, brauste Lasalui auf. Er schoß hoch und schüttelte die Fäuste. »Die Pukamen haben verhindert, daß etwas geschah. Sie brüteten die törichte Idee aus, die neben vielen anderen auch einen der ihren das Leben kostete: den reichen Herrn Mekaelu! Sie dachten, jemand anderes könne uns befreien, irgendein mächtiger Herr! Gebt ihm Gold, dann wird er es schon tun! Daß ich nicht lache! Wißt Ihr was? Sie waren zu geizig! Sie haben mit ihm geschachert! Deswegen war er beleidigt und hat sie auffliegen lassen. Die reichen, geizigen Pukamen sind daran schuld, wenn es nicht besser wird. Und jetzt verlangt Ihr von mir, daß ich für einen von ihnen den Kopf hinhalte. Man wird ihn mir abschlagen. Für nichts! Gar nichts!«

Er setzte sich wieder und griff nach seiner Kakaoschale. Seine Erregung schien von einem Augenblick auf den anderen verflogen zu sein. Mojeb überlief es kalt. Lasalui war jemand, den man nicht unterschätzen durfte. Ruhig sprach der Kaufmann weiter: »Die Vögtin hat die Pukamen dort getroffen, wo es sie am meisten schmerzte, als sie ihnen ein Lösegeld abverlangte. Glaubt nicht, es sei der Tod Mekaelus gewesen. Der hat sie aus anderen Gründen erschreckt. Seine Frau hat sein Erbe angetreten. Sie ist schlicht und einfältig. Niemand zweifelt daran, daß binnen eines Jahres alles Geschichte sein wird, was ihr Gemahl aufgebaut hat. Diese Vergänglichkeit macht ihnen angst.«

»Ihr habt dennoch keine Wahl, wie immer Ihr dazu stehen mögt. Ihr ahnt nicht, mit welchem Ungeheuer Ihr es zu tun habt!« Mojeb erzählte Lasalui die Geschichte von Kokles. Er übertrieb an den Stellen, wo es ihm angemessen erschien, schmückte sie aus, verschwieg, was ihn selbst zweifeln ließ, und schilderte alles so, daß sein Zuhörer nicht merken sollte, auf welch tönernen Füßen sein Verdacht stand. Alles sollte rund und erwiesen klingen.

»Hübsche Geschichte«, meinte Lasalui unbeeindruckt. »Aber ich glaube Euch nicht. Zudem würde ein gewissenloser Mensch bei einer Stadt wie Sadi anders vorgehen als bei einem kleinen Dorf. Er hätte es nicht nötig, jeden in den Tod zu treiben. Seine Gier fände leichtere Wege. Ich durchschaue Euer Vorhaben, Mojeb. Aber ich bin Euch deswegen nicht böse. Ihr wißt, was Ihr wollt, und versucht es zu erreichen.«

Er stand auf und legte seinem Gast die Hände auf die Schultern: »Im Grunde seid Ihr ein Mann nach meinem Geschmack. Ihr zeigt mir den Weg. Wenn die Wahrheit unsere trägen Freunde untätig sein läßt, so belügen und betrügen wir sie eben. Seien wir hemmungslos! Malen wir ihnen ein noch furchtbareres Ungeheuer an die Wand, damit sie erzittern! In der Tat, schieben wir ihnen die Wand hinter den Rücken, bis sie sie spüren! Geben wir ihnen das Gefühl, keine andere Wahl zu haben.«

Lasalui lachte freudlos, trat zu der Wand, an der ein schmuckloses Haumesser hing, und zog es aus seiner verschrammten Scheide. Er prüfte die Schärfe der Klinge mit dem Daumen, hieb zweimal in die Luft und steckte die Klinge wieder zurück. Dann sprach er weiter: »Die schlichten Geister werden Euch die Geschichte ohne weiteres abnehmen. Doch laßt uns durchtriebener sein! *Ich* werde Euren Verdacht als meinen ausgeben, aber mich dabei auf Eure zufällig ähnlichen Erkenntnisse berufen. Jede Lüge, die sich auf eine andere bezieht, gewinnt an Glaubwürdigkeit. So machen wir das! Ich denke, daß noch mindestens acht Tage nichts von der Vögtin zu befürchten ist. Vermutlich werden am siebten Tag Anklage und Urteil verkündet. Sicher wird auch dieses Mal eingeplant sein, daß sich einige teuer freikaufen können. So lange haben wir Zeit! Laßt Bock wissen, wo sie Euch finden kann, wenn es soweit ist. Einer wie Ihr zählt für zehn.«

Mojeb ging zufrieden fort. Er hatte getan, was er tun konnte. Nun hing alles an Lasalui. Daß ihn Tage der Untätigkeit erwarteten, machte ihm nichts aus. Dazu hatte er schon zu oft darauf gewartet, daß jemand das Zeichen zum Handeln oder zum Angriff gäbe. Jede Aufregung vor der entscheidenden Stunde betrachtete er als vergeudete Zeit.

Im Haus im Kohlpalmenviertel waren die Ereignisse des Tages schon bekannt, auch wenn nicht alles, was Keloe, Tiugugu und Omaru während ihrer Arbeit oder danach erfahren hatten, den Tatsachen entsprach. Tiugugu befürchtete Schlimmes: »Bestimmt suchen sie dich auch schon und kommen irgendwann vorbei. Besser wäre es, wenn du woanders wohntest. Im Wrackviertel vielleicht.«

Omaru war entschieden dagegen: »Es soll lieber hier bleiben. Er trägt ja jetzt auch einen Rock. Außerdem ist keine Ebbe. Ebbe enthüllt.«

Jemand bekommt die Hosen stramm gezogen

Haus im Kohlpalmenviertel, 22. Tag des Mosquitomondes, im 458. Jahr der Abwesenheit Gottes

»Flut bringt Überraschungen«, sagte Omaru gerade, als die Wohnungstür aufgerissen wurde und Tiugugu zurückkam. Er war erst kurz zuvor zum Treffpunkt der Holzsammler aufgebrochen.

»Stadtgardisten sind im Haus«, berichtete er hastig. »Ich wußte, daß es so kommen würde! Du mußt schnell weg.«

»Wo sind sie?« fragte Mojeb.

»Im Hof!«

Mojeb ging nach draußen. In der Nähe des Hofeingangs entdeckte er drei Stadtwachen, die mit dem Hauswart sprachen. Plötzlich hob der dicke Mann den Arm, um heraufzuzeigen. Blitzschnell wich Mojeb vom Geländer zurück. Angespannt hielt er den Atem an, als könnte ihn das leiseste Geräusch verraten. Er wußte nicht, ob er schnell genug gewesen war, um nicht gesehen worden zu sein. Doch im Grunde kam es darauf nicht mehr an. Ab jetzt ging es nur noch darum, wie eilig es die Stadtwachen hatten heraufzugelangen. Tiugugus Befürchtungen waren also kein Hirngespinst gewesen! Geschwind raffte Mojeb seine wichtigsten Besitztümer zusammen, dann verabschiedete er sich knapp: »Versteckt den Rest! Ich hole ihn später.«

Geduckt rannte er den Laufgang entlang bis dahin, wo dieser wegen der Hauswand einen Knick machte. Dort spähte Mojeb vorsichtig nach unten. »Furzig!« entfuhr es ihm. Die drei Wachen hatten sich aufgeteilt. Zwei näherten sich wie erwartet über den Hof, doch die dritte nahm die Treppe beim Eingang und schnitt ihm damit den geplanten Fluchtweg ab. Zum Glück gab es noch eine weitere Möglichkeit, das Haus zu verlassen! Mojeb wartete einen Augenblick ab, in dem er sich unbeobachtet wähnte, und schwang sich aufs Dach. Spornstreichs hastete er zum Nachbarhaus und sprang auf dessen Dach. Beim übernächsten Haus mußte er feststellen, daß er heute nicht der einzige war, der sich in den luftigen Höhen über Sadi aufhielt – von den üblichen tierischen Bewohnern einmal abgesehen. Der Geier hatte augenscheinlich wieder einmal etwas von seinen Ausflügen mitgebracht. In seiner Nähe kniete ein Mädchen und beobachtete ihn. Dem Vogel schien die Zuschauerin nicht ganz geheuer zu sein, wie seine gespreizten Flügel bewiesen.

»Makerita?« fragte Mojeb erstaunt, als er das Mädchen erkannte. »Was machst du hier?«

Die Tochter der Wirtin erhob sich und sah ihn stumm und schuldbewußt an. Mojeb blickte über die Schulter zurück. Noch folgte ihm niemand.

»Nun antworte schon«, drängte er.

»Ich spreche mit dem Geier«, antwortete Makerita.

»Er ist ein Tier. Mit Tieren kann man nicht sprechen!«

Mojeb blickte zu dem Geier. Die Nähe zweier Menschen schien ihm noch weniger zu behagen. Er gab ein Fiepen von sich und hob die Klaue. Mojeb verbeugte sich. Zu spät fiel ihm ein, was Seffenaiu vor Wochen behauptet hatte. Zum Glück war der Ritter nicht anwesend.

Makerita sah ihn neugierig an.

»Wir begrüßen uns«, redete sich Mojeb heraus und überspielte mit barschem Ton seine Verlegenheit. »Geh vom Dach, bevor dich der Vogel hinunterwirft. Deiner Mutter wird es nicht gefallen, wenn du dich hier oben herumtreibst.«

Erneut warf er einen gehetzten Blick zurück. Immer noch keine Verfolger. Dennoch wäre es besser, seinen eigenen Rat zu befolgen.

»Laß den Geier in Ruhe fressen«, ermahnte Mojeb das Mädchen noch einmal, glaubte aber nicht, daß sie seine Worte beherzigen würde.

So unbemerkt, wie er aufs Dach gelangt war, kletterte er jetzt wieder hinunter. Als gehörte er in dieses Haus, schlenderte er zur nächsten Treppe. Was hatten die Schergen von ihm gewollt? dachte er, als er bewußt lässig die Stufen hinunterstieg. War etwa schon wieder etwas über die Verschwörung durchgesickert, oder hatte die Anwesenheit der Stadtwachen andere Gründe gehabt? Fürs erste war es sicher klüger, nicht in die Wohnung zurückzukehren. Und solange er nicht wußte, wie es um die bevorstehende Erhebung stand, mußte er auch Lasalui meiden, obgleich Bock ihm wahrscheinlich freudestrahlend Unterschlupf gewährt hätte. Vermutlich sogar händereibend.

Der Hafen fiel ihm ein. Tiugugu hatte ihm von Anfang geraten, in dem Plankenviertel unterzukommen. Mojeb zuckte mit den Schultern: Dann sollte es wohl so sein! Falls die Verschwörung abermals gescheitert wäre, würde das zum Stadtgespräch werden, und der Tratsch fände seinen Weg auch in dieses Armenviertel.

Urplötzlich erinnerte sich Mojeb, daß bei den Schiffswracks noch immer eine Hose auf ihn wartete. Er hatte ganz vergessen, sie gestern abzuholen! Darum wollte er sich zuerst kümmern.

Er ging zum Hafen. Erst als er schon vor dem Wrack stand, in dem der Schneider seine Werkstatt hatte, fiel ihm auf, wie menschenleer und ruhig das Viertel heute war. In der vorherrschenden Stille erschienen das Rauschen des Meeres und die einzelnen Schreie von Rotkopfmöwen überlaut. Mißtrauisch ließ Mojeb den Blick über die muschelbewachsenen Schiffsrümpfe und die Asche erkalteter Feuerstätten wandern. Einen Grund für das Schweigen entdeckte er nicht. Doch wenn in einem Viertel wie diesem jeder das Freie mied, so gab es ganz gewiß dafür Gründe.

Mojeb sah sich noch einmal argwöhnisch um und schlüpfte dann schnell in die Schneiderwerkstatt.

Im Bauch des ehemaligen Schiffes sah er an einer der Schottwände die Teilhaberin des Schneiders kauern. Sie hatte die Beine angezogen und die Arme darum geschlungen. In ihrer Nähe lag der Schneider. Obwohl seine gebrochenen Augen und die Wunden, die von einer Keule stammen mußten, Hinweis genug waren, bückte sich Mojeb und betastete den Hals des Jungen. Wie er nicht anders erwartet hatte, fühlte er keinen Puls mehr.

Das Mädchen sah auf.

»Deine Hose ist fertig«, sagte es tonlos, als es den Besucher erkannte. Es zog die Nase hoch, erhob sich, trat zu dem Leichnam des Schneiders und zerrte eine Hose unter ihm hervor. Ihr Stoff war fleckig von Blut.

»Sie ist schmutzig«, murmelte es. »Er muß sie säubern. Ich muß sie säubern.« Es legte die Hose weg und sah sich um. Dann griff es wieder nach ihr. »Ich weiß aber nicht wie«, sagte es verzweifelt.

Mojeb nahm dem Mädchen die Hose ab. »Ich werde mich darum kümmern«, versprach er. Er zog sie trotz der Flecken an und warf seinen Rock beiseite. »Du kannst ihn behalten. Ich brauche ihn nicht mehr.«

»Du mußt noch etwas bezahlen«, erinnerte ihn das Mädchen.

»Ich weiß«, erwiderte Mojeb. »Wer hat das getan?«

»Zwei von der Stadtwache. Dieselben wie immer. Er hat ihnen gesagt, er habe nichts und könne ihnen jetzt nichts geben. Sie sollten später wiederkommen. Jemand schulde ihm noch etwas. Sie haben gesagt, er lüge, und haben ihn geschlagen. Du darfst nicht gehen, ohne ihn zu entlohnen.«

»Ich weiß«, wiederholte Mojeb. Er zählte die restlichen Münzen ab, die der tote Schneider noch von ihm zu bekommen hatte, und reichte sie seiner Teilhaberin.

»Er ist so schwer«, schluchzte das Mädchen plötzlich. »Ich kann ihn nicht allein wegbringen. Er ist so schwer!«

»Frag einen Erwachsenen, Kind«, antwortete Mojeb und ging zum Einstieg. »Frag einen Erwachsenen.«

Draußen blieb er vor einer der gähnenden Öffnungen in den Schiffsrümpfen stehen. »Wohin sind sie gegangen?« fragte er laut. Als ihm niemand antwortete, ging er zur nächsten Öffnung und wiederholte seine Frage. Sobald er erfahren hatte, was er wissen wollte, lenkte er seine Schritte in die Richtung, die ihm genannt worden war. Unterwegs kümmerte er sich nicht um die neugierigen oder erschrockenen Blicke wegen seiner blutgetränkten Kleidung.

In einem Sträßchen, unter dessen Bogengängen vorwiegend Gemüse, Obst und Kokosnüsse gehandelt wurden, stieß Mojeb auf zwei Stadtgardisten. Der eine stand vor einer der Auslagen. Wählerisch nahm er die Früchte, drückte sie und legte sie wieder zurück. Sein Gefährte wartete mit in die Hüften gestemmten Armen geduldig auf ihn.

Mojeb trat zu dem Wartenden und legte ihm die Hand auf die Schulter. Der Mann drehte sich lächelnd um. Ohne Vorwarnung schlug ihm Mojeb die Stirn ins Gesicht. Mit einem Schmerzenslaut taumelte der Gardist rückwärts. Sein Begleiter ließ die Frucht fallen, die er gerade in der Hand hielt, und kam mit einem zornigen Ausruf herbei. Blitzschnell schob ihm Mojeb die hölzerne Schwertscheide zwischen die Beine. Der Mann stolperte darüber und stürzte. Sogleich drückte ihm Mojeb die Spitze der Schwertscheide gegen den Hals. »Weg mit der Keule, oder ich zerquetsche dir die Kehle!«

Indessen hatte sich der zweite Gardist wieder erhoben. Auf sein Gefühl vertrauend, ließ ihn Mojeb scheinbar unbemerkt näher kommen. Dann zog er überraschend das Schwert aus seiner Hülle. Er spürte den Widerstand, als die Spitze der Klinge den Leib des zweiten Gardisten berührte.

»Laß deine Waffe fallen, oder ich schlitze dich auf wie einen toten Fisch«, befahl er blutrünstig.

Der zweite Gardist gehorchte ebenso schnell wie sein Kamerad.

»Der Nackte«, rief plötzlich der am Boden Liegende aus. »Der Nackte!«

Mojeb blickte zu ihm und dann zu dem anderen. Er hatte keine Ahnung, ob die beiden überhaupt diejenigen waren, die den jungen Schneider erschlagen hatten. Behutsam trat er einen Schritt zurück. »Geht!« knurrte er und schwang aufmunternd die Klinge.

Rasch sprang der gestolperte Gardist auf. Als er sich nach seiner Keule bücken wollte, verbat es ihm Mojeb mit einer drohenden Geste. »Geht«, sagte er noch einmal.

Die Stadtwachen entfernten sich zögernd. Als sie einige Schritt entfernt waren, hob Mojeb zwei Steine von der Straße auf und schaute sich um.

»Seht sie euch an«, rief er. »Ohne ihre Waffen sind sie nichts!« Er warf den ersten Stein. Eine der beiden Wachen jaulte getroffen auf und hob schützend die Arme. »Sie sind bloß feige Totschläger«, brüllte Mojeb und warf den zweiten Stein. Wieder erklang ein Schmerzschrei. Dann prasselten mit einemmal von allen Seiten Wurfgeschosse auf die Stadtwachen ein. Sie begannen zu rennen. Jemand schlug nach ihnen. Sie taumelten. Im Nu wurden sie unter einer Menschentraube begraben.

Aus einer Querstraße kam ein weiteres Paar von Gardisten. Bevor sie überhaupt begriffen hatten, was vorging, wurden auch sie zu Boden gezerrt und totgeprügelt.

»Sie ermorden eure Kinder«, schrie Mojeb. »Zahlt es ihnen heim!«

Er verließ den Ort des Aufruhrs und schlug den Weg zum Lotsenviertel ein. Schon stieß er auf die nächsten Stadtgardisten. Er hielt geradewegs auf sie zu. Das Feuer war gelegt, nun galt es dafür zu sorgen, daß es sich ausbreitete.

Obwohl die Gardisten ihn kommen sahen, schöpften sie keinen Verdacht. »Was läufst du so ungebührlich herum?« sprach ihn der eine an.

Statt einer Antwort schlug ihn Mojeb mit dem Schwert nieder. Dann entwaffnete er den zweiten.

»Jetzt rennt schnell weg!« befahl er, als sich der erste wieder erhoben hatte.

»Was soll das?« fragte er argwöhnisch.

»Hier gibt es nichts zu fragen«, belehrte ihn Mojeb. »Mir geht es nur darum, aller Welt zu zeigen, wer von uns mächtiger ist. Entweder beweise ich, daß ich es bin, indem ich euch die Köpfe abschneide, oder ihr zeigt dasselbe, indem ihr vor mir flieht. Was ist euch lieber? Entscheidet schnell, solange ich euch eine Wahl lasse.«

Die Wachen trafen ihre Wahl und überließen ihm das Feld. Wie die anderen dachten auch sie, unbeschadet entkommen zu können. Mojeb ließ sie zehn Schritt in dem Glauben, dann entfachte er erneut das Feuer, das sie und ihresgleichen vor Monden entzündet und seither am Schwelen gehalten hatten. »Das Blut an mir stammt von einem Jungen, den sie erschlagen haben. Laßt sie nicht damit durchkommen. Zahlt es ihnen heim!«

Als auch diese beiden durch den Volkszorn ihr Ende gefunden hatten, brüllte Mojeb so laut er konnte: »Zum Markt! Kommt alle zum Markt! Die Willkür ist zu Ende. Wir ziehen das Mörderpack aus seinen vergoldeten Betten.«

Nun hatte er es eilig, zu Lasalui zu gelangen. Wenn aus diesen Gewaltausbrüchen ein Aufstand werden sollte, so bedurfte es Menschen, die wußten, wohin der Weg führen sollte, auf den er ein paar wenige Einwohner der Stadt geführt hatte. Vorausgesetzt, Lasalui war überhaupt noch auf freiem Fuß!

Auf halbem Weg traf er Bock.

»Du siehsd jedesmal weniger ansbrechend aus«, schäkerte sie. »Aber das machd mir nichds aus, wenn es nichd noch schlimmer wird.«

»Wie geht es Lasalui?«

»Gud, hoffe ich. Vielleichd auch nichd mehr lange, wenn du so zu ihm willsd.«

»Sag ihm, er soll zum Markt kommen. Richte ihm aus, es habe begonnen. Sag ihm das!«

Der Weise bekennt sich zur Zauberei

Marktplatz von Sadi, etwas später am 22. Tag des Mosquitomondes, im 458. Jahr der Abwesenheit Gottes

»Nein, *ich* sollte sagen, wann wir beginnen, nicht Ihr!« erklärte Lasalui aufgebracht. »Tatsächlich erinnere ich mich, sogar gesagt zu haben, daß Euch Bock ausrichten werde, wenn es soweit sei! Ihr habt voreilig gehandelt. Doch Schwamm drüber! Wir sind zum Markt gekommen, wie Ihr es wünschtet. Was nun?«

Mit »wir« meinte Lasalui gut sechzig Handwerker in seiner Begleitung. Sie waren die ersten auf dem Markt, die überhaupt so etwas wie Waffen mit sich führten. Meist handelte es sich dabei um zweckentfremdetes Werkzeug wie Äxte, Hämmer, Spaten, Fischspieße oder allerlei Messer und Schneidwerkzeuge. Die Mehrheit der Menschen, die zum Palast geströmt waren, hatten sich über etwaige Bewaffnung keine Gedanken gemacht. Vielleicht hatten sie auch erwartet, alles sei schon vorbei. Unter dem Eindruck von Lasaluis Schar beeilten sie sich jetzt, das Versäumte wettzumachen, indem sie die eilig verlassenen Marktstände zertrümmerten und plünderten und sich dadurch mit Knüppeln und Wurfgeschossen versorgten. Einzelne von ihnen schlugen vor, man solle lieber nach Hause gehen, um mit Hakken, Harken, Gabeln oder Haumessern zurückzukehren. Andere sprachen lebhaft dagegen. Wer jetzt den Markt verlasse, der schwäche alle! Also wurde das Nächstbeste getan, nämlich gegen die Türen der an den Platz grenzenden Häuser geklopft und um Hilfe und Werkzeug gebeten. Wurde das Pochen nicht beantwortet, so wurden die Türen kurzerhand eingetreten.

Mojeb war überrascht gewesen, daß er nicht zu den ersten gehört hatte, die den Markt erreicht hatten, und nur knapp zu den zweiten. Der Brand des Aufruhrs, den er gelegt hatte, hatte sich wie ein Springfeuer verhalten und den Weg über die Giebel genommen. Schneller als ein Mensch gehen konnte, hatte es sich in der Stadt ausgebreitet, woran wahrscheinlich nicht unwesentlich die Androhung höherer Steuern schuld gewesen war. Doch was für die eine Seite galt, das galt auch für die andere. Die Verteidiger der tyrannischen Ordnung würden gewiß bald eintreffen.

»Im Grunde verstehe ich Euch«, sprach Lasalui weiter. »Vermutlich dachtet Ihr, es sei besser, mich vor vollendete Tatsachen zu stellen. Ich hätte vor einiger Zeit ähnliches tun sollen. Doch ich sagte Euch, daß ich kein Zauderer bin. Was schlagt Ihr nun vor?«

Mojeb sah zum Palast. Vor seinem Eingang hatten sich einige Dutzend Stadtgardisten aufgebaut. Noch wußten sie nicht, wie sie der beginnenden Erhebung begegnen sollten, und sahen es als ihre wichtigste Pflicht an, den Palast zu schützen. Aber wie lange noch? Sobald ein befähigter Anführer das Kommando übernähme, käme er unweigerlich zu dem Schluß, daß hartes und mitleidloses Durchgreifen das beste Mittel wäre, den Aufruhr im Keim zu ersticken.

Lasalui hatte recht, gestand sich Mojeb ein. Hätte er nicht seinem Zorn die Zügel gelassen, so hätte der Palasteingang im Handstreich besetzt werden können.

»Ich weiß es nicht«, sagte er. »Ich bin niemand, der befiehlt. Das Wichtigste wird sein, den Palast zu erstürmen, bevor sich alle Gardisten hier versammeln können.«

»Das wird Tote geben«, erwiderte Lasalui mit gedämpfter Stimme.

»Das ist bei solchen Gelegenheiten nicht ungewöhnlich«, entgegnete Mojeb ebenfalls leise.

Lasalui schüttelte unzufrieden den Kopf. »Wir können jetzt aber keine gebrauchen. Nichts gegen Märtyrer! Sie sind eine feine Sache. Man kann ihnen Altäre bauen. Doch jetzt benötigen wir einen schnellen Sieg ohne Schmerz, Reue oder Bedenken. Das Volk Sadis muß seine Stärke erkennen! Heute nachmittag mögen meinethalben hundert oder tausend sterben. Aber nicht jetzt! Wenn wir den Vormittag gewinnen, so gehört uns der ganze Tag.«

Mit Unbehagen beobachtete Mojeb, daß immer mehr der Stadtgardisten Helme und Schilde aus dem Palast gereicht bekamen. Allzu viel Zeit durfte man ihnen nicht mehr lassen.

Dann wurde seine Aufmerksamkeit durch etwas anderes abgelenkt. Schon die ganze Zeit über hatten Halbwüchsige ihren Mut dadurch bewiesen, daß sie zu den Wachen gingen, sie beschimpften und dann schnell wegrannten. Bisher hatten die Gardisten die Schmähungen über sich ergehen lassen, doch nun nahm einer von ihnen die Verfolgung eines Beleidigers auf. Er rannte sehr schnell. Der Verfolgte begriff plötzlich den Ernst der Lage: Das Spiel hatte aufgehört, eines zu sein. Er bekam Angst. Statt nur so schnell er konnte zu rennen, schrie er auf und geriet in Panik.

Mojeb war drauf und dran, ihm zu Hilfe zu eilen, doch dann besann er sich, daß er nie und nimmer rechtzeitig zur Stelle wäre. Doch wie würde es sich auswirken, wenn der Junge nicht entkäme und die Stadtwachen einen Gefangenen machten? Wenn sie ihn gar mit der üblichen Rücksichtslosigkeit behandelten und Blut flösse? Würde es ernüchternd auf die Zuschauer wirken und ihr Aufbegehren beenden oder im Gegenteil ihre Entschlossenheit verstärken, das erbarmungslose Joch abzuschütteln?

Plötzlich blieb der Verfolger stehen. Er berührte seinen Helm, sah auf den Boden und dann zum Himmel, als wäre etwas von oben heruntergefallen. Mojeb folgte seinem Blick wie so viele andere. Doch über dem Markt gab es nichts weiter zu sehen als einen Geier, der von einigen Krähen bedrängt wurde. Der größere Vogel versuchte Höhe zu gewinnen und so seinen Verfolgern zu entkommen. Schon bald hätten sie ihn mit vereinten Kräften vertrieben.

Dieses Schauspiel war ein willkommenes Omen, wenn man etwas von Omen hielt! Wie passend wäre es jetzt zu rufen: »Wir sind die Krähen! Laßt uns die feigen Geier aus dem Palast jagen!«

Doch Mojeb zögerte, diesen naheliegenden Schlachtruf zu brüllen. Auch wenn er nicht erkennen konnte, ob der Geier derjenige war, der gleich ihm im obersten Stockwerk eines Hauses im Kohlpalmenviertel wohnte, so wäre ihm der Ruf wie ein Verrat vorgekommen. Wer nicht kämpfte, war nicht notwendigerweise feige. Er wußte vielleicht nur nicht, wie er gewinnen konnte.

Anders als sein Verfolger war der Junge nicht durch das aufgehalten worden, was den Soldaten am Helm getroffen hatte. Er war weitergerannt. Der Gardist sah ihm hinterher und schüttelte den Kopf in unwillkürlichem Eingeständnis dessen, daß er die Jagd verloren hatte. Mürrisch trat er nach etwas nicht Erkennbarem, das vor ihm am Boden lag, und begab sich zu den anderen Schergen. Das Johlen der Menge begleitete ihn.

Auch Mojeb schüttelte den Kopf. »Bei den pöbelnden Götzen vom Arsch der Welt«, stieß er aus. »Welch unfähige Bande!«

»Bei der heiligen Dolores, wer hätte das gedacht!« rief auch Lasalui in diesem Augenblick. »Anscheinend haben wir sie alle unterschätzt.«

Mojeb benötigte einen Augenblick, bis ihm bewußt wurde, daß sich der Kaufmann auf etwas anderes als er bezog, nämlich eine neue Schar Bewaffneter, die sich ihren Weg durch die Menge bahnte und mit Hochrufen empfangen wurde. Eine ältere, plumpe Frau führte sie an. Angesichts des Palastes raufte sie sich die Haare und schrie: »Mörderin! Gib mir meinen Mann zurück!«

Befriedigt nahm Mojeb zur Kenntnis, daß jeder aus ihrem hundertköpfigen Gefolge eine Waffe trug, was zudem für einige von ihnen nichts Neues zu sein schien.

»Wer ist das?« fragte er.

»Mekaelus Witwe mit den Wachleuten ihrer Lagerhäuser«, murmelte Lasalui. »Verblüffend! Jeder hat sie für einen in die Jahre gekommenen Einfaltspinsel gehalten. Das wird man wohl künftig anders sehen müssen.«

»Dann laßt uns sofort beginnen«, sagte Mojeb. »Versucht Ihr, den Palasteingang einzunehmen oder die Stadtwachen wenigstens ausreichend zu beschäftigen. Am besten laßt Ihr sie mit allem bewerfen, was Euch in die Finger kommt. Erlaubt ihnen nicht, selbst tätig zu werden. Ich werde mich derweil um etwas anderes kümmern. Doch dazu brauche ich einige starke Leute.«

»Was habt Ihr vor?«

»Der Palast wurde nicht erbaut, um verteidigt zu werden. Das Gelände ist zu groß. Ich werde versuchen, irgendwo ungesehen einzudringen.«

Lasalui lächelte spöttisch: »Glaubt Ihr etwa, Ihr könntet ihn allein einnehmen?«

»Keineswegs«, erwiderte Mojeb. »Mir geht es um Verwirrung. Wißt Ihr, wie viele Schlachten verloren wurden, weil ein Feldherr keinen Überblick mehr über das Geschehen hatte? Feinde im Rücken, zumal wenn man nicht weiß, wie viele es sind, sind ein deutliches Zeichen dafür, daß dieser Überblick nicht mehr vorhanden ist. Ich versuche eine List, die Euch Tote ersparen soll. Dazu muß ich den Kopf für Euch hinhalten. Tut also, was Ihr könnt. Ich hoffe auf Euch.«

Gefolgt von einem halben Dutzend Handwerksgesellen, marschierte Mojeb im Eilschritt zur hinteren Palastseite. Unterwegs erklärte er, was er vorhatte. »Wir müssen möglichst schnell über die Mauer! Wenn wir zu lange dafür brauchen, kann uns das in arge Bedrängnis bringen.«

Seine Begleiter nahmen diese Ermahnung sehr ernst. Zwei von ihnen hängten kurzerhand eine geeignete Haustür aus, zwei andere beschlagnahmten eine lange Holzbank. »Was du brauchst, ist eine Rampe«, erklärten sie eifrig.

Dieses Verhalten sorgte zwar für Aufsehen, führte aber auch dazu, daß die Zahl von Mojebs Begleitern in jeder Straße, durch die er kam, größer wurde. Bald belief sie sich auf über dreißig Frauen und Männer. Sie waren aufgeregt, fröhlich und tatendurstig, als wären sie auf dem Weg zu einem vergnüglichen Abenteuer. Mojeb forderte sie wiederholt, aber vergebens zur Ruhe auf.

Der nach wie vor wachsende Zug erreichte nun die dem Markt abgewandte Palastseite. Die umgebende Mauer war hier in einem Wabenmuster durchbrochen.

Auch ohne Hilfe hätte man sie daher leicht erklettern können, dachte Mojeb gerade, als auf der anderen Seite ein Wächter angerannt kam. Er trug einen Brustharnisch und schüttelte ganz außer sich die Keule.

»Verschwindet!« brüllte er mit überschnappender Stimme. »Noch ein Schritt, und ihr seid des Todes! Herbei! Zu Hilfe!«

Plötzlich schoß etwas an Mojebs Kopf vorbei. Erschrocken

wich er aus und erkannte dabei, daß es die Stange einer langen Lanze war. Zielsicher schlüpfte sie durch die steinerne Wabe, bohrte sich treffsicher in den Hals des Gardisten und wurde sogleich wieder zurückgezogen. Mojeb sah sich geschwind nach dem Besitzer der Lanze um. Er entdeckte ein Gesicht mit verfilzten, dunkelrot gefärbten Zöpfchen und Schmucknarben auf den Wangen: ein spießländischer Söldner!

Mojeb verspürte ein jähes Unbehagen. Mit Angehörigen dieses Volkes hatte er noch nie gute Erfahrungen gemacht! Sie waren unleidige Barbaren. Einer der ihren hatte den alten Mann erstochen, von dem er sein Amulett hatte.

Der Spießländer schien die Gedanken Mojebs an seinem Gesicht ablesen zu können.

»Keine Sorge, Jarmate«, sagte er grinsend in abgeschliffener *lingua dei.* »Wir kämpfen heute auf derselben Seite.«

»Und die wäre?« fragte Mojeb mißtrauisch im gleichen Kauderwelsch.

»Mich bezahlt Mekaelu«, erhielt er zur Antwort.

»Der ist tot.«

»Ich weiß. Aber sein Geld lebt weiter. Das ist das Schöne an reichen Leuten.«

Mojeb zuckte schicksalsergeben die Schultern. Vielleicht war die Gegenwart dieses neuen Verbündeten doch keine so schlechte Sache. Wenn man etwas vorhatte, wobei man möglichst viele Feinde umbringen und möglichst große Zerstörung anrichten wollte, dann waren Spießländer die richtigen Gefährten. Er hoffte nur, daß dieser nicht auf den Gedanken verfiele, spaßeshalber die ganze Stadt anzuzünden.

Mittlerweile hatten die Handwerker Bank und Türe so gegen die Mauer gelehnt und abgestützt, daß man damit bequem auf die Mauerkrone kam. Nach dem raschen Sieg über den einzelnen Gardisten warteten nun alle ungeduldig darauf, hinübergeführt zu werden.

Mojeb ging voran. Er eilte die behelfsmäßige Rampe hinauf, sprang mit blankem Schwert in den Palastgarten und machte sogleich Platz für die, die nach ihm kamen. Angespannt sah er sich nach weiteren Wachen um und nach der Tür, aus der der Getötete gekommen sein mußte. Vorausgesetzt, es gab sie überhaupt und der Mann war nicht vom Haupteingang herbeigeeilt.

Mojeb entdeckte die Pforte halb verborgen hinter einem Hibiskusstrauch. Sie war nur angelehnt und nicht bewacht. Er stieß sie ganz auf.

Einmal im Palast, begann ein Teil der Eindringlinge sofort mit dem Plündern. Ausgerechnet der Spießländer rief zur Ordnung auf: »Erst wird gearbeitet, ihr Wichte!« Um seinen Worten Nachdruck zu verleihen, ließ er einen besonders Schwerhörigen unverzüglich Bekanntschaft mit seinem Lanzenschaft machen.

»Mir nach zum Palasteingang!« rief Mojeb, bevor noch mehr seiner Gefolgschaft vergäßen, warum sie in den Herrschersitz eingedrungen waren. Schon jetzt gab er sich nicht mehr dem Irrglauben hin, daß ihm angesichts der begehrlich betrachteten Reichtümer jeder folgen würde.

Auf dem Weg zu ihrem Ziel scheuchten er und seine Schar immer wieder Bedienstete auf, die sich in den hinteren Teil des Palastes zurückgezogen hatten. Manche flüchteten mit Verzweiflungsschreien, andere ergaben sich der Gnade der Eindringlinge, wieder andere liefen ohne zu zögern zu ihnen über. Mit Hilfe der letzteren ging es gleich schneller voran. Schon bald gelangte Mojeb in eine große Halle. Das bläuliche Licht, das durch gefärbte Fenster hereinfiel, ließ alle Konturen verschwimmen und schaffte viel zu viele Schatten. Beim Anblick der zahllosen Säulen mußte Mojeb unwillkürlich fluchen. Hinter den Stämmen dieses versteinerten Waldes konnte sich ein ganzes Heer verbergen!

Von fern war gedämpfter Kampfeslärm zu hören.

Mojeb wandte sich an seine Schar, um sie zu Vorsicht und Lautlosigkeit zu ermahnen. Doch da wurde ihm plötzlich bewußt, daß das, was eine waghalsige Täuschung hätte sein sollen, schon lange keine mehr war. Denn obwohl ein Teil derer, die mit ihm in den Palast gedrungen waren, in der Zwischenzeit ihr Glück in den oberen Stockwerken suchte, standen immer noch sehr viele hinter ihm. Daher sagte er nun das Gegenteil dessen, was er ursprünglich hatte sagen wollen. Nicht »Seid leise«, sondern: »Macht so viel Lärm wie ihr könnt!«

Er ging mit gutem Beispiel voran und schrie: »Streckt die Waffen! Wir kommen!«

Die Halle war schneller durchschritten als erwartet. Blausilbernes Licht, Säulenwald – alles war nur Schein!

Die Verteidiger hatten offenbar einen schwereren Stand, als Mojeb zu hoffen gewagt hatte. Zahlreiche Verwundete, die von draußen in den Palast gebracht worden waren, zeugten davon. Nun kam es noch schlimmer für sie: Der Anblick von Feinden in ihrem Rücken verbreitete Schrecken!

»Legt die Waffen nieder, und ihr werdet verschont!« machte Mojeb ein Angebot. »Widersetzt euch, und wir machen euch alle gnadenlos nieder!«

»Ja!« rief der Spießländer blutrünstig.

»Ja! Ja!« riefen auch andere.

Nach kurzem Zögern legten die ersten Gardisten ihre Keulen nieder.

»Dumm sind sie auch noch«, raunte der Spießländer. »Kein vernünftiger Mensch würde sich ohne handfeste Garantien und heilige Schwüre entwaffnen lassen!«

Dem stimmte Mojeb zu. Er wartete noch so lange, bis durch das Palasttor die ersten Verbündeten von draußen hereinströmten und die Entwaffnung der Gefangenen beaufsichtigten.

»Sucht die Vögtin und den Blutpfaffen«, wandte er sich sodann an seine Begleiter. »Sie dürfen uns nicht entkommen.«

Seiner Aufforderung wurde begeistert nachgekommen. Er selbst verweilte noch einige Augenblicke, da er hoffte, daß Lasalui vielleicht ebenfalls den Palast beträte. Doch er sah nur Bock. Sie lachte, als sie ihn von weitem entdeckte, und bewegte übertrieben die Lippen zu Worten, die Mojeb unmöglich verstehen konnte. Er antwortete ebenso, aber ohne Worte. Dann begab er sich in die oberen Stockwerken. Im Gegensatz zum Erdgeschoß, wo sich die Verteidiger bei Erscheinen einer zweiten Streitmacht fast sofort ergeben hatten, war hier heftig gekämpft worden. Mojeb sah Tote und Verwundete – unvorsichtige Plünderer, Gardisten, die sich nicht hatten ergeben wollen, zufällige Opfer. Ein dutzendmal stellte er dieselbe Frage, ohne die erhoffte Antwort zu bekommen.

Niemand wußte über den Verbleib der Vögtin oder ihres kirchlichen Beraters Bescheid. Zwar waren beide erwiesenermaßen noch vor kurzem im Palast gewesen, doch was aus ihnen geworden war, stand in den Sternen. Entweder hielten sie sich überaus gut versteckt oder waren auf unbekannte Weise entkommen.

Vorsichtshalber überredete Mojeb einige Aufständische, den Palastgarten zu durchkämmen. Selbst wenn er nicht glaubte, daß sich die Gesuchten hinter einem Oleanderstrauch verbargen, so wäre es sträflicher Leichtsinn gewesen, diese Möglichkeit ungeprüft auszuschließen.

Mit zwei Handwerkern, die Lasalui zum Marktplatz gefolgt waren, kehrte er in die große Halle zurück. Dort hatte sich mittlerweile das zugetragen, was der spießländische Söldner vorausgesehen hatte: Ein gutes Drittel der besiegten Stadtwachen war tot. Sie waren mit ihren eigenen Waffen erschlagen worden – Opfer des Hasses, dessen Geburtshelfer sie gewesen waren. Die Überlebenden verdankten ihre Verschonung mitleidigen Männern und Frauen, die dazu aufriefen, nicht noch schlimmere Greuel zu begehen als ihre Feinde, die sie gerade besiegt hatten.

Von wegen besiegt, dachte Mojeb bitter. Ratlos sah er sich nach Lasalui oder einem der Verschwörer um, die er von den geheimen Treffen her kannte, bevor er nach Temelua geflohen war. Noch immer entdeckte er keinen von ihnen. Im Grunde war das gleichgültig, sagte er sich. Sie hätten sicher auch nicht weiter gewußt.

Der Spießländer trat mit zwei Gefährten zu ihm, die vermutlich ebenfalls im Sold von Mekaelus Witwe standen. Mojeb war erleichtert, daß sie nicht auch Spießländer waren.

»Üblicherweise wäre es jetzt an der Zeit, sich zurückzuziehen«, sagte der rothaarige Söldner.

Dem konnte Mojeb im Grunde nur zustimmen. Er wußte, daß die Begleiter des Spießländers ebenfalls dieser Ansicht waren. Einzig die beiden Handwerker verstanden nicht, worum es ging. Dabei war es einfach: Ohne die Vögtin hatte die Eroberung des Palastes ihren Sinn verloren. Jetzt drohte eine verheerende Niederlage. Nach einem solchen Fehlschlag zog man sich vernünftigerweise zurück, um seinen Hals aus der Schlinge zu ziehen. Doch die kämpfende Partei, der er derzeit angehörte, waren die Einwohner der Stadt. Wohin sollten sich hunderttausend oder vielleicht auch zweihunderttausend Menschen zurückziehen? Mojeb sah Böses kommen. Nach dem Tag des göttlichen Zorns hatte die Vögtin fast zweitausend Menschen aufhängen lassen. Wie viele Tausend würden es sein, wenn es ihr gelänge, die Stadtwache zu vereinen und wieder in ihren Palast einzuziehen?

Er konnte sich bildlich vorstellen, wie die Vögtin an der Spitze von tausend Gardisten einträfe, wie auf dem Platz vor dem Palast die Panik ausbräche und Tausende ihrer Untertanen sich gegenseitig zertrampelten, um ihrer Rache zu entkommen. Letztlich vergebens! Denn ein neuer Tag des Zorns und Strafgerichts würde stattfinden.

Selbstverständlich käme die strenge Herrin beritten und gekleidet in Eisen, ähnlich wie die alte Herzogin vor Burg Manahaui. Nein, nicht wie sie. Die alte Dame hatte offen ihr Gesicht gezeigt. Die zierliche, schutzbedürftig erscheinende Bestie täte das nicht. Ihr unbarmherziges Antlitz bliebe verborgen hinter einem Vorhang von Haaren.

Aus unerfindlichen Gründen dachte Mojeb plötzlich an die Geliebte einer nicht erinnerten Nacht: die junge Frau, die seinen Mantel hatte stehlen wollen und ihren Tod zwischen Erdnußsträuchern gefunden hatte. Wie er ihr die langen Haare aus dem Gesicht gestrichen hatte.

Er wirbelte herum und fauchte einen der Handwerker barsch an: »Schnell, lauf zu Lasalui und richte ihm aus: Er soll mir Bescheid geben, wenn Stadtgardisten kommen. Auf keinen Fall dürfen er und alle, die mit ihm sind, zurückweichen! Schärfe ihm das ein. Es ist eine Frage von Leben und Tod. Ihr anderen kommt mit!«

Er rannte zu einer Treppe, die zu den oberen Räumen führte.

Beim Erklimmen der Stufen gab er dem verbliebenen Handwerker Anweisungen: »Ich brauche Gewänder der Vögtin. Prächtige, teure! Und zwar schnell. Wenn in ihren Gemächern keine mehr zu finden sind, so nimm sie dem ab, der sie als Beute an sich genommen hat. Zur Not erschlage jemanden. Ich brauche sie unbedingt.«

Die restlichen drei führte Mojeb zu einem Gemach, dessen Fenster zum Platz zeigten. Eine Tür führte auf einen großen Balkon. Diese Seltsamkeit war Mojeb im Vorübergehen aufgefallen. Überall anders hätte der Balkon den Herrschern der Stadt dazu gedient, Verlautbarungen an das Volk zu richten oder sich und ihre Familien den Untertanen zu präsentieren. Hier, wo die Mächtigen nichts dabei fanden, aus ihren Palästen zu reiten, um sich den Gemeinen hoch zu Roß zu zeigen, erfüllte er wahrscheinlich gar keinen Zweck.

In dem Gemach lag eine tote Frau. Vielleicht eine Magd, vielleicht jemand, der ein wenig von den Reichtümern des Palastes hatte abbekommen wollen. Mojeb nickte zufrieden: bestens!

»Stell dich vor die Tür und laß niemanden außer dem Kerl mit den Kleidern herein«, befahl er einem seiner Begleiter.

»Was hast du vor?« fragte der Spießländer.

»Zaubern«, antwortete Mojeb. Er sah seinem Gegenüber sogleich an, daß er etwas Falsches von sich gegeben hatte. Spießländer waren schrecklich abergläubisch. Flüche, der böse Blick und finstere Verwünschungen waren für sie so wirklich wie für andere Menschen ein Stück Brot. Tatsächlich waren spießländische Flüche grundsätzlich eine tödliche Angelegenheit. Vorwiegend deshalb, weil jemand, der sich verhext wähnte, der Einfachheit halber jedweden unter die Erde brachte, den er, aus welchen Gründen auch immer, als Verantwortlichen für das Zauberwerk auserkoren hatte.

»Ich zaubere nicht richtig«, verbesserte sich Mojeb rasch. »Wie auch? Es geht um eine Taschenspielerei, um eine Gaukelei, um einen Betrug. Wenn wir genügend Leuten einreden können, daß wir die Vögtin haben, dann ist das genauso gut, als hätten wir sie wirklich. Alles ist eine Frage des Glaubens, des Glaubenwollens oder der schlimmsten Befürchtungen. Das ist die Zauberei, die ich meine.«

Der spießländische Söldner verstand sofort. Er deutete auf die Leiche: »Und das soll wohl deine Vögtin sein?«

»Mehr oder weniger. Wir müssen sie noch etwas herrichten.«

»Das kann nicht gelingen. Man wird sie erkennen.«

»Wie das? Hast du die Vögtin einmal gesehen? Ich glaube nicht, daß jemand weiß, wie sie wirklich aussieht. Alles, was man vor ihr sieht, sind Haare. Ihr Mann kennt vielleicht ihr Gesicht. Doch der ist tot. Und die da hat ungefähr ihre Figur. Glaube ich jedenfalls. Außerdem wollen wir sie ja nicht herumreichen.«

Der Gefährte des Spießländers machte sich bemerkbar. »Eines hast du übersehen. Die richtige Vögtin braucht nur zu sagen: Ich lebe. Dann fällt dein ganzes Lügengebäude in sich zusammen.«

»Wem soll sie es sagen, wenn wir nur schnell genug handeln? Die Nachricht von ihrem Tod wird sich in Windeseile in der Stadt verbreiten. Was glaubst du, werden ihre Schergen tun? Sie werden davonrennen wie Kakerlaken in einem Raum, den jemand mit einer Lampe betritt. Vergiß nicht: Das sind größtenteils nicht Leute wie wir. Sie müssen nicht auf ihren Ruf achten oder Abmachungen einhalten. Sie sind auch keine Ritter, die ein Eid bindet. Sie sind Gesindel. Da gilt: Jeder für sich! Gut, vielleicht kann die Vögtin noch ein paar um sich scharen, doch mit denen werden wir eher fertig als jetzt. Zumal für unsere Leute auch Gewißheit sein wird, daß sie tot ist. Eine Frage des Glaubens, wie gesagt.«

»Und wenn die Vögtin schon ihren ganzen Haufen eingesammelt hat?«

Mojeb hob die Hände: »Dann stehen wir auch nicht schlechter da als jetzt. Dann haben wir nur unnötig die Leiche dieses armen Mädchens geschändet.«

Der Handwerker kam mit Frauenkleidung. Als er erfuhr, für wen sie bestimmt war, zog er sich in einen entfernten Teil des Zimmers zurück. Mojeb machte sich sogleich daran, die Tote umzukleiden. Er stieß auf eine Schwierigkeit, mit der er nicht gerechnet hatte: Weder er noch der Spießländer, noch dessen

Gefährte, der auch kein Einheimischer zu sein schien, wußten, wie man einen Sarong richtig wickelte, so daß die falsche Vögtin darin nicht aussähe wie eine hastig in Tücher geschlagene Leiche.

Mojeb winkte den Handwerker heran. Der wollte zuerst nicht kommen. Erst als ihm Mojeb vor Augen hielt, daß eine Weigerung den Tod von Tausenden seiner Mitbürger zur Folge haben könne, zeigte er sich aufgeschlossener. Dennoch beklagte er sich, weil nicht jemand geholt wurde, der ihm helfen könnte, und zwar bevorzugt eine Frau. Denn die Unbeweglichkeit der Leiche erschwerte seine schaurige Arbeit um einiges.

»Eine Kriegslist, die jeder kennt, ist keine mehr«, erklärte ihm Mojeb und forderte ihn auf, zum Fenster hinauszusehen. »Weißt du, wie viele Menschen dort auf dem Markt sind? Schau sie dir an. Vielleicht dreitausend, vielleicht viertausend. Weißt du, wieviel mehr Mühe es macht, jeden einzelnen vom Galgen abzuschneiden und auf einen Karren zu werfen?«

Dieser Einwand überzeugte den Handwerker.

»Was nun?« fragte der Spießländer, als die Tote endlich wie die Vögtin gekleidet war.

Mojeb überdachte den wesentlichen Teil seines Plans und murmelte: »Eines bleibt noch zu tun.«

Er hob den linken Arm und schüttelte heftig die Hand. »Habt ihr euch schon einmal Gedanken über gute und schlechte Betrüger gemacht? Im Grunde ist alles ganz einfach: Je mehr die Linke tut, desto weniger achtet man auf die Rechte!«

Er zog das Schwert und schlug der Leiche den Kopf ab. Der Handwerker übergab sich.

Der Spießländer schnalzte mit der Zunge: »Wir werden dastehen wie Barbaren aus der Salamar. Das gefällt mir.«

Mojeb nickte: »So soll es sein. Man wird fragen: War das nötig? Mußten sie so schreckliche Dinge tun? Niemand wird fragen: Haben sie es überhaupt getan?«

Er ging zur Tür und ließ den davor Wache Haltenden herein. Dann erklärte er, wie es weiter gehen solle: »Ich trete auf den Balkon und verkünde unseren Sieg. Danach werft ihr den Körper auf den Platz.«

»Und ich, was mache ich?« fragte der Spießländer.

»Du spießt den Kopf auf und zeigst ihn herum, wie es üblich ist. Was sonst? Achte aber darauf, daß die Haare bleiben, wo sie sind.«

»Einverstanden«, meinte der andere. »Brauchst du vielleicht noch einen einäugigen Pfaffen? Ich kann in die Halle gehen und einen für dich besorgen. Sogar noch lebendig, wenn du willst. Einäugig und lebendig.«

»Nicht nötig«, sagte Mojeb rasch und keineswegs sicher, daß der Spießländer nur scherzte.

Er trat auf den Balkon und rief so lange, bis er aller Aufmerksamkeit auf sich gezogen hatte: »Sieg! Sieg! Sieg! Die Tyrannin ist tot!«

Ein Schreckensschrei ging durch die Menge, als der Körper der angeblichen Vögtin über die Brüstung geworfen wurde. Ein zweiter erscholl, als der Spießländer mit dem abgetrennten Kopf erschien und ihn wie eine Trophäe schwenkte.

»Wenn wir damit durchkommen sollten, so wird heute überall große Freude herrschen«, raunte er mit gefletschten Zähnen.

Der Vertreter der Himmlischen Mächte besteht auf strikter Einhaltung aller Absprachen

Marktplatz von Sadi, 35 Schritt über dem Boden, etwas früher

Fiiij-der-Flinke-Hacker-fiiij glitt mit einem freien Wind über die Dächer. Im Schnabel trug er eine Entdeckung, die er beim Wasser gemacht hatte. Einen Fisch! Er hatte nicht im Wasser gelegen, sondern auf dem Sand. Er war noch nicht so weit gewesen, daß ihn ein Geier nicht mehr hätte fressen können. Auch war noch ausreichend von ihm übrig. Fiiij-der-Flinke-Hacker-fiiij würde nicht darben müssen. Er würde satt werden. Kürzlich entdeckte Fische im Schnabel machten satt.

Zwischen den Dächern erspähte Fiiij-der-Flinke-Hacker-fiiij sein Gespür. Es war weg gewesen, doch nun war es wieder da. Das Gespür kam stets zurück. Nie blieb es für immer fern. Fiiij-der-Flinke-Hacker-fiiij hatte nicht gehungert, als ihm sein Gespür gefehlt hatte. Doch wenn es so plötzlich erschien wie jetzt, so gab es danach meist Fressen im Überfluß. Fiiij-der-Flinke-Hacker-fiiij würde bald kugelrund sein.

Ein Krächzen übertönte den Wind. Eine Krähe kam herangeflogen und noch eine und noch eine. Krähen hatten kein Gespür. Krähen hatten stets schlechte Laune.

Fiiij-der-Flinke-Hacker-fiiij lauschte, ob aus dem freien Wind ein greller Wind herauszuhören sei. Wenn grelle Winde Geier wegtrugen, so blieben streitsüchtige Krähen unter sich. Doch Fiiij-der-Flinke-Hacker-fiiij hörte keinen grellen Wind. Er hörte krächzende Krähen aufschließen.

Er klapperte mit dem Schnabel! Geier wurden stets aufgeregt, wenn er mit dem Schnabel klapperte. Fiiij-der-Flinke-Hacker-fiiij klapperte und verlor, was er im Schnabel trug. Der Fisch fiel zu Boden!

Er fiel nicht wie Steine, die vom Himmel fielen. Er fiel nicht wie Wasser, das vom Himmel fiel. Er fiel anders. Eben so, wie Fische fielen, wenn es Fische regnete.

Unter sich sah Fiiij-der-Flinke-Hacker-fiiij zwei Menschen. Sie rannten im Paar. Vielleicht warben sie umeinander. Vielleicht war einer ein Männchen. Vielleicht war einer ein Weibchen. Einem der beiden fiel der Fisch auf den Kopf. Dort prallte er ab und fiel auf den Boden. Er blieb nicht auf dem Kopf liegen!

Fiiij-der-Flinke-Hacker-fiiij wurde davon ganz aufgeregt. Wenn der Fisch den Kopf traf, so blieb er nicht liegen, sondern ging verloren. Der Fisch gehörte nicht auf den Kopf, wo er verloren ginge. Er gehörte nicht auf den Boden, wo ihn die Krähen fänden. Der Fisch gehörte unbedingt auf den Flügel! Denn nur dort bliebe er liegen und ginge nicht verloren. So mußte es sein. So würde es sein. Anders auf keinen Fall!

Wieder und wieder: ein neuer Anfang

Kaperielus Haus, am 1. Tag des Grünen Erntemondes, im 458. Jahr der Abwesenheit Gottes

Überall herrschte Freude. Überall erklangen Lieder von gebrochenen Herzen. Obwohl der Umsturz schon mehr als eine Woche zurücklag, nahm das Feiern in der Stadt kein Ende. Fröhliche Umzüge verstopften noch immer die Straßen und zwangen jeden, der denselben Weg nehmen wollte, entweder geduldig zu warten oder sich den ausgelassenen, lachenden und kreischenden Menschenschlangen anzuschließen. Auf vielen Plätzen wurde allabendlich gegaukelt, musiziert und getanzt.

Dabei war der 22. Tag des Mosquitomondes noch ziemlich blutig verlaufen. Die Stadtwache hatte sich nach dem vermeintlichen Tod der Vögtin nicht mehr gesammelt. Einige ihrer Angehörigen hatten schnell begriffen, was auf sie zukäme, und die Stadt umgehend verlassen. Anfangs noch unbehindert. Andere hatten sich verkrochen. Sie waren aufgestöbert und oftmals an Ort und Stelle umgebracht worden. Wieder andere hatten sich gewehrt und sogar versucht, sich den Weg aus der Stadt zu erkämpfen. Viel zu spät jedoch. Auch das hatte Leben gekostet. Gegenwärtig wurde von einem halben Tausend Toter und Schwerverwundeter auf beiden Seiten ausgegangen. Mojeb war sicher, daß es noch mehr werden würden, denn die entkommenen Schergen würden nicht plötzlich zu friedlichen Tagelöhnern werden.

Dennoch herrschte in der Stadt ein Frohsinn, als wäre mit dem Ende der alten Herrschaft auch das Ende aller Ängste und Sorgen gekommen. Dabei war noch immer unbekannt, was aus der Vögtin und ihrem Berater geworden war.

»Ich habe mich noch gar nicht genug bei Euch bedankt«, sagte Kaperielu. Er war im Aufbruch zur Ratsversammlung begriffen, die seit dem Sturz der Vögtin im Palast tagte. Als Zeichen seiner Würde trug er einen Umhang, dessen Ärmel so weit waren, daß man in ihnen leicht eine ausgewachsene Gans hätte verstecken können, und einen Rock, der ihm bis zu den Knöcheln reichte anstatt nur bis über die Knie, wie es üblich war. Mojeb schien es, als sollte diese Gewandung an die Kleidung eines sehr viel größeren Menschen erinnern.

»Ihr habt mir das Leben gerettet«, erklärte Kaperielu, während er seine Ärmel umschlug. »Mir – und auf lange Sicht auch vielen anderen. Wie ich hörte, seid Ihr nun ein verdienter Held?« Er lächelte.

Mojeb zog die Stirn kraus. Ein Held, das war er fürwahr! Vor allem beim Jungvolk Sadis. In dessen Augen hatte er in den letzten Tagen eine beachtliche Wandlung durchgemacht. Zuerst war er der finstere Held der Gassenkinder gewesen, der der Vögtin mutig den Kopf abgeschlagen hatte. Mittlerweile war die Wahrheit durchgesickert. Seitdem galt er als der Listigste. Daran war nichts Schlimmes. Mojeb hatte gelernt, daß es meist falsch war, sein Licht unter den Scheffel zu stellen. Es sei denn, ein Sündenbock wurde gesucht. Doch aus irgendwelchen Gründen bereitete sein einfacher Name den Jüngsten Sadis Schwierigkeiten. Schlimm genug, wenn sie ihn nur zu *Mojebui* verunstaltet hätten! Doch sie waren viel weitergegangen.

»Papa'jebu!« krähten neuerdings die Kinder, wenn er durch das Kohlpalmenviertel ging. »Papa'jebu!« grüßten ihn die Erwachsenen, wenn er die Stufen zur Wohnung seiner ehemaligen Gefangenen hinaufstieg, bei denen er nun wieder eingezogen war. Ihnen hatte er verboten, ihn anders als bisher zu nennen.

»Erlaubt mir eine Frage«, sprach Kaperielu weiter. »Bisher machtet Ihr auf mich den Eindruck eines reinen Beobachters. Jemandes, der wohl Ratschläge und Einschätzungen abgibt, aber nicht verstrickt werden will. Was hat Euch zu Eurem Sinneswandel bewogen? War es die Wertschätzung, die Ihr für mich empfindet?«

Mojeb schüttelte stumm den Kopf und ließ den Blick über die fast leeren Wände des Zimmers streichen, während er sich eine Antwort zurechtlegte. Er war im selben Gemach, in dem ihn der Kaufherr schon einmal empfangen hatte. Obwohl Kaperielus Bedienstete sich abmühten, die Schäden zu beseitigen, die die Stadtwachen bei der Verhaftung ihres Herrn und der anschließenden Plünderung angerichtet hatten, machte das Haus noch längst keinen gepflegten Eindruck. Gerade in diesem Zimmer hatten die Stadtwachen fast nichts an seinem Ort belassen. Allein das Bild mit der heiligen Luia und den Seeschlangen hatten sie nicht angerührt. Vielleicht hatten sie ihm keinen Wert beigemessen oder waren davor zurückgeschreckt, sich an einer Heiligen zu vergreifen, die erklärtermaßen einen Kampf gegen das Laster führte.

»Um Euch wäre es erst zwei Tage später gegangen«, beantwortete Mojeb schließlich Kaperielus Frage. »So war es geplant. Der Tod eines Jungen gab den Ausschlag. Jedenfalls dachte ich das zuerst. Aber das ist nicht ganz richtig. Der wahre Grund heißt *Rarohenga*. Das Wort wird Euch nichts sagen. Es stammt aus meiner Muttersprache. Wir bezeichnen damit den schrecklichsten Ort, den Ihr Euch vorzustellen vermögt. Tatsächlich ist es eine Erfindung für Kinder. Wir machen ihnen Angst, damit sie sich von gefährlichen Stellen im Gebirge fernhalten. Steilabfälle, gefährliche Klüfte – das ist alles Rarohenga. Genauer gesagt sind es Zugänge dazu. Wer fahrlässig in das Rarohenga hinabsteigt, der ist verloren. Er sieht den Himmel, behält die Erinnerung daran, wie schön es draußen war, wird aber nie wieder ins Freie gelangen. Und selbstverständlich ist das Rarohenga mit schrecklichen Ungeheuern bevölkert. Ich zähle sie nicht auf, denn für einen Erwachsenen klingen Kinderschrecken lächerlich. Doch Euer Land erscheint mir bisweilen wie ein wirkliches Rarohenga. Ich lebe vom Schwert. Ich bin einiges gewohnt. Seit ich bei euch bin, vergeht kaum ein Tag, an dem ich nicht irgend jemanden sterben sehe. Verstreicht ein Tag ohne einen Toten, so gleicht es der nächste bestimmt mit hundert aus. Hier tobt ein heimlicher Krieg. Die Adligen töten ihre Kinder, die Herrscher ihre Untertanen, und wer keinen besseren Grund hat, mordet sich selbst oder irgend jemanden, der ihm gerade in den Sinn kommt. Es schien mir einfach an der Zeit zu sein, um nachzusehen, ob es nicht doch möglich sein könnte, dem Rarohenga zu entfliehen. Mir kam es besser vor, als weiterhin ganz unten zu verweilen und zu klagen: Wo ist das Licht geblieben?«

Kaperielu schwieg betreten. Das war augenscheinlich mehr, als er hatte wissen wollen. Gleich zu Anfang ihrer Bekanntschaft hatte er sich genötigt gefühlt, sich für die Zustände in seiner Heimatstadt zu rechtfertigen. Mojebs Urteil traf ihn offensichtlich hart. »Wird es uns möglich sein?« fragte er leise. »Ich nehme nicht an, daß Ihr es erleben werdet, da Ihr uns und diesen Ort des Schreckens sicher bald verlassen wollt?«

Mojeb lachte: »Keine Sorge. Ich habe einen wichtigen Grund, hier noch einige Zeit zu verweilen.«

»Das klingt bedeutungsschwer.«

»Das ist es«, bestätigte Mojeb feierlich. »Nicht für Euch, aber für mich. Es ist eine persönliche Angelegenheit.« Zwanghaft berührte er seinen Gürtel, um zu fühlen, ob das Amulett noch an Ort und Stelle war.

»Ich muß nun leider aufbrechen«, sagte Kaperielu. »Doch wenn Ihr wollt, könnt Ihr mich noch einige Schritte begleiten.«

Er griff nach einem Hut mit einer Röhre von gut einem Schritt Länge, den er jedoch erst vor der Tür aufsetzte.

Das war also das Kleidungsstück, von dem sich die Bezeichnung ihrer Träger ableitete, dachte Mojeb. Pukuhau und Pukam.

»Wir werden eine neue Stadtwache aufbauen müssen«, erwähnte Kaperielu, ohne sich um die vielen staunenden Augenpaare zu kümmern, die ihm und Mojeb folgten. Er war zwar als wohlhabender Mann bekannt, doch der Röhrenhut erinnerte seine Mitbürger an seinen Einfluß. »Wenn Ihr es wünscht, werde ich Euch als ihren Befehlshaber ins Gespräch bringen. Ihr habt Euch um Sadi verdient gemacht. Ich glaube nicht, daß viele dagegen wären.«

Mojeb erschrak: »Auf keinen Fall! Ich bin keiner, der befiehlt. Ich gehorche. Das reicht mir.«

»Es würde gut bezahlt werden und für dauerhaftes Ansehen sorgen. Ihr wißt selbst, wie schnell Menschen vergessen.«

»Das kann ich mir vorstellen. Doch ich möchte eine solche Verantwortung nicht tragen. Wenn Ihr mir etwas Gutes tun wollt, so verschafft mir eine Stelle, in der ich ein halbes Dutzend

Untergebene habe, die ich kommandieren, schikanieren und anschreien kann. Das reicht mir völlig aus.«

»Wie Ihr wünscht«, antwortete Kaperielu. Anscheinend hatte er mehr Begeisterung erwartet.

»Wie sehen übrigens die Pläne mit der bisherigen Stadtgarde aus?« fragte Mojeb. Wie er wußte, befand sich abzüglich der Geflohenen und Erschlagenen eine erkleckliche Zahl bisheriger Ordnungshüter im Kerker.

Kaperielu seufzte: »Das ist eine schwierige Frage. Früher hätten wir sie einzeln an die Kapitäne fremder Schiffe verkauft. Gegenwärtig ist daran nicht zu denken. Ginge es nach Eurem Freund Lasalui, so müßten wir sie alle aufhängen.«

»Er ist nicht mein Freund«, warf Mojeb rasch ein.

»Das erleichtert mich«, meinte Kaperielu. »Ich glaube, daß er ein sehr gefährlicher Mann sein könnte, wenn er die Möglichkeit dazu bekäme. Ihm und mir scheint vorbestimmt zu sein, ständig aneinanderzugeraten! Erst gestern geschah es wieder wegen der Pferdesteuer.«

Mojeb wunderte sich. Wegen der Bedeutung, die der Adel den Tieren zumaß, gab es nicht viele Pferde in der Stadt. »Ihr meint, Ihr habt Euch um Kleinigkeiten gestritten?«

»Die Pferdesteuer ist keine Kleinigkeit. Jeder Untertan muß sie bezahlen. Zum Schutz gegen das Eindringen fremder Völker, wie ihre Begründung lautet. Sie ist an den König abzuführen. Doch wir haben derzeit keinen König. Also, was soll man damit machen? Gegenwärtig nichts, da jeder etwas anderes damit im Sinn hat. Mojeb, Euch muß das unbedeutend vorkommen, doch über solche Dinge streiten wir den ganzen Tag, ohne uns einigen zu können. Noch vor ein paar Tagen schien endlich erreicht, worauf wir so lange gehofft hatten. Doch jetzt gibt es keine Gemeinsamkeiten mehr. Als suchte jeder ständig nach dem, was ihn von den anderen trennt. Schon gar nicht können wir uns darauf einigen, wer künftig Sadi beherrschen soll. Sollen wir uns einem Landherrn aus der Umgebung unterwerfen? Mit denen haben wir keine gute Erfahrung gemacht. Sollen wir irgendeinen Adligen bitten, unser neuer Vogt zu werden? Doch wer? Sollen wir einen Vogt aus unserer Mitte ernennen? Wiederum: wer? Soll die Ratsversammlung oder nur ein von ihr ernannter Ausschuß herrschen? Doch würde es dann nicht heißen, wir hielten es wie die Merkantilier?«

Mojeb schwieg dazu. Er hatte den Eindruck, daß in der Ratsversammlung jeder das Wort führen konnte, der auch nur über ein bißchen Einfluß verfügte. Das konnte nichts werden! Wo viele sprachen, wurde meist wenig gesagt. In seiner Welt sprach meist nur einer: laut, klar und eindeutig. Wenn er einmal denken mußte, so rief er seine Offiziere und Berater zusammen. Die sagten dann allen anderen, was zu tun sei. Das hatte sich bewährt! Meistens.

Beim Marktplatz verabschiedete sich Kaperielu. Mojeb sah ihm noch hinterher, wie er zum Palasttor ging und sich dort einem Grüppchen anschloß, dessen Mitglieder ebenfalls hohe Hüte trugen.

Die Wäscherin erfährt das Geheimnis der Unsterblichkeit

Haus im Kohlpalmenviertel, etwa zur gleichen Zeit

Keloe sah dem Hauswart hinterher, wie er zum Hoftor ging und sich dort einem Grüppchen anschloß, dessen Mitglieder Blumenkränze im Haar trugen. Aus der offenen Wohnungstür hörte sie die Stimmen ihrer Mitbewohner. Omaru und Tiugugu stritten miteinander. Meistens sprach Tiugugu. Eine Erkältung hatte seine übliche wohltönende Stimme in ein Krächzen verwandelt. Omaru verlor nur selten ein Wort und beschränkte sich vorwiegend darauf, mit Geschirr zu klappern oder ab und zu etwas fallen zu lassen.

Der Grund des Streites war nicht neu. Omaru hatte wieder einmal die Früchte seiner Arbeit mit nach Hause gebracht. Oder besser gesagt die Steine der Früchte, welche die Palmenroller gefressen und ausgeschieden hatten. Tiugugu behauptete, sie stänken nach Kot, was Omaru standhaft bestritt. Er habe die Kakaobohnen gründlich gewaschen. Zudem stinke nicht einmal der Kot der kleinen Pelztiere. Der röche sogar angenehm fruchtig.

So weit wollte Keloe dann doch nicht gehen. Aber zumindest von dem, was Omaru über seine Kakaobohnen behauptete, hatte sie sich überzeugt. Sie stanken wirklich nicht. Tiugugu stellte sich nur an. Er konnte von Glück sagen, daß Omaru nicht noch immer die Kleidung von Toten nach Hause brachte! Die hatte zwar nur nach Seife gerochen, war ihr aber unheimlich gewesen. In Wahrheit hatten Tiugugus Stimmungsschwanken eine ganz andere Ursache. Er war auf Mojeb eifersüchtig.

Dabei hatte er gar keinen Grund dazu. Keloe kannte das Geheimnis ihres ehemaligen Bewachers. Er hatte ihr vor langem das kleine Gemälde gezeigt, das sein größter Schatz war und die junge Frau darstellte, um deretwegen er nach Ikarilla gekommen war. Damals war Keloe von seiner Erzählung berührt gewesen, doch inzwischen machte sie die Erinnerung daran traurig. Sie hatte jemandem von dem Bild erzählt, nämlich einer Frau, die zu den Stammkunden der Wäscherei gehörte. Sie war gebildet und hatte ein beherztes Auftreten. Doch auf die meisten Menschen machte sie einen barschen Eindruck. Dabei war sie gar nicht so unfreundlich, wenn man sie näher kannte.

»Wie alt?« hatte sie gleich gefragt und nicht das Alter der Abgebildeten gemeint, wie Keloe erfahren sollte, als sie ihr geantwortet hatte.

»Kindchen«, hatte sie ihre Bekannte genannt, obwohl sie nur wenig älter war. »Kindchen, Kindchen. Bilder trotzen dem Alter und machen jeden unsterblich. Auf einem Bild bekommen Menschen keine Falten oder graue Haare. Sie werden nicht dünner oder dicker. Sie bleiben für immer so wie an dem Tag, als sie gemalt wurden. Ist deinem Bekannten bewußt, daß sein Bild ebenso gut fünf wie fünfzig Jahre alt sein kann?«

Keloe hatte Mojeb diese Frage damals nicht stellen können. Er hatte Sadi verlassen, und sie hatte nicht gewußt, ob sie ihn jemals wiedersähe. Sie hätte ihn beinahe gefragt, als er zurückgekehrt war. Damals, in jener Nacht, als die sterbende Selbstmörderin durch den Hof gewankt war. Tiugugu hatte es verhindert, als er plötzlich ebenfalls aus der Wohnung getreten war …

Zwei Säuglinge schrien. Über den Hof rannte jemand aus dem dritten Stock zu der Gruppe um den Hauswart und redete auf ihn ein. Der schwergewichtige Mann sah kurz herauf und deutete zum Hofeingang, worauf einer derjenigen, mit denen er sich gerade unterhalten hatte, zur Straße rannte. Mit den Verbliebenen kam er über den Hof marschiert. Keloe wunderte sich, daß sich der letzte seiner Begleiter nach wenigen Schritten eilig absetzte.

Im vierten Stock wurden Türen geschlagen. Gegen eine wurde ohne Unterbrechung gehämmert. Immer mehr Menschen sprachen, riefen oder begehrten Auskunft. Keloe konnte plötzlich Mama Apikailas Stimme unterscheiden. Sie schluchzte und kreischte. Ein Name wurde ständig wiederholt: Fipi!

Das Säuglingsgeplärr hörte nicht auf.

Jäh erkannte Keloe, was geschehen war. Es überlief sie kalt. Das war das Ende, dachte sie erschrocken. Oder erst der Anfang, falls Mojeb recht hatte. Mit pochendem Herzen rannte sie zur Treppe.

Der Papa'jebu erfährt das Geheimnis der Bewahrer, doch ein anderes nicht

Haus im Kohlpalmenviertel, etwas später am 1. Tag des Grünen Erntemondes, im 458. Jahr der Abwesenheit Gottes

In dem Haus im Kohlpalmenviertel herrschte keine Freude. Auch das begeisterte und mit viel Vibrato vorgetragene Lied eines einzelnen Sängers konnte darüber nicht hinwegtäuschen: »Sie verschwand während des Großen Regens. Sie stahl mein Herz und all mein Geld.«

Auf dem Laubengang des vierten Stockwerks drängten sich

Menschen. Auch die Treppe, die hinaufführte, war verstopft. Mojeb schwankte, ob er sich der Menge anschließen sollte, um ebenfalls zu sehen, was es dort zu sehen gäbe, doch dann entschied er sich dafür, die Treppe beim Hofeingang zu nehmen, um zur Wohnung zu gelangen. Wahrscheinlich war nur eine Nichtigkeit für den Auflauf verantwortlich, dachte er, während er die Stufen hinaufeilte.

Er traf Omaru und Tiugugu vor der Wohnung an. Sie standen am Geländer des Rundgangs und schauten nach unten. Viel von dem, was im Stockwerk unter ihnen vorging, konnten sie allerdings von ihrem Platz aus nicht erkennen.

»Was gibt's?« fragte Mojeb, als er bei ihnen war.

»Unten hat eine Frau ein Ungeheuer zur Welt gebracht. Es hat zwei Köpfe und viele Arme«, erklärte Tiugugu.

»Es ist Fipis Kind«, sagte Omaru. »Du weißt schon, die aus Mama Apikailas Anhang.«

»Ich weiß«, bestätigte Mojeb. »Wo ist Keloe?«

»Unten«, antwortete Omaru und wies mit einer Kopfbewegung zur Treppe.

Tiugugu blickte mißtrauisch von einem zum anderen. »Hat er etwa auch davon gewußt? Wußten alle Bescheid außer mir?«

Mojeb überging die Frage. »Der heilige Malachias hat einmal gegen ein Ungeheuer gekämpft, das fünf Arme und drei Beine hatte.«

Omaru blickte ihn vorwurfsvoll an: »Es ist ein Kind und kein Ungeheuer. Das ist nicht ganz dasselbe.«

»Schaut!« rief Tiugugu aufgeregt und deutete zum Hofeingang. Durch diesen betraten gerade einige auffällige Neuankömmlinge das sandige Geviert. Voraus ging ihnen ein Mann mit Blumenkranz im Haar, von dem Mojeb meinte, daß er im ersten oder zweiten Stock wohnte. Ihm folgten ein halbes Dutzend Begleiter, die unverkennbar keine Hausbewohner waren. Die Männer und Frauen waren in lange weiße Soutanen gekleidet. An Stricken, die ihnen als Gürtel dienten, hingen Schlagstöcke. Die Hälfte von ihnen trug große, aus Palmenblättern geflochtene Taschen.

»Furzig!« stieß Mojeb unwillkürlich aus. Das waren Kirchenleute! Vor ihnen hatte er Keloe gewarnt. Warum bloß hatte sie nicht auf ihn gehört?

Als die Diener des Abwesenden Gottes die andere Hofseite erreicht hatten, machten die Wartenden auf der Treppe Platz, um sie vorbeizulassen. Gleichzeitig nahm die Lautstärke des Stimmengewirrs deutlich ab. Tiugugu stieß überrascht aus: »Das sind ja Soror Maculosa und Frater Auritus!«

Trotz des Ernstes der Lage mußte Mojeb grinsen. »Sag das lieber nicht, wenn sie dich hören können.«

Tiugugu sah ihn verständnislos an. »Sie heißen so.«

Mojeb lachte: »Das bezweifle ich sehr. Allerdings ist die Bezeichnung für den einen durchaus zutreffend. Er hat wirklich sehr große Ohren.«

Doch nun stutzte er selbst, denn einer der Priester kam ihm vertraut vor. Mojeb durchsuchte seine Erinnerung, bis ihm einfiel, woher er den Mann kannte.

»Falanikui!« sprach er verwundert den Namen aus. »Der mit der Glatze heißt Falanikui. Aber er ist gar kein Priester, sondern ein Maler.«

»Das sind die anderen beiden auch«, erklärte Tiugugu.

Mojeb sah ihn an: »Woher willst du die denn kennen?«

Ohne ersichtlichen Grund lief Tiugugu rot an.

»Ich, ich …«, stammelte er. »Ich habe bei ihnen wegen Arbeit vorgesprochen. Sie hatten aber keine. Das ist alles. Dabei lernte ich Soror Maculosa und Frater Auritus kennen. Sie nennen sich Bewahrer von … Ach, was weiß ich!«

»Der Form«, half Mojeb aus. »Bewahrer der Form.«

Wie seltsam, dachte er. Das ergab doch keinen Sinn!

Plötzlich erinnerte er sich, daß sich der Maler Falanikui ursprünglich ebenfalls als *Frater* vorgestellte hatte. Frater Falanikui. Falanikui war zwar ein richtiger Name und kein Spitzname aus der *lingua dei*, wie bei den beiden, die Tiugugu kannte, aber davon abgesehen blieben Frater und Soror, also Bruder und Schwester, Bezeichnungen für Ordensangehörige. Damit war jedoch nichts erklärt. Wer waren die sechs? Maler, die sich einen

Spaß daraus machten, sich als Kirchendiener auszugeben? Ein Kirchenorden, der vortäuschte, eine Malergemeinschaft zu sein? Oder Ordensangehörige, die eine etwas ausgefallene Art und Weise gefunden hatten, sich ihr tägliches Brot zu verdienen?

»Ihr bleibt hier«, befahl Mojeb. »Ich will sehen, ob ich etwas herausfinden kann.«

Als ihm Omaru dennoch zur Treppe folgte, sprach Mojeb leise zu ihm: »Ich meine es ernst. Keloe steckt vielleicht in großen Schwierigkeiten. Vielleicht kann ich ihr heraushelfen.«

»Ich bin kräftig«, versicherte Omaru mit seiner Baßstimme.

Mojeb klopfte ihm auf den Arm: »Ich weiß. Bleib trotzdem hier.«

Entschlossen zwängte er sich zwischen den Gaffern auf der Treppe hindurch nach unten. Wenn er erkannt wurde, machte man ihm Platz. Ein-, zweimal hörte Mojeb jemanden respektvoll »Papa'jebu!« rufen. Gewisse Vorteile hatte der Spitzname, sagte er sich. Hoffentlich erwartete jetzt niemand von ihm, daß er dem Ungeheuer im vierten Stock den Kopf abschlüge!

Mojeb wußte zwar nicht genau, wo die unglückselige Fipi wohnte, doch als er eine Tür entdeckte, vor der zwei der mutmaßlichen Geistlichen standen, erkannte er, daß er richtig war.

Die beiden beschränkten sich darauf, niemanden durch die Tür zu lassen, hinter der sich zweifellos ihre Gefährten aufhielten. An den Hausbewohnern, die die Tür belagerten, stören sie sich nicht.

Mojeb besah sie sich etwas genauer. So weit er es beurteilen konnte, schienen ihre Gewänder echt zu sein und wirklich die von Aionarspriestern, angefangen beim schlichten, makellosen Weiß der Soutanen bis hin zu den beinernen Knöpfen.

Jetzt erkannte er auch, daß die Priester gar nicht mit Schlagstöcken bewaffnet waren. Das, was er von fern dafür gehalten hatte, waren ein Zollstock und ein Zirkel, die ihnen vom Gürtel hingen. Beides gehörte anscheinend zu ihrer Tracht. Doch wenn es Ordenssymbole waren, so paßten sie nicht ganz zu dem, was er über diese Leute wußte. Palette und Pinsel wären ihm treffender erschienen.

Nicht weit von Fipis Wohnungstür entfernt konnte Mojeb Mama Apikaila ausmachen. Ihre Haare waren zerzaust und ihre Augen verweint, doch ansonsten schien sie bester Dinge zu sein, da sie bereits wieder wortgewaltig und gestenreich auf ihre Nachbarn einsprach. Was hatte sie ihnen wohl zu erzählen? Geschickte Geschichten vom ungebetenen Ungeheuer im vielbesuchten vierten Stock? Oder vielleicht neue Blutrünstigkeiten vom Ruchlosen Hacker?

Endlich entdeckte Mojeb auch Keloe. Er kämpfte sich zu ihr durch und flüsterte: »Verschwinde!«

»Nein«, antwortete sie. »Sie hat nichts verbrochen.«

»Doch«, widersprach Mojeb. »Und das weißt du ganz genau. Sie hätte längst zur Priesterschaft gehen müssen. Du ebenfalls. Jede von euch. Und jetzt verschwinde.«

Keloe schüttelte erneut trotzig den Kopf. Mojeb wußte nicht, was er tun sollte. Er konnte sie schlecht mit Gewalt wegführen, ohne Aufsehen zu erregen.

Lange geschah gar nichts. Dann öffnete sich plötzlich die Wohnungstür. Eine Priesterin, die Mojeb nicht kannte, trat ins Freie. »Hört alle her«, rief sie ernst. »Hier gibt es nichts, wovor ihr euch fürchten müßtet. Geht!«

»Was ist mit dem Ungeheuer?« rief jemand.

»Es ist kein Ungeheuer«, antwortete die Priesterin scharf.

»Aber ein gewöhnlicher Mensch ist es auch nicht!«

»In der Tat«, stimmte die Priesterin zu und klopfte gegen die Tür. Sie wurde umgehend geöffnet. Offenbar war es so verabredet gewesen. Die Priesterin nahm etwas entgegen und hob es hoch, so daß es jeder sehen konnte: Fipis Kind! Erschrockene Ausrufe ertönten.

Das Wesen besaß vier Arme und vier Beine sowie zwei Köpfe, die sich beständig gegenseitig ansahen. Sein gemeinsamer Leib war verformt und breiter, als bei einem Säugling seines Alters üblich.

»Wie du schon sagtest«, rief die Priesterin dem Hausbewohner zu, mit dem sie gerade gesprochen hatte. »*Ein* Mensch ist das nicht. Es sind zwei. Zwei Schwestern, um genau zu sein. Wie ihr seht, sind ihre Körperchen zusammengewachsen. So etwas geschieht nur, wenn sich die Kindlein schon im Mutterleib ungewöhnlich gern haben. Alles, was ihr hier sehen könnt, ist das Ergebnis übergroßer Geschwisterliebe. Vor Zuneigung muß sich niemand fürchten.«

»Ich mag meine Schwester auch, doch ich bin trotzdem nicht mit ihr verwachsen«, war die Stimme des Hauswarts zu hören.

»Zwei von deiner Sorte hätten deine arme Mutter auch entzweigerissen«, gab jemand laut genug von sich, so daß es jeder hören konnte. Der Hauswart verzog verärgert das Gesicht, während alle um ihn herum lachten. Dennoch war sein Einwand berechtigt. Noch nie hatte jemand eine solche Erklärung gehört. Die Priesterin bat um Ruhe.

»Geschwisterliebe ist tatsächlich auch nicht der alleinige Grund. Doch ist es nicht so, daß selbst ihr, die ihr erwachsene Menschen seid, zusammenrückt, wenn ihr euch fürchtet? Ist es nicht so?«

Die Priesterin ließ ihren Blick fragend über die Hausbewohner streichen und bat dann die Mutter der Mädchen, aus der Wohnung zu treten. Fipi sah aus wie eine zum Tode Verurteilte, die unter dem Galgen begnadigt worden war. Sie hatte die frohe Nachricht zwar gehört, aber noch nicht verstanden.

»Sag, Frau«, forderte die Priesterin sie auf. »Hattest du große Angst, als du mit deinen Kindern schwanger warst?«

Mojeb stieß die Luft aus. Maler, Priester und augenscheinlich auch Schauspieler! Die Antwort auf diese Frage war vorhersehbar. Jeder in der Stadt hatte sich während der letzten Monde vor irgend etwas gefürchtet: vor der Vögtin, einem neuen Steinregen oder allgemein vor der Zukunft. Und weil das so war, würde Fipis schlichtes Ja auch jeden überzeugen.

Hattest du Angst gehabt? – Selbstverständlich! Wer nicht? Niemand hatte ihr entrinnen können. Nicht einmal im Mutterleib. Angst war leichter faßbar als Geschwisterliebe.

»Da bist du noch einmal davongekommen«, zischte Mojeb verärgert in Keloes Ohr und bahnte sich einen Weg durch die

Umstehenden. Er ging bis zur entfernteren Treppe. Dort setzte er sich auf die Stufen und wartete.

Bis sich die Versammlung vor Fipis Tür auflöste und die sechs Kirchenleute sich verabschiedeten, verstrich noch einige Zeit. Mojeb war überzeugt davon, daß mindestens einer von ihnen in den nächsten Tagen wiederkäme, um die Säuglinge zu zeichnen. Vielleicht hatten sie auch längst Mutter und Kinder zu dem gleichen Zweck in ihr Haus bestellt.

Hinterließ schon das just Erlebte einen faden Beigeschmack, so verspürte Mojeb zudem ein wachsendes Unbehagen, das er nicht sofort verstand. Die Kirche des Abwesenden Gottes hatte zahlreiche Orden. Manche reichten angeblich bis in die Zeit des heiligen Malachias zurück, als der fleischgewordene Aionar unter den Sterblichen wandelte. Alle Orden hatten eine Aufgabe. Welche hatten die *Bewahrer der Form*? Sie waren keine beliebigen Maler. Sie zeichneten Menschen. Körperteile von Menschen. Die Gemälde, die Mojeb für Bilder von Märtyrern gehalten hatte, machten hiervon keine Ausnahme. Wie er inzwischen erfahren hatte, sollten sie keine Greuel, sondern nur die Muskeln, Adern und inneren Organe eines Menschen darstellen.

Am eigenen Leib hatte er andererseits erlebt, daß die Malerpriester alles begeisterte, was sich von dem unterschied, welches sie bereits kannten. Als ginge es ihnen darum, eine Bestandaufnahme menschlichen Aussehens zu machen.

Daraus ergab sich jedoch eine spannende Frage: War das, wobei er die Priester heute beobachtet hatte, eine Nebentätigkeit, die sich aus ihrer Malerei ergab, oder war es ihre eigentliche Aufgabe? Und was bedeutete es, wenn sie einmal zu einer anderen Entscheidung als heute kommen sollten? Wenn ihre Prüfung ergäbe: Es ist kein Mensch!

Was war das fragliche Wesen dann, und wie mußte es aussehen?

Mojeb fröstelte. Die Antwort auf die letzte Frage war gar nicht so schwer. Wenn das Urteil, ob jemand ein Mensch sei, verlangte, daß derjenige, der es abgab, sich bestens mit der Vielfalt menschlichen Erscheinens auskannte, dann mußte das andere Wesen fast genauso aussehen wie ein Mensch, jedoch ohne einer zu sein.

Mojeb konnte sich darunter nichts vorstellen.

Allerdings beabsichtigte er auch nicht, die Priester darauf anzusprechen, was ihm durch den Kopf ging. Wahrscheinlich war ihr Orden so alt, daß seine heutige Tätigkeit nur noch ein Schatten seiner ursprünglichen Aufgabe war. Was diese aber einmal gewesen war, wollte er nicht wissen. Wer begab sich schon freiwillig in den Schatten, wenn er auch im Licht bleiben konnte?

Jemand, der in einem heißen Land lebte, aber kein Jarmate, dachte er sogleich.

Als Mojeb die weißgekleideten Besucher durch das Hoftor entschwinden sah, erhob er sich, um ihnen zu folgen. Auch wenn die Frage, die er ihnen stellen wollte, gegenwärtig nicht mehr so dringend war wie vor einigen Tagen, suchte er noch immer nach einer Antwort.

Zügig stieg er die Stufen hinunter und durchschritt den Hofeingang. Auf der Straße erkannte er, daß er einen Augenblick zu lange gewartet hatte. Zwar machte er die weißen Gewänder mühelos aus, doch zwischen ihnen und ihm wand sich erneut ein Umzug von Menschen im Freudentaumel durch die Straße. Auf sich selbst ärgerlich, versuchte er durch den Wall von Leibern zu gelangen. Sogleich spürte er Arme, die sich auf seine Schultern legten, um ihn in der großen, glücklichen Gemeinschaft willkommen zu heißen. Er empfing die Küsse von Fremden, ohne abschätzen zu können, ob sie Ausdruck brüderlicher Zuneigung oder ganz und gar nicht schwesterlicher Liebe waren, und schaute in unstete Augen, deren Besitzer seit der Plünderung des vögtlichen Weinkellers keine einzige Stunde mehr nüchtern gewesen waren. Aber er gelangte nicht dahin, wohin er wollte. Wie Treibgut wurde er immer wieder an den Rand gespült.

Plötzlich zuckte Mojeb zusammen. Irgend etwas hatte er gerade gesehen! Was? Der Augenblick war viel zu flüchtig gewesen, als daß er eine Antwort auf die Frage hätte geben können. Doch es war wichtig gewesen, entscheidend sogar. Was war es gewesen? Ein Gesicht? Vermutlich ein Gesicht. Welches? Mojeb reckte sich, stellte sich auf die Zehenspitzen, sprang in die Höhe. Doch er fand nicht heraus, was ihn so urplötzlich aufgewühlt hatte. Es war weg, unwiederbringlich. Entstanden und wieder verweht in einem einzigen Augenblick.

Mit einemmal stand Bock vor ihm. Sie sah überrascht aus, vielleicht sogar erschrocken.

Ihr Gesicht mußte er gesehen haben, dachte Mojeb, ohne selbst daran zu glauben.

Fröhlichkeit legte sich auf Bocks Gesicht. Anders als sonst wirkte sie aufgesetzt.

»Ich habe dich lange nichd mehr gesehen«, sprach sie ihn an. »Magsd du uns nichd mehr? Hasd du edwa mid Lasalui gesdridden?«

»Nein, gar nicht«, antwortete Mojeb knapp und noch immer abgelenkt. Plötzlich umfaßte die rotblonde Frau seinen Arm.

»Wir sind Freunde, nichd wahr?« sagte sie. »Versbrich mir, daß wir auch günftig welche bleiben werden, was immer geschiehd. Uns gehd es nichd an, was sie machen. Wir bleiben Freunde. Sag es!«

»Ja, ja«, antwortete Mojeb.

Die Priester waren nun ganz aus seinem Blickfeld verschwunden. Zum Glück wußte er, wohin sie wollten. Wenn er einen Umweg über weniger bevölkerte Straßen wählte, so sollte es nicht schwer sein, sie wiederzufinden.

»Ja, ja, Freunde«, versicherte Mojeb erneut und löste seinen Arm aus Bocks Griff. »Ein andermal, ich bin in Eile.«

Er drückte ihr einen flüchtigen Abschiedskuß auf die Wange und eilte unter dem Bogengang fort. Einen Augenblick später fragte er sich, warum er sie geküßt hatte. Solche Zutraulichkeiten waren nicht üblich zwischen ihnen. Noch etwas später ärgerte er sich sogar. In seinem Beruf versprach man niemandem bedingungslos Freundschaft, schon gar nicht jemandem, der derselben Tätigkeit nachging. Allenfalls versprach man: Wir bleiben befreundet, solange nichts dagegen spricht. Alles andere bedeutete, das Schicksal herauszufordern.

Mojeb holte die Maler erst in der Nähe der Basilika ein. Er sprach den an, mit dem er schon zu tun gehabt hatte. Falanikui erkannte ihn sogleich wieder. »Nun, hast du es dir inzwischen überlegt? Willst du dich jetzt malen lassen?« Er zögerte: »Warum ist eigentlich beim letzten Mal nichts daraus geworden? Ich kann mich gar nicht daran erinnern.«

»Tja«, antwortete Mojeb, als wäre ihm ebenfalls entfallen, wer von ihnen beiden sich nicht an die Vereinbarung gehalten hatte.

»Das ist der gewalttätige Ausländer, der der Vögtin den Kopf abschlug«, meinte die Frau, die Tiugugu als Soror Maculosa bezeichnet hatte. Mojeb betrachtete sie aufmerksam. So schmutzig kam ihm die Frau gar nicht vor.

Einer der anderen Maler grinste. Das war ein gutes Zeichen, da es bedeutete, daß er nicht von vornherein auf taube Ohren stoßen würde. Mojeb war unsicher, wie er Falanikui anreden sollte, jetzt, da er wußte, was er wirklich war. Kurzerhand beließ er es beim Gewohnten.

»Ich möchte dich in einer Glaubensangelegenheit sprechen. Nur eine kurze Frage.«

»Geht ruhig weiter. Ich werde nachkommen«, sagte Falanikui zu seinen Begleitern.

»Aber laß dich bloß nicht dazu überreden, mit ihm auf einen Balkon zu gehen, *Frater Temeritas*«, warnte ihn Soror Maculosa.

Sobald sie außer Hörweite waren, kam Mojeb zur Sache: »Es geht um den Blutpfaffen.«

Falanikui verzog das Gesicht, als hätte er etwas Bitteres gegessen. »Nun, ich weiß nicht, wo er sich aufhält. Und wenn ich es wüßte, könnte ich es dir nicht sagen. Jedenfalls nicht sofort. Nicht bevor ... und schon gar nicht in diesem Gewand. Machen wir es kurz: Ich weiß nicht, wo du ihn finden kannst.«

»Tatsächlich will ich nur von dir hören, was du über ihn weißt.«

»Das ist nicht viel«, sagte Falanikui sofort. »Meines Wissens stammt Pater Nikotemu aus der Gegend von Peneteporata und gehört dem *ordo curatoris dei* an. Was ihn hierher führte, weiß ich ebenso wenig, wie ich verstehe, wie er zu solchem Einfluß am Hof der Vögtin gelangen konnte. Daß das keine glückliche Fügung war, wissen wir beide.«

»Hat er sich je als Kokles bezeichnet?« fragte Mojeb weiter.

»Er war kein Ausländer«, antwortete Falanikui.

Mojeb schüttelte den Kopf. Falanikui hatte ihn offenbar ebenso mißverstanden wie Seffenaiu. Er berichtigte sich: »Pater cocles oder Frater cocles.«

»Ach so!« sagte Falanikui begreifend. »Nun, nicht, daß ich wüßte. Ich kann es mir nicht vorstellen. Wenn mich Soror Tiuguge wie gerade eben als *Bruder Leichtsinn* bezeichnet, so ist das ein Scherz unter uns. Üblich sind solche Bezeichnungen nicht. Aber ich verstehe nicht, worauf deine Frage abzielt?«

Mojeb schilderte ihm seinen Verdacht.

»Von dir kommt das?« sagte Falanikui ernst. »Nun, ich hörte dieses Gerücht bereits, hielt es aber für Geschwätz. Wie ich dir sagte, weiß ich nicht viel über ihn. Doch ich will mich umhören.«

»Tu das«, antwortete Mojeb.

Ein Kreis nach dem anderen, stets tiefer

Kaperielus Haus, am 18. Tag des Grünen Erntemondes, im 458. Jahr der Abwesenheit Gottes

Von Freude konnte längst keine Rede mehr sein. Auch der Letzte würde das bald erkennen. Was käme danach?

Gedankenschwer löschte Kaperielu alle Lampen bis auf eine einzige, dann legte er sich ins Bett.

»Hast du Sorgen?« fragte seine Frau.

Kaperielu umfaßte ihre Hand. Selbstverständlich hatte er Sorgen! Die Zukunft zerrann ihm und allen anderen zwischen den Fingern. Jeder wußte es, keiner wollte es zugeben, und niemand war bereit, die Gegensätze ruhen zu lassen, um etwas dagegen zu unternehmen. Mitnichten! Nicht einmal auf ein Vorgehen gegen die Räuberbanden aus Mitgliedern der ehemaligen Stadtgarde, die das Umland unsicher machten, konnte man sich einigen.

Dabei schienen die alltäglichen Streitigkeiten in der Ratsversammlung um so erbitterter geführt zu werden, je deutlicher die Ausweglosigkeit des Ganzen wurde. Es war ein Wunder, daß es nicht längst zu Handgreiflichkeiten zwischen den unterschiedlichen Parteiungen gekommen war.

Doch das war alles nichts im Vergleich dazu, was geschähe, wenn der Bevölkerung Sadis bewußt würde, wie wenig das blutig erkaufte Ende der Tyrannei im Grunde bedeutete. Die alten Ängste waren durch neue ersetzt worden, die Not war gleich geblieben.

Der Tag des Zorns hatte die Welt umgekrempelt. Er hatte die Schiffe zerschmettert, Handelswege abgeschnitten und auch die ältesten Verträge aufgekündigt. Und was der böse Tag nicht zerstört hatte, besorgte nun das Wetter. Das karge Licht, das noch durch das graue Leichentuch des Himmels drang, bescherte kleinere Ernten.

Solange nicht rückgängig gemacht wurde, was Aionars Zorn angerichtet hatte, würde weder der Mangel weichen, noch würden sich die hohen Preise ändern. Es gab keine Fülle von Speicherhäusern, die nach und nach geöffnet werden konnten. Deswegen war auch Lasaluis jüngste Tollheit so ärgerlich, nämlich sein Vorschlag, das Geld, welches die Vögtin den Pukamen nach dem ersten Versuch der Entmachtung abgepreßt hatte, einzubehalten und für Notkäufe zu verwenden. Für diesen verschlagenen Menschen war das doch lediglich ein Mittel, andere Ziele durchzusetzen!

Kaperielu erinnerte sich an die Frage seiner Frau. Ihre Hand drückend, versprach er: »Alles wird gut.«

Er drehte sich zum Einschlafen auf die rechte Seite, so daß er ihr den Rücken zukehrte. Sein Blick ruhte auf dem Licht – dem beruhigenden Licht – der einzelnen, noch brennenden Lampe. Seit seiner Verhaftung ertrug er völlige Dunkelheit nicht mehr.

Während Kaperielu in den Schlaf glitt, erinnerte er sich einer lange zurückliegenden Bemerkung Mojebs: »Städte sind etwas Besonderes. Sie sterben nicht von einem Augenblick auf den anderen, sondern so langsam wie große Tiere.«

Der Unheilige bedrängt den Weisen

Im Schurkischen Palmenroller, am 25. Tag des Grünen Erntemondes, im 458. Jahr der Abwesenheit Gottes

»Tu das«, sagte Mojeb zu Makerita. Steif wie stets ging das eigentümliche Mädchen zu seiner nicht minder eigentümlichen Mutter. Die hörte ihrer Tochter bedeutungsvoll nickend zu, als sie weitergab, was ihr aufgetragen worden war. Als Makerita alles gesagt hatte, blickte die Wirtin zu Mojeb. Zum Zeichen, daß sie verstanden habe, hob sie die Hand. In dieser Haltung beließ sie sie, während sie einem anderen Gast ein Getränk brachte.

Mojeb suchte noch immer gern den *Schurkischen Palmenroller* auf, obwohl die Schenke längst nicht mehr seinen Arbeitsplatz darstellte. Hier bekam er jedoch häufig von den Gästen einen Wein ausgegeben. Die meisten von ihnen hatten inzwischen vernommen, daß er nun der neugegründeten Bürgergarde angehörte. Welchen Rang er dort bekleidete, wußten sie im allgemeinen nicht. Es kümmerte sie auch nicht. Er galt noch immer als Held des Aufstandes.

Allerdings ging es dem kleinen Häufchen Gardisten, die neuerdings Mojebs Befehl unterstanden, nicht viel anders als ihnen. Denen hatte er gleich bei ihrer ersten Begegnung erklärt, daß er unter keinen Umständen als Schwertwebel, Torwebel, Hauptwebel oder etwas in dieser Art angesprochen werden wolle, da das in seinen Ohren klinge, als wäre er für das Putzen zuständig. Wie nicht weiter verwunderlich, hatten sie den Scherz nicht verstanden. Daher hatte er ihn erklären müssen. Webel wie Wedel: Schwertwedel, Torwedel, Staubwedel.

Wie er statt dessen genannt werden wolle, hatte darauf jemand ohne ein Fünkchen Erheiterung gefragt.

Haihana, hatte Mojeb sogleich geantwortet. Das sei ein Wort aus seiner Muttersprache und klinge wesentlich zivilisierter.

Haihana Papa'jebu? Seltsamerweise hatten seine Untergebenen diesen Ausdruck lustig gefunden. Mojeb nicht. Er hatte seinen Gebrauch sogleich untersagt: »Mojeb oder Haihana. Meinetwegen auch Herr, Meister, Kommandant oder Gott. Im Grunde ist es unwichtig, welchen Begriff ihr gebraucht, solange wir alle wissen, daß immer der letzte und bedeutendste in dieser Reihe gemeint ist.«

»Gott?« hatte der Streber des Häufchens andächtig geflüstert.

Mojeb hatte ihn mitleidig angesehen und den Kopf geschüttelt: »Nein, Malachias!«

Sie würden sich daran gewöhnen, dachte er. Sicher wären sie schon bald stolz darauf, vom einzigen Haihana in der gesamten Bürgergarde befehligt zu werden.

Kaperielu betrat die Schenke. Da Mojeb diese Möglichkeit vorausgesehen hatte, hatte er Vorsorge getroffen. Er erhob sich, um den Kaufherrn zu begrüßen. Im selben Augenblick fiel Mara, der Wirtin, wie verabredet ein, daß eine Nachricht für ihn hinterlassen worden sei und er dringend von jemandem erwartet werde. Damit sah Mojeb keine andere Möglichkeit mehr, als sich umgehend mit Bedauern zu verabschieden. Er bezahlte und verließ die Schenke.

Der Kaufherr gehörte neuerdings nicht mehr zu den Menschen, mit denen sich Mojeb gern unterhielt. Er hegte keinen Groll gegen ihn und empfand wegen seiner Abneigung und des Ausweichens sogar ein leichtes Schuldgefühl, da ihm Kaperielu immerhin zu seiner Stellung verholfen hatte. Doch sein einstiger Schützling war ein langweiliger Unterhalter geworden. Er sprach nur noch über ein und dasselbe, nämlich das, was in der Ratsversammlung vorging: wer was zu wem gesagt hatte, wer gegen wen intrigierte, wem nicht zu trauen sei oder wem alles zuzutrauen sei.

Mojeb konnte es nicht mehr hören! Was ging es ihn an? Die Zeit war vorbei, als gelegentliche Äußerungen von ihm noch Auswirkungen auf die Zukunft der Stadt gehabt hatten. Er war ein Fremder, der irgendwann weiterziehen würde. So lange sollten die Einflußreichen Sadis ihre Angelegenheiten selbst regeln, ohne ihn damit zu behelligen!

Draußen mußte Mojeb nicht lange überlegen, wohin er nun gehen wollte. Er bog in eine der Gassen ein, die von dem kleinen Platz vor dem *Schurkischen Palmenroller* abgingen. Schon nach wenigen Schritten blieb er überrascht stehen, als er entdeckte, wer ihm entgegenkam.

»Seffenaiu«, rief Mojeb erfreut. »Ihr hier? Was führt Euch nach Sadi? Warum ließet Ihr mich nicht von Eurer Anwesenheit wissen?«

»Das tue ich gerade«, antwortete der Ritter. »Ich habe mich sogar in den schrecklichen Bau gewagt, den Ihr als Euer Zuhause bezeichnet. Der Halbwüchsige, der bei Euch zu wohnen scheint, weihte mich ein, wo Ihr zu finden wäret.«

»Sehr gut! Laßt uns ...« Mojeb blickte zu der Schenke, die er gerade verlassen hatte. »Laßt uns woanders hingehen!«

»Ich muß Eure sicher großzügig gemeinte Einladung leider ausschlagen«, sagte Seffenaiu. »Ich hatte Dringliches hier zu erledigen. Nur Euretwegen bin ich überhaupt noch in Sadi. Begleitet mich zu meiner Herberge. Ich habe Euch einen Vorschlag zu unterbreiten.«

Dagegen hatte Mojeb nichts einzuwenden. Der Ritter sprach weiter: »Habe ich Euch schon erzählt ... Nein, ich habe es noch nicht. Ich werde Euch erst jetzt von der großen Neuigkeit erzählen: Mir ist es tatsächlich gelungen, nahe Temelua einen Ort zu finden, wo man sein Geld verprassen kann! Unglaublich, aber wahr. Ich schwöre es! Nun seht Ihr aber sogleich mein Problem, Mojeb: Ihr wißt, wie gern ich über meine Verhältnisse lebe. Kurz gesagt, brauche ich dringend Euren Sold! Kommt wieder zurück nach Temelua. Niemand läßt sich so leicht zu aussichtslosen Wetten überreden wie Ihr. Es ist langweilig geworden ohne Euch.«

Nun mußte Mojeb ablehnen: »Ich kann Euch nicht begleiten.«

Seffenaiu gab sich empört: »Weil Eure alten Männer dann nicht mehr nach Hause finden?«

»Das mache ich gar nicht mehr. Ich gehöre jetzt zur neuen Bürgergarde«, eröffnete ihm Mojeb.

Seffenaiu verzog das Gesicht und sagte geringschätzig: »Ein Büttel? Ein Torwächter? Darauf müßt Ihr Euch nichts einbilden, mein Freund.«

Mojeb war leicht verstimmt: »Ihr irrt. Ich befehlige sogar einige Soldaten.«

»Muß ich mich wiederholen?« erwiderte Seffenaiu mit derselben Geringschätzung. »Auch das könnt Ihr auf Temelua haben, wenn Ihr es unbedingt haben müßt.«

Mojeb schüttelte den Kopf: »Ich kann nicht, Seffenaiu. All Eure Mühe ist vergebens. Ich begleite Euch nicht.«

»Warum nicht?« rief Seffenaiu aufgebracht. »Ist es wegen dieser Menschen, mit denen Ihr zusammenlebt? Nehmt sie mit, wenn Ihr Euch nicht von ihnen trennen könnt. Wir werden schon eine Aufgabe für sie finden. Der Kleine kann im Stall arbeiten, die reizende Keloe als Magd. Oder noch besser: Wir suchen einen wohlhabenden, aber ledigen Bauern für sie aus und bestimmen, daß er sie zur Frau nehmen soll. Vertraut mir! Wir werden für alles eine Lösung finden.« Er lachte plötzlich: »Oder habt Ihr neuerdings ein Herzchen? Erzählt!«

Mojeb verneinte abermals: »Auch das nicht. Ihr wißt genau, warum ich nicht an einen abgeschiedenen Ort wie Temelua ziehen kann und warum ich hier bleiben will.«

Eine kurzes Stück Wegs schritten beide schweigend nebeneinander her. Seffenaiu nahm den Gesprächsfaden wieder auf: »Es ist noch immer wegen der Frau auf dem Bildnis?«

Mojeb nickte.

Seffenaiu machte eine ungeduldige Handbewegung: »Die Heiligen sind meine Zeugen! Ich wollte es nie soweit kommen lassen, doch Ihr zwingt mich dazu. Ihr seid ein Narr, Mojeb! Habt Ihr eine Vorstellung, wie alt Euer Bild sein könnte?«

»Ich besitze es noch nicht einmal ein Jahr.«

»Stellt Euch nicht dumm!« erregte sich der Ritter. »Ihr wißt, was ich meine. Es mag vor zehn Jahren gemalt worden sein, vor zwanzig oder vor hundert. Wenn diese Frau überhaupt noch leben sollte, so wird sie heute ganz anders aussehen. Glaubt Ihr, nur weil sie auf Eurem Bild nicht altert, alterte sie auch in Wirklichkeit nicht? Ein solcher Tor könnt Ihr nicht sein. Diejenige, die Ihr sucht, gibt es nur in Eurer Einbildung. Ihr jagt Euren eigenen Gedanken hinterher.«

»Ihr irrt. Ich weiß, daß sie lebt.«

»Und woher?«

Mojeb schlug sich auf die Brust: »Ich fühle es.«

»Tut Ihr das wirklich?« fragte Seffenaiu spitz. »Wenn es stimmte, wäret Ihr nie so lange an einem Ort geblieben. Ihr hättet das ganze Land auf der Suche nach ihr durchstrichen. Doch das habt Ihr nicht. Statt dessen bleibt Ihr in dieser aufmüpfigen Stadt und redet Euch ein, daß diese Frau eines Tages zu Euch finden werde. Ihr sucht deshalb nicht, weil Ihr wißt, daß jede Suche ein Ende hat. Doch das Ende Eurer Suche wäre gleichzeitig das Ende Eures Hirngespinsts. Also unternehmt Ihr nichts und wartet lieber. Warten kann man für immer.«

»Vielleicht jage ich einem Hirngespinst nach«, erwiderte Mojeb eisig. »Doch in meinem Fall besteht wenigstens eine Möglichkeit, daß sie noch lebt. Ich suche wenigstens keinen Leib, den die Würmer längst gefressen haben. Doch o weh! Soviel blieb ja von Eurem Gespenst gar nicht übrig!«

Seffenaiu hob die Faust, als wollte er ihn schlagen. Dann aber ließ er sie langsam wieder sinken: »Ich habe alles getan, was in meiner Macht lag. Ihr seid ein sturer Dickkopf.«

Urplötzlich streckte er Mojeb die Hand entgegen: »Verzeiht meine harschen Worte. Ich ließ mich hinreißen.«

Mojeb ergriff Seffenaius Rechte und schüttelte sie. Nicht ganz aus freiem Herzen, aber auch nicht deshalb, weil es so von ihm erwartet wurde.

Der Ritter ließ die Hand nicht sofort wieder los. Er nagte verlegen an seiner Unterlippe und sagte: »Wir bleiben Freunde. Auf ein andermal! *Pea*, Freund, *pea!*«

Er wandte sich ab und verschwand im Torbogen eines zweistöckigen Hauses – der Herberge, in der er meistens abstieg, wenn er in Sadi weilte.

»Mein Pferd«, rief er. »Mein Pferd!«

Während er sich zum Gehen wandte, hörte Mojeb eine Frauenstimme dem Ritter antworten: »Ihr bleibt nicht? Ihr wollt abreisen, kaum daß Ihr angekommen seid? Haben wir Euch beleidigt, Ajam?«

Der Abend war damit für Mojeb verdorben. Auf dem Heimweg und auch noch später gingen ihm Seffenaius Vorwürfe nicht aus dem Kopf. Was wußte der Ritter schon! dachte er ärgerlich. Selbstverständlich zweifelte er nicht daran, die Frau seiner Träume irgendwann zu finden! Hatte er nicht neuerdings sogar Helfer angeworben, die die Augen für ihn aufhielten und die seltenen Reisenden befragten? Er mußte sie nicht einmal dafür bezahlen. Die Überlebenden der Kinderfamilie des jungen Schneiders waren zufrieden, wenn sie jemanden kannten, den sie nötigenfalls um Hilfe bitten konnten.

Als Mojeb mitten in der Nacht erwachte, verfolgten ihn diese Gedanken noch immer. Doch jetzt, da seine Begegnung mit Seffenaiu einige Stunden zurücklag, verstand er nicht, wie der Ritter sich so hatte aufführen können. Als plagte ihn die Eifersucht! Als wollte er ihn um jeden Preis in Temelua haben. Oder um jeden Preis fern von Sadi?

Mojeb richtete sich im Dunkeln auf und blieb auf seinem Nachtlager sitzen. Auf einmal schien es ihm, als hätte der Zusammenstoß mit Seffenaiu ganz andere Gründe gehabt. Was hatte er zum Abschied gesagt? *Pea*, Freund, *pea*. Ein Wort aus Mojebs Muttersprache. *Pea* war allerdings nicht nur ein Wort, sondern gehörte zu der dreiteiligen Weltsicht seines Volkes. Er hatte sie Seffenaiu bei ihrer ersten Begegnung erklärt. Was hatte er damals gesagt? *Das Schwebende, Unentschiedene. Etwa jemand, von dem Ihr nicht wißt, ob er Euer Freund oder Feind ist.*

Was wollte Seffenaiu damit andeuten? Daß es nicht so sicher sei, daß er noch weiterhin sein Freund sein könne? Hatte er das gemeint, der Gefolgsmann eines Grafen, als er zu dem Angehörigen der Bürgergarde Sadis gesprochen hatte?

Mit einem Mal ergab alles einen Sinn. Seffenaiu hatte ihn tatsächlich zuerst aus der Stadt locken wollen. Als es ihm nicht gelungen war, hatte er ihn so versteckt gewarnt, wie er es mit sich hatte vereinbaren können!

Wie lange würde er wohl benötigen, um zu dem Heerhaufen zurückzureiten, der vermutlich gegen Sadi marschierte? Hoffentlich lange genug!

Mojeb kleidete sich hastig an. Er gab sich keine Mühe, leise zu sein. Heute nacht würde er noch manchen aus dem Schlaf reißen, wenn er gegen seine Tür trommelte und laut die bedrohliche Botschaft verkündete.

Im trauten Feindeskreis wird ein Verdacht geäußert

Auf den Mauern von Sadi, am 30. Tag des Grünen Erntemondes, im 458. Jahr der Abwesenheit Gottes

Unermüdliches Trommeln gegen verschlossene Türen und lautes Rufen: »Die Vögtin kehrt zurück! Die Vögtin ist wieder da!«

Mit dieser Nachricht hatte Mojeb nicht nur in jener Nacht den Bürgern Sadis den Schlaf geraubt. Seit Tagen kam niemand mehr in der Stadt zur Ruhe. Nun stand die vorschnell als besiegt Geglaubte vor dem Stadttor, und ihre Reisigen bestürmten die Mauern.

Die Vögtin schien in den vergangenen Wochen sehr rührig gewesen zu sein. Offenbar gleich nach ihrer Flucht hatte sie ein Bündnis aufgebaut. Manchen Landherrn hatte vermutlich ihr Liebreiz dazu bestochen, ihr zur Seite zu stehen. Anderen – der Mehrzahl, wie Mojeb vermutete – war vielleicht ein Dorn im Auge gewesen, daß kein Adliger mehr in Sadi herrschte, sondern das gemeine Volk.

Doch nicht einmal in dieser Stunde der Not hatte die Ratsversammlung der bedrohten Stadt zur Einheit gefunden. Bis zuletzt glaubten etliche ihrer Mitglieder, daß eine friedliche Lösung noch möglich sei, sofern man nur rasch genug irgendeinem Adligen die Vogtschaft anböte. Notfalls sogar einem der Verbündeten der bisherigen Herrscherin. Jeder wäre besser als sie. Dagegen sprachen sich andere ungestüm aus. Nach ihrer Meinung gab es so etwas wie ein *kleineres Übel* nicht. Standhalten und siegen oder nachgeben und sterben – ein Drittes stünde nicht zur Wahl!

Gegenseitig beschimpften sie sich als Verräter, Feiglinge, Umfaller und Tolle.

Erst der Vögtin war es gelungen, bei ihrer Ankunft mit wenigen Worten Einigkeit zu stiften: »Bringt mir die Köpfe aller Rädelsführer, und ich werde euch verzeihen!«

Mojeb war sich nicht einmal sicher, daß ihre Forderung wörtlich gemeint gewesen war. Er hatte auf Temelua genug über veraltete Bräuche gelernt, um es als möglich anzusehen, daß das blutrünstige Verlangen nicht mehr als eine traditionelle Floskel war, mit welcher der Adel Ikarillas seine Gegner aufforderte, sich zu ergeben.

Mojeb war heilfroh, daß der feindliche Heerwurm keine Katapulte mitführte, sondern auf eine rasche Eroberung setzte. Daß sich jemand gegenwärtig in Ikarilla auf eine langwierige Belagerung mit all ihren Widrigkeiten einließe, bezweifelte er sowieso von ganzem Herzen. Der Zustand, in dem sich die Welt befand, lud nicht dazu ein.

Ein gellender Ruf schreckte ihn auf: »Sie kommen über die Mauer!«

Mojeb blickte sich um. Nirgends auf dem Stück der Stadtmauer, dessen Schutz ihm oblag, sah er einen Feind über die Zinnen klettern.

»Nein, nicht bei uns, sondern nebenan!« hörte er nun.

Mojeb fluchte. Auf dem benachbarten Teil der Stadtmauer waren tatsächlich feindliche Streiter zu erkennen. Sie mußten um jeden Preis wieder verjagt werden, bevor es ihnen gelänge, sich wie am Vortag festzusetzen! Mehrere Dutzend Tote und dreimal so viel Verletzte waren der Preis der Rückeroberung gewesen.

»Die Hälfte kommt mit!« brüllte Mojeb und rannte zur Treppe, da das angrenzende Stück des Walls von seinem Standort aus nicht unmittelbar zu betreten war. Um zu der bedrohten Stelle zu gelangen, mußte man die Mauer verlassen und eine kurze Straße entlangeilen, von der eine weitere Treppe abging, über die man wieder auf den Wall gelangte.

Geschwindigkeit ging derzeit über alles! Die Stadt hatte zwar viele Verteidiger, doch die meisten waren ihrer Aufgabe nicht gewachsen, und nur wenige waren ausreichend bewaffnet.

Als Mojeb die Treppe erklommen hatte, erkannte er sogleich, daß die Lage auf der gefährdeten Mauer überaus ernst war. Die Eindringlinge hatten ein gehöriges Stück der über vier Schritt breiten Mauerkrone besetzt und trieben die Verteidiger vor sich her. Viel durfte nicht mehr geschehen, damit sie ihre Waffen wegwürfen und ihre Stellung im Stich ließen!

»Der Papa'jebu ist da!« brüllte ein Mann, der ihm gefolgt war. Sein Ruf wurde aufgegriffen und schien den Verteidigern unverhofft neue Zuversicht einzuflößen.

»Der Papa'jebu! Der Papa'jebu!« echote es.

Mojeb hätte den Urheber des Rufs am liebsten erwürgt. Mit diesem albernen Namen in den Ohren würde er noch sterben! Was erwarteten die Tröpfe? Daß er jemandem den Kopf abschlüge und behauptete, die Vögtin schon wieder bezwungen zu haben? Wenn alles so einfach wäre!

Mojeb machte den Anführer der Eindringlinge aus. Er trug die Rüstung eines Reiters und einen Helm mit Pferdeschweif. Der lange Nasensteg verbarg sein Gesicht.

Zweifellos ein Ritter und damit Adliger, dachte Mojeb und faßte in wenigen Herzschlägen einen Plan. Falls der feindliche Anführer fest genug an die Heiligkeit überlieferter Bräuche glaubte, so schaffte das die Voraussetzungen für ein waghalsiges Vorhaben!

Mojeb schulterte sein Schwert, trommelte mit den Fingern der freien Hand auf seinen Harnisch und brüllte so laut er konnte: »Ajam, was gebt Ihr Euch mit Tröpfen ab, die den Kopf eines Pferdes nicht von seinem Arsch unterscheiden können? Hier steht jemand, der es vermag!«

Er war sich nicht sicher, ob die Sätze für eine Herausforderung ausreichten. Notfalls wollte er bekennen, unsägliche Dinge mit dem Roß des Ritters getrieben zu haben, oder jenen gar als Pferdeschinder verleumden.

Doch schon hob der Ritter die Hand und befahl den Seinen zu verharren. Mojeb bemühte sich, dasselbe auf seiner Seite zu erreichen. Als er sich Gehör geschafft hatte, drängte er sich an den Verteidigern vorbei in die erste Reihe.

Die Feinde standen sich abwartend gegenüber. Alles sah nach Verhandlungen aus, doch jeder mußte wissen, daß dies eine Täuschung war. Die Mauer konnte nur einer Seite gehören.

»Und Ihr behauptet also, Ihr könntet das Vordere vom Hinteren besser unterscheiden?« erklang die Stimme des Ritters gedämpft durch den Helm. »Das wäre mir neu.«

Er setzte ihn ab.

»Furzig!« entfuhr es Mojeb.

»Habt Ihr etwas anderes erwartet?« entgegnete der Ritter, der sich als Seffenaiu erwies, aufgebracht. »*Pea,* Freund! Alles ist möglich. Mich erstaunt es nicht. Ich bin mir sicher, daß in diesen Zeiten der Bucklige von morgens bis abends lacht. Kommt zu mir.«

Mojeb spuckte auf den Boden. Vor einer solchen Begegnung hatte er sich seit Jahren gefürchtet. Wir bleiben befreundet, solange nichts dagegen spricht!

»Was nun?« fragte Seffenaiu. »Bei allen Heiligen! Mir ist gewiß nicht danach, die Klinge mit Euch zu kreuzen und Euer Blut zu vergießen! Was haltet Ihr davon, Euch anderswo zu betätigen?«

»Das kann ich nicht«, widersprach Mojeb. »Wenn ich ginge, schlügt Ihr meine armen Leute tot. Das kann ich nicht zulassen. Ich bin der einzige, der es mit Euch aufnehmen kann.«

Seffenaiu sah ihn halb erschrocken, halb beleidigt an: »Haltet Ihr mich für einen solchen Schlächter? Ich lasse doch jeden entkommen, der es will. Ich zwinge keinen, bis zum bitteren Ende mit mir zu fechten. Ich bin glücklich, wenn alle vor mir flüchten.«

»Und wenn sie es nicht tun?« wandte Mojeb ein. »Was macht Ihr dann?«

»Dann lehre ich sie, daß sie einen Fehler begangen haben!«

»Und wenn sie störrisch sind? Wenn selbst der letzte keine Einsicht zeigen will? Seht Ihr, Seffenaiu, ich habe recht. Ich kann Euch nicht gewähren lassen!«

Seffenaiu blickte finster zum Himmel: »Was dann? Was fällt Euch statt dessen ein?«

»Ihr zieht Euch zurück, mein Freund. Ganz einfach! Was sonst?«

Der Ritter sah ihn verdrießlich an: »Das kann ich nicht machen. Ich habe meinem Grafen versprochen, diese Stadt für ihn zu erobern.«

»Furzig!« antwortete Mojeb abfällig. »Ihr wart gewiß nicht der einzige, der ein solches Versprechen abgab. Jeder in Eurem Heer wird das getan haben. Was ist schon dabei, wenn ein Versprechen weniger gehalten wird? Niemandem wird es auffallen! Ich werde Euch nicht verpetzen.«

»Ihr wißt genau, daß ich das nicht tun kann«, brummte Seffenaiu.

»Ich weiß, ich weiß!«

»Was dann?«

Mojeb spuckte erneut aus: »Das wird Euch nicht gefallen, Seffenaiu. Ich könnte vorschlagen, daß Ihr meine Leute umbringt, während ich solange dasselbe mit Euren mache. Am Ende stünden wir uns aber doch gegenüber. Also laßt uns gleich das Ende zum Anfang machen. Laßt uns den Streit untereinander ausfechten!«

Zornig schleuderte Seffenaiu seinen Helm fort: »Ich werde Euch nicht schonen!«

»Und ich werde Euch kein Glück wünschen!« erwiderte Mojeb. Beide trennten sich und riefen ihren Männern zu: »Haltet euch heraus! Nur wir zwei werden miteinander kämpfen. Dem Sieger gehört die Mauer!«

Angreifer und Verteidiger wichen auseinander, um auf der Mauerkrone Platz für die beiden Kämpfer zu schaffen. Mojeb verzog verdrossen das Gesicht, als er erneut mit Papa'jebu-Rufen angefeuert wurde.

Er beabsichtigte nicht, das Unvermeidliche unnötig lange hinauszuziehen, und stellte sich breitbeinig auf, die linke Seite Seffenaiu zugewandt. Das Schwert hielt er hoch erhoben. Seine Klinge zielte über die linke Schulter auf den Ritter.

Seffenaiu zeigte ihm die Brust. Er hielt die Füße dicht beieinander. Die Spitze seiner Klinge wies auf den Boden.

Da beide noch nie gegeneinander gekämpft hatten, begannen sie sich langsam zu umkreisen, um Schwächen in ihrer Deckung zu finden. Gelegentlich berührten sich ihre Klingen. Mojeb trachtete danach, näher an Seffenaiu heranzukommen, während jener ihn auf Abstand zu halten suchte. Jedoch nicht aus Furcht, sondern um im jähen Ausfall einen kräftigen Stich anbringen zu können.

Er ließ damit nicht lange auf sich warten. Seine Klinge schoß auf Mojebs Brust zu.

Eine Finte, durchfuhr es jenen. Der wirkliche Schlag käme, sobald er den Hieb konterte!

Rasch ließ Mojeb den Griff seines Schwertes auf Seffenaius Klinge krachen und stieß umgehend mit dem Knauf seiner Waffe nach dessen Gesicht. Der Ritter, den der Schwung seines Stoßes näher an den Gegner herangebracht hatte, als ihm nun lieb sein konnte, ließ sich sacken. Er unterlief den Gegenangriff und beeilte sich, wieder auf Abstand zu gelangen. Rückwärtig geführte Schläge sorgten dafür, daß ihm Mojeb nicht zu dicht auf den Fersen folgen konnte.

Seffenaiu wandte sich um. Er maß Mojeb mit festem Blick und begann eine Unterhaltung: »Ihr müßt nicht glauben, daß mir das alles gefiele. Wißt Ihr, daß ich einmal das Angebot hatte, in den Dienst der Vögtin Sadis zu treten? Ich schlug es aus und war glücklich deswegen. Daß ich nun zu guter Letzt doch für ihre Sache streite, ist mir gar nicht lieb.«

»Dann laßt es sein!«

»Das geht leider nicht, mein Freund. Der Graf hat ihr seine Hilfe zugesagt.«

»Nicht so weinerlich«, ermahnte ihn Mojeb. »Ihr wißt, welcher Art von Mensch Ihr helft. Wie geht es übrigens unserem kleinen Grafen?«

Seffenaius Gesicht verdüsterte sich. »Er ist gestorben.«

»Tot?« Mojeb war entsetzt. »Sagtet Ihr nicht ...«

»Sein Halbbruder Atamu ist jetzt Graf. Der Majordomus hat ihm beigebracht, seinen Namen anders auszusprechen, damit er sich nicht mehr gar so wie der eines Jungen aus dem Volk anhört. Nicht mehr Atamu, sondern Atammu. Atammu der Erste.«

Mojeb konnte schwer begreifen, was ihm Seffenaiu gesagt hatte. Vor seinen Augen sah er das schweigsame Kind mit seiner Puppe. Hörte das denn überhaupt nicht mehr auf? Manahaui kam ihm in den Sinn. »Woran starb der Graf? Wurde er ermordet?«

»Nein«, erwiderte Seffenaiu knapp.

Unvermittelt griff er erneut an, indem er eine schnelle Folge leichter Schläge auf Mojeb prasseln ließ. Der ließ sich nicht überraschen. Sein Schwert als Schild gebrauchend, wehrte er die Hiebe mit sparsamen Bewegungen ab. So würde er lange standhalten können! Sollte sich Seffenaiu ruhig verausgaben.

Doch Seffenaiu dachte augenscheinlich nicht daran, ihm diesen Gefallen zu tun. Nun drehte er nach jedem Schlag die Hand, um einen Stoß hinter Mojebs Deckung führen zu können. So war es mit den sparsamen, kräfteschonenden Bewegungen vorbei.

Mojeb beschloß, Seffenaiu einen Erfolg zu gönnen. Knapp wehrte er den nächsten Angriff ab, noch knapper den danach. Der Ritter kam näher, noch näher. Es war soweit! Mojebs Schwert fuhr hoch! Mit der Parierstange drückte er Seffenaius Klinge weg. Und schwupp! Erneut stieß er mit dem Schwertknauf nach dem Gesicht des Ritters. Seffenaiu rettete sich durch einen raschen Sprung rückwärts.

»Mir war nicht bewußt, daß Euch mein Antlitz so zuwider ist«, beschwerte er sich keuchend.

Mojeb ging nicht darauf ein.

»Erzählt mir, woran der kleine Ollimvekku starb«, verlangte er ebenfalls schweratmend zu wissen.

Seffenaiu senkte sein Schwert. »Irgendein Kinderfieber. Wenn er nicht so ein kleines Kerlchen gewesen wäre, hätte er es bestimmt überlebt.«

»Was für eines?«

»Das weiß ich nicht.«

»Ihr werdet doch mitbekommen haben, daß er starb, oder?«

Seffenaiu zuckte die Schultern: »Sicherlich. Das blieb nicht aus. Aber ich bin kein Heilkundiger, und Ihr wißt, wie wenig er sprach. Er klagte über Kopfschmerzen, mußte sich übergeben und litt an Schwindelanfällen und Krämpfen. Er hatte Fieber, wie ich schon sagte. Es mag vielleicht nicht ziemlich sein, darüber zu reden, doch da seine Amme ein wenig zu schwatzhaft war, weiß sowieso jeder auf Temelua von dem Blut in seinen Ausscheidungen. Am Ende war der kleine Graf so schwach, daß er sich nicht mehr bewegen konnte. Getötet hat ihn aber sein kleines Herz, das nicht mehr mit der Krankheit fertig wurde.«

Mojeb hob die Hand: »Gönnt mir einen Augenblick Ruhe. Dieser Tod macht mich sehr traurig. Ich muß nachdenken. Ihr sagtet, er habe sich nicht bewegen können. War er gelähmt?«

»Das wäre eine übertriebene Beschreibung. Vielmehr hatte er manchmal Schwierigkeiten, seine Glieder zu bewegen. Ja, vielleicht könnte man sagen, daß ihn das Fieber ein wenig lähmte, doch nicht gänzlich. Worauf zielt Eure Frage ab?«

»Das verrate ich Euch, wenn Ihr aufgebt.«

Seffenaiu lachte. »Ihr versucht noch immer, mich zu überreden?«

»Genug gedacht«, rief Mojeb und hieb mit wuchtigen Schlägen nach Seffenaiu. Der Ritter wich aus. Gewandt umtänzelte er Mojeb, ohne sich aber von ihm zu entfernen. Mit einemmal stach er zu. Mojeb wehrte die Klinge ab und rempelte den Ritter mit der Schulter an. Der ließ sich fallen und rollte ab. Mojeb holte weit aus und schlug nach ihm. Flink rollte Seffenaiu beiseite, um sich aus der Bahn des Schwertes zu bringen. Dann stach er erneut zu – und traf. Gewand sprang er auf und stand wieder da wie zu Anfang: die Beine geschlossen und das Schwert nach unten gerichtet.

Mojeb preßte die Hand auf den Magen und stöhnte.

»Gebt endlich auf«, riet ihm Seffenaiu besorgt.

»Nimmermehr!« preßte Mojeb zwischen den Zähnen hervor. »Noch habt Ihr nicht gewonnen.«

Er ließ die Hand, wo sie war, und stützte sich schwer auf seine Klinge, als verlangte es Anstrengung von ihm, sich auf den Beinen zu halten. Seffenaiu sollte ruhig glauben, daß er ihn erwischt hatte. Er würde noch früh genug herausfinden, daß sein Stich am Harnisch abgeglitten war.

»Ihr seid ein unvernünftiger Narr«, hielt ihm Seffenaiu vor.

Mojeb stöhnte abermals. »Mir ist etwas eingefallen.«

»Was?« entgegnete der Ritter ungeduldig.

»Der heilige Malachias …«

»Mojeb, ich will keine Legenden über Malachias von Euch hören. Ich will, daß Ihr Euch ergebt, solange Ihr noch etwas davon habt!«

»Diese Geschichte werdet Ihr aber doch hören wollen. Bedenkt, daß es vielleicht die letzte ist, die ich Euch in meinem Leben erzählen kann.« Wieder stöhnte er.

»Nach der Schlacht bei den Feuerpforten saß der Heilige mit engen Freunden um ein Lagerfeuer. Sie brieten ein Antilopenkalb und erzählten sich viele Geschichten. Ich erspare sie Euch, da ich nicht weiß, wieviel Zeit mir noch vergönnt ist. Um zum Wesentlichen zu kommen: Am nächsten Morgen erkrankte Malachias! Doch nicht nur er, sondern alle anderen, die mit ihm gespeist hatten. Einer nach dem anderen starb. Er war der einzige, der überlebte.«

»Mojeb, ich verstehe nicht, was Ihr damit sagen wollt.«

»Ganz einfach! Für mich klingt es, als hätte der heilige Malachias am selben Kinderfieber gelitten wie der Graf von Temelua.«

»Das ist nicht lustig.«

Mojeb wischte sich mit dem Ärmel Schweiß von der Stirn.

»Ich meinte es ernst«, erklärte er und verzog leidend das Gesicht.

»Ich glaube Euch dennoch nicht. Ihr könnt mir nicht einreden, daß es eine Legende gebe, die haarklein vom Erbrechen eines Heiligen und seiner Verdauung, gar seiner gestörten, berichtet.«

»Sprächen wir von einem geringeren Heiligen, so würde ich Euch beipflichten«, räumte Mojeb ein. »Doch Malachias ist ein großer Heiliger. Ein Hochheiliger sogar. Bei einem großen Heiligen ist alles groß, wenn Ihr versteht, was ich meine. Darüber wird stets berichtet!« Er breitete die Arme aus. »Oder denkt Ihr etwa, daß ich Euch belüge?«

Seffenaiu riß die Augen auf. »Das macht Ihr Halunke schon die ganze Zeit! Ihr seid gar nicht verwundet! Und ich habe mir Euretwegen Sorgen und Vorwürfe gemacht.«

Mit beiden Händen führte er einen wilden Schlag über den Kopf abwärts. Mojeb trat einen halben Schritt zurück und riß das Schwert hoch. Die Klinge beschrieb einen blitzenden Bogen vor seinem Kopf. Seffenaiu vollendete seinen Hieb daraufhin nicht mehr. Er ließ den Arm fallen, so daß sein Schwert unter das Mojebs gelangte. Ein weiter Schritt – und seine Klinge stieß vorwärts. Mojeb wich aus. Er sah den Schwertwarm des Ritters und packte ihn. Eine rasche Drehung um sich selbst, und der Ritter würde das Gleichgewicht verlieren und stürzen! Doch schon traf ihn Seffenaius Faust schmerzhaft ins Gesicht. Mojeb ließ den Arm des Ritters los und trat ihn – zornig wegen des Schmerzes – in den Unterleib. Seffenaiu rettete sich um Haaresbreite. Beide Kämpfer trennten sich und starrten sich erneut schweratmend an.

»Es war mein Ernst«, stieß Mojeb aus, fuhr sich über das Gesicht und betrachtete das Blut auf seiner Hand. »Fragt mich nicht, woher ich weiß, wie die Verdauung des heiligen Malachias beschaffen war. Vielleicht habe ich diese Einzelheit auch woanders her. Doch der Vorfall ist belegt. Die Legende dient mancherorts als Warnung für jeden, der lange im Feldlager leben muß.«

»Ihr redet offenbar nicht über ein Fieber«, erwiderte Seffenaiu stockend. »Sagt mir jetzt, worauf Ihr hinauswollt.«

»Nein, über ein Fieber spreche ich nicht«, stimmte Mojeb zu. »Das Feuer, über dem Malachias und seine Vertrauten ihr Essen rösteten, war schuld an ihrer Erkrankung und dem Tod fast aller. Kein Fieber! Sie verbrannten Oleanderholz. Der Strauch wächst hier in der Stadt. Wahrscheinlich auch bei Euch. Ihr wißt doch, daß er giftig ist?«

»Für Pferde«, antwortete der Ritter. »Man darf nicht zulassen, daß sie die Blätter fressen.«

»Auch für Menschen«, erwiderte Mojeb.

»Warum sollte der Graf Blätter gegessen haben?«

»Er war ein Kind, vergeßt das nicht. Wenn ihn nun jemand dazu anstiftete? Seffenaiu, wenn ich eines in den letzten Monden gelernt habe, dann dies: Wenn irgendwo anders jemand stirbt, so gibt es dafür eine Ursache. Hier gibt es immer einen Täter. Seht der Wahrheit ins Auge: Vermutlich hat den Grafen irgend jemand vergiftet, der unter Euch lebt.« Mojeb spuckte wiederum aus: »Wollen wir es beenden?«

Der Kampf begann erneut. Seffenaiu führte eine weitere Folge rascher Schläge gegen Mojeb. Sie waren längst nicht mehr so präzise wie zuvor. Sein Ungestüm erlahmte rasch. Doch auch Mojeb fiel es immer schwerer, ihn abzuwehren. Er sah Seffenaius Klinge, schlug sie weg und war jedesmal überrascht, nicht getroffen worden zu sein.

Fast alle Kraft legte er nun in einen letzten, mächtigen Schlag. Sein Schwert fuhr an Seffenaiu vorbei nach unten. Der Ritter stach wiederum nach ihm. Mojeb wich aus. Mit einer raschen Bewegung drehte er sein Schwert, das fast schon den Boden berührte, ein kleines Stück, so daß es mit der Breitseite auf den Stein knallte und wieder aufwärts federte. Mojeb folgte der Bewegung des Stahls. Unter Seffenaius ausgestreckten Schwertarm traf die Klinge mit erheblicher Wucht dessen Seite. Der Ritter schrie vor Schmerz auf. Mojeb ließ sofort seine Waffe fallen und packte wiederum den Arm des Ritters. Er verdrehte ihn und drückte ihn hoch, bis Seffenaius eigene Klinge dessen Hals berührte.

»Ihr habt verloren. Gebt auf, oder Ihr seid tot!«

»Ihr könnt mich nicht töten«, röchelte Seffenaiu. »Ihr wißt, daß der Tod mich meidet.«

»Sagt sofort, daß Ihr tot seid!« herrschte ihn Mojeb an.

»Ich bin nicht tot«, beharrte Seffenaiu trotzig. »Der Tod will mich nicht!«

Mojeb drückte gegen seine geprellten, vielleicht sogar gebrochenen Rippen und brüllte: »Gebt endlich zu, daß Ihr tot seid!«

»Ich bin es nicht!« schrie Seffenaiu. »Ich bin es nicht!«

»Ihr seid es, Ihr seid es! Ihr seid tot!«

Mojeb drückte noch stärker gegen seine verwundete Seite.

Endlich gab Seffenaiu nach. »Bei allen Heiligen, laßt mich los! Ihr sollt Euren Willen haben.«

Mojeb gehorchte. Der Ritter taumelte von ihm weg. Mit der linken Hand umklammerte er seinen geschundenen rechten Arm.

»Sagt es«, befahl Mojeb.

Der Ritter blieb stehen und verkündete laut: »Hört! Ajam Seffenaiu von Temelua ist tot!«

Finster blickte er zu Mojeb herüber. Seine Lippen bewegten sich stumm. Es war nicht so schwer zu erraten, was er sagte: »Ich bin es nicht!«

»Meinetwegen«, flüsterte Mojeb.

Plötzlich verzerrte ein boshaftes Lächeln Seffenaius Züge. »Der Ritter ist tot! Der Papa'jebu hat ihn besiegt. Ha!« lachte er und krümmte sich vor Schmerzen.

Ein leichtes Zittern erschüttert die Stadt

Kaperielus Haus, in der Nacht vom 22. auf den 23. Tag des Wolkenmondes, im 459. Jahr der Abwesenheit Gottes

Kaperielu öffnete die Augen und blickte auf das verschwommene Licht der einzelnen gedämpften Lampe, die im Schlafzimmer brannte. Ein Gedanke schoß ihm durch den Kopf: Städte sind etwas Besonderes. Sie sterben nicht von einem Augenblick auf den anderen, sondern so langsam wie große Tiere.

Mojeb hatte das gesagt, dachte er. Was bedeutete es? Daß Städte immer noch bevölkert waren, wenn sie längst zu Trümmern zerfielen und ihr Untergang unausweichlich geworden war? War es das, was jetzt geschah? War das Schicksal Sadis besiegelt – das Schicksal der Stadt, in der er aufgewachsen war, gelacht und geweint hatte, geliebt und getrauert?

Vielleicht ist es das, dachte Kaperielu schwermütig. Ja, so ist es: Das ist der Anfang.

Wie seltsam, wunderte er sich. Genau dasselbe hatte er doch vor einigen Tagen in einem ähnlichen Augenblick gedacht. Das war ja wie in einem sich wiederholenden Traum! Einem Alptraum vielleicht.

Er schloß die Augen.

In der Schlafkammer war es still, ganz still. Plötzlich war Kaperielu hellwach. Eine jähe Furcht ergriff ihn. Er hielt den Atem an und lauschte. Er war kein junger Mensch mehr. Seine Frau ebenfalls nicht. Wo war das vertraute Geräusch ihres Atmens?

Kaperielu hörte es nicht. Nicht kühn genug, sich nach der Gefährtin seines Lebens umzuwenden, tastete Kaperielu zitternd vor Angst hinter sich. Er fühlte ihren Arm: warm, weich, vertraut.

Er fühlte klebrige Feuchtigkeit, die das Laken tränkte.

Kaperielu warf sich auf die andere Körperseite. Er berührte das Gesicht seiner Frau, das ebenfalls feucht war, und schüttelte ihre Schultern in der fast vollständigen Finsternis. Sie wachte nicht auf, sondern bewegte sich nur wie eine zerbrochene Puppe.

Die Diener, dachte Kaperielu. Im selben Augenblick entdeckte er, daß er nicht allein war. Im schwachen Licht des einzelnen Lämpchens konnte er die Gestalt neben dem Bett kaum ausmachen. Schwarz gegen Schwarz zeichnete sie sich ab, hoch aufgerichtet, die Arme erhoben.

Kaperielu wußte, was dieser Besuch zu bedeuten hatte. Fieberhaft suchte er nach Worten, die zu einer Entschuldigung werden konnten, einem großzügigen Versprechen oder einer Bitte um Vergebung oder Erbarmen. Doch der einzige Satz, der ihm einfiel, während sich das scharfe Haumesser senkte, war:

Das ist das Ende.

Mehrere Fälle gewaltsamen Ablebens werden von allen Seiten betrachtet

Kohlpalmenviertel, am Tag darauf, dem 23. Tag des Wolkenmondes, im 459. Jahr der Abwesenheit Gottes

Daß damit alles zu Ende sei, wagte kaum jemand in der Stadt zu hoffen. Die Vögtin und ihre Verbündeten hatten zwar nach wenigen Tagen halbherzigen Ringens ihr Unterfangen abgebrochen, doch wer konnte schon sagen, ob sie nicht in wenigen Monden oder einem Jahr erneut versuchten, das zu erreichen, was ihnen vorerst mißlungen war?

Durch seine Stellung in der Bürgergarde bekam Mojeb viel besser als früher mit, was in der Stadt vor sich ging.

Noch immer herrschte keine Freude. Schon gar nicht in der Ratsversammlung. Dort war es in den letzten Tagen zu Handgreiflichkeiten gekommen. Schuld daran war ein Antrag, daß nicht nur die Bürgergarde zügig aufgebaut werden müsse, sondern darüber hinaus dauerhaft Waffen an zuverlässige Einwohner Sadis ausgegeben werden sollten. Haarsträubend! Wenn Mojeb nur an diesen Vorschlag dachte, regte er sich auf. Er war zwar nicht der Meinung, daß man zum Kämpfen geboren sein müsse, doch als Tätigkeit für Mußestunden taugte es bestimmt nicht. Wer eine Waffe führte, ohne sie zu beherrschen, war nicht nur eine Gefahr für sich selbst. Genauso sinnvoll wäre es gewesen, die ganze Versammlung zu Bäckergehilfen zu bestimmen. Er machte ihren Mitgliedern schließlich auch nicht ihren Broterwerb streitig!

Doch das war nicht der Auslöser des anschließenden Handgemenges gewesen. Die Antwort eines anderen Anwesenden in der Versammlung hatte dazu geführt: «Glaubt Ihr denn, ich durchschaue nicht, daß es Euch nur darum geht, Eure Anhänger zu bewaffnen und Eure eigene Garde zu gründen? Stimmten wir zu, so hätten wir bald nichts mehr in Sadi zu sagen!«

Darauf waren die Fäuste geflogen.

Das alles wußte Mojeb zwar nur vom Hörensagen, doch

konnte er sich leicht ausrechnen, aus welcher Ecke das Verlangen nach Waffen gekommen war. Die Pukamen brauchten keine. Sie hatten am Tag des Aufstandes gezeigt, daß sie ihre Leute ausreichend bewaffnen konnten. Womöglich stand Lasalui selbst dahinter!

Mojeb bog pfeifend in den Eingang seines Zuhauses ein. Er überquerte den Innenhof, auf dem sich neuerdings nur noch drei Hunde aufhielten. Als ihm bewußt wurde, welche Melodie er pfiff, hörte er sofort damit auf. Sie verschwand während des Großen Regens!

Auf der Treppe stieß er auf Tiugugu.

»Oben wartet jemand auf dich«, flüsterte er. Seine Worte klangen wie eine Anklage.

»Wer?«

»Ein Herr. Ein Ritter.«

Mojeb spuckte aus: »Ist er bewaffnet?

»Ja!« Das klang fast triumphierend.

»Trägt er Rüstung und Helm?«

»Nein. Ich an deiner Stelle ginge nicht hinauf. Ich würde zusehen, daß ich wegkäme.«

»Keine Sorge«, beruhigte ihn Mojeb und rannte die Treppe aufwärts. Die Tür der Wohnung stand offen. Vorsichtig näherte er sich ihr und stieß sie mit dem Fuß auf. Obwohl Omaru auf Keloes Drängen die Wände schon vor ein paar Tagen neu verputzt hatte, roch es in der Wohnung immer noch wie in einer Bäckerei. Seffenaiu und Omaru, die sich miteinander unterhalten hatten, sahen Mojeb überrascht an.

»Da seid Ihr!« rief Seffenaiu fröhlich. »Euer ... Onkel ... hat mir ungemein spannende Dinge über das Verputzen Eurer Wände erzählt. Ich hätte gar nicht gedacht, daß es darüber so viel zu sagen geben könnte. Ich muß es unbedingt auf Temelua weitergeben. Quark, sagtest du?«

Omaru nickte. »Den vermischt Ihr mit Kalk. Am besten nehmt Ihr ...«

»Ich glaube, der Ritter hat verstanden«, unterbrach ihn Mojeb. »Weswegen seid Ihr hier, Seffenaiu?«

»Euretwegen, wie Ihr Euch denken könnt«, erwiderte der Ritter. »Ihr schuldet mir noch etwas. Ihr habt mir eine Rippe gebrochen. Laßt uns einige Schritt gehen!«

»Muß ich mein Schwert mitnehmen?« fragte Mojeb zurückhaltend.

Seffenaiu dachte eine Zeitlang nach. »Ich glaube, das wird nicht nötig sein«, sagte er kopfschüttelnd und legte sich sogleich die Hand auf die Seite. »Es wird reichen, wenn Ihr Eure Börse mitnehmt. Der Heiler hat mir Bewegung empfohlen, aber vielleicht werde ich unterwegs durstig und hungrig oder verspüre das Verlangen, eine Schar Taugenichtse freizuhalten zum Ausgleich für die erlittene Unbill. Wie erwähnt, schuldet Ihr mir etwas. Als Sergentus der Stadtgarde werdet Ihr sicher äußerst gut bezahlt.«

Mojeb und Seffenaiu sorgten für beträchtliches Aufsehen, als sie die Treppe hinab und über den Hof gingen. Wären sie von Trommlern und splitternackten Tänzerinnen begleitet worden, so hätte es nicht viel größer sein können.

Sie schlugen den Weg zu einer der besseren Gegenden der Stadt ein.

»Warum hattet Ihr keine Katapulte dabei«, fragte Mojeb als erstes.

»Sadi zu erobern ist nicht ganz einfach«, wich Seffenaiu aus.

»Deswegen wundere ich mich ja. Die Mauern sind zwar vernachlässigt, aber nicht verfallen.«

»Mit den Mauern hat es eigentlich nichts zu tun«, erklärte Seffenaiu. »Sadi gehört dem König, auch wenn wir augenblicklich keinen haben. Es wäre sehr ungehobelt, das Eigentum des Herrschers zu zerstören.«

»Aber die Einwohner dürft Ihr erschlagen?«

»Sicherlich. Die wachsen ja wieder nach.«

Mojeb nickte: »Das ist gut zu wissen fürs nächste Mal.«

»Ich glaube, daß ihr eine Widerholung nicht so bald zu befürchten habt«, wehrte Seffenaiu ab. »Diesem Feldzug mangelte es von Anfang an an Begeisterung. Hätte die Stadt sich sogleich ergeben, so wäre alles schön und gut gewesen. Doch sie wehrte sich. Das machte das Ganze lästig. Eigentlich hatten wir auch alle Besseres zu tun, als Krieg zu führen. Das Land ist schon genug in Unordnung. Nun kommt hinzu, daß einige der neuen Herrinnen und Herren sehr sprunghaft sind und rasch die Begeisterung für eine Sache verlieren. Wenn Ihr diese nun mit einer Frau zusammenbringt, die ebenso geschwind die Beherrschung verliert, so ist schon beinahe alles gesagt, was es zu sagen gibt. Dergleichen führt leicht zu Streit. Er war nicht so heftig, daß man sich vor Euren Mauern an die Gurgel gefahren wäre, doch Verbündete dürfte Eure Vögtin so einfach nicht wieder finden. Aber das habt Ihr alles nicht von mir.«

»Das weiß ich«, bestätigte Mojeb. »Befand sich bei der Vögtin ein einäugiger Priester?«

»Ich sah keinen«, verneinte Seffenaiu. »Übrigens läßt Euch der Majordomus Grüße ausrichten.«

Mojeb war überrascht.

»Das blieb nicht aus«, erklärte Seffenaiu. »Er wollte wissen, wie ich zu meiner Verletzung gekommen sei. Also berichtete ich ihm von unserem Kampf. Alles, auch das, worüber wir dabei sprachen. Übrigens zeigt das Ergebnis, daß ich recht hatte.«

»Womit?«

»Der Tod hat mich erneut verschont. Er mag mich nicht leiden.«

»*Ich* habe Euch verschont«, verbesserte ihn Mojeb.

»Papperlapapp! Das denkt Ihr, mein kurzbeiniger Freund. Das denkt Ihr! Anscheinend seid Ihr neuerdings größenwahnsinnig geworden. Ihr seid doch nicht der Tod! Der Majordomus wünscht zu wissen, ob Ihr noch mehr in dieser Angelegenheit sagen könnt.«

Derselbe Tonfall, derselbe, unveränderte Gesichtsausdruck: Seffenaius übergangloses Wechseln des Gesprächsgegenstandes verwirrte Mojeb. Er senkte die Stimme: »Ich weiß nicht einmal, welcher Teil der Pflanze giftig ist. Holz, Harz, Rinde oder Blätter. Noch weniger, wieviel man jeweils davon benötigt. Es könnte auch eine andere Pflanze gewesen sein.«

Seffenaiu schüttelte unmerklich den Kopf: »Er hat einem

Hund, der nicht mehr benötigt wurde, Blätter unter das Futter gemengt. Zwei davon reichten aus. Die Leiden des Tieres seien ihm bekannt vorgekommen.«

Er blieb bei einem verlassenen Schrein stehen und berührte das Figürchen des Heiligen, dem die Stätte gewidmet war. Mojeb kannte ihn nicht. Da ihm die mangelnde Frömmigkeit des Ritters bekannt war, wußte er aber, daß jener nicht vorhatte zu beten.

Seffenaiu sprach schnell: »Gegenwärtig wissen nur Ihr, ich und der Majordomus davon. Wenn man gründlich darüber nachdenkt, wie es vonstatten gegangen sein könnte, so ist erschreckend, wie leicht es gewesen sein muß. Der Graf hatte mit mehr Menschen Umgang, als man glauben würde. So viele gibt es auf der Burg, von denen man nicht im Traum dächte, sie könnten eine Gelegenheit zu einer solchen Tat haben. Welch ein Irrtum! Bei unserem neuen Grafen sieht alles anders aus. Es wird schwieriger sein, sollte es die Mörderbrut noch einmal versuchen. Er weiß noch nicht, woran sein Bruder wirklich starb. Wir machen kein Aufhebens davon. Vielleicht habt Ihr auch damit recht, daß der Täter noch immer unter uns weilt. Wir wollen ihn nicht warnen. Vor allem wollen wir wissen, wer ihn beauftragte.«

»In etlichen Gegenden, die ich kennenlernte«, antwortete Mojeb, »geht man davon aus, daß der Täter stets der sein müsse, der den größten Nutzen aus einer Tat ziehe. Es sei denn, sie sei willkürlich und ohne Verstand gewesen.«

Seffenaiu lachte trocken: »Bei einem Grafen dürfte das selten der Fall sein. Und die Zahl derer, denen sein Ableben nützen könnte, ist bestimmt niemals klein. Das hilft wenig.«

Da der Spaziergang Seffenaiu anstrengte – er war noch längst nicht wiederhergestellt –, suchte Mojeb nach einem Ort, wo sie sich einige Augenblicke hinsetzen und ausruhen konnten. Er fand ihn in der Ummauerung einer Zisterne.

Seffenaiu hatte offenbar alles zum Tod des kleinen Ollimvekku gesagt, was er hatte sagen wollen. Er kam nicht mehr darauf zurück. So, wie er sich jetzt verhielt, konnte man beinahe glauben, das Gespräch von eben sei nie geführt worden. Mojeb war es recht. Auch ihm war es lieber, über etwas anderes zu sprechen als Mord oder Krieg. Doch die erste Begebenheit, die ihm einfiel, war dennoch nicht frei von Tod.

»Erzählte ich Euch, wie ich einmal im Dienste eines südländisches Prassers stand?« fragte er.

»Ihr meint die Geschichte mit den Äffchen?« erwiderte Seffenaiu sogleich.

»Oh!«

»Nein, erzählt unbesorgt. Ich kenne die Geschichte nicht. Aus irgendeinem Grund nahmt Ihr sie seinerzeit als Vorwand, mir umgehend einen Vortrag über den heiligen Malachias zu halten.«

»Warum tat ich das?«

»Ich weiß es beim besten Willen nicht. Doch die Heiligen seien meine Zeugen: Ich habe vier Tage lang darüber sinniert.«

»Warum habt Ihr mich nicht einfach deswegen befragt?«

»Ihr habt behauptet, Euch nicht daran erinnern zu können. Nun erzählt schon. Doch ich will nichts von Heiligen hören.«

»Es war in Vujujäa, einer kleinen Küstenstadt ziemlich weit im Süden«, begann Mojeb zu erzählen.

Nahebei hatten sich zwei Frauen getroffen und ein Gespräch begonnen. Eine weitere stieß zu ihnen. Da keine von ihnen eine auffällige Erscheinung war, schenkte Mojeb ihnen keine Beachtung, sondern widmete sich ganz dem Erzählen seiner Geschichte. Plötzlich merkte er auf. Er brach ab und lauschte.

»Was ist?« fragte Seffenaiu.

Mojeb hob die Hand: »Einen Augenblick.«

»Was ist mit dem Herrn Kaperielu?« rief er den Frauen zu.

»Hast du es nicht gehört?« antwortete die, die zuletzt gekommen war. »Er ist tot! Ermordet! Er, seine Frau, seine erwachsenen Kinder und die Enkel. Selbst die Diener wurden nicht verschont. Alle tot!«

Mojeb sprang auf.

»Was ist mit Euch? Kanntet Ihr ihn?« fragte Seffenaiu besorgt.

»Ja, durchaus.«

»Dann geht, so Ihr müßt. Ich bin in meiner üblichen Herberge abgestiegen. Wahrscheinlich werde ich morgen noch nicht wieder abreisen.«

Mojeb verabschiedete sich von Seffenaiu und eilte zu Kaperielus Heim. Der Anblick, der sich ihm dort bot, erinnerte ihn auf unheilvolle Weise an den Tag, als der Kaufherr verhaftet worden war. Wiederum erblickte er Angehörige seines Haushaltes auf dem Rasen vor dem niedrigen Gebäude, und abermals standen Gardisten bei ihnen. Doch im Unterschied zu damals plünderten sie nicht, und anders als an jenem Tag hatten sich Hunderte von neugierigen, mitfühlenden oder entsetzten Menschen vor dem Haus eingefunden. Ihre Mutmaßungen verschafften Mojeb einen ersten Eindruck von dem, was vorgefallenen war, auch wenn sie bisweilen widersprüchlich waren.

»Einer seiner eigenen Diener war es. Er war erst seit zwei Tagen im Haus. Pukam Kaperielu hatte ihn aus reiner Gutherzigkeit aufgenommen. So wurde es ihm gedankt! Der Schurke hat ihm mit einem Haumesser den Kopf abgeschlagen. Jetzt ist er spurlos verschwunden.«

»So wie der Mörder gehaust hat, muß er ihn bis aufs Blut gehaßt haben.«

»Sie haben keinen überleben lassen. Der erste brachte den Kaufherrn und seine Frau um, der zweite seine Familie. Derweil erstach der dritte die Dienerschaft.«

Daß die Mehrzahl der angeblich Ermordeten für jeden sichtbar vor dem Haus stand, schien den Sprecher nicht zu stören.

»Laßt mich durch!« verlangte Mojeb und ging zum Ort des Verbrechens.

Da der Befehlende der Gardisten ihn kannte, weihte er ihn gleich in das ein, was er bisher in Erfahrung gebracht hatte: »Es gibt einige Seltsamkeiten. Bestimmt war es kein Einbruch. Entweder war der Mörder bereits im Haus, oder jemand hat ihm die Tür geöffnet. Soweit ich weiß, warst du mit dem Pukam bekannt. Was ist von seinen Dienern zu halten? Könnte einer von ihnen verwickelt sein, sei es als Täter oder Helfershelfer?«

Mojeb wußte keine Antwort. In Temelua war ein kleiner Junge, der nicht einmal sprechen konnte, mutmaßlich von jemandem vergiftet worden, den jeder kannte. Jemand, dem keiner die Tat zugetraut hätte.

»Das glaube ich nicht«, antwortete er. »Sie hätten keinen Nutzen davon gehabt. Kaperielu sorgte für seine Leute. Seine Hausdiener und Mägde konnten sich sicher sein, nie hungern zu müssen. Das ist schon viel in dieser Zeit. Könnte es sein, daß der Eindringling über das Dach kletterte, in den Innenhof hinabstieg und von dort ins Haus gelangte?«

»Wurde noch nicht überprüft«, erwiderte sein Gegenüber. »Allerdings scheint sich der Täter im Haus gut ausgekannt zu haben. Er ging schnurstracks zum Schlafzimmer der Herrschaften. Da gibt es eine weitere Seltsamkeit. Das Gesinde behauptet, die Tür des Schlafgemachs sei von innen verbarrikadiert gewesen. Wahrscheinlich klemmte sie, oder sie haben es sich in ihrer Furcht eingebildet, da sie geahnt haben müssen, was sie vorfänden.«

»Wieso?«

»Der Geruch ist sehr auffällig. Der Mörder hat ein Haumesser benutzt, weißt du? Ziemlich ausgiebig, wenn ich das so sagen darf.«

»Ich will die Toten sehen«, erklärte Mojeb.

Der andere Bürgergardist blickte zu Boden und kratzte sich am Ohr: »Wenn du Kaperielu oder seine Frau näher kanntest, solltest du darauf verzichten. Ihr Anblick nährt Alpträume. Der Mörder muß in einen wahren Blutrausch verfallen sein. Er hörte nicht auf, als beide längst tot waren. Das macht es noch seltsamer. So etwas geht nicht ohne Geräusch! Aber niemand will etwas gehört haben. Ich denke, daß der Mörder völlig erschöpft gewesen sein muß, als er schließlich von seinen Opfern abließ. So etwas macht niemand nur einfach so. Dazu gehört Haß, abgrundtiefer Haß!«

Mojeb schlug die Warnung seines Bekannten in den Wind und ließ sich zu dem Schlafzimmer führen. Er öffnete die Tür und schloß sie fast umgehend wieder.

Wie wahr! Das konnte nicht geräuschlos vonstatten gegangen sein! Warum hatte niemand etwas mitbekommen? Waren alle im Haus vielleicht betäubt gewesen? Nein, eines Fürsten wäre ein solcher Aufwand würdig gewesen, aber nicht eines Kaufmanns.

»Habt ihr die Bediensteten befragt? Ich hörte von einem, der erst vor zwei Tagen eingestellt worden sei.«

»Geschwätz«, schnaubte sein Kamerad verächtlich. »Glaub mir, der Herr Kaperielu hat gewiß keinen bedürftigen Fremden in sein Haus geladen, der mitleiderregend im Regen vor seiner Tür stand. Ganz bestimmt nicht!«

Falls es überhaupt ein Licht gibt

Keloes Arbeitsstätte, etwas später am 23. Tag des Wolkenmondes, im 459. Jahr der Abwesenheit Gottes

Ein leichter Luftzug strich über Mojebs Gesicht. Der Wind wehte vom Meer her und würde Regen bringen. Doch die Luft roch nicht nach Tang und Fisch, sondern war ganz vom vertrauten Geruch Sadis gesättigt.

Gab es ein Licht?

Mojeb dachte an das Rarohenga, den Ort, um den seine kindlichen Ängste gekreist hatten. Dort war es dunkel gewesen. Dort hatten ungenannte Ungeheuer gelauert. Doch selbst über diesen grauenhaften Ort, tief in den Spalten des Gebirges, hatte es geheißen, daß von ihm aus noch Licht zu sehen sei. Es sei der Himmel, der sich über den Abgrund spanne, in den sich vorwitzige Kinder hinabgewagt hatten. Es künde von einer glücklicheren Außenwelt, in der die nun nicht mehr erreichbaren Freunde und Verwandten lebten.

Unwillkürlich blickte Mojeb zum Himmel auf. Von dem tiefgrauen Einerlei über ihm war nichts zu erwarten. Hier gab es Ungeheuer, aber kein Licht.

Ein Duft nach Seife, Kokosöl und Zitrone beanspruchte nun immer stärker die Oberhoheit über die Gerüche der Stadt. Die

Wäscherei, in der Keloe arbeitete, mußte ganz in der Nähe sein. Mojeb hatte sich vorgenommen, seine Mitbewohnerin vorsichtshalber von ihrer Arbeitsstätte nach Hause zu geleiten. Diesen Entschluß hatte er gefaßt, gleich nachdem sich sein erstes Entsetzen über Kaperielus Tod gelegt hatte. Er hatte schon früher erlebt, daß die Straßen in Städten dazu neigten, unsicher zu werden, wenn mächtige Männer starben. Der Schmerz derer, die sie betrauerten, suchte seinen Ausgleich oft in unvorhersehbarer und unvorstellbarer Weise.

Mojeb hatte jetzt das Haus erreicht, von dem Omaru und Keloe wegen der Inschrift über seinem Tor steif und fest behaupteten, ein Heiliger habe einst darin gewohnt: Purgatoriu. Die steinernen Schriftzeichen waren auf eine Weise verwittert, daß jemand, der es nicht besser wußte, gar nicht darauf kommen konnte, daß der Zahn der Zeit einen ganzen Buchstaben des Wortes weggenagt hatte.

Mojeb ging unter dem verstümmelten Wort hindurch in den Innenhof, wo auf Leinen Wäsche zum Trocknen hing. Sie bewegte sich sacht im Lufthauch des nahenden Regens. Er hörte Stimmen und Gelächter und erspähte zwischen den wehenden Gewändern eine Frau.

»Wo finde ich Keloe?« fragte er.

Die Angesprochene kam zu ihm. Sie war keine Wäscherin, wie er auf den ersten Blick angenommen hatte. Mojebs Herz schlug schneller. Er kannte sie sehr gut.

Die junge Frau war ein wenig kleiner als er, doch nicht viel. Sie hatte ein rundes, kindlich wirkendes Gesicht mit hoher Stirn und riesigen Augen von der Farbe feuchten Haselnußholzes. Mojeb mußte sich nicht erst vergewissern. Er wußte, daß er auf ihrem Arm einen winzigen tätowierten Wal entdecken würde. Denn die Frau sah der auf seinem Bildnis nicht nur ähnlich. Sie war es.

Mondelang hatte er überlegt, wie es wäre, sie zu finden. Doch wie es wäre, ihr zu begegnen, darüber hatte er nicht nachgedacht. Nun fehlten ihm die Worte. Was sollte er sagen: »Ihr kennt mich nicht, doch ich suche Euch seit langem?«

In seiner Aufregung fühlte er sich wie von sich selbst losgelöst. Nicht ganz wirklich, beinahe wie im Traum. So, als beobachtete er sich durch die Augen eines anderen.

Und er dachte über sich: Da steht er. Er ist ich. Ich sehe ihm an, daß er unsicher ist. Er will nichts Falsches sagen. Doch er weiß, daß sie auf eine Erklärung von ihm wartet. Nun spricht er: »Ihr ahnt nicht, wie weit ich gereist bin, um Euch zu finden. Nun ist es mir endlich gelungen!«

Und sie?

Sie lächelt und antwortet: »Ich habe dich ebenfalls gesucht!«

Er ist erstaunt. – Ich bin erstaunt!

Er fragt: »Warum habt Ihr ... warum hast du mich gesucht?«

Sie antwortet mit gurrendem Lachen: »Du kennst den Grund. Wir haben denselben. Ich habe mich in dich verliebt, als ich dich zum ersten Mal erahnte.«

Er ist überrascht. Wer wäre es nicht? Sie meint ihn, wird ihm langsam bewußt. Er kann nicht fassen, daß sie hier ist und die Hand nach ihm ausstreckt!

Ich kann es nicht fassen, dachte Mojeb und blickte in das strahlende Gesicht, aus dessen Augen alle Fröhlichkeit der Welt leuchtete. Seine Finger berührten zärtlich die ausgestreckte Hand und glitten den Arm hinauf bis zu dem winzigen Wal. Er verdeckte ihn mit dem Daumen, enthüllte ihn, bedeckte ihn erneut.

»Ich heiße Mojeb«, sagte er.

»Ich bin Poritinara«, antwortete sie.

Ein Unhold findet sein verdientes Ende

Am Rand einer Straße in Sadi, drei Wochen später, am 16. Tag des Sturmmondes, im 459. Jahr der Abwesenheit Gottes

Einige Frühaufsteher warteten schon seit Sonnenaufgang. Diejenigen, die jetzt erst kamen, hatten Schwierigkeiten, noch einen guten Platz unter den Tausenden von Schaulustigen zu finden, von dem aus sie – und sei es auf Zehenspitzen stehend – wenigstens etwas von dem großen Ereignis mitbekämen. Einige Beherzte hatten sich sogar auf die Hausdächer gewagt. Doch von dort oben aus würden sie weniger erkennen können, als sie hofften.

Mojeb war sich sicher, daß nicht nur hier, wohin er mit seinen Untergebenen für den Fall von Unruhen befohlen worden war, ein solches Gedränge herrschte. Vermutlich sah es in jeder Straße Sadis so aus, durch die der Karren mit dem Verurteilten fahren sollte.

Fast überall in der Stadt herrschte Freude. Eine seltsame allerdings, weil sie nicht von Herzen kam, sondern aus der tiefen Befriedigung heraus, daß heute der Gerechtigkeit genüge getan und ein unbarmherziger Mörder bestraft wurde.

Da Mojeb liebte, haßte er nicht.

Sein Leben hatte sich verändert, seitdem er Poritinara begegnet war. Es fand statt, wenn er mit ihr zusammen war. Dann war es ein einziger, zeitloser Augenblick des Glücks, eine Gegenwart ohne Vergangenheit. Es hörte auf, sobald er von ihr getrennt wurde. Es war für ihn wie Wachen und Schlafen. Wach sein bedeutete Poritinara. Sie war alles, was er sich je gewünscht, erhofft und erträumt hatte.

In einem Augenblick des Getrenntseins von ihr hatte er zu der Einsicht gefunden, daß er sich noch über viel mehr keine Gedanken gemacht hatte. Etwa darüber, was es für sein weiteres Leben bedeuten würde, wenn er die Frau auf seinem Bild gefunden hätte. Mittlerweile hatte er beschlossen, einstweilen seßhaft zu werden, und sich erfolgreich nach einem neuen Zuhause umgesehen. Kaperielu lebte zwar nicht mehr, doch der Kaufherr war nicht der einzige Mensch von Einfluß, der gewillt war, ihm einen Gefallen zu erweisen. Mojeb war freudig überrascht gewesen, als ihm die Nutzung der Hälfte eines Hauses angeboten wurde, das demnächst an die Stadt fallen sollte.

Ob es ihn störe, daß ein Mörder darin gewohnt habe, wurde er gefragt. Ob es ihn störe, daß er den Mörder kenne?

Mojeb hatte beide Fragen verneint.

In wenigen Stunden würde er sein neues Heim beziehen können! Denn ab heute würden die Angehörigen des gemeinen Mörders nicht mehr in der Stadt geduldet sein. Sie hatten Sadi mit allem zu verlassen, was sie mit sich führen konnten. Den Rest verloren sie ebenso wie ihr Zuhause.

Lasalui war schuldig. Das wußte jeder. Die Geister schieden sich nur in der Frage, ob er den Mord an Kaperielu selbst begangen oder lediglich in Auftrag gegeben hatte. Nachweisen konnte man ihm beides nicht. So sehr verwunderte das jedoch niemanden, denn jeder, der ihn kannte, wußte um seine Schläue. Allerdings war er derjenige, der den größten Vorteil aus Kaperielus Ableben zog.

Selbst Lasaluis Anhänger hatten sich eilig von ihm abgewandt, als zum ersten Mal ein Verdacht auf ihn gefallen war. Sie kannten ihn, und einige seiner Äußerungen waren ihnen plötzlich in ganz neuem Licht erschienen. Diese zweifelhaften und jetzt verdächtigen Bemerkungen und noch weitere seiner Aussprüche hatten die Runde gemacht. Einige waren leicht als Fälschungen zu erkennen, andere zweifellos echt. Sie ließen erahnen, daß noch weit Schlimmeres hätte geschehen können.

Mojeb kannte Lasalui kaum. Er hatte sich zwar während der Erhebung bewährt, tat jedoch nichts ohne Hintergedanken. Wenn Mojeb an ihn dachte, so erinnerte er sich zuallererst an das Haumesser, das er an seiner Wand hatte hängen sehen. War das die Mordwaffe gewesen?

Der Lärm von den Stimmen Tausender Schaulustiger schwoll plötzlich an. Das war in der letzten halben Stunde schon mehrfach grundlos geschehen. Die Späher auf den Dächern riefen etwas, was aber niemand verstehen konnte. Vielleicht meldeten sie, daß der Wagen jetzt käme, vielleicht aber auch das Gegenteil.

»Es ist soweit«, behauptete Omaru, der mit Keloe und Mama Apikaila gekommen war. Seitdem das zweiköpfige Kind während der Belagerung unbeachtet gestorben war, wurde sie wieder von ihrem vollständigen Anhang begleitet.

Omaru schien recht zu haben. Die Rufe kamen immer näher: »Mörder! Mörder!« und »Buh! Buh!«

Dann war er da. »Seid wachsam!« ermahnte Mojeb seine Leute.

Lasalui wurde auf einem Ochsenkarren, der von einem alten Mann geführt wurde, zu seiner letzten Verabredung gebracht. Hinter dem Karren schritt das kleine Häufchen seiner Verwandten hinterher: seine Frau, seine Kinder und noch zwei weitere Männer, die Mojeb nicht zuordnen konnte. Von dem Mann, der sich einmal kalt über den Vorteil von Märtyrern ausgelassen hatte, war nichts mehr übrig. Lasalui fuhr seinen Tod entgegen. Er wußte, daß er seinem Schicksal nicht mehr entkommen konnte, hatte sich aber nicht damit abgefunden. Er wollte nicht sterben. Er war zu einer zerstörten Kreatur voller Angst geworden.

Mojeb empfand kein Mitleid. Er hatte das Zimmer gesehen, in dem dieser Mann Kaperielu getötet hatte.

Omaru winkte dem Wagenführer zu: »Timoteu! Timoteu!«

Der Abdecker, bei dem Omaru eine Zeitlang gearbeitet hatte, erinnerte sich Mojeb.

»Der hat dich doch nur ausgenutzt«, hörte er sogleich Keloe sagen.

»Er soll trotzdem wissen, daß ich hier bin«, antwortete Omaru eigensinnig.

»Er isd unschuldig«, behauptete plötzlich eine Frauenstimme neben Mojeb. Bock! Er hatte die rotblonde Frau schon etliche Wochen nicht mehr gesehen.

»Das sagst du, weil du für ihn gearbeitet hast«, erwiderte Mojeb. »Wer sollte es sonst gewesen sein?«

»Weiß ich nichd. Sag du mir, wie er unbemergd in das Haus gegommen sein soll und warum er sich dord so gud ausgannte?«

»Das erste weiß ich auch nicht. Das andere ist einfach: Am Anfang ihrer Verschwörung haben sich noch alle gut verstanden und sich abwechselnd in ihren Häusern getroffen. Daher kannte er sich aus. Du solltest das noch wissen.«

»Sie haben sich aber nichd im Schlafzimmer gedroffen. Das würd ich auch wissen.«

»So schwer ist es nicht herauszufinden, wo das Schlafzimmer sein könnte. Bock, nimm es hin: Er war es. Mir gegenüber hat er kein Hehl daraus gemacht, wozu er zum Erreichen seiner Zwecke bereit wäre. Er hat die Pukamen verabscheut.«

»Er had viel dummes Zeugs gesagd, aber deswegen isd er nichd schuldig.«

»Das glaubst du. Dennoch ist er der, dem Kaperielus Tod am meisten genutzt hätte.«

»Mag sein. Doch manchmal wird einer umgebrachd, ohne daß einer einen ersichdlichen Nudzen davon had. Vielleichd bloß, weil jemand Angsd vor ihm had. Willsd du jedzd den fangen, der sich am meisden fürchded? Was sagsd du dazu, Mojeb?«

Es mag seltsam klingen, doch die Ermordung Pukam Kaperielus brachte der Stadt einstweilen Frieden. Verantwortlich dafür war das allgemeine Entsetzen über die Bluttat. Viele fragten sich, wie es soweit hatte kommen können. Mit einemmal erinnerten sich alle, die die Geschicke Sadis in die Hände genommen hatten, jener Zeit, als sie gemeinsam das Abschütteln der alten Herrschaft um einer besseren Zukunft willen angestrebt hatten. Binnen kurzem wurde nun Einigkeit in bisher strittigen Fragen erzielt. Die Stadt erhielt zudem einen neuen Vogt, der sich als Zugeständnis an den territorialen Adel nur als ›Provisorischer Vogt‹ bezeichnete, oder kurz: als Provogt.

Provogt Filipu der Jüngere war ein Verwandter des Pukams Refaelu. Er war kein beflügelter Stadtherr, und das einzig Erwähnenswerte an ihm sind denn auch die Umstände seines Amtsverzichtes. Denn nach kaum mehr als einem Jahr dankte er mit der Begründung ab, sein Amt mache ihm angst. Er wolle wieder in Frieden schlafen.

Ich will nicht verheimlichen, daß man die Zeit unmittelbar nach dem Mord an Kaperielu auch gänzlich anders einschätzen kann. So schreibt etwa Siaku von Keroa: »Die Pukamen nutzten die Führerlosigkeit von Lasaluis Anhängern und deren Schuldgefühle wegen seines Verbrechens kaltschnäuzig aus. Wenn bis dahin in Sadi kein Heiliger des Über-den-Löffel-Balbierens bekannt gewesen war, so wurde ihm an dem Tag ein prunkvoller Schrein geweiht, als der Pukam Refaelu seinem Neffen zu Amt und Würden verhalf.«

Über Mojebs Leben im folgenden Jahr wurde uns kaum etwas zugetragen. ◇ verliert darüber nur wenige Worte: »Mojeb und Poritinara lebten glücklich und zufrieden. Das ist alles, was ich zu berichten habe. Vielleicht ist es nicht viel, und für manchen mag es unzureichend klingen, aber es ist sehr viel mehr, als die meisten Menschen dieser Tage von sich behaupten konnten. Nachdem die übliche Zeit verstrichen war, gebar Poritinara ein Kind. Ich bin versucht zu behaupten, es sei Mojebs größter Fehler gewesen, in einem Land glücklich werden zu wollen, in dem alle Liebeslieder tragisch enden. Poritinara verließ Mojeb nicht während des Großen Regens, sondern kurz nach der Geburt des Kindes.«

◇ überläßt es unserer Vorstellungskraft, uns Mojebs Leid auszumalen.

Kein Schmerz ertrage sich schwerer als die Erinnerung an verlorenes Glück, behauptet ein großer Dichter. Wie lange mag es gedauert haben, bis Mojeb einsah, daß ihn Poritinara freiwillig verlassen hatte? Wie lange, bis er sich eingestand, daß er nur wenig über ihre Herkunft wußte oder das Leben, das sie geführt hatte, bevor sie ihn traf? Wie lange, bis er herausfand, daß dieses Wenige frei erfunden war? Nur eines kann als zuverlässig gelten, nämlich daß Poritinara frühestens Ende des Sturzregenmondes im 458. Jahr der Abwesenheit Gottes zum ersten Mal in Sadi gesehen worden war. Woher sie kam und wohin sie ging, wissen wir nicht. Selbst über ein in einer Regennacht ausgesetztes Kind hätte mehr in Erfahrung gebracht werden können. Sie jedoch schien eines Tages einfach dagewesen und eines anderen Tages wieder verschwunden zu sein. Ohne Vorher, ohne Nachher.

Den genannten Ungereimtheiten dürfte sicherlich zumindest teilweise zuzuschreiben sein, daß Vater und Kind sich lange Zeit fremd blieben. Möglicherweise gab es auch noch andere Gründe. In dieser Chronik will ich mich jedoch nicht weiter mit dem Kind beschäftigen. Seine Zeit wird kommen. Erwähnt sei nur noch, daß Mojeb die Erziehung des Kindes einer Amme anvertraute, die allem Anschein nach außerhalb Sadis wohnte. Konnte er am Ende nicht einmal ertragen, daß es in derselben Stadt lebte wie er? Wir wissen es nicht, doch es war eine glückliche Fügung.

Mojeb selbst zog wieder in die Wohnung im Kohlpalmenviertel ein. Lasaluis ehemaliges Haus war ihm zuwider geworden. Vermutlich verweilte er nur deswegen weiter in Sadi, weil er nicht wußte, wohin er gehen sollte.

Unterdessen hatten sich die Zustände in Sadi beständig verschlechtert. Wie uns bekannt ist, hatte schon Kaperielu wenig hoffnungsvoll in die Zukunft gesehen. Aber hatte er auch mit dem Absterben der Palmen gerechnet?

Die ersten Fälle von Gelbblattfäule traten vermutlich schon 458 auf. Entweder wurden sie nicht erkannt oder verheimlicht, denn großflächiges Abholzen der erkrankten Pflanzen ist die einzige Möglichkeit, dieser Seuche Herr zu werden. Daß gerade in einer Zeit der Not mancher vor einem solchen Schritt zurückschreckt, mag verständlich sein. Doch selbst als sich die Blätter von Hunderten, gar Tausenden Palmen gelb verfärbten, wurden sie noch zu zaghaft gefällt. Manchmal mußten darüber sogar Waffen entscheiden, und Menschen kamen zu Tode.

Nun wurde in Sadi und seinem Umland gehungert. Zudem machte das Gerücht die Runde, daß ein neuer Krieg drohe. Die einstige Vögtin habe neue Verbündete gefunden, wurde geflüstert. In dieser Zeit überließ Filipu der Jüngere, Provogt von Sadi, sein Amt einem anderen: Er habe Angst!

Er mag sich glücklich gepriesen haben, denn sein Nachfolger starb zwei Tage nach seiner Amtseinführung. Er wurde zusammen mit seiner Frau und seinem minderjährigen Sohn im gemeinsamen Schlafgemach grausam mit einem Haumesser ermordet. Wie der Täter unbemerkt ins Haus hatte gelangen können, war nicht ersichtlich. Den Dienern, die behaupteten, die Tür sei von ihnen verbaut gewesen, wurde kein Glauben geschenkt.

Schon bald kämpften zwei Gerüchte um die Ohren der Stadt: Das eine besagte, daß ein anderer statt Lasalui hingerichtet worden sei. Nun sei er zurückgekehrt. Das andere behauptete das Gegenteil: Ein Unschuldiger habe für die Untat des wahren Mörders bezahlen müssen.

SCHWESTER DOLORES,
CHRONIK EINER
VERLORENEN ZEIT,
BD. IV,
NIEDERGELEGT
ZU CANTAMO
IM 542. JAHR
DER ABWESENHEIT
GOTTES

Das Große Beben von 460: Eins von vier

Ein Haus irgendwo in Sadi, in der Nacht vom 12. auf den 13. Tag des Händlermondes, im 460. Jahr der Abwesenheit Gottes

Inmitten eines Traumes ...

... erwacht das Mädchen. Sein Magen knurrt so laut, daß es deswegen nicht mehr einschlafen kann. Es weiß, daß es Hunger haben muß, verspürt aber keinen. So wie jetzt darf es nicht bleiben, denkt das Mädchen. Am Ende hört jemand das Knurren. Das wäre sehr schlimm. Es muß ganz still sein.

Vom Abendessen ist noch die Hälfte übrig, fällt ihm ein. Zwar darf erst morgen wieder davon gegessen werden, doch das ist dumm, denn das Mädchen ist jetzt hungrig. Lieber will es morgen gar nichts essen. Vielleicht wird es dann nicht einmal hungrig sein!

Es steht auf und wundert sich, daß die Reste des Abendessens in einem eigenen Zimmer aufbewahrt werden. Es ist beinahe so groß wie die Küche, in die es Mama immer mitnahm, als es noch kleiner war. Dort gab es große Öfen. Dort gab es viele Menschen. Dort gab es große Töpfe, aus denen ihm ab und an einer der vielen Menschen etwas zu essen gab. Das schmeckte!

Doch dieses Zimmer ist leer. Hier ist nirgends ein Kessel zu sehen. Wo mag er sein?

Das Mädchen entdeckt plötzlich einen großen Schrank aus schwarzem Holz.

Bestimmt ist darin das Essen versteckt, denkt es und klettert hinein. Da hört es Schritte. Es sind nicht die seiner Mutter. Also müssen es die seines neuen Onkels sein, denn sonst kann niemand in der Wohnung sein. Das Mädchen mag seinen Onkel nicht. Er riecht nicht gut. Er ist ganz dünn. Er ist nie lustig. Er schreit ständig. Er sieht ganz düster und dunkelgrau aus. Das Mädchen will ihm nicht begegnen. Es schließt den Schrank und verhält sich ganz still. Doch der Fußboden zittert unter den Schritten seines neuen Onkels, als der zum Schrank kommt. Das Mädchen erschrickt! Wenn er merkt, daß es sich hier versteckt, wird er es anschreien. Er wird es herauszerren und mit dem Stock schlagen!

Was soll ich tun? denkt das Mädchen. Wenn es blitzschnell wegliefe, könnte ihm nichts geschehen!

Ganz schnell rennt es die Treppe hinab.

Hoffentlich wurde ich nicht gesehen, denkt es.

Hoffentlich wurde es nicht gesehen!

Hoffentlich wurde es nicht gesehen!

Hoffentlich wurde es nicht gesehen!

Das Große Beben von 460: Zwei von vier

Eine Straße irgendwo in Sadi, wenige Augenblicke später

Inmitten eines Traumes …

… fühlt sich der Mann in einen anderen Traum gerissen. Er ist so unsicher, daß er erwacht. Voller Entsetzen fällt ihm ein, daß er heute etwas gegessen hat. Das wollte er doch überhaupt nicht! Wie konnte er so vergeßlich sein? Das kann er sich doch gar nicht leisten! Alle zwei Tage etwas essen, das ist erlaubt. Doch wenn er es öfter tut, so kann er seinen Mietzins nicht mehr bezahlen. Die Hauswartin ist unerbittlich. Sie wird ihn samt seiner Familie sofort aus der Wohnung jagen. Was soll er dann machen?

Er ist erleichtert, als ihm einfällt, daß er heute doppelt so lange arbeiten könnte wie sonst. So könnte er das unnötige Mahl wieder ausgleichen. Doch dazu müßte er jetzt sofort zur Arbeit gehen!

Ein Geräusch kommt von der Tür. Das ist die Hauswartin! Wenn sie ihn hier antrifft, wird sie ihn nach der Miete fragen. Das darf auf keinen Fall geschehen. Er muß ganz still sein, damit sie glaubt, niemand sei in der Wohnung, und weitergeht. Ganz still. Hoffentlich wartet sie nicht so lange vor der Tür, da er doch dringend arbeiten gehen muß!

Der Boden vibriert. Um der Heiligen willen, denkt der Mann, er hat die Tür offen gelassen! Die Hauswartin muß in der Wohnung sein. Und schon sieht er sie als schwarzen Schatten mit ihrem Besen umherschleichen. Sie hat ihn immer bei sich, um Kinder und säumige Mieter zu be-

strafen. Der Mann drückt sich in den Winkel zwischen Wand und Feuerstelle. Da sieht er, daß die Asche darauf noch immer glüht. Sie wird ihn verraten! Hier kann er nicht länger bleiben.

Der Mann rennt die Treppe hinunter, um aus dem Haus zu gelangen. Er kommt ins vierte Stockwerk, ins dritte, ins zweite, ins erste und in das Erdgeschoß.

Doch die Treppe endet dort nicht. Sie führt immer weiter nach unten.

Der Mann fühlt Schritte auf der Treppe. Die Hauswartin weiß, wo er ist.

Sie weiß es!

Sie weiß es!

Sie weiß es!

Das Große Beben von 460: Drei von vier

Ein Stadtviertel Sadis, wenige Augenblicke später

Inmitten eines Traumes …

… schrecken die jungen Männer hoch. Sie fühlen sich fremdartig zersplittert und denken: Bloß nicht einschlafen!

Die Frau sitzt noch immer im Schneidersitz nicht weit von ihnen entfernt auf dem Bett. Bis auf ein schwarzes Tuch, das ihren Kopf und ihre Schultern bedeckt, ist sie nackt. Sie hat wunderbare Brüste, einen verlockenden Leib und lächelt einladend. Sie schweigt, doch ihre Augen sprechen: Komm!

Die jungen Männer heben die Hand, schwelgen in Vorfreude, doch dann erinnern sie sich: Sie dürfen die Frau nicht umarmen. Um der Heiligen willen, bloß nicht! Sie müssen ganz still sein. Sie dürfen sie nicht einmal einen winzigen Augenblick lang aus den Augen lassen. Denn sie wissen, daß die Frau eine Hand hinter dem Rücken verbirgt. Sie wissen, was sie darin hält. Bei der kleinsten Unaufmerksamkeit werden sie es gezeigt bekommen. Die junge Frau wird sie zuerst mit ihrem Messer erstechen, dann zerschneiden und anschließend verspeisen!

Wie hatten sie nur so töricht sein können, eine Wildfremde in ihr Haus zu laden? Die Welt ist voller Menschenfresser! Getötet und aufgegessen zu werden, dieser Preis ist für das bißchen Lust viel zu hoch!

Die jungen Männer erwägen, der jungen Frau auf den Kopf zuzusagen, was sie vorhabe. Sie lassen es sein. Denn schon beim geringsten Anzeichen, daß sie Verdacht geschöpft haben könnten, wird die Frau über sie herfallen. Sie dürfen sich nichts anmerken lassen. Sie müssen ganz still sein und sie fest im Auge behalten.

Das Bett bebt und auch der Boden. Auf der Feuerstelle kocht Suppe in einem Topf. Das Beben wird durch den Deckel ausgelöst, der vom Dampf hochgedrückt wird und wieder auf den Topf fällt: klapper-di-klapper-di-klapper.

Die junge Frau schaut auffordernd zu der überkochenden Suppe, doch die jungen Männer geben vor, nichts zu bemerken. Doch, o weh, das Fett in der Suppe hat Feuer gefangen. Kleine Flammen züngeln am Topfrand hoch und schlagen bald immer höher. Die Männer wollen aufstehen und den Topf vom Feuer nehmen, doch das können sie nicht, da sie sonst der jungen Frau den Rücken zuwenden müssen. Auf dem Herd brennt es, bald wird das ganze Haus lichterloh brennen. Was sollen sie bloß tun? Gleich wie, sie müssen hier weg!

Die jungen Männer laufen durch einen Flur, von dem Türen abgehen. Sie rütteln an einer nach der anderen, doch alle sind verschlossen. Wo sollen sie sich nur verstecken? Endlich begreifen sie, daß das Feuer schuld sein muß. Ganz klar, alle anderen im Haus haben sich zur Sicherheit in ihren Gemächern eingesperrt! Nur sie sind noch ganz allein draußen. Jetzt, da sie das wissen, klopfen sie gegen die nächste Tür und brüllen lauthals: »Laßt mich ein!«

Sogleich erkennen sie, daß sie einen Fehler begangen haben. Ganz bestimmt hat die Frau sie gehört! Und schon bebt der Boden unter ihren Schritten. Am einen Ende des Ganges erblicken sie die Frau – hochgewachsen, unheimlich aussehend durch das schwarze Tuch, das ihren Kopf und ihre Schultern verbirgt. Sie beschließen, zum anderen Gangende zu flüchten, doch da steht die Frau ebenfalls! Zwillinge, denken die jungen Männer überrascht, als die beiden düsteren Frauen schweigend auf sie zukommen.

Sie kommen!
Sie kommen!
Sie kommen!

Das Große Beben von 460: Vier von vier

Über die ganze Stadt verstreut, wenige Augenblicke später

Inmitten eines Traumes ...

... wird den Frauen bewußt, daß sie noch viel zu erledigen haben. Sie gehen zum Herd, auf dem ein Topf köchelt. Sie rühren darin. Alles muß fertig sein, bevor der Krieg ausbricht! Denn wenn er erst einmal im Gange ist, werden sie nicht mehr zum Kochen kommen.

Von draußen hören sie den Marschschritt der Stadtgardisten. Sie treten so heftig auf, daß das ganze Haus erschüttert wird. Sogar der Topf hüpft auf der Flamme!

Nun klopfen sie auch noch an ihre Tür! Die Frauen wissen, was die düsteren Männer wollen. Sie nehmen jeden mit, den sie für den Krieg gebrauchen können. Doch bei ihnen klopfen sie vergeblich. Denn der Ehemann und die beiden älteren Söhne sind längst tot. Den jüngsten werden die düsteren Männer nicht auch noch bekommen. Er ist gut versteckt!

Die Frauen rühren gelassen weiter in ihrem Topf und geben vor, nichts zu hören, obwohl wegen des Hämmerns an der Tür Tisch und Stühle, ja selbst der schwere Schrank über den Boden tanzen. Doch die Tür hält stand. Sie ist sehr stabil und zittert nur wenig unter den Schlägen, die alles erbeben lassen.

Da erschrecken die Frauen. Trotz verschlossener Tür sind die dunklen Männer in ihre Wohnung gelangt und beginnen sofort zu suchen. Doch sie werden den Jüngsten nicht finden, denken die Frauen und widmen sich weiter ihrem Topf. Sie müssen ganz still sein. Wenn sie ganz still sind, werden sie nicht bemerkt werden.

Plötzlich werden die Frauen ergriffen und auf den Tisch geworfen. Einer der Eindringlinge hält ein Haumesser in der Hand. Mit schnellem

Streich schlitzt er ihnen die Bäuche auf. Es schmerz gar nicht, denken die Frauen und sehen traurig mit an, wie ihnen einer der Peiniger ihren letzten Sohn aus dem klaffenden Leib reißt und ihn hochhält wie eine Trophäe. Bedeckt mit Schleim und Blut, sieht er erbarmenswert aus. Doch mit sechs Ellen ist er ganz schön groß für einen Acht-, Zehn-, Elf-, Zwölf-, Vierzehnjährigen.

Die schwarzen Männer tragen ihn wie einen gehäuteten Hasen zum Herd und werfen ihn in den Topf. Nun begreifen die Frauen: Dieses Mal wird niemand in den Krieg mitgenommen. Die dunklen Männer töten jeden gleich an Ort und Stelle. Wie praktisch!

Sie töten jeden!
Sie töten jeden!
Sie töten jeden!

Das Ende der Wirklichkeit

Außerhalb Sadis, auf der anderen Flußseite,
wenige Augenblicke später

Inmitten eines Traumes ...

... erwachte Natanui durch das ferne Grollen eines heraufziehenden Gewitters. Tiresa, die neben ihm im Gras lag, schnarchte leise. In ihren Mundwinkeln hatte der Speichel kleine Schaumbläschen gebildet, die bei jedem Atemzug zerplatzten. Sie stöhnte unruhig im Schlaf. Es war schon spät, und Natanui wollte nach Hause. Er zog seinen Arm unter Tiresas Kopf weg, worauf sie die Augen aufriß und einen entsetzten Schrei ausstieß. Natanui zuckte zusammen.

»Dumme Kuh«, fuhr er sie an. »Was schreist du denn? Ich bin es. Wer sollte es sonst sein?«

»Natanui«, murmelte Tiresa verwirrt. »Ich hatte einen schrecklichen Traum. Ich muß dir davon erzählen.«

»Ja, ja, aber nicht mehr heute«, entgegnete Natanui kurz angebunden. Tiresa träumte ständig krauses Zeugs, das sie ihm beim Erwachen unbedingt erzählen mußte. Angesichts ihrer Verwandten war das bestimmt kein Wunder.

Natanui drehte den Docht seines Lämpchens höher und half Tiresa auf die Beine.

»Hast du dran gedacht?« fragte er. Sie sah ihn mit leerem Blick an, als wüßte sie nicht, wovon er spreche. Natanui war schon drauf und dran, ihr heftige Vorwürfe zu machen, als sie sich erinnerte.

»Gewiß doch«, sagte sie und reichte ihm die Münzen.

Natanui steckte sie weg. »Ist nur vorübergehend. Du bekommst alles zurück, wenn es wieder etwas besser für mich läuft.«

»Das weiß ich doch, Schatz«, erwiderte Tiresa und wollte ihn küssen.

Natanui wehrte sie ab: »Laß das! Du weißt, daß ich das Geschlabber nicht mag. Ich gehe jetzt.«

Er gab Tiresa zum Abschied einen Klaps auf den Hintern und schlug den Weg zum Fluß ein, wo sein Boot auf ihn wartete. Am Nachthimmel war seit kurzem wieder ein Mond zu sehen oder jedenfalls etwas Ähnliches, nämlich ein unscharfer, blaß leuchtender Fleck, der kaum Licht spendete. Natanui wußte nicht, wie er zur Rückkehr des Mondes stehen sollte. Manche Menschen hielten sie für ein Zeichen, daß sich schon bald alles wieder bessern werde. Natanui hatte keine Ahnung, woher sie diese Zuversicht nahmen. Wohin er sah, wurde ständig alles schlechter. Doch so weit wie manche andere, die seine Meinung teilten, wollte er nicht gehen. Die behaupteten nämlich, daß nach der Rückkehr des Mondes auch bald die Wolken vom Himmel verschwänden. Aber nur, weil der Abwesende Gott herausfinden wolle, wer noch am Leben sei und ob sich ein zweiter Tag der Vernichtung für ihn rechne.

Dummes Geschwätz, dachte Natanui. Vor zwei Jahren wären sie dafür noch aufgehängt worden!

Er stutzte und blickte zurück, woher er gekommen war. Ganz kurz vermeinte er Tiresas Stimme gehört zu haben. Er lauschte, konnte aber keinen weiteren Laut hören. Achselzuckend setzte er seinen Weg fort. Offenbar hatte er sich getäuscht.

Mataiu, sein alter Kumpel, dachte er, der hätte genauso geredet. Ein Trauerkloß, der überall das Schlechteste wähnte und dabei selbst völlig hilflos war. Gänzlich lebensuntauglich! Seitdem Natanui wieder in Sadi weilte, hatte er alle seine ehemaligen Mitgefangenen von weitem gesehen, bis auf Mataiu. Wo er sich wohl inzwischen aufhielt? Es wäre ganz unterhaltsam gewesen, ihn zu treffen, um einen Becher mit ihm zu leeren. Doch was nicht war, konnte vielleicht noch werden.

Abermals hielt Natanui inne. Da war doch schon wieder etwas gewesen! Was war das denn? Ein Tier vielleicht? Das Geräusch kam wieder von da, wo er hergekommen war. Nun, immer noch besser als von dort, wo er hinwollte. Lieber seltsame Geräusche im Rücken als vor sich.

Halt! Hatte sich dort nicht einer der Büsche bewegt? Verdammte Finsternis, verfluchter Mond! Wozu war er überhaupt da, wenn man nichts in seinem Licht sah?

Natanui spähte. Nein, das war kein Busch, der sich bewegt hatte. Das war ein Schatten, der gar nichts mit dem Busch zu tun hatte. Noch einer! Das waren Menschen, mindestens drei.

Er fluchte still. Jetzt ergab alles einen Sinn. Er hatte also doch Tiresas Stimme gehört, und die, die ihm jetzt hinterschlichen, mußten ihre Brüder sein. Sie konnten ihn so schon nicht ausstehen. Wenn sie jetzt gar herausgefunden hatten, daß Tiresa gelegentlich etwas Geld für ihn abzweigte, würde ihnen das gar nicht gefallen. Wahrscheinlich waren sie hier, um ihm eine Abreibung zu verpassen. Die sollten sich nicht so anstellen! Ihre Schwester war keine Prinzessin. Sie war die Tochter des Totengräbers. Jeder in ihrer Familie sollte froh sein, daß es überhaupt jemanden gab, der sie gelegentlich ordentlich hernahm! Doch das könnte er ihren Brüdern nicht sagen. Sie würden uneinsichtig sein. Natanui beherrschte sich, nicht seinem Verlangen zu rennen nachzugeben. Er hatte das Gefühl, daß Tiresas Brüder dasselbe täten, sobald er damit anfinge. Wie Hunde, wie Raubkatzen, wie Jäger, die ihre Beute verfolgten. Möglicherweise ahnten sie noch nicht, daß er sie bemerkt hatte. Wenn er rannte, wüßten sie es aber. Damit gäbe er seinen einzigen Vorteil auf. Nur mit der Ruhe! Wenn er erst mal den Fluß erreicht hatte, war er so gut wie in Sicherheit.

Eilig, aber nicht zu eilig, ging Natanui weiter. Der Bewuchs mit hohen Büschen links und rechts seines Weges endete schlagartig, als er den Uferstreifen des Vaas erreichte. Von seinem Boot trennten ihn noch immer eine Viertelmeile Sand und Schlamm, durchzogen von kleinen Rinnsalen und durchsetzt mit Kuhlen stehenden Wassers. Der Weg kam Natanui plötzlich sehr weit vor.

Nun ergab es für ihn keinen Sinn mehr, langsam zu gehen. Sobald Tiresas Brüder hier angekommen wären, hätte Heimlichkeit auch für sie ihren Nutzen verloren. Von da an würde nur noch zählen, ob sein Vorsprung groß genug wäre.

Natanui rannte über den erfreulich festen Untergrund, sprang über einen schmalen Wasserlauf, gleich danach über eine Pfütze. Er glitt aus und saß plötzlich im Schlamm. Ein Blitz erhellte die Nacht und zeigte Natanui seine Verfolger, die nun ebenfalls den Uferstreifen erreicht hatten. Er fluchte: Sie waren zu fünft! Offenbar hatten sie noch zwei Freunde mitgebracht. War das nicht übertrieben? Was dachten sie, wer er sei? Anscheinend reichte es ihnen nicht, ihn zu dritt auseinanderzunehmen. Sie wollten wohl ganz sichergehen!

Auf allen vieren kroch Natanui aus der Pfütze und hastete weiter. Am liebsten hätte er seine verräterische Lampe gelöscht, doch wie sollte er dann sicher über den trügerischen Grund zu seinem Boot gelangen?

Als hätte er das Unglück beschworen, schlug er urplötzlich längs hin. Seine Knie und Hände brannten. Der Schmerz im einen Arm trieb ihm Tränen in die Augen. Zittrig richtete er sich auf. Wo war seine Lampe abgeblieben? Sie mußte erloschen sein. Sei's drum, vielleicht brachte ihr Verlust mehr Nutzen als Nachteile mit sich.

Platsch! Platsch! Natanui rannte weiter, ohne sich noch um die Pfützen zu kümmern. Er fragte sich plötzlich, ob er geschrieen hatte, als er gestürzt war. Hoffentlich hatte er es nicht! Denn damit hätte er seine Verfolger erst recht auf seine Spur gebracht. Was war das? Täuschte er sich, oder hörte er ein Platschen, das nicht vom ihm stammte?

Kurz war er versucht, sich zu stellen und zu rufen: »Laßt mich doch in Frieden! Ich werde auch nie wieder eure Schwester treffen.«

Es würde ihnen gleichgültig sein. Alle fünf würden ihn ohne mit der Wimper zu zucken verprügeln. Die Söhne des Totengräbers waren kräftige Burschen. Womöglich würden sie ihn sogar, wenn sie mit ihm fertig waren, in eine Grube werfen und Erde auf ihn schütten. Nein, nein! Er konnte nicht anders als fliehen.

Natanui lauschte dem Trommeln seiner Schritte, dem Platschen des Wassers, dem Keuchen in seinen Ohren. Er hoffte jedenfalls, daß es seines war. Das war es doch? Plötzlich blieb er am Rand einer ausgedehnten Wasserfläche stehen. Zu groß für eine Pfütze, doch der Fluß konnte das nicht sein, denn dazu war das Wasser zu flach. Nun begriff er. Es herrschte Flut. Sie staute den Fluß, so daß er über die Ufer getreten war. Natanui rang um Luft. Hoffentlich hatte er das Boot weit genug an Land gezogen! Hoffentlich war es inzwischen nicht weggetrieben worden! Das würde sich gleich erweisen. Denn wenn er nicht gänzlich in die Irre gelaufen war, so mußte er ganz in seiner Nähe sein. Wahrscheinlich gelangte er zu ihm, wenn er nur um diese knietiefe »Bucht« herumginge.

Rechts herum oder links herum? Links oder rechts? Natanui hatte keine Ahnung. Entgegen seiner inneren Stimme entschied er sich für rechts. Als er plötzlich sein Boot entdeckte, wäre er am liebsten zu Boden gesunken und hätte die Heiligen gepriesen. Sofort stemmte er sich mit beiden Händen dagegen, um den Kahn ins Wasser zu schieben. Er jaulte auf, als ein greller Schmerz durch seinen verletzten Arm fuhr. Verdammt, das hatten sie bestimmt gehört! Natanui versuchte sein Ziel mit einer Hand zu erreichen, doch das Boot gab keinen Zoll nach. Hilflos trat er mit den Füßen dagegen. Da! Endlich bewegte es sich und glitt ins Wasser. Natanui schwang sich hinein und überließ das Boot der Strömung. Als er einige Schritt vom Ufer entfernt war, lauschte er. Von seinen Verfolgern war nicht das geringste Geräusch zu vernehmen. Natanui lachte still in sich hinein. Diese Sauhunde! Sie waren gar nicht mehr hinter ihm her. Sie hatten ihm nur gehörig Angst einjagen wollen. Wahrscheinlich waren sie längst wieder auf dem Heimweg und freuten sich königlich über den Deppen, der es ihnen so leicht gemacht hatte. Denen würde er es heimzahlen!

Doch im Augenblick galt es, zum anderen Ufer zu gelangen. Natanui war darauf bedacht, den verletzten Arm beim Paddeln möglichst wenig zu belasten. Das war leichter gesagt als getan, da ihm der Fluß keine Schonung zugestand. Ständig zwang die Strömung den Bug des Bootes dazu, woanders hinzuzeigen als zum gegenüberliegenden Ufer. Natanui stöhnte und fluchte abwechselnd. Manchmal dachte er ans Aufgeben. Dem Schmerz ein Ende bereiten und sich treiben lassen – wie verlockend! Dann wiederum malte er sich mit feinsten Pinselstrichen aus, wie er sich an Tiresas Brüdern für dieses Ungemach rächen könnte.

Nach einer kleinen Ewigkeit erreichte Natanui das andere Ufer. Den Versuch, das Boot mit einer Hand so weit aufs Trokkene zu ziehen, daß der Fluß es nicht wegschwemmen könnte, gab er schnell auf. Da war nichts zu machen. Spätestens in einer halben Stunde würde es wieder im Wasser treiben. Sein Besitzer mußte eben zusehen, wie er es fand. Er hatte alles getan, was ihm möglich war.

Natanui fühlte, daß sich jemand näherte, obwohl er keinen Lampenschein sah. Bei dem Glück, das er heute hatte, war das bestimmt der Besitzer des Boots.

Er rief: »He du! Mein Arm ist hin. Allein bekomme ich das Boot nicht an Land. Hilf mir!« Er erhielt keine Antwort. »Dann eben nicht!« murrte er. Der andere kam näher.

»Bist du stumm, Kamerad?« fragte Natanui ärgerlich. Er strengte sich an, das Dunkel zu durchdringen, und stutzte. Das war doch nicht nur einer! Das waren ... fünf!

Natanui wurde ganz unbehaglich zu Mute. Die sahen aus wie ... Nein! Sie waren es! Tiresas Brüder und ihre Freunde! Wie hatten sie auf dieses Ufer gelangen können? Hatten sie selbst ein Boot gehabt? Kannten sie etwa eine Furt? Jetzt war es aber an der Zeit zu verhandeln!

»Hohoho«, sprach Natanui die Näherkommenden an. »Ihr habt euren Spaß gehabt und mir einen ordentlichen Schrecken eingejagt. Aber jetzt reicht es. Wir müssen das nicht fortsetzen. Ich habe mich ohnehin schon auf die Fresse gelegt. Sagt einfach, was ihr wollt.«

Die fünf schwiegen weiterhin. Natanui wich zurück, stolperte und fiel in das Boot. Ganz in der Nähe blitzte es. Vögel kreischten empört: Kri-kra!

Im kurzen Lichtschein erkannte Natanui, daß die fünf mit Haumessern bewaffnet waren. Als er ihre unkenntlichen Gesichter sah, begann er wie ein Besessener zu schreien.

Alte Erinnerungen werden wach

Haus im Kohlpalmenviertel, früher Nachmittag am 13. Tag des Händlermondes, im 460. Jahr der Abwesenheit Gottes

Der Wind rüttelte an der Tür und ließ sie laut klappern.

»Wenn alles auseinanderfällt, dann hängt nichts mehr miteinander zusammen«, erklärte Omaru.

Dieser Einstieg war ganz anders als bisher, dachte Mojeb, der ihm mit halbem Ohr zuhörte. Gebannt starrte er auf das Spielbrett, das zwischen ihm und Omaru lag. In einigen der Mulden lagen Kakaobohnen; die meisten aber waren noch leer.

Wohin sollte er seine Bohne bloß legen? dachte Mojeb und drehte sie unschlüssig zwischen den Fingern. Omaru war ein erstaunlich guter Takaro-Spieler. Selbstverständlich durfte man ihn während des Spielens nicht zu Vorträgen verleiten.

Mojeb knabberte an der Bohne.

»Sch-sch«, ermahnte ihn Omaru sofort.

Mojeb nahm die Kakaobohne wieder aus dem Mund und

zeigte sie her zum Beweis, daß er nichts von ihr abgebissen habe. Omaru achtete sehr auf seine unscheinbaren Juwelen. Er säuberte sie so gründlich, daß nichts mehr darauf hindeutete, woher sie stammten, sah man von den winzigen Spuren ab, die die Zähne und Verdauungssekrete der Palmenroller auf der Oberfläche hinterlassen hatten. In einer überraschenden Anwandlung von Lebenstüchtigkeit hatte Omaru sofort begonnen, die Bohnen zu horten, als er von den Maßnahmen gegen die Gelbblattfäule erfahren hatte. Wahrscheinlich war er der einzige Mensch in ganz Sadi gewesen, der die Auswirkung auf die Palmenroller vorausgesehen hatte. Jetzt, nachdem drei Viertel aller Palmen im Umkreis von 15 Meilen gefällt worden waren, waren auch die kleinen Pelztiere selten geworden, die sonst die Bohnen veredelten. Omaru wußte zwar immer noch, wo ihr Kot zu finden war, doch die Ausbeute war sehr gering geworden. Auf Dauer würde er sich nach einer neuen Betätigung umsehen müssen. Bis dahin konnte er beruhigt zusehen, wie sein Schatz, den er in Säcken in der Wohnung aufbewahrte, täglich wertvoller wurde. Schade, daß sich die Bohnen nicht beliebig lange lagern ließen, ohne an Geschmack zu verlieren. Denn bis die abgeholzten Pflanzen nachgewachsen waren, würden etliche Jahre vergehen. Palmen reiften so langsam heran wie Menschen, hatte sich Mojeb sagen lassen.

An der Tür klopfte es. Omaru erhob sich und öffnete. Mojeb hörte eine Stimme: »Ich möchte zum Haihana.«

»Der wohnt hier nicht«, entgegnete Omaru. »Andernfalls würde ich ihn womöglich kennen. Nun leb wohl.«

»Der will zu mir«, rief Mojeb rasch. »Laß ihn herein.«

Ein Gardist trat ein.

»Was willst du, Aperamu?« begrüßte ihn Mojeb. »Ich habe heute meinen freien Tag.«

»Weiß ich, Haihana. Aber du sollst ins *Haus* kommen.«

»Ich allein?« fragte Mojeb mißtrauisch. Das *Haus* war das Quartier des Stadtteilverwesers der Bürgergarde.

»Nein«, beruhigte ihn sein Untergebener. »Auch der Sergentissimus, der Culmino und der Gehörnte.«

Mojeb kannte die anderen drei. Der Sergentissimus war ein ehemaliger Büttel aus dem Merkantilischen Imperium, der die Kunst beherrschte, redlich zu sein und dennoch ständig wohlhabender zu werden. Fragte man ihn, wie das angehe, so schwor er bei allen Heiligen, es sich selbst nicht erklären zu können. Seinen Titel trug er mit derselben Begründung wie der Culmino oder Mojeb die ihren. Wenigstens wußte man bei ihm, daß es seinen Rang wirklich gab. Beim Culmino war sich Mojeb gar nicht sicher. Er vermutete insgeheim, daß der etwas behäbige Glatzkopf aus dem fernen Osten den Rang selbst erfunden hatte, um nicht *Straßenwebel* genannt zu werden. Anders verhielt es sich mit dem Gehörnten. Der verdankte seine Bezeichnung seiner Frau. Deshalb nannte man ihn besser nicht so, wenn er in Hörweite war.

»Warum nur wir vier? Wirft man uns etwas vor?«

Aperamu gackerte: »Weil alle Webel ins *Haus* kommen sollen. Nicht nur ihr vier.«

Mojeb atmete tief durch: »Du weißt sicher, daß meine Treppe sehr steil ist?«

»Ja«, bestätigte Aperamu noch immer lachend. »Da kann man sicher sehr schlimm stürzen. Doch da der heilige Malachias nie jemanden die Treppe hinabstieß, habe ich nichts von dir zu befürchten.«

Mojeb schob ihn zur Tür hinaus. »Tatsächlich stimmt das gar nicht. Beim Kampf um die Zinnen von Batanna hat der Heilige seine Gegner gleich im Dutzend die Treppe hinabgestoßen!«

Mojeb gefiel gar nicht, daß er so unerwartet ins *Haus* kommen sollte. Das verhieß nichts Gutes. Als er vor drei Wochen genauso plötzlich dorthin befohlen worden war, hatte er von der Ermordung den neuen Provogtes erfahren. Seitdem schlief er schlecht. Die Ähnlichkeit zum Mord an Kaperielu war augenfällig. Er hatte beide Tatorte gesehen. Worum ging es wohl dieses Mal?

In der Nähe seines Ziels trennte sich Mojeb von Aperamu. Er war nicht der erste, der sich im *Haus* einfand. Zu seinem Unbehagen entdeckte er unter den Versammelten nicht nur Offiziere der Bürgergarde, sondern auch ranglose Gardisten, die wegen ihrer Erfahrung bekannt waren.

Der Stadtteilverweser ließ nicht lange auf sich warten. Er war ein ungewöhnlich weich aussehender, fast weibisch zu nennender Mann, der sein Amt seiner Ehe mit einer Tochter des Ölmühlenkönigs Ulielu verdankte. Allerdings hatte er sich von Anfang an bemüht, es gewissenhaft auszufüllen. Er kam gleich zur Sache: »Vermutlich hat es der eine oder andere von euch schon vernommen. Falls nicht, erfahrt ihr es jetzt. Es wird ohnehin bald überall bekannt sein. In der letzten Nacht wurden acht grausame Morde in unserer Stadt verübt. Vielleicht sollte ich lieber sagen: acht, von denen wir wissen. Fast alle Opfer wurden mit Haumessern ums Leben gebracht, fünf in ihren Betten, drei im Freien.«

Das erregte Murmeln, das sofort aufbrandete, wurde von der Stimme des Sergentissimus übertönt: »Gibt es einen Verdacht?«

»Keinen greifbaren. Doch wegen der Beliebigkeit der Opfer scheinen die üblichen Beweggründe auszuscheiden. Also liegt die Vermutung nahe, daß es den Tätern vor allem darum ging, Angst und Schrecken in der Bevölkerung zu verbreiten, um die herrschende Ordnung zu beseitigen.«

»Kommt die Vögtin wieder?« rief jemand.

»Ich habe dieses Gerücht auch gehört«, erwiderte der Stadtteilverweser. »Allerdings spricht nichts dafür. Die Schlafzimmermorde erinnern eher an die Bluttat des Schurken Lasalui. Aber vielleicht ist es Absicht, und wir sollen genau das denken. Die restlichen Opfer sprechen freilich dagegen. Solange alles offen ist, werden nachts wieder Feuer auf den Plätzen und größeren Straßen brennen, und die Streifen werden verdoppelt.«

Das bedeutete erhebliche längere Schichtdienste. »Gibt's mehr Sold?« fragte einer der Anwesenden zu Recht.

Der Stadtteilverweser schmunzelte: »Leider nicht, doch ich will sehen, ob ich für jeden von euch ein Krügchen Öl besorgen kann.«

Die Anspielung auf seinen Schwiegervater sorgte für Gelächter. Üblicherweise brach der Stadtteilverweser mit solchen Scherzen den Anwürfen die Spitze, seine Verwandtschaft sei das einzige, was ihn für seine Stellung qualifiziere.

»Ein Letztes noch«, fuhr er fort. »Es wurde entschieden, an die Gardisten Waihakas auszugeben.«

Dieses Mal war die Antwort ein Murren. Wohlweislich hatte die Bürgergarde bisher auf das Tragen der Keulen verzichtet. Zu sehr gemahnten sie an die ehemalige Stadtgarde, an die weder die Bevölkerung Sadis noch die Mehrzahl der jetzigen Ordnungshüter gern erinnert wurden.

»So wurde es entschieden«, bekräftigte der Stadtteilverweser. »Wie ich meine, nicht grundlos.« Damit war seine Ankündigung zu Ende. Nun ging es nur noch darum, über die geänderten Wachdienste zu sprechen, was den höheren Offizieren der Garde überlassen blieb. Mojeb erstaunte es nicht, daß er bereits für den späten Nachmittag eingeteilt war, also schon in drei Stunden. Zum Glück nicht für die ganze Nacht. Das hätte ihm noch gefehlt!

Auf dem Heimweg fiel ihm auf, daß der Stadtteilverweser nichts über die vermutete Zahl der Mörder gesagt hatte. Waren es immer dieselben gewesen, die eine Tat nach der anderen begangen hatten, oder ging er von mehreren Gruppen aus? Hätte er die Frage überhaupt beantwortet, wenn sie jemand gestellt hätte? Irgendwer hatte darüber nachgedacht. Daher die Waihakas. Mojeb gefiel das Ganze immer weniger.

Als er wieder in die Wohnung kam, fand er dort alle seine Mitbewohner vor – selbst Keloe. Anscheinend war in der Wäscherei wieder einmal wenig zu tun gewesen. In letzter Zeit kam das öfter vor. Mojeb ging unverzüglich zu Omarus Säcken, hinter denen er sein Schwert aufbewahrte. Seit Monden hatte er es nur zum Reinigen hervorgeholt. Als er es aus der Scheide zog und die Klinge prüfend betrachtete, fiel ihm die Schweigsamkeit der anderen drei auf.

»Es ist also wahr, was man erzählt«, stellte Tiugugu fest.

»Das hängt ganz von dem ab, was man eigentlich erzählt«, antwortete Mojeb ausweichend.

»Keloe hat Natanui gesehen. Er wurde gefunden«, warf Omaru ein.

Mojeb konnte mit dem Namen nichts anfangen. »Wer ist das?«

»Wir waren einmal fünf«, erklärte Omaru. »Jetzt sind wir nur noch drei, weißt du? Natanui und Mataiu ...«

Nun erinnerte sich Mojeb. Die beiden Geflüchteten, die er nur schwer hatte auseinanderhalten können. »Gefunden, sagst du? Ich habe gar nicht nach ihm suchen lassen.«

»Er ist tot«, berichtete Keloe. »Ich habe in der Wäscherei davon gehört, daß drei Ermordete gefunden worden seien. Die wollte ich mir ansehen. Dabei habe ich ihn erkannt.«

»Sie wurden ausgestellt?« fragte Mojeb verblüfft.

»Nicht alle«, erwiderte Keloe. »Nur drei, von denen man nicht wußte, wer sie sind. Man sah auch nur die Gesichter. Ihre Körper waren mit Tüchern bedeckt, aber man konnte sich seinen Teil denken. Außerdem wurde gesagt, daß sie mit Haumessern getötet worden seien. Weiß man denn, wer es getan hat?«

»Nein«, antwortete Mojeb knapp. »Aber solange das so ist, sollten wir wieder zu den alten Verhältnissen zurückkehren. Ich will, daß ihr hier seid, sobald es dunkelt.«

»Du hast uns nichts mehr zu befehlen«, erinnerte ihn Tiugugu.

»Es ist kein Befehl, sondern ein Ratschlag. Nein, es ist beides. Ich will nicht heimkommen und euch aufgeschlitzt vorfinden. Verriegelt die Tür und laßt niemanden herein.«

»Das wird dir nicht gefallen«, meinte Omaru.

»Mich laßt ihr schon herein«, erklärte Mojeb vorsichtshalber.

»Du hast schon einmal behauptet, du seist der Ruchlose Hacker. Den will ich nicht hereinlassen.«

»Das ist einsichtig«, gab Mojeb zu. »Wir machen eine Losung aus. Ihr fragt ... Was fragt ihr denn? ... Meinetwegen: Wer, bei Malachias, ist draußen? Ich antworte, hm, was antworte ich? Ach, wozu es schwierig machen. Ich antwortete einfach: Malachias!«

Keloe blickte ihn zweifelnd an: »Wer, bei Malachias, ist draußen? Malachias!«

»Reicht es nicht, wenn wir alle nur Malachias sagen?« schlug Omaru vor.

»Das wäre zu einfach«, antwortete Mojeb geschwind und ging.

Die Nacht hat sich kein Stück gebessert

Eine Straße in Sadi, später Abend des 13. Tags des Händlermondes, im 460. Jahr der Abwesenheit Gottes

Das Holz in der Eisenschale knackte weithin hörbar im Feuer.

Die Straßen hatten sich schon vor Stunden geleert. Allein die Schenke, zwei Häuserblöcke entfernt, spuckte noch gelegentlich einen Gast aus.

»Wie lange?« fragte Eseta. Sie war die jüngste von Mojebs Haufen und langweilte sich.

»Heute oder überhaupt?« gab Konelui zurück. Er war das genaue Gegenteil von ihr, da er bereits in der früheren Stadtgarde gedient hatte. Lernte man ihn gerade kennen, so war das erste, was man von ihm erfuhr, daß er zu Beginn der Tyrannei aus der alten Garde ausgeschieden sei. Der Kinder wegen, wie er hinzuzufügen pflegte. Er hatte keine eigenen.

»Eine Stunde, vielleicht etwas mehr«, beantwortete er Esetas Frage und legte einen neuen Holzscheit auf das Feuer. »Daß wir überhaupt verstärkt Wache halten müssen, wird wohl drei oder vier Wochen so bleiben, vorausgesetzt daß nichts Neues geschieht. Hoffen wir das Beste.«

Zwei Lichter näherten sich. Die beiden Nachtschwärmer, denen sie gehörten, erwiesen sich als ein junger Mann, der sich auffällig herausgeputzt hatte, und eine etwa gleich alte Frau. Die Farbe ihres Sarongs und die Art, wie er gewickelt war, entsprachen dem, was gegenwärtig unter den Dienstmädchen der Wohlhabenden beliebt war. Mojeb kannte sich aus. Keloe hatte ihm in einer ihrer seltenen Anwandlungen, noch zermürbender sein zu wollen als Omaru, ausführlich darüber berichtet.

»Tretet ins Licht«, forderte Konelui die beiden auf. Die Frau trat dicht zu ihm, hob die Arme und drehte sich tanzend vor ihm im Kreis, so daß ihm ihre körperlichen Vorzüge kaum entgehen konnten. »Wen sucht ihr denn?« fragte sie fröhlich.

»Das wissen wir, wenn wir sie vor uns haben«, antwortete Konelui. »Euch wollen wir aber nicht.«

»Schade!« sagte die Frau und lief lachend mit ihrem Begleiter davon.

»Bei der hättest du landen können, alter Mann«, sagte Ioelu, ein weiterer von Mojebs Leuten.

»Du ahnst gar nicht, bei wem ich alles landen könnte«, erwiderte Konelui. »Nicht wahr, Eseta?«

Die junge Frau sah ihn mit offenem Mund an. »Hast du mir davon erzählt? Ich kann mich gar nicht erinnern.«

»Du da! Sofort hierher!« unterbrach Viliamu ihre Plänkelei. Ein einzelner Fußgänger kam mit zackigem Schritt zum Feuer: der Sergentissimus.

»Hast du keinen Dienst?« sprach ihn Mojeb an.

»Doch, morgen. Aber erst gegen Mittag.«

Mojeb und seine sechs Untergebenen sahen sich bedeutungsschwer an. »Wie machst du das?«

»Ich weiß nicht«, antwortete der Sergentissimus strahlend. »Vielleicht die Weisheit des Alters? Entschuldigt, daß ich nicht mehr Zeit für euch habe. Ich muß dringend schlafen gehen. Eine angenehme Nacht noch!« Gelassen ertrug er die rituellen Beschimpfungen, die ihm hinterhergerufen wurden.

Inzwischen war auch in der Schenke das Licht gelöscht worden.

»Wie lange noch?« fragte Eseta wieder einmal.

»Nicht mehr lange«, antwortete Konelui wie gewohnt. »Meines Erachtens müßten sie schon da sein.«

»Wenn sie nicht bald kommen, gehen wir einfach, nicht wahr Haihana?« schlug Ioelu vor.

»So machen wir das«, stimmte Mojeb zu. »Aber vorher müssen wir noch überall erzählen, daß du für das Feuer verantwortlich bist, wegen dem die Stadt abbrennen wird.«

Ioelu schlug mit der Keule sachte gegen die Eisenschale. »Das machen wir vorher aus.«

»Geht nicht«, widersprach Viliamu. »Sonst könnte sich unsere Ablösung damit herausreden, uns nicht gefunden zu haben. Da läßt sich nichts machen. Die Stadt muß abbrennen! Da kommen sie übrigens.« Er deutete ins Dunkel.

»Du hast Augen wie eine Fledermaus«, brummte Konelui, der genauso wenig erkennen konnte wie Mojeb. Doch wenn Viliamu behauptete, daß jemand komme, so stimmte das zweifellos. Ihre Ablösung näherte sich ohne Licht. Anscheinend hatten die anderen Gardisten geplant, ihnen einen Streich zu spielen. Dank Viliamu würde nun nichts daraus werden.

»Erkannt, erkannt!« rief Eseta. »Ihr müßt arme Leute sein, daß ihr euch kein Licht leisten könnt. Das muß euch doch zupaß kommen, daß uns der Schwiegerpapa des Verwesers ein wenig Öl schenken will!«

»Das sind sie nicht!« sagte Viliamu plötzlich. Schon traten die vermeintlichen sechs Bürgergardisten in den Lichtschein. Sie trugen dunkle Umhänge, die den Trachten der Pukamen ähnelten, und fremdartige Kopfbedeckungen mit Lappen, die an den Seiten und vorne herunterhingen und ihre Gesichter verbargen. Auf den ersten Blick dachte Mojeb sogar, die Fremden hätten sich die Haare ins Gesicht gekämmt.

»Die haben Haumesser«, brüllte Konelui.

Der Angriff kam so überraschend und ungestüm, daß es an ein Wunder grenzte, als ihm nicht gleich jemand zum Opfer fiel. Mojeb mußte zwei Schläge mit dem noch in der Scheide steckenden Schwert abwehren, bis er endlich dazu kam, es zu ziehen. Der Kampf verlief äußerst still. Außer dem Klang der Waffen, dem Stampfen der Füße und dem Keuchen der Verteidiger war nichts zu hören. Schon gar nicht von den Angreifern. Kein Laut kam über ihre Lippen.

Hier sein, kämpfen, töten – etwas anderes schien sie nicht zu bewegen. Doch nach und nach machte sich die Ausbildung der Bürgergardisten bemerkbar. Seit dem Krieg gegen das Adelsbündnis der Vögtin hatten sie viel gelernt. Zunehmend bestimmten sie den Kampf. Trotz der wachsenden Überlegenheit dachten die Vermummten nicht daran, sich zurückzuziehen. Ein Angebot, sich zu ergeben, wurde ihnen andererseits auch nicht gemacht. Da sie mit den Morden der vorigen Nacht zu tun haben mußten, konnten sie keine Schonung erwarten, wenn sie die Waffen senkten. Sie kämpften erbittert, bis einer nach dem anderen den Schlägen der Waihakas und den Streichen von Mojebs Schwert zum Opfer fiel.

»Was war das?« rief Viliamu erschöpft und erstaunt.

»Hoffentlich nicht doch unsere Ablösung«, scherzte Mojeb. »Sonst wird es heute nacht nichts mehr mit Schlafen.«

»Das werden wir gleich wissen«, sagte Eseta und kniete sich neben einen der Getöteten, um sein Gesicht freizumachen.

»Wenn sie doch zu uns gehörten, bekommen wir vielleicht ihren Anteil des Öls«, überlegte Ioelu.

»Was ist das denn?« keuchte Eseta überrascht.

»Paß auf!« schrie Konelui im selben Augenblick.

Zu spät! Bevor die junge Frau begriff, was geschah, hatte der scheinbar Tote, neben dem sie kniete, sein Haumesser ergriffen und damit nach ihr geschlagen. Nun erhob er sich, als hätte er bei dem vorangehenden Kampf keinen Kratzer abbekommen! Ohne lange nachzudenken, sprang Mojeb vor und führte über den Kopf einen beidhändigen Hieb. Ungehindert drang seine Klinge in die Halsbeuge des Totgeglaubten ein und schnitt tief in dessen Brust. Zum zweiten Mal sank er nieder. Mojeb stellte einen Fuß auf seinen Leib und zerrte das Schwert wieder frei.

Konelui kniete neben Eseta.

»Wenn wir sie sofort von hier wegbringen, besteht vielleicht noch Hoffnung«, stieß er hastig aus. »Aber keine allzu große. Ich will nicht zu viel versprechen.«

»Dann aber los«, befahl Mojeb und streute rasch Sand in das Feuerbecken. Irgend etwas stimmte hier nicht. »Wo ist die nächste Wachstube?«

»Beim Brunnen der Dreizehn Heiligen Rutas«, antworteten Reupenu und Kelepu – die letzten beiden aus seiner Schar – gleichzeitig.

»Ich dachte, die sei geschlossen worden und solle abgerissen werden?«

»Davon weiß ich nichts«, entgegnete Kelepu. »Gestern war das noch nicht so.«

»Also gut!«

Mojeb ging mit blankem Schwert voran, währen vier Gardisten die Verwundete trugen. Der fünfte preßte ein Tuch auf ihre Wunde.

Daß die alte Wachstube noch stand, hatte unschätzbare Vorteile, dachte Mojeb. Denn in derselben Straße wohnte ein Arzt. Er war zwar alt und kurzsichtig wie ein Uhu, aber dafür bekannt, sofort zur Stelle zu sein, wenn er benötigt wurde.

Auf halbem Weg dorthin erreichten Mojeb und seine Begleiter ein weiteres Nachtfeuer. Es war schon ziemlich heruntergebrannt, jedoch bestimmt nicht aus Mangel an Brennholz. Ein Stapel lag griffbereit in seiner Nähe. Bewacher waren nirgends zu sehen.

»Wo sind sie?« flüsterte Viliamu.

Das frage ich mich auch, dachte Mojeb. Laut sagte er: »Ihr seid unerfahrene Küken. Wenn ein Posten verlassen wurde, dann sind diejenigen, die dort sein sollten, üblicherweise auf Streife, verwerflicherweise beim Saufen oder verdammenswert abgehauen. Daß sie gefressen wurden, kommt selten vor. Ausschließen kann man es allerdings nicht.«

»Ich sorge mich mehr darum, warum sie geflohen sein könnten«, sagte Konelui.

Mojeb löschte auch dieses Feuer mit Sand.

Die Wachstube beim Dreizehn-Rutas-Brunnen befand sich in einem arg heruntergekommenen Haus. Es war während des Aufstandes gründlich verwüstet worden, bevor jemandem eingefallen war, daß man es noch hätte weiter verwenden können. Das wurde dann auch tatsächlich gemacht, doch Gerüchte über seinen Abriß kamen immer wieder auf.

In dem von der Straße abgewandten Teil des Hauses wohnten häufig Gardisten, die sich keine andere Unterkunft leisten konnten oder es als Erfüllung betrachteten, wenn sie nicht nur ihre Tage, sondern auch die Nächte unter Angehörigen der Bürgergarde verbringen durften. Üblicherweise brannte dort höchstens ein einziges Licht. Heute brannten viel zu viele.

Der Arzt war bereits gerufen worden. Er versorgte einen Verwundeten, dem es nicht besser erging als Eseta. Auch seine Gruppe war überfallen worden, allerdings erst nach dem Wachwechsel, als sie sich schon auf dem Heimweg befunden hatte. Angehörige einer Dreierstreife, die ebenfalls hierhergekommen waren, wußten ähnliches zu berichten. Sie hatten sich in einem Hof umgesehen, in dem sie verdächtiges Treiben bemerkt hatten. Als sie den Hof wieder verlassen hatten, waren auch sie überfallen worden und hatten sich nur durch schnellen Rückzug retten können. »Sie griffen uns an, als wäre ihnen ihr eigenes Schicksal gleichgültig.«

»Unsere auch«, stimmte Konelui zu.

»Vielleicht standen sie unter dem Einfluß einer Droge?« schlug der Befehlshaber der Wachstube vor, der allgemein nur als *Princeps* angesprochen wurde. Vielleicht hatte er ursprünglich Priester werden wollen oder war einfach nur gebildeter, als von einem Bürgergardisten erwartet wurde.

Der Gedanke an eine aufpeitschende Droge war durchaus erwägenswert.

Mittlerweile hatte sich der Arzt Eseta zugewandt. Unversehens schlug sie die Augen auf und bewegte die Lippen, als wollte sie etwas sagen. Der Arzt legte ihr das Ohr an den Mund. »Sie sagt etwas von einem Gesicht, aber ich verstehe nicht, was sie damit meint.«

»Sie wollte sich das Gesicht des Kerls ansehen, der sie dann verwundet hat«, erinnerte sich Konelui.

»Nun gut«, sagte Mojeb. »Dann laßt uns noch einmal dorthin zurückkehren. Wer kommt mit?«

Wenig später brach er mit seinen verbliebenen fünf und vier zusätzlichen Bürgergardisten zum Ort des Überfalls auf. Dort erwartete sie eine Überraschung.

Irgend jemand hatte mittlerweile die Getöteten weggeschafft.

Ein Anschlag wird in der Nacht verübt

Wachstube beim Dreizehn-Rutas-Brunnen,
in der Nacht vom 13. auf den 14. Tag des Händlermondes,
im 460. Jahr der Abwesenheit Gottes

Irgendwo schlug eine Tür.

»Wo seid ihr bloß alle?« rief Ioelu erneut. »Princeps? Ihr anderen? Hallo?«

Auch dieses Mal erhielt er keine Antwort. Ohne das Licht, das von draußen zu sehen gewesen war, hätte man meinen können, die Wachstube sei längst verlassen.

»Wahrscheinlich sind sie auf Streife, beim Saufen oder abgehauen«, sagte Viliamu leise. »Daß jemand gefressen wird, soll ziemlich selten sein.«

»Manchmal kommt es trotzdem vor«, erwiderte Mojeb und entzündete eine Lampe, die auf einem Tisch stand, dessen Platte vom jahrelangen Blankscheuern eine Mulde aufwies.

»Mist!« rief einer der Bürgergardisten, die nicht zu seinem Haufen gehörten, aus dem Nachbarraum. Dorthin drängte nun jeder. Der Gardist, der gerufen hatte, stand bei der Bank, auf welcher der Verwundete lag, um den sich der Arzt gekümmert hatte. Er hielt dessen Hand und ließ sie nun fallen. »Nichts mehr zu machen.«

»Wo ist Eseta?« fragte Konelui.

»Gute Frage«, erwiderte Mojeb. Sie war nirgends zu sehen. Er deutete auf Reupenu und Kelepu: »Schaut nach, ob einer von denen, die hier wohnen, noch schläft. Vielleicht ist etwas aus ihm herauszubekommen. Aber bleibt zusammen.«

Die beiden gingen. Alle anderen wechselten vielsagende Blicke.

Reupenu und Kelepu kamen nicht allein zurück. Mojeb hatte ihren Begleiter zwar schon zuvor bemerkt, aber angenommen, er sei einer der Leute des Princeps. Nun erfuhr er, daß es sich bei ihm um einen Gefangenen handelte, der vermutlich um einer Kleinigkeit willen die Nacht in der Wachstube verbringen mußte. Kelepu und Reupenu schienen ihn sehr gut zu kennen, wie Mojeb aus einer kurzen Unterhaltung schloß.

»Wie kommst du eigentlich zu dem Namen Napoleu?«

»Vielleicht erzähl ich es dir irgendwann.«

»Wann?«

»Vielleicht schon bald. Bälder als du denkst.«

Der Gefangene namens Napoleu stellte sich mit verschränkten Armen vor einen der schmalen Fensterschlitze und lächelte auf eine Weise, zu der Mojeb nur das Wort »huldvoll« einfiel. »Laßt mich einen Augenblick nachdenken«, begann er gedehnt. »Mein Geist ist leider ebenso trocken wie meine Kehle. Ach, jetzt erinnere ich mich. Die haben die Frau zu Tavitu gebracht. Ist der Alte, der Arzt. Hat gesagt, er wolle sie zwei, drei Tage lang durchgehend im Auge behalten. Sonst könnte ... ach, ihr wißt schon.«

»Aber die werden doch nicht alle zu dem Arzt gegangen sein? Wo sind die restlichen?«

»Stimmt. Müßten auch längst zurück sein. Ah! Da war jemand da. Sagte, bei ihm schleichen sie herum.«

»Wer – sie?«

»Weiß nicht. Ich bin dann in die Zelle gebracht worden. Der Princeps war heute wieder ziemlich zickig.«

Auf einmal spürte Mojeb einen winzigen Tropfen Feuchtigkeit auf seiner Haut. Er wunderte sich, woher er gekommen sein mochte. Dann sah er, wie der Häftling mit schreckensweiten Augen eine Hand gegen den Hals preßte. Blut sprühte zwischen seinen Fingern hervor.

»Das Fenster!« schrie jemand. »Da hat einer durch das Fenster hereingestochen!«

Ohne Aufforderung rannten alle zum Ausgang. Im Nu waren die ersten auf der Straße.

»Hinterhalt! Falle! Alle zurück!« schrie Viliamu plötzlich.

Sofort machten die vordersten kehrt. Das schwere Holztor wurde zugeworfen und mit einem dicken Balken gesichert.

»Was ist denn los?« rief Mojeb.

»Da draußen standen welche und haben auf uns gewartet«, sprudelte es aus Viliamu heraus.

»Wie viele?«

»Keine Ahnung, nicht zu knapp. Rechtschaffene Menschen lauern nicht im Dunkeln.«

Mojeb gab Anweisungen: »Prüft nach, ob wir hier sicher sind!« Er kannte diese Wachstube nicht und wollte keine bösen Überraschungen erleben.

Er ging wieder zu dem Verwundeten. Konelui kniete neben ihm und streichelte seine Wange. Er warf Mojeb einen bedeutungsschweren Blick zu, ohne etwas zu sagen.

Nach und nach kamen die anderen Gardisten zurück. Halblaut erstatteten sie Bericht. Mojeb war zufrieden. Es gab keine unbekannten Zugänge ins Haus.

Als für den Verletzten alles vorbei war, erhob sich Konelui.

»Laß gut sein«, sagte Mojeb, ging zu einer Kiste mit Sand, streute ihn über die Blutlache und griff dann zu einem Besen.

»Wir sollten die Fenster versperren«, schlug Konelui vor.

»Wahrscheinlich«, antwortete Mojeb und trat zu einem der Fensterschlitze, um einen Blick nach draußen zu wagen. Mit einem raschen Satz sprang er zurück! Er sah gerade noch, wie die Klinge, mit der abermals von draußen hereingestochen worden war, wieder durch das Fenster verschwand. Ohne nachzudenken, stieß er mit dem Besen hinterher. Doch das Reisig spreizte sich an dem schmalen Mauerschlitz, so daß er nicht hindurchgelangte und nur Spuren von Feuchtigkeit an der Wand hinterließ.

»Wir müssen alle Fenster verbauen, wenn wir nicht ständig darauf achten wollen«, stieß er aus. »Wer weiß, was sie sonst noch haben.«

Schränke wurden verrückt und Bänke umgekippt.

»Wer ist das da draußen?« fragte jemand.

»Keine Ahnung«, erwiderte Mojeb. Für den Fall, daß jemand noch nicht alles wüßte, was der Stadtteilverweser am Nachmittag berichtet hatte, faßte er dessen Worte zusammen.

»Ich glaube aber, daß das überholt ist«, endete er. »Das sind nicht nur ein paar wenige Verschwörer, die den Stadtfrieden untergraben sollen. Das müssen Dutzende sein, vielleicht noch mehr. Wahrscheinlich irgendein Geheimbund, der das alles schon lange vorbereitet hat. Ich verstehe nicht, warum sie ausgerechnet uns angreifen? Es gibt einfachere Ziele.«

»Ich frage mich etwas ganz anderes, nämlich warum sie keine Lampen dabei haben«, wunderte sich Viliamu.

»Richtig«, stimmte Ioelu zu. »Dort draußen ist es so dunkel, daß allenfalls unsere Fledermaus etwas erkennen könnte.«

»Vielleicht sollten wir ebenfalls einige unserer Lichter löschen«, schlug Konelui vor. »Wer weiß, was wir ihnen alles über uns verraten.«

Mojeb nickte. »Dreht die Dochte herunter, doch löscht die Lampen nicht ganz.«

Sogleich wurde es dunkler. Mit dem Licht nahm auch die Lautstärke der Unterhaltungen ab.

»Spätestens morgen früh müssen sie abziehen«, flüsterte Mojeb. »Denn dann können wir so viel Verstärkung bekommen, wie wir wollen.«

»Vielleicht sind sie schon weg?« meinte Reupenu.

»Vielleicht wollen sie auch, daß wir das glauben«, erwiderte jemand anderes.

»Warten wir einfach«, schlug Mojeb vor.

»Was ist mit den anderen? Leben sie noch?« Ioelus Frage blieb unbeantwortet. Er stellte sie nicht noch einmal.

Jeder versank in seinen Gedanken.

»Was geht hier vor?« rätselte Mojeb. »Was geht hier vor?« Im Unterschied zu den anderen war er wenigstens mit Belagerungen vertraut. Er kannte solche Augenblicke angespannten Wartens und knisternder Untätigkeit. Das machte es etwas leichter. Er hatte es erlebt und überlebt.

Plötzlich reckte Viliamu den Hals, drehte ruckartig den Kopf und zischte: »Jemand ist im Innenhof!«

Alle lauschten und zuckten nacheinander mit den Achseln. Niemand außer ihm hatte etwas gehört.

»Wenn ich es doch sage!« beharrte Viliamu. »Sie müssen über das Dach geklettert sein.«

Mojeb ließ sich überzeugen. »Vielleicht sollten wir doch lieber nachsehen.« Er legte einen Finger auf die Lippen und erhob sich. Lautlos zog er sein Schwert, griff nach einer Lampe und deutete auf die, die ihn begleiten sollten. Als alle bereit waren, führte er sie in den Hof. Viliamu hatte sich nicht geirrt! Sie wurden bereits erwartet.

Jemand klopft an der Tür: Laßt mich ein!

Haus im Kohlpalmenviertel, früher Morgen des 14. Tags des Händlermondes, im 460. Jahr der Abwesenheit Gottes

Wütendes Hundekläffen schallte vom Hof herauf. Keloe riß sich zusammen und hörte auf, über die Köpfe der drei Kinder hinweg nach unten zu der aufgeregten Menschentraube zu schauen. Statt dessen schenkte sie ihre Aufmerksamkeit wieder dem dürren Mädchen und seinen Begleitern, die vor ihrer Tür standen. Die Kleine schien die Wortführerin der drei zu sein.

»Ich will den Papa'jebu sprechen«, wiederholte sie.

Keloe schmunzelte wegen des geächteten Namens. »Der ist nicht hier. Er war die ganze Nacht unterwegs. Wenn er heimkommt, wird er zuerst schlafen wollen. Schaut heute nachmittag wieder vorbei.«

Das Mädchen schüttelte den Kopf: »Ich warte lieber hier auf ihn. Wir haben ein Ding miteinander.«

Keloe hustete: »Ihr habt was?« Die beiden Mädchen und der Junge konnten höchstens dreizehn Jahre alt sein.

»Ein Ding«, wiederholte das Mädchen ernst. »Ich mache mit ihm Geschäfte.«

»Frag sie, ob sie im Hafen wohnt«, tönte Omarus Stimme aus der Wohnung.

»Ja«, bestätigte das Mädchen, ohne gefragt worden zu sein.

Jetzt wußte Keloe, woran sie war. Die Kleine mußte die Freundin des toten Schneiderjungen aus dem Wrackviertel sein. Wie hatte Mojeb sie noch genannt? Ach ja, *die Teilhaberin*. Als hätte sie keinen richtigen Namen! Sie und andere Kinder hatten eine Zeitlang kleine Aufträge für ihn erledigt. Als Gegenleistung hatte er sie beschützt. Einmal hatte er einen Kerl, der sie aus ihrem Verhau vertrieben hatte, kurzentschlossen ins Hafenbecken geworfen und dann in einem Ausbruch seines verschrobenen Sinns für Scherze gebrüllt: »Ein Hai! Hilf Himmel, ein Hai!«

»Er schwamm schneller, als mancher zu Land geht« – mit dieser Bemerkung pflegte er die Geschichte zu beenden, wenn er sie erzählte. Daß Mojeb noch immer mit den Kindern in Verbindung stand, hatte Keloe nicht gewußt.

»Dann kommt eben solange herein«, sagte sie und machte die Tür frei.

Einmal in der Wohnung, schien die Teilhaberin ihr ganzes Selbstvertrauen eingebüßt zu haben. Alle drei Kinder standen schüchtern beieinander.

»Setzt euch doch!« bot ihnen Keloe an.

»Sie werden hungrig sein«, brummte Tiugugu und zog sich hinter den Vorhang in den anderen Teil der Wohnung zurück. Er fühlte sich immer etwas unwohl in der Gegenwart von Kindern, zumal wenn sie größer waren als er.

Keloe begab sich zur Kochstelle. Tiugugus Vermutung war wahrscheinlich richtig, dachte sie. Während sie die Suppe aufwärmte, die vom Morgen übriggeblieben war, unterhielt sich Omaru mit den Kindern. Er kam im allgemeinen gut mit ihnen aus, auch wenn er – soweit sie wußte – nie eine eigene Familie gehabt hatte. Überhaupt war es einer von Omarus Vorzügen, daß er mit jedem ins Gespräch kommen konnte – auch wenn der andere es vielleicht nicht immer zu schätzen wußte.

Der zunehmende Lärm aus dem Hof lenkte Keloe ab. Sie nahm sich vor, ihre Neugier so lange zu zügeln, bis die Kinder aßen. Dann aber wollte sie sogleich dem Grund für die Aufregung nachgehen. Vielleicht kam Mojeb zuvor noch nach Hause. Um so besser! Für gewöhnlich wußte er über fast alles Bescheid, was in der Stadt vorging, auch wenn er es nicht immer erzählen wollte.

»Bleib sitzen, ich gehe schon«, sagte Keloe zu Omaru und eilte zur Tür, an die jemand geklopft hatte. Sie öffnete und sah sich Fipi aus dem vierten Stock gegenüber. Keloe setzte ein freundliches Begrüßungslächeln auf, um ihre Bekannte willkommen zu heißen, doch dann vergaß sie schlagartig alles andere. Erschrokken starrte sie zu den Rundgängen der gegenüberliegenden Hofseite, wo – ein Stockwerk tiefer – ein Mann in einer seltsamen dunklen Tracht einen anderen mit einem Haumesser bedrohte. Vergeblich hielt das Opfer die Arme vors Gesicht, um sich zu schützen. Unbarmherzig hieb der andere mit seiner Klinge auf ihn ein. Der zweite Schlag war so heftig, daß das Opfer über die Brüstung in den Hof hinabgeschleudert wurde.

Fassungslos preßte Keloe die Hände vors Gesicht. Plötzlich wurde ihr ganz klamm. Wohin sie blickte, sah sie ähnliche Szenen! Im Hof und auf den Laubengängen rannten Menschen vor Verfolgern davon, die ebenso gekleidet waren wie der Mörder. Wer sich im Hof aufhielt, drängte auf die Straße, während die auf den Stockwerken zu den Treppen eilten, aber kurz davor kehrtmachten, um wieder in die entgegengesetzte Richtung zu flüchten, wenn ihnen die Männer mit ihren Haumessern entgegenkamen. Die Mörder verfolgten sie unerbittlich. Sie führten ihre todbringenden langen Klingen, als mähten sie Gras: Schlag links, Schlag rechts, Schlag links, Schlag rechts.

Verzweifelt versuchten sich einzelne durch waghalsige Sprünge in den Hof zu retten. Ob sie es im zweiten, dritten oder vierten Stockwerk taten, schien sie nicht zu kümmern. Ihre Angst ließ ihnen gar keine Wahl. Manche erhoben sich unten wieder, andere blieben für immer liegen. Sie waren nicht die ersten.

Unterdessen war Fipi still zusammengesackt und lehnte nun an der Wand neben der Tür. Keloe beugte sich zu ihr herunter. Sie blickte in die weit aufgerissenen, leeren Augen eines leblosen Gesichts und entdeckte Blut auf dem Gewand der jungen Frau. Keloe rief Fipis Namen, drückte ihre Hand und schüttelte sie, ohne ein Lebenszeichen zu erhalten. Als sie sie losließ, glitt der Körper zur Seite.

Mit einemmal bekam Keloe unsägliche Angst. Sie hörte Omaru zur Tür kommen, sprang auf, stieß ihn zurück in die

Wohnung und schrie: »Die Tür zu, schnell, die Tür zu! Verriegle sie, stell irgend etwas davor!«

Omaru half ihr, ohne zu fragen, Möbel vor die Tür zu rücken. Tiugugu kam herbei.

»Was ist?« fragte er aufgeregt. »Was ist?«

»Da draußen sind welche! Sie töten wahllos! Jeden, gleich wen. Fipi liegt tot vor unserer Schwelle!«

»Er ist hier, nicht wahr?« fragte die Teilhaberin tonlos. »Er muß uns gefolgt sein.«

Keloe sah sie an: »Wer ist hier?«

»Der Ruchlose Hacker. Er war heute nacht im Plankenviertel. Deshalb wollten wir zum Papa'jebu.«

»Rede keinen Unsinn, Kind«, wies Keloe sie zurecht. »Der Hacker ist allein. Dort draußen wütet eine ganze Bande.«

Sie legte den Finger auf die Lippen: »Sie kommen die Treppe herauf. Wenn wir ganz still sind, so merken sie vielleicht nicht, daß hier noch jemand ist.«

»Wer sind sie?« fragte Tiugugu.

»Ich weiß nicht. Vielleicht ist die Vögtin wieder hier. Männer, dunkle Männer mit Haumessern.«

»Das sind womöglich Piraten«, flüsterte Omaru. In letzter Zeit vermutete er hinter allem plündernde Piraten. Irgend jemand mußte ihm Schauergeschichten erzählt haben.

Aber vielleicht waren es gar keine, dachte Keloe. Sie wollte sich auf einen Stuhl setzen, ließ es aber sein, als er unter ihr quietschte. Behutsam setzte sie sich auf den Boden. Nacheinander kauerten sich alle anderen neben sie. Jeder legte die Arme um seinen Nachbarn und wartete.

Durch die Fensterschlitze drangen die verzerrten Geräusche aus dem Hof herein. Über ihnen war Getrappel zu vernehmen. So laut wie jetzt schienen diese Geräusche noch nie gewesen zu sein.

»Wir haben Ziegen auf dem Dach«, beruhigte Keloe die Kinder. Sie schloß die Augen und sah Fipis Gesicht vor sich.

Tiugugu bewegte sich unruhig. »Die Suppe«, wisperte er und kroch auf allen vieren zur Kochstelle.

Der Topf mit der Suppe, den Keloe für die Kinder auf die Feuerstelle gesetzt hatte, war dabei überzukochen. Heller Schaum rann am Topfrand hinab und verdampfte laut zischend in den Flammen.

»Lösch auch gleich das Feuer«, murmelte Omaru. »Man sieht den Rauch. Man riecht ihn.«

Tiugugu nickte und richtete sich vorsichtig auf. Plötzlich erstarrte er.

Von draußen, vom Rundgang, kam ein schabendes, kratzendes Geräusch, dazu Schritte: einförmige, gleichmäßige, gänzlich unvertraute. Keloe vermeinte den Boden zittern zu fühlen.

Genau vor ihrer Wohnungstür verstummten die Schritte. Jemand klopfte hart: Poch!

Keloe hielt den Atem an. Sie fühlte die Anspannung aller anderen, spürte eine Hand, die sich in ihre Schulter krallte, und sah Tiugugu, der noch immer reglos auf halbem Weg zur Kochstelle verharrte.

Abermals klopfte jemand an die Tür. Poch! Poch!

»Wenn es nun Mojeb ist?« hauchte Keloe.

Omaru schüttelte fast unmerklich den Kopf: »Der würde längst schimpfen, weil wir seine Losung nicht gesagt haben.«

Wie zum Beweis seiner Worte wurde kräftig an der Tür gerüttelt. Keloe blickte angstvoll zu den Möbeln, die sie davorgestellt hatten. Sie sah, wie Tiugugu sich von der Feuerstelle abwandte und zur Tür schlich, um sich – falls nötig – dagegenstemmen zu können.

Schlagartig hörte das Rütteln auf. Stille, dann ein leichtes Schaben, das sich von der Tür entfernte. Tiugugu versank erneut in Bewegungslosigkeit.

Urplötzlich ließ er sich fallen. Beide Hände hatte er auf den Mund gepreßt, um nicht zu schreien, denn durch einen Fensterschlitz, ganz in seiner Nähe, stocherte jemand mit einem Haumesser. Eines der Kinder wimmerte.

Sogleich verschwand die breite Klinge wieder. Erneut verlangte jemand Einlaß. Poch!

Keloe sah, daß die Teilhaberin dem anderen Mädchen die

Hand auf den Mund gelegt hatte und ihren Kopf fest gegen sich drückte. Stille war längst überflüssig, dachte sie. Derjenige, der dort draußen lauerte, wußte genau, daß die Wohnung nicht verlassen war.

Sie machte Tiugugu ein Zeichen, daß er wieder zurückkommen solle. Er nickte, trat zur Feuerstelle und nahm blitzschnell den Topf herunter.

Unversehens erfüllte Krachen und das Bersten von Holz die Welt!

Der Lärm kam allerdings nicht von ihrer Tür, sondern aus der Wohnung nebenan. Schreie klangen herüber: markerschütternde, schrille, gellende, durchdringende, entsetzte, erstickte – bis die Welt schlagartig erneut in Stille versank.

Poch! Jemand klopfte.

Ein Augenblick verstrich, dann folgte dem einzelnen Schlag wildes Trommeln. Es wurde von dumpfem Dröhnen abgelöst, als sich jemand von draußen wie ein Besessener gegen die Tür warf. Omaru sprang zu den Möbeln, die davor standen, und stemmte sich gegen sie. Im Nu waren alle bei ihm. Das Türblatt zitterte sichtlich. Trotz vereinter Kraft sah Keloe zu ihrem Schrecken, daß sie bei jedem Stoß eine Winzigkeit von der Tür weggeschoben wurde. Der Schlächter, der nun zu ihnen wollte, mußte Bärenkräfte besitzen!

Auch dieser Ansturm endete ganz unvermittelt. Was käme als nächstes? Augenblicke verstrichen, ohne daß etwas geschah.

Neue Geräusche drangen aus der Nachbarwohnung. Sie hörten sich so an, als schlüge der Unbekannte mit irgend etwas gegen die Wand. Was bezweckte er? Wollte er noch mehr Angst und Schrecken erzeugen?

»Die Wand«, stieß Omaru besorgt aus. »Er will durch die Wand.«

»Die Wand?« wiederholte Keloe verständnislos. »Wieso denn die Wand?« Sie blickte dorthin, woher der Lärm kam. Täuschte sie sich, oder hatte sich auf dem Verputz ein Riß gebildet?

»Sie ist weich«, murmelte Omaru. »Korallenkalk. Da kommt er mühelos durch.«

»Wir müssen raus!« rief die Teilhaberin und stürmte zur Tür. Tiugugu hielt sie auf, bevor sie irgend etwas von der Barrikade wegzerren konnte.

»Das will er doch nur«, rief er. »Sobald wir draußen sind, hat er uns. Wir sind hier sicher. Die Wand hält bestimmt!«

Omaru schüttelte den Kopf: »Sie hat recht. Wir müssen hier weg. Aber anders als er denkt. Hast du deine Axt noch?«

»Ja«, antwortete Tiugugu verdutzt.

»Gib sie mir.«

Der kleine Mann holte die Axt. Sie stammte aus der Zeit, als er beim Fällen der Palmen geholfen hatte. Obgleich er in jenen Wochen Abend für Abend erschöpft nach Hause gekommen war, hatte er wie so oft nur den halben Lohn für seine Arbeit bekommen. Keloe hatte versprechen müssen, es niemandem zu erzählen.

»Was willst du damit?«

»Wir gehen durch die andere Wand. Dann durch die Wohnung, zur Tür hinaus und aufs Dach. Mojeb macht das ständig.«

»Das ist Unsinn!« fauchte Keloe. »Er wird dich hören und dich auf der anderen Seite erwarten. Außerdem könnten wir dann gleich zu unserer Tür hinaus.«

»Die andere Tür ist weiter von ihm weg als unsere«, antwortete Omaru. »Er hört uns nicht.«

Zielstrebig trat er zur anderen Wand, um sie einzuschlagen.

Keloe wußte nicht, was sie noch tun sollte. Also ging sie ebenfalls in die andere Wohnungshälfte, um ein paar Habseligkeiten zusammenzupacken: ihre Holzkette, etwas Geld, dazu Bohnen. Plötzlich hielt sie ein Papier in Händen, von dem sie ganz vergessen hatte, daß sie es besaß. Sie entfaltete es und betrachtete die parallelen und sich kreuzenden Linien: die Botschaft Gottes.

»Er ist da!« kreischte die Teilhaberin. »Er ist da, er ist da!«

Keloe wirbelte herum. Die Tür war verschlossen und die Wand noch immer unbeschädigt. Dennoch stand jemand in der Wohnung, der nicht hineingehörte: groß, dunkel gekleidet, den Kopf mit einer seltsamen Kappe bedeckt, die an zerzaustes Haar erinnerte.

Das kann nicht mit rechten Dingen zugehen, dachte Keloe erschrocken, als er auf sie zukam. Gebannt starrte sie ihm entgegen. Sein Gesicht, wunderte sie sich. Es war so schwer zu erkennen. Trug er eine Maske?

Mit einemmal stand Tiugugu schützend vor ihr. Der Eindringling wischte ihn ohne Anstrengung mit der freien Hand zur Seite und schleuderte ihn gegen einen der Stützbalken. Keloe riß das Blatt mit der Botschaft Gottes hoch, streckte es der unheimlichen Gestalt entgegen und rief: »Bei Aionar und allen Heiligen, weiche!«

Ihr Gegenüber hob das Haumesser und schlug zu. Die Klinge zerfetzte das Papier, berührte ihre Brust und fuhr an ihr abwärts. Mit einem sonderbaren Gefühl sackte Keloe auf die nächste Bettstatt. Der Vermummte tat einen weiteren Schritt und holte mit seinem Haumesser aus. Urplötzlich taumelte er von ihr weg.

»Es ist Ebbe«, hörte Keloe Omaru sagen. »Ebbe enthüllt, was verborgen ist.« Dann sah sie, wie er noch einmal mit Tiugugus Axt zuschlug.

»Das Loch ist jetzt groß genug«, sprach Omaru so ruhig wie immer. Keloe erhob sich. Sie zitterte so sehr, daß sie sich kaum auf den Beinen halten konnte. Furchtsam untersuchte sie sich. Das Haumesser hatte den Sarong zerrissen und ihr einen fingerlangen Kratzer zugefügt. So viel Glück konnte es nur einmal geben!

Einer nach dem anderen kroch durch das Loch in die Nachbarwohnung. Sie war leer. Nach kurzem Lauschen öffneten sie die Tür und traten auf den Rundgang. Omaru erklärte noch einmal seinen Plan: »Über die Dächer kommt man von einem Haus zum andern. Womöglich bis zum Markt.«

Keloe ermahnte die Kinder: »Schaut nicht in den Hof hinab.«

Sie kletterte als erste aufs Dach. Als sie sich oben aufrichtete, entfuhr ihr ein Schreckenslaut. Die Schlächter hatten sie bereits entdeckt!

Nun mußte alles ganz schnell gehen: auf das Dach, bis zum nächsten gerannt und hinübergesprungen! Dann ohne zu halten weiter.

Beim Laufen wurde Keloe zur Gefangenen ihrer inneren Bilder. Mal sah sie sich nach einem unachtsamen Schritt vom Dach stürzen, ein andermal erschien ihr drohend die tote Fipi. Zwischen beides mischte sich schattenhaft verschwommen die Gestalt mit dem Haumesser. Sie wunderte sich, daß sie sich kaum an das Gesicht erinnern konnte. Auf dem übernächsten Dach blieb sie entsetzt stehen.

»Wo ist Tiugugu?« rief sie. Er war nirgends zu erblicken.

Für den Fall, daß es draußen noch jemanden gibt

Wachstube beim Dreizehn-Rutas-Brunnen, etwa zur selben Zeit

Das Schwert entglitt der Hand seines Besitzers und schlug mit einem scharfen Knall auf, der die drei Männer sofort hellwach werden ließ. Erleichtert stellten sie fest, daß sie allein waren. Mojeb bückte sich nach seiner Waffe, während Konelui und Viliamu ihre kampfbereit erhobenen Keulen sinken ließen. Das Licht, das durch die schmale Öffnung gleich unter der Decke in die Gefängniszelle fiel, verriet, daß die Nacht vorüber war.

Viliamu schlich zu der stabilen Zellentür und lauschte.

»Und?« fragte Mojeb.

»Ich höre nichts. Vielleicht sind sie weg. Vielleicht warten sie auch nur. Was tun wir?«

»Entsatz?« fragte Konelui. »Glaubt ihr, daß noch Entsatz kommt? Vielleicht sind wir die letzten, die noch am Leben sind.«

»Dann haben wir es nicht mehr eilig.«

»Wir können nicht warten«, widersprach Mojeb. »Vielleicht wissen sie es noch nicht. Irgend jemand muß erfahren, was wir erlebt haben. Macht euch bereit. Malachias mit uns!«

»Repeka mit uns! Feletu mit uns!« echoten Konelui und Viliamu.

Wachsam und auf jedes verdächtige Geräusch achtend, entfernten sie die Überreste der zertrümmerten Bank, mit deren Brettern sie die Tür von innen verrammelt hatten. Sie quietschte beim Öffnen, obwohl die Männer behutsam vorgingen.

Verglichen mit der dunklen Zelle war es im Gang davor blendend hell. Mojeb kniff die Augen zusammen. Nur wenige Schritt von der Zellentür entfernt lag noch immer Reupenu. Der Gardist hatte sich nicht mehr rechtzeitig in Sicherheit bringen können und war dadurch zum letzten Opfer der unheimlichen Angreifer geworden. Mojeb stieg über seinen Körper hinweg.

Im großen Wachraum, in dem er und seine Leute sich so lange zu Unrecht sicher gefühlt hatten, lagen die nächsten vier: drei Bürgergardisten und der ursprüngliche Bewohner der Arrestzelle, der als erster gestorben war.

Kelepu und Ioelu, rätselte Mojeb. Sie mußten draußen liegen!

Er öffnete die Tür zum Innenhof, trat ins Freie und fand Kelepu und einen zweiten Bürgergardisten, dessen Namen er nie erfahren hatte. Die beiden Leichen waren alles, was daraufhin deutete, daß hier zweimal gekämpft worden war. Keiner der besiegten Angreifer war mehr zu erblicken.

»Ioelu?« sagte Mojeb nachdenklich. Die Schrecken der Nacht waren längst zu einem einzigen verschmolzen, so daß ihm die Abfolge der Ereignisse nicht mehr ganz klar war. Sie erschien ihm beliebig und mochte auch ganz anders gewesen sein, als er sich erinnerte. Dann aber fiel ihm ein, was aus Ioelu geworden war: Er war kopflos geflüchtet, als einige längst tot gewähnte Feinde sich gegen alle Regeln der Natur wieder erhoben hatten. Die Angreifer starben nicht so, wie sie es sollten. Einige mußten ein zweites Mal erschlagen werden, manche sogar ein drittes Mal. Diese beunruhigende Erkenntnis war mit zwei Leben erkauft worden. Vielleicht sogar mit drei, falls man Eseta dazu zählen mußte.

Nach dem zweiten Gefecht im Hof hatten sich die Überlebenden in den Wachraum zurückgezogen. Hier hatten sie sich so lange in Sicherheit gewiegt, bis der Feind urplötzlich unter ihnen gestanden und Ernte gehalten hatte.

Nichts hielt ihn auf: kein Haus, keine Wände, keine Türen, kein Riegel. Er gelangte, wohin er wollte. Daher war der Rückzug der letzten Überlebenden in die Zelle bloß ein Versuch gewesen, ihrer aller Verzweiflung Einhalt zu gebieten. Rettung hatten sie keine erwartet. Doch die unheimlichen Angreifer waren ihnen nicht gefolgt. Warum sie so handelten, war unbegreiflich.

Die Tür zur Straße knarrte. Mojeb spannte sich an. Als nichts geschah, stieß er erleichtert die Luft aus. Ioelu war durch diese Tür geflüchtet. Kein Wunder, daß sie noch offen stand.

»Du willst wahrscheinlich zum Palast?« fragte Viliamu, den Blick auf die Füße gerichtet. »Ich habe eine Familie, Haihana.«

»Geh«, sagte Mojeb und sah zu Konelui. Auch ihn schien anderes zu beschäftigen, jetzt, da er nicht mehr in unmittelbarer Lebensgefahr schwebte. »Geht beide. Ihr habt genug getan heute nacht!«

Er zog die Tür zur Außenwelt auf und blickte auf eine menschenleere Straße. Keiner der Läden in den Bogengängen hatte geöffnet. Ein Hund, der mitten auf der Straße stand, war das einzige Lebewesen weit und breit. Er sah zu Mojeb herüber. Eines seiner Augen war milchigweiß. Er war halbblind. Ioelus Leichnam war nicht zu entdecken. Vielleicht war er wider Erwarten entkommen.

»Erledigt, was ihr zu erledigen habt«, verabschiedete sich Mojeb von seinen letzten beiden Untergebenen. »Ruht euch aus, denn wenn wir Pech haben, brauche ich euch morgen wieder.«

»Auf das Pech!« rief Konelui und eilte davon.

Mojeb begab sich zum Vogtspalast. Die Stadt war wie ausgestorben.

Was war heute Nacht geschehen? fragte er sich. Hatte sich das, was ihm und den anderen Bürgergardisten zugestoßen war, in der ganzen Stadt vielfach wiederholt? War es das oder nur Furcht, was die Bewohner in ihren Wohnungen hielt?

Er ging noch einige Zeit durch Straßen, die Angst ausschwitzten, bis er wieder Menschen sah. Die meisten waren mit irgend etwas beladen. Ob sie plünderten oder dabei waren, Sadi mit Sack und Pack zu verlassen, war nicht sofort ersichtlich.

Aus einem Haus sah Mojeb einen Mann und eine Frau hasten. Sie waren derart mit Körben und Taschen bepackt, daß sie mit ihrer Last ohne fremde Hilfe nicht weit kämen. Und schon platzte eine Tasche auf, die die Frau trug. Ihr Mann blieb stehen und bestürmte sie, alles liegen zu lassen und ihm zu folgen. Als sie sich nicht fügte, ließ er sie im Stich und rannte allein weiter. Die Frau bückte sich, um aufzusammeln, was auf die Straße gefallen war.

Mojeb überkam jäh ein ungutes Gefühl. Ihm war, als hätte er all das schon einmal erlebt. Jeden Augeblick würde etwas Furchtbares geschehen, sagte ihm eine innere Stimme! Er lief zu der Frau und brüllte sie an: »Verschwinde sofort, wenn dir dein Leben lieb ist!«

Sie blickte ihn erschrocken an, winselte und begnügte sich mit dem, was sie gerade ergreifen konnte. Mojeb fühlte sich merkwürdig erleichtert, so als hätte er ein Verhängnis gerade noch verhindern können. Aus dem Augenwinkel sah er drei Männer die Tür eines Ladens aufbrechen. Daß es Tag war und sich ein Bürgergardist in ihrer Nähe befand, kümmerte sie nicht. Doch vielleicht hatten sie ihn nur nicht bemerkt.

Mojeb tat so, als ginge es ihn nichts an. Heute hatte er als Hüter einer vergehenden Ordnung Wichtigeres zu tun, als sich um Besitztümer zu kümmern. Er mußte jemanden finden, dem er alles berichten konnte. Selbst die schreckliche Einzelheit, die er Konelui und Viliamu verheimlicht hatte.

Reupenu hatte das Gesicht seines Mörders gesehen und war deswegen gestorben. Auch Mojeb hatte es erblickt. Wie gelähmt hatte er dagestanden. Nur weil ihn Konelui in die Zelle gerissen hatte, hatte er überlebt. Ihre Feinde hatten keine Gesichter. Wo sie sein sollten, waren nur schwach ausgebildete, vergängliche Formen.

Wer waren sie? Was waren sie?

»*Pea!*« flüsterte Mojeb schicksalsergeben. Alles war möglich. Es war so leicht zu erklären, wie die Welt wirklich war, aber so schwer, es hinzunehmen. Selbst für ihn, der er doch den Beweis dafür so lange Nacht für Nacht in den Armen gehalten hatte.

Erinnerungen an Gottes letzte Worte kommen auf

Marktplatz von Sadi, am Vormittag des 14. Tags des Händlermondes, im 460. Jahr der Abwesenheit Gottes

Der Ziegel hüpfte über das Dach, sprang hoch, schlug noch zweimal polternd auf und fiel über die Dachkante auf den Marktplatz hinab. Von dort schallte der Lärm Hunderter Menschen herauf. Omaru wagte sich noch einen kleinen Schritt näher an die Dachkante, um einen besseren Überblick zu erlangen. Sogleich hörte er ein ängstliches Wimmern. Es kam von dem Jungen. Omaru ging wieder etwas zurück und strich ihm beruhigend über das Haar.

»Du mußt dich nicht sorgen, daß ich hinunterfalle«, sagte er. »Denn mir wird jetzt nichts zustoßen. Ich gehe nur kurz zum Dachrand.«

Gegenwärtig kam sich Omaru sehr mutig vor. Das mußte er auch sein, denn wenn die Erwachsenen verzweifelten, was sollten dann erst die Kinder machen? Einer mußte tapfer sein! Die Wahl war auf ihn gefallen, als er die Axt gegen den mörderischen Eindringling erhoben hatte. Seitdem fühlte sich Omaru seltsam schwebend. Wie Keloe hatte er mitbekommen, daß ihnen Tiugugu nicht folgte. Doch anders als sie hatte er kein einziges Mal aus Sorge um ihn oder aus Furcht vor Verfolgern zurückgeschaut. Er war weitergegangen, weil er weitergehen mußte, weil *es* weitergehen mußte, immer geradeaus. Er wollte nicht an das denken, was geschehen war und sich nicht mehr ändern ließ. Gehen war gut.

Der Markt füllte sich immer mehr, doch von oben sah es nicht so aus, als wüßte jemand, was zu tun sei. Immer dichter drängten sich die Menschen zusammen, um Platz für noch mehr zu machen. Vor dem Palast sah es nicht besser aus. Einige Bürgergardisten standen unschlüssig beisammen. Offenbar konnten sie sich nur widerstrebend dazu durchringen, was ihnen erzählt wurde, als wahr anzusehen.

Staunend bemerkte Omaru, daß die Tore der Basilika offen

standen. Die wenigen Male, da er so etwas erlebt hatte, war ein Feiertag gewesen: das Sternenfest, das Fest der Fleischwerdung, das Fest der Götzenschlacht oder der Eunikelistag. Doch von letzterem hatte er es eigentlich nur gehört, da er am Tag der heiligen Eunikele krank gewesen war. Omaru dachte nach. Er war sich ganz sicher, daß heute kein Feiertag war. Plötzlich stutzte er und rief: »Da unten geht Mojeb!«

»Wo?« fragte Keloe.

Omaru blickte zu ihr und wieder auf den Markt. Wenn Keloe etwas sehen wollte, so müßte sie sich weiter vorwagen. Er streckte ihr einladend die Hand entgegen. Keloe tat einen kleinen Schritt und blieb dann kopfschüttelnd stehen. Jetzt, da sie keine Verfolger mehr hinter sich wähnte, traute sie sich solche Wagnisse nicht mehr zu. Statt ihr kam die Teilhaberin. Zögernd setzte sie einen Fuß vor den anderen.

»Wo?« fragte sie ebenfalls und reckte den Hals. »Wo ist er?«

Omaru deutete auf die vertraute Gestalt, die dem Palast zustrebte. Da hörte er Rufe. Er verstand sie nicht, doch das war auch nicht nötig, denn er sah, wem sie galten: Auf der gegenüberliegenden Marktseite standen urplötzlich dieselben dunkelgewandten Gestalten, vor denen er heute schon einmal geflohen war. Doch nicht bloß ein Dutzend von ihnen, sondern schier Hunderte!

Auf dem Platz wurde es ganz ruhig.

Das Dröhnen von Muscheltrompeten durchschnitt die Stille. Aus der Basilika des Abwesenden Gottes traten Priester. Wie üblich trugen sie schlichte weiße Gewänder. Einer von ihnen kam Omaru bekannt vor. Er vermeinte ihn gesehen zu haben, als Fipis zweiköpfiges Kind entdeckt worden war. Mit Sicherheit konnte er es jedoch nicht behaupten, da rote Schminke die Gesichter der Geistlichen unkenntlich machte. Entschlossen schritten sie der unheimlichen Schar entgegen.

»Was sagen sie?« wollte die Teilhaberin wissen.

Erst jetzt fiel Omaru auf, daß die Diener Aionars nicht still waren. Was sie von sich gaben, war jedoch schlecht zu verstehen.

»Fürchten«, antwortete er. »Wir sollen uns fürchten. Vielleicht sollen wir uns auch nicht fürchten. Ich verstehe sie nicht. Sie rufen etwas mit Menschen. Sie seien Menschen? Die anderen seien keine Menschen? Das stimmt. Menschen gelangen nicht in verschlossene Wohnungen.«

Gebannt sah er den Priestern hinterher. Trotz ihrer Wehrlosigkeit schienen sie keine Furcht zu kennen. Schon standen sie den Fremden, den *Wesen,* Aug in Aug gegenüber. Was hatten sie vor?

Die Antwort blieb aus, denn die Dunklen Männer schlugen schnell und unbarmherzig zu. Die Hälfte der Geistlichen wälzte sich bereits im Staub, als den Überlebenden bewußt wurde, daß sie in ihr Verderben gelaufen waren. Nun suchten sie ihr Heil in der Flucht und rannten mit gerafften Soutanen davon. Ihr Entsetzen eilte ihnen voraus, übersprang die Leere des Platzes und erreichte die Menge, die bisher angespannt gewartet hatte. Hunderte hatten jetzt nur noch im Sinn, Hals über Kopf zu fliehen! Sie drängten, schoben, stießen, schubsten einander.

Bestürzt sah Omaru mit an, was ihm oft beschrieben worden war. Das Unglück, das sich am Tag des Zorns auf dem Markt ereignet hatte, wiederholte sich! Doch von oben sah alles anders aus, als er erzählt bekommen hatte. Unten fand kein wahlloser Kampf jeder gegen jeden statt. Binnen kurzem hatte sich ein Menschenkeil herausgebildet, der sich rücksichtslos Platz zu machen verstand. Er durchschnitt die Menge, hinderte die, die ihm nicht angehörten, an der Flucht und zwang sie, zu warten. Zum Glück hatten viele aus dem Tag des Zorns Lehren gezogen und stemmten sich nicht gegen die Flut.

Etwas, das Omaru erst kürzlich geträumt hatte, kam ihm in den Sinn: Tausend Wassertropfen sind eine Pfütze. Wenn alle in dieselbe Richtung rinnen, wird daraus ein Strom.

Doch geduldiges Abwarten war nicht der Weg zum Heil. Denn als sich der Marktplatz leerte, wandten sich die Unheilsgestalten den Verbleibenden zu. Unter ihnen war Mojeb. Es machte Omaru traurig.

»Geh weg«, sagte er zu der Teilhaberin, um ihr den Anblick des Kommenden zu ersparen. »Geh zu Keloe, Kind.«

Doch das Mädchen gehorchte nicht. »Er ist der Papa'jebu«, sagte es in ungebrochenem Vertrauen.

Omaru teilte diese Zuversicht nicht. Er wollte den Blick abwenden, wollte nicht ansehen, wie der Abstand zwischen den verängstigten Menschen und ihren Verderbern immer kleiner wurde: dreißig Schritt, zwanzig Schritt, zehn. Aber er vermochte es nicht.

Ein grauer Geier landete zwischen den Fronten, gar nicht weit von Mojeb entfernt.

Omaru wußte sofort, daß es der Vogel sein mußte, von dem er schon gehört hatte. Er lebte irgendwo auf den Dächern. Anscheinend hatte ihn Mojeb mittlerweile abgerichtet.

Doch, nein, so benahm sich der Geier keineswegs! Unsicher, gar verlegen, stolzierte er mit abgespreizten Flügeln zwischen den Menschen und den anderen – was immer sie sein mochten – einher. Ruckartig und aufgeregt wandte sich der Vogelkopf nach allen Seiten. Einmal pickte er nach etwas, verharrte und warf es wieder weg. Wäre er kein Tier gewesen, so hätte Omaru geschworen, er benehme sich, als wollte er den Eindruck erwekken, daß alles seine Richtigkeit habe, daß er hierher gehöre und man sich am besten nicht um ihn kümmern solle. Macht bloß keine Umstände!

Dieses überraschende Zwischenspiel hielt die Schlächter nicht davon ab, weiter vorzurücken.

Jäh richtete sich der Geier auf. Er stieß ärgerliche Schreie aus und streckte ihnen eine Kralle entgegen. Die Wesen blieben sofort stehen.

Wirre Gedanken schossen durch Omarus Kopf. Was geschieht hier? dachte er. Hatte der Aasvogel etwa soeben Ansprüche geltend gemacht: Sie gehören mir, nicht euch?

Dann begriff er und murmelte: »Ein Wunder. Ich erlebe ein Wunder!«

Er sah zu den Menschen, die fast ebenso starr standen wie ihre bedrohlichen Gegenüber. Nahe bei Mojeb entdeckte Omaru Timoteu. Der Schinder hatte sich einen schlechten Tag ausgesucht, um in die Stadt zu gehen. Er wäre besser draußen in seinem Haus geblieben. Neben ihm standen seine Enkel. Die eisige Hand einer Vorahnung berührte Omarus Nacken.

»Nein«, flüsterte er entsetzt und ging einen Schritt vorwärts. »Nein!«

Er tat einen weiteren Schritt und dachte: Ich muß sie aufhalten!

Er tat noch einen Schritt. Was er befürchtet hatte, trat ein.

»Der Vogel ist schuld!« schrie einer der Enkel. »Seht doch, er befiehlt ihnen!«

Und schon flatterte der Geier erschrocken hoch, als ein Stein nach ihm geworfen wurde. Umgehend bewegten sich die Schlächter wieder. Gleichzeitig trat Omaru ins Leere und stürzte vom Dach. Im Fallen fragte er sich, ob gerade Flut oder Ebbe sei. Dann tauchte er in eine rötliche Wolke ein.

Vor den Mauern kommt es zu einem Wiedersehen

Außerhalb Sadis, später Nachmittag des 14. Tags des Händlermondes, im 460. Jahr der Abwesenheit Gottes

Krachend brach der Eselskarren zusammen. Ein einzelnes Rad rollte noch ein paar Schritt weiter, bis es umkippte und liegenblieb. Die Familienmitglieder, die auf dem Karren gesessen hatten, klettern von dem beschädigten Gefährt und stellten sich zu den beiden Männern, die Mojeb für den Vater und den ältesten Sohn der sechsköpfigen Familie hielt. Sofort begann großes Klagen.

Mehrere tausend Menschen lagerten zu beiden Seiten der ehemaligen Galgenstraße. Die meisten waren zufrieden damit, der Stadt und ihren Schrecken entkommen zu sein. Weiter dachten sie nicht. Nun warteten sie. Worauf? Vielleicht auf das Erwachen aus diesem Alptraum, vielleicht auf jemanden, der ihnen verspräche, alles wieder zu richten.

Nur wenige waren nach dem Verlassen der Stadt gleich weitergezogen. Entweder hatten sie in der Umgebung Verwandte oder waren nur vorausschauender gewesen als alle anderen. Einzelne Flüchtlinge konnten auf Mitleid und Hilfe hoffen, aber nicht Tausende oder gar Zehntausende. Die Wartenden würden bald merken, daß der Schrecken nicht am Stadttor endete. Wie viele von ihnen mochten daran gedacht haben, Eßbares mitzunehmen? Im Augenblick spielte das noch keine große Rolle. Denn heute wurde geteilt, heute machten Angst und Leid alle zu Brüdern und Schwestern. Doch diese Notverwandtschaften würden morgen, spätestens übermorgen beendet werden. Vorausgesetzt, die gespenstischen Gestalten hielten sich an die Erwartungen aller und blieben in der Stadt. Nichts sprach dafür. Nichts sprach dagegen. So wie hier sah es vermutlich auch vor den anderen Stadttoren aus.

Zum zweiten Mal hörte Mojeb den Ton einer Schneckentrompete. Da er kein Signal erkannte, kümmerte er sich ebensowenig darum wie beim ersten Mal. Er war übernächtigt und nicht gewillt, jemandem hinterherzulaufen, der womöglich durch Zufall in den Besitz des Blasinstruments gelangt war und nicht wußte, was er tat. Statt dessen wandte er sich wieder seinen Mitbewohnern zu, auf die er vor kurzem unverhofft gestoßen war. Er deutete auf Omaru: »Warum lebt er noch?«

Keloe brach in wildes Gelächter aus: »Er ist in den größten Hibiskus von ganz Sadi gefallen! Ein paar Kratzer, das ist alles! Siehst du? Vom Dach in den Hibiskus! Von oben nach ganz unten! Nichts ist ihm zugestoßen.«

Diese Sätze wiederholte sie mehrmals. Vor Lachen konnte sie sich kaum auf den Beinen halten. Dann verstummte sie und begann übergangslos zu schluchzen: »Wir haben Tiugugu im Stich gelassen!«

Mojeb schwieg. Nach dem, was er gehört hatte, hatten sie keine andere Wahl gehabt, als zu flüchten. Und nach allem, was er wußte und nicht auszusprechen wagte, wäre es sogar tödlich gewesen umzukehren. Doch mit dieser Ansicht fände er derzeit kein Gehör.

Erneut meldete sich die Schneckentrompete. Diese Mal hörte sie sich so an, als versuchte jemand ein Signal zu blasen, wüßte aber nicht, wie er es anzustellen hatte. Mojeb beschloß nun doch nachzusehen. Vielleicht plante tatsächlich jemand, die Lage vor der Stadtmauer in den Griff zu bekommen, und bemühte sich, alle zu sammeln, die dabei von Nutzen sein konnten.

»Geht zum Fluß«, riet Mojeb Omaru. »Dort habt ihr wenigstens Wasser, und ich weiß, wo ich euch finden kann.«

Da das unregelmäßige Tröten der Trompete aus der Richtung des westlichen Tors ertönte, nahm Mojeb den Karrenweg, der dorthin führte. Schon bald entdeckte er eine Schar Berittener, die aus dieser Richtung kamen. Sie mieden den mit Menschen verstopften Weg und ritten querfeldein.

Seit Wochen waren Gerüchte im Umlauf, der Adel plane einen neuen Waffengang. Mojeb hatte bisher nichts darauf gegeben, da es für diese Behauptungen keinerlei Beleg gab. Vielleicht hatte er sich geirrt, dachte er. Falls die Reiter die Vorhut eines Heeres darstellten, so hatten sich ihre Gebieter die besten und zugleich schlechtesten Tage für ihr Vorhaben ausgesucht. Die Stadt hätte ihnen nichts entgegenzusetzen. Diejenigen, denen sie seit heute Nacht gehörte, jedoch schon.

Wenig später konnte Mojeb die Reiter besser erkennen. Er schätzte sie auf etwas über zwanzig. Sie waren gerüstet wie für einen Kriegszug. Die Hälfte trug die Farben Temeluas. Welchem Adelshaus die anderen angehörten, wußte er nicht.

Da Mojeb hoffte, ein paar der Reiter zu kennen, zog er sein Schwert und schwenkte es. Wie erwartet machte er sie damit auf sich aufmerksam. Ein Stück abseits des Weges brachten sie ihre Pferde zum Stehen. Einer von ihnen stieg ab und winkte.

Mojeb hatte Seffenaiu schon lange nicht mehr gesehen. Im Laufe des letzten Jahres hatten er und der Ritter sich aus den Augen verloren.

Wie hatte es nur dazu kommen können? wunderte er sich, als er dem Ritter entgegenging. Er kannte die Antwort. Selbstverständlich kannte er die Antwort. Lange Zeit war ihm wenig außer Poritinara wichtig gewesen. Die ganze Welt war beiläufig geworden. Daran war nichts Ungewöhnliches. Fast nichts Ungewöhnliches. Vermutlich wußte Seffenaiu weder vom Verschwinden Poritinaras noch von dem Kind, das sie zurückgelassen hatte – oder was immer es war. Ein Mensch? Ein halber Mensch? Ein halber Geist?

»Noch vor wenigen Augenblicken habe ich über Euch geredet, und nun treffe ich Euch«, begrüßte ihn der Ritter strahlend.

»Was sucht Ihr hier mit Euren Verbündeten?« antwortete Mojeb mißtrauisch.

Seffenaiu lachte: »Sorgt Euch nicht. Auch wenn wir aussehen, als zögen wir zu Felde, folgen wir bloß unserer Gräfin zur Königswahl. Unsere Gefährten schickte uns einer ihrer Schwiegersöhne. Seine Frau ist offenbar genauso fürsorglich wie ihre Mutter ... Man hört seltsame Dinge aus Sadi. Daher schickte uns die Gräfin aus, uns kundig zu machen. Doch alles klingt immer merkwürdiger. Der Ruchlose Hacker wüte in der Stadt, heißt es, wahlweise auch Piraten. Was ist wahr?«

»Es ist nicht der Ruchlose Hacker«, erwiderte Mojeb. »Es sei denn, es gäbe ihn zu Hunderten. Piraten sind es auch nicht. Sie sind keine Menschen.« Er schilderte Seffenaiu, was er in der Nacht erlebt hatte. Doch bei jedem Satz hatte er weniger den Eindruck, daß ihm der Ritter glaube. Erstaunlich war das nicht. Für jeden, der nicht dabeigewesen war, mußte sich seine Geschichte merkwürdig anhören: Der Feind hatte kein Gesicht! Wann hatte er das entdeckt? Nachts, bei spärlichem Licht, nachdem über Stunden hinweg ihre Lage immer bedrohlicher geworden war und er gerade Gefahr lief, ebenfalls getötet zu werden? Den Feind hielt nichts auf! Nur weil er sich auf unbekannte Weise Einlaß verschafft hatte? Und das Schlimmste und Widernatürlichste: Er nahm seine Gefallenen mit! Nein, erstaunlich war das nicht.

»Erzählt mir von dem Geier«, unterbrach ihn Seffenaiu.

»Ich weiß nicht, wovon Ihr redet«, erwiderte Mojeb verdutzt.

»Wie seltsam. Ich scheine mich verhört zu haben. Man erzählte mir von einem Geier, der Eurem Ärgernis Einhalt geboten habe. So lange, bis ein Trottel auf den Gedanken verfiel, ihn mit

Steinen zu bewerfen. Das habe sich in der Nähe von jemandem abgespielt, der sich Papa'jebu nennt.«

»So nennt er sich überhaupt nicht«, widersprach Mojeb mürrisch. »Es geschieht gegen seinen Willen.«

»Feinheiten, Feinheiten! Als ich es hörte, dachte ich sogleich: Das wird doch nicht mein Freund Mojeb mit seinem Lehnsherrn gewesen sein?«

Mojeb spürte, wie seine Ohren heiß wurden: »Es war ein anderer Geier!«

»Wenn Ihr es sagt«, antwortete Seffenaiu scheinheilig. »Schämen müßtet Ihr Euch deswegen nicht. Solche Gefolgschaften beruhen auf Gegenseitigkeit. Der Gefolgsmann erweist seinem Herrn Hochachtung und folgt ihm, wie schon das Wort sagt. Der wiederum kümmert sich dafür um ihn. Wußtet Ihr, daß es bei uns früher üblich war, daß Herren und Herrinnen ihren Rittern eigenhändig das Futter für ihre Pferde zuwiesen? Ein seltsamer Brauch, nicht wahr? Doch wieder zu Euch, Mojeb! Euer Geier hat wohl nicht in letzter Zeit versucht, Euch zu füttern?« Er kicherte.

»Es war ein anderer Geier«, antwortete Mojeb erregt. »Es war nicht derselbe. Solche grauen Geier sehe ich ständig. Sie sind sehr häufig hier. Einer sieht aus wie der andere.«

»Gönnt mir den Spaß, mein Freund«, beschwichtigte ihn Seffenaiu. »Erzählt mir, was davon zu halten ist.«

»Es stimmt, und es war unheimlich. Doch würdet Ihr mir das glauben?«

»Wer sagt, daß ich Euch nicht glaube, Mojeb? Wir sind hier, um uns ein Bild zu machen. Selbst wenn vieles von dem, was ich bisher erfuhr, übertrieben sein mag, so gibt der Rest Anlaß genug, noch heute Boten zu den benachbarten Landherren zu entsenden. Da wir sehr zeitig zur Königswahl aufbrachen, werden die meisten noch erreichbar sein. Mit etwas Glück haben wir bis morgen zweihundert Reiter beisammen, mit denen sich etwas anfangen läßt. Übermorgen könnten es sogar schon tausend sein.«

»Schön und gut, doch warum sollte der Adel Sadi so bereitwillig helfen wollen? Noch dazu ohne Vorbedingungen?«

»Um Hilfe geht es dabei gar nicht. Dieses Land gehört uns, seitdem es unsere Vorfahren in Besitz nahmen. Ungeachtet dessen, wie mancher von uns zu Sadi steht, werden wir es uns nicht wegnehmen lassen. Doch es gibt noch einen weniger hehren Grund. Wie viele Bewohner hat die Stadt? Einhunderttausend, zweihunderttausend? Soweit ich sehe, lagern erst ein paar wenige Tausend vor den Mauern. Wie lange werden sie hierbleiben, wenn es mehr werden? Muß ich Euch wirklich erklären, was geschieht, wenn viele Zehntausende fliehen? Sie werden jeden Landstrich, durch den sie kommen, ins Verderben stürzen. Es sei denn, jemand hält sie auf, indem er ein furchtbares Blutbad unter ihnen anrichtet. Keine dieser Möglichkeiten ist erfreulich. Deswegen werden wir das, was hier vorgeht, innerhalb weniger Tage beendet haben müssen. Doch genug geredet. Die Zeit drängt, mein Freund.«

Ich weiß genau, was damals wirklich geschah

Außerhalb Sadis, früher Morgen des 15. Tages des Händlermondes, im 460. Jahr der Abwesenheit Gottes

Das unerwartete Schreien eines Esels in nächster Nähe ließ Mojeb erschrocken zusammenfahren. Das Rufen des Tieres wurde von anderen seiner Art aufgenommen. Im Nu waren aus allen Richtungen des Lagers Antworten zu hören. Das weckte auch den letzten Schläfer. Mojeb schätzte, daß mindestens zwanzigtausend Menschen die Nacht am Flußufer zwei Meilen oberhalb Sadis verbracht hatten. Bis zum Abend würden es wohl dreißigtausend sein. Von Vorfällen während der Nacht hatte er nichts vernommen. Doch der Tag war jung, und vieles mochte noch seiner Entdeckung harren. Die Stimmung im Lager erinnerte ihn an Manahaui an jenem Morgen, nachdem so viele Adelssprößlinge gestorben waren. Dort hatte eine ähnliche Niedergeschlagenheit und Ausweglosigkeit geherrscht. Aber damals hatten die Menschen ihre Pferde und Wagen bepackt und waren weitergezogen. Die hier konnten es nicht.

Wie passend war es, daß er wiederum unausgeschlafen unterwegs war, um etwas herauszufinden, was ihm zu spät aufgefallen war!

Als Mojeb das westliche Tor Sadis erreichte, fand er dort bereits eine beträchtliche Zahl Reiter vor. Zweihundert waren es zwar nicht – Seffenaiu war etwas zu optimistisch gewesen –, aber immerhin rund einhundertfünfzig. Eine ganze Menge, angesichts der frühen Stunde. Weitere mochten im Lauf des Vormittags eintreffen.

Mojeb hielt nach seinem Freund Ausschau. Er fand ihn bald. Seffenaiu trug wie alle anderen Brustpanzer, Arm- und Beinschienen. Das lange Haar hatte er zusammengebunden, damit es unter den Helm paßte. Den hatte er allerdings noch nicht aufgesetzt.

»Ihr seht übernächtigt aus. Habt Ihr schlecht geschlafen?« begrüßte ihn der Ritter.

»In der Tat«, entgegnete Mojeb. »Das Flußufer ist kein bequemes Schlafgemach, schon gar nicht, wenn Ihr es mit Menschen teilen müßt, die schwanken, ob sie verzweifeln oder sich gegenseitig die Schädel einschlagen sollen. Ich mußte zweimal einschreiten. Beim zweiten Mal war es mir gleichgültig, wer der Schuldige war.«

Seffenaiu blickte ihn mitfühlend an. »Falls Ihr fragen wolltet, ob Ihr in unseren Zelten oder Wagen übernachten könntet, so will ich es Euch gern anbieten. Da ich der einzige bin, dem Ihr gelegentlich die Knochen brecht, wird niemand Vorbehalte gegen Eure Anwesenheit haben.«

»Habt Dank. Das wollte ich Euch tatsächlich fragen. Allerdings noch etwas anderes. Was habt Ihr eigentlich vor?« Mojeb deutete auf die anderen Ritter.

»Wonach sieht es aus? Wir reiten in die Stadt und suchen Eure dunklen Männer. Wenn wir welche gefunden haben, machen wir sie nieder. Dann suchen wir die nächsten. Das tun wir so lange, bis wir hungrig werden. Dann kommen wir wieder zurück. Hoffentlich gibt es etwas Schmackhaftes zu essen.«

»Warum wartet Ihr nicht lieber, bis mehr von Euch hier sind?«

Seffenaiu sprach leise: »Wir wollen ein schnelles Zeichen setzen. Möglichst viele Menschen sollen in der Stadt bleiben. Wir wollen sie nicht auf dieser Seite der Mauer haben, wo sie zu dem Entschluß gelangen könnten, woanders ihr Glück zu suchen. Wären es weniger, so könnten wir die Stadttore von außen verschließen, damit keiner mehr hinausgelangte. Doch da niemand zur Stelle ist, der gern als *der Grausame* oder *die Bestie* in die Geschichte eingehen möchte, bleibt uns keine andere Wahl, als das zu tun, was wir nun tun werden. Eure Vögtin habt Ihr ja leider vertrieben. Sie käme jetzt sehr gelegen.«

»Unterschätzt Eure Gegner nicht, Seffenaiu. Manche erheben sich wieder, obwohl sie aller Vernunft nach tot sein müßten. Seid vorsichtig.«

»Jetzt verderbt mir doch nicht den ganzen Spaß! Davor habt Ihr mich gestern bereits gewarnt. Ich bin ein Ritter, Mojeb. Sieht man von unserem unvergnüglichen Krieg einmal ab, so habe ich mich seit dem Tag des Zorns entweder gelangweilt oder Halunken gejagt, die meiner nicht würdig waren. Nun kann ich endlich wieder etwas tun, wozu es eines Ritters bedarf. Seht Ihr nicht, wie ich aufblühe? Verschont mich also mit Euren Sorgen und Bedenken. Laßt uns lieber über etwas anderes reden. Was war denn Eure andere Frage?«

Mojeb erinnerte sich, weswegen er gekommen war: »Ihr erwähntet, daß Ihr einer Gräfin dient. Erzähltet Ihr nicht zuletzt, Ollimvekkus Halbbruder Atammu sei nun Graf?«

Seffenaiu sah plötzlich sehr ernst, sogar abweisend aus. »Der Graf herrschte nicht sehr lange. Er fiel einem bedauerlichen Unfall zum Opfer. Wir reden nicht darüber.«

Die Antwort verwirrte Mojeb. Er senkte die Stimme: »Seid Ihr sicher, daß es dieses Mal ein Unfall war?«

»Seid unbesorgt«, erwiderte Seffenaiu rasch. »Genauso war es.«

»Ihr sagtet, ihr wolltet besser auf ihn achten, als …«

»Fragt nicht weiter«, fiel Seffenaiu Mojeb ins Wort und sah ihn eindringlich an. Daß er irgend etwas zurückhielt, war offensichtlich. Der Ritter seufzte. »Wenn es denn sein muß ... Wir haben gut auf ihn geachtet. Vielleicht besser, als wir es hätten tun sollen. Ihr erinnert Euch, daß Ihr uns mit der Nase darauf stießet, daß der kleine Ollimvekku nicht zufällig starb? Wie sich erwies, wurde sein Halbbruder auch nicht zufällig Graf. Er sorgte dafür, indem er Ollimvekku die Blätter verabreichte. Das Wissen darum bewog jemanden, seine Treue gegenüber dem toten, vormaligen Grafen höher zu bewerten als gegenüber dem lebenden, gegenwärtigen. Doch für die Welt und auch für Euch, Mojeb, war es ein Unfall.«

»Wer?« fragte Mojeb, obwohl er die Antwort ahnte.

»Jemand, der das kleine Kerlchen noch mehr als wir anderen in sein Herz geschlossen hatte. Doch genug davon. Wenn wir das hier hinter uns haben, müßt Ihr mich nach Temelua begleiten. Ihr werdet die Gräfin mögen, und wenn Ihr Euch etwas zusammenreißt, werdet Ihr ihr sicher auch gefallen.«

»So etwas habt Ihr mir schon einmal versprochen«, antwortete Mojeb mißtrauisch. »Wie alt ist sie?«

Seffenaiu lachte: »Sie ist kein Kind, wenn Ihr darauf hinauswollt. Ich habe Euch bereits verraten, daß sie Töchter hat. Fünf an der Zahl und alle verehelicht. Die Gräfin ist – wie sage ich es? – eine besondere Frau. Es war nie geplant, daß sie irgendwo herrschen sollte. Nach dem Tod ihres Gemahls bestand ihr Leben vorwiegend daraus, ihre Töchter zu erziehen. Jetzt ist sie Gräfin und versucht dasselbe mit uns. Ungelogen, es geht mittlerweile sehr familiär auf Temelua zu – in einem gewissen Sinn. Das ist mit ein Grund, warum ich darauf brenne, in Eure Stadt zu reiten, um mich richtig schlecht zu benehmen. Es scheint übrigens soweit zu sein.«

»Seid vorsichtig«, ermahnte ihn Mojeb ein weiteres Mal.

»Sorgt Euch nicht, mein Freund«, erwiderte Seffenaiu. »Ihr wißt doch, daß der Tod und ich keinen Gefallen aneinander finden.« Er ging zu seinem Pferd und schwang sich darauf. Einen Augenblick später brüllte jemand einen unverständlichen Schlachtruf. Die Ritter hoben ihre Reiterkeulen und drangen auf stampfenden Rössern in die Stadt ein.

Eine waghalsige Unternehmung wird einseitig erörtert

Westtor von Sadi, Nachmittag des 16. Tags des Händlermondes, im 460. Jahr der Abwesenheit Gottes

Das Hämmern bei dem Ochsenwagen endete urplötzlich mit einem Schmerzensschrei. Einer der Männer, die die Seitenwände des Gefährts mit Balken verstärkt und ihm zu einem Dach verholfen hatten, fluchte ausgiebig. In dem Lager, das die Adligen rund eine halbe Meile von der Stadt entfernt an der Straße aufgeschlagen hatten, die einst zur Königsburg geführt hatte, kläffte ein Hund.

Mojeb hatte das Stadttor im Blick, vor dem acht Reiter in sicherer Entfernung Wache hielten. Noch hinderten sie niemanden daran, die Stadt zu verlassen. Dazu hätten sie allerdings auch nicht viel Gelegenheit gehabt, denn nur selten kam jemand zum Tor heraus. Wenn man sich ansah, unter welch erbärmlichen Bedingungen die mittlerweile achtzigtausend Menschen am Vaa-Ufer lebten, so war das nicht überraschend. Zwar trugen die Felder auf der rechten Flußseite noch Früchte, so daß sich die Flüchtlinge mehr schlecht als recht ernähren konnten, doch damit würde es sehr bald vorbei sein. Einer von ihnen zu werden war nicht verlockend.

Entgegen aller Gerüchte lebten noch viele Tausend Menschen in Sadi. Dennoch ließen sich die Reiter, die seit dem Vormittag frisch eingetroffen waren, mit einem weiteren Vorstoß Zeit. Gestern war alles noch einfach erschienen. Die Ritter hatten leichtes Spiel mit dem rätselhaften Feind gehabt, die paarmal, da sie ihm überhaupt begegnet waren. In Erwartung weiterer schneller Siege hatten heute morgen zweihundertdreißig Berittene einen neuerlichen Vorstoß in die Stadt unternommen. Nach kaum einer Stunde waren weniger als achtzig zurückgekehrt, von denen fast alle verwundet waren. Die Restlichen galten als getötet oder versprengt. Seffenaiu war einer von ihnen.

Die Ritter waren nicht leichtsinnig gewesen und hatten auf die Umgebung geachtet. Doch daß ihre Gegner sie auch ohne erkennbaren Weg umzingeln könnten, damit hatten sie nicht gerechnet. Angeblich waren es mindestens Tausend gewesen.

Nun zögerten die Unverwundeten und die neu Hinzugekommenen. Zusammen waren sie nicht wesentlich mehr Reiter als gestern. Sie beobachteten die Tore oder die Flüchtlinge am Fluß. Wie Bock gehört hatte, wurde angeblich über neue Lösungen nachgedacht. Konnte man die Stadtbewohner in kleinere Grüppchen aufteilen, um sie nach und nach über ganz Ikarilla zu verteilen, oder sollte man lieber Sadi und sein engeres Umland abriegeln, als wäre eine Seuche ausgebrochen, und die *Gesundung* abwarten?

Vielleicht war das alles nur Geschwätz, ähnlich dem, das am Flußufer verbreitet wurde. Dort fand sich immer wieder jemand, der Stein und Bein schwor, daß die Stadt längst ein einziges Leichenfeld sei. Doch solche Gerüchte waren halbwegs ungefährlich, da sie kaum jemand glaubte oder glauben wollte. Die Vorstellung wäre zu schrecklich gewesen.

Doch es gab bedenklichere. Mojeb hatte dabeigestanden, als einer der Flüchtlinge behauptet hatte, die dunklen Männer hätten ihm ihr Kommen angekündet. Sie seien ihm in einem Traum erschienen. Darin sei er zuerst ein Junge gewesen, der unbeschwert bei seiner Mutter gespielt habe. Doch dann habe er die Welt durch ihre Augen sehen müssen. Plötzlich sei er eine Frau gewesen. Die Dunklen Männer seien in seine Wohnung eingedrungen, hätten ihn niedergerungen und ihm die Leibesfrucht aus dem Bauch geschnitten!

Solche Gerüchte waren gefährlicher, da sie die Phantasie der Zuhörer anregten und ihre Angst schürten, bis sie womöglich in einen Wahn umschlug, der Undenkbares gebären mochte. Zumal, wenn sich jemand fand, der das Gesagte bestätigte.

Tatsächlich hatte eine Zuhörerin behauptet, ähnliches geträumt zu haben. Mojeb hatte rasch erwogen, den Erzähler und die Frau, die sein Lügengespinst unterstützt hatte, abzuführen oder durch Drohungen einzuschüchtern, bevor sich noch mehr fänden, die diesen Unsinn nachplapperten und ebenfalls denselben Traum geträumt haben wollten. Doch das hätte alles verschlimmert. Rechtzeitig war ihm etwas Besseres eingefallen. Er hatte dem Erzähler kurzentschlossen zwischen die Beine gegriffen und gerufen: Nach seiner Einschätzung könne dieser *Mann* tatsächlich eher Kinder austragen als zeugen. Dann stimme vielleicht auch der Rest der Geschichte. Gelächter hatte die Angst vertrieben. Einstweilen.

»Du bisd ein Bferdegobf«, schimpfte Bock.

Mojeb verbesserte sie: »Eselskopf.«

»Nein«, widersprach Bock sofort. »Esel sind gescheid. Du bisd es nichd! Du bisd ein Bferdegobf.«

Wahrscheinlich hatte sie damit sogar recht, dachte Mojeb. Doch was sollte er denn anderes tun? Fünf Stunden war es her, seitdem sich die geschlagenen Ritter aus Sadi zurückgezogen hatten. Einer der Temeluaner hatte ihm berichtet, daß Seffenaiu am Leben gewesen sei, als er ihn zuletzt gesehen habe. Doch der Ritter war noch immer nicht zurückgekehrt. Wenn er überhaupt noch lebte, mußte er in Schwierigkeiten stecken. Wahrscheinlich war er verwundet. Noch länger auf ihn zu warten wäre gleichbedeutend damit, ihn aufzugeben.

»Wenn dir so an meiner Sicherheit liegt, dann begleite mich«, schlug Mojeb vor.

Bock brauste auf: »Jedzd sagsd du das zu mir? Ausgerechned jedzd? So ofd häddesd du das sagen gönnen. Ich wäre immer mid dir gegangen. Aber nichd jedzd, wenn du Bferdegobf sderben willsd!«

»Er ist mein Freund.«

»Babberlababb! Er isd dein Freund, solange nichds dagegen sbrichd. So sagd man! Wenn man dabei sdirbd, so sbrichd das dagegen.«

»Ich täte dasselbe für dich.«

»Werde nichd frech, du Idiod. Ich gaggere vielleichd gomisch, doch ich bin gein dummes Huhn. Weißd du eigentlich, daß das Halungen sind?« Sie deutete zum Ochsenwagen.

»Sei leiser«, bat Mojeb sie. Natürlich waren diese Burschen Halunken! Er hatte sie gleich durchschaut, als sie begonnen hatten, ihren Ochsenwagen in eine Festung auf Rädern zu verwandeln. Angeblich wollten sie damit Verwandte aus der Stadt retten. Schön und gut, doch daß diese Verwandten zufällig in einem Stadtteil leben sollten, wo selbst der geringste Küchenjunge beim Anblick solch heruntergekommener Gestalten die Nase gerümpft hätte, war des Guten zuviel. Sie waren gerissene Kerle, die eine günstige Gelegenheit erkannt hatten und bereit waren, ihr Leben zu wagen. Ihnen ging es nicht um Verwandte, sondern um die leerstehenden Häuser der Reichen. Das hatte er ihnen auf den Kopf zugesagt und gedroht, sie zu verraten, falls sie ihn nicht mitnähmen. Sie hatten sich lange geweigert, bis ihnen klar geworden war, daß sein Schweigen sie nicht mehr kostete als einen unbedeutenden Umweg.

»Mir ist gleich, was sie sind«, sprach Mojeb weiter. »Mit ihrer Hilfe komme ich wenigstens sicher dorthin, wo er zuletzt gesehen wurde.«

»Wie gommst du zurügg?« hakte Bock nach. »Sie warden nichd auf dich. Sie fahren weider. Dann sdehsd du da. Du gommst nichd zurügg. Du wirsd sderben. Ich weiß auch warum. Du willsd es so. Es isd wegen ihr!«

Mojeb schüttelte den Kopf: »Du irrst, Bock. Es ist nicht so, wie du denkst. Dieser Traum ist aus.«

»Der Draum isd nie aus«, sagte Bock düster und stapfte grußlos davon.

Die Burschen bei dem umgebauten Ochsenkarren hatten inzwischen begonnen, den Gespannführer anzukleiden. Er war ein unerhört kräftiger Mann. Das mußte er auch sein, um seine aus Holz und Metallteilen gefertigte »Rüstung« längere Zeit tragen zu können. Sie ähnelte einem kleinen Turm, und vermutlich konnte sich ihr Träger unbesorgt leisten, eine gewisse Zeit inmitten eines Kreises von Leuten zu verweilen, die mit Äxten auf ihn einschlugen. Viel Bewegungsfreiheit hatte er jedoch nicht in ihr. Das mußte er auch nicht unbedingt haben, solange die Ochsen gehorchten.

Mojeb fühlte sich plötzlich herumgerissen. Er sah Bocks Gesicht und spürte ihre rauhen Lippen auf seinen. Sie küßte ihn. »Idiod«, sagte sie und verließ ihn zum zweiten Mal.

Auf einer beschwerten Rundfahrt macht der Papa'jebu eine erstaunliche Entdeckung

Westtor von Sadi, später am Nachmittag des 16. Tags des Händlermondes, im 460. Jahr der Abwesenheit Gottes

Die Geräusche, die aus der Außenwelt in das stockdunkle Innere des umgebauten Ochsenwagens drangen, waren im wesentlichen das Quietschen der Räder oder das Knarren des ledernen Zuggeschirrs. Bisweilen gesellte sich empörtes Krächzen dazu oder das Rauschen aufflatternder Vögel. Ab und zu verkündete der Gespannführer, durch welches Viertel sie derzeit fuhren.

Durch eine Ritze zwischen den Brettern spähte Mojeb nach draußen. Die Stadt war entvölkert. Fast jede Tür unter den Bogengängen war aufgebrochen worden, was die bisherigen Läden und Werkstätten in düstere, dicht an dicht nebeneinander lauernde Höhlen verwandelt hatte. Der Anblick war unheimlich und geisterhaft. Manche Straßen waren völlig leer, in anderen lag ein Leichnam neben dem anderen. Krähen, Geier und Ratten machten sich über sie her. Im Wagen war es längst totenstill geworden. Keiner wagte zu sprechen, ja, nicht einmal laut zu atmen. Es stank nach Schweiß.

»Wie sind jetzt beim Marktplatz«, verkündete die undeutliche Stimme von draußen. Der Wagen wurde langsamer und blieb stehen. Die Ochsen schnaubten.

»Was ist?« flüsterte jemand nach einer Weile, als das Gefährt sich noch immer nicht wieder in Bewegung gesetzt hatte. »Warum geht es nicht weiter?«

»Vielleicht weiß er nicht, wohin er weiterfahren soll?« schlug ein anderer vor.

»Bist du da draußen eingeschlafen?« rief nun wieder der erste. Er erhielt keine Antwort.

»Seid still«, zischte Mojeb. »Irgend etwas stimmt nicht.«

Er drückte erneut ein Auge gegen eine Ritze, doch solange der Wagen nicht fuhr, konnte er bloß bestätigen, daß sie sich auf dem Markt befanden.

»Rück mir nicht so dicht auf die Pelle«, beschwerte sich einer seiner Gefährten mit quengelnder Stimme. »Hier im Wagen ist doch wahrlich Platz genug.«

»Gib Ruhe«, ermahnte ihn Mojeb. Seine Begleiter hatten Angst. Das war verständlich, doch kein Grund, wegen Nichtigkeiten miteinander zu zanken.

Er blickte durch eine andere Ritze. Viel mehr als durch die erste konnte er nicht erkennen, außer daß der Wagen nicht allzuweit von der Basilika entfernt zu stehen schien. Mojeb dachte an die Priester, wie sie aus dem Bauwerk getreten und sehenden Auges in den Tod gegangen waren. Was hatten sie gedacht, bewirken zu können? Hatten sie überhaupt etwas gedacht?

»Bei der heiligen Pisila!« schimpfte die Quengelstimme erneut. »Jetzt laß doch ... Wer bist du überhaupt?« Die Stimme wurde schlagartig schrill: »Das ist keiner von uns! Hier ist einer, der gar nicht herein ...«

Sofort riß Mojeb den Zapfen heraus, der die Einstiegsluke verschloß, und schlug den Truhendeckel zurück, der dazu hatte herhalten müssen. Geschwind warf er sein Schwert ins Freie, stemmte sich aus der Luke und ließ sich hinterherfallen. Schon einmal hatte er erlebt, wie die dunklen Männer in einen abgeschlossenen Raum gelangt waren!

Er erhob sich. Aus dem Wagen hörte er Schläge und Schreie. Er sah keine Hand zur Luke hinausgreifen. Der Gespannführer lag neben den verwirrt schnaubenden Ochsen. Blut lief aus dem schmalen Sehschlitz seiner Rüstung – der einzigen Schwachstelle.

Auf dem Marktplatz lagen wesentlich weniger Leichen, als Mojeb in Erinnerung hatte. Beim Vogtspalast entdeckte er drei der dunklen Männer. Im Wagen wurde es still.

Mojeb wartete nicht, bis er entdeckt wurde. Gegen Feinde zu kämpfen, die nicht einmal an die einfachsten Gesetze gebunden waren, die für jedes Lebewesen galten, war sinnlos. Er rannte zur Basilika. Zwar wußte er nicht, welche Beweggründe die dunklen Männer für ihr Handeln oder Nichthandeln hatten, doch schon einmal hatte er erlebt, daß ein einzelner kleiner Raum

Sicherheit bieten konnte. Wenn er nur gewußt hätte, wie dieser Raum auszusehen hatte!

Mojeb quetschte sich durch die halb offen stehende Tür der Basilika. Im Gotteshaus war es überraschend kühl. Er schritt durch die hohe Gebetshalle und dachte: Welche Vergeudung!

Wegen des spärlichen Lichts, das von ganz weit oben hereinfiel – durch die Decke, wie man fälschlich glauben konnte –, war es viel zu dunkel, um die Schönheit des Baues angemessen würdigen zu können. Allerdings hätte sich an den wenigen Tagen, an denen die Basilika üblicherweise geöffnet war, auch kaum Gelegenheit dazu gefunden.

Nirgends lag auch nur ein Quadratzoll des Mauerwerks frei, aus dem das Gotteshaus errichtet worden war. Fußboden, Wände, Säulen, Türumrandungen und Decken waren mit Mosaiken bedeckt. Während der Boden der Basilika noch mit recht großen Steinchen ausgelegt war, die ein geometrisches Muster bildeten, waren die Plättchen an den Säulen höchstens so groß wie der Nagel eines kleinen Fingers. Gold war eine gern verarbeitete Farbe. An den Wänden und den Mauern über den Säulenbogen sah Mojeb große Bilder von Männern und Frauen, die vermutlich Heilige waren. Über ihnen fanden sich weitere. Aus irgendeinem seltsamen Grund wurden die Darstellungen immer kleiner, je höher sie angebracht waren. Keines der Bilder im obersten Drittel der Basilika war von unten noch zu erkennen. Kunst um der Kunst willen, vielleicht auch zur Ehre Aionars – wer konnte das schon unterscheiden?

Alles Hölzerne war bemalt worden. Kein einziger Balken und schon gar nicht die Gebetsbänke oder die Kanzel des Vorbeters und Predigers machten hiervon eine Ausnahme. Scharen schmaler, bunter Linien bedeckten sie, wandten sich um sie wie Bänder oder umrandeten sie in Zickzackmustern.

Auch die Basilika hatte der Tod nicht verschont. Die verrenkten Gestalten dreier Priester bewiesen es. Während die Gewänder von zweien mit getrocknetem Blut befleckt waren, war das des dritten noch blütenweiß. Im Vorübergehen sah sich Mojeb den letzten Toten näher an. Sein Genick war gebrochen. Damit war er vermutlich nicht von den Dunklen Männern getötet worden. Wie seltsam! Oder vielleicht auch nicht. Zustände, wie sie gegenwärtig in Sadi herrschten, wurden oft zur Begleichung alter Rechnungen genutzt.

Die Toten erinnerten Mojeb daran, daß er noch nicht in Sicherheit war. Wo konnte er hoffen, sich ungestört einen neuen Plan zurechtlegen zu können, nachdem der erste so schrecklich gescheitert war? Die Gefangenenzelle war seltener genutzt worden als jeder andere Raum in der Wachstube. Vielleicht ging es überhaupt nicht um Größe, sondern um die Häufigkeit des Gebrauchs. Womöglich haftete Räumlichkeiten, in welche die dunklen Männer eindrangen, etwas Ähnliches wie der Geruch von Menschen an? Der umgebaute Ochsenwagen paßte allerdings nicht zu dieser Theorie.

Vielleicht hatten wir bloß Pech, dachte Mojeb.

Neben dem Treppchen, über das man zur Kanzel gelangte, befand sich eine kleine Pforte. Sie brachte Mojeb zu einem Gang mit schlicht verputzten weißen Wänden, der um die Gebetshalle herumlief. Türen gingen an seiner Außenseite ab. Wahrscheinlich gelangte man durch sie in die auffälligen Auswölbungen, durch die die Basilika von außen an den Oberkörper eines mehrarmigen, kopflosen Riesen erinnerte. Mojeb war erleichtert, als er eine Treppe fand, die in ein Untergeschoß führte. Wenn er mit seiner Annahme richtig lag, so war ein abgelegener, kaum genutzter Kellerraum genau das, was er suchte.

Er entzündete ein Lämpchen, das griffbereit an einem Haken an der Wand hing, und stieg die Treppe hinab. Sie endete in einem Gewölbe, in dem Öl, Duftkräuter, Schmuckbanner und etliches mehr aufbewahrt wurden. Die Luft war überraschend trocken, keineswegs feucht, wie Mojeb in der Nähe eines Flusses und der Küste erwartet hätte. Von drei Türen, die in benachbarte Keller führten, waren zwei verschlossen. Die dritte schien erst jüngst aufgebrochen worden zu sein. Den steinernen Türbogen schmückten Worte in der *lingua dei*. Mojeb las sie und wunderte sich. Wenn ihn seine Sprachkenntnisse nicht täuschten, so verlangte die Inschrift, daß jedem die

Hände und der Mund abgeschnitten werden sollten, der durch diese Tür wollte.

Verflixt und zugenäht, dachte Mojeb. Das ergab wenig Sinn!

Doch seine Neugier war geweckt. Ungeachtet der befremdlichen Drohung trat er durch die Tür. Er war etwas enttäuscht, daß ihm dahinter nicht – wie er erwartet hatte – wertvolle Tempelschätze entgegenlachten. Statt dessen fand er einen weiteren Lagerraum vor, dessen Wände und Decke allerdings rot getüncht waren. Er enthielt Truhen, Tongefäße, Regale mit Holzkästchen, stark verstaubte Pulte und – seltsamerweise – Raumteiler, als wäre vorgesehen, daß bisweilen mehrere Menschen ihre Zeit hier verbrachten, ohne sich gegenseitig zu stören. Dieses Angebot war zweifellos seit längerer Zeit nicht mehr wahrgenommen worden.

An einer Wand lehnten bemalte Steintafeln, deren unregelmäßige Umrisse verrieten, daß sie aus einer Wand herausgebrochen worden waren. Mojeb stellte seine Lampe ab und wischte den Schmutz von einer dieser Tafeln. Nun erkannte er einen leuchtenden Stern, der wohl Aionar darstellen sollte. Eine Woge rollte auf den Abwesenden Gott zu. Der Wellenkamm bestand aus Köpfen mit verzerrten Gesichtern und aufgerissenen Mündern. Die Wellenberge waren Leiber. Mojeb suchte nach einer erklärenden Inschrift, ohne fündig zu werden. Er stellte die Platte beiseite und besah sich die nächste. Sie zeigte Teile eines Löwenhauptes. Das war alles. Nicht sehr spannend. Anders war es um die nächste bestellt: Darauf sah man einen Kopf mit Haaren, die sich wie Schlangen wanden. In einen weit aufgerissenen Mund stopften Hände winzige nackte Menschen. Zappelnde Arme und Beine hingen zwischen den Zähnen heraus. Anscheinend handelte es sich um die Darstellung eines menschenfressenden Riesen.

Furzig, dachte Mojeb. Einen solch eindeutigen Fall von Ketzerei hatte er lange nicht mehr gesehen. Wahrscheinlich war der Künstler gleich nach Entdeckung seiner Werke der Folter übergeben worden, denn als Allegorien ließen sich solche Fieberträume gewiß nicht mehr ausgeben! Wie seltsam, daß die Platten nicht einfach zerschlagen worden waren.

Erneut wunderte sich Mojeb über die hier womöglich noch trockenere Luft. Er rätselte, was dafür verantwortlich sein könnte: Bleiwände, Becken mit Salz oder gar mit ungelöschtem Kalk? Plötzlich hörte er Stimmen. Sie mußten aus der Tür zu einem Nachbarraum kommen, die hinter den Regalen verborgen und gerade geöffnet worden war. Mojeb unterschied zwei Stimmen.

»Laßt mich bleiben, Ihr seid es mir schuldig«, flehte eine von ihnen verzweifelt.

»Was sollte ich dir schuldig sein?« erwiderte eine zweite barsch.

»Ich warnte Euch!«

»Schwatz nicht dumm! Du hast niemanden gewarnt, denn sonst sähe heute vieles anders ...«

Die Tür wurde wieder geschlossen.

Neugierig schlich Mojeb um die Regale herum, bis er die vermutete Tür entdeckte. Er blieb davor stehen. Undeutlich und bruchstückhaft drang hindurch, was drinnen gesprochen wurde. »... mit den Gardisten gesprochen ... sogar nachgeschaut ... Sie müssen es Euch doch gesagt ...«

»Dazu sind sie anscheinend an dem schmählichen Tag nicht mehr ... Wie günstig für dich! Du kannst behaupten, was ... aber nicht nachweisen. Nur ein Tag früher ... also nutzlos.«

»Es ist wahr!«

»Schweig! Selbst wenn ... keine Treue, keine Gläubigkeit, sondern ... aus Mißgunst anzuschwärzen ... kenne solche wie dich.«

»Bitte!«

»Verschwinde, du Luftbeutel, bevor ich dir sämtliche Knochen ...«

Mojeb drückte die Tür auf und trat in den dahinterliegenden Raum. Zwei Männer blickten ihn erschrocken an. Der eine war Tiugugu, wie Mojeb bereits an der Stimme erkannt hatte. Sein Mienenspiel zeigt in raschem Wechsel Erschrecken, Erkennen, Schuld. Den anderen hatte Mojeb hier nicht erwartet. Sein Gesicht war zernarbt und wies nur ein Auge auf. Obwohl der Mann derzeit nicht das Gewand eines Priesters trug, erkannte ihn Mojeb sogleich. Er zog sein Schwert.

»Laß es stecken!« herrschte ihn der Einäugige an. »Du weißt nicht, mit wem du es zu tun hast!«

Mojeb ließ sich mit der Antwort Zeit. »Du irrst. Ich habe lange über diese Frage nachgedacht, doch jetzt scheint es mir ohne Bedeutung zu sein. Pater Nikotemu aus Peneteporata, auch als der Blutpfaffe bekannt. Nicht wahr? Ich heiße Mojeb. Viele, die deinen Tod wünschen, nennen mich Papa'jebu.«

»Du!« rief sein Gegenüber aufgebracht. »Weg mit dem Schwert! Sofort!«

Mojeb schüttelte den Kopf. »Ich glaube, daß ich es noch brauchen werde.«

»Du wirst nicht wagen, Hand an einen Priester zu legen!«

Mojeb spuckte aus. »Furzig! Am Tag des Aufstandes wurden durch mein Zutun vier Stadtgardisten totgeschlagen. Zwei von ihnen verdächtigte ich, jemanden getötet zu haben. Sicher war ich mir nicht. Über die anderen beiden wußte ich gar nichts. Vergleichsweise waren sie kleine Fische. Ich habe nicht mit der Wimper gezuckt. Warum sollte ich es bei dir tun? Tiugugu, geh vor die Tür.«

Da der kleine Mann zögerte, wiederholte Mojeb seine Aufforderung. »Hinaus mit dir!«

Mit Nikotemus Zuversicht und Überheblichkeit war es vorbei. Er ging rückwärts, um Abstand zu gewinnen. Mojeb überflog die Einrichtung der ebenfalls rotgetünchten Kammer. Er sah dickleibige Bücher und einige Gegenstände, mit denen er nichts anzufangen wußte, aber nichts, das als Waffe taugte.

»Es wäre ein großer Fehler, mich zu töten«, behauptete der Priester. »Ich weiß, was die Wesen anzieht und wie man sie vertreibt. Du wirst es nie erfahren, wenn du mich tötest.«

Mojeb war nicht in der Stimmung zu verhandeln und zuckte die Schultern. »Ich weiß es jetzt nicht, und wenn du tot bist, ebenfalls nicht. Wo ist der Unterschied?«

»Furcht«, sagte Nikotemu rasch. »Furcht zieht sie an. Wie man sie vertreibt, behalte ich für mich.«

»Etwas Ähnliches kam mir auch in den Sinn«, erwiderte Mojeb. »Doch wie erklärst du den Tod Pukam Kaperielus vor über einem Jahr?«

Der Priester sah ihn verwirrt an. Mojeb nickte. »Wie ich es mir dachte: Du weißt nichts. Doch gut, daß du die Furcht erwähntest. Das rettet dir einstweilen das Leben. Denn Tausende werden künftig weniger Furcht empfinden, wenn sie dein Ende mit ansehen können.«

Nikotemu sprang überraschend an Mojeb vorbei und rannte zur Tür hinaus. Von draußen war ein Aufschrei und Poltern zu hören. Mojeb eilte hinterher. Beim Anblick des Priesters, der über Tiugugu gestolpert war, konnte sich Mojeb einen Scherz nicht verkneifen: »Und wieder stürzte ein hoher Herr durch die Hand kleiner Leute.«

Er fesselte ihn. Tiugugu strahlte Unbehaglichkeit aus. »Was hast du vor?« fragte er, nachdem lange niemand etwas gesagt hatte.

»Ich bin hier, um jemanden zu retten. Ich hätte dasselbe für dich getan, hätten wir dich nicht für tot gehalten. Begleite mich oder laß es sein. Ich sage dir nicht, was du zu tun hast. Aber wahrscheinlich bist du in meiner Gegenwart sicherer.«

Über eine Stunde, nachdem Mojeb die Basilika betreten hatte, verließ er sie wieder. In der Zwischenzeit hatte er mehrmals nachgeschaut, ob die dunklen Männer noch draußen lauerten. Den einstigen Blutpfaffen führte er gefesselt mit sich. Tiugugu ging schweigend mit etwas Abstand neben ihm her. Die Ochsen warteten noch immer da, wo Mojeb sie zuletzt gesehen hatte. Vorsichtshalber machte er einen Bogen um sie und ihr wehrhaft erscheinendes, aber nicht sehr nützliches Gefährt. Die drei hatten den Platz beinahe überquert, als Mojeb erneut den unfaßbaren Feind bemerkte.

»Lauft!« schrie er. Nikotemu oder wie immer sein Name lauten mochte, stolperte schon nach wenigen Schritten. Mojeb rannte weiter.

Der Unheilige begegnet dem Tod

In den Straßen Sadis, noch später am 16. Tag des Händlermondes, im 460. Jahr der Abwesenheit Gottes

Unter dem Bogengang hallte der Hufschlag des Pferdes besonders laut. Es war nicht das erste reiterlose Tier, das Mojeb und Tiugugu entgegenkam. Die Stätte, wo die Ritter ihre Niederlage erlitten hatten, konnte nicht mehr weit entfernt sein. Tiugugu hielt den Arm, der das Bündel trug, noch immer vom Körper abgespreizt, als könnte ihn seine Last verbrennen. Die Haltung mußte unbequem sein. Mojeb wunderte sich, daß der kleine Mann sie so lange ertrug.

Indessen versuchte Tiugugu sich zu erklären. »Ich war wahnsinnig vor Eifersucht«, stieß er gepeinigt aus. »Ich bedachte nicht, was ich tat.«

Mojeb hatte keine Lust, ihm noch länger zuzuhören. Er klatschte in die Hände, was das Pferd bewog, den Weg freizumachen und auf die Straße zu wechseln.

»Was erwartest du?« fragte Mojeb ungeduldig. »Daß ich dich freispreche von aller Schuld? Dir sage, daß alles vergeben und vergessen sei? Wir waren nie Freunde, und wir werden es wahrscheinlich auch nie sein. Ich habe an deinem Krankenbett gewacht, doch wenn ich es recht bedenke, so ist das bedeutungslos, denn du warst mein Gefangener. Doch womit hätten es Omaru und Keloe verdient, wenn die Gardisten sie totgeprügelt hätten? Ich will nicht wissen, welche Gründe du hattest. Schon gar nicht will ich erfahren, was es sonst noch gab, das ich nicht weiß. Du willst freigesprochen werden? Tu es selbst! Ich werde es nicht tun. Ich werde dir nicht dazu verhelfen, dich besser zu fühlen.«

Ein weiteres Pferd kam ihnen entgegen. Es wirkte verstört und bedenklich unberechenbar. Als es auf der Höhe der beiden Menschen war, schrie Tiugugu auf. Im Nu hatte Mojeb sein Schwert in der Hand. Nach einem zweiten Blick auf das Pferd ließ er die Waffe sinken. Das Pferd war nicht ganz so reiterlos wie die anderen, denn an einem Steigbügel hing das abgeschlagene

Bein seines Herrn, das es mit sich schleifte. Kein Wunder, daß es verstört war. Kein Wunder, daß Tiugugu erschrocken war.

An der nächsten Kreuzung begann das Schlachtfeld. Die Straße, die von ihrem bisherigen Weg abging, war bedeckt mit den Leichen toter Reiter: erstochen oder aufgeschlitzt, mit abgeschlagenen Gliedern und Köpfen oder anderen Verstümmelungen. Neben, unter und auf ihnen lagen die Leiber gleichfalls regloser dunkler Männer.

Mojeb deutete in die Straße hinein: »Ich möchte da durch. Achte darauf, auf keines dieser Geschöpfe zu treten. Manche leben vielleicht noch. Falls du nicht umhin kommst, es zu tun, so tritt auf einen der Reiter. Die können sich nicht mehr wehren. Die anderen schon. Ich scherze nicht.«

Dieser Rat war leicht gegeben, aber schwer zu befolgen. Manches Mal lagen die Toten so dicht beieinander, daß sich nur schwer ein freier Fleck finden ließ, auf den Mojeb unbesorgt seinen Fuß setzen konnte. Er ertappte sich bei Selbstgesprächen. »Vorsichtig«, hörte er sich sagen und: »Jetzt den anderen Fuß.«

Er hörte ein Wiehern, raschen Hufschlag und einen Schrei: »Heja, heja!« Offenbar lebte noch ein Reiter! Mojeb hoffte, daß es der richtige sei.

Der Schrei war aus dem Eingang eines Mietshauses gekommen. Mojeb zögerte nicht, sondern sprang über die Leichen toter Ritter wie über Steine in einem Bach. Er gelangte in einen Hof, der vertraut wirkte.

»Heiliger Malachias!« rief Mojeb bei dem Anblick aus, der sich ihm bot. »Heiliger Malachias! Heiliger Malachias!«

Auch hier gab es in der Nähe des Eingangs eine Treppe. Auf dem Stück, das vom Hof zum ersten Stockwerk führte, waren die Bewohner von mindestens zwei Etagen zusammengedrängt und niedergemetzelt worden. Wenn es überall im Haus so aussah, so war hier keine einzige Menschenseele am Leben geblieben. Auf der linken Hofseite entdeckte Mojeb einen Reiter aus Temelua. Trotz des Helmes wußte er sofort, daß es Seffenaiu sein mußte. Das Pferd des Ritters war am Ende. Seine Nüstern waren geweitet, die Augen eingesunken. Schaum bedeckte Hals, Brust, Bauch und Maul. Sein Atem ging stoßweise. Es zitterte.

In der Hofesmitte warteten vier dunkle Männer. Sie waren nicht die einzigen, doch die einzigen, die noch standen. Um sie herum, im ganzen Hof, lagen überall Tote ihrer Art. Vielleicht hundert, vielleicht noch mehr. Mojeb suchte die Leichen anderer Reiter. Vergeblich. Seffenaiu war der einzige in dem Geviert. Mojeb starrte ihn ungläubig an.

Der Ritter hatte ihn noch nicht bemerkt. Mit einem neuerlichen Schrei preschte er auf die dunklen Männer zu. Seine Reiterkeule wirbelte, schlug nach links und rechts, dann hatte er auch schon die andere Hofseite erreicht. Nur noch einer seiner Gegner stand aufrecht.

Seffenaius Roß wartete mit tief gesenktem Kopf. Ein trockenes Husten kam aus seinem Maul. Das Zittern verstärkte sich, dann knickten seine Hinterbeine ein. Rechtzeitig schwang sich der Ritter aus dem Sattel und verpaßte dem Tier mit einer raschen Bewegung den Gnadenschlag.

Nun hatte er offenbar die beiden Neuankömmlinge bemerkt. Er nahm den Helm ab und rief übersteigert fröhlich: »Mojeb, was macht Ihr hier?«

»Ich kam her, um Euch abzuholen.«

»Sorgt Ihr Euch? Das müßt Ihr nicht. Ihr wißt, daß der Tod mich meidet.« Seffenaiu deutete mit der Reiterkeule auf seinen letzten Gegner: »Hörst du? Mich meidet er, dich nicht!« Er setzte den Helm wieder auf, zweifellos in der Absicht, dem letzten dunklen Mann den Garaus zu machen. Sein linker Arm hing herab, ein Bein zog er beim Gehen nach.

»Was habt Ihr vor?« fragte Mojeb laut und deutlich. Wieviel Seffenaiu im Kampfesrausch von seiner Umwelt wahrnahm, war schwer zu beurteilen.

»Ich folge meiner Bestimmung«, erklärte Seffenaiu großspurig. »Ich erschlage sie bis zum letzten. Danach warte ich eine Viertelstunde, bis die nächsten kommen. Nun geht, mein Freund, bevor Euch noch etwas zustößt.«

»Bleibt stehen!« rief Mojeb, als der Ritter entschlossen zur

Hofmitte hinkte. »Seht Euren Arm und Euer Bein an! Selbst wenn Ihr nicht sterben könnt, so können sie Euch noch immer in Stücke hacken. Wollt Ihr das?«

»Es wird ihnen nichts nützen. Sie werden mir dennoch nicht entkommen.«

»Seid kein Narr. Ihr seid nicht unsterblich. Wie Ihr Euch erinnert, hätte ich Euch einmal beinahe totgeschlagen.«

Seffenaiu hielt inne. »Das stimmt. Aber Ihr habt es am Ende nicht getan.«

»Ich hätte es aber tun können. Ich habe Euch verschont. Nur deshalb lebt Ihr noch.«

»Aber heute seid Ihr hier, um mich zu holen, sagtet Ihr«, brummte Seffenaiu nachdenklich. »Mojeb, sprecht ehrlich zu mir: Seid Ihr mein Tod?«

Mojeb seufzte: »Wenn es nicht anders geht, dann bin ich es eben. Nun kommt gefälligst her. Ich bin ein vielbeschäftigter Mann.«

»Aber wenn Ihr es seid«, sprach Seffenaiu völlig ernst, »dann ist es doch gleichgültig, was ich tue. Ihr entscheidet, Mojeb. Nicht dieses ... Ding. Verschont mich eben noch einmal!« Schneller als ihm Mojeb noch zugetraut hätte, bewegte er sich auf den letzten dunklen Mann zu. Mojeb sträubten sich die Haare. Wütend ballte er die Fäuste und brüllte so laut er konnte: »Ich verschone Euch, Ihr Idiot! Ich verschone Euch!«

»Na also«, rief Seffenaiu und erschlug seinen letzten Gegner. Hernach kam er zu Mojeb und Tiugugu.

»Wir haben jetzt etwas Zeit«, verkündete er mit wirrem Blick. Er deutete auf Tiugugus Bündel. »Ich bin hungrig. Was trägt der Junge bei sich?«

»Nichts Eßbares, sondern den Kopf des Blutpfaffen«, erklärte Mojeb.

Seffenaiu runzelte mißbilligend die Stirn: »Ihr seid auf bestem Wege, Euch einen zweifelhaften Ruf zu erwerben.«

»Er war schon tot, als ich ihn köpfte. Die dunklen Männer haben ihn getötet. Ich plante, ihn zum Lager zu schaffen, um ihn öffentlich hinzurichten.«

»Mojeb, er ist womöglich doch ein Priester. Ihn umzubringen wäre nicht rechtens gewesen. Doch das macht nichts. Bei den vielen Lumpen, die ich heute erschlug, wäre es mir auf einen mehr nicht angekommen. Ich hätte einfach behauptet, daß er die Totenruhe meines Pferdes schmähte.«

»Das wäre rechtens gewesen?« zweifelte Mojeb.

»Gewiß. Es ist ein altes Gesetz. Wahrscheinlich kennen es nur ich und die alte Natter ... Ihr wißt schon, die, die wir gerettet haben, die Herzogin. Aber es ist ein Gesetz. Und? Habt Ihr herausgefunden, ob er Euer Kokles war?«

Mojeb zuckte mit den Schultern: »Ich habe ihn nicht gefragt. Es schien mir nicht mehr wichtig zu sein. Vielleicht hat er zwei Dörfer auf dem Gewissen; doch allein an dem Tag, als er und die Vögtin vertrieben wurden, starben weitaus mehr als nur zweihundert. Laßt uns aufbrechen. Wir nehmen den Weg über die Dächer. Der scheint mir der sicherste zu sein.«

»Ich bin ein alter Mann«, seufzte Seffenaiu ohne ersichtlichen Grund. »Früher rief man mich: Junger Herr! Doch das ist lang vorbei. Heute bittet man mich, Enkel auf den Armen zu wiegen, und wenn ich mich dazu bereit gefunden habe, sind längst alle weggestorben. Laßt mich hier, Mojeb. Diese Stadt hat tausend Heilige, doch nur einen Unheiligen. Ich werde gebraucht.«

Mojeb verdrehte die Augen: »Ihr habt keine Enkel! Aber wie ich Euch erklärte, könnt Ihr trotz allem noch in Stücke gehackt werden. Stellt Euch vor, von Euch wäre nur noch ein Kopf übrig. Was dann?«

»Was fragt Ihr? Mojeb, Ihr habt doch Erfahrung mit Köpfen. Ihr könntet mich nach Temelua bringen und auf ein Tablett stellen. Bei gutem Wetter brächtet Ihr mich ins Freie, bei Regen holtet Ihr mich wieder herein. Unter uns: So groß zu jetzt wäre der Unterschied auch nicht.«

»So?« antwortete Mojeb. »Eure Gräfin hat doch Töchter. Auch Enkelinnen?«

»Weiß ich nicht. Mag sein.«

»Stellt Euch vor, sie besuchten ihre Großmutter. Seffenaiu, Euer langes Haar hat bestimmt vielen Frauen gefallen. Ihr wißt doch, was kleine Mädchen gern mit langen Haaren machen? Ich sage es Euch: Sie flechten Zöpfe. Wißt Ihr auch, was sie mit einem Zopf machen würden, an dem ein Kopf hinge?«

»Was?« fragte Seffenaiu verständnislos.

»Huiii«, entgegnete Mojeb und ließ seinen Arm kreisen. »Huiii!«

Der Vertreter der Himmlischen Mächte ergreift das Wort

Kohlpalmenviertel, in der Nacht zum 17. Tag des Händlermondes, im 460. Jahr der Abwesenheit Gottes

Fiiij-der-Flinke-Hacker-fiiij öffnete die Augen. Es war dunkel, also war es Nacht. Nachts gab es keinen Grund, wach zu sein. Denn nachts gab es nichts zu sehen.

Geier sahen nachts nichts.

Geier flogen nachts nicht.

Geier schliefen nachts.

Fiiij-der-Flinke-Hacker-fiiij schloß wieder die Augen. Er fühlte eine seltsame Unruhe in sich. Erneut hob er die Lider. Noch immer war es Nacht. Für seine Unruhe war kein Grund zu erkennen. Dennoch war sie da. Fiiij-der-Flinke-Hacker-fiiij öffnete den Schnabel und beließ ihn so.

Seine Unruhe fühlte sich so an, als brauste ein kreisrunder Sturmwind heran. Als brannte und fauchte überall das Gras. Als schüttelte sich der Boden und knackte. Als flöge jeder Geier eilig davon. Aber es war Nacht, nicht Tag. Fiiij-der-Flinke-Hacker-fiiij flog nur tags, nicht nachts. Nur tags!

Doch seine Unruhe fühlte sich nicht so an, als flüchtete jeder Geier eilig *tags*. Sie fühlte sich auch nicht so an, als flüchtete jeder Geier eilig *nachts*. Sie fühlte sich so an, als flüchtete jeder Geier unverzüglich und auf jeden Fall eilig!

Fiiij-der-Flinke-Hacker-fiiij ging einige Schritte. Er flog nie nachts, nur tags. Wenn er flüchtete, dann nur tags. Fiiij-der-Flinke-Hacker-fiiij erstarrte. Nachts, tags. Fliegen, nie fliegen. Nur tags. Wer fliegt, flüchtet tags. Wer nachts nicht fliegt, kann nicht flüchten.

Zornig gab Fiiij-der-Flinke-Hacker-fiiij seinen Unmut bekannt: »Fiiij-fiiij-fiiij!«

Doch kein anderer Geier erwiderte den Ruf.

Das Weibchen mit dem Fisch auf dem Flügel antwortete nicht.

Griiij-der-Junge-Nestbauer-griiij antwortete nicht.

Iiech-das-Zuverlässige-Gespür-iiech antwortete nicht.

Selbst Kiiija-kreischt-viel-aber-frißt-nie-kiiija schwieg.

Fiiij-der-Flinke-Hacker-fiiij war ganz allein.

Ein Nachbeben: Eins von vier

Ein Haus irgendwo in Sadi, in der Nacht zum 17. Tag des Händlermondes, im 460. Jahr der Abwesenheit Gottes

Inmitten …

… eines Traumes erwacht der Junge. Er fühlt sich hungrig. Zum Glück gibt es noch Überreste des Abendessens, fällt ihm ein. Im Zimmer ist es zwar dunkel, aber dennoch kann er genügend sehen. Leise richtet er sich auf. Da hört er draußen Schritte. Sie verstummen genau vor der Tür. Er weiß, wer dort draußen wartet. Es sind die dunklen Männer. Wenn sie niemanden hören können, werden sie weitergehen.

Der Junge hält die Luft an und befiehlt seinem Herzen, nicht mehr zu schlagen. Selbst das Rauschen in seinen Ohren bringt er zum Schweigen. Ganz gewiß wird er sich nicht erheben, denn sein Bett raschelt und der Boden knarrt.

Erneut hört er Schritte. Sie stammen von den dunklen Männern. Sie entfernen sich, werden leiser, verklingen.

Da knurrt sein Magen!

Er rumpelt, er poltert! Ein Donnern grollt aus ihm heraus, rollt durch die Wohnung, läßt Balken ächzen und den Verputz von Decke und Wänden rieseln!

Der Junge hört Schritte. Sie werden lauter. Die dunklen Männer kommen zurück. Zurück. Zurück.

Inmitten …

Ein Nachbeben: Zwei von vier

Eine Straße irgendwo in Sadi, in der Nacht zum 17. Tag des Händlermondes, im 460. Jahr der Abwesenheit Gottes

Inmitten …

… eines Traumes geht das Mädchen zum Markt. Um nicht zu vergessen, was es dort besorgen soll, singt es zu einer eben erfundenen Melodie: »Drei Eier, ein Krügchen Öl, fünf Bohnen und eine Kokosnuß-nuß-nuß!«

Wohin das Mädchen blickt, sieht es lachende Gesichter. Jeder freut sich, es zu sehen. Alle Menschen winken und rufen seinen Namen. Das Mädchen grinst verstohlen. Bestimmt wollen sie wissen, wer sein Freund ist. Er geht neben ihm her. Eine tiefe Furche zieht sich über seine gelbe Stirn. Neugierig schaut er es aus großen, schwarzen Augen an. Wie süß!

Das Mädchen will den Kopf seines Freundes streicheln, doch wie stets weicht er mit kleinen, schnellen Schritten aus.

Na warte, denkt das Mädchen und steht urplötzlich in einem dunklen Zimmer. Es weiß nicht, wie es dort hingelangt ist, fühlt sich aber arg beklommen. Von draußen hört es Schritte, die sich zum Glück entfernen. Nein, sie werden wieder lauter! Das Mädchen weiß, daß vor der Tür die dunklen Männer lauern. Sie kommen zurück. Noch mehr als beim letzten Mal werden sie sein. Viel mehr! Gleich sind sie in der Wohnung! Gleich sind sie in der Wohnung! Gleiiiiiiich! Gleiiiiiiich!

Ein schriller Laut riß Makerita aus dem Schlaf. Sie schreckte hoch und schlug sich den Kopf an. Ihr Herz pochte bis zum Hals. Einen Augenblick lang wußte sie nicht, wo sie sich befand. Dann fiel es ihr schlagartig wieder ein: Sie lag in einer Truhe! Sie hatte sich darin versteckt, um nicht von den dunklen Männern gefunden zu werden.

Die Schritte, dachte sie. Nein, die hatte sie nur geträumt.

Makerita war erleichtert.

Plötzlich hörte sie ein Geräusch. Ein Trippeln. Genau über ihr. Irgend etwas befand sich auf der Truhe! Ratten?

Das Trippeln erstarb. Makerita lauschte mit angehaltenem Atem. Sie vernahm ein kurzes, hartes Pochen. Schon war wieder Ruhe. Erneut hörte sie ein Trippeln.

Makerita atmete auf und lächelte. Auf einmal glaubte sie zu wissen, wer das Geräusch verursachte. Solange sie wach bliebe, brauchte sie keine Angst zu haben. Nicht nachts. Nicht tags.

Inmitten …

Ein Nachbeben: Zwei von vier (zweiter Anlauf)

Eine Nachbarstraße, wenige Augenblicke später

Inmitten … Inmitten …

… eines Traumes setzte der Hund über den Busch. Dahinter hielt er inne und schaute zurück. Übermütig warf er sich auf die Seite, rollte sich auf den Rücken und sprang tatendurstig wieder auf. Vergnügt bellte er. Plötzlich sah er sich von Wunderbaren Menschen umringt. Wo kamen sie auf einmal her? Der Hund lief schwanzwedelnd auf sie zu. Jäh blieb er stehen und knurrte. Das waren gar keine Wunderbaren Menschen, sondern Dunkle! Sie sahen ähnlich aus, rochen aber nicht wie sie. Tatsächlich rochen sie nach gar nichts. Die Dunklen warfen weder Fressen noch Stöckchen, sondern töteten alles, was sie fangen konnten. Doch ein kräftiger Rüde hatte nichts zu befürchten! Geschwind sauste er davon, bis er die Dunklen nicht mehr sehen konnte. Dann bellte er laut …

… und erwachte wieder auf dem Rundgang, der um den Hof herum führte. Der Hund mit dem milchigen Auge richtete sich auf und gähnte. Mit der Schnauze stieß er die angelehnte Tür auf, vor der gelegen hatte, und trottete in die Wohnung. Sie roch nach Mensch und Fressen. Er schnüffelte. Alte Gerüche! Hier gab es keine Menschen. Hier gab es nichts zu fressen.

Der Hund trottete wieder ins Freie und zur nächsten Tür. Auch sie war angelehnt. Er stieß sie mit der Schnauze auf und tappte in die Wohnung. Sie roch nach Mensch und Fressen. Er schnupperte. Alte Gerüche! Hier gab es keine Menschen. Hier gab es nichts zu fressen.

Der Hund schüttelte sich und zottelte wieder auf den Gang. Dort blieb er stehen und bellte kurz. Er trottete zur nächsten Tür. Sie war angelehnt. Der Hund stieß sie mit der Schnauze auf und tappte in die Wohnung. Sie roch nach Mensch und Fressen. Er schnüffelte. Alte Gerüche! Hier gab es keine Menschen. Aber hier gab es etwas zu fressen!

Der Hund preßte das widerborstige Stück Brot gegen den Boden. Auch wenn es sich noch so sehr bemühte, konnte es ihm nicht entkommen. Er zerkaute es. Dann trottete er dorthin, wo es am meisten nach Mensch roch. Er legte sich nieder, schloß die Augen und ...

... rannte über das weite Land, jagte das pelzige Tier und tollte mit den anderen Hunden. Jagen, rennen, tollen! Mit großen Sprüngen hetzte er zu dem Allerstärksten Obermenschen und leckte ihm die Hand. Die Hündin mit dem Fleck war auch da!

Inmitten ...

Ein Nachbeben: Zwei von vier (letzter Versuch)

Eine weitere Nachbarstraße, gleich darauf

Inmitten … Inmitten … Inmitten … In der Mitte …
… der Wand stand schon immer der Schrank.
Was stets in ihm aufbewahrt gewesen war, lag nun vor ihm.
Was darin gewesen war, war ausgelaufen.
Der Schrank blickte auf das Bett.
Was immer in ihm gelegen hatte, lag nun daneben.
Es war ebenfalls ausgelaufen.
Inmitten … Am Ende …

Das Mädchen entsteigt der Kiste und stellt einiges klar

Ein Haus irgendwo in Sadi, am Morgen des 17. Tages des Händlermondes, im 460. Jahr der Abwesenheit Gottes

Am Ende würde sie verhungern, wenn sie noch länger in der Kiste bliebe, dachte Makerita und stieß den Deckel auf. Mühsam stieg sie aus dem schmutzigen Ding heraus. Zwei Tage lang hatte sie sich darin vor den dunklen Männern versteckt. Genug war genug!

Mit steifen Schritten ging sie zur Tür und blickte hinaus. Es wurde gerade hell. Makerita sah rasch nach links und rechts. Als sie nirgends dunkle Männer entdeckte, wagte sie sich auf die Straße. Dort bückte sie sich, um eine graue Feder aufzuheben. Sie betrachte sie eingehend. Makerita glaubte nicht, daß sie von einer Taube stammte. Sie wußte es besser, dachte sie!

Geschwind rannte sie zur Kreuzung. Vorsichtig spähte sie um die Hausecke. Auch hier waren keine dunklen Männer. Mit etwas Glück käme sie vielleicht ungeschoren bis nach Hause. Doch was sollte sie dort? Ihre Mutter war nicht in der Schenke.

Makerita war mit ihr auf dem Weg aus der Stadt gewesen, als sie von ihr getrennt worden waren. Doch wenn Mutter sagte, sie wolle aus der Stadt, dann ging sie auch aus der Stadt.

Noch eine Straße und noch immer keine dunklen Männer! Makerita sah plötzlich eine Frau. Sie rief ängstlich: »Du, Mädchen, sind sie weg?« Makerita ließ sie unbeachtet stehen. Sie hieß nicht ›Du, Mädchen‹, sondern Makerita.

Zum ersten Mal seit Tagen war sie wieder fröhlich. Übermütig breitete sie die Arme aus und ging steif, gerade und hoheitsvoll wie eine Prinzessin. Dabei blickte sie abwechselnd nach links und rechts. Einmal sah sie zum Himmel. Dort flog der Geier.

Makerita hielt die Hände trichterförmig vor den Mund und rief ihn: »Fiiij-Fiiij, Fiiij-Fiiij!«

Doch Fiiij-Fiiij tat wie immer so, als hätte er nichts gehört. Das war nichts Neues für Makerita. Wenn sie ihm Abfälle aufs Dach brachte, behandelte er sie ebenfalls wie Luft. Es sei denn, sie kam ihm zu nahe. Das ärgerte ihn. Doch Fiiij-Fiiij war leicht wieder zu beruhigen. Sie mußte nur tun, was sie bei Mojeb abgeschaut hatte.

»Er ist ein seltsamer Vogel«, sagte Makerita kopfschüttelnd. Selbst auf dem Marktplatz, als Fiiij-Fiiij eigens gekommen war, um sie vor den dunklen Männern zu beschützen, hatte er getan, als sähe er sie nicht! Er war eben sehr scheu. Zu dumm, daß der Klotz den Stein nach ihm geworfen hatte! Fiiij-Fiiij konnte es nicht leiden, wenn man Dinge nach ihm warf. Das hatte sie selbst frühzeitig gelernt.

Makerita legte die graue Feder auf ihre Handfläche und blies sie weg. Dabei bemerkte sie, wie schmutzig sie war. Sie sah auf ihre Hände, auf ihre Arme und wunderte sich. Wie seltsam, auf ihrem Unterarm befand sich ein Fleck, der aussah wie ein Fisch!

Makerita spuckte auf den Schmutzfleck und verwischte ihn.

Zuletzt: Ein neuer Anfang

Haus im Kohlpalmenviertel, am 23. Tag des Dürremondes, im 460. Jahr der Abwesenheit Gottes

Mojebs Hand fuhr am Rand des Lochs entlang, das Omaru mit der Axt in die Wand gehauen hatte. Der neue Hauswart war noch nicht dazu gekommen, es ausbessern zu lassen. Daher hatten es die Nachbarn einstweilen mit einer Decke verhängt. Sie schützte vor Blicken, aber nicht vor Geräuschen. Auf dem Dach hörte Mojeb leichte Schritte. Er blickte sich noch einmal in der leeren Wohnung um, in der er viel länger gelebt hatte als ursprünglich geplant.

Seit fünf Wochen waren die dunklen Männer nicht mehr gesehen worden. So plötzlich, wie sie in das Leben der Stadt getreten waren, so spurlos waren sie wieder daraus verschwunden. Manchmal bildete sich Mojeb ein, etwas damit zu tun zu haben, denn seitdem er den Kopf des Blutpfaffen ausgestellt hatte, gab es die mörderischen Besucher nicht mehr. Ein andermal war er geneigt, Seffenaiu dieses Verdienst zuzuschreiben. Der Ritter hatte nach seiner allein geführten Schlacht ein paar Tage durchgeschlafen. Nach dem Erwachen hatte er behauptet, sich vor allem daran zu erinnern, daß ihm der Arm mit der Zeit schwer geworden sei. Ohne seine Zeugen hätte er sich womöglich eingeredet, sich alles eingebildet zu haben. Denn wie gewohnt waren die Leichen der dunklen Männer verdunstet, im Boden versickert oder was sonst mit ihnen geschehen mochte.

Das Fehlen vorzeigbarer Feinde hatte die Ritter und Reiterkrieger, die in Sadi erst eingetroffen waren, als schon alles vorbei war, zu wilden Behauptungen veranlaßt: Die Wahrheit sei nicht so, wie man erzähle. Fieberwahn, giftige Ausdünstungen oder der Anblick des bläulich verschleierten Mondes hätten die Opfer dazu getrieben, sich gegenseitig umzubringen. Erst nachdem die Ritter, die aus eigener leidvoller Erfahrung sprechen konnten, einigen ihrer weniger erfahrenen Standesgenossen die Köpfe blutig geschlagen hatten, war dieses Gerede verstummt.

Zwei Tage nach Ende der Schreckenszeit hatten sich die ersten Geflüchteten wieder in die Stadt getraut. Die meisten anderen ließen sich damit noch mindestens zwei Wochen Zeit. In Sadi wartete eine grausige Arbeit, die vordringlich erledigt werden mußte, nämlich die Bestattung von rund zwanzigtausend Toten. Sie wurden begraben, verbrannt und am Ende einfach ins Meer geworfen. Mojeb, der als Bürgergardist diese Tätigkeit überwachen mußte, war heilfroh, die Stadt abends wieder verlassen zu können. Omaru dagegen hatte sich so gut bewährt, daß ihm angetragen worden war, die Nachfolge des Totengräbers anzutreten. Er hatte abgelehnt.

Doch nicht alle, die in die Stadt zurückgekehrt waren, wollten bleiben. Die Stadtführung hatte deswegen mit dem Adel der Umgebung eine Quote ausgehandelt, wie viele Menschen Mond für Mond wegziehen dürften. Beide Seiten waren sich einig, die Zahl der Betroffenen klein zu halten. So konnte sich glücklich schätzen, wer die richtigen Leute kannte.

Mojeb konnte es niemandem verdenken, wenn er nicht mehr in Sadi bleiben wollte. Auch er griff, wenn er des Nachts erwachte, als erstes nach seinem Schwert! Die dunklen Männer waren fort, doch wer konnte ausschließen, daß sie nicht beim nächsten Neumond wiederkämen? Oder dem übernächsten? Oder dem danach? Niemand. Alles konnte jederzeit von vorn beginnen.

Er war gern bereit gewesen, einer dieser richtigen Leute zu werden. Gelegenheit hatte er dazu erhalten, als ihm der Majordomus durch Seffenaiu hatte ausrichten lassen, er möge sachkundig zweihundert redliche Leute auswählen, die man auf dem Gebiet Temeluas ansiedeln könne.

Heute war der Tag der Abreise. Ein letztes Mal schloß Mojeb die Wohnungstür. Draußen ertappte er Makerita dabei, wie sie vom Dach auf den Rundgang kletterte. Wahrscheinlich hatte sie wieder einmal den Geier belästigt. Mojeb erhob mahnend den Zeigefinger und stieg die Treppe abwärts.

Ein Stockwerk tiefer war Keloe noch immer dabei, sich von Mama Apikaila zu verabschieden. Obwohl die ältere Frau sich erst vor wenigen Tagen mit ihrer einzigen überlebenden Vertrauten zerstritten hatte, hatte sie schon wieder drei neue Frauen um sich geschart. Als sie Mojeb bemerkten, tuschelten sie.

»Ist was?« fragte Mojeb, als Keloe zu ihm kam.

»Du bist auf bestem Weg, zum lichten Bruder des Ruchlosen Hackers zu werden.«

Mojeb schmunzelte. Seffenaiu würde das mögen. »Warum?«

»Weil du *den Bösen* die Köpfe abschneidest. Einmal sollst du die Häupter von neun grausamen Stadtgardisten aufeinandergestapelt …«

»Ich kenne die Geschichte«, unterbrach er sie.

Im Hof hielt sich neuerdings wieder ein Hund auf. Er hatte ein weißes Auge und war ziemlich alt. In seiner Lage war das ein Vorteil. Dadurch würde ihm wohl das Schicksal seiner Vorgänger erspart bleiben. Sie waren eines Tages verschwunden. Mojeb hatte ihr Fehlen erst Wochen später bemerkt.

Nun galt es nur noch, sich von dem neuen Hauswart zu verabschieden. Er und sein Gehilfe erwarteten sie schon.

»Noch kannst du mitkommen, Omaru«, sagte Mojeb zu ihm.

»Erst müssen die Kakaobohnen verkauft werden. Aber spätestens in einem halben Jahr …«

»Und du hast keine Angst?« unterbrach ihn Mojeb.

»Es ist nie zweimal hintereinander Flut«, erklärte Omaru ernst. »Dazwischen ist immer mindestens einmal Ebbe.«

»Warte nicht, bis das Wasser ansteigt«, ermahnte ihn Mojeb.

Keloe hatte sich derweil von Tiugugu verabschiedet, neuerdings Hauswartsgehilfe. Mojeb erwartete, daß sein Groll gegen den kleinen Mann in ein paar Monden verflogen wäre. Dann sähe man weiter.

Auf der Straße entdeckte er zu seiner Überraschung Viliamu, Konelui und Eseta. Sie unterhielten sich mit der Teilhaberin und ihren beiden Freunden. Mojeb nahm sich vor, die Kinder während der Reise nach Temelua nach ihren richtigen Namen zu fragen. Keloe hatte ihn wegen seiner Unkenntnis gescholten.

»Sie spricht nicht für mich«, sagte er vorsichtshalber, als er hinzutrat, und deutete auf das Mädchen. »Alle Abmachungen in meinem Namen sind nichtig.«

Konelui grinste. Er hatte gut lachen, da er nach dem Fortgang seines bisherigen Vorgesetzten befördert worden war.

Auf dem Weg zum Sammelplatz sah sich Mojeb nach Bock um. Er war enttäuscht, sie nirgends zu sehen, wußte allerdings nicht, ob sie überhaupt noch in der Gegend weilte. In den vergangenen Tagen hatte er häufig darüber nachgedacht, wie die letzten anderthalb Jahre verlaufen wären, wenn er sich auf ihre häufigen Angebote eingelassen hätte.

Vielleicht besser, vielleicht schlechter.

Anhang

Die wichtigsten Personen

Der Adel Ikarillas:

Atammu, Halbbruder Ollimvekkus
Beatarisa, eine Dame in Weiß
Fattulloanna, Gräfin von Aligeli
Kerissiannu, ein Freund Seffenaius
Maffileokavekka, Herzogin von Murui
Makkatalla, Kerissiannus Verlobte
Ollimvekku II., Graf von Temelua
Sallimvallu III., König von Ikarilla
Seffenaiu, Ritter, Gefolgsmann Fattulloannas
der Majordomus, Hausherr von Temelua

Haus im Kohlpalmenviertel:

Fipi, eine Frau aus Mama Apikailas Gefolge
Keloe, Häftling, Wäscherin
Mama Apikaila, eine Freundin Keloes
Mataiu, Häftling, Natanuis Freund
Mojeb, Kerkerwächter, Söldner, Jarmate
Natanui, Häftling, Mataius Freund
Omaru, gezeitenkundiger Häftling
Tiugugu, kleingewachsener Häftling

Mehr oder weniger angesehene Bürger Sadis:

Bock, Beschützerin Iutasus
Falanikui, Maler
Iutasu, Kaufherr und Geldvermittler
Kaperielu, Großbürger, Pukam
Lasalui, ein Kaufmann mit Ambitionen
Makerita, Wirtstochter
Mara, Wirtin des *Schurkischen Palmenrollers*
Mekaelu, Großbürger, Pukam
Refaelu, Großbürger, Pukam
Tataiu, Gewürzhändler
Timoteu, Abdecker

Tiuguge, auch: Soror Maculosa, Malerin
Ulielu, Großbürger, Pukam

Diverse Bürgergardisten:
Aperamu, Eseta, Ioelu, Kelepu, Konelui, Reupenu, Viliamu

Nicht zu vergessen:
Fiiij

Danksagung

An dieser Stelle möchte ich all jenen danken, die wissentlich oder unwissentlich am Entstehen dieses Romans beteiligt waren. Einige von ihnen möchte ich besonders erwähnen:

Lothar Nehrke, ein weitgereister Freund seit Studiumstagen, der mir Wissenswertes über südliche Vegetation vermittelte

Hacky Hackbarth, der mir erlaubte, dabei zuzusehen, wie er fachmännisch Sadi erbaute

Gun-Britt Tödter, meine Beraterin in medizinischen Fragen, die mir zudem viel über Pferde erzählte

Anja Jäcke, die mir noch viel mehr über Pferde erzählte

Andrej Pfeiffer-Pekuhn, von dem ich nicht weiß, wie er zu Pferden steht, aber auf dessen Choreographie das Kapitel *Im trauten Feindeskreis wird ein Verdacht geäußert* beruht

Christine Moldt, die mir mit ihrer gründlichen Recherche über einige gefiederte Bewohner unserer Alten und Neuen Welt zeigte, wie verschroben Geier sind

Wolfgang Maue, auch genannt *mein minderlieber Freund*, der mir mehr über traditionelles Handwerk verriet, als ich verwenden konnte

Michael Warnke, der sich stets geduldig die Sorgen des Autors anhörte, ohne ihn dabei zu unterbrechen

Magnus Herrmann, bewährter Leibgeograph und aufmerksamer Testleser. Ihm und Elke Kasper, die mit Geieraugen das Manuskript prüfte, sind einige nachträgliche Änderungen zuzuschreiben, die einen komplexen Sachverhalt hoffentlich etwas verständlicher werden ließen.

Ebenfalls bedanke ich mich bei Friedel Wahren und Angela Kuepper für die freundliche und humorvolle Atmosphäre unserer Zusammenarbeit.

Nicht vergessen möchte ich die anderen drei aus unserem autoriellen Kleeblatt: Bernhard Hennen, Hadmar von Wieser und Thomas Finn.

Karl-Heinz Witzko

Inhalt

das königre
0
100 km
200 km
300 km
400 km
500 km
N
NO
O
SO
S
SW
W
NW
peneteporata
oaoa
eLoamé
manahaui
das meer
des
schlafes
skara
hamurani

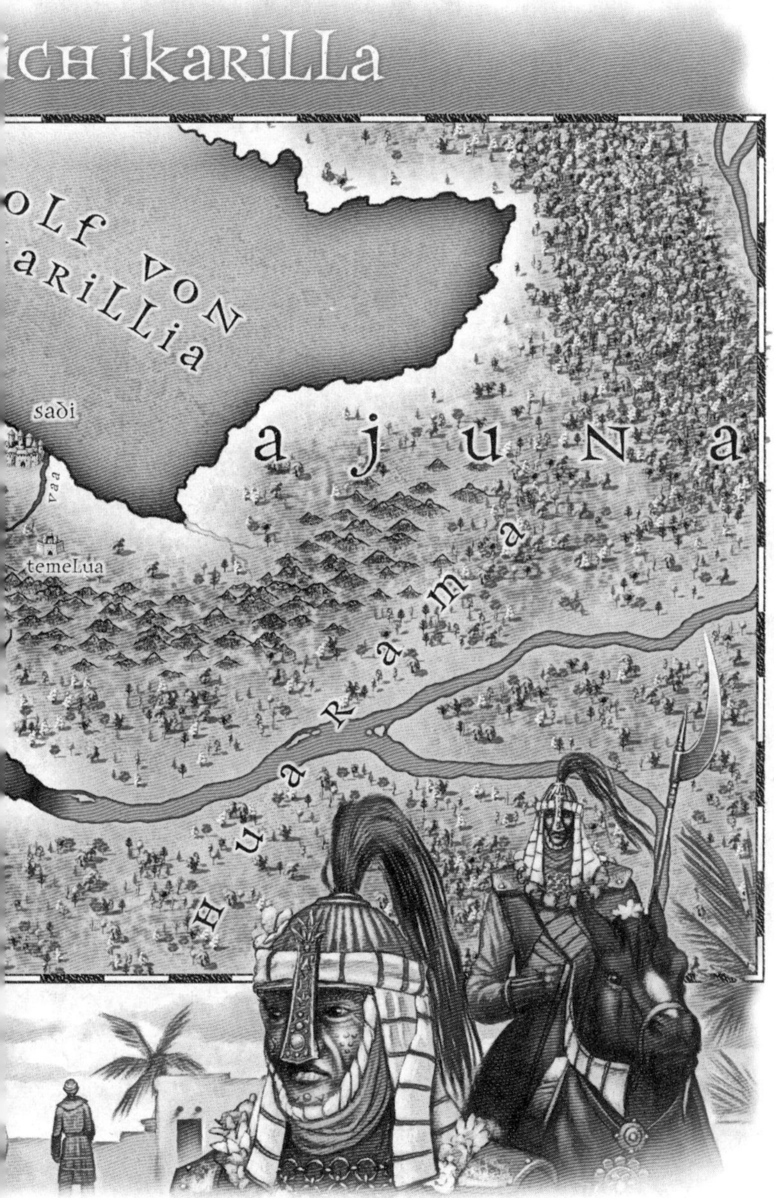

ich ikarilla
olf von
arillia
Sadi
Vaa
Temelua
Ajuna
Huarāma

Ikarillischer gepanzerter Wa
ursprünglich vorne offene Konstruktion mit hohen Seitenwänden
mit Balken und allerlei Möbelteilen verstärkt
Vordere Luke
durch Seilzug
von innen verschließbar
Ersatzrad und
zusätzliche
verstärkung der
Frontwand
Zwei graue,
ikarillische Rinder
Gespannführer
in improvisierter Rüstung
Geringe
Bewegungsfreiheit

en

Seitliche Luke
durch Seilzug
von innen verschließbar
Einstiegsluke
ehemaliger Truhendeckel
durch Zapfen gesichert
Seitenwände
mit Balken verstärkt
massiv verstärkte Speichenräder

SERIE PIPER

A. Lee Martinez

Diner des Grauens

Wir servieren Armageddon mit Pommes Frites! Aus dem Amerikanischen von Karen Gerwig. 352 Seiten. Serie Piper

Willkommen im Diner des Grauens, wo Zombie-Angriffe an der Tagesordnung sind und du niemals weißt, was im Kühlschrank lauert! Als die beiden Kumpels Earl und Duke mit ihrem uralten Pickup bei dem Wüstenimbiss Halt machen, trifft es sie hammerhart: Zombie-Kühe, eine monströse Bardame, singende Yucca-Palmen und liebreizende Friedhofsgeister sind erst der Anfang. Doch Earl und Duke wären nicht der coolste Vampir und der fetteste Werwolf der Welt, wenn sie solche Probleme nicht auf ihre ganz eigene Art lösen würden … Lustiger als die »Muppet-Show« und blutiger als »From Dusk till Dawn« – nach A. Lee Martinez werden Fantasy und Horror nie mehr sein wie zuvor!

»Der größte Spaß seit Douglas Adams und das verrückteste Debüt aller Zeiten!«
Publishers Weekly

05/1980/01/L

Tobias O. Meißner

Das Paradies der Schwerter

Roman. 368 Seiten. Serie Piper

Sechzehn Männer reisen durch eine bizarre, apokalyptische Landschaft, einem Turnier entgegen: In verschiedenen Paarungen sollen sie mit eigens gewählten Waffen gegeneinander antreten. Doch auch wenn ein Preisgeld winkt, geht es in Wahrheit nur um Leben und Tod – und darum, die Sensationsgier des Publikums zu befriedigen. Und je weiter das brutale Schauspiel voranschreitet, je mehr Männer unter der sengenden Sonne fallen, desto deutlicher begreifen die Teilnehmer, daß es am Ende vielleicht gar keinen Sieger geben wird …

Mit meisterhafter Sprache webt Shooting-Star Tobias O. Meißner eine fesselnde Mischung aus Thriller und Fantasy.

05/1935/01/R